RAQUEL BRUNE

Hermandad

BRUJAS Y NIGROMANTES 1

Montena

Papel certificado por el Forest Stewardship Council®

Primera edición: abril de 2024

© 2019, 2024, Raquel Brune,
en colaboración con Agencia Literaria Antonia Kerrigan
© 2024, Penguin Random House Grupo Editorial, S. A. U.
Travessera de Gràcia, 47-49. 08021 Barcelona
© 2024, Freepik, para los recursos de interior

Penguin Random House Grupo Editorial apoya la protección del *copyright*.
El *copyright* estimula la creatividad, defiende la diversidad en el ámbito de las ideas y el conocimiento,
promueve la libre expresión y favorece una cultura viva. Gracias por comprar una edición autorizada
de este libro y por respetar las leyes del *copyright* al no reproducir, escanear ni distribuir ninguna
parte de esta obra por ningún medio sin permiso. Al hacerlo está respaldando a los autores
y permitiendo que PRHGE continúe publicando libros para todos los lectores.
Diríjase a CEDRO (Centro Español de Derechos Reprográficos, http://www.cedro.org)
si necesita fotocopiar o escanear algún fragmento de esta obra.

Printed in Spain – Impreso en España

ISBN: 978-84-19848-56-7
Depósito legal: B-1.847-2024

Compuesto en Compaginem Llibres, S. L.
Impreso en Black Print CPI Ibérica
Sant Andreu de la Barca (Barcelona)

GT 48567

Para todas las personas que nunca dudaron de mis sueños.
Para todas las personas que se esfuerzan por conseguir los suyos.
Para ti, mamá, que siempre estás ahí

Prólogo

Caos detestaba a los humanos y todo su mundo.

Odiaba a sus falsos ídolos, su hipocresía continua, su anhelo de eternidad y el temor ante su propia fragilidad. Pero había algo que detestaba aún más: a las brujas.

Los primeros le adoraron como a un dios gracias a sus contradicciones, y las segundas le desterraron a aquel mundo hostil.

En el Valle de Lágrimas no crecía la vida, y tampoco había lugar para la muerte. Puede que lo que más le irritara de la humanidad fuera el mundo en el que les había tocado vivir y que no sabían valorar. El trascurso del tiempo era imposible de calcular; sin embargo, Caos sentía el peso de varios milenios sobre su espíritu. Miles de años para tramar su venganza, para asegurarse de que, si no estaban dispuestos a compartir su mundo, lo destruiría por completo.

Lo único que tuvo que hacer fue seguir esperando, paciente. Esperar y esperar hasta que llegase el momento oportuno.

Y entonces, un día, el aire fresco y vital de la tierra se abrió paso en el inamovible páramo. Lo reconoció en cuanto rozó su cuerpo inmaterial. La esencia de los bosques, las selvas, los desiertos y las tundras, los ríos y los mares era inconfundible.

Si hubiese tenido un rostro, habría sonreído.

Alguien había abierto una grieta entre los dos mundos.

1

Sabele

Sabele era la clase de persona a la que todo el mundo adora, incluso aquellos que desearían odiarla: inteligente, guapa, trabajadora, amable y, por si no fuera suficiente, bruja. Una con mucho talento, además. Aunque lo lógico sería que alguien tan insoportablemente perfecto dejase una larga estela de envidiosos cruzando los dedos para que algo le fuese mal por una vez, su lista de enemigos personales era casi tan escueta como la de sus defectos. Por eso cosechaba cientos de miles de seguidores en las redes sociales sin apenas esfuerzo. Su vida no solo parecía idílica, sino que realmente lo era.

Compartía un coqueto pisito con sus dos mejores amigas en Malasaña, un céntrico barrio de Madrid frecuentado por todo tipo de artistas y gente bohemia y, en los últimos tiempos, también por muchos turistas y aquellos estudiantes internacionales que podían permitirse pagar los alquileres al alza. Tenía un fondo de armario digno de una aristócrata; la mayor parte de su ropa eran regalos de las marcas que se peleaban por vestirla, aunque sus prendas favoritas eran las joyas de segunda mano que encontraba por las tiendas del barrio y que le daban un aire de cantante de los noventa. Su piel era tan tersa e impoluta como la de una estatua griega; su risa, contagiosa, y su rostro, tan geométrico que alguno de los fotógrafos con los que había trabajado sufrieron el síndrome de Stendhal por mirarla durante demasiado tiempo.

Aunque se formaba como hechicera, no le había hecho falta estudiar una carrera tediosa ni matarse como becaria por un salario de chiste para ganarse la vida holgadamente a sus veintiún años. Todo gracias a su blog (que últimamente tenía algo abandonado), su canal de YouTube y su cuenta en Instagram. Por fortuna para Sabele y su estilo de vida, en pleno siglo XXI una podía exhibir sus talentos mágicos ante millones de internautas sin correr el riesgo de ser quemada en la hoguera; incluso podía ganarse un sueldo haciéndolo.

Sí, Sabele era afortunada y muy consciente de ello. Por eso evitaba quejarse mucho si se sentía mal, en lugar de eso, se concentraba en responder a los comentarios de los seguidores que le pedían consejo durante horas y horas. En los últimos meses había pasado mucho tiempo haciéndolo para no pensar en «La ruptura más triste del 2017» según su web sobre actualidad y sociedad mágica preferida. Y planeaba seguir así, concentrada en su trabajo y en prepararse para la prueba de aprendiz de la Dama. Lástima que sus compañeras de piso no pensasen dejar el tema tan fácilmente.

Sabele redactaba tranquilamente el guion de su próximo vídeo, «Conjuros y piedras para aprobar los exámenes». Agitaba los pies en el aire de manera relajada, con el vientre sobre la cama y su larga melena rubia recogida en el típico moño desenfadado que solo favorece a unas pocas elegidas. Las estanterías y paredes de su cuarto eran blancas, pero la colección de cristales y piedras mágicas, los estandartes con runas y sus libros sobre el oficio brujeril se encargaban de llenar la estancia de color. A su lado, su amiga Rosita intentaba inútilmente sumergirse en la lectura de su nuevo libro: *Pociones del Pacífico americano*.

Ni siquiera sabían por qué se molestaban en disimular. Cuando las tres estaban en la misma habitación, concentrarse resultaba una tarea imposible. Fue Ame la que rompió el silencio desde la alfombra rosa de su habitación.

—¿De verdad vas a hacerte Tinder?

Sabele fingió hacer anotaciones en su cuaderno mientras respondía.

—¿Por qué no?

—Es que hacíais tan buena pareja… ¡Y solo han pasado tres días! ¡Tres!

—Deja que la chica se divierta un poco —dijo Rosita sin alzar la vista de las páginas amarillentas del pesado volumen negro—. Además, no es asunto nuestro.

—Tres días —insistió Ame, quien se consideraba personalmente responsable de que la vida amorosa de todos a su alrededor fuese digna de un cuento de hadas.

—Solo es por curiosidad, nunca he usado una. —Aunque eso no era todo. Las pruebas de aprendiz de la Dama eran dentro de un par de semanas, pero quería dejar claro que había pasado página de forma irrevocable. Ya había dedicado demasiado tiempo y energía a tomar una decisión que no fue nada fácil. Les había preguntado a las cartas mil veces y siempre le decían lo mismo: era el momento de acabar una etapa y empezar otra. Pese a las advertencias de su mazo preferido, se había demorado más de la cuenta en dar el paso.

Su respuesta no satisfizo a Ame.

—¿Para qué tanta prisa? ¡Por la Diosa, Sabele! Todos dábamos por hecho que Cal y tú estaríais juntos para siempre, ¡sois la pareja perfecta!

—Lo éramos —corrigió Sabele.

—¿Y por qué habéis roto entonces?

—No nos quedaba ningún sitio al que ir juntos. Se acabó el recorrido de la relación. Ya está.

Desde el flechazo a la ruptura, pasando por casi cuatro años de noviazgo, Sabele y Cal habían reunido todos los requisitos de un amor de película. Se conocieron en un festival de música en pleno verano cuando él se ofreció a auparla para que pudiese ver algo después de que un tipo de casi dos metros se colase a codazos justo delante de ella. Al principio dudó al notar la energía de la magia de muerte que emanaba del nigromante, pero después del concierto cenaron algo juntos, pasearon por la playa y acabaron viendo el amanecer a la orilla del mar tras pasarse horas hablando sin parar.

Desde entonces, no se habían separado.

Vista desde fuera, la relación no tenía fisuras. No habían permitido que la rutina acabase con la pasión de los primeros días; los celos, las mentiras y el control no tenían cabida entre ellos, y jamás se reprochaban nada que hubiesen acordado olvidar. Por no hablar de que los dos eran asquerosamente fotogénicos, juntos y por separado.

Sin embargo, como tantas otras cosas en las redes, lo que parecía tan perfecto gracias a los filtros y a los pies de foto filosóficos, no lo era tanto en la vida real. Sabele se había valido del clásico «no eres tú, soy yo» para explicarle que los dos se merecían algo más que un amor de postureo. Ella había cambiado mucho en aquellos cuatro años, él no tanto. No había mucho más que pudiesen hacer al respecto. La noticia de su ruptura se extendió por internet a una velocidad vertiginosa, y miles de corazones se rompieron al ver cómo su referente de «amor verdadero» se resquebrajaba. Entre todos esos corazones, se encontraba también el de su buena amiga Ame.

—Estoy intentando no meterme donde no me llaman, pero ¿en serio? —dijo Rosita, cerrando su libro de golpe y dejándolo a un lado. Para qué seguir engañándose. No iban a tener una tarde productiva—. Si me lo pides le seguiré por todas partes con una lira entonando versos sobre ser un cerdo infiel, lo sabes, ¿no?

Sabele suspiró al límite de su paciencia.

—¿Por qué todo el mundo siempre supone que hay una tercera persona implicada?

Los rumores y los intentos de explicar una ruptura que nadie vio venir se propagaron casi a la vez que la noticia. A pesar de las numerosas y variadas versiones, de los mensajes de ánimo y de la preocupación de centenares de desconocidos, nadie había logrado dar en el clavo. Sabele se sintió algo decepcionada, creyó que alguien la comprendería. ¿De verdad todavía había quien creía que el amor puede ser eterno, que la chispa nunca va a desaparecer? En las novelas románticas, la chica inocente y callada de dieciocho años siempre se enamora perdidamente del chico misterioso de pelo negro, mandíbula definida y ojos verdes, pero nunca te cuentan qué pasa cuando esa chica cumple veintiuno y está cansada de sentirse como una niña pequeña a su lado.

—No sé lo que piensa el resto del mundo, pero nosotras somos tus amigas. Nos puedes contar la verdad —insistió Rosita.

—Por última vez, no hay cuernos.

—¿Y por qué lo has hecho entonces? —replicó Ame, que casi se lo tomaba como una afrenta personal.

—No teníamos muchos motivos para seguir juntos más allá de la inercia. Una relación así no es muy sostenible. Prefiero mantenerlo como amigo antes de que acabemos odiándonos.

Ante aquello Ame no pudo seguir insistiendo.

A Sabele no le bastaban ni la perfección ni la comodidad, ella quería más. Quería el peso ineludible de la gravedad, de un amor del que no quisiese huir, de una persona que le diese espacio para crecer, para ser fuerte y valiente, pero que también estuviese dispuesta a ofrecerle su ayuda si se la pedía y a dejarse ayudar por ella si lo necesitaba. Porque, si lo que podía esperarse del amor verdadero era lo que ella había sentido en los últimos meses que pasó junto a Cal... Bueno, eso sería una gran decepción.

—¡De acuerdo! Bájate la dichosa *app*. Yo te ayudo a hacerte un perfil de pibón cañonazo —dijo Rosita, incapaz de soportar el silencio alicaído que se había interpuesto entre las tres amigas.

—Ahí no vas a encontrar al amor de tu vida —sentenció Ame a la vez que se cruzaba de brazos, casi ofendida por la traición de Rosita.

—¿El amor de su vida? ¡Por Morgana! —exclamó Rosita entre risas—. Qué antigua eres...

Sabele rio.

—No quiero encontrar al «amor de mi vida», Ame. Solo quiero saber cómo es eso de ser una veinteañera soltera, tener unas cuantas citas, ver cómo está la cosa ahí fuera... Nada más. Aunque... ¿cómo estás tan segura de que no se puede encontrar el amor verdadero en internet? Tal vez mi príncipe azul esté a un *match* de distancia.

—Eso ha sonado como el eslogan de la web de citas más cutre de la historia. Brujas y príncipes, lo que me faltaba por oír... —dijo Rosita, quien se puso en pie de un salto—. Voy a la cocina a por picoteo, ¿queréis algo?

—Los valores de nuestros antepasados se derrumban y tú te vas a comer... —dijo Ame en su peculiar guerra contra el mundo moderno.

—Habla por tus antepasados, las brujas del Caribe jamás han sido precisamente aficionadas al matrimonio y a la familia tradicional. —Le guiñó un ojo—. ¿Quieres papeo o no?

—Ya que vas... Trae *marshmallows* —dijo Ame, repentinamente convertida en una dulce niña que no había desobedecido a sus padres jamás.

—Hecho. ¿Y tú, Sabelita, quieres algo?

—Yo quiero que Ame me responda a una pregunta. Si nunca has usado una de esas *apps*... ¿cómo estás tan segura de que no se puede encontrar el amor en ellas?

Rosita puso los ojos en blanco ante la deriva de la conversación y se marchó a por provisiones.

—Porque estas cosas no funcionan así. El amor no se encuentra al final de una noche de borrachera o en una *app* de ligoteo. Eres bruja, deberías saberlo; el amor necesita magia para existir.

—Has visto demasiadas películas —dijo Rosita cuando entró de vuelta a la habitación cargada con todo tipo de bolsas de comida basura.

Lanzó un paquete de *marshmallows* a Ame, que lo atrapó en el aire, lo abrió y comenzó a masticar las nubes de azúcar con el mismo esmero con el que hacía todo.

—Soy bruja como la que más, pero el amor no es magia, es estadística —se defendió Sabele.

El gesto de exasperación con el que Ame recibió aquellas palabras fue suficiente para dejar clara su opinión al respecto.

—Piénsalo —continuó Sabele sin que nadie se lo pidiera, en un vano intento de persuadirla con sus argumentos. Para Ame, el amor tan solo podía sentirse, nunca razonarse o explicarse, y mucho menos pensarse—. Imagínate que somos compatibles con, qué sé yo, supongo que depende del nivel de exigencia... Vamos a decir que podemos serlo con una de cada mil personas, por ponernos exquisitas. Pues solo tienes que ver todos los perfiles y, tarde o temprano, encontrarás a alguien de quien enamorarte.

Rosita se echó a reír con la boca llena de patatas fritas de bolsa.

—Eso son muchas horas en Tinder, maja. Yo que tú diría uno de cada diez o vas a tardar más años en tener una cita que Ame en encontrar marido.

—¡Oye! —Ame suspiró—. Ni diez ni mil. Se supone que hay una persona especial para cada uno en este mundo, por eso se habla de almas gemelas, no de almas trillizas ni cuatrillizas.

—Gracias por la aclaración, Ame —dijo Rosita, y su amiga respondió sacándole la lengua. Se giró hacia Sabele para murmurar—: Verás cuando se entere de que a las personas bisexuales nos pueden atraer más de dos géneros y que los salarios ya no se pagan con sal.

—Bueno, vale, es verdad, puede haber excepciones. Pero lo que trato de decir es que todos estamos unidos a otras almas humanas por un...

—Hilo rojo del destino —recitaron Sabele y Rosita al unísono.

Habían escuchado la historia un millar de veces.

—¡Chispa! —exclamó Rosita, y Sabele cerró los labios a cal y canto.

Tal vez los menos supersticiosos o, en general, cualquiera con más de seis años, den por hecho que ignorar las normas de este, en apariencia, inofensivo juego (que consiste en que al decir lo mismo a la vez, una de las dos personas exclama ¡chispa!, y la otra debe guardar silencio hasta que alguien diga su nombre), carece de consecuencias. Una bruja, en cambio, conoce de sobra el poder de su maldición.

—Pues sí, un hilo rojo del destino cuyos extremos se atan a los dedos meñiques de quienes están destinados a conocerse. No importan las decisiones que tomen en sus vidas, dan igual las suertes y desdichas que se encuentren en el camino, porque tarde o temprano, acabaran por encontrarse. Es imposible luchar contra el destino. —Ame se cruzó de brazos, decidida.

De haber podido hablar, Sabele le habría recitado la lista de motivos por los que ese mito del folklore japonés era una paparrucha, así que quizá su mutismo temporal fuese lo mejor para todas. Lo último que necesitaba después de una ruptura amorosa era perder una amiga por bocazas. Aunque Rosita se encargó de resumir la idea principal sin reparos.

—Un cuento precioso.

—¡No es un cuento! —Ame apretó los puños y, por un instante, Sabele temió que fuese a lanzarle un maleficio, a pesar de que la magia de Ame era la más blanca y pura que jamás había conocido.

—Vale, vale. Tranquila. El hilo rojo es real, y el ratoncito Pérez, y los Reyes Magos... son todos reales. No es necesario que te alteres.

—Os lo demostraré, a ti y a Sabele, brujas de poca fe. —Al oír su nombre, Sabele sintió un calambre recorriendo su espalda, la inconfundible energía de la magia, y supo que estaba libre del hechizo que le impedía hablar—. Os voy a demostrar a las dos que el amor verdadero existe y que no está en una *app* de ligoteo.

Sus grandes y rasgados ojos negros se clavaron en Sabele, tan oscuros como buenas sus intenciones, cargados de una determinación que no admitía frenos, excusas ni retrasos. Sabele se ajustó las finas gafas metálicas sobre el puente de su naricilla de muñeca a modo de preparación para lo que fuera que estuviese a punto de ocurrir.

—Adelante.

¿Qué era lo peor que podía pasar?

2

Luc

Se decía que Madrid era una ciudad que nunca dormía, ni siquiera de noche. En eso la ciudad se parecía a Luc Fonseca. Aunque casi eran las doce de la noche, las calles más céntricas de la ciudad acogían un continuo ir y venir de gente en aquella primavera de 2017, pero en el garito de rock donde habían estado tocando apenas quedaban un par de personas. Tampoco se podía pedir una audiencia más numerosa para un antro húmedo con una ventilación cuestionable y que no pasaría una inspección de sanidad ni con el soborno más jugoso del mundo. Sus paredes se habían pintado décadas atrás de un negro que se había desvanecido hasta convertirse en un ambiguo marrón grisáceo; las mesas, sillas y estanterías eran de la misma madera desgastada que los estantes sobre los que se desplegaba una variada colección de botellas de alcohol que contenían en realidad un garrafón indigesto; la barra había estado pringosa durante los últimos tres años y el escenario al fondo del bar era, en realidad, una tarima mal ensamblada. Sobre él, cuatro jóvenes desmontaban sus equipos y recogían sus instrumentos, cables y altavoces.

Dentro de lo que cabía no fue una mala noche para The Finnegans. La pista había estado casi llena, aunque el local no era precisamente grande, y les iban a pagar nada menos que un diez por ciento de las consumiciones de la noche. Lo cual, teniendo en cuenta que habían sido casi todas de sus familiares y amigos, no suponía gran cosa, pero a ellos, jóvenes y llenos de sueños, les bastaba para satisfacer la voz interior que les decía «Es un comienzo». Sí, habría sido más fácil pedirles el dinero a sus padres sin intermediarios. Sin embargo, cualquiera que haya sido músico independiente en una ciudad española sabe que para conservar la cordura es preciso mantener la calma, sentirse agradecido por cada nueva oportunidad y, ante todo, tratar de ver siempre el lado positivo de las cosas.

—Estás de broma, ¿no? Es la mayor estupidez que he oído en mi vida. ¡No puedes estar hablando en serio! —exclamó el guitarrista de la banda, atrayendo las desganadas miradas de los pocos clientes que quedaban, demasiado preocupados por llegar al fondo de sus copas como para prestarles atención a un par de críos que jugaban a ser estrellas del rock.

—Hemos recibido una buena oferta —intentó explicar Jean, el cantante y bajista de ojos tiernos y voz angelical que lograba atraer al ochenta por ciento de sus contados fans a cada concierto. Mientras tanto, el batería de The Finnegans se limitaba a recoger, dispuesto a fingir que la cosa no iba con él tanto tiempo como le fuera posible. Luc tenía una bien merecida fama de dramático—. Y la hemos aceptado. No te lo tomes como algo personal.

—¿Que no me lo tome como algo personal? No puedo no tomármelo como algo personal. ¿Sabes cuánto tiempo y energía he invertido en The Finnegans? ¡Esta banda es mi vida!

—Ya… Igual deberías replantearte eso —dijo el batería, de rodillas junto al bombo.

Lo que pretendía ser un murmullo acabó oyéndose por toda la sala. El muchacho se sonrojó al ver como el ceño fruncido de Luc volcaba su frustración sobre él, sin embargo, no se arrepentía de lo que había dicho y lo demostró sosteniendo la mirada de rabia desbordante del que había sido su compañero hasta hacía cinco minutos.

Tras unos tensos segundos, fue Luc el que rompió el contacto visual.

—¿Es eso lo que pensáis? —Escrutó a Jean de pies a cabeza—. ¿Tú también? El silencio de su amigo bastó para confirmar sus peores sospechas.

Que los desconocidos dudasen de su valía le era indiferente, el escepticismo del batería resultaba un tanto irritante, aunque soportable, pero que el que había sido su mejor amigo desde el instituto, su confidente, el único que estuvo a su lado durante los terribles años de su adolescencia, su segundo de abordo, su amigo del alma, hubiese dejado de creer en él le rompió el corazón en mil pedazos; tanto que dudó que en algún momento pudiera volver a recomponerlo. Su pecho se acababa de convertir en un rompecabezas sin solución.

Si iba a traicionarle hubiera preferido una puñalada en el pecho antes que aquel silencio cargado de culpa. ¿Desde cuándo pensaba así?

—No te lo tomes a pecho, tío —dijo el teclista, quien nunca había acabado de caerle bien—. Pero estamos hartos de que te quejes por todo. Nunca lo hacemos lo bastante bien para ti, y dios nos libre de sugerir que hagamos una *cover* de Dua Lipa o algo así. No queremos ser los mejores músicos del mundo, ¿vale? Solo queremos divertirnos. Así se venden muchos más discos que yendo de divo, ¿sabes?

—¿Divertiros? —Volvió a mirar a Jean. Era imposible que él también creyese esa patraña—. ¡Pues marchaos! ¡Largaos con ese nuevo grupo tan maravilloso a vender discos de mierda! ¡No os necesito! —Sus gritos atrajeron de nuevo la atención de la clientela habitual del local, que vieron a un joven delgaducho que agitaba las manos en el aire instando a sus excompañeros a desaparecer de su vista—. ¡Largo! Paso de mediocres.

El batería acabó de guardar su equipo a la carrera, se puso en pie, se echó la mochila al hombro y aceleró hacia la salida, agarrando a Jean del brazo para llevárselo consigo antes de que la cosa se les fuese de las manos. El cantante le lanzó una última mirada cargada de remordimiento a su amigo, pero él ya no estaba mirando.

Luc se sentó al borde del escenario y enterró el rostro entre sus largos y huesudos dedos. Acababa de perderlo todo salvo su guitarra; había perdido a su amigo, su banda, el motivo por el que lograba salir de la cama cada día. Ya no era nadie. No, peor aún. Era un cantautor.

«No», se dijo. De ninguna manera. Jamás.

Había miles de músicos en la ciudad, ya encontraría a otros más razonables, otros que fuesen capaces de comprender su visión. Era una cuestión de estadística. «Ellos se lo pierden. Se arrepentirán. Un día volverán llorando, a pedirme que los eleve junto a mí a la fama, que comparta mi gloria con ellos. Entonces será tarde y me reiré en su cara».

La escena que había imaginado un millar de veces volvió a tomar forma en su mente, tan tangible que a veces olvidaba que era pura fantasía. Allí estaba él, vestido con un elegante traje nuevo que le habría regalado algún diseñador de alta costura (seguramente Gucci) y detenido frente a un micro, con un cigarrillo en la boca al que daba una larga calada antes de dejarlo caer (aunque en realidad el olor a tabaco le daba arcadas).

«Hoy vamos a tocar una nueva canción», susurraba al micrófono, y los millares de personas que desbordaban el estadio enloquecían en un clamor colectivo. Se sentían privilegiados solo por poder estar allí grabándole con sus móviles; en cambio, para él, era mera rutina. Había vivido aquel momento cientos de veces, pero en esta ocasión, el guion era algo distinto. «Quiero dedicar este tema a mis antiguos compañeros de The Finnegans. Sin vuestro rechazo, jamás habría encontrado la inspiración para componer mi primer disco y vender millones de copias en todo el mundo. Quién me iba a decir que sería el primer artista en llegar a los cien millones de oyentes mensuales en Spotify. ¡Gracias, chicos!».

—Chaval, ¿te encuentras bien? —dijo una voz ronca sacándole de su fantasía.

Luc alzó la vista y se chocó de bruces con los ojos saltones del dueño del bar, un heavy venido a menos que seguía viviendo a expensas de los viejos tiempos y que, seguramente, seguía pensando que estaban en el año 1986, porque parecía que no se hubiese cambiado de ropa desde entonces. «Por favor, Señor, no me dejes acabar así», suplicó a un dios en el que no creía del todo, a pesar de la fina cruz de oro que colgaba de su cuello, un regalo de su madre que llevaba más por costumbre que por otra cosa. Lo peor de todo era que, pasado de moda o no, el tipo parecía mucho más satisfecho con la vida que él.

Luc asintió y se acercó a la barra, arrastrando sus mocasines por el suelo pringoso. Se dejó caer sobre el taburete y estudió a sus nuevos colegas de barra. «No me dejes acabar así», insistió.

—¿Qué te pongo? —El dueño le señaló con el dedo y adoptó una pose severa—. Serás mayor de edad, espero.

Luc suspiró y asintió con desgana. Estaba a punto de cumplir los veinte años, ¿cuándo iban a dejar de tomarle por un adolescente? No era su culpa tener la masa muscular de un niño de diez años. Lo que más le irritó fue el tono condescendiente que utilizó el dueño, como si diese por hecho que le estaba mintiendo. Al menos no le había pedido el DNI.

—Jäger —contestó sin dudarlo, necesitaba algo que le subiese deprisa.

—Un mal día, ¿eh?

«Y que lo digas», pensó. El hombre le sirvió un chupito del oscuro líquido negro y lo dejó a solas con sus tormentos. No cabía duda de que, pese al declive de su negocio, era todo un profesional.

Luc se dispuso a embotar sus pensamientos y a hacer desaparecer los recuerdos de aquella noche gracias a cantidades ingentes de alcohol en sangre; sin embargo, un repentino bullicio le interrumpió justo antes de llevarse el vaso a la boca.

—¡Ya te he dicho que no sé nada! ¡Nada! ¿Me oyes? ¡Olvídame! ¿Es que quieres meterme en problemas?

El joven músico miró a su alrededor en busca del origen de aquellos gritos sin éxito. Comprobó, en cambio, que ninguno de los presentes parecía reparar en el alboroto. «Pues sí que están cocidos», pensó. No se le había ocurrido pensar que, quizá, el motivo de su indiferencia fuese que el único que podía oírlos era él.

—Vamos, amigo. Échame un cable o mi jefe se va a cabrear conmigo —dijo una segunda persona.

Luc se puso alerta como un perro de caza ante el olor de la presa, aunque se sintiese más bien al revés. Era la voz de su hermana.

—Si alguien sabe de qué va todo esto, esa persona eres tú —insistió—. «Nada ocurre en este barrio sin que yo me entere», ¿recuerdas? Es lo que siempre dices. Pues en este barrio, en tu barrio, ha habido una brecha durante al menos tres horas.

A la vez que su hermana Leticia aparecía en lo alto de las escaleras que conducían al garito, agitando un extraño aparato en el aire, un fantasma de éter perlado y semitransparente atravesó el pringoso techo del local.

Luc tenía dos claros talentos que le distinguían de la gran mayoría de los mortales, y solo se sentía orgulloso de uno de ellos. La música había llenado su vida de sentido y de noches memorables, le había proporcionado consuelo en los momentos difíciles y había sido el marco de muchos de sus mejores recuerdos. En cuanto a la habilidad heredada de su familia paterna de percibir los estímulos sobrenaturales... Era una cuestión problemática que procuraba ignorar en la medida de lo posible. Por desgracia, su hermana tenía la mala costumbre de recordarle, siempre que podía, que los fantasmas, las brujas, las hadas, los demonios y toda clase de seres mágicos existían.

El fantasma tenía pinta de haber muerto durante los ochenta, probablemente de sobredosis o en una pelea nocturna en la salida de un bar, sospechó Luc. Sintió una punzada de admiración y reconocimiento. Tenía muchas ideas erróneas sobre lo que significaba ser un artista.

Acostumbrado a ser invisible, el fantasma continuó con la conversación, ajeno a la mirada de su nuevo admirador. Leticia bajó el tono a medida que se acercaba a la muchedumbre; no quería que la viesen y pensasen que estaba hablando sola.

—Sí, me entero de los chismorreos, pero eso sobre lo que me preguntas va más allá de unas simples habladurías.

—Precisamente por eso... —Su hermana enmudeció.

La joven, unos cuantos años mayor que él, igual de alta y con su mismo cabello de color miel oscuro, empalideció al verle casi tanto como lo hizo su hermano. Los dos habían sido sorprendidos haciendo algo que no debían.

—¿Leticia?

—¡Lucas! ¿Qué haces aquí a estas horas? —Su mirada se desvió hacia el chupito en la barra—. ¿Bebiendo otra vez? ¿Un domingo?

Luc puso los ojos en blanco, exasperado. Odiaba que le llamasen por su nombre completo. Llevaba años presentándose ante todo el mundo como Luc y, aun así, su familia seguía empeñada en ignorar sus deseos. Luc era un nombre sencillo de recordar, monosílabo, requería menos esfuerzo. Se lo había puesto fácil, ¿a qué venía ese empeño en complicarse la vida? Otra de las muchas cosas que odiaba era que le pidiesen explicaciones. Era mayorcito para hacer lo que le viniese en gana.

—¿Qué haces tú aquí? ¿Estás trabajando para la Guardia otra vez? ¿Un domingo?

—Yo me largo... —masculló el fantasma. La indiscreción de Luc solía tener ese efecto.

—Seguiremos hablando de esto —le advirtió Leticia mientras el fantasma se sumergía bajo el suelo como si le hubiese abandonado la fuerza de la gravedad.

Leticia lanzó una mirada asesina a su hermano pequeño.

—Como algún espectro salga del Valle de Lágrimas esta noche te haré personalmente responsable.

—No tengo ni idea de qué hablas y no quiero que me lo cuentes —dijo, pero ya era tarde. Su hermana se sentó en un taburete a su lado y llamó al camarero.

Sabele

—¿Es todo esto realmente necesario? —preguntó Rosita desde el sofá mientras Ame prendía los inciensos que había distribuido en el centro del salón con una meticulosidad escalofriante.

—Sabes que mi magia es delicada, necesita un ambiente agradable. Los preparativos son fundamentales.

—No. Me refería a todo esto. —Dibujó un círculo en el aire con los brazos—. Este hechizo, experimento..., como quieras llamarlo.

Ame se había vestido con un kimono blanco, salpicado con algunas peonías rosas, que ataba con un lazo granate. Dio media vuelta hacia ella, sonrió y se encogió de hombros con su habitual aire de niña buena. Sabele se acordó de esas fotos que les había enseñado en una ocasión, en las que Ame aparecía presumiendo de su primer traje tradicional frente a un templo de su Nagoya natal. Con solo cinco años, Ame ya sentía debilidad por las telas hermosas. No era sorprendente que hubiese optado por estudiar diseño de moda.

—Es necesario para demostraros que tengo razón y que vosotras os equivocáis, ni más ni menos. ¿Qué hora es, Sabele?

—Quedan diez minutos para la medianoche —dijo la aludida mientras observaba a Ame con una mezcla de curiosidad y admiración. Siempre era un placer ver a su amiga trabajar con ese esmero y delicadeza típicos de las brujas niponas, pero no tenía demasiada fe en su experimento.

—Perfecto —dijo Ame antes de sentarse de rodillas frente al pequeño altar.

Sobre él había depositado una multitud de objetos dispares que incluían un peine de Sabele, dos velas rojas y un cuenco de agua colocado sobre un hornillo eléctrico que le restaba bastante romanticismo a la escena. El líquido, aromatizado con la esencia de alguna flor que Sabele no alcanzó a reconocer, desprendía un vapor ligeramente rosado.

—Vale… Creo que ya está todo —dijo Ame revisando por última vez la puesta en escena.

En Japón, las brujas solo empleaban sus dones en ocasiones especiales, así que se aseguraban de convertir el evento en algo digno de admiración. En realidad, el verdadero poder de una hechicera no provenía de los inciensos ni los altares, sino de la fuerza vital que canalizaban mediante las palabras y símbolos con la que rogaban a la magia por sus favores.

—Ven, siéntate frente a mí —le indicó.

—Esto es ridículo —masculló Rosita al comprobar que Sabele obedecía—. De Ame me lo podía esperar, pero de ti… De ti me esperaba más.

—¡Oye! ¿De mí no te esperabas más? —protestó Ame.

—Pues en este aspecto no. Antigua, que eres una antigua.

Ame le sacó la lengua y Sabele suspiró al verse, como siempre, en medio de otro rifirrafe entre sus dos amigas, que a veces parecían dos chiquillas en lugar de un par de veinteañeras.

—Nadie ha pedido tu opinión. Esto es entre mi mejor amiga y yo —dijo Ame, altiva.

—Mi mejor amiga y tú, querrás decir…

—Chicas, dejadlo estar. Vamos a hacer el hechizo y veremos qué pasa —dijo Sabele.

—¿Ver qué pasa? —Rosita volvió a la carga—. Con todos los conjuros creados y por crear que hay en el mundo y desperdiciáis vuestra magia para encontrar a… ¡¿un hombre?! ¿En serio? Adiós al test de Bechdel. El feminismo ha muerto.

—¡No seas tan exagerada! —la reprendió Ame.

—Cinco minutos para la medianoche —anunció Sabele, mientras consultaba el reloj analógico de la pared.

Cualquier bruja de más de tres años sabía que los momentos en los que el poder de la magia se magnificaba eran el mediodía, la medianoche y el instante exacto en el que el sol se ponía o se alzaba. Cuatro fugaces instantes en los que la naturaleza y el poder de la vida se mostraban más predispuestos a colaborar.

Rosita mostró su rendición sentándose en el sofá para observar y esperar el momento en el que pudiese decir «¿Veis? Os dije que esto era una estupidez».

—Creo que podemos comenzar —dijo Ame, mirándola fijamente. Sus manos temblaban de una forma casi inapreciable, como cada vez que se disponía a realizar un hechizo.

—Estás preciosa de blanco, Ame —dijo Sabele—. Te da muchísima luz y un aire de bruja sabia.

Ame se sonrojó y sonrió sin mostrar sus pequeños y perfectos dientecitos. Inspiró, cerró los ojos y, cuando terminó de exhalar, su semblante se había transformado por completo y el temblor de sus extremidades había desaparecido, convirtiéndose en pura firmeza.

—Extiende las manos sobre el cuenco —ordenó con absoluta rigurosidad. Empezó a pronunciar largas frases en japonés cuyo significado Sabele desconocía.

Tan menuda e inocente como era, Ame se volvía enorme y fuerte cuando invocaba el poder de la magia.

Ante el estupor de sus dos compañeras de piso, Ame desenfundó el *tantō* que portaba entre la tela granate y el kimono. Sostuvo la funda con una mano y la daga, similar a una catana corta, con la otra. En un movimiento certero, veloz y cargado de energía hizo un diminuto corte en la punta del dedo de Sabele, quien creyó que su corazón iba a salir despedido de su pecho y a dejarla con un agujero abierto en mitad del torso del susto. La incisión era lo suficientemente profunda como para que unas cuantas gotas de sangre rodasen por la base de su mano hasta caer en el cuenco.

—Lo que el destino ha unido no lo podrán separar sus siervos —murmuró con los ojos cerrados—. Y ahora... a esperar.

—¿Ya está? —dijo Rosita—. ¿Te vistes de gala y casi le cercenas un dedo para que ahora tengamos que «esperar»? Me imaginaba algo más..., no sé, impresionante.

—Chicas, ¿me podríais traer algo para limpiarme? —pidió Sabele. Era habitual emplear la sangre como fuente de vida en los hechizos serios, pero no pensó que estuviesen haciendo uno de esos, y no quería mancharse el pijama recién lavado.

—¿Debí avisarte? Pensé que si lo sabías, sufrirías más por la anticipación que por el corte. No es más que un arañacito de nada... —dijo Ame.

—Qué detalle por tu parte —respondió Rosita, que se levantó para ir al cuarto de baño y volver a la carrera con una toalla que le tendió su amiga—. Un arañacito de nada que le está haciendo sangrar como si fuera un cerdo. He visto rituales de magia negra menos sangrientos que este. Total, para que no pase nada.

—Tengo que admitir que ha sido un tanto anticlimático... —dijo Ame, pensativa—. Pero funcionará, ya lo veréis.

Sabele no quiso decepcionar a su amiga, pero tenía la sensación de que Rosita estaba en lo cierto. No habían hecho nada más que perder el tiempo y, en su caso, unas cuantas gotas de sangre. El amor de su vida no iba a llamar a la puerta por sorpresa aquella noche como si se tratase de una pizza a domicilio.

—Señoritas —dijo Rosita—. Ha sido un placer jugar con vosotras, pero yo me voy a la cama, que mañana madrugo para ir al trabajo, no como otras.

—Bruja de poca fe —replicó Ame—. Espera y verás. Llegará cuando menos lo esperemos.

—Entonces va a llegar ahora mismo.

Sobre la mesa del comedor, el móvil de Sabele vibró una única vez. Las tres jóvenes intercambiaron miradas inquisitivas. Incluso Rosita parecía alerta ante la posibilidad de que... No, no podía ser. Sus dos amigas aguardaban, expectantes.

—Seguro que solo es un correo de *spam* o algo así.

—O no... —dijo Ame con una sonrisa maquiavélica.

—Ve a comprobarlo —la animó Rosita, cuyo escepticismo comenzaba a flaquear.

Sabele se levantó con aquel nudo en el estómago que le repetía una y otra vez que no pasaba nada, mientras que una palpitación en su pecho se preguntaba, osada, «¿Y si?».

Desbloqueó la pantalla del móvil y un golpe de magia agitó su cuerpo de pies a cabeza, sacudiendo sus entrañas sin piedad. No podía ser.

—Es un *match*. Un *match* de Tinder.

—¡Oh, vaya! —dijo Rosita con una carcajada que le sirvió para liberar la tensión acumulada. Ya podía volver a adoptar esa actitud cínica tan suya—. Ya ves tú. Un *match*. Cuidado, Sabele, que a lo mejor es «el amor de tu vida». —Se echó a reír ante la expresión desconsolada de Ame—. ¡Oh, Ame! —La abrazó—. Hay cosas que ni siquiera nosotras podemos hacer. No te desanimes.

—No —la interrumpió Sabele, que apenas podía despegar la vista de la pantalla del teléfono—. No lo entiendes. Yo no le he dado ningún *like* a nadie. Solo he creado el perfil. No puedo tener un *match* sin haber usado la *app*. No tengo ni la menor idea de dónde ha salido este chico.

Observó la pantalla anonadada, preguntándose quién demonios era aquel chaval de facciones huesudas y gesto distante que evitaba mirar a cámara mientras le hacían las fotos.

4

Luc

Leticia caminó hacia él y se sentó en un taburete mugriento a su lado. Luc creyó que iba a interrogarle cuando la joven alzó la mano en dirección al dueño.

—¡Otro chupito aquí cuando puedas! —exclamó, elevando su voz por encima de la música y ante la estupefacción de su hermano menor.

—¿Desde cuándo bebes chupitos? —Luc arqueó la ceja, incrédulo.

—¿Acaso pensabas que tu predisposición al alcoholismo apareció de la nada? Procuro no abusar de los chupitos porque no quiero acabar como papá, que pretende hacernos creer que tomar un copazo de whisky todos los días antes de dormir es «lo normal».

El dueño se disponía a servirle cuando ella le interrumpió.

—Sabe qué, mejor deje la botella. Después de todo, no estoy de servicio, solo haciendo horas extras que nadie me ha pedido y que nadie me va a reconocer —suspiró. Parecía agotada.

Luc no daba crédito a lo que veían sus ojos. Los casi siete años de diferencia que le separaban de su hermana habían hecho que nunca compartiesen amistades, aficiones o gustos. Pero eso no significaba que no estuviesen unidos; nunca habían jugado a las cocinitas o a los coches de carreras juntos, pero su hermana le había acompañado al cine y a conciertos de sus grupos favoritos cuando era demasiado pequeño como para ir solo. Sin embargo, siempre parecían estar en fases distintas de sus vidas. Cuando Luc fue a su primer botellón, su hermana estaba terminando la carrera y adoptando la vida de «adulta responsable», así que esa era la primera vez que veía a Leticia beber algo que no fuese cerveza o vino, y sintió, aunque jamás lo reconocería en voz alta, un extraño orgullo al verla vaciar el chupito de un trago limpio sin siquiera pestañear.

Leticia volvió a llenar el vaso.

Ahí estaba su único modelo positivo de la infancia, precipitándose en el abismo. En el fondo, le complacía que Leticia no fuese tan perfecta como su padre parecía creer. Por primera vez, ambos se encontraban en el mismo punto: ninguno de los dos sabía a ciencia cierta qué estaba haciendo con su vida.

—Un mal día, ¿eh? —preguntó Luc, repitiendo lo que momentos antes le había dicho el barman.

—Horrible. Así que hazme un favor y no les cuentes nada de esto a papá y mamá.

—¿El qué, que sigues trabajando para la Guardia y no en un pequeño bufete de abogados como les has hecho creer?

Leticia le miró desafiante, sujetando la botella con una mano y el vaso con la otra.

—Exacto. Y si te portas bien, yo no les contaré que no estás trabajando en Starbucks por las noches, sino tocando en tugurios con tu banda… —contraatacó mientras señalaba la funda de la guitarra a sus pies— y bebiendo a solas.

—En realidad, mi banda acaba de disolverse, así que eso no va a ser un problema —dijo, sin ser capaz de alzar la vista del vaso mientras confesaba sus vergüenzas.

Su hermana apretó los labios con lástima y dudó antes de apoyar la mano sobre su hombro a modo de apoyo fraternal, ese que dice «quizá no siempre te entienda, ni sepa cómo ayudarte, a veces incluso te odio, pero, pase lo que pase, estoy aquí». Muy a su pesar, Luc lo agradeció.

—Lo siento.

Vaciaron sus vasos al unísono, de golpe y sin pensárselo. Luc sintió aquel regusto familiar a regaliz en el paladar y el ardor del tóxico líquido quemando su garganta al caer. Unos cuantos más de aquellos y sus preocupaciones serían vagos recuerdos de otra vida.

—Bah —dijo haciendo un aspaviento con la mano—. No te preocupes, ya se arrepentirán y volverán cuando sea tarde y yo una celebridad internacional. —Se encogió de hombros. Lo creía, realmente lo creía. Tenía que hacerlo. Fue a servirse otro chupito, pero su hermana le alejó la botella.

—¿Sabes? No hace falta que te pases el día bebiendo ni obsesionado con la fama para ser un buen músico y escribir buenas canciones. Eso son cosas de la tele y de Hollywood.

—Chorradas... Claro que hace falta —dijo. ¿Cómo y sobre qué iba a escribir si no? Pero no esperaba que su hermana, la señorita matrícula de honor, pudiese entenderlo—. ¿Y qué ha pasado contigo? ¿Desde cuándo le mientes a papá?

Leticia suspiró.

—De verdad que lo intenté, Luc. Intenté trabajar en ese estúpido bufete, pero... No puedo evitarlo —respondió mientras se servía el tercer chupito.

—Eh, a mí no me tienes que explicar nada.

—Si al menos mi jefe se acordase de mi nombre, tendría sentido estar mintiendo a papá y a mamá. Es un incompetente. El plano espiritual está patas arriba y le da igual. Esta semana el fantasma del palacio de Linares se ha dejado ver cuatro veces. ¡Cuatro! Y me toca ir a mí a calmar a todo el mundo, pero no me dan ningún recurso para que lo arregle. A nadie le importa mi trabajo.

Luc suspiró.

—Pues sí que estamos apañados...

Ninguno de los dos había cumplido con las expectativas que tenían sus padres en mente para ellos. Si al menos alguno de los hermanos hubiese encauzado su porvenir hacia un sendero que ellos considerasen respetable, podrían dejarlo estar, asumir que, a veces, el tremendo esfuerzo de un padre no es suficiente, y concentrarse así en el hijo «vencedor»; pero algún día saldrían de su engaño y se percatarían de que su prole era realmente un desastre incapaz de llevar la vida que ellos querrían. Ya les tocaría dar explicaciones. Mientras tanto, intentarían ser felices a su manera.

A modo de recompensa por haber sido un buen chico y no hacer preguntas inapropiadas, Leticia se giró para llenar también su vaso.

—Este es el último, ¿vale? Que si no acabarás llamando a tu ex.

—No tengo ex y lo sabes.

Leticia se echó a reír, consciente de que el Jäger comenzaba a surtir efecto. Luc también notaba como iba sintiéndose más ligero de lo habitual.

—Qué pena…, con lo guapo que tú eres… —dijo Leticia, apretándole las mejillas hasta sonrojárselas. ¿Guapo? Interesante quizá, pero ni siquiera él, con lo mucho que se esforzaba por adorarse, se hubiese definido como guapo—. ¿Seguro que no estás de morros porque tienes un *crush* con ese amigo tuyo?

Lo último que necesitaba era que le recordasen a Jean.

—Pues no —dijo, liberándose de los dedos de su hermana.

—Y entonces, ¿sobre qué habla en sus canciones un rockero torturado como tú si no es sobre amor, ¿eh? Necesitarás una vida amorosa si quieres que tus letras calen, hermanito.

—Estoy comprometido con mi música. Mi guitarra es la única amante que necesito.

—Vaya montón de porquería. ¿No tienes Tinder o alguna *app* de esas?

—Sí, pero no hay nada que valga la pena…

—Oye…, ¿y si me enseñas a usarla? Últimamente trabajo muchas horas, y ya sabes que no se me da muy bien la gente. Echo un poco de menos… Ya sabes.

—Agh. Calla… —No sentía ningún deseo de estar al tanto de lo que hacía, o tenía ganas de hacer, su hermana en sus horas libres. Al menos no en ese aspecto—. Agh.

—Enséñame, anda…

—Que no.

Leticia se aferró al brazo de su hermano y comenzó a tirar de él.

—¡Venga! Saca el móvil y queda con alguna chica atrevida. —Se echó a reír—. Así olvidarás a esos malvados músicos que no quieren tocar contigo. Y yo podré quedarme con uno o dos truquitos para utilizarla más tarde —dijo mientras le guiñaba un ojo.

—De acuerdo —contestó Luc, repentina e inexplicablemente emocionado con la idea.

Iba a quedar con una chica, no con una cualquiera, por supuesto, sino con una que pareciese una modelo de Victoria's Secret y que escuchase Blur y Nirvana. Si algo había aprendido de sus ídolos era que un buen músico siempre salía con modelos. Puede que esa lista de exigencias fuese la ruta más rápida hacia la soltería perpetua, además de una forma de eludir el rechazo. Si su mujer ideal no existía, no podía dejarle plantado.

Sacó su viejo iPhone, resquebrajado en cuatro puntos distintos, y empezó a descartar a desconocidas con un solo movimiento de su dedo a la vez que intentaba explicarle a su hermana la dinámica del juego.

—Si deslizas hacia la izquierda es que no te gusta, hacia la derecha significa que sí. Si ambos deslizáis hacia la derecha, hacéis un *match*.

—Un *match*. Vale. Entendido.

—Y podéis hablar. Porque… os gustáis, ¿sabes? Hay… química.

—Un *match*. Hay química.

Vista desde fuera, la escena era bastante más lamentable de lo que ninguno de los dos podía figurarse dentro del estado de declive transitorio de sus facultades físicas y mentales en el que se hallaban sumidos. En otras palabras: estaban oficialmente borrachos. Todos los recursos mentales de Luc se volcaban en la aplicación, y la ilusión de poder que le confería era suficiente para acabar de embriagarle del todo.

—Muy alta. Muy baja. Le gusta el reguetón. Hay cinco tías en esta foto y no voy a perder el tiempo averiguando cuál es. Muy aburrida. Se esfuerza demasiado. Se esfuerza muy poco —decía mientras pasaba de un perfil a otro sin piedad—. Ha combinado tela vaquera con, oh, sorpresa, más tela vaquera. Los dientes de esta son demasiado blancos.

Ni siquiera dedicaba más de un segundo a cada perfil. Pronto, su determinación inicial se esfumó. No le apetecía quedar con ninguna de esas chicas con las que no tenía nada en común. Siendo realista, ¿quién encontraba al amor de su vida en internet?

—Vaya, hermanito… Qué exigente… —murmuró su hermana con una especie de falsa sonrisa—. Así no vas a encontrar novia. ¿Qué quieres, quedar con Cara Delevingne? Bueno, no, Cara me gusta más a mí. Lo que quiero decir es que tendrás que conocerlas primero. La belleza está en el interior… —dijo intentando imitar la melodía de *La bella y la bestia*—. ¡Mira esta! ¿Qué problema tiene esta?

Apareció en la pantalla una joven de aspecto angelical, grandes ojos azules y una frondosa y ondeante melena de un rubio claro y dorado, tan larga que le llegaba por la cintura. Cumplía sin duda todos los requisitos que en teoría buscaba Luc: podría haber sido modelo, vestía bien y tenía un gusto musical impecable. Su rostro era simétrico, su nariz recta y pequeña y su chaqueta vaquera estilo *vintage* estaba personalizada con la imagen de un gato gigante. Tenía además una sonrisa perfecta. A simple vista, no había ninguna pega que le pudiese poner. Salvo que ni de coña una tía así le iba a dar *match*. Aun así no pudo resistirse. Ante la sugerencia de su hermana, y reconociendo que tenía su parte de razón, le concedió el privilegio que no le había dado a ninguna otra: tomarse unos minutos para mirar su perfil. Pasó varias de sus fotos y analizó al detalle cada una de ellas en el proceso. La chica rubia («Sabele, 21», según la aplicación) en la playa con unos vaqueros cortos y un top de bikini que revelaba su tonificado y delgado cuerpo, la chica rubia en una calle muy transitada con un abrigo largo y unos pantalones negros, la chica rubia haciendo una imposible postura de yoga, la chica rubia curioseando vinilos en una tienda de segunda mano, la chica rubia leyendo en su casa con su melena recogida en un moño, una sudadera tres tallas más grande y unas finas gafas redondas que le quedaban tan bien como el bikini de hacía unas cuantas fotos.

Tragó saliva.

Era la chica de sus sueños.

—¡Uf! Esas gafas le hacen los ojos muy pequeños... ¡Siguiente! —exclamó Luc deslizando su dedo hacia la izquierda para descartarla.

Sabele, 21 volvió a aparecer en la pantalla. No debía de haberle dado bien. Volvió a intentarlo y, de nuevo, el perfil de la joven apareció en la pantalla. ¿Qué estaba pasando? «Estúpida tecnología. Odio la tecnología». Esta vez pulsó el aspa roja para asegurarse de que no había un malentendido entre él y su teléfono móvil, sin embargo, Sabele, 21 seguía ahí.

—¿Eso es normal? —preguntó su hermana, poniendo morritos—. Igual es una señal... del universo. ¡Acepta! ¡Dile que sí!

Luc suspiró. Con gafas o sin ellas, tenía que admitir que la chica era una belleza, y parecía llevar una vida mucho más interesante que la suya, a juzgar por sus fotos de viajes y su larga lista de aficiones. ¿Qué podía perder por intentarlo, su orgullo? Si no había *match*, ahí se quedaba la cosa, y si le hablaba y resultaba ser una sosa o prefería el pop comercial, siempre le quedaba la opción de ignorarla y punto. Había visto suficientes fantasmas en su vida como para saber marcarse un buen *ghosting*.

—Vaaale.

Pulsó el botón verde en la pantalla y una especie de descarga eléctrica le removió por dentro. Luc se sacudió en su asiento como si intentase quitarse una colmena de abejas de encima. «Ugh, ¿qué llevaba ese Jäger?».

Leticia aplaudió y él, sin saberlo, acababa de tomar la que parecía una insignificante decisión que, sin embargo, iba a cambiarle la vida para siempre.

5

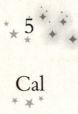

Cal

Cal deslizó la hoja del cuchillo por la palma de su mano izquierda, cubierta por una colección de cicatrices que hacían imposible leer su destino bajo todas ellas. Sabele lo había intentado una vez, sin éxito, pese a ser una bruja talentosa. El metal abrió un nuevo surco y de él brotó un fino hilo de sangre. Apretó el puño para escurrir hasta la última gota y las dejó caer sobre un espejo de mano, con el marco de plata.

Nunca se había considerado un hombre celoso ni posesivo, pero estaba claro que no se conocía lo suficiente. Sabía cómo era ante el amor y el deseo, sin embargo, el rechazo suponía algo nuevo para él.

La sangre encharcó el espejo y Cal pronunció una invocación en la ancestral lengua de la muerte. La superficie absorbió el líquido rojizo y le pidió, a cambio de su sacrificio, que se la mostrase. La mayoría de las brujas alzaban barreras mágicas y se protegían mediante amuletos para evitar invasiones como aquella, pero Sabele nunca se había escondido de él. No le consideraba su enemigo, aunque quizá debería.

Cal no era el primer nigromante que había cometido el error de enamorarse de una bruja, ni sería el último. Cuando la vio por primera vez, tan radiante por la magia de vida que emanaba cada uno de sus poros, se preguntó qué sentido tenía aquella guerra fría, por qué los de su clase rechazaban con tanto ímpetu una brujería tan bella. Las hijas de la Diosa y los heraldos de la muerte convivían en una frágil paz bajo el amparo de un tratado de apenas unas décadas de antigüedad tras siglos de enemistad. A veces, Cal estaba convencido de que solo el miedo a una nueva guerra y la insistencia de la Guardia, la institución que se aseguraba de que el mundo mágico permaneciese en paz y armonía, evitaba que volviesen a las viejas andadas de destruirse mutuamente.

Se soportaban, pero no se mezclaban.

Por eso su febril amor de juventud por una bruja, nada menos que del clan Yeats, cuyas raíces se asentaban en la más antigua y poderosa magia celta, había sido recibido con recelo entre los suyos. Si su padre le hubiese considerado un digno heredero tal vez habría tratado de impedir el romance, pero hacía tiempo que tenía claro que su hijo ni anhelaba ni era capaz de seguir sus pasos. Le dejaron hacer, con alguna que otra advertencia, sin demasiadas preocupaciones. Pensaban que el idilio tenía el tiempo contado. Al parecer, Cal fue el único que no se lo esperaba.

El reflejo del techo del cuarto de Cal se desvaneció y en su lugar el espejo le mostró una escena de lo más cotidiana. Reconoció enseguida el salón de la casa de las tres amigas, que charlaban y reían animadamente.

Cal tenía el corazón hecho añicos y Sabele... Ella irradiaba el mismo resplandor del que se había enamorado. Le alivió comprobar que estuviese bien y, a la vez, su alegría lo hundió un poco más en la miseria.

No había visto venir la ruptura. Si le hubiesen preguntado tres horas antes de aquel paseo en el Retiro habría dicho que estaban perfectamente, tan felices como siempre, pero al detenerse junto al estanque del parque, Sabele le había dicho que necesitaba un tiempo para centrarse en ella, que ya no eran los mismos adolescentes que se habían enamorado y que necesitaban conocerse mejor como adultos, por separado.

Por el momento a Cal no le gustaba demasiado lo que descubría del hombre en que se estaba convirtiendo.

Hizo un aspaviento con la mano para desvanecer la imagen en el espejo y sintió cómo las sombras avanzaban por su cuerpo para tomar un pedacito más de sí mismo. Así funcionaba la magia de muerte, te acercaba ineludiblemente a tu propio final. Puede que por eso Cal hubiese creído que el amor de Sabele le pertenecería hasta sus últimos días. El «juntos para siempre» de un nigromante tendía a ser breve. A lo mejor si hubiese sido más valiente, si hubiese renunciado a su poder, habría podido ofrecerle algo mejor.

Se limpió la herida, aplicó desinfectante y la vendó con cuidado. Cualquier hechicero le diría que lo que acababa de hacer era un desperdicio de magia, pero él no se sentía listo para dejarla marchar. No aún. Sabele era perfecta para él, su alma gemela. Estaba dispuesto a luchar contra sus semejantes y contra el mundo entero si era necesario.

A pesar de su popularidad, Cal no tenía muchos amigos entre los suyos ni los había querido, le bastaba con tenerla a ella. Tampoco ansiaba poder ni dinero. Prefería al amor. Era un romántico empedernido, se dijo, y por eso no iba a rendirse mientras hubiese alguna opción de recuperarla.

Sabele

Quedaron en una de las terrazas de la plaza de San Ildefonso, a los pies de una antigua iglesia y a solo unos metros de distancia de su piso. Casi podía intuir a Ame y a Rosita asomándose al balcón, que se distinguía de todos los demás por la ristra de amuletos que habían colgado de la barandilla para alejar de su hogar a los malos espíritus y a las energías negativas. Saber que sus amigas estaban cerca la tranquilizaba. A pesar de ser una bruja, la idea de quedar con un completo desconocido seguía despertando ciertos temores en ella. Aunque si resultaba ser un psicópata o un baboso que se pasaba de la raya, podía lanzarle un maleficio, uno que doliese.

Quedar a la vuelta de la esquina tenía otra ventaja: podía volver rápido a casa para seguir preparando su demostración ante la Dama. Había escogido una forma de magia poco frecuente en el clan Yeats, en lugar de lo que todos esperaban de ella: un truco de adivinación. El porvenir y la suerte eran las especialidades de su clan, pero esa noche les demostraría que su talento iba mucho más allá de su apellido. Había oído una vez que los buenos artistas buscan soluciones y los genios, problemas. Ella pensaba algo parecido sobre la brujería. Lo que significaba que aún tenía mucho que estudiar.

Por eso el retraso de su cita empezaba a molestarla de verdad. Llegaba media hora tarde. Fue él quien comenzó la conversación después del *match* (con un muy poco creativo «¿Ey, qué tal?» seguido de un gif. Un gif. No uno ingenioso y bien pensado, sino de los primeros que salían en sugerencias) y quien la retomó durante casi una semana cada vez que parecía que no quedaba nada más que añadir. Claro que también era él quien ignoraba sus mensajes durante horas a pesar de haberlos visto y evitaba responder a todo tipo de preguntas personales que no tuviesen que ver con su marca de altavoces favoritas.

Revisó por enésima vez su móvil para comprobar si iba a dignarse a avisarla de que llegaba tarde. Al parecer, su ligue había optado por sacar a relucir su personalidad pasiva e indiferente precisamente el día de su cita. La primera que Sabele tenía desde hacía cuatro años. No quería reconocer que se sentía decepcionada, que había llegado a contagiarse de las apasionadas y certeras ideas que Ame tenía sobre el amor. Tenía que haber escuchado a Rosita, que solía decir que el amor romántico era un invento burgués para mantener a la gente distraída y que no se rebelase.

«Tengo cosas mejores que hacer que perder el tiempo con alguien que ni avisa de que llega tarde».

Dio el último sorbo a su té helado, se tragó su desencanto y se puso en pie para marcharse. Llegaría a casa, desinstalaría la *app* y fingiría que no se había pasado varias horas espiando la cuenta de Instagram del tal Lucas. Su labor de espionaje le sirvió para determinar que era lo menos parecido a «su tipo» que había visto en la vida. Y precisamente por eso le había llamado la atención. Estaba claro que se había equivocado.

Ya estaba de pie y con la vieja chaqueta vaquera, que había pertenecido a su madre, a medio poner cuando lo vio andar hacia su mesa, con el pelo enmarañado y una funda de guitarra a la espalda. No se marchó porque se notaba que había ido corriendo hasta allí.

Lo miró de los pies a la cabeza.

Era tan raro como en las fotos.

Aunque mucho más agraciado, todo hay que decirlo. El chico no era nada fotogénico, o más bien parecía que se esforzase por salir mal en las fotos. La suya era una belleza tan particular como el resto de los rasgos que lo definían, y saltaba a la vista que era consciente de ello y que fingía que le resultaba indiferente. Su físico no era fuerte y definido como el de Cal, ni poseía una mandíbula marcada y un cuello grueso, sino más bien todo lo contrario. Una ráfaga de viento podría arrastrarle sin problemas hasta la otra punta de la ciudad, quizá por eso sus pasos eran tan ligeros que parecía flotar al andar. Su aspecto era delicado y su piel pálida, acentuada por su vestimenta oscura, que le confería el aspecto de un caballero victoriano inglés, algo frágil y enfermizo. Su pelo revuelto y abundante era de un color ambiguo, entre el castaño claro y el rubio oscuro, que le aportaba la inocencia que sus ojeras le restaban.

Sabele lo observó incrédula mientras la saludaba con dos besos fugaces. Olía a lavanda y a jabón. ¿Qué clase de rockero trasnochado huele a flores?

—Ah, aquí estas. Creí que llegaba tarde, pero veo que acabas de llegar —dijo. Su voz era más grave de lo que cabría esperar de un cuerpo tan liviano, pero clara como la de un niño.

Sabele frunció el ceño. Era la clase de persona que seguía el concepto de puntualidad como un mandamiento.

—En realidad me estaba yendo. He esperado media hora —le reprochó, más le valía tener una buena excusa.

—Ya, bueno. —No parecía preocuparle demasiado—. Perdona, estaba ensayando y he perdido la noción del tiempo.

El chico depositó la funda de la guitarra en el suelo y se sentó frente a ella sin molestarse en quitarse el abrigo, como si tuviera planeado salir huyendo en cualquier momento.

—¿Tienes frío? Para estar en marzo es una noche calurosa —preguntó Sabele. Él se encogió de hombros. Se sumieron en un silencio que no era tan incómodo como cortante. Ella le miraba fijamente, intentando comprender ante qué clase de persona se hallaba. Él desviaba la vista en cualquier dirección con tal de no establecer contacto visual. Decidió que ella también se dejaría la chaqueta puesta por si acaso.

—Y… ¿qué tal estás? —dijo ella, resignándose a tomar la iniciativa.

Él se encogió de hombros, de nuevo.

—Todo lo bien que se puede estar en esta plaza… Antes era un lugar auténtico, pero primero llegaron los modernillos, luego los pijos y ha perdido toda su esencia. Desde que cerraron el mercado para poner una tienda deportiva el barrio va cuesta abajo. ¿Hay algo con menos personalidad que un hípster? —Lo dijo lo suficientemente alto como para que el grupo de amigos más cercano le dirigiese miradas despectivas a través de sus gafas de pasta—. Aunque aún quedan algunos locales decentes por la zona, donde pinchan música buena, no *indie* español. —Puso los ojos en blanco—. Qué ganas de que se pase de moda. ¿Por qué lo llaman *indie* si es pop?

A juzgar por las respuestas secas que daba por el chat de la *app* pensó que sería un tipo de pocas palabras, pero al parecer ese chico que se había autodefinido a sí mismo como una *rockstar* en su perfil de Tinder (ella lo había atribuido al hecho de que tenía un gran sentido del humor, pero poco a poco comenzaba a comprender que en realidad era fruto de un leve problemilla de distorsión de la realidad) parecía tener muchas opiniones.

—Estupendo, dos minutos de cita y ya sé dos cosas que odias. ¿Por qué no me cuentas qué es lo que te gusta? —dijo Sabele en un nuevo intento por cambiar de tema antes de que los hípsters de la mesa de al lado les pegasen con sus patinetes eléctricos.

—¿Para qué? ¿Estamos en una entrevista de trabajo? ¿Ahora es cuando me preguntas si tengo alguna afición?

Ni siquiera se dignaba a mirarla cuando hablaba con ella. Mientras, Sabele seguía intentando adivinar si tenía un sentido del humor un poco raro, si es que estaba nervioso o si simplemente era idiota.

—Bueno…, supongo que te gusta la música. —Sabele señaló la guitarra.

El tal Lucas se encogió de hombros, el que parecía ser su gesto preferido.

«¿Para qué demonios queda conmigo si todo le da igual?», se preguntó.

—¿Qué estilo te gusta? —preguntó, armándose de paciencia.

—¿Escuchas Nirvana? —preguntó Lucas. Un leve brillo apareció en sus ojos, surgido de la nada. Sabele incluso creyó percibir que se incorporaba un par de centímetros sobre el sillón.

Cuando ella negó con la cabeza, esa chispa de luz desapareció y la mueca de desgana volvió a apoderarse de su rostro. Al menos la consolaba saber que había algo que le gustaba y despertaba en él una pizca de pasión. Sabele había visto personajes de Tim Burton con más energía y ganas de vivir en el cuerpo que él.

—Ya... Lo suponía. En este país no hay cultura musical.

Sabele se quedó literalmente boquiabierta. ¿Acababa de llamarla inculta? ¿A ella y a más de cuarenta millones de personas?

Lucas sacó su móvil del bolsillo del abrigo y comenzó a teclear en la pantalla sin reparos o la más mínima consideración hacia su cita. Perfecto. También podía jugar a ese juego. Sabele sacó su teléfono del bolso y fue directa al grupo de WhatsApp que compartía con sus compañeras de piso:

> Sanderson Sisters R ✨

> Socorro. Esta cita es una pesadilla 👻👻

> **Rosita**
> Por qué? No es el de las fotos? 😳😱

> **Ame**
> No seas exagerada.

> **SOS**

> **Rosita**
> Eso te pasa por salir con chicos más jóvenes que tú 😄 😄

> **Ame**
> Qué tendrá que ver??? 🙈

Sabele sonrió al imaginarse a Ame respondiendo a Rosita por el grupo aunque estuviesen sentadas al lado.

> **Ame**
> Sabele, inténtalo al menos 🙏

¿Cómo explicarle en unos cuantos caracteres que no había ninguna oportunidad que dar? Ella y ese chaval pasota no tenían nada en común ni ningún interés por conocerse. La magia se había burlado de ellas.

Empezaba a replantearse seriamente la opción de inventar una excusa para huir cuando el camarero apareció para tomarles nota. Suspiró. En fin, por lo menos podría llenar el estómago. Ella pidió un sándwich vegetal, él, una cerveza.

—¿No vas a cenar? —preguntó, de nuevo con la sensación de que su cita se estaba preparando para salir huyendo de ahí lo antes posible. Pues ya eran dos.

—No me gusta cenar a estas horas, me hace sentir pesado. Aunque supongo que a algunas personas no les molesta atiborrarse de hidratos por la noche.

—De acuerdo...

Se preguntó si no tener un plato en la mesa no sería una forma para poder desvanecerse rápido a la primera de cambio sin gastar mucho dinero. Ojalá se le hubiese ocurrido a ella. Su amiga era oficialmente la peor casamentera de la historia de las brujas, y eso que, en su aquelarre original, las bodas concertadas eran algo habitual.

—Y... ¿a qué te dedicas? ¿Vives de la música? —preguntó, sin saber por qué seguía molestándose en intentarlo.

Una punzada de dolor, tan evidente que sus esfuerzos por disimularlo no fueron suficientes, cruzó su rostro. Lucas intentó mantener la compostura, carraspeó y se hundió bajo el cuello de su camisa en un intento desesperado por conservar su pose de tipo duro, indiferente a todo. «Vaya, vaya, así que no somos tan gallitos como nos gusta parecer, ¿eh?», se dijo Sabele con algo de malicia, aunque eso le hizo pensar que tal vez no estuviese todo perdido.

—Podría decirse que... es complicado.

Se fijó en las tiritas en sus dedos, con las que se cubría los callos que habían reventado de tanto ensayar. Se había equivocado al decir que era un pasota. Estaba claro que al menos había una cosa que de verdad le importaba en su vida. ¿Quién era ella, después de todo, para juzgar a nadie? ¿Y quién era para dudar de los designios de la magia?

—Entiendo... —procuró mostrarse lo más comprensiva y cercana posible—. No hace falta que me lo cuentes si no te gusta hablar de ello.

—No pensaba hacerlo. —El chico resopló y alzó las cejas como si Sabele estuviese loca o algo así—. Además, eres pitonisa o algo de eso, ¿no? Pregúntale a tus cartas.

Puede que sí que hiciese bien juzgándolo tan pronto.

«Ah, por ahí sí que no». No iba a tolerar que se burlase de sus cartas.

El chico ni siquiera se había molestado en mirarla a la cara todavía. Si algo estaba claro era que la única forma de sobrevivir a una cita como esa era contraatacar.

7

Luc

—Ah, así que has estado espiándome —dijo ella, con aire malicioso. Él se sonrojó y carraspeó para disimular—. Sí, echo las cartas, pero no soy adivina. Así que cuéntame, ¿en qué has estado trabajando últimamente? —preguntó la rubia, que no parecía haber captado que sus vagas respuestas eran una indirecta que significaba «no tengo demasiadas ganas de hablar de eso».

No entendía por qué le estaba interrogando, ¿quería asegurarse de ir al grano para no perder el tiempo en caso de que él resultase ser un don nadie? Ni siquiera sabía qué hacía allí. A juzgar por sus redes sociales, no le sorprendería que Sabele fuera el tipo de persona que no salía contigo si no tenías amigos con pasta que te invitasen a fiestas llenas de famosos. Quizá acabarían antes si le dijese «Mira, soy un músico frustrado que vive en el sótano de sus padres, ¿te vale? ¿No? Pues muchas gracias por tu tiempo y hasta nunca», pero su orgullo se lo impedía.

—También es complicado. Estoy empezando un proyecto en solitario —respondió Luc.

La chica asintió sin demasiado entusiasmo. Tal vez sí que estaba notando su indiferencia. «Mejor, así me aseguro de que no se enamore de mí», pensó Luc. Iba a tener que dedicarle muchas horas a su pasión musical si quería sacar adelante su carrera. En solitario. Sin su banda. Sin ninguna banda, de hecho.

Había puesto anuncios en redes para buscar nuevos músicos que le acompañasen, pero nadie había respondido.

Sabele se colocó el pelo con un rápido movimiento de sus manos y le golpeó su olor a incienso y melocotón. Incienso. Cuando había hecho un comentario sobre lo de «ser pitonisa» le había lanzado una sonrisa despiadada, como si fuese a echarle a trozos en su caldero. Lo cual sería imposible porque Sabele era una *influencer new age* de Instagram, ¿verdad? No se imaginaba una verdadera hechicera haciendo promociones de esmaltes de uñas *crueltyfree* en sus *stories*.

—Ah. Y... ¿puedo escuchar tu música en algún sitio?

Tragó saliva.

—Aún no. Es que estoy... buscando inspiración.

—Vaya... Es una lástima. —Se mordió el labio y Luc desvió la mirada hacia el techo.

¿Por qué tenía que ser tan guapa? No quería sentirse hechizado por su belleza, así que lo mejor era evitar la tentación. Por sí misma, y aunque fuese un buen principio, la atracción física no significaba nada, así que, ¿para qué tomarse las molestias de lidiar con ella? Él buscaba algo distinto, una chica especial, una por la que mereciese la pena pasar las noches en vela anhelando su amor. Eso era lo que siempre había querido, la persona de la que hablarían las letras de sus canciones, la musa que inspiraría los *singles* de sus álbumes. *Baby, honey, sweetheart, darling.*

—La gente piensa que escribir una canción de tres minutos es como chasquear los dedos, pero es mucho más complejo que eso —se excusó.

Sobre todo cuando estabas bloqueado. Tener que ir a ensayar por su cuenta le había hundido. Para colmo, había llegado tarde a la cita porque se escondió en el cuarto de baño para no tropezar en el pasillo con Jean y su nueva banda. No estaba preparado para enfrentarse a ese encuentro, no antes de tener las cartas vencedoras en la mano. Durante la media hora en que estuvo encerrado por miedo a que siguiese allí, fantaseó con su venganza, con el día en que abarrotaría el Madison Square Garden mientras Jean daba clases extraescolares de música a niños mimados tras haber fracasado estrepitosamente.

«No tendría que haber venido». La estuvo observando un par de minutos desde la distancia antes de atreverse a acercarse y enseguida reconoció aquella serenidad con la que se movía por el mundo. Las personas como ella, a ojos de Luc, no se habían enterado de en qué consistía la vida. Claro que era fácil creer que el mundo era de color de rosa cuando te parecías a esa chica. Seguro que a alguien con esa sonrisa, ese estilo y ese número de seguidores no le decían que no muy a menudo. Sí, conocía bien a ese tipo de personas, Jean era una de ellas. Vivían en burbujas que le encantaría poder reventar, aunque confiaba en que el tiempo lo hiciese por él. Puede que, en realidad, los envidiara, pero moriría antes de admitirlo. A él también le gustaría vivir en esa burbuja en lugar de sentir que tenía que luchar el doble que los demás para conseguir la mitad, para estar mínimamente satisfecho, o más bien tolerar todo lo que aún no había conseguido.

¿Y qué si su camino se complicaba un poco más de la cuenta? Sin drama, una biografía no merecía ser contada, y él se había propuesto hacer de la suya una historia digna de una adaptación al cine, trágica muerte prematura incluida. A él le llevaban rechazando toda su vida, sí, pero seguro que a la larga, eso significaba que su vida sería más interesante. O eso esperaba.

Se dio cuenta de que Sabele le estaba mirando fijamente y se revolvió incómodo en su asiento. ¿Tenía un moco pegado en la cara o qué?

—¿Quedas con muchas chicas para buscar inspiración? —preguntó con un tono burlón.

Luc se encogió de hombros, intentando descifrar qué pretendía insinuar, aunque intuía que se estaba burlando de él. A pesar de sus esfuerzos por mantenerse distante y protegido, esa pizca de mala leche captó su atención. ¿Habría algo interesante debajo de «la chica feliz»?

—A veces —respondió, con la intención de dejar claro que podía permitirse tener tantas citas y ligues como quisiese. «¿Pero y a ti qué te importa lo que piense?», se reprendió a sí mismo.

—Te entiendo, ser creador es difícil. Hay que salir de la zona de confort, aunque no siempre nos agrade.

—No creo que grabarte y subirlo a YouTube sea exactamente lo mismo que componer música.

—Ah, ¿sabes mucho sobre la creación de contenidos?

—Ni falta que hace... Internet es una pérdida de tiempo.

—Me siento intrigada, ¿cómo piensas hacer que la gente conozca tu música, que sepan quién eres y de dónde vienes, si no lo compartes con nadie?

—Las cosas buenas se acaban dando a conocer por sí mismas —espetó.

—Ya... A mí me suena más a cobardía.

Iba a protestar cuando el camarero apareció en escena. Depositó un platito de madera con un sándwich y patatas fritas frente a Sabele y una cerveza para él, aunque podría haber habido un espantapájaros en su lugar, porque el tipo no despegó la vista de Sabele. Era evidente que la rubia era más interesante a ojos del camarero que él. No se lo podía echar en cara.

—Que aproveche, reina.

—Gracias.

Tras sacarle varias fotos a la cena y subirlas, seguramente decoradas con algún mensajito banal y un filtro, Sabele se inclinó sobre su plato, agarró una de las mitades del sándwich con ambas manos y le asestó un gran mordisco, ignorando por completo a su acompañante.

—¿De verdad me has llamado cobarde y vas a ponerte a cenar como si nada?

—Y tú has llamado «comer hidratos por la noche» a mi sándwich, así que estamos en paz. —Se chupeteó un pegote de mayonesa del dedo como si la cosa no fuese con ella. Luc habría pensado que era la clase de persona que se limpia dándose dos golpecitos en los labios con una servilleta.

—Es que son hidratos y es de noche.

—Sí, y tú un gallina que se escuda en odiar y detestar todo porque le da demasiado miedo mostrarse tal y como es al mundo y que le juzguen con la misma dureza con la que él juzga a los demás.

Luc se quedó boquiabierto. Lo cierto era que le había calado bastante bien.

—Te equivocas. Me da igual lo que piensen los demás.

—Y sin embargo, te has picado cuando te he llamado cobarde.

—¡Porque tengo orgullo!

—A mí me parece una reacción un poco de intenso.

—Bueno, lo contrario de ser un intenso es estar muerto.

Y entonces se rio. Se rio de él en su maldita cara.

—Si tú lo dices…

—No soy como tú, no vivo por y para los demás. No hay más que ver tu Instagram. «Miradme, casualmente posando junto al mar en el atardecer». «Y aquí acariciando un gato que parece sacado de un anuncio». ¿Qué hay de auténtico en eso? También te estás escondiendo si finges ser perfecta.

Supo que la había pillado cuando resopló indignada.

—Sí que te has estudiado a fondo mi Instagram. Es todo un honor.

Luc sintió cómo la sangre se agolpaba en sus mejillas.

—Ya, bueno. No te creas tan importante.

—Al menos más importante que tú sí soy. Tengo más *followers*.

—Lo importante no es la cantidad, sino la calidad.

—Suena como algo que diría alguien que quiere ser famoso y no sabe cómo.

Luc tragó saliva, tardando más tiempo del preciso para generar una respuesta digna.

—Podría tener muchos más, pero he preferido publicar de vez en cuando en lugar de saturar a mis seguidores con ochocientas fotos al día como haces tú.

Depositó el sándwich en el plato para mirarle fijamente a los ojos con sus iris celestes. Luc tuvo que emplear toda su fuerza de voluntad para sostenerle la mirada más de dos segundos y, aun así, acabó desviándola al campanario de la iglesia.

—Yo no saturo a nadie. Publico contenidos de calidad de forma periódica. Se llama tener una profesión de verdad.

¿De qué hablaba, de ser una estrella de internet? «Por favor, no me hagas reír», pensó Luc, aunque nada en su rostro advertía que fuese a hacerlo.

—Nah. Se llama ser una plasta.

La boca de Sabele se abrió de par en par. Era evidente que no podía dar crédito a lo que oía. Si hubiese tenido la ocasión de conocer un poco más a Luc antes de verse por primera vez, no se habría sorprendido por su conducta. Para él, un insulto tan suave como «plasta» era la forma que tenía de ser amable con una persona que no le caía del todo mal. Cada uno tiene su manera de expresar el afecto, ¿no?

—No soy ninguna plasta, soy buena en lo que hago. Por eso hay tanta gente dispuesta a seguir mi trabajo. A ti te ocurriría lo mismo si no fueses un… un músico de poca monta. —Señaló la guitarra—. Seguro que no eres capaz ni de tocar bien tres notas seguidas, de ser así ya te habrías hecho famoso, según tu lógica. Espero que al menos te sirva para impresionar a las chicas.

—No me he hecho famoso porque el gusto musical de este país es de chiste y la industria aún más. No tiene nada que ver con mis habilidades. Y sí, para tu información, suele funcionar.

—Ya. Seguro que es por eso… La industria… —Sabele se dejó caer de nuevo en el respaldo de la silla, con el móvil en la mano.

Luc sintió una punzada de rabia al comprobar que no le creía y, peor aún, que le daba lo mismo si había o no verdad en sus palabras.

—Comprobémoslo —dijo él en un arrebato.

Siempre había pensado que no tenía por qué demostrar nada a nadie, que su trabajo por sí mismo acabaría probando a quienes le criticaban que se equivocaban, y, sin embargo, esa vez no pudo quedarse sentado y callarse. Cuando Sabele les hablase de aquella cita a sus amigas no les diría que cenó con un pardillo, no, suspiraría y se lamentaría porque alguien tan talentoso como él fuera inalcanzable. Eso era lo que ella iba a contar por ahí.

Sabele sonrió; la sonrisa de un gato, si los felinos pudieran mostrar los dientes para otra cosa que no fuera morder y amenazar.

—De acuerdo. Muéstrame tus habilidades y yo te enseñaré las mías.

8

Cal

Cal no tenía muchos amigos, pero cuando se difundió la noticia de su ruptura, un par de colegas, humanos corrientes que también trabajaban en el mundillo del arte, le llamaron y se preocuparon por él. Tras mucho insistir le convencieron para que saliese de su habitación. Le propusieron quedar en el metro de Tribunal, muy cerca de la casa de Sabele, pero cuando llegó a la estación de metro, en lugar de detenerse frente a la boca de entrada y esperar al resto, se descubrió a sí mismo caminando hacia la calle donde ella vivía.

«Solo esta noche», se prometió.

No iba a llamar a su timbre ni a hablar con ella. Con mirar hacia su ventana y saber que estaba allí, que seguía existiendo, le bastaba. Ella le había pedido que siguiesen siendo amigos, porque «él le importaba mucho», y había dicho que sí. ¿Qué significaba eso?

Tenía que olvidarla.

No le quedaba otra opción.

Sus colegas estaban en lo cierto. Necesitaba distraerse, pensar en otra cosa que no fuese ella, apretarse el corazón dolorido hasta que olvidase la causa de tanto sufrimiento. Se dispuso a reemprender el camino de vuelta hacia la parada del metro y entonces la vio, sentada en una de las terrazas de la plaza, tan resplandeciente como siempre, tan perfecta. Olvidó todo cuanto acababa de decirse a sí mismo. Quería acercarse a ella, saludarla, preguntarle si había estado bien, pero entonces lo vio. El chico con el que estaba hablando. Se rio en voz alta, fuera lo que fuese de lo que hablaban, se estaba divirtiendo.

«Había otro», pensó. Los comentarios maliciosos sobre su ruptura en redes eran ciertos. Ninguna pareja tan idílica como la suya rompía sin que alguien se entrometiese. Apretó el puño, invadido por una rabia que amenazaba con abrir su propio cuerpo en canal. Llevaba días tratando de encontrar una razón, el momento en el que las cosas empezaron a torcerse. Ahora lo sabía: ese chico era el culpable.

9

Sabele

A pesar de sus palabras, Sabele no esperaba que Lucas fuese un guitarrista desastroso, sino más bien uno mediocre. Estaba preparada para el desastre, pero no para lo que estaba a punto de oír.

El músico sacó la guitarra de su funda, sin que le importase estar rodeado de desconocidos, la colocó en su regazo, y comenzó a tocar. Tras las primeras notas de aquella melodía, en principio desconocida, pero que le resultó extrañamente familiar, sintió un nudo en la garganta. «Mierda, es bueno», pensó.

Seguía atentamente el recorrido que surcaban sus dedos de una cuerda a otra, con una destreza insultante. Se suponía que al tocar iba a ponérselo fácil, que así comprendería que era del montón y que no merecía su atención. Si había creído que las notas musicales matarían cualquier mínimo interés por él, estaba muy equivocada.

Aquel chaval escuchimizado y de carácter agrio tenía el don de crear magia, casi tanto como ella de invocar su poder. Con cada acorde se despertaban en su interior sentimientos y recuerdos que había intentado acallar durante mucho tiempo. La melancolía implícita en la melodía estaba teniendo efectos nefastos para sus barreras. La pérdida, el miedo y el anhelo vivían entre las cuerdas de su guitarra. Al cabo de un par de minutos se detuvo, y sin decir nada, se agachó para guardar el instrumento de vuelta en su funda. Hubo algunos aplausos a su alrededor de personas que se habían parado a escuchar, incluyendo al camarero que les había servido. Hasta el grupo de modernos que antes le había fulminado con la mirada se había girado con interés. Sabele se apresuró a borrar las emociones que se agolpaban en su rostro y a recuperar la compostura antes de que él alzase la vista y la descubriese embelesada con su música.

—Te toca —dijo Lucas apenas hubo concluido.

—¿Qué? —La chica había perdido la noción del tiempo y del espacio.

«Maldita seas, Ame». Con lo feliz que estaba ella en su recién adquirida soltería, ¿por qué tenía que haberlo arruinado todo con un «A lo mejor...»? Si hay algo más irresistible que la atracción en lo que al amor respecta, es la incertidumbre.

—Te toca demostrar que te mereces la fama y la gloria, ¿no?

Enarcó una ceja, soberbio. El muy cretino se había crecido.

—Yo no busco la fama y la gloria, pero de acuerdo. Te demostraré que tengo talento de sobra. —Cogió su bolso. Sabía exactamente cómo impresionarle, aunque quizá necesitase algo de tiempo para generar el impacto deseado, pero si la sesión salía bien, sería algo que no olvidaría jamás. Las mejores cosas de esta vida se hacen esperar.

Después de un rato rebuscando en su bolso de tela granate agarró un mazo de cartas, decoradas en su reverso con dibujos de lunas y estrellas blancas, quitó la goma de pelo con la que las mantenía unidas y comenzó a mezclarlas ante la mirada escéptica de su cita.

—Yo te toco una de mis canciones y tú... ¿vas a echarme las cartas? ¿No te parece un poco injusto?

—Pensé que te gustaría, al final las dos cosas tratan sobre ti, ¿no? Estarás en tu salsa.

Por un momento estuvo dispuesta a jurar que le había visto sonreír.

—Además —continuó Sabele—, ni siquiera tenía letra, así

que puntúa como media canción. Podrías cantar como una gallina desafinada.

—Sí tiene letra, pero no está terminada. —Se encogió de hombros a la vez que se aproximaba al borde de su asiento—. De acuerdo, Esperanza Gracia, ¿cuál es mi destino? —se burló.

«Verás como no te diviertes tanto cuando mis profecías se cumplan». Una de sus especialidades eran los augurios, o cualquier asunto que estuviese relacionado con la buena y la mala suerte. Aunque si se hubiese tomado la molestia de ver alguno de sus vídeos, Lucas sabría de sobra que no era una pitonisa, sino una creadora de tutoriales de magia básica para personas sin un ápice de poder como, por ejemplo, él. Enseñaba a quienes gozaban de una mente abierta cómo preparar pequeños conjuros para atraer energías positivas, mantener a raya el mal de ojo, potenciar la intuición y..., sí, también enseñaba a leer el tarot, aunque solo una bruja podría manejar las cartas que ella sostenía entre las manos.

Antes de empezar, y para conseguir un mayor impacto, se aseguró de que Lucas veía que los anversos de las cartas eran de un tono beis, sin rastro de formas ni colores. Las entremezcló de nuevo y depositó el mazo sobre la mesita de madera.

—Corta.

Él emitió una especie de quejido a medio camino entre resoplido y risotada. Sin embargo, obedeció y dividió la baraja en dos montones irregulares. Sabele tomó el mayor de los dos y lo separó en tres antes de entremezclarlo con el anterior.

—¿En qué mes naciste? No, espera. No me lo digas... Junio. Diez vueltas.

Lucas frunció el ceño.

—¿Te lo han contado las cartas? —preguntó mientras ella depositaba el mazo sobre la mesa por segunda vez y lo hacía girar sobre sí mismo diez veces. Ni una más, ni una menos.

—No. Es que eres demasiado géminis. —Eso y que había visto en su cuenta de Instagram las fotos de la fiesta de su cumpleaños con fecha de aquel mes—. ¿Estás preparado?

—Adelante —dijo él, arrogante y condescendiente. Cruzó los brazos sobre su cabeza y se apoyó sobre sus propias manos, recostándose en la silla.

Sabele tomó la primera carta y la colocó bocabajo.

—¿Quieres darle la vuelta o me encargo yo? —preguntó la bruja con una sonrisa triunfal.

—Por favor, haz los honores —dijo él, disimulando a duras penas un bostezo.

Viró la carta y en ella apareció la imagen de una mujer de hermoso rostro ataviada con ropajes ajados. En una mano portaba una cesta repleta de manzanas recién cogidas del árbol, en la otra, una guadaña.

—La dama gris...

Tomó la segunda carta y la depositó a su lado. Un eclipse de sol dominaba la imagen. Tragó saliva. Vaya. No estaba segura de que le gustase lo que veía en el sino de su cita.

—El eclipse... Digamos que te gustan las mujeres difíciles. Una persona aparecerá en tu vida y... se apoderará de ella, en cierto modo. Todo lo que parece importante dejará de serlo, tus objetivos desaparecerán tras los suyos, su presencia lo ocupará todo y apenas podrás brillar, pero cuando lo hagas, será con una luz cegadora, lo que te traerá dicha, pero también dolor.

—Si estás intentando ligar conmigo, lo estás haciendo de pena —dijo el chico, sin inmutarse por las advertencias de las cartas.

—Créeme, no tengo el más mínimo interés. Si fuese tú, mostraría más respeto a las advertencias de la Diosa.

—¿La Diosa? —repitió con desgana e incredulidad.

—La Madre Naturaleza, la Diosa, Magna Dea, Tiamat, llámala como desees, siempre y cuando le muestres respeto.

—Por favor, dime que no eres de una secta.

Incapaz de discernir si continuaba burlándose o si su repentina preocupación era verdadera, optó por ignorarle y sacar la siguiente carta. En ella, un hombre joven había caído de rodillas y suplicaba al cielo con un gesto de angustia. En su mano derecha sostenía una corona y tras él un trono ardía en llamas.

—El rey desheredado.

Sacó la siguiente carta y sintió un escalofrío al ver las líneas que la recorrían. Llevaba echando las cartas desde que su tía le enseñó a invocar «la voz de la Diosa», el tiempo suficiente para dejar de creer en las coincidencias.

—El lobo —dijo al mostrar la carta en la que la bestia aullaba a una luna distante—. Has perdido algo de gran valor, quizá lo único que tenías —aquello último logró captar su atención—, y desde entonces te sientes perdido, casi desesperado. A pesar de ello —señaló la corona en la mano del rey caído— te resistes a dejarlo marchar. Tu empeño se convertirá en tu enemigo el día que el lobo... muestre su hocico.

—¿El lobo? No tengo planeado ningún viaje al zoo, así que supongo que no tengo por qué alarmarme.

Sabele tragó saliva. No quería pronunciar en voz alta las palabras que urgían por salir de su cuerpo, palabras que no le pertenecían. Cerró los ojos y la voluntad de la Diosa se apoderó de la suya.

—El lobo es un enemigo sin nada que perder, un aliado de la muerte y del Más Allá que te arrastrará con él a las intrigas del mundo de las tinieblas.

—Vale..., ¿no te estás tomando demasiado en serio este jueguecito?

Una lágrima de esfuerzo se asomó a los ojos de Sabele. Qué gran error habían cometido el día en el que invocaron el amor. Aún no sabía por qué, o hasta qué punto, pero la oscuridad en aquellas cartas no dejaba lugar a dudas. Sacó la cuarta carta, una puerta gigante, decorada con los rostros compungidos de quienes estaban atrapados al otro lado, las manos y brazos que intentaban escapar.

—La puerta del infierno se abrirá ante tus ojos.

Solo quedaba una carta, la última le daría sentido a todas las demás, sería decisiva para descifrar si aquel destino aún incierto tenía un final feliz o uno del que intentar escapar en vano.

Volteó la carta y su corazón se detuvo en seco.

No. No podía ser. Jamás había visto aquella carta, ni conocido a nadie que lo hubiese hecho, a pesar de haber oído hablar de ella en un millar de ocasiones.

—La carta negra.

—A ver, sorpréndeme. ¿Qué significa eso? ¿El Grimm? ¿La muerte? ¿Me espera un horrendo final entre terribles sufrimientos? —bromeó él, pero Sabele no discernió el significado de las palabras, apenas las percibió como algo más que un rumor distante.

—Tengo que irme —dijo apenas sin aliento. Sus manos temblaban a medida que recogía las cartas de la mesa. Logró volver a atarlas torpemente con la goma de pelo, cogió su bolso y se puso en pie tan rápido como pudo.

—¿Te vas? —preguntó él a pesar de la obviedad de la respuesta—. Pero no puedes irte, esto estaba empezando a ser entretenido.

¿Entretenido? Ojalá pudiese creer tan ciegamente como él que no era más que un juego. Tenía que marcharse de ahí cuanto antes y no volver a mirar atrás. Con o sin hilo del destino, independientemente de lo bien o mal que se hubiesen caído, lo mejor para todos era que no volviesen a verse.

—Mira… Tú y yo no vamos a ningún sitio, creo que es bastante obvio. Llega un punto en la vida en el que una sabe en qué no malgastar su tiempo. Así que para qué alargarlo. Yo no te gusto, tú no me gustas…, sigamos buscando. ¿No crees?

Ante la ausencia de respuesta por parte del músico se limitó a abrir su cartera y dejar un billete de veinte euros sobre la mesa, más que de sobra para pagar su modesto sándwich, la cerveza y dejar una buena propina.

—Adiós, Lucas… Supongo que ha sido un placer conocerte.

Y sin más dilación, se marchó, sin esperar a que Luc superase su shock inicial y fuese capaz de protestar o despedirse.

«Mejor así», pensó mientras cruzaba la plaza. No planeaba volver a ver a ese chico ni hablar con él, y poco le importaba lo que quisiera hacer con ellos ese dichoso hilo rojo del destino. Estaba dispuesta a cortarlo aunque tuviese que hacerlo a mordiscos.

Luc

Los primeros pensamientos de Luc al ver cómo Sabele se marchaba y le dejaba solo en mitad de aquella terraza fueron: «Dios, cómo odio que me llamen Lucas», «Esa tía está pirada» y «No voy a volver a hacer caso a mi hermana jamás».

Miró a su alrededor para cerciorarse de que nadie se había percatado de que su cita acababa de dejarle tirado y se puso en pie con fingida naturalidad. Caminó como un autómata mientras su cabeza le daba vueltas a lo sucedido.

«Llega un punto en la vida en el que una sabe en qué no malgastar su tiempo», le había dicho. Pero… ¿quién se creía que era esa pava? A lo mejor era a él a quien no le interesaba una lunática que creía que echar las cartas servía de algo. No es que se regodease con las idas y venidas del mundo mágico como hacía su hermana, pero había sido testigo de suficientes fenómenos paranormales como para saber que las verdaderas brujas eran capaces de mucho más que de decirte cómo te iba a ir en el amor, en la salud o en el trabajo. Sabele le parecía más bien el tipo de chica que se trenzaba el pelo, se tatuaba el símbolo de la paz y defendía la homeopatía. «Pirada…», se repitió mientras caminaba por las calles de Malasaña en dirección al metro. Cualquier otra noche de viernes habría mandado un par de mensajes de audio y en un rato hubiese estado dándolo todo con sus colegas. El problema era que ya no tenía amigos. ¿Qué le pasaba últimamente a todo el mundo? La gente no tenía criterio.

Una llovizna primaveral había empapado las calles durante la tarde y, en la oscuridad, apenas iluminada por las farolas, su pie derecho fue a hundirse de lleno en un charco.

—¡Mierda! —exclamó agitando el botín, que salpicó agua en todas direcciones. ¿Cómo podía tener tan mala suerte?

Se sintió observado. Seguramente algún grupito de modernillos o de aficionados al *trap* le señalaba para reírse de él. Miró hacia atrás, preparado para defender su dignidad. Descubrió, en cambio, que estaba solo en mitad de la calle. No. Solo no. Una vaga sombra avanzaba hacia él, una sombra que se detuvo en seco al percatarse de que Luc también podía verla.

Sintió un escalofrío y el impulso de echar a correr.

Ya había visto antes pantallas de oscuridad como esa. Su hermana le había explicado lo que eran: magia, magia oscura. Una especie de hechizo que envolvía y protegía a su invocador y que tenía además el poder de ocultarle, de volverle invisible, pero no para él, o al menos no del todo. La sangre de los primeros revelados corría por sus venas, le gustara o no. Un detalle que su perseguidor debía desconocer. Porque no le cupo duda, al ver como se detenía a unos cuantos pasos de él, de que le había estado siguiendo. Hizo lo único que podía y estaba acostumbrado a hacer en circunstancias como esta: tirarse el farol.

—No sé quién eres ni qué quieres, pero he sido entrenado para enfrentarme y vencer a seres malignos como tú, y te convertiré en un montoncito de sal si das un paso más.

Ignoraba si la criatura, o lo que quiera que albergase aquella sombra, creyó o no sus amenazas. Quizá se estuviese riendo de él cuando al fin dio media vuelta y se marchó por donde había venido.

Tan pronto como volvió a quedarse a solas en la angosta calle, sus piernas se echaron a temblar y tuvo que apoyarse sobre un bolardo para no perder el equilibrio. Sintió una arcada y se alegró de no haber cenado, así no tenía nada sólido en el estómago que vomitar. Las sombras le habían revuelto las tripas.

No habría sabido explicar del todo qué había sucedido ni imaginaba qué quería la sombra de él, pero no podía quitarse de la cabeza la carta negra y la extraña y radical reacción de Sabele al verla. Se preguntó qué significaba, aunque intuía que no podía ser nada bueno. Durante un instante fugaz temió que Sabele fuese una bruja auténtica y que estuviese en verdadero peligro. «La puerta del infierno se abrirá ante tus ojos —recordó—. Será que me van a regalar entradas para un festival de reguetón». Trató de restarle importancia. Esa era la única forma que conocía de sobrevivir a su extraño imán para lo sobrenatural.

11

Sabele

La paz y la tranquilidad reinaban en el número treinta y nueve de la Corredera Alta de San Pablo. Ame ultimaba los detalles del traje de dos piezas que tenía que entregar en la escuela de alta costura a la que asistía. Se esmeraba, aguja en mano, por dar forma y vida propia a las telas sobre un monigote. Sentada, o más bien tirada, en el sofá frente a ella, Rosita veía capítulos de la nueva serie a la que se había enganchado, solo un capítulo más porque tenía turno de mañana en la tienda de zapatillas donde trabajaba como dependienta.

En mitad de aquella ilusoria tranquilidad y rutina casi tediosa, nada podía vaticinar el pequeño torbellino que se aproximaba.

La puerta se abrió de par en par y Sabele, tan pacífica como solía ser, entró en el apartamento con una ferocidad que hizo que sus amigas dejasen de lado lo que estaban haciendo para observarla atentamente. Sabele dio un portazo y dejó el bolso en el perchero de la entrada con movimientos bruscos y sin relajar el gesto de su rostro.

—¿Qué… qué tal te ha ido? —preguntó la incauta Ame, que estaba a punto de descubrir una faceta de su amiga que nunca había sospechado que pudiese existir.

—¿Que qué tal? Nunca, nunca más vuelvas a usar uno de tus hechizos conmigo. —Ame entreabrió la boca y balbuceó palabras sin sentido mientras su rostro se contraía en una amenaza de llanto—. ¡No! No es... no es por ti, perdona. Es... es... ese patán, engreído, estúpido. No he conocido a nadie más ridículo en mi vida. ¡Ridículo!

Se quitó la chaqueta y la dejó caer sobre la silla más cercana.

—O sea, que dices que la cita bien, ¿no? —bromeó Rosita, tentando a su suerte y ganándose una mirada de advertencia de su amiga, que se sentó a su lado. Despedía rabia por cada poro de su piel.

—Ha sido la peor cita que podía imaginarme. No me ha contado nada sobre él, no me ha preguntado sobre mí... Solo se ha... quejado. Se ha burlado de mi trabajo y de la brujería. Además, no es mi tipo.

—Ame, siento decírtelo, pero parece que será mejor que dejes la magia y sigas con la moda —dijo Rosita, encogiéndose de hombros.

Ame, que se había acercado a ellas tímidamente, negó con la cabeza.

—Da igual lo que Sabele opine de él. El hilo no miente y mi hechizo, tampoco.

—Es una persona odiosa, Ame, y sabes que yo no critico a nadie sin motivos de peso, mucho menos si no conozco a la persona en cuestión, pero... es muy desagradable. No estoy en absoluto de acuerdo con su forma de ver la vida ¿y qué si toca la guitarra como un ángel? Me niego a permitir que me guste alguien tan condescendiente y criticón.

—Oh, mi querida Sabele —dijo Ame con un suspiro—. Lo dices como si se pudiese elegir de quién nos enamoramos.

—Ahí tiene algo de razón —reconoció Rosita, seguramente reflexionando sobre cuántos disgustos se habría ahorrado si el amor, o en su caso, la atracción, funcionase de otra manera—. Aunque también te digo que una acaba aprendiendo a no aguantar chorradas de nadie —sentenció.

—Pero es que yo no estoy enamorada de ese... ese... individuo. Solo he pasado media hora con él —repuso Sabele, sintiéndose impotente ante la insistencia de su amiga, que no parecía haber captado el mensaje—. De hecho, estoy más cerca de odiarle que de otra cosa.

—Del amor al odio hay un paso. —Ame se encogió de hombros y Rosita se echó a reír ante la insistencia de la joven bruja. Sabele dio un empujón amistoso a su amiga, que se dejó caer en el sofá para tumbarse en él.

—Créeme, en este caso no hay un paso, hay un continente, diez mil kilómetros de distancia. Pero... Eso no es lo peor...

Rosita se incorporó y Ame alzó las cejas expectante.

—¿Qué ha pasado? —preguntaron al unísono.

—¿Tengo que pegarle una paliza a alguien, un chorrito de veneno en el café? —preguntó Rosita—. Puedo hacer que le salgan abscesos en todas las partes del cuerpo. En todas. Solo tienes que pedirlo.

—No, no, tranquila, no ha sido nada de eso. Le he... le he echado las cartas.

Sus amigas guardaron silencio, expectantes, y ella inspiró hondo.

—Su carta dominante... era la carta negra.

El silencio se apoderó del apartamento y Sabele, al compartir su temor, sintió que se liberaba de un gran peso; uno que ahora cargaban entre las tres.

—De acuerdo —dijo Rosita—. Ni se te ocurra volver a ver a ese chico. Nunca.

—¿Por qué, qué ocurre? ¿Qué es la carta negra?

A veces se les olvidaba que Ame, aunque llevase estudiando el idioma toda la vida, solo llevaba tres años viviendo en España y que en Japón nunca habían vivido nada parecido a la caza de brujas o la Inquisición ni necesitado herramientas como la carta negra. Sabele y Rosita intercambiaron miradas de duda.

—¿Qué? Sea lo que sea, podéis decírmelo. No soy tan delicada como parezco, ¿sabéis? —protestó.

—Es una advertencia. Todos los mazos de tarot portan un hechizo ancestral creado por nuestras antepasadas, un regalo con el que pretendían ayudar a las generaciones venideras. No predice el futuro de la persona que corta las cartas, sino que previene a la bruja sobre ella. Hay diferentes alertas: la carta azul avisa de una traición, la roja de un crimen de sangre, la verde de un robo inminente. Pero la peor de todas es la negra. La oscuridad en la carta advierte sobre el fin de la magia.

—¿El fin de la magia?

—Una bruja que pierde sus poderes —dijo Rosita—, así lo llamamos. El fin de la magia. Porque aunque solo le suceda a una de nuestras hermanas, nos hiere a todas. Es magia que no se renueva, no va a otro cuerpo cuando la bruja muere, sino que desaparece para siempre. Si ese chico está cerca de Sabele, tarde o temprano...

—Dejará de ser bruja —comprendió Ame—. Se convertirá en una corriente. Pero eso es... —Dudó al escoger sus palabras— muy improbable. —Porque no era imposible y Sabele lo sabía bien.

Desvió la mirada. De todas las amenazas que existían, tenía que haberle hecho esa advertencia precisamente a ella. Ni siquiera quería considerar esa posibilidad. Para todas las brujas, su don era de gran importancia, pero para ella... Para ella era su vida. De principio a fin. Sin su magia no era nadie. Nunca había sido de las que creían en todo ese rollo de morir o sacrificarse por amor, así que no pensaba renunciar a lo más valioso que tenía por culpa del primer cretino que se cruzase en su camino.

—Pero eso no pasará porque no vas a volver a acercarte a ese chaval —sentenció Rosita, adoptando esa pose protectora que tanto adoraba Sabele.

—Ya..., bueno —dijo Ame con cierto nerviosismo—. No creo que vaya a ser tan sencillo.

—¿Por qué no? Con que bloquee su número en el WhatsApp y deje de seguirle en Instagram..., problema solucionado —dijo Rosita—. Gracias, mundo moderno.

—Eso sería muy útil si hablásemos de un chico normal, pero se trata de su alma gemela, y...

—Por el amor de Morgana, no empieces con eso otra vez —la interrumpió Rosita, llevándose la mano a la frente con exasperación.

Sabele se limitaba a escuchar, intuyendo lo que Ame pretendía decirle. Del hilo rojo podía dudar, pero de las cartas... De las cartas, nunca.

—Lo que el destino ha unido, ni siquiera la magia lo puede separar —sentenció Ame, y Sabele sintió que la suerte acababa de imponer una condena sobre ella, quizá por tentarla demasiado.

12

Luc

Lucas Fonseca tenía una extensa lista de cosas que odiaba con todas sus fuerzas: la música *mainstream*, la gente que no se mira en el espejo antes de salir de casa o, peor aún, que no tiene personalidad propia, el cambio de hora, el emoticono del monito del WhatsApp que se tapa los ojos, los emoticonos en general, los carriles exclusivos para bicicletas, la gente que no sale los fines de semana, las almendras en el chocolate con almendras… Una lista que no cesaba de engrosar con nuevos y variados elementos cada día que pasaba. Sin embargo, y a pesar de la dura competencia, las comidas familiares de los domingos ocupaban un rinconcito especial en su corazón repleto de desdén. En el fondo sabía que debía estar agradecido de que, a pesar de vivir en el sótano del adosado de sus padres, solo tuviesen que comer todos juntos una vez a la semana, y siempre después de que sus progenitores volviesen de la misa dominical. Luc tenía la teoría de que ya no le obligaban a ir con ellos porque se avergonzaban de él.

A la habitual resaca con la que se despertaba los domingos se sumaba la tensión en el aire, los comentarios pasivo-agresivos y tener que autocontrolarse para no desbaratar las mentiras de su hermana cada vez que abría la boca. Más que nada porque, si no lo conseguía, corría el riesgo de que ella revelase las suyas. Menos mal que Leticia sí se había independizado de verdad y ya no la veía tanto como antes. En realidad, la echaba de menos la mayor parte del escaso tiempo que pasaba bajo el techo de sus progenitores, pero eso era algo que jamás reconocería, menos aún después de pasarse media infancia oyendo eso de «¿por qué no puedes ser más como tu hermana?» cada cinco minutos.

Luc masticaba con desgana la lechuga de su ensalada, cabizbajo para pasar desapercibido. Estaban a punto de concluir con los entrantes y Luis Fonseca aún no había comenzado con su rutinario interrogatorio del domingo, qué extraño.

Su padre dio un sorbito a su copa de Rioja, como si saborease la tensión en el aire antes de lanzar un dardo en plena diana. Alejó la copa de sus labios, que se torcieron hacia la izquierda. Luc sintió un nudo en el estómago y tragó saliva. «Allá va».

—¿Qué tal va en el bufete? —dijo. Podría parecer una pregunta normal de padre interesado por sus hijos, habría sido lo habitual, lo deseable, pero no lo era. Era una prueba que debían superar.

Luc pudo oír como su hermana tomaba aire antes de arrancar con la respuesta que, sin duda, había ensayado ante el espejo:

—Oh, genial. Muy bien. —Asintió con la vista fija en el tomate solitario de su plato, mientras movía el tenedor de aquí para allá. Un truco que habían aprendido con los años era que resultaba más fácil pasar la prueba si no establecías contacto visual, aunque era imposible dejar de sentir los ojos claros de Luis Fonseca clavados sobre ti si él se lo proponía.

—¿Muy bien? —La vaga respuesta no pareció satisfacerle del todo, como cabía prever—. ¿En qué trabajas ahora?

Luc esperó por el bien de todos y, sobre todo, por el suyo propio, dado que le tocaría sufrir el escrutinio después de su hermana, que Leticia aprobase el examen. Luis detectaría la más mínima incoherencia en su testimonio. Era en momentos como ese cuando quedaba claro que había sido abogado penalista durante más de cuatro décadas antes de retirarse hacía solo dos años.

—En un caso de divorcio. Lo típico: se pelean por la casa, el coche... No firmaron un preacuerdo, así que están en régimen de bienes gananciales, y eso lo complica un poco, pero nada fuera de lo común. —Se encogió de hombros y Luc creyó ver una gota de sudor resbalando por detrás de su oreja.

—¿Necesitas ayuda? Un buen amigo mío es experto en contratos prematrimoniales y divorcios, puedo hacerle una llamada. Me debe algún que otro favor.

—No hace falta, de verdad, vamos bien. Ganaremos el caso, seguro. —Leticia asintió con toda la asertividad que pudo fingir. A Luis no solo le bastaba con que sus hijos fuesen abogados siguiendo sus pasos, tenían que ser, además, los mejores en su campo.

—¿Qué juez lleva la causa?

—Eh… Gómez —improvisó Leticia. Luc notó la inseguridad en su voz. Mal. Muy mal, Leticia.

—¿Gómez qué más?

El fregado en el que se estaba metiendo su hermana, ella solita, estaba a punto de hacer que resbalasen todos y cayesen de bruces contra el suelo. ¿Por qué tenía que mentir tan mal? La vista de Leticia se paseó por la mesa hasta que dio con algo que pudiese utilizar.

—Rioja.

Luc se indignó por dentro. ¿Rioja, en serio? Su padre no pareció notar la casualidad de que el apellido del supuesto juez coincidiese con la etiqueta de la botella de vino.

—Gómez Rioja. —Su padre masticó aquel nombre—. No me suena.

—Puede que sea nuevo, es bastante joven, por lo que tengo entendido —se apresuró a decir Leticia. «Buenos reflejos».

—¿Le representáis a él o a ella?

—A ella.

—¿Tienen hijos?

—No.

—¿Trabajadora?

—Ajá.

—Si necesitas algún consejo, alguien con quien hablar, avísame. Con los jueces nuevos de hoy en día uno nunca sabe qué esperar.

Acto seguido, y sin un segundo de tregua o señal de aviso, su mirada se depositó en Luc. Un escalofrío le recorrió la espalda.

—¿Y tú?

Cómo dos monosílabos podían contener y expresar tanto desprecio era algo que escapaba a su comprensión. Tal vez se trataba de un arte que se llegaba a dominar con la edad.

—¿Yo? —Bravo, estupendo. Justo la respuesta que su padre necesitaba para descargar la artillería sobre él. «Nunca dudes, nunca», se recordó.

—Sí, tú. ¿Vas a hacer algo de provecho con tu vida o vas a seguir malgastándola de compras y de fiesta día sí y día también?

—Cariño, déjale. Al niño le gusta ir guapo y hace muy bien en quererse a sí mismo —intervino su madre, Mercedes Zambrano, una mujer enérgica de la que Luc y su hermana habían heredado los ojos avellana, el pelo miel (que con los años se había tornado primero castaño y después gris) y el carácter soñador. Siendo quince años más joven que su marido e infinitamente más atractiva, Luc siempre se había preguntado qué vio en él. También era cierto que con su esposa nunca había adoptado el rol de tirano que representaba ante sus hijos, sino más bien todo lo contrario.

—Tengo la sensación de que el niño se quiere demasiado para lo poco que hace, sobre todo, teniendo en cuenta que se quiere con mi dinero.

—También gano dinero por mí mismo —dijo Luc en un alarde de valentía.

—Sirviendo cafés con nata y limpiando tazas. Tu madre y yo no te dimos la mejor educación para que tires tus talentos por la borda, Lucas. Si sigues así, vas a acabar convertido en un don nadie, un maleante.

—Me llamo Luc... —susurró, esta vez de forma casi inaudible.

—Cariño, ya basta —protestó Mercedes, agarrando el brazo de su marido con dulzura, y se volvió hacia su hijo—. No hagas caso a tu padre, ya sabes cómo se pone los domingos...

—Eso, sigue mimándole. Luego nos preguntamos por qué nos ha salido así. —Fuera lo que fuese a lo que se refería, con «así» estaba claro que no era nada bueno—. Hazme el caso que quieras. Pero recuerda que te quedan tres meses para que caduque nuestro acuerdo, tres meses... y te corto el grifo. —Enfatizó la amenaza con un gesto de tijeras que hizo con los dedos—. Tres meses y tendrás que elegir entre mantenerte a ti mismo con tu salario de currito a media jornada o matricularte en Derecho el curso que viene. Como siempre, tú eliges.

Luc no dijo nada.

Como si no lo recordase a la perfección, ojalá fuese capaz de olvidarlo. Tal vez así le sería más fácil dormir más de dos o tres horas por las noches. Todo el mundo daba por hecho que su delgadez se debía a que no comía lo suficiente, pero él estaba seguro de que era la ansiedad de no saber qué estaba haciendo mal con su vida la que lo estaba devorando lentamente.

—Me sobran dos meses —dijo en un alarde de bravuconería que en realidad no sentía, menos aún teniendo en cuenta que ahora ni siquiera tenía una banda con la que triunfar y que lo de barista era una tapadera para poder ir y venir cuando quisiese. El último mes se había embolsado la friolera de ochenta y tres euros con setenta y no tenía ni la menor idea de cómo usar una cafetera.

Su madre se apresuró a cambiar de tema antes de que entrasen en uno de aquellos bucles eternos sin salida alguna que acababan con padre e hijo sin dirigirse la palabra durante una semana o dos.

Luc hizo de tripas corazón y se entretuvo con el segundo plato. El postre llegó y pasó sin incidentes. Lo habitual era que, después del café, su madre les pillase por banda y les recordase que lo único que quería su padre era lo mejor para ellos, que tuviesen una vida «normal».

Para Luis Fonseca, el término normal incluía dos variables:

a) Todo oficio que pudiese desempeñarse vestido de traje y en el interior de una anodina oficina.

b) Cualquier cosa que implicase un contacto cero con lo paranormal.

Lo cual significaba que ninguno de sus dos hijos encajaba dentro de sus expectativas de «normalidad». Luc se había preguntado mil veces qué había podido ocurrir para que tuviese semejante aversión hacia su propia naturaleza y hacia todo lo que tuviese que ver con la Guardia, pero era un tema tabú en aquella casa.

Leticia puso rumbo al modesto jardín tras apoyar la mano en el hombro de su hermano, que se giró hacia ella con un sobresalto, poco habituado al contacto físico. Leticia le hizo un gesto con la cabeza que decía «sígueme». Luc se levantó y caminó hacia el jardín trasero tras ella. Su hermana se sentó en una silla junto a la mesita bajo los toldos y Luc la imitó, buscando el rincón más alejado del sol.

—Así que un caso de divorcio, ¿eh? —dijo por la mera diversión de hacerle rabiar.

—Así que te sobran dos meses, ¿eh? —replicó, no sin razón—. Pero no te he hecho venir para discutir sobre cuál de los dos tiene una vida más desastrosa. ¿Qué tal tu cita?

Luc resopló. ¿Su cita? ¿Era eso de lo que quería hablar en secreto? Luc llevaba dos días intentando olvidar que la maldita cita había sucedido, pero sabía que Leticia no se detendría hasta obtener la información que buscaba. No ejercía, pero se había formado en el campo de la abogacía en las mejores universidades y academias, lo que le había brindado las herramientas que necesitaba para leer a las personas como si fueran los carteles luminosos de Callao. Por no hablar de que, por lo visto, en la Guardia también tenía ocasión de practicar su talento.

—Un desastre. No me pidas más detalles, por favor... —dijo, pero sabía que, a pesar de su concisión, Leticia querría oír hasta el último de ellos, no porque le interesase especialmente la vida amorosa de su hermano pequeño, sino porque siempre tenía la necesidad de saberlo todo.

—¿Cómo que un desastre?

—Digamos que tienes muy mal gusto para las mujeres. No me extraña que sigas soltera. —Su hermana le instó a callarse con cara de pocos amigos.

—¿Qué quieres decir con «mal gusto»? ¿Qué hizo tan terrible?

Luc resopló.

—La chica es guapa y eso...

—Ya suponía que tu cita no fracasó por lo guapa que era —protestó Leticia, sarcástica.

—Pues para que veas que no soy tan superficial como crees —obvió que había sido ella la que se había levantado sin más y le había dejado plantado—. Por guapa que sea, le falta un tornillo, ¿te puedes creer que me echó las cartas? ¿Qué pasa? —preguntó al ver como su hermana se mordía las uñas con preocupación.

—Y... ¿qué vio en tu destino?

—¡Leti! No vio nada, se lo inventó. Tienes que dejar ese trabajo, empieza a afectarte. No todo el mundo tiene poderes mágicos.

«Y mucho menos las *influencers* de... ¿De qué era, de esoterismo?». Si uno tenía un don como la magia no lo iba aireando por ahí para que todo el mundo lo supiese. Era de sentido común.

—¿Quieres callarte? —protestó ella, asomándose a la puerta de la terraza para asegurarse de que sus padres seguían en la cocina—. Echar las cartas es una costumbre bastante habitual entre brujas y, no sé, la forma en la que entrasteis en contacto fue un tanto extraña.

—Seguro... —dijo Luc, con tal condescendencia que su hermana le asestó una patada a la silla como si fuera a tirarlo al suelo, una amenaza ante la que él casi ni se inmutó. Extendió sus delgadas piernas y apoyó los pies sobre el borde de la mesita—. La tía con la que salí el viernes... ¿una bruja? —Rio con una carcajada seca, entre dientes, lo suficientemente fuerte como para dejar claro su desacuerdo—. De verdad que ahora entiendo que la Inquisición acabase quemando a medio pueblo por herejía. Los de la Guardia sois unos paranoicos.

En lugar de enfadarse, su hermana continuó mordisqueándose una uña. Tendría que haber estado furiosa, o al menos mosqueada, pero parecía estar inquieta.

—¿Prometes no preocuparte si te cuento algo? —preguntó mirando a su hermano pequeño con un halo de duda y consternación.

—Yo nunca me preocupo. A mí me da igual todo.

Pese a sus continuos esfuerzos por parecer el rey del pasotismo, su hermana no se mostró del todo convencida.

—Es que... Bueno... Cuando he llegado a casa, justo antes de bajarme del coche, juraría que he visto una sombra asomándose a la ventanilla que da al sótano. —Luc tragó saliva—. Tan pronto como la he visto se ha esfumado y no he querido darle más importancia, pero..., en fin, ahora me dices esto y yo... Hay una parte de mí que tiene el presentimiento de que sigue por aquí, ¿podría haber alguna relación entre ambas cosas?

—¿Qué? ¿No creerás que me ha echado una maldición, un embrujo o algo de eso? —dijo, recordando a la inocente chica rubia que le sacaba fotos a su sándwich vegetariano desde cuatro ángulos distintos antes de probarlo. No acababa de imaginársela en torno a un caldero invocando al Señor de las Tinieblas.

—Podría ser una explicación... Tú dirás qué has estado haciendo para atraer la atención de las fuerzas de lo paranormal si no.

—Vale, vamos a suponer que es una bruja, que no lo es, ¿por qué me iba a maldecir?

Leticia alzó una ceja como si pretendiese decir «Porque eres tú, quizá».

—¿Has visto su canal? —quiso saber su hermana, con la ceja aún alzada.

—La pregunta no es esa, sino qué hacías tú viendo su canal.
—Seguía apuntando la ceja hacia él como si se tratase de un arma—. Para. Deja de juzgarme.

—No te juzgo, es que es muy triste el poco conocimiento que tienes del mundo mágico siendo un revelado. Claro que con lo que se ha esforzado papá por mantenernos en la ignorancia tampoco me sorprende…

¿Por qué tenía que meter a su padre en esto? Luc sabía lo pesada que se podía poner Leticia cuando se empeñaba en algo.

«Se acabó». Sacó su móvil del interior de su bolsillo y fue derecho al directorio de contactos. Buscó hasta llegar a la C y dar con «Chica Tinder 3» (por extraño que pudiese parecer, nunca supo nada más de Chica Tinder 1 y Chica Tinder 2 después de la primera cita) y marcó el número.

—¿Qué haces? —preguntó su hermana.

—Preguntarle para que te quedes satisfecha. Ni es una bruja ni soy tan idiota como me pintas.

Y puede, solo puede, que también llamara porque una parte de él, seguramente su orgullo, seguía insatisfecha por la forma tan abrupta en la que se había cortado la comunicación justo cuando una sensación de emoción y curiosidad había empezado a removerse en su interior. No le vendría mal una segunda oportunidad para dejar claro que era él quien no quería nada.

Un tono. Su corazón comenzó a latir con desenfreno. Dos tonos. Notó que se le secaba la boca. Tres tonos. Se intentó convencer de que le era indiferente. Cuatro tonos. ¿Y si no lo cogía? ¿Acaso iba a pasar de él… otra vez?

—¿Lucas? —dijo una voz dulce, pero seria y sorprendida, al otro lado del teléfono.

Puso el altavoz.

—Me llamo… Bah, da igual. Mira, no te hagas ilusiones, no quiero volver a quedar contigo. Solo llamaba para preguntarte si por algún casual eres una bruja. —Sonrió a medias (sonreír del todo era vulgar. Odiaba a la gente que sonreía mostrando los dientes como Sabele). Le guiñó un ojo a Leticia, que enterró el rostro entre sus manos, seguramente preguntándose por qué le tenía que tocar a ella semejante hermano.

—Eh... sí. Pero no entiendo a qué viene esto ahora.

La media sonrisa se desvaneció de su rostro. Desde luego, esa no era la respuesta que esperaba recibir.

—Lo estoy preguntando en serio. —Porque era una broma, ¿verdad? Le estaba respondiendo en tono de burla, jugaban a alguna clase de juego retorcido que él había comenzado. Tenía que ser eso.

—Ya lo sé. —Hubo una tensa pausa en la que ninguno de los dos se atrevió a pronunciar una sola palabra—. De verdad que no entiendo el motivo de esta llamada. Si pasa algo mándame un mensaje de WhatsApp, como todo el mundo.

—Eres... Eres una bruja...

—¿No has visto los vídeos de mi canal?

Leticia ladeó la cabeza y se cruzó de brazos como queriendo decir «¿LO VES?».

—¿No se supone que tienes que ocultarlo o algo así?

—Estamos en el siglo XXI, Lucas. Bienvenido.

—Tengo... tengo que colgar. Hasta luego. —Se inclinó sobre la mesa para terminar la llamada a toda velocidad.

—¿Puedo decir «Ya te lo dije»? —preguntó su hermana con una sonrisilla autocomplaciente.

«Dios..., ahora no va a haber quien aguante a mi hermana».

Una bruja. Sabele era una bruja. ¿Le habría maldecido de verdad? ¿Era esa la razón de que le siguiese una sombra? ¿Por eso no se podía quitar de la cabeza el color exacto del que había pintado sus labios, a pesar de que le parecía una tía insufrible, superficial y vanidosa? Definitivamente le había embrujado.

13

Sabele

Sabele observó el móvil en silencio unos cuantos segundos hasta que logró procesar la absurda conversación que acababa de tener. Depositó el aparato en el rincón del escritorio de donde lo había cogido con una mueca de desprecio. «¿Qué demonios le pasa a este chico?», se dijo.

Al contrario que Lucas, ella no tenía tiempo para perderlo con estupideces de semejante calibre. ¿Y qué si era una bruja? ¿De verdad tenía que llamar un domingo a las tres de la tarde para preguntarle eso? Le había dicho la verdad, pero lo cierto era que no contaba del todo con que la creyese. Hacía unos cuantos siglos, los corrientes habrían intentado quemarla en la hoguera, pero hoy en día, las tecnologías habían vuelto tan escéptica a la gente que podías hacer desaparecer un elefante ante sus narices y estarían convencidos de que se trataba de un simple truco.

«Tenía que haber puesto el móvil en modo avión». Miró el reloj en la pantalla y comprobó que en realidad eran casi las cuatro, lo que, seguido de un gruñido en su estómago, le recordó que aún no había comido.

Tomó el portaminas entre sus dedos y se dispuso a seguir trazando los bocetos de las runas que iba a emplear en su hechizo para la prueba de aprendiz, mientras consultaba en el pesado tomo de tapas gastadas y páginas ajadas. Tras cinco minutos intentando pasar del primer párrafo sin resultado, decidió que era el momento de hacer una pausa para comer y tomarse un café bien cargado. El muy desconsiderado la había desconcentrado con sus preguntas impertinentes.

Se miró al espejo consciente de que no presentaba su mejor aspecto. A su despeinado moño y al pijama que había llevado durante dos días seguidos sin un ápice de remordimiento, se sumaban unas ojeras que delataban su falta de sueño. Efectuó un breve conjuro que surtió efecto instantáneo: sus ojeras desaparecieron, su piel brilló tersa e hidratada y el moño quedó perfectamente colocado. «Mucho mejor».

Cruzó el salón hacia la cocina saludando a sus amigas con un sonido más parecido a un gruñido que a ninguna palabra de un idioma humano.

—Si buscas algo de comer, te hemos dejado un táper con *noodles* en la nevera —dijo Rosita desde el sofá.

—Que he preparado yo, por cierto —le replicó Ame a su amiga.

En realidad no era preciso que hiciese la aclaración, Ame era la única de las tres capaz de preparar algo que no fuese un sándwich o una ensalada. Lo cual resultaba irónico teniendo en cuenta que Rosita era toda una experta con el caldero a la hora de elaborar pócimas.

—Gracias, chicas.

Calentó los fideos en el microondas, se sirvió un café bien cargado y volvió a encerrarse en su cuarto, rodeada por una pila de libros. Necesitaba dar el cien por cien de sí misma en los próximos días, no tenía un mísero uno por ciento que desperdiciar en una causa perdida.

La reunión bianual del aquelarre de Madrid tendría lugar en menos de una semana.

El mundo de las brujas era relativamente pequeño, así que era una comunidad unida en la que casi todas se conocían entre sí. Se encontraban en numerosas fiestas del calendario pagano, tal y como hacían las familias corrientes en Navidad, pero solo dos veces al año, todas las brujas de la ciudad, sin excepción, eran invitadas a una glamurosa fiesta en la sede del aquelarre de Madrid. Y solo en una de esas dos ocasiones, la Dama que las lideraba escogía a una de ellas como aprendiz. La última de las jóvenes brujas que había estudiado con ella acababa de conseguir una beca completa en la prestigiosa universidad inglesa de magia Croydon, donde era prácticamente imposible entrar sin una madrina. Sabele se estremecía de emoción al pensar en todas las cosas que podía aprender de Flora.

Cada aquelarre contaba con sus propios mitos y leyendas y Flora, la Dama del aquelarre era la suya. Nadie sabía a ciencia cierta qué edad tenía la poderosa hechicera ni de qué familia procedía, así que había todo tipo de rumores absurdos sobre a qué se dedicaba o con quién se había relacionado antes de ir a parar a Madrid en la década de los ochenta. La magia la había elegido líder cuando ella era muy joven (o al menos aparentaba serlo) y aquello despertó admiración y envidias a partes iguales. Aunque las malas lenguas decían que no era muy hábil en la magia rápida, era famosa por el poder de sus hechizos ancestrales, cuyo poder se mantiene intacto durante generaciones, como las de un árbol protector que bendice un pueblo, un portal en un arroyo que conduce al reino de las hadas o el conjuro de una espada capaz de señalar al único y legítimo rey. La clase de magia sobre la que se habla en los libros de historia mágica y en los cuentos y leyendas de los corrientes. Puede que fuera una exageración, pero sobre los talentos de Flora se decía que incluso llegó a detener el tiempo en una ocasión. A pesar de su inexperiencia en política cuando accedió al cargo, había contribuido a mantener la paz con los nigromantes durante décadas.

Las aspirantes que deseasen aprender de Flora, debían obrar ante ella una demostración de talento tras la cual tomaba su decisión y proclamaba a la elegida. Sabele llevaba años queriendo, no, ansiando presentarse, y por fin se había decidido a dar el paso. Era su momento, se sentía más fuerte y sabia que nunca, o al menos así había sido hacía unas cuantas semanas, cuando presentó su candidatura ante el consejo.

«Concéntrate —se reprendió a sí misma—. No puedes echar tu sueño a perder». La gran mayoría de las brujas compaginaban sus poderes con una vida corriente, trabajos corrientes, amigos corrientes e incluso parejas corrientes. Sin embargo, las más talentosas solían entregar su vida al estudio de la magia, a su protección y a la de la comunidad, así como a transmitir sus conocimientos a las nuevas generaciones.

Por respetable que fuese, Sabele estaba segura de que ella no podría conformarse con llevar una vida donde su magia tuviera un papel secundario. Ni siquiera consideraba que se tratase de una elección, no para ella. Era una bruja, ¿cómo iba a renunciar a su verdadera naturaleza a cambio de aspirar, con mucha suerte, a un contrato indefinido o a una bonita casa con piscina en el norte de Madrid? Todas esas cosas estaban muy bien, pero nunca las había deseado. Tampoco ansiaba grandes lujos, ni la fama o la gloria. Era ambiciosa, pero solo en lo relativo a cumplir su sueño de vivir envuelta en la magia. Estaba dispuesta a dejarse la piel para conseguirlo, y convertirse en aprendiz de Flora era casi un sinónimo de integrarse en la cúpula del aquelarre, una vía de ascenso rápida a un buen estatus dentro de la comunidad y una oportunidad única que no estaba dispuesta a dejar pasar.

Y sin embargo...

«También te estás escondiendo si finges ser perfecta», le había dicho Luc. Ella no fingía ser perfecta. Trataba de serlo. Había una diferencia muy grande. Luc se equivocaba. Y se lo iba a dejar bien claro. Alargó la mano hacia su teléfono para escribirle un mensaje contundente, pero antes de que llegase a tocar la pantalla, un maullido la detuvo. Alzó la mirada y vio a Bartolomé, el gato rubio que iba y venía de la casa cuando le placía. «¿Qué te crees que estás haciendo?», parecían decir sus ojos.

—Hola, guapo. ¿Cuándo has llegado hasta aquí? —Dejó que le olisquease la mano antes de acariciarle entre las orejas.

A pesar de sus mimos, Bartolomé mantuvo la mirada de reproche.

Hay historias en las que se dice que las brujas y los gatos pueden comunicarse mentalmente, y otras que insinúan que las hechiceras comprenden el idioma de los mininos, y aunque no están equivocadas, tampoco es del todo cierto. Las brujas solo pueden hablar con los gatos que les pertenecen, o mejor dicho, los que les han jurado lealtad, y Sabele sospechaba que aquel gato era demasiado libre como para tener un dueño o ser un animal familiar. Aun así, comprendió a la perfección su gesto condescendiente.

—Lo sé —suspiró, obligándose a ser sensata, un viejo hábito que tenía dominado—. Prioridades.

El gato maulló a modo de aprobación cuando Sabele guardó el móvil en un cajón y se obligó a trabajar en su demostración de talentos.

Se había librado de todas las preocupaciones que la turbaban para no autosabotearse, incluso había tomado la decisión de romper con Cal, algo que llevaba tiempo retrasando, para poder tener el espíritu en paz. No iba a permitir que cuarenta y cinco minutos de una cita con un idiota y una mala carta echasen por tierra sus esfuerzos y su futuro. Lucas no sabía nada sobre ella, que pensase lo que quisiera.

«Se acabaron las tonterías. Vamos allá», se dijo antes de empezar a escribir en su cuaderno mientras Bartolomé se acomodaba sobre su regazo.

14

Leticia

Leticia se detuvo ante la verja metálica, tan elegante como el resto del recinto. A simple vista parecía una mera alineación de varas negras decoradas con unas cuantas florituras, pero eran mucho más que eso. Su valor residía en el símbolo que representaban, una frontera que dividía el mundo en dos mitades diferenciadas: a los que sabían de los que ignoraban, a los que podían ver de los ciegos, a los protectores de los protegidos y, para muchos de los que las cruzaban a diario, a los superiores de los vulgares. Al otro lado del escudo formado por una puerta que imitaba la entrada al paraíso y una espada cruzada que la protegía, se encontraban los herederos de los primeros revelados, quienes decidieron velar por el equilibrio en la Tierra y que, más tarde, fueron malogrados por la oscura era de la Inquisición.

El orgullo propio de la institución se vislumbraba en los altos árboles y arbustos que ocultaban el pequeño palacete a ojos del mundo y en el colosal tamaño de sus puertas cerradas a cal y canto. En la distancia se confundía con otra de las tantas embajadas y edificios institucionales que se extendían a solo unos pasos del paseo de la Castellana, sin embargo, una vez dentro, podía presentirse una esencia ya perdida en el mundo de los humanos corrientes, la prudencia del que conoce los peligros a los que se expone y la soberbia del que cree poder enfrentarse a ellos. Además de un cierto olor a rancio que Leticia detestaba.

La Guardia era una institución basada en la conservación del pasado y se había construido sobre la tradición; resultaba complicado convencer a sus altos cargos de que, sin que importase si era o no de su agrado, los tiempos habían cambiado y seguirían haciéndolo con o sin ellos. Leticia, como muchos otros jóvenes en la Guardia, prefería pensar que el respeto por el pasado y la mirada puesta en el futuro eran compatibles.

Pese a ser una novata en todos los aspectos, Leticia se había convertido rápidamente en agente de campo. No eran muchos los voluntarios para ocupar aquellos puestos que implicaban trabajar en el terreno en lugar de en una cómoda silla, así que no le habían puesto muchas pegas después de que superase todas las pruebas. Su misión, como la de cualquier agente de la Guardia, era asegurarse de que el delicado equilibrio del mundo mágico se mantenía inalterado y de que todos los ciudadanos corrientes permanecían a salvo.

Pasó su tarjeta de identificación por el lector y aguardó a que los vigilantes comprobasen su identidad a través de la cámara que la vigilaba desde lo alto de la valla. Aunque lo que de verdad los mantenía seguros no era la videovigilancia, sino el poder político de la institución y su haber de reliquias capaces de anular el poder de la magia.

El cerrojo de la puerta se abrió y Leticia empujó para adentrarse en el jardín. Lo recorrió con pasos rápidos, pisando fuerte con sus mocasines y protegiéndose del frío de la mañana bajo su gabardina. Después de ir sudando en el metro, encogida entre un amasijo de desconocidos, el aire fresco la atravesaba como dagas afiladas.

«Malditos lunes».

Si al menos pudiese haber seguido con sus tareas habituales... En cambio, su jefe de sección la había hecho llamar y no entendía por qué. ¿Habría habido alguna queja? Tal vez los fantasmas habían protestado por sus continuos interrogatorios.

Cruzó la puerta de entrada del palacete de piedra blanca y se sometió al control de seguridad rutinario nada más atravesarla. Una vez que comprobaron que iba desarmada y, sobre todo, que no era ningún tipo de ente mágico maligno (lo que para ellos se reducía a cualquier ente mágico), le permitieron continuar con su camino. Subió las escaleras hasta la segunda planta, donde se cruzó con un par de administrativos que la miraron fugazmente con cierto desprecio, y recorrió el pasillo hasta llegar al despacho del fondo. Llamó a la puerta y oyó un seco «adelante» al otro lado.

—Buenos días, señor —dijo con actitud diligente. Tenía mucho por demostrar en aquella organización, y estaba dispuesta a hacerlo aunque para ello tuviese que reprimir su carácter. Ese que siempre la llevaba a cuestionarlo todo.

—Buenos días —respondió su jefe, un hombre trajeado y bigotudo que no levantó la vista de los informes esparcidos por su mesa.

Leticia siempre se preguntaba cuándo descubrirían la existencia de los ordenadores y de la informatización en la Guardia. Seguía sin mirarla a los ojos cuando dijo:

—Siéntese, agente...

—Fonseca.

Leticia se sentó y aguardó paciente a pesar del tenso silencio que se instauró en la habitación durante los minutos que su jefe se tomó para acabar con sus tareas.

Juan Antonio Herrera llevaba treinta años en la Guardia, lo que suponía la totalidad de su experiencia laboral como adulto y, a pesar de no haber pisado nunca el terreno, había logrado ascender hasta el puesto de director de operaciones de seguridad. Nadie podía explicar cómo, aunque fuese cual fuese la respuesta, estaba más que claro que no se debía a su don de gentes ni a su interés por los demás. Al menos no por quienes estaban «por debajo de él».

—Fonseca, oh, claro, sí, Fonseca... ¿Por qué me resulta familiar? En fin... —dijo, apartando los papeles. Llevaba tres meses trabajando en su departamento y su jefe ni siquiera era capaz de retener su nombre en mente más de treinta segundos. Sus esperanzas de lograr un ascenso en el primer año se esfumaron por completo—. Supongo que será consciente de que este fin de semana tiene lugar la reunión del aquelarre de las brujas de Madrid.

Una leve mueca de desprecio se asomó a sus labios finos, casi ocultos bajo el bigote canoso, al pronunciar la palabra «brujas», y se quedó ahí durante el resto de la frase.

Leticia asintió. No era ningún secreto que la Guardia, pese a hallarse en un supuesto estado de «paz diplomática» tanto con las brujas como con los nigromantes, vigilaba todos sus encuentros y movimientos con suma atención. «Dadles la mano, pero que no cojan el brazo» era la política extraoficial de la institución. Lo sabía de sobra, tanto como cualquier agente, y, sin embargo, Leticia no comprendía qué tenía que ver todo eso con ella. Nunca había trabajado con brujas, pero tampoco pretendía hacerlo: los fantasmas y seres espectrales de otros planos eran, y siempre habían sido, su especialidad.

—Una de las agentes sobre el terreno ha sufrido un... percance con un objeto hechizado —explicó el señor Herrera.

—Oh, cielos, ¿se encuentra bien?

—¿Eh? ¡Oh! Sí, sí, despertó a un *poltergeist* por accidente, estará bien en un par de semanas... probablemente. —No se esforzó por fingir interés—. Se le pasará... En fin, lo relevante aquí es que era la encargada de vigilar el aquelarre y, evidentemente, ya no podrá atender el evento en cuestión.

—Ajá —respondió Leticia, que comenzaba a discernir por dónde iba el asunto y no le entusiasmaba la idea en absoluto.

—Sabemos dónde y cuándo será gracias al trabajo de su antecesora en el puesto, así que, en resumen, necesitamos que se infiltre, Fonseca.

—¿Que me infiltre?

—Que se infiltre —repitió su jefe con desgana, pero comenzando a perder la paciencia—. Es una gran oportunidad para demostrar de lo que es capaz, agente. Veo en su ficha... —continuó rebuscando de nuevo en los papeles— que solo lleva unos cuantos meses en el departamento.

¿Una oportunidad? ¿De qué, de cazar brujas? No le interesaba lo más mínimo. Hacía décadas que la comunidad mágica no era verdaderamente problemática. Por ella podían seguir jugando con sus pócimas y conjuros baratos cuanto quisiesen.

—Señor, no pretendo ser impertinente, pero llevo semanas trabajando en un caso. Cuento con pistas sólidas que me llevan a concluir que alguien está intentando manipular las conexiones de nuestro mundo con otros planos. Verá, he encontrado varias brechas por toda...

—Fonseca, he leído —y con «leído», Leticia estaba segura de que quería decir «ojeado por encima, diagonalmente y sin muchas ganas»— sus informes. Comprenda que antepongamos los hechos y lo urgente a sus... especulaciones. Cíñase a seguir las directrices que acaba de recibir. Todo lo demás es irrelevante, ¿sí?

Leticia se tomó unos instantes para asumir que no iba a escucharla y morderse la lengua. Finalmente, asintió. Cuanto antes acabara con aquella misión absurda, antes podría volver a su caso.

—Es usted joven, Fonseca... Pronto comprenderá que el salario a final de mes y satisfacer a sus superiores es mucho más importante que los ideales sin fundamento o la necesidad de alimentar su ego. —Así que ese era el secreto de su éxito—. El mundo no necesita que usted lo salve, solo que ocupe su puesto y haga lo que se le manda sin alborotos, ¿comprende? —preguntó con el tono paternalista de quien intenta razonar con una niña pequeña.

Leticia asintió, aunque en sus pensamientos rondasen ideas muy diferentes a las que él le proponía, como la de que el día en que lograse ocupar el puesto de su jefe, la forma en la que funcionaban las cosas en la Guardia iba a ser muy diferente. Mientras tanto, no le quedaba otra opción que pasar por el aro y adentrarse en el aquelarre sin levantar sospechas. ¿Cómo iba a hacerlo? No tenía la menor idea.

—Sí, señor.

15

Sabele

Sabele había tomado la decisión de no volver a dedicarle ni un solo pensamiento a Luc, y lo habría conseguido si el chico no insistiese en aparecer en su camino continuamente. ¿Cuáles eran las probabilidades?

El lunes fue a recoger a Ame a la salida de su escuela de moda para ir a tomar un café y despejarse charlando un rato, pero se dio de bruces con él. Ambos fingieron no haberse reconocido y siguieron con lo suyo.

El martes, Sabele fue a buscar un libro sobre amuletos a una tienda especializada en La Latina y, cuando subió al vagón de la línea cinco de metro, su maldita cara fue lo primero que vio. Sacó su móvil del bolso, se puso los cascos y editó un vídeo para su canal.

El miércoles, Sabele optó por encerrarse en casa y trabajar de forma intensiva. A la hora de la comida, después de horas y horas estudiando, le invadió un hambre atroz y, al abrir la nevera, la encontró completamente vacía salvo por un brik de leche a medias. No pensaba arriesgarse, compraría una empanada *spanakopita* en el *take away* griego que había debajo de su casa y subiría corriendo. No le llevaría más de cinco minutos, así que ni siquiera le compensaba cambiarse de ropa ni peinarse en condiciones. En cuanto abrió la puerta del portal y salió a la calle se lo encontró cargado con bolsas que rebosaban ropa *vintage*. Luc se bajó las gafas de sol, miró su pijama con dibujos de gatitos, sonrió con sorna y siguió con su camino como si nada.

El jueves sus amigas la convencieron para tomar algo en un bar de la zona, solo estarían allí el rato justo para despejarse. Así fue como descubrió que Luc pinchaba como DJ (que en su caso significaba que elegía la música de Spotify y le daba a play) en algunos locales de la zona para sacar un dinerillo extra.

Llegó el viernes y con él la paz. Se había asegurado de tener la nevera bien llena para no salir de casa; en el peor de los casos, haría un pedido a domicilio. Ya sería demasiado que, además de músico, Luc resultase ser repartidor, aunque ya nada la habría sorprendido. Pudo estudiar, ensayar y meditar. Incluso tuvo tiempo y ganas de hacer un poco de yoga. Quedaban menos de veinticuatro horas para su gran oportunidad. Se metió en la cama con una sonrisa y el presentimiento de que por fin había roto la maldición. Quizá el dichoso hilo rojo había comprendido que no había nada que hacer, que sus dos extremos preferían estar lo más lejos posible el uno del otro, que nunca iban a unirse.

Dio el tema por zanjado.

Mañana iba a ser un gran día. La expectación y los nervios se arremolinaban en su estómago. Tal vez consiguiese cumplir sus sueños. Colocó un saquito de manzanilla debajo de la almohada para asegurarse de que su mente permanecía despejada y una piedra de jade sobre la mesilla para evitar las pesadillas. Había resistido la tentación de otear en su bola de cristal para no ponerse aún más nerviosa. «Va a ir bien», se dijo, convencida de que su fe en la magia daría sus frutos. «Va a ir bien», se repitió, sin darse cuenta de que ya había hecho su jugada, y que ahora le tocaba mover ficha al destino.

16

Leticia

En su primer día en la Guardia le advirtieron de que habría muchos fines de semana en los que le tocaría trabajar y que no serían remunerados. No le importó. El deber era lo primero. Claro que nunca se había imaginado que por «trabajar los fines de semana» también querrían decir «infiltrarse en la fiesta mágica más glamurosa del año». Quizá entonces hubiese opuesto más resistencia. Revisó todos los informes que pudo sobre el trabajo de su predecesora en el puesto y siguió sus últimos apuntes a rajatabla o, al menos, lo intentó.

Había tomado prestado un viejo vestido de gala de color *champagne* del armario de su madre, unos zapatos de tacón con los que apenas podía mantenerse en pie y un diminuto bolso en el que había escondido sus esposas, su placa y el arma reglamentaria. Se sentía ridícula.

Por si la situación no fuese lo bastante absurda, llevaba escondido debajo del vestido un pequeño artilugio del tamaño de un botón que, según María José, la encargada del inventario de la Guardia, era todo un portento. «Tienes suerte», le había dicho. «Son tecnología punta alemana. Nos acaban de llegar veinte de la Guardia de Berlín». ¿Veinte? No necesitaban veinte simuladores de auras. Leticia se preguntó quién se habría llevado una comisión con la venta. En teoría, el cachivache, una prodigiosa unión de tecnología y magia, era capaz de imitar el aura de una bruja sobre el cuerpo de su portador para dificultar la detección de un intruso.

Vestida como una princesa Disney y con el único plan de pasar desapercibida, Leticia se detuvo frente a la entrada de aquel, en apariencia mundano, edificio en Gran Vía. «Desde luego, les gusta estar en el centro del meollo», pensó, observando desde la distancia el reguero de mujeres engalanadas que entraban en el edificio, tan grandioso y bello como todos los que se extendían por la calle más famosa de la capital. Por lo que sabía, se habían hecho con su sede en los años veinte y la habían conservado intacta durante la Guerra Civil gracias a su magia. La construcción de piedra blanca tenía trece pisos, aunque la última era más bien una especie de torreón con arcos y columnas, amparadas por varias estatuas de bronce que representaban distintas encarnaciones de la Diosa, más propias de una ruina griega. Su estilo se mimetizaba con el resto de construcciones de la distinguida calle, pero eran los detalles más nimios los que la delataban como una morada de brujas: el telescopio en la amplia azotea para poder observar y anotar los movimientos de los astros, las pequeñas aberturas en la fachada para que los gatos y otros animales familiares pudiesen salir y entrar, las runas protectoras talladas sobre los marcos de las ventanas, la salida de extracción que ventilaba la cocina donde elaboraban las pócimas… Habían dado forma a aquel lugar en pleno corazón de la ciudad a su medida. Era su hogar. Leticia sintió una punzada de envidia. Le encantaba trabajar en la Guardia, pero nunca se había sentido especialmente acogida y, desde luego, nadie había pensado nunca en sus necesidades.

¿Qué aspecto habría tenido su vida si en lugar de revelada hubiese sido bruja? Observó a las refinadas mujeres, que avanzaban etéreas, como si pudiesen flotar en el aire. «De hecho pueden», se recordó. Pese a su gracia natural, sus vestidos repletos de brillos y purpurina, sus joyas decoradas con piedras preciosas y sus maquillajes coloridos, Leticia era la única que les prestaba atención según entraban en la sede del aquelarre. Cualquier persona corriente que se propusiese encontrar y acceder al edificio tendría grandes dificultades para hacerlo. No solo estaba protegido por un hechizo que impedía el acceso a quienes no hubiesen recibido el permiso de una bruja en alguna ocasión, sino que también producía un efecto de amnesia selectiva. Los corrientes que pasaban ante él lo veían, pero ninguno recordaría haberlo hecho al cabo de unos segundos. Era como si se desvaneciese ante sus ojos dejando en el espectador una extraña sensación de *déjà vu*. Por suerte Leticia estaba protegida de ambos conjuros por dos motivos, en primer lugar, era una revelada, y eso le permitía detectar los efectos de la magia, al contrario que los corrientes, ciegos a ella. Y en segundo lugar, podría entrar y salir a placer del edificio gracias a la placa que normalmente llevaba ceñida al cinturón (esa noche, en el interior del bolsito). La fina lámina de metal con el emblema de la Guardia (la puerta y la espada) no solo la acreditaba como agente oficial con su consiguiente jurisdicción, también le permitía acceder mediante una especie de «vacío legal» a cualquier espacio protegido, ya fuese fruto de la magia de las brujas o de la de los nigromantes.

«Vamos allá», se dijo, apoyando la mano sobre su placa en busca de apoyo moral.

En teoría, estaba preparada para cumplir su misión y no había motivos de preocupación. Solo tenía que permanecer ahí de pie unas cuantas horas rodeada de mujeres preciosas, estar atenta a todo cuanto escuchase, comer unos cuantos canapés y asegurarse de que en el encuentro no se producía ningún uso ilegal de la magia ni de que se estuviesen tramando conspiraciones malignas. Después de eso podía volverse a su casa a dormir.

No era tan complicado.

El único inconveniente era que Leticia prefería tratar con los muertos por una buena razón. No se le daba demasiado bien la gente. Era un defecto de familia, pero ella era la única a la que le preocupaba.

«Es solo trabajo», se recordó. Inspiró hondo y cerró los ojos, imaginando que era la espía internacional de alguna de sus novelas históricas favoritas. «Solo cíñete a tu papel. Eres una bruja. Eres nueva en la ciudad y por eso no conoces a nadie. Eres una bruja», se repitió mientras obligaba a sus pies a moverse, un paso tras otro, vacilando sobre las agujas de los tacones hasta llegar a la puerta. Posó su mano en el pomo y sintió un escalofrío cálido centelleando por sus dedos cuando este se giró solo.

Cruzó el umbral de la sede, aliviada porque no hubiese sonado ninguna alarma que advirtiese de su presencia, y subió las escaleras sin dejar de admirar la barroca decoración del interior. «Me van a pillar —se dijo—, se van a dar cuenta de que no soy una de ellas». Leticia tenía dones que la convertían en una gran investigadora, pero lo suyo no era ni la feminidad ni la elegancia. Su abuela paterna la regañaba por sentarse con las piernas demasiado abiertas y su concepto de esforzarse por cuidar su aspecto era echarse protector solar por las mañanas y pasarse el cepillo a la carrera por su corta melena. Ni siquiera era capaz de mantener una buena postura durante más de tres segundos, para el pesar de su madre. «Estúpidos tacones. Seguro que el tipo que los diseñó no se los ha puesto nunca ¿Y por qué hay tantas escaleras? Son brujas, ¿no? Podrían poner un ascensor encantado o algo así». Cada paso era un desafío, hasta que, finalmente, el temblor de sus pies acabó por vencerla y tropezó en mitad de los escalones de camino a la segunda planta. Cayó de bruces y detuvo el impacto con los codos y las rodillas. Maldición. Seguro que iba a tener moratones al día siguiente.

Al levantar la vista descubrió que media docena de brujas la miraban fijamente con consternación y que una de ellas se había agachado junto a ella.

—¿Estás bien? —preguntó la hechicera, pero Leticia enmudeció, prendada de los gigantescos y brillantes ojos negros de la joven.

Su pelo oscuro y extremadamente rizado cayó en una gloriosa cascada hacia ella cuando se inclinó para tenderle una mano de un brillante tono ocre oscuro. Notó el roce de su pelo sobre los hombros desnudos y también su olor a naranja y canela. «Ay, Dios mío».

—Eh... —Leticia se puso en pie por sus propios medios—. Claro. Sí. Muy amable.

La chica sonrió, mirándola de pies a cabeza.

—Ten, se te ha caído esto. —Sostenía uno de los zapatos beis entre los dedos, y Leticia lo cogió para ponérselo sin decir una sola palabra. Se limitó a agradecerle el gesto con un leve asentimiento de cabeza—. Me encanta tu vestido —dijo, y Leticia sintió cómo se derretía por dentro. «Céntrate. Has venido a trabajar».

—Gracias, eh... —«Rápido, piensa, ¿qué diría una agente infiltrada para no despertar sospechas?»—. A mí me encanta tu pelo.

La chica sonrió aún más y se volvió hacia una de sus amigas.

—¿Lo ves, Ame? Mucho mejor suelto que recogido.

Leticia siguió la trayectoria de su mirada y estuvo a punto de volver a tropezar al reconocer a una de sus amigas. Era la chica de YouTube. La que había quedado con su hermano. Ay, no. ¿Y si le había cotilleado y había dado con alguna foto en la que estuviesen juntos? ¿Y si la reconocía y se percataba de que no era una bruja ni nada que se le pareciese?

—Eh... Tengo que irme —dijo, dándoles la espalda y procurando cubrirse el rostro todo lo que podía con su corta melena.

—¡Espero verte luego, Cenicienta!

Leticia corrió tan rápido como le permitieron sus estúpidos tacones, que no era demasiado, y se refugió en el pasillo de la segunda planta. Apoyó la espalda contra la pared intentando tomar aire, pero su descanso no duró demasiado.

—Te digo que he sentido un aura extraña —dijo una voz por el pasillo.

—¿Extraña? ¿A qué te refieres?

—No sé... Hay algo que no cuadra.

¿Estaban hablando de ella? «Nadie notará la diferencia, blablablá», pensó Leticia, recordando las palabras de Maria José. «Tecnología punta alemana, blablablá. Más bien tecnología

ACME». Leticia no tenía la menor intención de quedarse a averiguar a qué se refería la bruja al decir «extraña». Entró en la primera puerta abierta que encontró y la cerró tras de sí.

«Mierda», pensó al descubrir que acababa de colarse en la cocina, donde una bruja canturreaba mientras sartenes y cuchillos volaban por los aires rematando los detalles de los últimos canapés, que se servían a sí mismos en torno a bandejas que también levitaban. Antes de que la cocinera se quitase los auriculares de los oídos y se diese la vuelta para ver qué estaba ocurriendo, Leticia se apresuró a esconderse en lo que resultó ser una vieja despensa. Tan pronto como la puerta se cerró y oyó un clic, supo que acababa de meter la pata. Hasta el fondo.

«Oh, no. Dime que no».

Extendió la mano hacia el pomo y empujó hacia abajo para comprobar que no se movía un solo milímetro. Estupendo. Su primera misión como encubierta y no se le había ocurrido nada mejor que encerrarse a sí misma en una despensa.

«Está bien. Respira hondo. Solo es una cerradura. Puedes con esto. Lo has hecho mil veces».

Probó con los trucos clásicos e intentó abrir la cerradura usando una tarjeta de crédito y después una horquilla del pelo. Ninguna de las dos técnicas tuvo éxito. Tenía una ganzúa guardada en el armario de su casa, pero ¿cómo iba a suponer que la necesitaría precisamente esa noche? De todas formas no habría cabido en su escueto bolsito de noche.

Siguió probando suerte, pero obtuvo el mismo resultado. ¿Estaría hechizada la cerradura o solo estaba siendo especialmente torpe esa noche? Lo intentó con su placa, que supuestamente sería capaz de evadir el hechizo si existiese. Nada. No había manera.

Suspiró resignada. Igual su padre tenía razón en eso de que lo suyo era el Derecho.

«No. De ninguna manera». Inspiró hondo y puso su cerebro a pensar. Tenía que salir de ahí, y para su desdicha, solo se le ocurría una persona que le pudiese sacar del entuerto en el que se había metido ella solita.

Esperó a que el canturreo de la bruja cocinera se alejase y, una vez estuvo segura de que se encontraba a solas, sacó el móvil del bolso, buscó el contacto en cuestión, inspiró hondo y marcó el botón de llamada. «Seguro que me voy a arrepentir de esto», pensó, pero no le quedaba otra opción.

Tenía que pedir ayuda a su hermano.

… 17 …

Sabele

A pesar de las dos tilas aderezadas con pócima calmante que se había tomado mientras se arreglaba y del ritual de paz interior que había hecho justo al despertarse, el nudo de nervios que sentía en su estómago no cesaba de subir y bajar por su garganta. Sabele nunca se había sentido tan inquieta como aquella noche mientras subían las escaleras que llevaban a la séptima planta de la sede del aquelarre. O como las brujas la llamaban: la casa de los trece pisos. Su altura era lo único que permanecía invariable a lo largo de las generaciones.

Aquel lugar siempre la había inspirado y cada vez que lo visitaba se imaginaba viviendo y trabajando entre aquellas paredes. Sin embargo, recorrerla esa noche sabiendo lo que estaba en juego hacía que quisiese arrancarse el esmalte semipermanente de uñas de la tensión. Aunque por lo visto no era la única más atacada de la cuenta. Una pobre bruja acababa de tropezar por la escalera delante de todas y después había salido corriendo. Puede que también se presentase a la prueba de aprendiz como ella. Las listas de candidatas eran secretas, así que no tenía ni la menor idea de con quién competía ese año.

—Espero que hayan sacado ya la comida. Me muero de hambre. El año pasado hicieron unas croquetas de puerro increíbles —dijo Rosita.

A Sabele, comer era en lo último en lo que le apetecía pensar. En menos de un par de horas se estaría jugando su futuro delante de Flora y el consejo. Inspiró hondo por enésima vez, recordándose los trucos de relajación ancestrales que le había enseñado su profesora de yoga.

La casa de los trece pisos pertenecía al aquelarre en su totalidad, así que sus hermanas campaban a sus anchas por todas partes, saludándose, poniéndose al día de las novedades, bebiendo, riendo, bailando o, simplemente, haciendo acto de presencia. Sabele siempre aguardaba las reuniones y festejos con emoción y el deseo de empaparse del ambiente mágico. Pero, en esa ocasión, la preocupación no le iba a permitir disfrutar del encuentro.

Entraron en el salón más amplio de la planta y Sabele cruzó los dedos para encontrarse con rostros amigos y no con una de esas brujas de mediana edad que solían acercarse a ella con el gesto compungido y preguntándole qué tal se encontraba su madre, con la misma actitud que quien alimenta a un gatito callejero.

Qué pequeña se sentía, de pie en mitad de la estancia, cubierta tan solo por la vaporosa tela de su vestido color rosa pálido y una cinta de terciopelo granate ceñida en torno a su largo cuello. De la cinta pendía uno de sus amuletos más preciados, la serpiente que protegía y representaba a su familia desde la época celta, y en sus orejas brillaba una pequeña colección de pendientes de plata de todas las formas y tamaños imaginables, cuya función era protegerla de los malos augurios. Acarició el amuleto en busca de algo que la reconfortase, pero fue su amiga quien la consoló.

—Espero que se te hayan pasado esos nervios —susurró Rosita a su oído—. Eres la bruja más talentosa que conozco, y eso incluyéndome a mí —añadió su amiga, como si le leyese la mente—, pero no se lo digas a Ame, que me tiene en un pedestal. ¿Eso de ahí son cosmopolitan? —dijo, lanzándose a la persecución de la bandeja que cargaba una de las camareras.

Antes de seguirla, Sabele miró a su alrededor, reteniendo la escena en su memoria. Brujas de todas las edades, orígenes y etnias ocupaban la estancia. Algunas llevaban vidas anónimas en el mundo de los corrientes, otras eran celebridades entre las brujas y todas ellas se entremezclaban en una red de energía casi perfecta. En la noche del aquelarre solo importaba la fuerza mágica que las unía a todas, el poder de la naturaleza que las convertía en hermanas.

El símbolo de la hermandad, un reloj de arena contenido en un círculo verde destacaba sobre los numerosos estandartes de tela blanca repartidos por doquier. Aunque en teoría las representase a todas por igual, y a pesar del espíritu de unión que primaba entre ellas, no se podía negar que existiesen las élites. Era fácil detectarlas entre la multitud. Las grandes familias desprendían un aura de poder y una presencia inconfundible. Solo las representantes de los clanes más relevantes disponían de un asiento en el consejo de brujas, un puesto tan difícil de ganar que rara vez se hacía espacio para una más en la mesa. Sabele recorrió el espacio con la mirada y no tardó en reconocerlas.

Junto a las ventanas que daban a Gran Vía se encontraba la familia Hierro, liderada por Daniela, una matriarca de penetrantes ojos verdes que maquillaba con un intenso lápiz negro que los hacía resaltar aún más sobre su piel morena. Para distinguirse del resto de clanes, las Hierro adornaban sus manos con largas uñas pintadas de colores exquisitos y anillos decorados con el emblema del halcón, el animal guardián de su clan. No era ningún secreto que, desde hacía años, Daniela ambicionaba el puesto que ocupaba Flora. Las Hierro veneraban la tradición, el lujo y el poder a partes iguales.

No muy lejos de ella se encontraba Juana Santos, al frente del pequeño clan representado por dos carpas koi que nadaban en círculo, un emblema que lucían orgullosas en forma de tatuajes. Las Santos eran una de esas extrañas excepciones de familias no ancestrales que habían logrado hacerse un hueco en el consejo gracias a sus aportaciones a la comunidad. Si las Hierro representaban la fuerza y el orgullo de la magia del pasado, las Santos y su amor por las tecnologías las posicionaban al frente de las promesas del futuro. Juana era una mujer alta acostumbrada a vestir con camisa y pantalón que lucía una corta melena castaña. Antes que en su aspecto o en otras banalidades, prefería centrar sus esfuerzos y su creatividad en mantener a flote su minimalista y amplia oficina junto al río Manzanares.

La tensión entre los distintos poderes del aquelarre resultaba casi tangible entre tanta armonía. Las reuniones eran una ocasión de encuentro desenfadado, sí, pero para las grandes familias también eran importantes veladas estratégicas, salvo, por supuesto, para su tía. Jimena era la líder de lo que quedaba de la antigua y poderosa familia Yeats en España: su anciana madre, con la que llevaba varias décadas sin hablarse, su hermana enferma, su sobrina y ella misma. El clan de origen irlandés se había diseminado por todo el mundo igual que lo hicieron los corrientes durante las crisis, conflictos y hambrunas que asolaron el país en distintos momentos de su historia, pero la rama estadounidense era la más poderosa y numerosa. Su familia llevaba varios siglos en España y se habían aclimatado bien a la tradición celta nativa, pero aun así Jimena nunca había sentido demasiado interés por la política local, así que procuraba evitar asistir a cualquier evento que pudiese dar lugar a una reunión o debate.

Pero aún faltaba una familia ancestral por llegar.

Las Lozano entraron en la sala, acaparando todas las miradas.

Helena Lozano no era la más sabia, ni la más experimentada para ocupar el puesto al frente de la familia más problemática del aquelarre. De hecho, era solo unos pocos años más mayor que Sabele y sus amigas. Sin embargo, el clan Lozano, representado por un caballo en llamas, funcionaba a través de mecanismos internos ligeramente diferentes a los del resto de familias. Helena Lozano, apoyada por sus primas Rocío y Macarena, se había alzado con el control mediante dudosos medios sobre los que nadie quería hablar. Se rumoreaba que su madre, Emilia Lozano, y sus hermanas también tuvieron un papel un tanto turbio en el asunto. Por decirlo sutilmente, nunca se volvió a saber de la anterior bruja en el puesto, que se despidió afirmando que se tomaría un tiempo alejada de la ciudad para descansar. Su retiro duraba ya tres años. Las primas Lozano avanzaron por la sala, vestidas de negro de pies a cabeza, con pasos feroces y felinos. Pasaron de largo a Sabele, que aguantó la respiración sin darse cuenta.

—Qué buen rollo transmiten, ¿eh? —comentó Rosita en un susurro cuando estuvieron lo suficientemente lejos. Ni siquiera ella, tan osada como era, se habría atrevido a hacer una broma así ante ellas.

El único motivo por el que seguían invitándolas a ese tipo de encuentros era porque la familia Lozano tenía una silla en la mesa del consejo y porque a todo el mundo le aterraban las posibles represalias de que se sintiesen apartadas. Y más ahora que Helena estaba al frente del clan.

Los rumores decían que su obsesión por el poder la había llevado a renegar de la mismísima Diosa y de su culto. Seguramente fuesen exageraciones. La Diosa era la madre de toda vida, y de la vida provenían los talentos de las brujas. A no ser que Helena hubiese encontrado otra forma de alimentar sus dones, renunciar a la Diosa implicaba renunciar a la mismísima magia.

Sabele procuró olvidar aquellos tejemanejes de ambición que nada significaban para ella ni para la mayoría de las presentes, procedentes de clanes más modestos o sin más familiares en la ciudad que sus amigas, como sucedía en el caso de Rosita y Ame, cuyos clanes residían muy lejos de Madrid.

—Me encanta este lugar —comentó Ame. Era su sexta reunión del aquelarre en la ciudad y seguía maravillándose—. Podría quedarme a vivir aquí.

—Bueno... —dijo Rosita, dando un trago a su cosmopolitan—. Yo hubiese preferido una fiesta en la playa, pero esto es lo que hay.

—Pues a mí me parece sobrecogedor —dijo Ame con un brillo de emoción en la mirada.

Era fácil comprender el porqué de su fascinación.

A su alrededor, cada elemento parecía haber sido ideado para incrementar el misticismo del ambiente, deleitando a todos los sentidos con caprichosos detalles. Del techo colgaban lámparas de araña y de las paredes oscuros cuadros del Romanticismo tardío que representaban escenas protagonizadas por *femmes* fatales de largas cabelleras. Un cuarteto de cuerda interpretaba piezas clásicas que una guitarrista se encargaba de actualizar. Varillas de incienso y decenas de velas aromáticas habían sido prendidas en cada rincón de la estancia. Para el gusto: unas cuantas camareras llevaban de aquí para allá bandejas cargadas de delicias; pastelitos de miel, limón y lavanda, patatas asadas con romero, zumo de arándanos rojos, bocados de arroz con cúrcuma y comino... mientras que otras flotaban por su cuenta a lo largo y ancho de la sala ofreciendo los exquisitos manjares. Era como volver a un sueño recurrente, uno cálido y feliz al que querías regresar nada más abrir los ojos. Pero los sueños, incluso los más hermosos, son frágiles, pequeñas burbujas de jabón que pueden reventar en cualquier momento.

—¡Sabele! —la llamó una voz grave y aterciopelada, sacándola de su ensimismamiento.

La reconoció antes de verla, aunque si había algo en Valeria que la hacía memorable era su aspecto. Valeria Santos era una joven alta y extremadamente delgada que parecía estar hecha de pura fibra muscular. Sin ser una belleza convencional, conseguía un aspecto distinguido al lucir la cabeza rapada, como si así reafirmase lo cómoda que se sentía en su piel, siempre jugosa y relumbrante, sin necesidad de adornos. Además de sus pómulos, en su rostro destacaban sus labios finos, su mentón marcado y su nariz romana. Era monumental.

Valeria caminó hacia ella con grandes zancadas. En lugar de tacones, había preferido ponerse unas sencillas zapatillas blancas. Aun así las miraba a todas desde arriba. Sobre su clara piel de leche llevaba puesto tan solo un modesto vestido negro de tirantes, sin forma o adorno alguno más que un broche que representaba las dos carpas de su clan.

—Hola, Valeria —dijo Sabele, aún más tensa de lo que ya estaba.

En cuestión de segundos, sintió a sus dos amigas junto a ella, quienes seguramente no querían dejar pasar la ocasión de saludar a Valeria, o al menos de verla de cerca.

A pesar de ser un año más joven que Sabele, Valeria había logrado ganarse la admiración de gran parte de la comunidad mágica al combinar su don como hechicera con sus conocimientos y habilidades informáticas para crear la primera *app* de magia capaz de llevar a cabo hechizos reales. Era lo que los corrientes solían llamar «una visionaria», una niña prodigio. Pese a las reticencias de algunas brujas, incluyendo a las Hierro, que no comprendían qué podían hacer por ellas las nuevas tecnologías cuando los viejos métodos como el caldero y las velas funcionaban a la perfección, el clan Santos se había elevado hasta su posición actual gracias a la creación de Valeria. A nadie antes de ella y de su *app* se le habría ocurrido pensar que la energía con la que funcionaban aquellos aparatos también procedía de la naturaleza, tanto como la fuerza de la vida que adoraban por encima de todas las cosas.

A veces, Sabele miraba a Valeria y se preguntaba qué estaba haciendo con su vida.

—¿Qué tal te va todo? —preguntó Valeria.

—Bien, como siempre —respondió secamente, acompañando sus palabras con un pobre intento de sonrisa cordial.

Aunque admiraba su trabajo, Sabele no podía evitar desconfiar de sus intenciones. De nuevo, volvía a entrar en conflicto con su promesa de no juzgar a las personas antes de tiempo, pero el hecho de que hubiese mostrado un repentino interés en ella tras su éxito en las redes sociales cuando la había ignorado desde que se conocieron con quince años le resultaba un tanto sospechoso.

—¿Y tú? —preguntó tras una incómoda pausa.

—¡Uf! Si te digo la verdad... algo nerviosa. Eso de tener que exponer mis habilidades delante de la Dama Flora... En fin. Impone. Aunque es un honor, por supuesto.

—¿Vas... vas a presentarte como aprendiz? —preguntó Sabele, sintiendo como el nudo en su estómago se apretaba.

—¡Sí! Llevo años preparándome y por fin me he atrevido. Esta noche es la noche, lo sé. Así que deseadme suerte.

Sabele tragó saliva. Tendría que haberle dicho que ella también se presentaría, pero afirmar en voz alta que pretendía competir con ella le resultaba demasiado bochornoso.

—Suerte...

—Gracias. Oye, tengo que irme, pero me alegro de haberte visto. A ver si quedamos un día de estos y nos tomamos un café.

Sabele asintió con la cabeza como una autómata y Valeria volvió junto a su séquito de amigas.

Años. Acababa de decir que llevaba años preparándose para exhibir sus dones ante Flora; Valeria, que era un prodigio en toda regla. Mientras que ella, una bruja con talento, sí, pero no una genio ni mucho menos, le había dedicado escasas semanas a preparar su demostración. No tenía ninguna posibilidad de impresionar a la Dama.

—¿Cómo puede estar tan buena, ser tan inteligente y tener tanto talento? —preguntó Rosita, que no apartaba la mirada de las líneas de su cuerpo bajo el vestido mientras se alejaba—. Quiero decir, sé que el mito de la lista fea y la tonta guapa es absurdo, pero tiene que haber algo que Valeria haga mal, ¿no? Por eso de que la perfección no existe.

—¿Te encuentras bien? —preguntó Ame a Sabele, al percatarse de que todo rastro del habitual color sonrosado de sus mejillas se había esfumado.

—Sí... sí, estoy bien. Voy al baño un momento...

—Vamos contigo —se ofreció Rosita, al comprobar que, en efecto, su amiga no tenía muy buen aspecto.

—No, no. No hace falta.

Salió del salón y buscó el cuarto de baño. Echó el pestillo para asegurarse de que nadie la interrumpía. Se sobresaltó ante su propio reflejo.

A veces, tenía la extraña sensación de que el mundo a su alrededor no era del todo real, como si estuviese despierta en un sueño. En esas ocasiones se miraba al espejo y le costaba reconocerse en la persona que le devolvía la mirada, aunque le resultase familiar.

¿Quién era? ¿Qué Sabele? ¿La bruja, la hija de Diana Yeats, una veinteañera cualquiera con sueños y miedos, una *celebrity* de internet?

«Ojalá Bartolomé estuviese aquí», pensó. Aquel gato siempre sabía cuándo le necesitaba. La noche anterior se había colado bajo sus sábanas y se enroscó sobre ella, permitiendo que le acariciase hasta que se quedó dormida.

«Ahora estás sola», se recordó. Igual que lo estaría frente a Flora. Solo dependía de sí misma. Esa era su suerte y su cruz. «Todo irá bien; no se trata de ganar, sino de dar lo mejor de uno mismo, de aprender... Si no es este año, será el siguiente, o al otro», se dijo sin despegar la mirada de sus propias pupilas. La punzada en su estómago decía otra cosa, pero no podía permitirse escucharla. Pasados unos segundos, rebuscó en su diminuto bolsito su pintalabios y retocó su maquillaje, deslizando el carmín con la firmeza y decisión de una guerrera que se preparaba para la batalla.

18

Luc

Luc se lo estaba pasando de miedo. Se divertía como nunca en su vida. Ni echaba de menos a sus viejos amigos, ni dudaba de que triunfaría como músico y, desde luego, tampoco pensaba en Sabele. Con quien, por cierto, no había dejado de encontrarse allá adonde quiera que fuese durante toda la semana, como si se tratase de una maldición. Definitivamente, no estaba pensando en Sabele, se dijo, oteando de vez en cuando la multitud por si distinguía una melena rubia. No. El único romance que necesitaba en su vida era con otra cerveza recién tirada. Arrastró a su nuevo colega hacia la barra. Apenas habían hablado un par de veces, pero internet los había reunido de forma magistral. Estaban hechos el uno para el otro. Íntimos amigos. Le acababa de hacer una prueba como posible bajista para su nuevo grupo sin nombre y casi se había arrancado las orejas de la agonía, pero al menos el chaval conocía buenos garitos. Avanzaron dando botes a través de la multitud, que bailaba al ritmo de los Strokes. Le encantaba aquella canción y le encantaba la pequeña y oscura discoteca a medio camino entre bar decadente y sala situada en un bajo de Alonso Martínez.

Le encantaba su vida. Era feliz.

Por fin, y tras varios codazos, logró llegar hasta la barra. Ahora solo tenía que captar la atención del barman entre todas las personas que se agolpaban en torno a ella. Justo cuando estaba a punto de conseguirlo, la vibración de su móvil en el bolsillo le distrajo. «¿Sabele diciendo que hoy no me ha visto y que me echa de menos?» fue lo primero que pensó. «¿Jean llorando porque se ha dado cuenta de que nunca triunfará sin mí?». Para su pesar, comprobó que era su hermana quien le llamaba, otra vez. Era la tercera en menos de media hora.

Cerró los ojos y suspiró. Su hermana no le llamaba. Nunca. Ni él a ella, a no ser que fuese una emergencia. Era una regla no escrita entre ellos, un mensaje por WhatsApp siempre era mejor que una llamada. Siempre. Lo que significaba que no tenía otra opción que responder.

—¡Oye, Marcos! —exclamó, luchando para que su voz se impusiese al volumen ensordecedor de los altavoces.

—¡Me llamo Mario! —gritó su acompañante.

—¡Eso, Mario! Salgo un momento, ¡ahora vuelvo!

Su nuevo colega, quien por lo visto se llamaba Mario, le respondió con un pulgar alzado y Luc atravesó la marabunta enfebrecida, esta vez hacia la puerta. Una vez en la calle descolgó el teléfono.

—¿Qué pasa?

—Lucas... Por fin, te he llamado cuarenta veces. Necesito... —Suspiró. Se notaba que le costaba decirlo en voz alta— tu ayuda.

—Eh... ¿Por qué? —preguntó Luc, que no había visto a su hermana pedir ayuda a nadie desde que cumplió los catorce años. Y lo más extraño era que, de entre todos los seres humanos que poblaban la Tierra, le estuviese pidiendo ayuda precisamente a él. Debía de estar muy desesperada.

—Es una larga historia. Versión breve: estoy atrapada en la despensa de la casa de los trece pisos.

—¿La qué?

—La sede del aquelarre. Ya sabes, de brujas.

¿Brujas? ¿Había dicho brujas? Casi veinte años de su vida sin prestar la más mínima atención a las mujeres con poderes mágicos y, de repente, estaban por todas partes.

—¿Y cómo has llegado hasta ahí, Gretel? Espera, ¿todo esto

me convierte en Hansel? ¿Has dejado unas miguitas por el camino para que pueda seguirte?

—¿Estás borracho?

—Eres tú la que se ha encerrado en una despensa. ¿No irás a juzgarme, Gretel?

—No tiene ninguna gracia, Luc. Estoy en plena misión para la Guardia y, si se enteran de lo que ha pasado, seré el hazmerreír de la oficina.

—¿Y por qué la Guardia te ha mandado a visitar a las brujas? ¿Tan mal te pagan que tienes que hacer más horas extra? Oye…, no comas nada. Solo quieren cebarte para darse un festín contigo más tarde.

Se rio ante su propia ocurrencia. Se imaginó que su hermana ponía los ojos en blanco.

—¿Vas a ayudarme o no?

—¿A salir del armario? Pensaba que ya lo habías hecho.

—Vete a la mierda.

—¿Has probado a pegarle una patada a la puerta?

No le apetecía dejar su noche de fiesta a medias antes de emborracharse lo suficiente para olvidar a Sabele, Jean y de la sombra que le seguía a todas partes.

—¡Claro! ¡Echaré la maldita puerta abajo! ¿Cómo no se me ha ocurrido? —El sarcasmo con el que le respondió Leticia era tan intenso que sintió una bofetada—. ¿Te crees que estamos en una puñetera película? ¿Lo has probado alguna vez? Porque yo sí, y casi me disloco el hombro para nada.

Luc tragó saliva. Cuando su hermana empezaba a usar palabrotas era la señal inequívoca de que se estaba aproximando a los límites de su paciencia, una línea fronteriza que, por experiencia, sabía que era mucho mejor no cruzar.

—Vale, vale. A ver… ¿Qué pretendes que haga yo que no puedan hacer tus amiguitos de la Guardia?

—Punto uno, la Guardia nunca puede enterarse de esto. Estoy intentado demostrar mi valía…

—Buen trabajo —murmuró Luc, arrepintiéndose en el

acto. Supo que no le había oído porque Leticia continuó hablando sin represalias. Qué suerte.

—Punto dos, necesito que llames a tu amiga la bruja y que consigas que te deje entrar. El edificio está protegido por un hechizo, solo puedes cruzar la puerta si una bruja te concede permiso.

—Lo veo complicado. No es mi amiga, ni siquiera nos caemos bien.

—Pues tendrás que hacerle la pelota o inventarte algún cuento. Usa tu imaginación. Como mi jefe se entere de esto, no va a volver a dejarme actuar sobre el terreno nunca más, me echarán, tendré que volver a casa de papá y mamá y seré su gran decepción. Y no quieres cargar con mi desgracia sobre tus hombros, ¿verdad?

Pudo oír la desesperación de Leticia, incluso casi verla en su rostro a pesar de la distancia, y supo que podía sacarle partido.

—La vida adulta es dura. Además, estoy harto de ser yo su gran decepción. No te pasará nada por ocupar el puesto durante una temporada.

—¡Lucas!

—Aunque, por otra parte…, los hermanos tienen que ayudarse los unos a los otros, ¿verdad?

Hubo una breve pausa.

—¿Qué es lo que quieres?

—Financiación —respondió Luc sin el más mínimo reparo.

Ahora que su padre estaba a punto de cortarle el grifo, que fuese o no capaz de cumplir sus ambiciones dependía en gran medida del dinero que lograse reunir sin perder horas y horas en un trabajo que le drenase la energía y le quitase las ganas de vivir.

—No gano tanto como tú te crees.

—Y yo tampoco tengo tantos gastos. Seis meses…

—¿Por un par de horas y que te tragues tu orgullo? Un mes como mucho.

—Cuatro.

—Tres.

—Hecho —dijo, la angustia de ver como el tiempo de vida de su sueño se agotaba día tras día se volvió un poco más liviana—. ¿Cuál es la dirección?

19

Sabele

A pesar de sus nervios, miedos y dudas, Sabele había decidido correr un tupido velo de normalidad y disfrutar de la noche cuanto le fuese posible. Con o sin plaza de aprendiz, los encuentros del aquelarre siempre resultaban especiales para una hechicera. Era joven y libre, estaba rodeada por sus compañeras, en un lugar seguro, y la magia palpitaba en el aire.

Volvió junto a sus amigas para aprovechar el rato que pudiese antes de que convocasen a las aspirantes. Se había propuesto divertirse y ser feliz, y lo consiguió hasta que escuchó el sonido de una llamada entrando en su móvil y comprobó de quién era.

«No me lo puedo creer», pensó al ver el nombre del contacto de toda su agenda en el que menos le apetecía pensar en ese momento. «No. Me. Lo. Puedo. Creer». Tenía que aparecer él para terminar de trastocarle la noche. Valoró la opción de ignorarle, pero la rabia la dominó antes de que pudiera acordarse de la carta negra y de la puerta del infierno.

—¿Pasa algo? —preguntó Ame al ver como sus cejas parecían a punto de unirse de pura indignación.

—Voy… Ahora… Disculpadme un momento.

Rosita y Ame se miraron extrañadas cuando Sabele salió a la carrera hacia el rellano sin un solo paso en falso pese a los afilados tacones. Caminó por el pasillo contiguo hasta que se aseguró de que estaba sola y descolgó el teléfono, enfurecida y dispuesta a descargar su ira sin el más mínimo reparo. Que al menos la interrupción le sirviese de algo.

—¡¿Qué quieres ahora?! —bramó, teléfono en mano.

—Te he mandado unos cuantos mensajes, pero no respondías. He pensado que me echarías de menos hoy que no nos hemos encontrado por casualidad —dijo la voz al otro lado, con una calma que rozaba lo insultante.

—Olvídame. Tengo cosas importantes que hacer.

—Espera, espera, espera —se apresuró a decir antes de que le colgara—. Hay algo de lo que tengo que hablar contigo.

—Mañana —afirmó Sabele, dispuesta a colgar por segunda vez.

—¡No! Tiene que ser ahora. Es urgente.

—No será tan importante si ni siquiera eres capaz de pedirlo con un mínimo de modales.

—De acuerdo, me encantaría poder hablar contigo, ahora mismo, si fuese posible. ¿Mejor así, su brillantísima excelencia; oh, su honorable eminencia de YouTube?

—¿Estás borracho?

Le oyó resoplar al otro lado del teléfono.

—Algo he bebido, pero estoy bien. No he venido por eso, si es lo que te preguntas. ¿Te parece que hablemos?

—No estoy en casa, hoy no va a poder ser. La próxima vez llama antes de presentarte frente a la puerta de alguien. Es un poco de psicópata ir a rondar a la chica que te gusta por la noche.

—¿Qué? Tú no me gustas —resopló ofendido—. ¿Crees que eso es lo que tengo que decirte? En tus sueños. Además, no estoy en tu casa. Estoy en Gran Vía. ¿Podemos vernos cara a cara un segundo? ¿Ábreme al menos? A ver..., ¿dónde narices tiene el timbre este portal?

Tardó unos cuantos segundos de más en procesar la información. ¿En Gran Vía? ¿En la puerta? ¿Que le abriese? Se asomó al balcón más cercano y allí estaba, plantado en mitad de la calle con sus estúpidos botines de rockero y una camisa negra de flores. Al verla, Luc alzó la mano en el aire para saludar con esa desgana suya.

—No sé cómo has averiguado dónde estoy, pero… de verdad que no tengo tiempo para esto —dijo Sabele, dirigiéndose más a sí misma que a su interlocutor.

—Serán cinco minutos. Te digo lo que tengo que decirte y me marcho. Cuanto antes empecemos, antes acabamos. No encuentro el timbre, así que voy a llamar a la puerta.

—¡Estate quieto! —Nadie más podía averiguar que un corriente la había seguido hasta la casa de los trece pisos, ni que habían tentado al destino haciendo un hechizo tan ridículo—. Te lo suplico, lárgate.

—¿Eso quieres? Pues perfecto. En cuanto acabemos no volverás a verme nunca más, te lo prometo. Ni me acercaré a Malasaña. Tengo que acabar unas cuantas canciones, me encerraré en mi habitación al menos dos semanas. ¿Cómo lo ves?

«No hagas promesas que no puedes cumplir». Al parecer el hechizo de su amiga era más fuerte que el conjunto de todas sus voluntades, y, sin embargo, sonaba demasiado tentador: si no volvía a verle, dejaría de pensar a todas horas en él, en la carta negra y en perder su poder. Volvería a ser libre, a vivir en paz, y de esa forma recuperaría la confianza en sí misma y en su suerte.

—¿Eres consciente de que estás rozando el punto en el que empiezas a parecer un acosador perturbado? De esos que se cuelan en tu casa para mirarte mientras duermes.

—Bueno, no sé. Puede ser. No lo niego. Aunque seguro que roncas y se te cae la baba dormida. Pero la pregunta importante aquí es: ¿qué prefieres, ponerme una orden de alejamiento o sacrificar cinco minutos de tu vida?

La pregunta razonable hubiese sido: ¿por qué tenía que elegir entre esas dos opciones tan poco apetecibles cuando podía embrujarle para que creyese que era un ganso emigrando a Alaska? Sabele suspiró. «Que la Diosa me dé fuerzas». Miró la hora. Tenía tiempo de sobra hasta la media noche para mandarle a freír mandrágoras y volver junto a sus amigas.

—De acuerdo. Cinco minutos y te largas.

—Me largo.

—Para siempre.

—Para siempre jamás.

Sabele frunció el ceño, un gesto que no le favorecía en absoluto, pero que no podía evitar. Cada vez que algo la indignaba, sus cejas tomaban vida propia y se arqueaban como una especie de señal de advertencia, igual que cuando los gatos erizan su pelo y encorvan la espalda.

Bajó por las escaleras vacías, por suerte todas las brujas se concentraban en la séptima planta, tan deprisa como pudo. «Hablaremos fuera», se tranquilizó a sí misma. Tenían terminantemente prohibido permitir el acceso a personas no autorizadas al edificio. Si descubrían que estaba dejando pasar a un corriente, y además un varón, en la casa de la Dama sin su permiso, ya podía ir despidiéndose de sus escasas opciones de formarse como bruja en el aquelarre. Era un riesgo inadmisible, y ella ya no era una adolescente imprudente. ¿Se referirían a eso las cartas, era su advertencia? Saldría ella a la calle; bajo ningún concepto podía permitirle entrar.

Se detuvo ante la puerta de madera y la entreabrió lo suficiente para ver a Luc. Antes de que pudiera articular palabra, el chico ya estaba a un milímetro de su rostro.

—¿Puedo pasar?

—No, mejor hablemos fuera —dijo sin moverse un milímetro a pesar de que podía sentir el aliento del joven, y el aroma del alcohol, en su rostro—. ¿Te importaría…?

—Me muero de sed, en serio. Además, creo que hay un tipo siguiéndome con una pinta muy chunga.

—Algo le habrás hecho.

—Necesito ir al cuarto de baño.

—Vete a un McDonald's.

¿A qué venía ese empeño repentino por que le dejase entrar? Sabele frunció el ceño por tercera vez, en esta ocasión con suspicacia. Técnicamente, Lucas ni siquiera debería reparar en la existencia del edificio.

—Tengo que inyectarme mi insulina, no querrás que lo haga aquí, en medio de la calle, ¿no?
—¡No eres diabético!
—¿Y si lo soy? Piénsalo, Sabele, estarías siendo una grosera con una persona enferma. Qué desconsiderada…

Su estrategia de desgaste estaba comenzando a surtir efecto. Sabele valoraba la opción de dejarle pasar solo para que se callase.

—Mira, solo quiero sentarme cinco minutos y charlar tranquilamente. —Puso ojitos de cachorro abandonado y Sabele no se lo tragó ni tres segundos—. ¿Tanto pido?

Sin su permiso no podía cruzar las barreras que protegían el edificio, pero tampoco parecía que fuera a marcharse sin más. Le odió por salirse con la suya.

—Tú que me escuchas, tú que me ves, puedes cruzar la puerta del Edén —recitó el conjuro—. De acuerdo, pero no pases del rellano…

Luc se deslizó entre ella y la puerta sin darle tiempo a acabar la frase.

—Por fin. ¿Por qué has tardado tan…?

La voz del muchacho se entrecortó cuando se dio media vuelta y se tomó un momento para mirarla, como si la viese por primera vez. Recorrió su figura desde los zapatos de tacón al colgante de serpiente en su cuello. Al ver el anhelo en sus ojos de color avellana y el leve temblor en sus labios cuando la miró a los ojos, por un momento, Sabele estuvo convencida de que iba a halagarla.

—¿Y esas pintas? —El deseo que había creído ver en los ojos del músico se convirtió en uno de sus aspavientos juiciosos—. No estamos en los Oscar, ¿sabes? Se nota a kilómetros que lo estás intentando demasiado fuerte.

Desde luego, si hubiesen repartido algún premio esa noche a la persona más irritante del mundo, Lucas se hubiese llevado la estatuilla.

—¿Qué quieres?

20

Luc

«Estupendo, Luc. Te has lucido. Eres un genio», pensó en el mismo instante en el que aquellas palabras salieron de su boca. Hubiese sido mucho más sencillo decir la verdad: «Qué guapa estás», o mejor aún, callarse, que seguro que a Sabele le importaba un pimiento su opinión. Pero no, él tenía que ganarse el desprecio de la persona a la que debía embaucar. Su plan A: seducir a la bruja se acababa de ir al traste. Intentó no pensar en que, seguramente, podría maldecirle a él y a todos sus descendientes si quisiese. Después de lo que se disponía a hacer, era una reacción más que probable.

—¿Qué quieres? —dijo entre dientes.

—No hablemos aquí..., podrían oírnos. Sigo muriéndome de sed. ¿No me vas a invitar ni a un triste vaso de agua? Qué modales.

Plan B: tirarse el pisto todo lo que pudiese.

—Vayamos a la cocina.

Sin pedir permiso ni esperar a recibirlo, Luc comenzó a subir los escalones. «Segunda planta, gira a la izquierda. Primera puerta a mano izquierda. La puerta del fondo». Su hermana le había indicado minuciosamente cómo llegar hasta ella, así que comenzó a moverse por el viejo edificio como si llevase viviendo allí años, ante la perplejidad de Sabele.

—¿A la cocina? ¡Eh! ¿Adónde crees que vas? —dijo Sabele, corriendo tras él.

—Bueno, supongo que allí podremos charlar tranquilos y ya de paso podré hidratarme un poco, ¿no crees? ¡Todo ventajas!

—Habla más bajo, ¿quieres?

Sabele miró a su alrededor. Por su gesto estaba claro que no entendía por qué demonios no podían hablar ahí. Luc siguió subiendo las escaleras.

—¿Cuál es tu problema? —dijo la voz de Sabele tras él.

El epicentro de la actividad de la fiesta se concentraba en los últimos pisos, así que la segunda planta estaba despejada por completo, salvo por las bandejas de plata que volaban solas por el aire. Intentó ignorarlas. Una cosa era saber que la magia existía y otra muy distinta encontrársela de frente.

—¿Sabes en qué lío me voy a meter si te descubren aquí?

—Pues démonos prisa y así no nos descubrirán. Aquí está —masculló al dar con la cocina en desuso y con la puerta de la despensa al final de la sala.

Ahora solo tenía que dejarla abierta y...

La mano de Sabele, recubierta de anillos y tatuajes de henna, se aferró en torno a su delgado brazo y tiró de él, obligándole a detenerse y a dar media vuelta hacia ella.

—Ya estamos en la cocina. Ahora dime qué quieres y después...

—¿Me dejas beber antes? —Sabele no aflojó ni un poco su agarre—. Interpretaré eso como un «no». Pues verás, es que...

—Quizá debería haberse preparado un guion, o al menos un esquema, una idea general de qué decir para distraerla sin perder del todo su dignidad.

Depositó su mano sobre la de Sabele, con lo que consiguió que la bruja la alejase con un aspaviento y ya, de paso, le liberase del agarre.

—Tengo la sensación de que el otro día... Ya sabes, el día que quedamos...

—¿En la peor cita de la historia quieres decir?

—Nah, yo no llamaría cita a eso. —Sabele le fulminó con la mirada—. Lo que quiero decir... pues... Es... es que nos faltaron cosas que decirnos. —Dio un paso atrás, acercándose a la despensa

—Ya, pues no comparto esa sensación. De hecho yo creo que nos dijimos demasiadas cosas. ¿Eso es todo? —dijo Sabele impasible.

Aunque, en teoría, Luc solo pretendía ganar tiempo, se sintió dolido por la facilidad con la que desechaba los sentimientos que podría haber estado confesando. ¿Cómo se supone que tenía que sentarle a su orgullo una negativa tan instantánea?

—Lo que quiero decir... —dijo rectificando el tono de la conversación— es que fuiste muy dura conmigo, no me gusta que me rechacen.

La verdad es que sí estaba empezando a sonar como un acosador.

—A nadie le gusta. —Se encogió de hombros.

—Sí, claro, pero como mínimo —dio otro paso atrás y cruzó los brazos tras la espalda— podrías darme una explicación de por qué te marchaste de esa manera.

Tanteó a ciegas en busca del pomo.

—No. No te debo nada, y mucho menos una explicación. Ahora hazme el favor de marcharte. Te estás pasando de la raya.

Sabele avanzó hacia Luc en el mismo instante en el que él giraba el pomo con su mano derecha.

«Se va a dar cuenta». Tenía que enfurecerla un poco más. Por suerte eso se le daba de miedo.

—Oye..., si quieres besarme no hace falta que te acerques en plan sigilosa, pide permiso y ya. Te diré que no, pero así podrás pasar página.

—¡¿Qué?! —Sabele retrocedió horrorizada.

De nuevo, efectivo, pero, ouch. Doloroso. ¿Tan terrible hubiese sido besarle? Siempre se había considerado un tipo con un atractivo interesante o, al menos, limpio. Ignoró sus sentimientos y se centró en conseguir esos tres meses de financiación. Tiró de la puerta lo justo para que la bruja no se percatara.

¡Misión cumplida! Ya podía largarse.

—¿Ah, no querías? Supongo que he malinterpretado las señales —intentó justificarse.

—¡¿Qué señales?! ¡No! —dijo mientras él balbuceaba en busca de algo que añadir, lo que fuese—. Déjalo, no quiero oírlo. Y está claro que no tienes nada con sentido que decir. Vete y cumple tu promesa de no volver a aparecer delante de mí.

—¡De acuerdo, de acuerdo! Tú te lo pierdes, pero yo que tú me lo pensaría una última vez antes de...

—¡Cierra la boca!

Luc se llevó las manos a los labios a mitad de la frase con pavor al comprobar que no podía despegarlos ni un milímetro. Al menos seguían allí, aunque estuviesen cerrados a cal y canto a pesar de sus esfuerzos. ¿Qué le había hecho esa bruja?

Sabele le agarró del cuello de la camisa para detenerle frente a ella y lo miró fijamente, con un ultimátum muy poco cordial escrito en el rostro.

—Escúchame con mucha atención. Vas a salir por la puerta, vas a bajar las escaleras y a salir del edificio sin que nadie te vea. Y si te encuentran, no dirás mi nombre bajo ningún concepto o me aseguraré de que no puedas volver a usar la boca para otra cosa que no sea beber purés con pajitas. ¿Comprendes?

A juzgar por las chispas de rabia que crepitaban en sus ojos, ni bromeaba, ni amenazaba en vano. Le soltó con una mueca de desprecio.

Luc asintió, evitando los movimientos bruscos por temor a enfurecerla aún más. Hay que ver lo que tenía que hacer uno para ganarse la vida...

Sabele rompió el hechizo al chasquear los dedos y Luc abrió la boca de par en par, dando una profunda bocanada. Qué gran alivio. Dio media vuelta, esta vez decidido a marcharse, cuando el sonido de pasos en el pasillo les advirtió que tenían compañía. «No me lo puedo creer». Miró a su alrededor en busca de un escondite y por fin comprendió por qué su hermana había acabado encerrada en la despensa.

—Luz y agua, tierra y estrellas, haced que no nos vean —dijo Sabele a la vez que le rodeaba el pecho con los brazos y presionaba su espalda contra ella. ¡Oh, vaya!

Un escalofrío eléctrico recorrió su cuerpo.

Luc sintió cómo su corazón se convertía en una ametralladora mientras las brujas cruzaban justo frente a ellos sin reparar en su presencia. Habría tragado saliva, pero ni siquiera se atrevió a pensar en lo que podrían hacer con él brujas más experimentadas si Sabele era capaz de volverlos invisibles sin más.

—Si he de ser honesta, nunca me ha agradado la segunda planta —dijo una mujer de piel pálida, una larga melena pelirroja como las llamas de una hoguera en la oscuridad y el rostro de la Venus de Milo esculpido como una obra de arte sobre su largo cuello. Lo típico, vaya.

—Siempre llegan olores de la cocina. Prefiero que hagamos la prueba en la azotea, como el año pasado, Carolina.

—¿No estará demasiado cerca de la sala de invocaciones? Sigue cerrada por mantenimiento —respondió servicial la tal Carolina.

—Es cierto. Menos mal que estás en todo, amiga. ¿Y qué hay de la octava planta? Un número mágico.

—Han terminado de recolectar el agua de luna, así que está libre ahora mismo.

—Perfecto. Ve preparando una de las salas, se acerca la medianoche.

Las brujas volvieron por donde habían venido y Luc y Sabele recuperaron el aliento al unísono.

—Plomo y hielo, pluma y fuego, haz que nos vean de nuevo —dijo Sabele.

Luc sintió de nuevo un cosquilleo que le recorrió de los pies a la cabeza, un escalofrío parecido al que había experimentado la noche en la que encontró a Sabele en la *app* de ligar, pero mucho más sutil. Se preguntó si, tal vez, aquella extraña sensación era lo que llamaban «el poder de la magia». Aunque no tuvo tiempo para pensar si eso significaba que se hallaba bajo un embrujo, ni para reparar en que Sabele había tardado unos cuantos segundos de más en soltarle y alejarse de él, porque su enorme bocaza estaba dispuesta a traicionarle de nuevo.

—¿Y ese hechizo? Luz y agua… —repitió en tono de burla, ante la mirada de odio de Sabele—, tierra y estrellas… En serio, ¿quién ha escrito eso? ¿Una niña de seis años?

—Si eres capaz de improvisar algo mejor en tres segundos, adelante. ¿No eras tú el que necesita dos meses para escribir una triste canción? —El contraataque fue directo a la yugular y sin piedad.

—No. Tienes razón, no podría. Soy un perfeccionista exigente al que no le vale cualquier cosa. Está claro que este no es mi ambiente. Purpurina y sacarina, este pavo se las pira —dijo imitando la voz solemne con la que pronunciaba los hechizos.

Abrió la puerta para marcharse, pero la digna salida que tenía en mente se arruinó cuando al otro lado se encontró cara a cara con la sombra. La misma mancha oscura que le había acosado en la distancia durante días. Luc imaginaba que, en algún punto de su masa amorfa, había unos ojos que le miraban fijamente, más cerca que nunca. La sangre se heló en su interior, sus vellos se erizaron y su aliento se entrecortó.

Una parte de él quiso gritar, desmayarse, incluso huir, pero el frío que le producía el miedo a la oscuridad se desvaneció cuando una llamita incendió su pecho, el valor de quien lucha por lo que es suyo, en este caso su espacio personal, algo que nadie, ni siquiera una estúpida sombra del mal o criatura del averno o lo que quiera que fuese aquello, le iba a arrebatar.

—¡Largo de aquí, ser inmun…!

—¿Cal? —le interrumpió Sabele, apartándole con la mano para dar un paso hacia la sombra—. ¿Se puede saber qué haces aquí?

El músico los observó a los dos sin dar crédito. Ahora ya sí que no entendía nada.

—¿Os conocéis? —preguntó Luc. Así que el manto de oscuridad tenía nombre.

Sabele apartó por un instante la mirada del amasijo de sombras para dirigirla hacia él, la confusión escrita en su rostro con la claridad de una caligrafía depurada. Le consolaba no ser el único que se sentía así.

—¿Puedes verle? —preguntó Sabele, aún más sorprendida que él.

—Por eso estoy aquí —dijo la voz más masculina que jamás había oído—. Tendría que saber que reconocerías mi sombra.

La oscuridad se levantó, guiada por una mano de color oliváceo que la hizo desaparecer, convirtiéndola en diminutas chispas de polvo resplandeciente. El «ser» que apareció al otro lado, deslizándose con suavidad hacia la luz, no se parecía en nada a lo que Luc había esperado encontrar.

No tenía colmillos, ni garras afiladas, no era peludo ni escamoso, tampoco tenía jirones de piel despegados de la carne como un zombi ni alas membranosas como un demonio, sino que más bien parecía sacado de un cuento de hadas en el que el príncipe azul era modelo de ropa interior. Ojos verdes, piel tostada, cejas angulosas y una melena negra peinada hacia atrás que mostraba sus perfectas facciones mediterráneas. No solo tenía el físico y la actitud de saberse en posesión de un regalo de la naturaleza que la genética concedía a unos pocos privilegiados, no, además llevaba puesta la chaqueta de cuero de diseño que Lucas llevaba deseando desde hacía meses y que no iba a poder permitirse en la vida.

—Pues claro que le he reconocido. ¿Qué pretendías hacer exactamente?

—Estoy aquí para protegerte —dijo el tipo sin dudar. Sabele alzó tanto las cejas que Luc pudo oír el «¿disculpa?» aunque no lo dijese en voz alta—. Estoy aquí porque este desgraciado es un maldito inquisidor.

21

Sabele

No, no. No y punto. No. No podía estar sucediendo. Era un mal sueño, obviamente. Su pasado y su supuesta e insoportable alma gemela reunidos en la misma habitación a unos cuantos minutos del momento más decisivo de su vida. Ahí estaban los dos, a un lado Cal. Apenas tenía recuerdos de los últimos años que no estuviesen marcados por su tacto o su mirada. Cal fue su primer beso, su primer viaje de verano por carretera, su primera noche durmiendo a la intemperie, su primer... Su primer todo.

Y al otro lado estaba..., en fin, él.

Un «inquisidor»; la palabra con la que muchas personas en la comunidad mágica se referían a los miembros de la actual Guardia. Lucas había percibido la sombra sin ser un hechicero, lo que significaba que la sangre de los revelados corría por sus venas.

Lo estudió en silencio, tan delgado, tan desastroso, tan incapaz de llevar por buen cauce su vida. Le resultaba impensable que un chico como él perteneciese a la tan estricta y exigente Guardia.

«Tal vez sea parte del engaño», sugirió una voz en un rincón de su mente, pero ella seguía sin verle el sentido. Nadie era tan buen actor. Y si lo fuese, habría encontrado un modo de vivir en una mansión en Hollywood en vez de pasar el sábado por la noche intentando embaucarla con a saber qué propósito.

—¿Que soy un qué? Estarás de broma. Sabes que no estamos en el siglo xv, ¿verdad? —dijo Lucas.

—¿Te estás burlando? —preguntó Cal, sacando pecho. Como buen nigromante que era, su exnovio nunca había desarrollado un gran sentido del humor.

—Cal… Vamos, mírale —intervino Sabele—. Este chico no trabaja para la Guardia.

—¿Cómo estás tan segura? Solo porque sea tu nuevo novio…

—¿Mi qué?

—Créeme, no soy su novio —dijo Lucas—, de hecho, ni siquiera sé qué hago aquí.

Dio un solo paso hacia la puerta y Cal se apresuró a interponerse en su camino. Sin que tuviese que recurrir al lenguaje verbal, el «tú no vas a ningún sitio hasta que aclaremos esto» quedó lo suficientemente claro para que Lucas retrocediese.

Por su parte, Sabele ni siquiera sabía por dónde empezar.

—Vale, antes de nada, no es mi novio.

—Eso ya lo he dicho yo… —masculló Lucas.

—Segundo, si lo fuese, no es algo de lo que tengas que preocuparte. —Cogió aire. Por la Diosa. No tenía tiempo ni calma para derrocharla en dos gallitos aburridos que jugaban a cacarear por el corral—. Y ahora, vayamos por partes. Lucas, ¿perteneces a la Guardia?

—No.

—Es un maldito revelado, ¿por qué íbamos a creerle? —protestó Cal.

—Hay muchos revelados que no tienen nada que ver con la Guardia, musculitos —dijo Luc—. ¿En serio tengo pinta de madero?

Sabele lo observó atentamente. Si no le estuviese sucediendo a ella, le habría resultado bastante cómico. Aunque los dos eran más o menos de la misma estatura, la diferencia en su tamaño les hacía parecer un dúo de humoristas de una película en blanco y negro que fingían pelearse por el amor de una angelical jovencita con unos expresivos ojos muy pintados.

Cal le señaló con el dedo.

—A mí me parece que tienes pinta de mentiroso.

Luc resopló, en apariencia aburrido.

—¿Sabéis qué? Resulta que me importa una mierda si me creéis o no. ¿Puedo irme ya?

—No —dijeron Sabele y Cal al unísono.

El nigromante prosiguió con sus acusaciones.

—Su hermana también trabaja para la Guardia, los he visto juntos, he oído lo que decían. Sé que hablaron de ti.

—Dios... —Luc se llevó la mano a la sien—. Tío. Tienes un problema. Sí. Mi hermana trabaja en la Guardia, vigilando fantasmas. ¿Eres uno? ¿Te estás dando por aludido, fantasma?

No estaba segura de qué era más perturbador, que Luc le hubiese hablado de ella a su hermana, agente de la Guardia, o que su ex lo hubiese escuchado todo.

—¡Me amenazaste! —exclamó el nigromante—. Dijiste que habías sido entrenado para luchar contra seres malignos.

—¡Era un farol!

—¿Lo ves? —Cal se giró hacia ella—. Sabía que era un mentiroso.

Cal esperaba que le diese la razón y las gracias, pero solo logró recordarle uno de los motivos por los que habían dejado de ser compatibles como pareja.

—¿Se puede saber por qué le estabas siguiendo? Y dime, por favor, que no se trata de celos.

Lo peor de todo era que parecía sorprendido y dolido por el reproche.

—Os vi por casualidad, juntos, y yo... le seguí envuelto en las sombras porque... quería comprobar por qué tipo de persona me habías sustituido. Quería averiguar qué es lo que no te pude dar. En fin... Sé que no tiene sentido y pensaba dejarlo enseguida, pero entonces descubrí que podía verme y...

—No me puedo creer que hayas desperdiciado tu magia

para una estupidez como esta —protestó Sabele, llevándose las manos a la cabeza. Cal nunca la escuchaba. No se preocupaba por sí mismo y Sabele era quien iba tras él recogiendo los trozos, incluso después de haber roto con él—. ¿Qué hay de tu salud? ¿No es más importante eso que unos celos infantiles?

—Solo intentaba ayudarte.

—No necesito tu ayuda, necesito que te respetes un poco a ti mismo. Y que me respetes a mí de paso tampoco estaría mal.

—Bueno —dijo Lucas a su lado—, os resultará extraño, pero no tengo el más mínimo interés en vuestras disputas maritales. Así que me marcho a mi casa a dormir. Ha sido un placer veros esta noche.

Cal no se apartó un solo milímetro de la puerta, para exasperación del músico.

—Si te soy sincero, no comprendo qué has visto en él —espetó Cal, con un grado de condescendencia que rozaba la humillación. Ella misma se había metido con el chico una centena de veces, pero el desdén en su voz la hizo sentir incómoda.

—Está claro que no entiendes a las mujeres. ¿No has oído hablar del encanto de los músicos?

Luc resopló.

—Pues yo tampoco entiendo qué te vio a ti para acceder a ser tu novia tanto tiempo… Espera un momento, ¿me estabas defendiendo? —Miró a Sabele boquiabierto—. Y yo que iba a llamarte superficial, porque, a ver, este tío no podía gustarte por lo listo que es. Ya se sabe, mucho músculo, poco cereb…

Una densa masa de oscuridad se formó en torno a las manos de Cal, de pronto teñidas de negro. Las sombras crepitaban entre sus dedos con la forma de una llama capaz de calcinar a cualquier enemigo en su mortal frío. Parte de las sombras se transformaron en las fauces de un lobo que amenazó con atacar con un profundo gruñido.

Luc enmudeció y Sabele se preguntó si aún recordaría su profecía: «Tu empeño se convertirá en tu enemigo el día que el lobo muestre su hocico».

—¡Cal! ¡Suficiente! —protestó Sabele.

Con un mohín, Cal accedió a detener su táctica intimidatoria, que resultó ser todo un éxito.

—Para no estar saliendo pasáis mucho tiempo juntos. Os habéis visto todos los días esta semana.

A Sabele le indignó que se atreviese a hacerle ese tipo de reproches, pero le resultó aún más molesto que fuese cierto. Estaba cansada de tener que disimular, así que decidió decir la verdad con la esperanza de que poner todas las cartas sobre la mesa fuese suficiente para zanjar el asunto.

—Díselo a Ame. Tuvo la genial idea de hacer un conjuro ancestral para demostrarme que existía el amor verdadero.

—¿Qué conjuro? —preguntó Cal.

—Uno para encontrar a tu alma gemela, así que por mucho que te ofenda, no es algo en lo que puedas intervenir.

—¿Perdona, qué? ¿Quieres decir que una de tus amigas brujas me ha estado hechizando? —preguntó Lucas.

—No a ti específicamente, no a propósito, pero, a rasgos generales… sí.

No se lo había ocultado premeditadamente, pero tampoco le entusiasmaba explicarle que, según la magia, ellos dos estaban hechos el uno para el otro. Porque, como saltaba a la vista, era ridículo.

Cal, en lugar de comprender que el asunto escapaba a su control, se incendió aún más.

—Estamos hablando de magia muy peligrosa, Sabele… El destino no es un juego de niños. Mira los viejos mitos. Todos los que coquetean con lo inefable acaban pagando un elevado precio.

Por enésima vez, la carta negra se proyectó en sus pensamientos. ¿Tan alto sería el pago? ¿Su magia a cambio de una supuesta verdad que no quería saber y que no le serviría de nada?

—Pero creo que puedo deshacerlo —continuó diciendo Cal—. Si quieres, claro.

Dulces y tentadoras palabras envenenadas.

¿Que si quería? ¿En serio? Por supuesto que quería. Tal vez no estaba hecha para las citas, las relaciones ni ninguno de los gestos románticos que conllevaban. La tensa situación en la que se encontraban era la más evidente demostración de algo que ya sabía: por ahora era mejor que se centrase en sus estudios. Habría firmado un pacto con el diablo si le hubiese prometido que nunca más tendría que lidiar con chicos entrometidos llamando a su puerta. El único problema era que las noticias sonaban tan jugosas que le resultaba difícil creerlas sin más.

—¿Deshacerlo...? ¿Cómo?

—Bueno, no hay ningún vínculo, por sagrado que sea, que la muerte no pueda romper y ya sabes que la muerte es mi especialidad.

Sabele vio por el rabillo del ojo cómo Lucas se sobresaltaba al oír aquello y sintió un cierto deleite. Seguro que el pobre necio creía que iban a deshacerse de él y a lanzar sus restos al Manzanares. Por suerte para él, los nigromantes preferían invocar el poder de la muerte antes que hacerle favores encargándose de sus asuntos.

—¿Qué me dices? ¿Te deshaces de nosotros para siempre, o te arriesgas a vivir esta situación una y otra vez? —insistió Cal.

Solo había accedido a formar parte del hechizo de Ame porque pensaba que «las almas gemelas» y todas esas paparruchas del hilo rojo no eran más que cuentos de niños, pero ahora ya no estaba tan segura. Como Cal había dicho, jugar con el destino era un peligro, hacer malabares con la muerte y el destino a la vez... era una locura. Por otra parte, resultaba obvio que el hechizo de Ame se había equivocado: Luc no podía ser su alma gemela. Lo más probable era que la hubiese ligado de por vida a una persona con la que no tenía nada en común por accidente. Con un contrahechizo del tipo que fuese solo iban a rectificar un error, a devolver la vida de ambos a su cauce natural. Si lo razonaba así no solo no se trataba de una mala idea, sino que, en cierto modo, era su obligación como bruja.

—¿Puedes hacerlo en menos de media hora?

—Con todos los materiales necesarios... en diez minutos habré acabado.

—Entonces será mejor que vayamos al cuarto de invocaciones de la última planta.

22

Luc

Lo que Sabele había llamado cuarto de invocaciones resultó ser una especie de desván de poco más de veinte metros cuadrados, una pequeña ventana que había sido cubierta con una lona polvorienta y el techo más bajo que había visto en su vida. Casi tan bajo como hasta donde había caído él. Lo último que le apetecía a Luc era convertirse en el conejillo de indias de dos hechiceros, menos aún con su hermana, la guardiana del orden natural de las cosas, tratando de huir sin que la pillasen en algún lugar del edificio. Así que no iba a hacerlo sin sacar nada a cambio.

—Creo que he cambiado de idea. Por cierto, ninguno de vosotros me ha preguntado mi opinión sobre si quiero o no seguir hechizado, o lo que sea.

No estaba del todo seguro de que las miradas de las brujas no pudiesen matar, así que llegó a temer por su vida cuando Sabele se giró hacia él y le acuchilló con sus ojos azules.

—¿Por qué ibas a querer encontrarte conmigo a todas horas? No nos soportamos —le recordó, y él dedujo que lo que en realidad quería decir era «no te soporto».

—Bueno, si es lo que dicta el universo parece lo lógico, ¿no? —procuró mostrarse tan convencido como pudo.

¿El destino? De acuerdo que existiese la magia, pero se negaba a creer en lo «inevitable». Siempre había pensado que era una simple excusa para cobardes e inútiles. El que de verdad quería algo, encontraba el modo de conseguirlo, independientemente de los designios de cualquier fuerza todopoderosa.

—No. No es lo que dicta el universo —dijo la bruja avanzando hacia él—. No es lo lógico. Es un error.

—En fin, si tanto te importa... —Se encogió de hombros.

—¿Qué? ¿Si tanto me importa qué?

Se regodeó en su propio ingenio. «Lucas Fonseca, experto en sacar provecho de las necesidades ajenas». Iba a ser aún más fácil que con su hermana, una noche redonda.

—Supongo que podemos hacer un trato.

—¿Qué tipo de trato...? —Sabele se cruzó de brazos, en actitud desafiante.

—Uno de... mutuo beneficio. Yo dejo que juguéis a los conjuros conmigo y a cambio tú promocionas mi grupo en tus redes sociales.

—Eres... increíble. ¡Ni siquiera tienes grupo! —La bruja se estaba reprimiendo, incluso Luc sabía que había términos más adecuados a la hora de describirle.

—Ah, pero lo tendré. Y será el mejor.

Sabele puso los ojos en blanco.

—De acuerdo, hablaré de tu estúpida banda de rock.

—¿En tu canal?

Asintió.

—¿Y en tu Instagram?

—Sí, por todas partes. Donde tú quieras, Twitter, Tumblr, Pinterest, Snapchat, TripAdvisor, donde quieras, y ahora, démonos prisa.

Sabele se movió por la sala oscura con estantes repletos de frascos de formol, velas, hierbas y utensilios por cuya función prefería no preguntar. Su falta de autocontrol y su incapacidad para decir que no a cualquier plan que pudiese quedar como una interesante anécdota en la biografía que, estaba convencido, algún día escribirían sobre él, le habían llevado a vivir todo tipo de experiencias absurdas, pero aquella noche estaba a punto de llevarse el premio gordo.

Claro que, ¿quién iba a creerle cuando lo contase?

—¿Por qué tenéis un cuarto de invocaciones? —preguntó el musculitos mientras recolectaba las velas negras que iba situando en torno a una especie de pentagrama pintado en el suelo—. Pensaba que os estaba prohibido el espiritismo.

«Aquella vez que acabé en un ático de Gran Vía con dos satánicos...». Sí, suena interesante y más verosímil, bastaría con maquillar un par de detalles sobre la noche cuando se la relatase a periodistas y biógrafos.

—Y lo está —dijo Sabele—. Nuestra magia nunca se ha llevado bien con el mundo de los muertos, pero... nunca se sabe.

Genial, así que iban a jugar a la güija en la típica sala de invocaciones que uno tiene por si acaso. Claro, y de paso, a lo mejor les preguntaban a los espíritus cuántos hijos iban a tener, con qué edad se casarían y quién ganaría las próximas elecciones, después podrían hacerse trenzas y beber chocolate caliente, ¿por qué no?

—De todas formas —continuó Sabele—. Hay otro tipo de criaturas a las que puede llamarse desde un anillo de invocación, no solo se trata de arrastrar a espíritus desde el Más Allá. Hadas, demonios...

—Espero que no invoquemos a la niña del exorcista sin querer —comentó Luc.

—Comencemos con el ritual —anunció Cal cuando al fin terminó de colocar toda la parafernalia de nigromante—. ¿Seguro que no vendrá nadie?

—Está clausurada, así que lo dudo —respondió Sabele.

Al llegar a ese pequeño cuarto habían encontrado un cartel en la puerta que anunciaba que la estancia estaba cerrada temporalmente y recordó que las brujas habían dicho algo de tener que hacer reparaciones. Por una vez el sentido común de Luc se activó para advertirle que igual lo que iban a hacer no era buena idea, pero se apagó de nuevo en cuanto vio al guaperas ese de tres al cuarto agachándose para encender solemnemente las velas negras con un mechero. Tuvo que contenerse para no empezar a cantar el cumpleaños feliz. Solo faltaba que empezase a recitar cánticos en latín para que le diese un ataque de risa.

Sin embargo, cuando el tipo extrajo una daga del interior de su chupa de cuero, la carcajada se le congeló en la garganta.

El arma parecía un objeto de atrezo robado del set de una película cutre de vampiros, de aspecto antiguo y con un lobo de fauces abiertas grabado en el mango. El tal Cal se situó en el borde del pentagrama, cerró los ojos y comenzó a murmurar palabras que retumbaban en el ático cada vez más altas.

Un escalofrío recorrió el cuerpo de Luc.

No, no era latín, pero sí una lengua muerta, ancestral, olvidada, perdida en el tiempo, una lengua poderosa que rozaba con sus sonidos los albores de la raza humana, de la civilización y de la magia.

Luc dio un paso atrás, abrumado por un poder que ni conocía ni comprendía. Frente a él, en el otro extremo de la sala, Sabele observaba al hechicero con una mezcla de orgullo, fascinación y... se atrevería a decir que deseo. A su inquietud se sumó un atisbo de envidia. Nunca nadie le había mirado de aquella manera, menos aún alguien como Sabele, que no se dejaba impresionar por cualquiera (había tocado la guitarra para ella y aun así le había dado plantón. Nadie se resistía a la guitarra).

Sus celos se esfumaron cuando un malestar repentino le invadió y el instinto de supervivencia tomó el mando.

La bombilla de halógeno, que apenas iluminaba el desván, tililó hasta que se apagó por completo, las llamas de la vela se extinguieron hasta consumirse y la temperatura del cuarto comenzó a descender a una velocidad alarmante.

Luc sintió náuseas y un nudo en el estómago, fruto del esfuerzo con que reprimía la voz de su instinto, que le gritaba «Corre tan lejos como puedas». Si su hermana llegaba a averiguar el lío en que se había metido, podía ir despidiéndose de su dinero y de su salud física. «Leticia va a matarme». Si es que salía de ahí con vida. «Por favor, que no haga falta un sacrificio para el ritual».

El nigromante alzó la daga en el aire, extendió su mano izquierda y dejó caer el cuchillo sobre su palma, donde se deslizó con precisión y sin un ápice de duda de un lado a otro. Un reguero de sangre cayó entre sus pies y por su muñeca. Miró hacia Sabele y comprobó que la fascinación hipnótica había dado paso a una expresión compungida.

Un miedo irracional se apoderó de él y exigió cada centímetro de sus emociones. Terror. Ganas de llorar. Y de huir. Pero a la vez estaba paralizado. Ningún humano corriente estaba preparado para presenciar aquello.

La sangre brotaba sin cesar de la herida de Cal y el olor a hierro entremezclado con el polvo de las estanterías resultaba nauseabundo. El nigromante continuaba recitando cuando sus manos comenzaron a tornarse negras, tanto como la oscuridad de la nada más infinita. Sus venas brillaban con una pálida luz azulada, como pequeños relámpagos en la noche. El esfuerzo comenzaba a delatarse en los músculos de su cuello, en la tensión que le hacía permanecer inmóvil, en sus pies temblorosos plantados en el suelo y en la gota de sudor que se deslizaba por su frente. El mismo lobo que había amenazado a Luc minutos antes brotó de su cuerpo hacia el cielo, haciendo que su espalda se arquease. La sombra se esfumó en el aire.

La última palabra surgió de entre los labios de Cal como un suspiro. Los cerró y los humedeció antes de decir:

—Bienvenido, espíritu. ¿Con qué nombre he de llamarte?

Alguien había respondido a su reclamo.

Luc había visto casi tantos fantasmas como personas en su vida. Estaban por todas partes, acumulados con el paso de los siglos allá donde pusiera la vista. Llegaba un punto en el que sucedía como con la publicidad, se había habituado tanto a ellos que ni siquiera se percataba de que estaban allí. Y, sin embargo, aquel ser que flotaba en el aire frente a él no se parecía a ninguno de ellos y no sentía el más mínimo deseo de averiguar qué era ni de dónde venía.

23

Leticia

Leticia asomó la cabeza con cautela cuando las voces se alejaron por el pasillo. Una parte de ella sentía el impulso de salir corriendo tras el improvisado trío, cortarles el paso e impedirles hacer una estupidez. De hecho, su labor era informar de cualquier línea roja mágica que se cruzase aquella noche, pero dudaba mucho que volviesen a invitarla a las comidas familiares si cumplía con su obligación. Su padre por mentirle y trabajar para la Guardia a sus espaldas y su madre por conseguir que arrestasen a su niño bonito por cómplice de una infracción mágica.

Se resignó a anteponer su papel como hermana mayor a su obligación como agente de la Guardia, sobre todo, porque Luc estaba allí por su culpa. Al menos el muy liante había cumplido con su parte de dejarle vía libre para huir.

Salió de la cocina con fingida naturalidad y cruzando los dedos para que el simulador de auras mágicas no le fallase. Apenas acababa de llegar al rellano de la escalera cuando estuvo a punto de chocar de bruces contra dos brujas. Intentó pasar desapercibida, pero una de las dos, una joven de elevada estatura con la cabeza rapada, la interceptó.

A Leticia no le costó reconocerla. Valeria Santos, una de las jóvenes promesas de la magia en España. La segunda bruja, de rizos anaranjados y la piel cubierta de pecas, permaneció a su lado en silencio.

—Oye, perdona…

A Leticia no le quedó otra opción que detenerse y decir:

—¿Sí?

—¿Por casualidad no habrás visto a Sabele por aquí? Ya sabes, Sabele del clan Yeats, seguro que la conoces.

—Sí. Claro.

«Por supuesto, está experimentando con hechizos peligrosos junto a un nigromante y mi hermano pequeño, quienes, por cierto, no deberían estar aquí. Menuda nochecita lleva esa brujilla, ¿eh?», no le pareció la mejor respuesta. Leticia la miró fijamente y parpadeó un par de veces.

La bruja le dedicó una sonrisa pasivoagresiva.

—¿Y bien?

—No, no la he visto.

Resopló malhumorada.

—Maldita sea mi magia. Las pruebas van a comenzar dentro de nada, no aparece por ningún sitio y Carolina está supermosqueada. Si me hubiese dicho que iba a participar podríamos habernos preparado juntas. —Se llevó las manos a la cintura con fastidio y suspiró—. En fin, gracias de todas formas… ¿Cómo dices que te llamas? Perdona, es que no me suena haberte visto antes.

—Eh… María —inventó, sin demasiada originalidad.

La bruja continuó escrutándola. Estaba claro que no bastaba para ella. Tenía que hacer una lista de nombres falsos para emergencias. Leticia miró a su alrededor en busca de inspiración y su vista fue a dar con un gigantesco espejo colgado en la pared.

—Reflejo. María Reflejo.

No era peor que «juez Gómez Rioja».

Valeria asintió sin demasiada convicción y no se presentó a sí misma. Debía de estar acostumbrada a que todo el mundo supiese su nombre.

Las dos brujas reanudaron la búsqueda escaleras arriba. Leticia se apoyó en el pasamanos malhumorada. ¿Y ahora qué se suponía que tenía que hacer? ¿Marcharse y ponerse a salvo, volver a la reunión del aquelarre como si nada y cumplir con su misión? No podía dejar a Luc allí tirado a su suerte. Y todo por culpa de unos estúpidos tacones. A partir de ahora nadie la iba a convencer para que se pusiese ningún calzado que no fuese plano.

24

Sabele

El espíritu, no, la materia que le daba forma era lo más hermoso que jamás había contemplado. Reprimió el impulso de buscar su teléfono para fotografiar aunque fuese una mínima parte de su esplendor.

No se trataba de un fantasma como los que suelen describirse en las novelas góticas y de terror o como los que se crean mediante gráficos en las películas y series. Lo que tenían delante no era un alma errante; uno de tantos seres fantasmales que vagan sin remedio por la tierra, sino un recuerdo, un vago eco de un sentimiento, un ente puro con el rostro de una joven mujer. Un espectro que relucía bañado en luz escarlata.

Quienquiera que hubiese sido esa persona de la que ahora solo quedaba una emoción había poseído en vida rasgos muy comunes, de esos que forman caras agradables, pero fáciles de olvidar. Su melena oscura estaba recogida en un austero moño. De sus ojos claros solo se intuía su profundidad, ya que su cuerpo se componía de una peculiar materia multicolor que absorbía y reflejaba todos los colores. Era su vestido lo que delataba que perteneció a otra época, no muy lejana, no muy distinta a la nuestra en algunos aspectos, pero tan extraña como la vida en un planeta lejano.

La mujer buscó algo reconocible a su alrededor, intentando comprender dónde se hallaba. Sabele sintió un escalofrío al recordar qué significaba la capa rojiza que brillaba sobre su éter.

La emoción que había dejado atrás pertenecía al mundo de las sombras. Miedo, rabia, odio. No estaba segura de cuál. Tenía un mal presentimiento, y si había algo en lo que una bruja debía confiar en este mundo, era en su intuición.

—Espíritu —llamó Cal. El ser se volvió hacia él en el aire—. Has sido invocado de vuelta a la tierra, te ato a este mundo por el poder de la muerte hasta que cumplas con tu cometido. Te ordeno romper...

El espectro se inclinó hacia él, mirándole a los ojos a través de su inmaterial sustancia. Cal quedó casi petrificado bajo su influjo.

—Pobre —dijo ella, con una voz dulce, fina y cargada con el peso de una vida complicada—. Pobrecillo...

Cal apartó la mirada bruscamente, clavando la vista en el suelo para que no pudiese seguir leyendo su interior.

—No puedes entrar ahí —advirtió—. Mi alma no te pertenece a ti, sino al portal.

—Tu alma... ¿A quién le importa tu alma? Es tu corazón lo que me inquieta. Eres como un libro abierto... Tanto, tanto dolor. Te han roto el corazón. Es evidente. Conozco bien esa sensación. —El espectro giró en el aire con un brusco movimiento hacia Sabele—. He aquí la culpable. Hermosa..., muy hermosa. Siempre son bellos los que juegan con nosotros, ¿verdad? Los que nos hacen daño... Aunque tú... también lo eres.

—Tengo una orden para ti, espectro, cúmplela y después podrás volver a tus lamentaciones eternas en el Más Allá.

—¿Más Allá? No conozco ese lugar, y me temo que tengo una cuenta pendiente que saldar mientras esté aquí.

—Cal —dijo Sabele, acercándose a sus espaldas para susurrar en su oído—. Devuélvela a su mundo. No merece la pena correr el riesgo, de verdad. Encontraremos otra forma.

Cal la miró a ella y después dirigió un rápido vistazo a Lucas, que intentaba pasar desapercibido junto a la puerta. Que aquel espectro hubiese logrado hacerle callar era otro indicio más de que algo no marchaba bien.

—Puedo controlarlo —afirmó Cal—. Solo es parloteo, no la escuches.

Sabele le conocía lo suficiente para distinguir la duda en su voz. Ese espectro no era como otros a los que había invocado. Su ira le hacía demasiado poderoso. Más que un espíritu en pena, parecía uno de los seres que moraban el Valle de Lágrimas.

—No puedes. Cal, en serio. No es tan importante.

El nigromante vaciló durante unos segundos antes de dejar su orgullo de lado y asentir. Alzó los brazos a la altura de la cintura y comenzó a susurrar palabras inaudibles.

—Mírate..., sumiso..., cobarde..., como un perro. Su perro faldero. ¿Es eso lo que quieres ser? ¿La mascota obediente de una bruja? No es peor que ser un sucio y repugnante nigromante como tú. Engendros mágicos.

A pesar del contrahechizo, el espectro seguía ahí, tan nítido como unos segundos atrás.

—¿Cal? —insistió Sabele. La presencia del espectro se hacía cada vez más fuerte.

—Eso es lo que pretendes, ¿verdad? Librarte de mí. Eso es lo que hacéis todos, vosotros, los rompecorazones, los que jugáis con los demás. Es lo que queréis, brujas, nigromantes, hombres, mujeres, sois todos iguales... ¡Mentirosos! ¡Sois todos unos mentirosos! —Sus palabras iban perdiendo el sentido hasta volverse un griterío incoherente—. ¡Deja de jugar! ¡No juegues conmigo! ¡No soy un juguete!

Su rostro se había encogido en una mueca de odio.

—¡¿Cal?! —llamó. Lo único que los protegía de su ira era el trazo del círculo y el pentagrama que la contenían y la barrera de sombras.

—¡Estoy en ello! Un par de segundos y estará de vuelta.

—No estoy segura de que tengamos un par de segundos.

La barrera comenzó a resquebrajarse, dejando entrever grietas de luz rojiza. Sabele recitó su propio contrahechizo, sin embargo, una voz aproximándose y el sonido de pisadas sobre los peldaños de la escalera la distrajo.

—¿Sabele? ¿Sabele, estás ahí? —la llamó Valeria.

—¿La sala de invocaciones no estaba clausurada? —dijo una segunda voz escéptica. Sabele juraría que se trataba de la amiga estadounidense de Valeria, Andrea Harper.

—Lo sé, pero te digo que he oído voces. ¿Sabele?

—Nadie va a volver a jugar conmigo... —murmuró el ente—. Nadie... Nadie.

La puerta se abrió lentamente y Sabele vio la expresión confusa de las dos brujas a través del espectro. Valeria los miró uno a uno, comprendiendo mucho más rápido que su amiga lo que estaba ocurriendo. Su sorpresa se transformó en indignación.

—Oh, Sabele... No me esperaba esto de ti. Cuando se entere Flora...

Valeria subestimó el peligro del espectro, igual que habían hecho todas.

—¡Nadie!

En mitad de la frase, el espectro desprendió una avalancha de energía, de furia, una emoción contenida durante años, décadas, quizá siglos, que hizo que Cal perdiese el equilibrio y cayera de espaldas lejos del círculo. La daga ensangrentada que sostenía en la mano voló por el aire hasta caer al suelo. Cal tardó solo un segundo en incorporase y recuperar su posición inicial, tiempo suficiente para que la barrera que los protegía estallase en mil pedazos y el espectro escapara de ella con un estruendo que hizo temblar toda la casa, haciendo caer botes y frascos que se estrellaron contra el suelo.

El espectro era solo una vaga sombra, un rastro de humo, un resto residual de la mujer que fue. No podría perdurar durante demasiado tiempo en el mundo material, en el plano de los vivos. Era un mero eco destinado a disolverse en el aire, lentamente.

Un destino que solo podía evitar de una forma.

La mirada del espectro se posó sobre el rostro consternado de Valeria y Sabele supo lo que iba a suceder, aunque no tuviese ni el tiempo ni el poder para remediarlo. El espectro se abalanzó sobre Valeria, como si fuese a atravesarla, pero lo que hizo fue fundirse con su cuerpo, desapareciendo al entrar en contacto con la piel de la bruja.

Valeria gimió profundamente mientras, a su lado, su amiga gritaba horrorizada. Se llevó las manos al cuello como si acabara de atragantarse y convulsionó. Dejó de resistirse cuando el miedo animal en sus ojos se desvaneció y una sonrisa despiadada ocupó su lugar. Sus iris se habían tornado rojos como el rubí.

El espectro se palpó el cuerpo, se miró las manos y se echó a reír a carcajadas hasta que se detuvo de golpe. Se agachó lentamente y recogió la daga de Cal del suelo. La estudió con una mezcla de curiosidad y satisfacción.

—Nadie me volverá a usar... y mucho menos otro nigromante —dijo la voz de Valeria, aunque aquellas no fuesen sus palabras—. Acabaré con todos vosotros si hace falta. Os exterminaré uno a uno, cómplices, cobardes, hasta que no quede el más mínimo rastro de quien destruyó mi vida.

—¿Va...Valeria? ¿Qué dices, Valeria? ¿Estás bien? —preguntó Andrea junto a ella.

El espectro que ocupaba el cuerpo de Valeria no respondió a sus preguntas, se limitó a mirarla con curiosidad. Ahora era ella quien jugaba. Andrea retrocedió hasta quedar pegada a la pared.

—Cállate —ordenó, y los labios de la bruja se sellaron.

Intentó hablar desesperadamente, gritar, pero no surgían sonidos de su garganta ni se abría su boca, solo pudo expresarse mediante las lágrimas que brotaron a borbotones de sus ojos mientras agitaba las manos en el aire.

—Quieta —dijo la falsa Valeria, y todo su cuerpo, sus manos todavía en el aire, quedó petrificado, como si estuviese hecho de piedra—. Curioso poder... en mis venas... La siento arder... La magia.

—¡Déjala en paz! —exclamó Sabele.

—Tienes que volver a tu dimensión —dijo Cal, quien mantuvo una distancia prudencial.

El espectro negó con la cabeza.

—Lo siento, pero no puedo. Aún no... —Se llevó las manos a las sienes con una mueca de confusión—. Ella sabe cosas..., tantas cosas... Sabe cómo puedo quedarme aquí... para siempre.

La falsa Valeria se abalanzó sobre ellos con la daga en la mano y Cal formó una barrera de sombras que no pudo traspasar. El espectro observó la magia que los protegía con resignación.

—Comprendo. Debo aprender a manejar el poder de la bruja primero.

Les dio la espalda, dispuesta a marcharse de ahí, sin más. Por ahora no le interesaban.

—¡No puedes irte así! —exclamó Sabele, avanzando con decisión hacia la puerta—. ¡Ese cuerpo no te pertenece, no puedes hacer con él lo que quieras!

Por mucho que desconfiara de las intenciones de Valeria, jamás había deseado o pretendido una suerte semejante para ella. Las brujas eran hermanas, unidas por su magia y por el hecho de que no podían contar con nadie más. Tenían que ayudarse entre ellas. No habría tenido ni un corazón en el pecho ni sangre en las venas si se hubiese limitado a cruzarse de brazos a ver como aquel ser de otra dimensión se llevaba su cuerpo sin más.

El espectro la estudió como si se hallase ante una molesta cucaracha.

—Ella lo sabe. Que eres más débil, más torpe. No podrías detenerla aunque quisieras, así que no me molestes —dijo ya en las escaleras, sin detenerse o mirar atrás.

¿Así que eso era lo que Valeria pensaba de ella en realidad? Sintió una punzada en el pecho, pero no era momento de dejarse llevar por sus inseguridades. El espectro no le dejaba otra opción. Tendría que intervenir mediante la fuerza. Sus poderes nunca fueron de naturaleza ofensiva, no estaba acostumbrada a luchar, pero su tía se había asegurado de que podía defenderse solita. Rebuscó en su memoria hasta dar con el hechizo que la detendría sin causar daños a la verdadera Valeria y recitó las palabras que había aprendido de memoria.

—Párpados violetas que sin querer se cierran. Labios rojos que con ganas bostezan. Pesada consciencia, duerme, te entregas. El sueño te reclama en su vasta tierra.

El espectro se detuvo y dio media vuelta hacia ella, al oír, o quizá intuir, que invocaba los poderes de la Diosa. De entre sus dedos, alzados hacia Valeria, surgió un halo de energía apenas visible que proyectó directamente hacia ella y que el espectro desvió con un leve aspaviento de su mano.

—Vaya..., es cierto que tu amiguita bruja es mucho más poderosa que tú. Su cuerpo me será muy útil.

Cerró los puños y los abrió de golpe, haciendo que Sabele saliese disparada hacia atrás. Chocó con una estantería y cayó de bruces contra el suelo. Se golpeó en la sien al caer. Le ardían las manos, la espalda y el pecho. La habitación comenzó a nublarse a su alrededor y lo último que escuchó antes de perder la consciencia fue a Cal gritando su nombre en la distancia.

25

Luc

Al ver su pequeña cabeza impactando contra el suelo y su cuerpo inmóvil sobre la madera, sus demás preocupaciones se desvanecieron. «Por favor, que no esté muerta». No le hubiese hecho ninguna gracia tener que ir a declarar como testigo y explicar que la asesina era una bruja poseída por un espíritu maligno. Y puede, solo puede, que también estuviese angustiado por ella.

La bruja del pelo rapado continuó con su camino sin que ni el nigromante ni él hiciesen nada por detenerla. Cuando el ser maligno desapareció de su vista, ambos se apresuraron hacia Sabele.

—¡Sabele! —dijo Luc, agachándose torpemente junto a ella y comprobando que su pecho se movía lentamente con cada respiración.

Uf. Estaba viva.

—¿Bel? —la llamó su ex mientras la alzaba entre sus brazos y le apartaba los largos mechones de cabello rubio que le caían sobre la cara—. ¿Amor? Por favor, tienes que despertar —dijo con una calma digna de admiración.

Luc, en cambio, estaba hecho un manojo de nervios.

—No estará muriéndose, ¿verdad? Aunque no la haya palmado en el acto, podría tener un traumatismo interno de esos y estar desangrándose por dentro mientras hablamos. ¿Hay muchas venas en el cerebro? ¿Y si se ha dado muy fuerte y tiene amnesia?

—Dile... dile que se calle —susurró Sabele con un gemido. Se llevó la mano a la frente y se sentó en el suelo con la ayuda de Cal—. Amnesia... Ojalá pudiese olvidarte tan fácilmente.

Luc disimuló una sonrisa. No iba a reconocerlo, pero se sentía aliviado, tanto que por fin pudo sucumbir a otros sentimientos que le eran mucho más gratos y familiares como la indignación. Qué alivio.

—Tenéis un problema, ¿lo sabíais? —dijo señalándolos a ambos—. Yo pensaba que como mucho íbamos a jugar a la güija no a... a hacer un ritual satánico para invocar a esa... esa cosa. Y tú. ¡Tú! —Señaló a Cal—. ¿Es que tienes horchata en vez de sangre? ¿Por qué no has hecho nada? ¡Casi la mata! Y tú ahí pasmado como si nada.

—Ahora el espectro es una bruja, no podía hacer nada más —se excusó Cal, sin alterar en lo más mínimo su semblante—. Estaría violando el Tratado de Paz. No debemos emplear nuestra magia los unos contra los otros, o al menos no para causarnos un daño significativo.

—¡Pues haberle pegado un puñetazo! ¿Para qué te sirven esos bíceps si no?

—Esta es la peor noche de mi vida... —protestó Sabele, que en vez de levantarse se dejó caer hasta quedar tumbada en el suelo—. Por la Diosa, no quiero volver a saber nada de los hombres...

—Oye, a mí no me metas —protestó Luc—. Yo no tengo nada que ver con esto. La idea fue del musculitos y a ti te pareció una ocurrencia maravillosa. Vamos, que yo solo he cumplido mi parte del trato, espero que ahora tú cumplas con la tuya.

Sabele alzó las cejas en un gesto de sorpresa y se incorporó de golpe, como hacen los vampiros en las películas.

—Tus prioridades me fascinan. La bruja más poderosa de nuestra generación se pasea por Madrid poseída por un espectro enloquecido de ira y a ti te preocupa conseguir más *followers*. —Esta vez sí se puso de pie con cuidado y rechazando la ayuda que el nigromante le ofrecía.

—No quiero *followers*, pero lo he estado pensando y tenías razón. Tengo que exponerme si quiero que me escuchen. En cuanto lo hagan mi música será lo único que necesitaré para convencerlos. Sobre lo de la bruja poseída... No es mi problema.

—Me temo que sí —intervino Cal. Cada vez que abría la boca le caía un poquito peor—. Para invertir una invocación de un ser espectral a su plano original es preciso que estén presentes todas las almas que abrieron la puerta en primer lugar. Y tenemos que darnos prisa antes de que su energía se agote, cambie de cuerpo y sea imposible localizarla.

—¿Sí? Pues yo paso. Mi alma y yo nos damos el piro —dijo Luc, que tenía planeado componer durante todo el domingo y ninguna intención de cambiar sus planes para jugar a los cazafantasmas con la parejita perfecta.

Sabele se interpuso entre ambos.

—Ahora no es el momento para discutirlo. Tenéis que marcharos, los dos. Si os encuentran aquí, sabrán que yo os he dejado pasar, sabrán que es culpa mía y se acabó mi carrera de bruja. Seré una paria, una hechicera sin aquelarre. Tendré que dedicarme a vender amuletos por unos pocos euros en El Mercado del Trasgo para sobrevivir. —Los empujó hacia la puerta con una fuerza que resultaba desproporcionada para alguien de su tamaño—. ¡Largaos, por la Diosa! Y que no os vea nadie.

—Te acabas de golpear en la cabeza —dijo Cal—. En algo tiene razón el revelado, podrías tener un traumatismo. No es buena idea que te dejemos sola.

—Ha sido un golpecito de nada, además, soy mayorcita, sé cuidarme. Vosotros marchaos discretamente, ¿vale? Yo me encargo de esto.

El nigromante suspiró, pero no parecía dispuesto a entablar una nueva discusión con su exnovia. Perfecto. Luc tampoco tenía ningunas ganas de permanecer en aquella casa de brujas. ¿Quería que se marchasen? Dicho y hecho.

—Pues encantado de haberos conocido, hasta luego. —Ya

comenzaba a descender el primer escalón cuando Cal le retuvo sosteniéndole por el brazo.

Lo miró fijamente, reduciendo la distancia entre sus rostros e intentando parecer amenazador, un empeño que resultaba cómico visto desde fuera. El nigromante podría haberle partido en dos con una sola mano. Se apartó bruscamente.

—No. Me. Vuelvas. A. Tocar.

—Si sales sin más te encontrarás con un centenar de brujas furiosas exigiendo explicaciones. Deja que yo me encargue de nuestra huida, ¿quieres? Aunque sea por egoísmo.

Se sintió insultado. ¿Qué le hacía pensar que solo le movía su propio interés? Bueno..., está bien. Puede que tuviese algo de razón. Aunque seguía siendo un comentario muy descortés por parte de alguien que había estado acosando a su exnovia.

—¿Más hechizos? —preguntó—. Porque el que te he visto hacer no era muy bueno.

Había experimentado suficiente magia catastrófica aquella noche para estar servido durante el resto de su vida.

—Será rápido.

Con la misma gracilidad con la que se había deshecho de ella, volvió a materializar la sombra que le ocultaba, aunque esta vez, Luc experimentó el efecto desde el lado opuesto de la pantalla. El manto de oscuridad los cubrió, aislándolos del exterior, pero permitiéndoles disfrutar de cada detalle a su alrededor. La sombra se extendía a unos cuantos centímetros de su rostro, fina y de aspecto pegajoso, hacía que todo cuanto estaba al otro lado adquiriese tonalidades más oscuras y contrastadas de la que tenían en realidad. Era una sensación similar a la de mirar a través de unas gafas de sol demasiado polarizadas.

—Creía que las brujas podían distinguir a las sombras.

—Sí, pero no pueden ver a través de ellas ni quebrarlas. El tipo de magia que requiere este conjuro es muy distinto a la suya.

—Ya, ya. Ese concepto ya lo había pillado. Gracias —protestó sarcástico.

—No te alejes mucho o perderás tu protección.

Comenzaron a bajar las escaleras y llegaron a ellos los primeros sonidos del revuelo. Por los pasillos había un ir y venir de brujas intentando averiguar qué había pasado, dónde tuvo lugar la explosión y, sobre todo, quién o qué la había causado.

—¿Y ahora qué? —preguntó Luc.

Cal se llevó el dedo índice a los labios para pedirle que guardara silencio. El musculitos se agachó lentamente en el suelo, apoyó la mano sobre la madera del viejo parqué y susurró unas cuantas palabras en aquella lengua ancestral que solo pervivía en labios de los nigromantes. Sus manos se tiñeron de un brillante color azabache durante unos segundos antes de que una masa viscosa y negruzca brotara del suelo. El mejunje amorfo se estiró en el aire como el tallo de una planta en busca de algo de luz. Cal se inclinó para acercar sus labios a ella y le dio una orden, breve y concisa, en esa extraña lengua. La masa pareció asentir con… ¿la cabeza?

—Prepárate para correr —le indicó el nigromante—. Será mejor que te agarres a mi chaqueta si no quieres perderte.

Luc resopló. ¿Agarrarse a su chaqueta? ¿Se creía que tenía tres años? Podía seguirle el ritmo perfectamente, o al menos eso pensaba antes de que la masa se convirtiera en una pequeña bola que chocó contra el suelo para rebotar de un lado a otro, rompiendo espejos, bombillas, derribando esculturas y golpeando a alguna que otra bruja por el camino. Cal aprovechó la distracción para cruzar al siguiente tramo de escaleras y bajar los escalones de dos en dos. Luc, que tardó un par de segundos en reaccionar, corrió tras él. Pudo oír a sus espaldas cómo una de las brujas hacía estallar la masa convirtiéndola en una bola de fuego y tragó saliva al imaginar que podía haber sido su cráneo.

—¡He visto una sombra! —gritó una de ellas—. ¡Por las escaleras!

Cal apretó el paso y Luc sintió como los músculos de sus piernas le ardían por el esfuerzo. La última vez que había hecho ejercicio, sin contar sus conciertos, fue en una clase de Educación Física hacía casi tres años.

A pesar de su acelerada carrera, las brujas tras ellos acortaban distancias, incluso llegó a sentir como varios hechizos le pasaban rozando los brazos, las piernas o peor aún, la nuca. Uno de los hechizos golpeó por error a una de las brujas y la mujer quedó congelada en el acto.

Se estaba preguntando cómo de resistente sería la sombra que los protegía cuando Cal se detuvo en seco. Luc estuvo a punto de chocar de lleno contra él, pero resbaló en el escalón golpeándose en el trasero. Protestó con un quejido agudo mientras Cal alzaba los brazos y pronunciaba las palabras muertas con la misma dulzura con la que se canta una nana.

—*Okham Sheiba Ana.*

Una espiral de sombras se materializó frente a él y se convirtieron en un denso humo. Las brujas se detuvieron y, aunque varias de ellas intentaron disipar la maldición, ya era tarde. El humo se había esparcido en el aire, volviéndose tan espeso que todas las brujas que intentaron cruzarlo se quedaron atrapadas en él como mariposas incautas en una tela de araña.

El nigromante se agachó junto a él, le agarró del brazo y le levantó sin inmutarse.

—Vamos, flacucho, haz el esfuerzo. Dos plantas más y podremos transportarnos lejos de aquí.

Si hubiese tenido tiempo de responder, no habría sabido por dónde empezar, si por el insulto o por el hecho de que estaba hablando del teletransporte como si fuese lo más normal y habitual del mundo, lo mismito que ir en autobús.

Por un momento, Luc creyó que lo iban a conseguir, pero era imposible que la suerte le sonriese por una vez. En realidad no necesitaba que sonriese, con una mueca de «no me desagradas del todo» se habría conformado.

Cuando se acercaban al rellano de la siguiente planta, un grupo de cinco brujas se aproximaron hacia ellos, listas para detenerlos a toda costa. Cal aceleró aún más. Luc sintió el tirón de la sombra alejándose. Su fuerza desestabilizó su elevado centro de gravedad y cayó de bruces contra las escaleras.

—Mierda...

Las brujas corrieron tras Cal, dejándole solo. Se disponía a lamentarse por el moratón que iba a salirle en la rodilla cuando dos manos se aferraron al cuello de su chaqueta y le alzaron como si no pesara nada. Se encontró cara a cara con su hermana.

—¡Leticia!

Estuvo a punto de alegrarse de verla, pero la expresión airada de su rostro le hizo cambiar de opinión.

—Vamos.

Vagaron sin rumbo, huyendo del alboroto, hasta que se vieron en una encrucijada entre varios pasillos. «¿Por qué este sitio es tan grande?», maldijo Luc en sus adentros. Desde el exterior parecía un edificio normal y corriente, no un puñetero laberinto.

A pesar del cartel colgado de la madera que decía PROHIBIDO EL PASO. SOLO BRUJAS AUTORIZADAS, Leticia extendió la mano hacia el pomo de la puerta cerrada con llave y soltó a Luc para sacar una placa brillante de su bolso. La placa desprendió un fugaz fulgor. Leticia abrió la puerta y empujó a su hermano al otro lado. En fin, suponía que, después de la racha que llevaban, desobedecer a un cartel no era para tanto. Aunque, por otro lado, la última vez soltaron un espectro desquiciado a las calles de Madrid.

Una vez en el interior, Luc quedó boquiabierto ante el descubrimiento accidental.

La puerta hizo clic tras ellos y, cuando Leticia comprobó si podía volver a abrirla, se encontró con que ni siquiera su placa la hacía reaccionar.

—¡Venga ya! ¿Qué les pasa a las puertas de este sitio?

—Primero una despensa y después el trastero. Buen trabajo, Leti —su hermana respondió dándole un manotazo en el pecho.

Sin pretenderlo, habían ido a dar con una gigantesca sala repleta de objetos de todos los aspectos y tamaños conservados en vitrinas y estantes que cubrían las paredes. También los había en lo alto de pedestales dispuestos por toda la habitación.

—Vamos. Tenemos que salir de aquí —Leticia avanzó con grandes zancadas hacia la ventana e intentó abrirla en vano—. Mierda, está atascada.

—¿De verdad vamos a saltar por el balcón?

Mientras Leticia daba tirones y empujones a la madera de la ventana, Luc se dedicó a estudiar los misteriosos objetos.

Por un momento, se olvidó de la persecución, de las brujas y los nigromantes, y se sintió como si estuviese recorriendo una versión en miniatura de los pasillos del Louvre o del British Museum. En las vitrinas podía reconocer vasijas de la Antigua Grecia, tablas de piedra grabadas con jeroglíficos, brazaletes vikingos, un grial de oro engalanado con piedras preciosas, ruecas del medievo..., pero también había objetos en apariencia mundanos, como un juego de cucharas de plata, relojes de bolsillo o sujetalibros con formas de distintos animales.

A pesar de su interés inicial por las vitrinas, la pieza de la colección que de verdad acaparó su atención se hallaba desprotegida sobre uno de los pedestales.

Oyó un murmullo distante. ¿Una voz de mujer? ¿La melodía de un instrumento de cuerda que ansiaba ser tocado? En su mente, los distintos sonidos se entremezclaban hasta formar uno solo, uno que pronunciaba su nombre.

«Luc».

Sus pupilas se dilataron cuando sintió la extraña atracción que la pequeña arpa dorada parecía ejercer sobre él.

«Tócame».

Sabía que ya se había metido en suficientes líos esa noche como para mejor estarse quietecito durante una larga temporada, pero sintió una irrefrenable atracción hacia las cuerdas de aquel instrumento que no cesaba de repetirle entre susurros que lo tocase. Sin pensárselo dos veces, extendió sus manos hacia el arpa y sintió un cosquilleo en las puntas de los dedos. La alzó de su soporte y, guiado por el inevitable impulso, acarició una de las cuerdas.

El sonido que emanó de ella no se parecía a nada que hubiese escuchado antes. Ningún instrumento conocido producía una nota como aquella, tan limpia y trasparente, que le golpeó en el corazón.

«Con un instrumento como este podría conquistar el mundo». Él no eligió ese pensamiento, más bien el pensamiento le encontró a él, y la idea caló hondo en su mente y su espíritu. Tocó una segunda cuerda y el efecto se repitió.

Si encontraba la forma de incluir aquellas notas en sus canciones, sería mundialmente famoso. Único, inimitable. Nadie comprendería cómo lo habría hecho. Llevaba toda su vida buscándolo, el sonido definitivo que rompiese una era y abriese otra. Como Little Richard y el *rock and roll*, Ramones y el *punk*, Green River y el *grunge*. No solo alcanzaría su ansiada fama, también pasaría a los anales de la historia de la música.

—¡Lucas! —lo llamó su hermana a gritos—. ¿Se puede saber qué haces? Pon eso donde estaba ahora mismo y échame una mano.

—Ya voy, mamá —dijo Luc con tono de burla, molesto porque de nuevo la realidad desbaratase su fantasía.

Devolvió el arpa a su soporte y la estudió en silencio durante unos segundos. A no ser que… No. No debía. Pero… ¿y si? Miró a su alrededor. Había centenares de objetos en esa sala, nadie iba a echar en falta un instrumento musical.

Sus dedos rozaron la superficie dorada y su corazón comenzó a palpitar a mil por hora. La voz de su conciencia le suplicaba que se detuviese, pero la propia arpa parecía suplicarle, a su vez, que la llevase consigo. La adrenalina aceleró su respiración y subió drásticamente la temperatura de su cuerpo.

¿Así se había sentido Eva cuando decidió ignorar a su creador y escuchar las promesas de la serpiente? ¿Y Pandora cuando abrió la caja prohibida?

Oyó un golpe seco seguido del sonido de los cristales cayendo. Su hermanita había optado por tomar medidas drásticas y rompió la ventana usando un busto como objeto contundente.

—Venga, nos vamos —dijo ella colocando la escultura de vuelta a su pedestal.

Era entonces o nunca. Cogió el arpa, la aproximó a su pecho y subió la cremallera de su ajustada chaqueta para ocultarla bajo ella.

—¡Voy! —se asomó a través del marco hueco de la ventana para comprobar que estaban en un primer piso y no en la planta baja—. Espera, espera, espera. ¿Pretendes que me tire por la ventana? ¿Te crees que soy Spiderman o algo así?

Leticia frunció el labio, a punto de perder la paciencia.

—Estamos a tres metros del suelo.

—Suficiente altura para romperse unos cuantos huesos.

—Justo los que te voy a romper yo si no saltas. Ten cuidado con los cristales.

—No. —Luc negó con la cabeza.

—¿Qué crees que te harán si te encuentran aquí?

«Y con un objeto seguramente embrujado escondido bajo la chaqueta», añadió Luc. Entendía adónde quería llegar su hermana, pero la idea seguía sin convencerle.

—Si no saltas tú, te tiro yo —amenazó Leticia.

Durante un instante, tuvo un *flashback* que le transportó a su infancia, a las tardes de verano en la piscina cuando su hermana se encargaba de arrojarle al agua si tardaba más de diez segundos en decidirse a saltar.

—Vale, vale…, tranquila. —Cruzó las piernas torpemente al otro lado, apoyándose en la barandilla del pequeño balcón. Miró abajo sin demasiada convicción—. ¿Estás segura de que…? ¡Aaah!

Sintió un empujón en la espalda y cuando se quiso dar cuenta estaba en el suelo. Se puso de pie malhumorado, se limpió los pantalones y recolocó la chaqueta con tanta dignidad como le fue posible. Leticia cayó junto a él, por supuesto, sin despeinarse un solo pelo. Tantos años jugando al tenis en el instituto le habían garantizado unos prodigiosos reflejos y un perfecto sentido del equilibrio.

—Venga.

Leticia echó a andar por una callejuela y Luc la siguió hasta que se perdieron entre las calles de Malasaña, en dirección hacia el metro de Noviciado.

—¿Qué has hecho? —exigió saber, deteniéndose de pronto cuando estuvieron lo bastante lejos del aquelarre—. ¿Qué ha sido esa explosión? ¿En qué lío te has metido?

—¿Yo? En ninguno, ¿cómo puedes pensar eso de mí? —su hermana se cruzó de brazos malhumorada a modo de respuesta—. No ha sido culpa mía. Esta vez no.

—Más te vale tener la mejor de las excusas. Se supone que mi trabajo era vigilar para que no se llevase a cabo ningún exceso mágico y va a resultar que mi hermano es cómplice de... ¿De qué? ¿Qué habéis hecho ahí arriba?

—Yo qué sé, no fue idea mía, ¿vale?

—Lucas Fonseca —dijo su hermana mientras le clavaba el dedo en el pecho, amenazante—. ¿Qué ha pasado?

—¿Recuerdas toda esa movida del hechizo del que hablaban en la cocina? Pues parece ser que hay un hilo de nosequé que nos conecta y blablablá y por lo visto, el musculitos ese, el ex de Sabele, pensó que pedirle a un espíritu del Más Allá que lo cortase era la solución más cómoda.

—¿Habéis estado jugando a la güija? ¿Estás mal de la cabeza? ¿Sabes lo peligroso que es?

—Oh, no, eso pensaba yo también, pero nada de güijas. El tío ha usado una especie de pentágono satánico o algo así... ¿No deberíamos irnos?

Su hermana inspiró lentamente, con los ojos cerrados, y permaneció petrificada durante varios segundos antes de decir:

—¿Has participado en una invocación de tercer grado?

—Pues no sé de qué grado era, la verdad. Llámame raro, pero no me ha dado por preguntar precisamente eso.

—¿Has visto al espectro?

Luc asintió.

—¿Tenía forma humana completa, de pies a cabeza, formada por una masa multicolor?

—Supongo... Sí.

—Pues era de grado tres, una de las más peligrosas, además de completamente ilegal según las leyes de la Guardia. —Se frotó el rostro con las manos, frustrada y enfadada a la vez, así que Luc se ahorró decirle que dudaba mucho que a brujas o nigromantes les preocupase de verdad lo que la Guardia consideraba o no legal—. Mi hermano es un delincuente. Por favor... Dime que lo devolvisteis a su plano.

—Pues... —se mordió el labio—. No exactamente.

—Luc... No me obligues a usar el truco de la verdad contigo, ya eres mayorcito.

El «truco de la verdad» era una táctica de tortura que su hermana llevaba empleando desde que aprendió a hablar y a guardar secretos. Consistía en sentarse sobre él y tirarle de ambas orejas hasta que confesase. Cabe añadir que era efectivo. Muy efectivo.

—Lo intentaron, pero el espectro pirado se volvió más loco todavía y ha... yo qué sé, supongo que poseído a una bruja.

—Una posesión en mi turno de vigilancia... Estupendo. No podré volver a trabajar en el sector en mi vida. ¿Y sabes qué pasará si me despiden?

—¿Que me puedo ir despidiendo de mis tres meses de sustento?

—Chico listo, así que más te vale encontrar una forma de arreglar esto o dedicaré el resto de mi vida como abogada amargada a hacer que lo pagues.

26

Sabele

Sabele buscó apoyo en la estantería más cercana y se llevó la mano a la parte de la cabeza en la que se había golpeado. Ouch. El impacto había sido peor de lo que reconoció. Rozó el futuro chichón con una mueca de dolor.

Oyó gritos provenientes de la escalera y voces familiares invocando conjuros y hechizos. «¿Era tanto pedir que esos dos hiciesen una salida discreta?». Tenía que marcharse de ahí antes de que la encontrasen en la escena del crimen y atasen cabos.

Pasó de largo junto a la amiga de Valeria a la que el espectro había petrificado, Andrea. De ella solo sabía que había nacido en Washington y que se seguían mutuamente en Instagram, aunque nunca se daban *like*, lo que no impidió que se sintiese como un monstruo por lo que estaba a punto de hacer.

—Lo siento —le dijo, sintiendo como le suplicaba con los ojos congelados que la liberase.

Necesitaba que guardase silencio el mayor tiempo posible, antes de que pudiera delatarla. Que no sería demasiado teniendo en cuenta que las brujas más poderosas de la ciudad estaban en la casa.

—Ignora lo que viste, lo que fue has de borrar, lo que presenciar no debiste, debes olvidar —susurró al oído de la bruja, con la esperanza de que surtiese efecto sin causar demasiados trastornos a Andrea.

«Cielos —se dijo—, Lucas tiene razón, las rimas de mis hechizos son horribles».

Por mucho que lamentase recurrir a su don contra una de las suyas, no podía arriesgarse a que la delatase. Por suerte la naturaleza de su poder no era nociva. La magia de brujas y nigromantes era radicalmente opuesta. Ellas tomaban prestada la energía de la naturaleza, del pulsante y cambiante mundo de los vivos, de la luz. Ellos recurrían a la fuerza de la pérdida, a lo inerte, al Más Allá y a las sombras. Por eso durante siglos se habían mantenido distanciados, e incluso enfrentados en guerras absurdas; por eso Sabele nunca le había preguntado a Cal por sus estudios igual que él nunca entraba en detalles cuando surgía el tema.

¿Qué había fallado? ¿Se había equivocado Cal de plano al hacer su invocación? Lo pensaría más adelante. No tenía tiempo para resolver misterios.

Dejó atrás el escenario del crimen y encontró desierto el camino hasta la séptima planta, supuso que porque todas las brujas estaban buscando a los intrusos. Vagó durante varios minutos por la casa, tan vacía y apacible que casi se echó a gritar cuando dos figuras aparecieron tras ella.

—¿Se puede saber dónde has estado?

—¡Rosita, Ame! —dijo exultante de felicidad.

Nunca se había alegrado tanto de ver a sus amigas. Las estrechó entre sus brazos y se alejó con cautela, consciente de lo sospechoso que resultaba su presencia allí y su súbito arranque de amor.

—¿Estás bien? —preguntó Ame—. Te hemos estado buscando por todas partes.

—Sí, sí... ¿y vosotras?

—¿Has sido tú, verdad? —preguntó Rosita—. La que ha dejado pasar al intruso.

—¡Rosita! ¿Cómo va a haber sido ella? —protestó Ame, tan ingenua como solía ser—. ¿A que es absurdo?

El silencio culpable de Sabele confirmó lo que ella calló.

—Lo sabía —sentenció Rosita—, te dije que era imposible que llevase una hora hablando por teléfono. ¿Quién ha sido? ¿Cal? ¿El chico ese de internet? Y, ¿qué estabais haciendo para provocar una explosión? A mí también me gusta experimentar, pero chica, a veces hay que cortarse un poco.

Sabele negó con la cabeza. A veces le sorprendía la capacidad que tenía Rosita de conducir todas las conversaciones al mismo tema.

—Os lo contaré todo en casa, lo prometo. Pero ahora tenemos que marcharnos de aquí.

—Lo dudo mucho... —Rosita se cruzó de brazos, de mala gana y con los labios fruncidos.

Fue Ame quien respondió a la mirada interrogante de su amiga.

—La Dama Flora ha cancelado la fiesta y las pruebas de aprendiz y acaba de sellar el edificio. Nadie puede entrar ni salir. Estamos confinadas.

Sabele notó que le faltaba el aire. Estupendo, nada de pruebas de aprendiz, hubiese sido una magnífica forma de empezar a echar su futuro por la borda si no empalideciese en comparación con lo que ocurriría si Cal y Lucas no habían logrado abandonar el edificio antes de que la Dama lo sellase.

—Nos ha convocado a todas en el gran salón dentro de cinco minutos —dijo Rosita—. Deberíamos ir yendo, no queremos que sospechen de ti. Sería una faena, teniendo en cuenta que eres culpable.

—Rosita... —le regañó Ame.

—No era mi intención que esto acabase así —protestó Sabele, que no tenía demasiadas ganas de discutir. Odiaba las confrontaciones, aunque últimamente pareciesen buscarla.

—Ya, supongo que no te levantaste pensando «voy a sabotear la fiesta del año». Eh, que si lo hiciste, mis respetos. Admiro a la gente que logra lo que se propone.

—¿Tienes que tomártelo todo a broma? —le reprendió Ame.

—Lo siento, lo que quiero decir es que estamos contigo, aunque haya que esconder un cadáver.

—No me des ideas —suspiró Sabele.

De camino al salón, más y más brujas fueron sumándose a la procesión. La preocupación y la impaciencia eran los sentimientos que reinaban en la atmósfera, una combinación de alto riesgo que podía transformarse en pánico colectivo en cualquier momento. La crispación comenzó a descontrolarse cuando varias de sus hermanas brujas aparecieron ayudando a otras que apenas podían sostenerse en pie y quienes pedían que las dejasen dormir en paz.

—¿Qué ha pasado?

—Una sombra.

—¿Cómo ha podido entrar una sombra aquí?

—Hay una traidora, tiene que haberla…

—Quizá.

—Puede que siga entre nosotras.

—O no…

—Dicen que Valeria ha desaparecido.

—¿Valeria, nuestra Valeria? Por la Diosa. ¿Creéis que ha sido ella?

—Y pensar que era la favorita para convertirse en aprendiz de la Dama este año…

Sabele sintió una arcada invadiendo su garganta. Los rumores y teorías sobre lo ocurrido continuaron propagándose por la pequeña y atestada sala durante al menos un cuarto de hora. Sabele pasó cada minuto en tensión como un gato en territorio desconocido, hasta que la sala se sumió en un silencio absoluto. Una mujer pelirroja de elevada estatura, custodiada por la siempre fiel Carolina y otras dos brujas de espaldas anchas y rostros severos, hizo su aparición.

Flora. La Dama.

La había visto decenas de veces y nunca olvidaría la primera, cuando apenas era una niña y comprendió, ante el esplendor de la Dama, que el único camino para ella era el de la magia.

Supo, en el fondo de su ser, lo que verdaderamente significaba ser una bruja. El recuerdo de una certeza tan cálida como la de sentir que por fin has descubierto el sentido de tu existencia es imborrable. Y, sin embargo, la distancia entre ambas, sus habilidades y su posición, era abismal. Sabía que ella, su madre y su tía se habían conocido cuando eran muy jóvenes y que, durante un tiempo, fueron amigas inseparables, aunque ahora Jimena y Flora no pudiesen ni verse. Se había preguntado mil veces qué sucedió. Si ella hubiese tenido una amiga tan gloriosa como la Dama, dudaba que hubiesen logrado convencerla para que se alejase de ella.

La observó con admiración, igual que todas sus hermanas, mientras avanzaba hacia el centro de la sala. Se deleitó con su belleza, con su energía desbordante, ese tipo de aura que hace que quieras salir corriendo a luchar por tus sueños. La fuerza de la vida rebosaba de su cuerpo esbelto, de su larga melena rojiza y de sus ojos esmeralda, realzados por un vestido verde oscuro y negro que cubría cada milímetro de su cuerpo hasta los pies descalzos. De su cuello colgaban media docena de colgantes adornados con todo tipo de piedras preciosas, minerales y cristales, aunque cualquier bruja sabría que no eran una mera cuestión de ornamentación. Flora era la única de su clan, representado por una cierva, y su mayor fuente de poder provenía de los minerales y metales fraguados en el interior de la tierra.

—Adelante... —susurró a su guardaespaldas, Emma.

La fornida mujer y Carolina, su bruja de confianza, que también era su asesora y ayudante oficial, asintieron con la cabeza. Carolina era una mujer menuda, con el pelo corto y un par de gruesas gafas sobre los ojos que le daban el aspecto de una seria bibliotecaria. Se separaron, caminando cada una hacia un lado de la sala, donde se aproximaron a la bruja más cercana.

—Tu teléfono y tus talismanes —ordenó Emma a una joven que apenas habría cumplido los dieciocho, situada a unos cuantos metros de Sabele. Seguramente fuese su primera vez en una fiesta del aquelarre.

La guardaespaldas abrió una bolsa de terciopelo morado de la que emanaba la energía de un hechizo anulador de magia. Cualquier objeto encantado que guardasen allí dejaría de funcionar mientras permaneciese dentro de la bolsa.

—¿Perdona? —preguntó la adolescente, extrañada.

—Necesito tu teléfono y cualquier objeto que hayas hechizado o que emplees en tus embrujos. No me hagas repetirlo, novata —advirtió Emma.

—No podéis exigirnos eso, va contra nuestros derechos —protestó una segunda bruja, de mayor edad.

—No entregaré mis talismanes —dijo una tercera, dando un paso al frente.

—Y yo no pienso renunciar a mi móvil —sentenció la novata.

—Hermanas —dijo Flora, con su voz cándida y amenazante a la vez. No necesitaba nada más para ganarse su plena atención—. Sucesos hasta esta noche inconcebibles se han producido en nuestro hogar. Muy a mi pesar, sospecho que podría haber una traidora entre nosotras...

«¿Por qué todo el mundo da por hecho que es traición, es que no puede haber sido un accidente?», se rebeló Sabele en su mente.

—Intrusos, hijos de la magia de muerte, han profanado nuestro hogar, una de nuestras hermanas ha desaparecido y... —Por un momento, Flora flaqueó. Fue tan solo un instante, una leve inclinación de la comisura de sus labios lo que la delató, y sin embargo, era un ademán tan extraño en ella que a nadie le pasó inadvertido— y el arpa de Morgana ha sido robada.

Las brujas se miraron las unas a las otras, quizá en busca de respuestas, puede que con la esperanza de encontrar en otros ojos el coraje que amenazaba con abandonarlas, o el mismo temor para sentirse menos solas.

—Pero... —dijo la adolescente—. No puede ser... Solo una bruja o alguien que haya escuchado su llamada puede tocarla.

—¿Por qué una bruja iba a querer el arpa?

Solo había una respuesta posible: para causar un daño irreparable, terrible, innombrable, a otra bruja o a sí misma. Tan pronto como lo comprendió, la muchacha empalideció. Sabele recordó la carta negra y sintió nauseas. ¿Cuántas posibilidades había de que los dos incidentes no tuviesen nada que ver?

La guardaespaldas de Flora sostuvo la bolsa y la muchacha dejó caer su teléfono móvil y un colgante de cristal en su interior sin volver a protestar, igual que hicieron todas las demás tras ella. Sabele entregó sus posesiones, sin estar segura de qué le dolía más, si desprenderse de su *smartphone* o de su colgante de la suerte. Una a una, las brujas se acercaron a Carolina y a Emma para entregar sus pertenencias encantadas. Se suponía que era para «protegerlas», pero se sentían igual que criminales a punto de ser encarceladas.

La voz de Carolina la sorprendió cuando pasó junto a ella, con la bolsa entre las manos.

—Te estuvimos buscando un buen rato antes de la prueba —dijo suspicaz—. ¿Dónde te habías metido?

Sabele tragó saliva y se esforzó por no titubear.

—Me puse nerviosa. Fui al baño a beber unas gotas de pócima calmante.

Carolina frunció el labio. Su explicación no parecía satisfacerla del todo, pero ella también había sido amiga de la joven Diana Yeats, y como tantas otras brujas sentía cierta debilidad por su hija, así que no hizo más preguntas y continuó con su labor. Le preocupaba mucho más el paradero del arpa de Morgana que lo que hubiese estado haciendo una chiquilla en apariencia inofensiva. Sabele tampoco se lo quitaba de la cabeza. ¿Y si había sido el espectro quien se había llevado consigo uno de los objetos mágicos más poderosos y peligrosos jamás creados o poseídos por una hechicera? Después de todo, ahora era una bruja. Y todo habría sido por su culpa, porque no había sido capaz de aceptar que la magia la hubiese emparejado con alguien que no encajaba dentro de sus planes. «Eres una estúpida», se regañó a sí misma, «una inmadura, una egoísta...».

—Y ahora —anunció Flora, interrumpiendo su autoflagelación— os suplico que esperéis hasta que este desafortunado incidente se aclare. Hay habitaciones de sobra a vuestra disposición. Si requerís cualquier cosa podéis solicitársela a Carolina, pero os pido que ni salgáis de aquí ni contactéis con el exterior.

La última bruja que caminó hacia Carolina, mientras se desprendía de sus joyas y talismanes en un sorprendente gesto de sumisión, fue Helena Lozano.

—De nuevo buscas al enemigo en el lugar equivocado —dijo la bruja después de entregar sus objetos—. ¿Cuándo se dará cuenta la Dama de quiénes son los verdaderos causantes de nuestras desgracias?

—La era oscura de la Inquisición quedó atrás hace mucho tiempo, Helena —respondió Carolina—. Por desgracia para tu familia.

Más de una vez se había acusado a las Lozano de sentir nostalgia de la época en la que podían matar a nigromantes y arrasar impunemente poblaciones enteras de corrientes con la excusa de protegerse de la Inquisición. Sabele quería pensar que eran exageraciones.

—¿Qué narices es eso del arpa? ¿La tienes tú? —susurró Rosita.

—Cállate antes de que te oigan —le replicó Ame.

—Sí, mejor que hable Sabele... Nos debes unas cuantas explicaciones.

—Os las daré —prometió Sabele—. En cuanto salgamos de aquí. Sospecho quién puede tener el arpa y vamos a encontrarla antes de que averigüe cómo y para qué usarla.

Suponiendo que no la había robado precisamente porque ya lo sabía. Una parte de ella pensó en rendirse y confesarle a las mayores lo que había ocurrido, pero en cuanto supiesen lo que pasaba empezarían a discutir, como siempre, mientras el espectro hacía de las suyas. Arruinaría su carrera como bruja para nada. «Yo he provocado este lío y yo lo arreglaré», se dijo, decidida.

—Nos escaparemos esta misma noche, tranquilas. Pensaremos un plan. —Por ahora, lo único que tenía era un objetivo, pero suponía que una cosa acabaría llevando a la otra—. Podemos intentar aprovechar la confusión inicial para…

—¿Chicas…? ¿Sabele?

Al oír su nombre y sentir unos leves toquecitos en el hombro, dio media vuelta y tuvo que mirar hacia abajo para dar con el rostro de la bruja que le llamaba. El frondoso flequillo negro apenas dejaba ver sus ojos verdosos. El símbolo de un águila en su dedo anular delataba el clan al que pertenecía. Berta Hierro, la mayor de las hijas de Daniela. Sabele sintió la mirada suspicaz de su madre y de sus dos hermanas perforándola.

—¿Has visto a Valeria y a Andrea? No las encuentro por ninguna parte y sé que te estaban buscando —tenía los ojos vidriosos—. Estoy preocupada.

Sabele no la conocía demasiado porque se pasaba la mayor parte del tiempo estudiando en el extranjero o viajando, pero tenía la sensación de que no había heredado el aplomo ni la firmeza de su madre.

—Seguro que está bien. Te podemos ayudar a buscarlas, si quieres —dijo Ame, provocando que sus dos amigas se girasen hacia ella horrorizadas. Por una vez en su vida, ¿no podía ser un poquito menos amable?

Vagaron juntas por la casa en busca de Valeria durante cerca de media hora, aunque sabían que no iban a encontrarla. Se detuvieron a hacer un descanso tras revisar en la sala de meditación y Berta se sentó en un diván frente a la ventana sin poder contener un segundo más las lágrimas.

—¿Y si le decimos la verdad? —preguntó Sabele en un susurro.

—¿A la hija de Daniela Hierro? —reprochó Rosita—. ¿Quieres tener que mudarte a otra ciudad? Aguanta un poco, tengo una idea.

Berta debía considerar a Valeria como una verdadera amiga, algo raro cuando los juegos de poder de las principales familias del aquelarre estaban de por medio, porque sus lágrimas parecían sinceras.

—No, no lo entiendo —gimoteó Berta, mientras intentaba secar el reguero inexorable de lágrimas que emanaba de sus ojos como si fuese un manantial—. Voy a buscar a mi... mi madre. —Se sorbió la nariz varias veces—. Ella sabrá qué hacer.

Las tres brujas temían lo suficiente a la líder del clan Hierro como para reaccionar y sacar la artillería pesada. Rosita se agachó junto a ella.

—Vamos, vamos... Las mayores tienen muchas cosas de las que ocuparse. No las vamos a molestar con una tontería.

Rebuscó en su bolso hasta extraer de su interior un frasquito azul que se distinguía de los demás gracias a un lazo amarillo. Sabele sabía que había hechizado todos los bolsos para que su colección de pócimas al completo cupiese en su interior (se trataba, en efecto, de uno de esos objetos mágicos que en teoría tendrían que haber entregado), así que Sabele no distinguió cuál de ellas era. Desenroscó el tapón y se lo tendió a Berta con decisión.

—Toma, te vendrá bien.

—¿Qué... qué es? —preguntó la chica, examinando el frasco con cierta desconfianza.

—Pócima calmante para los nervios —explicó Rosita—. Hará que te sientas mucho mejor, más tranquila y con la mente despejada.

—¿Tiene efectos secundarios?

—Qué va. Soy una experta en pociones, las mías están bien hechas y sirven para lo que sirven. No te crecerán los pelos de la nariz ni te saldrán verrugas, lo juro.

La muchacha asintió tras unos segundos de duda y tomó un largo trago. En el mismo momento en el que la botella se separó de sus labios, cayó de frente con los ojos cerrados, profundamente dormida. Solo la rápida intervención de Rosita evitó que se diese contra el suelo mientras atrapaba el frasco en el aire con la otra mano.

—Pero olvidé mencionar que es tan eficaz que solo con olerla podrías dormirte. *Mea culpa.*

La colocó contra la pared, como si se hubiese dormido de forma natural, y le dio dos suaves golpecitos en la cabeza a modo de buenas noches.

—¡Rosa! —protestó Ame, inclinándose sobre la chica para comprobar que seguía respirando—. ¡No puedes ir envenenando a la gente por ahí!

—Tranquila, solo es un somnífero potente. Despertará en unas horas. —Alzó el bote y comprobó las dimensiones del trago que había dado a la pócima—. Quizá en un par de días —se corrigió—. O antes, si alguien le da un beso de amor verdadero, que lo veo poco probable, pero bueno, nunca se sabe. Se despertará como nueva y lo mejor de todo es que mientras tanto no nos delatará ante su terrorífica madre. Así Sabele puede contarnos tranquilamente qué narices ha hecho para provocar todo este entuerto.

Sus amigas se cruzaron de brazos al unísono y Sabele supo que no tenía escapatoria.

27

Cal

El torbellino de sombras que surcaba el cielo tenía el aspecto de una feroz espiral capaz de engullir a cualquier incauto en sus entrañas. Descendió, espantando a todos los pájaros y criaturas vivientes en su camino, y las sombras depositaron a su pasajero ante las puertas de una mansión de arquitectura moderna con el tamaño suficiente para acoger sin problemas a varias familias. Su estilo reunía una mezcla de sobriedad y lujo gélido que encajaba a la perfección con su dueño. La mansión de los Saavedra no había sido ideada para resultar acogedora, sino para recordar a los visitantes el poder de su anfitrión.

Una vez con los pies en la tierra, Cal miró a su alrededor para cerciorarse de que nadie le había seguido. Despachó a las sombras, que le observaban a través de los ojos de un gigantesco lobo. Era la forma que solían adoptar bajo su servicio, la de un hostil cánido preparado para atacar a cualquiera de sus enemigos ante la más leve provocación. Puede que el precio que la oscuridad se cobraba por su servicio fuese alto, pero no podía negarse que la magia de la muerte fuese exhaustiva en sus cometidos. A veces, Cal creía sentir una cierta lealtad por parte del lobo.

«Puedes marcharte», le dijo en la lengua de los muertos, y se desvaneció en el aire, volviendo al lugar que habitaba en su cuerpo. Cal comprobó que su melena permanecía presentable pasándose los dedos por la cabellera. Ni un solo pelo se había movido de su sitio. A pesar del violento aspecto externo que adquirían las sombras en pleno movimiento, viajar en su interior era mucho más apacible de lo que pudiera parecer.

Revisó el móvil por enésima vez por si tenía algún mensaje de Sabele. Había perdido al revelado por el camino en su huida y no se había percatado hasta que estuvo en mitad de Gran Vía. Ni siquiera consideró volver a por el tal Luc, así que se perdió entre la multitud en cuanto tuvo oportunidad. Por lo que a él respectaba, el músico podía caerse en un pozo en mitad del bosque y no salir de ahí, pero sospechaba que a Sabele no le haría mucha gracia enterarse de que le había dejado a su suerte.

Por el momento no había dicho una sola palabra de reproche, así que suponía que, o seguía de una pieza, o Sabele no se había enterado. Estuviera donde estuviese, tendrían que volver a verse todos para devolver al espectro a su plano. Se reprochó a sí mismo no haber sido más sensato, pero cuando vio la ocasión de librarse de aquel flacucho entrometido no fue capaz de dejarla pasar, no cuando había leído hace poco sobre una invocación que atraía a espíritus capaces de romper magia ancestral.

Avanzó hacia la entrada de la mansión, pasando junto a los guardias de seguridad y saludándolos con un leve asentimiento de cabeza. Una vez en la puerta, se recolocó la chaqueta de cuero y llamó al timbre. Los Saavedra no necesitaban objetos tan mundanos como las llaves. Si la magia no se encargaba de hacer algo por ellos, lo hacía su dinero.

Al cabo de medio minuto, el mayordomo abrió la puerta y le dejó pasar sin mediar palabra alguna con él. Cal se lo agradeció, pero el hombre no dio señales de haberle oído. Su padre nunca permitió que tuviesen la más mínima relación con el servicio hasta el punto de que ni siquiera conocían sus nombres. Así era el estilo de los nigromantes y uno de los tantos motivos por los que Cal no se sentía del todo a gusto entre los suyos. El secretismo y la discreción eran parte de su identidad.

Cruzó el recibidor de techos elevados y amplios ventanales, caminando a grandes zancadas hacia las escaleras con la intención de recluirse en su habitación. Sin embargo, un bullicio poco habitual en fin de semana frente a la puerta del despacho de su padre le detuvo el tiempo suficiente como para que uno de los presentes se percatara de su presencia.

—¡Caleb! —le llamó Fausto, invitándole a acercarse con el dedo.

Lo único que le apetecía era meterse en la cama y olvidar la larga y desastrosa noche. Aún no comprendía cómo había podido fallar, por qué había abierto una puerta hacia el plano equivocado. Sintió un escalofrío al recordar la oscuridad que emanaba de aquella dimensión infernal. Estaba seguro de que el espectro procedía del Valle de Lágrimas y no del Más Allá. Había llevado a cabo decenas de invocaciones y no había tenido complicaciones en ninguna de ellas, ¿qué había sido distinto en esa ocasión? Estaba agotado y perdiendo facultades. Su frágil estado emocional no ayudaba.

Fausto no le quitó ojo de encima y su padre también se percató de que estaba allí. Parecía que no tenía elección. Caminó hacia el grupo de hechiceros y cruzó los dedos para poder marcharse a lamer sus heridas.

Cuando se detuvo junto a Fausto, su compañero de juegos infantiles le barrió de los pies a la cabeza con un gesto consternado. ¿Tan mal aspecto tenía? Él nunca había sido capaz de guardar las apariencias como Fausto, era demasiado transparente, demasiado humano. «Eres igual que tu madre», solían decirle, y no con la intención de hacerle un halago. A pesar de haberse criado juntos, los dos niños no podían parecerse menos. Uno tan pálido que parecía no tener sangre en las venas, el otro bendecido con una piel oliva llena de vida a pesar del aciago avance de las sombras. Fausto vestía de traje, siempre de un impoluto negro, mientras que Cal se ponía la primera camiseta que encontraba. Su viejo amigo parecía estar siempre preocupado por los asuntos de la hermandad nigromante y Cal centrado en disfrutar de cada momento. Cualquiera que los viese pensaría que era Fausto, de apariencia frágil y ojeras marcadas, quien vivía a un continuo paso de la muerte.

—Llegas justo a tiempo —dijo Fausto.

—No creo que a Caleb le apetezca acompañarnos esta noche —dijo su padre.

Ni un «buenas noches», ni un «¿dónde has estado?». No, Gabriel Saavedra nunca recibía a su único hijo con el tipo de expresiones afectuosas que podrían esperarse de un padre normal. Tampoco había recelo o desprecio en su voz, simplemente una cortés indiferencia.

—¿Ir adónde? —preguntó. Una cosa era que su padre tuviese razón y otra muy distinta reconocerlo en su presencia—. ¿Qué ha pasado?

—No estamos del todo seguros —le informó Fausto mientras el resto de los presentes continuaba con sus propias dilucidaciones—. Parece que ha habido un incidente en la sede de la Castellana, alguien ha enviado una sombra con un mensaje de auxilio.

Los nigromantes no empleaban el 112, no tenían ningún interés en alertar a la policía ni a ninguna otra fuerza del orden corriente. Poco podrían hacer valiéndose de sus vulgares armas contra el tipo de peligros que acechaban a un nigromante. Eran sus miembros quienes se encargaban de poner en orden los asuntos de la hermandad.

—¿Hay heridos? —preguntó Cal.

—Tampoco lo sabemos, podría ser... ¿Vendrás? —Fausto apoyó una mano en el hombro de su amigo. Cal creyó ver en su semblante las mismas inseguridades que le asolaban de niño.

Cal siempre fue un muchacho lleno de energía, popular, bueno en los deportes, que no tuvo dificultades para mezclarse con los corrientes y con otras criaturas mágicas. Fausto en cambio siempre había estado más cómodo en las entrañas de la hermandad, rodeado de viejos libros de nigromancia, teología y filosofía. Supo que, igual que en aquel entonces, hubiese preferido quedarse sentado en el suelo de la biblioteca de Gabriel o debatiendo con algún hechicero mayor que él sobre las implicaciones del culto a la diosa muerte en las sociedades corrientes.

A pesar de su aspecto serio, su impoluto corte de pelo y sus trajes a medida, Fausto seguía siendo un novato en lo que a nigromancia se refería. Su orientación teórica no impediría que siguiese cargando con la responsabilidad que había recaído sobre sus hombros, la de heredar la posición de Gabriel que por linaje le habría correspondido a su hijo si la vida y la muerte no hubiesen tenido preparado otro destino para él. Aun así fue Cal quien renunció a la posición. A nadie le había sorprendido, y nadie lo había sentido.

—Está bien, iré.

Su padre asintió con la cabeza y los hechiceros se echaron a un lado para abrirle paso. Gabriel Saavedra era mediocre como nigromante, pero excepcional como líder y estratega. Semejante combinación le había garantizado un largo mandato al frente de la hermandad. La dicha de nacer con la pizca justa de magia en sus venas fue su gran bendición, la misma que había concedido vidas longevas y prósperas a sus antecesores en el puesto. Por supuesto, esa debilidad también había invitado a numerosos aspirantes a usurpadores a intentar arrebatarle el puesto, pero los eventuales incautos olvidaban que los Saavedra eran quienes disponían las reglas del juego, y lo pagaban con el más alto precio. El cargo iba acompañado de todo tipo de lujos y comodidades acordes con la importancia de la posición: una gran mansión, coches caros y servicio las veinticuatro horas del día, incluyendo el chófer que conducía el vehículo negro por las calles de Madrid, en dirección a uno de los rascacielos más altos de la ciudad.

El patriarca viajaba en el asiento del copiloto, respondiendo a mensajes y correos a través de su móvil, saturado por las preguntas y rumores que no cesaban de circular sobre el supuesto asalto a una de las sedes más importantes de la organización. En la parte de atrás iban Fausto y Cal, quien se resignó a viajar al estilo de los corrientes. Ni su amigo ni su padre disponían de una milésima parte del poder necesario para invocar un torbellino de sombras y, además, lo habrían considerado un desperdicio de magia. Y un riesgo absurdo. En general, los nigromantes como Cal solían gozar de una esperanza de vida limitada. Un mal hechizo, un desliz en una invocación o, simplemente, pagar el precio por su don los mantenía siempre a medio camino entre la vida y la muerte. Por eso hacía siglos que sus instituciones habían optado por ascender en la jerarquía a hechiceros de talentos más discretos para poder sobrevivir. Les hubiese sido difícil no perecer ante la guerra ancestral que mantuvieron durante milenios contra las brujas si hubiesen tenido que sustituir a sus líderes cada pocos meses.

Para Gabriel, descubrir que Cal era un nigromante poderoso y que no planeaba renunciar a sus talentos para poder vivir una longeva vida y sucederle, fue una gran decepción. Achacaba su falta de compromiso a su «estrecha relación con las brujas» y él había dejado de intentar llevarle la contraria porque sabía que para su padre era más fácil aceptar su renuncia si había alguien a quien culpar.

Por suerte para la hermandad, al fallecer el mejor amigo de Gabriel dejó a Fausto a su cargo, un vástago tan discreto como su padrino, quien no dudó a la hora de acogerle y convertirle en su pupilo. Le educó a su imagen y semejanza. Al cabo de un tiempo se convirtió también en su primogénito a efectos prácticos y legales. En cierto modo, Fausto había salvado la relación padre-hijo. En vez de ser tensa y complicada como podría haber sido, se había vuelto casi inexistente, pero cordial. Gabriel tenía a su heredero y Cal podía hacer lo que le placiese. Todos salían ganando.

—Hace mucho que no hablamos, perdóname, últimamente estoy hasta arriba de trabajo —dijo Fausto.

Cal asintió. La apretada agenda de heredero fue uno de los numerosos motivos por los que renunció al cargo. Tenía otros planes en mente muy distintos a pasarse el día yendo de una reunión a otra.

—¿Qué tal lo llevas tú con tus... eh... asuntos?

—Bien. Pintando cuadros, comprando otros, planeando el siguiente viaje... Como siempre —dijo, sin más.

No había sido un «qué tal» que significase «cómo te sientes». Un buen nigromante nunca habla de sus sentimientos. Esa era la teoría de Gabriel y los suyos. Siempre apoyaría a su amigo en cuanto necesitase, pero la edad y los distintos caminos que tomaron les habían distanciado en ese aspecto. Para desahogarse emocionalmente prefería contar con otro tipo de colegas, corrientes con sus mismos gustos y aficiones. Con Sabele. Sintió una nueva punzada en el pecho.

—¿Y tú?

—Bien... Bien. Ocupado con las Juventudes. Pero mejor no te aburro, sé que la política no te interesa mucho...

Cal sintió una fugaz punzada de impotencia y rabia. Las Juventudes de los nigromantes eran un atajo de supuestos hechiceros que basaban su posición y su valía en función del daño que fuesen capaces de infligir a través de las sombras. A pesar de su inexperiencia, o precisamente por ella, creían saberlo todo sobre la magia porque se consideraban «más fuertes», lo que a sus ojos los convertía en «más dignos». Pensaban que no temer a la muerte significaba no respetarla. Fausto estaba en lo cierto, no le importaba, de hecho, prefería no saber nada de ellos o acabaría enfadándose. Por ridículo que pudiese parecer, muchos de aquellos chavales, la mayoría más jóvenes que el propio Cal, tenían ideas retrógradas que ni sus padres se habían atrevido a airear en público. Algunos incluso defendían que el Tratado de Paz con las brujas había sido un error que debía solventarse para reinstaurar un supuesto pasado de gloria que nunca existió. Eran los mismos nigromantes que le acusaban de traidor por «confraternizar con el enemigo» y que le habrían condenado por ello a la pena capital de haber podido, como se hacía en esos viejos tiempos que tanto añoraban a pesar de no haberlos vivido.

No comprendía cómo su padre consentía que el grupo,

creado con fines formativos y para que los adolescentes pudiesen afianzar el sentimiento de hermandad, estuviese adquiriendo esas connotaciones políticas. Ansiaban la gloria. No eran exactamente el tipo de personas que seguían a líderes como su padre ni como Fausto. Por lo que sabía de ellos, su principal cabecilla en las sombras, a pesar de los esfuerzos de Fausto por lucir el cargo oficial, era un tipejo llamado Abel Espinosa que había protagonizado varios incidentes bochornosos: lo que él llamaba «redadas» contracorrientes, que consistían en atormentar mediante las sombras a cualquiera que se cruzase por su camino para después borrarle la memoria. Todo para echarse unas risas con sus amigos. ¿El castigo? Una triste multa que pagarían sus padres ricos.

Aunque, en teoría, la hermandad rechazase su conducta, nadie estaba haciendo el más mínimo esfuerzo por evitarla. De hecho, si había que sobornar a algún agente de la Guardia para que mirase a otro lado, no dudaban en hacerlo.

—No te envidio por tener que tratar con las Juventudes.

—En cambio la vida de artista tiene que ser divertida... Ojalá yo tuviese tiempo para cultivarme un poco —dijo Fausto, con una sonrisa educada.

Cal se encogió de hombros.

—Hay vidas peores.

—¿Podéis parar con el parloteo ahí atrás? Intento hacer mi trabajo, y tú —dijo Gabriel, girándose para mirar a Fausto— deberías hacer lo mismo. Moviliza a tu gente, no te quedes ahí parado contemplando el paisaje. Sé proactivo, no reactivo.

Fausto asintió y sacó el móvil del bolsillo de su americana, obediente. Sí. Había vidas peores, después de todo. En realidad, ninguno de los dos podía quejarse. Tenían lo que habían buscado, para bien o para mal.

Cal desvió la mirada por la ventanilla, preguntándose qué hacía ahí. Si iba a pasar la noche en vela, tendría que haber sido intentando localizar a ese espectro para devolverle a su plano de origen. Aunque suponía que Sabele y sus amigas ya se estarían encargando del asunto, no se sentía del todo cómodo sabiéndose al margen.

Contuvo un suspiro.

Sabele.

Decían que hacía falta la mitad del tiempo que había durado una relación con alguien para superar la ruptura. Quizá cambiase de opinión con el tiempo, pero en ese momento le costaba creer que alguna vez fuese a dejar de doler.

La cortante figura de un rascacielos en el centro financiero de la ciudad les anunció que habían llegado a su destino. Los nigromantes abogaban por el secretismo y la mentira, pero no por ello escatimaban en comodidades. Como las brujas, la organización vivía de las contribuciones de sus miembros, y la mayoría de ellos se sentían demasiado atraídos por el lujo y el poder como para ser frugales. A ojos de cualquier corriente, las últimas plantas del colosal edificio pertenecían a un fondo de inversiones de capital internacional, de esos que compraban bloques de edificios enteros para especular y gestionaban residencias de ancianos con la misma facilidad.

El coche descendió por la rampa que llevaba al aparcamiento del rascacielos sumiéndolos en una momentánea oscuridad. Su padre tenía una plaza privada, aunque el aparcamiento estaba tan vacío a esas horas y en fin de semana que podrían haber aparcado en cualquier sitio.

El chófer bajó del Mercedes para abrirles la puerta uno a uno, empezando por su padre y acabando por él, en orden jerárquico. Caminaron hasta el ascensor más cercano y Gabriel aproximó su tarjeta al lector para pulsar el botón que los llevaría hasta uno de los últimos pisos. Tras unos segundos de silencio incómodo, las puertas se abrieron dando paso a un bullicio de hombres trajeados y pulcramente peinados que andaban de un lado a otro sin perder su pose de altivez. En un rincón de la sala había un grupo de nigromantes que debatían acaloradamente, bajo el luminoso emblema de los nigromantes, una circunferencia interrumpida por dos barras verticales en su parte superior que simbolizaban el fin del ciclo vital. Uno de ellos se percató de la presencia de Gabriel y se apresuró a recibirle.

—¿Qué ha ocurrido? —preguntó su padre a José, su hombre de confianza, un tipo menudo, de espaldas anchas y carácter austero pero bondadoso.

—No estamos seguros. Un intruso ha encontrado el modo de infiltrarse en el edificio y..., en fin..., ya lo verás. —Tomó aire antes de decir—: Tenemos tres bajas. Os lo advierto, no es una escena agradable.

La expresión de Gabriel no se alteró lo más mínimo, pero su hijo supo que se estaba conteniendo. Los nigromantes solían lidiar con la muerte y sus efectos, la respetaban, e incluso la veneraban como a una diosa, pero seguía sin ser agradable encontrarse con ella de frente.

—¿Abraham? —preguntó Gabriel, y José asintió.

Abraham había sido uno de los nigromantes de la vieja escuela, compañero de toda la vida de los dos hombres. Aprendieron a dominar las sombras y a moverse juntos en las arenas movedizas de la política. Era una noticia nefasta para los Saavedra. A Gabriel cada vez le quedaban menos aliados con vida.

—Parece... —dijo José con un nudo en la garganta que le dejó sin voz durante un segundo— que lo último que hizo fue dar la alarma.

—No ha servido de mucho, ¿verdad? Dejadme ver...

Su padre avanzó entre el gentío, que se hacía a un lado a su paso. Fausto y Cal intercambiaron miradas, uno de angustia y el segundo, de recelo. Cal ignoraba qué tipo de escena iban a encontrarse, pero sí sabía que sería desagradable. Tragó saliva y avanzó tras su padre seguido por Fausto.

José los condujo a través de un amplio pasillo hacia la escena del crimen, uno de los despachos más fastuosos del edificio. Sus expectativas se habían quedado cortas. Sintió una arcada al ver el macabro espectáculo. Los cuerpos yacían destrozados sobre más sangre de la que jamás hubiese pensado que podía contener un ser humano. Sus pechos habían sido perforados, no, acuchillados, como si una zarpa gigante se hubiese cerrado en torno a ellos y tirado con todas sus fuerzas en repetidas ocasiones. Lo que los había matado había estado buscando su corazón con una furia inhumana.

—Que la muerte os acoja en su seno. —Fue Gabriel quien pronunció la despedida fúnebre de los nigromantes.

—Es... dantesco —farfulló Fausto tras él—. ¿Quién ha podido hacer esto?

Cal alzó la vista y vio el mensaje que la asesina había dejado para ellos, o quizá para sus víctimas, en la pared. Escrita en sangre fresca, la palabra MENTIROSO podía leerse clara e inconfundible. Sintió el sabor de la bilis en su boca mientras la voz del espectro retornaba a su mente, tan nítida y vivaz como si estuviese gritando de nuevo ante él «Mentirosos. Sois todos unos mentirosos».

Él había liberado al ser que había ejecutado a aquellos hombres sin piedad. El cuchillo que los había atravesado una y otra vez le había pertenecido. Él lo había conducido hasta el rascacielos cuando se introdujo en su mente y la leyó sin dificultad alguna. Él tenía la culpa.

—El edificio está protegido contra espíritus y sombras —dijo José junto a ellos—. Ha tenido que ser un humano.

—Ningún corriente podría haber inhibido los hechizos protectores, y dudo que tengan motivos para hacer algo como esto —repuso Gabriel—. No. Quien ha asesinado a Abraham quería hacerme daño. Es un ataque directo al corazón de la hermandad.

Cal estaba casi convencido de que el único motivo por el que una de las víctimas de la matanza era Abraham fue porque tuvo la mala suerte de estar allí cuando el espectro apareció por la puerta.

—Gabriel, ¿no estarás pensando...?

—Este crimen, esta provocación, es obra de una bruja.

28

Sabele

Sabele tomó aire y relató lo sucedido punto por punto. Cómo Lucas había insistido en que le dejase entrar y que Cal había estado siguiéndole durante días porque creyó que trabajaba para la Guardia; les habló de la propuesta del nigromante, del espíritu que supuestamente rompería el hilo rojo que los unía, de la invocación, de su desastroso resultado y de la inoportuna aparición de Valeria.

—Oh, Sabele —dijo Ame cuando concluyó el relato. Su amiga negó con la cabeza—. ¿Por qué? ¿Por qué no puedes confiar un poco más en el amor y en el destino? Te lo dije, hay lazos que no pueden romperse.

—Ame, en serio, no le conoces. Lucas y yo... —Recordó el fugaz momento durante el que sus cuerpos habían permanecido apretados el uno contra el otro mientras se ocultaban de Flora en la cocina y se sonrojó. Aquel contacto no la había incomodado de la forma en que debía, sino más bien todo lo contrario. Por un momento rodear a Luc con los brazos le resultó... acogedor—. No, sencillamente no.

Ame continuó negando con la cabeza.

—Tal vez os hayáis conocido en el momento equivocado, antes de tiempo, pero solo es una cuestión de *timing*.

—¿A quién le importa? —protestó Rosita—. Tenemos problemas más grandes ahora mismo que si están o no destinados a amarse por siempre jamás.

—Importa porque mientras Sabele siga empeñada en cambiar lo inevitable se meterá en más líos.
—Nos meterá, querrás decir.

Sabele levantó la vista hacia Rosita, quien se llevó las manos a la cintura ante su incredulidad.

—¿Qué? ¿No pensarás que te vamos a dejar sola en esto? Somos amigas.

Ame asintió con la cabeza de nuevo y Sabele reprimió el súbito deseo de echarse a llorar y de agradecerles eternamente que permaneciesen a su lado, como siempre habían estado, en lo bueno y en lo malo.

—Además —prosiguió Rosita—. No podemos dejar que un espectro pirado se pasee por la ciudad con el cuerpo y los poderes de Valeria.

—Chicas, esto es culpa mía. No tenéis por qué…

—Oh, para ya —dijo Ame con un suspiro—. Claro que tenemos por qué. Por ti.

—No vamos a preguntarte tu opinión al respecto. Estamos juntas en esto. Me echarán del trabajo por faltar otra vez, pero, total, me pagaban una porquería y, seamos realistas, el sueño de mi vida no es ayudar a la gente a probarse zapatillas de marca. Este mes te encargas tú del alquiler por lianta y apañado. —Rosita se encogió de hombros, extendió los brazos y lo siguiente que Sabele supo fue que estaban sumidas en un abrazo colectivo—. Nenas, todo esto es precioso, pero ahora tenemos que pensar en cómo salir de aquí.

—No creo que conozcamos ningún contrahechizo capaz de romper un conjuro de Flora —dijo Ame.

—Tendremos que bajar a la biblioteca —dijo Sabele—. Podemos generar una distracción y que una de nosotras baje y busque algún libro sobre cómo contrarrestar magia defensiva.

—Se había concentrado tanto en buscar los defectos y posibles inconvenientes sorpresa que pudieran surgir en un plan en apariencia sencillo que no se percató del chirrido de la ventana al abrirse—. Lo mejor será que nos protejamos con un hechizo de invisibilidad, aunque por otra parte, puede que sea buena idea fingir naturalidad, podemos bajar a la biblioteca alegando que nos aburrimos y que necesitamos algo que leer…

Se detuvo al reparar en las expresiones anonadadas en los rostros de sus dos amigas, que miraban a algún punto tras ella.

—O… también podemos seguir al gato y punto —sugirió Rosita.

Sabele se giró y dio un bote por la sorpresa de ver a Bartolomé asomando la cabeza y después el cuerpo a través de la ventana como si nada. El gato rubio se acomodó en la cornisa y las contempló con un aire de condescendencia.

—¿Cómo sabías que…? ¿Tú has…? ¿La barrera…? —tenía tantas preguntas que no era capaz de formular una sola.

—No sabía que Bartolomé fuese un espíritu familiar —dijo Rosita, tan incrédula como sus amigas.

El gato bufó ofendido para dejarles claro que él no servía a ninguna bruja, sino que iba por libre.

—De acuerdo, de acuerdo —se apresuró a decir Sabele—. Ya sabemos que tú no tienes dueño, por eso eres mi gato favorito del universo.

Bartolomé se lamió la pata, complacido consigo mismo por el cumplido de Sabele. Ya haría las preguntas pertinentes más tarde. En ese momento lo único que importaba era que tenían un espectro al que encontrar antes de que hiciese alguna tontería. Las brujas se subieron a la cornisa, preparadas para flotar desde la tercera planta hasta el suelo. La levitación era un arte al alcance de cualquier bruja novata, muchas incluso lo hacían en sueños, así que no tuvieron que pensárselo dos veces. Sabele tomó en brazos a Bartolomé, que se dejó acariciar detrás de la oreja con un ronroneo complacido.

—¿Estará bien si la dejamos aquí sola? —preguntó Ame, echando un último vistazo a Berta Hierro, que daba cabezadas sobre el diván.

—Créeme, le va a dar lo mismo. Estará mejor que nosotras que nos tenemos que pelear con un espectro desquiciado sin que nadie se entere —dijo Rosita, que se dejó caer sin contemplaciones.

Sabele se asomó hacia el exterior y la recibió el aire fresco de la noche y los sonidos de la siempre atestada Gran Vía a la vuelta de la esquina. Inspiró hondo y saltó, sintiendo como la gravedad cedía a su alrededor y el aire se tornaba denso en su camino hacia la acera.

29

Flora

No tardaron en encontrar a Andrea frente a la sala de invocaciones, junto al rastro de la magia de muerte en el ambiente. Un nigromante había estado en la casa de los trece pisos. Preguntaron a la joven bruja, pero no recordaba lo suficiente para que la historia tuviese sentido. Ni siquiera estaba claro si fue víctima, causante o cómplice. Tardarían días en restaurar y ordenar sus recuerdos borrosos. Hasta ahora lo único que sabían con certeza era que el arpa y que Valeria, la bruja más prometedora de su generación, habían desaparecido. Flora ni siquiera quería contemplar la posibilidad de que la joven Santos, a quien hubiese anunciado como su nueva aprendiz esa misma noche casi con total seguridad, fuera la traidora. Juana empezaba a tensarse ante los rumores y a insistir en que, en todo caso, su hija era una damnificada, mientras que hechiceras de otros clanes aprovechaban la situación para echar leña al fuego. ¿Alguna vez serían capaces de resolver un problema sin clavarse las uñas las unas a las otras primero?

—¿Estás segura de que ha sido una bruja la que ha hechizado su memoria? —preguntó a Carolina, su vieja amiga, consejera y ratón de biblioteca.

A pesar de su agitado pasado como activista, la bruja siempre procuraba pasar desapercibida tras sus gafas, su cara lavada y su pelo siempre corto y discreto. Nunca había sido poderosa en la práctica, pero si había alguien que supiese todo cuanto podía conocerse sobre la magia, era ella.

—Eso me temo... Seguro que solo se trata de una chiquillada. Encontraremos a la responsable, no te preocupes —añadió al ver su expresión agotada.

—Sé que lo haremos, no es eso lo que me inquieta. ¿Cómo vamos a contener a los clanes después de esto? Las Hierro y las Santos ansían mi puesto, y las Lozano... No me hagas hablar de las Lozano—. Apoyó los codos en la mesa del despacho y ocultó el rostro entre sus manos. —A veces pienso que, después de todo, Jimena tenía razón, este puesto me viene grande...

—Olvídate de Jimena ahora —protestó su amiga.

—No puedo evitarlo, ¿has visto a su sobrina? Sabele cada día se parece más a su madre.

El corazón le ardió en el pecho al recordar a Diana, tan joven y encantadora como era la última vez que la vio antes del incidente. ¿Cómo habían podido permitir que acabase así? ¿Cómo habían podido fallarle? Intentaba visitarla una o dos veces al año y cada vez que la veía en ese estado se le partía el corazón.

—Tengo la sensación de que en su carácter se parece más a su tía. Por cierto, estaba en la lista de candidatas al puesto de aprendiz. ¿Tú sabías algo?

Flora negó con la cabeza. Así que la joven Yeats estaba labrando su propio camino.

—Quizá otro año... Puede que este me tome un respiro, ser mentora es agotador.

Carolina frunció el ceño, se cruzó de brazos y se dispuso a dar una respuesta que fue silenciada por un súbito estruendo, el sonido de una explosión y un golpe que hizo temblar los cuadros de la pared. Flora se apresuró hasta la ventana para comprobar qué ocurría. Un remolino de sombras chocó contra la barrera protectora, convirtiéndose en un amasijo deforme suspendido en el aire. Carolina se asomó tras ella y maldijo en voz baja al ver el espectáculo que se producía en el exterior, en pleno corazón de la ciudad, en mitad de la Gran Vía y a la vista de todos los madrileños y turistas que iban y venían de las discotecas, cines, teatros y restaurantes. La mayoría de ellos eran corrientes tan cerrados a la magia que tenían la suerte de no percatarse de lo que sucedía ante sus narices. Los revelados, en cambio, eran capaces de discernir lo suficiente como para presentir que lo que ocurría podría ser peligroso.

Un grupo de seis jóvenes ataviados con ropas negras, capuchas y pañuelos, adornados con el símbolo de la circunferencia interrumpida, con los que cubrían la mitad de sus rostros, les lanzaban conjuros desde el exterior. Nigromantes. Sus cachorros se habían atrevido a tantear los límites del Tratado de Paz. Carolina llevaba meses advirtiéndole sobre las turbias ideas que afloraban entre las nuevas generaciones, pero no había querido creerla. ¿De verdad se había vuelto tan ingenua?

—Estamos bajo ataque —dijo su asesora—. Reuniré a todas las brujas capaces de combatir. Tenemos que defendernos.

—No creo que sea necesario.

Uno de los jóvenes, que lucía su cabeza rapada y una mirada cargada de odio con orgullo, lanzó un último hechizo al aire que se expandió en lo alto del cielo hasta adoptar la forma de una palabra. Un mensaje breve pero claro. «VENGANZA». Las letras negras se disiparon y otro de los atacantes lanzó su propia versión de la amenaza. Un amasijo de letras rojas que estallaron a medio camino de su destino, formando un apenas legible «Quemad a las brujas».

—Parece que solo han venido a hacer una declaración de intenciones —dijo Flora, respirando aliviada al comprobar que se marchaban—. Son solo esos radicales de las Juventudes. No hay que tomárselos demasiado en serio, en todas partes hay agitadores —explicó, recordando la actitud soberbia que las Lozano habían mantenido durante toda la noche.

—Volverán. Cuando se acercan tiempos difíciles, los carroñeros son los primeros en asomar el hocico —sentenció Carolina, su expresión neutra, su voz severa—. Las Juventudes son más peligrosas de lo que parecen, Flora. Han crecido mamando odio. No tienen miedo a la guerra y a sus horrores porque no la han vivido y nadie les ha enseñado sus consecuencias.

Flora no respondió, sino que se sentó sobre la cama, agotada. Carolina había dejado claro en numerosas ocasiones que tenía el presentimiento de que la era de paz de la que habían disfrutado se acercaba a su fin. Ella esperaba que, por una vez, su fiel asesora se equivocase. Flora nunca había soportado bien la violencia, así que no tenía ni idea de cómo iba a liderar a sus hermanas si llegaba el día en el que alguno de los dos bandos rompiese el Tratado de Paz. Quizá no tuviese que hacerlo, después de todo, sus estrictas condiciones habían sido suficientes para disuadir a ambos bandos durante generaciones. Si un solo nigromante o bruja rompía el tratado, una maldición recaería sobre quien los gobernase y sobre todos sus descendientes: no podrían volver a utilizar su magia. Y ni Flora ni Gabriel Saavedra estaban dispuestos a asumir semejante carga.

30

Luc

El sol le acariciaba suavemente a través de las cortinas, el olor a pan recién tostado, mantequilla y café jugueteó en torno a su nariz. Se acurrucó entre las suaves sábanas limpias. Qué forma tan placentera de despertarse.

«Un momento».

Abrió los ojos de par en par y se incorporó. Era imposible que aquello fuese su mal iluminado y enrarecido sótano en el que se pasaba el día componiendo y tocando la guitarra.

Había libros por todas partes: en el suelo, en los estantes, encima del escritorio y en la mesilla de noche, pero por lo demás, el espacio estaba tan ordenado que rozaba lo maniático. El pequeño estudio donde vivía Leticia parecía aún más pequeño de día, aunque tenía que admitir que era un lugar mucho más apto para vivir dignamente que el sótano de sus padres. Además era suyo, de alquiler, pero era ella quien lo pagaba cada mes con los frutos de su trabajo. No dependía de nadie. Tenía que ser una sensación agradable.

Los recuerdos del día anterior le golpearon haciendo que se desplomase de nuevo sobre el cómodo colchón de su hermana. Sintió la tentación de cerrar los ojos y volverse a dormir, pero en lugar de eso se apresuró a comprobar que el arpa que había tomado prestada de forma vitalicia seguía escondida en el interior de su chaqueta, tirada en el suelo junto a la cama. A la luz de la mañana, robar a un grupo de poderosas brujas no le pareció tan buena idea como en plena noche.

Se estiró para coger su móvil y lo encontró en la mesilla junto a la cama, sobre una ajada edición de *Los viajes de Gulliver*. Lo primero que hizo fue revisar sus redes sociales y su WhatsApp en busca de mensajes. Nada. Ni siquiera de Sabele. Había contado con que volvería a ponerse en contacto con él para resolver el desagradable final de fiesta de la noche anterior y, a pesar de que debería de estar agradecido y aliviado por librarse del entuerto, se sintió algo decepcionado al comprobar que, efectivamente, nadie contaba con él.

Devolvió el móvil a la mesilla y se puso en pie con la esperanza de no encontrarse con ningún espejo de camino al cuarto de baño. Estaba seguro de que su reflejo no iba a devolverle nada que le apeteciese ver. ¿Quién le iba a decir que despertar tras una invocación espectral era peor que una resaca? No encontró ninguno, pero llamó su atención un gigantesco corcho en la pared sobre el que Leticia había colgado numerosos recortes y notas manuscritas que se conectaban entre sí a través de un hilo, igual que en las películas policíacas. Lo que más destacaba del caótico conjunto eran los *post-its* donde su hermana había escrito palabras sueltas y que llamaron su atención.

«¿Brechas?».
«Fantasmas aterrados».
«Aparición en los baños del Reina Sofía».
«Aparición en el antiguo edificio de Correos».
«Vienen y van».
«Brillo rojo».
«Frío».
«¿Qué da tanto miedo a quien ya está muerto?».
«Más Allá, Valle de Lágrimas, ¿otros? ¿Quién? ¿Por qué?».

Luc sintió un hormigueo de inquietud. Brillo rojo. Frío. Fuera lo que fuese en lo que trabajaba su hermana le recordaba demasiado al ser que había visto la noche anterior. Dio un respingo cuando Leticia le saludó.

—Ya iba siendo hora —le reprendió su hermana desde la cocina.

—Solo son las nueve —bostezó, preguntándose cómo podía ser familia de alguien que consideraba que las nueve era demasiado tarde para levantarse un domingo.

No había sillas ni mesas en el diminuto espacio entre la cama y el hornillo, grifo y microondas que conformaban la «cocina», así que Luc se bebió el café que Leticia le tendió, de pie y apoyado sobre la encimera junto a ella.

—¿No hay nada para comer? —preguntó al ver como su hermana se llevaba a la boca una rebanada de pan aún caliente.

—Tienes manos y una tostadora. Ni se te ocurra tocar el aguacate, están muy caros como para malgastarlos en un delincuente —advirtió.

Luc suspiró y se resignó a prepararse una rebanada con mantequilla grasienta y mermelada de marca blanca.

—¿Y un ibuprofeno tienes, o me lo voy a hacer yo a la fábrica?

Leticia abrió el armario de madera sobre su cabeza y le tendió una cajita de cartón que sacó de su interior.

—Aunque con esos modales no te lo mereces. Deberías darme las gracias por haberte preparado el café, no lo hago por cualquiera, ¿sabes?

—Gracias, hermanita —respondió mientras sacaba una pastilla del blíster—. Me siento todo un privilegiado.

—No deberías automedicarte como si tomaras caramelos —dijo mientras miraba con cierta consternación cómo Luc tragaba la píldora blanca a palo seco—. Son malas para el hígado.

—¿Sabes qué es malo también para el hígado?

—¿Los chupitos de Jäger?

—Las hermanas cansinas.

Luc esquivó una colleja por medio milímetro y le dio un trago a su café con aire triunfal. Leticia se crujía los nudillos, preparada para contraatacar con una técnica pulida con años de práctica chinchando a su hermano pequeño, cuando el timbre de su móvil la interrumpió.

—Te has librado por ahora…, todos los tontos tienen suerte.

—Su sonrisa se esfumó al ver la pantalla de su teléfono.

—¿Qué pasa? —preguntó Luc, suplicando en su fuero interno que no fuese su padre enfurecido por a saber qué.

—Es del trabajo —respondió Leticia con la voz entrecortada.

—¿Un domingo?

—Eso parece.

—¿Y... no lo vas a coger?

Leticia respiró profundamente antes de descolgar el teléfono y llevárselo a la oreja.

—Buenos días —respondió con diligencia.

—Fonseca —dijo una voz severa y ronca al otro lado. Luc no tenía ni la más remota idea de qué aspecto o edad tenía el hombre, pero sospechaba que no era el único con resaca aquella mañana de domingo—. ¿Se puede saber qué ocurrió ayer durante su guardia? ¿Por qué no informó, Fonseca?

—Yo... yo... —Miró a su hermano con una mueca de odio y el músico se encogió de hombros—. No sé a qué se refiere, señor, fue... fue una noche tranquila.

—Oh, sí, ¿y qué son estos informes de emergencias que tengo sobre mi mesa? Se contabilizaron hasta tres llamadas a la policía reportando lo que parecen ser incidentes paranormales. Dígame usted a qué le suena «un grupo de encapuchados disparando» y, cito literalmente, «bolas de energía negras que se convirtieron en letras en el cielo». ¿Cómo pretende que justifique esto ante las autoridades, sabe lo que va a costar ocultarlo a los medios?

—Eh... yo...

—Quiero un informe completo de lo sucedido ayer en mi mesa mañana a primera hora, y si vuelve a suceder algo parecido bajo su guardia... puede estar segura de que no volverá a trabajar sobre el terreno. ¿Me expreso con claridad?

—Sí, señor.

La llamada se cortó y Leticia mantuvo la vista en el teléfono como si acabase de ver en él todos los horrores del infierno. Se repuso y caminó hacia su abrigo color camel, del que sacó un bloc de notas y un bolígrafo. Agarró a Luc del hombro y lo obligó a sentarse sobre el borde de la cama. Tragó saliva. Su hermana podía ser realmente intimidante cuando se lo proponía.

—Vas a contarme todo lo que pasó ayer, sin escatimar en detalles.

Luc asintió, dócil y servil. Hubiese preferido ceñirse a su plan: escabullirse en cuanto pudiese, desconectar su teléfono, tocar el arpa y probar las posibilidades de su nuevo instrumento durante el resto del día sin que ni brujas ni nigromantes le molestasen, pero incluso un necio como él sabía cuándo no provocar a una persona responsable y paciente al límite de su tolerancia.

Narró el peculiar episodio mientras ella vagaba de un lado a otro de la habitación y tomaba notas exhaustivamente (por supuesto, obvió contarle el detalle del arpa. En realidad, no era del todo mentir por omisión, ella había estado presente cuando lo hizo, si no se dio cuenta, ¿de quién era la culpa? Pues eso). A cualquier persona normal, aquel relato de magia y fantasmas le habría sonado a disparate y hubiese dado por hecho que o mentía o estaba mal de la azotea. Los Fonseca, en cambio, estaban acostumbrados a ver y oír cosas peores. Cuando concluyó, su hermana ni siquiera se inmutó.

—Eres idiota... —concluyó sin más.

Luc suspiró, aburrido, y puso los ojos en blanco.

—Es una opinión muy *mainstream* últimamente, tal vez quieras probar con algo más original.

—Sigo sin entender cómo se te ocurre participar en un hechizo de magia negra, ¿es que no tienes cerebro?

—En mi defensa diré que no me dieron otra opción, que algo sí que había bebido y que el único motivo por el que estaba allí fue porque tú me hiciste ir.

—Es una defensa bastante floja teniendo en cuenta que conseguisteis que un espíritu malvado poseyese a una bruja en mi guardia. ¡En mi guardia!

—Qué quieres que te diga, no haberte quedado atrapada en la despensa.

Esquivó uno de los cojines que le lanzó su hermana, pero no vio venir el segundo, que impactó en su cara de lleno. Una vocecita en su cabeza, quizá del sentido común, que no era un sonido que le resultase lo suficientemente familiar como para reconocerlo así sin más, le suplicó que dejase de enfadarla antes de que le diese por lanzar objetos contundentes.

—Vas a llamar a esa chica y le vas a decir que harás todo lo que sea preciso para devolver al espíritu a su dimensión —sentenció su hermana, llevándose las manos a la cadera, un gesto que en las mujeres de su familia podía traducirse por un punto y final.

—¿Y eso por qué?

—Porque si no, no te mantendré.

—Hicimos un trato.

—En el que estaba implícito que no me iba a quedar sin trabajo o atrapada en un cubículo de oficina durante el resto de mi vida por tu culpa.

—Lo haré si me pagas seis meses.

Se encogió de hombros como si la cosa no fuese con él, aunque la mera posibilidad de volver a perder aquellos tres meses de libertad hacía que se le encogiesen los intestinos, pero, ya se sabe, las apariencias lo son todo.

—¿Por liarla? Ni de coña. Ya bastante tengo con pasar mi día libre arreglando tu estropicio.

—Cinco meses.

—Cuatro.

—Cuatro y medio.

—Nada.

—Nada entonces.

—Te odio. ¿Por qué siempre tienes que salirte con la tuya? —dejó escapar un gruñido malhumorado entre dientes—. ¡Está bien! Cuatro meses y medio, chupasangres, ¿quieres algo más? ¿Uno de mis riñones? ¿Mi primogénito?

Luc respondió con una mueca de asco.

—No, gracias, esos puedes quedártelos. No tengo ningún interés por nada que salga de tu cuerpo.

—Voy a meterme en la ducha... y cuando salga, espero que no sigas aquí.

—Dalo por hecho...

—Y más te vale estar a tiempo en casa de papá y mamá para la comida familiar de los domingos.

Antes incluso de que Leticia cerrase la puerta del baño, Luc ya estaba poniéndose la ropa del día anterior, y en cuestión de segundos, se anudó los cordones de sus zapatos junto a la entrada. Salió prácticamente corriendo tras comprobar que llevaba su abono de transporte, las llaves y su móvil (y por supuesto, el arpa bien escondida bajo su chaqueta).

31

Sabele

El primer gesto de Sabele al despertarse fue el de buscar su teléfono móvil. Suspiró de frustración al recordar que su *smartphone* de última generación estaba solo y desprotegido en el fondo de una bolsa hechizada custodiada por una de las guardaespaldas de Flora. Aunque tenía preocupaciones más urgentes que sentirse aislada del mundo. Se habían pasado la noche recorriendo Madrid en busca de algún rastro de Valeria sin resultado. El espectro debía de haber dominado rápido la magia de su anfitriona, porque se había protegido con conjuros. Aun así, siguieron buscando.

Descorrió las cortinas de su habitación, se puso las gafas y caminó hacia la cocina siguiendo el olor a café recién hecho, mucho más intenso que el que ellas solían preparar. Se dejó conducir por el aroma hasta el salón.

—Buenos días, Sabele —saludó una voz tras ella que hizo que se le escapase un grito que disparó su corazón a mil por hora cuando aún no había tenido tiempo ni de quitarse las legañas de los ojos.

Rosita y Ame corrieron desde sus cuartos, aún en pijama, para ver qué ocurría, y no hallaron ningún monstruo o espíritu, ningún peligro mortal amenazando su vida, sino algo mucho peor: a su tía Jimena.

Sabele adoraba a su tía, pero desde muy joven la mujer era conocida por su talento especial a la hora de atraer el peligro, un don que, a la vista de los últimos acontecimientos, parecía ser hereditario. Crecer a su lado había sido toda una aventura, no una con moraleja como en los libros y películas donde un héroe o heroína salva el mundo; sino más bien una sucesión de acontecimientos surrealistas y estresantes sin propósito alguno. En los últimos años, Sabele había hecho todo lo posible por alejarse de aquel estilo de vida nómada: se había buscado un oficio, un novio serio, un contrato de alquiler... Lujos burgueses que su tía no había deseado en su vida y que aún no acababa de comprender. De hecho, no le entraba en la cabeza cómo su querida sobrina podía haber optado por el camino del sedentarismo y la estabilidad («Yo no te he educado para esto», le reprochó cuando quiso quedarse en Madrid en lugar de seguir mudándose de una ciudad a otra).

—Tía Jimena, ¿qué haces aquí?

—¡Agh! Te tengo dicho que no me llames «tía», me hace sentir como una anciana.

Jimena estaba sentada en el sofá con Bartolomé tumbado en su regazo.

—He venido a ver a mi viejo y querido amigo. —Acarició las orejas del gato y el minino maulló satisfecho.

—¿Tu amigo? ¿Nuestro Bartolomé es tu gato? —preguntó Sabele. Ni siquiera sabía por qué se sorprendía, aquella era una jugada clásica de su tía.

—«Tuyo», «nuestro». Por favor, Sabele, los seres vivos no pueden poseerse, pertenecen a la Madre Naturaleza y a ellos mismos. El caso: he venido a ver a Bartolomé y resulta que me ha contado que has estado metiéndote en problemas... Por fin, querida, pensaba que nunca lo ibas a hacer, ya iba siendo hora.

Si su tía imponía sentada, de pie era un espectáculo de otro mundo. No era tan alta como Flora, pero tenía las piernas muy largas y le gustaba lucirlas. Llevaba una minifalda vaquera, botines de tacón decorados con tachuelas y una chaqueta de terciopelo granate con hombreras (Jimena nunca había superado la moda de su juventud). Sus ojos, maquillados de negro, resultaban gigantescos, como los de su sobrina, y solía despeinar su melena dorada y rizada para que pareciese que acababa de levantarse. Su sentido de la elegancia no era del todo tradicional, lo que también era un rasgo de familia, aunque tenía ese tipo de encanto único que todo el mundo envidia.

—¿Me has estado vigilando?

—Le pedí a Bartolomé que te cuidase un poco, nada más. Pero no cambies de tema, hablemos de esos problemas que te has buscado. —Arqueó las cejas varias veces con actitud juguetona.

—¿Problemas? ¿Qué... qué problemas? Si todo va bien por aquí.

—Venga, Sabelita, no me vendas esa actitud de mosquita muerta, que tú no eres así.

Sabele suspiró y dirigió un vistazo fugaz hacia sus amigas, detenidas a un lado del pasillo e intentando pasar desapercibidas. Qué humillación.

—¿Has venido desde Los Ángeles para regañarme?

—En realidad estaba en Londres, y no, he venido porque Flora ha convocado a todas las consejeras del aquelarre por un «asunto de máxima urgencia». —Jimena sonrió—. No hacía falta que te estrenaras tan a lo grande, querida.

—Fue un accidente...

—Ya, ya... Siempre es un accidente... Tranquila. No, no voy a machacarte de más, yo también fui una bruja joven e inexperta que adoraba explorar sus límites, sería muy hipócrita por mi parte. Es normal que te metas en algún que otro lío, pero, Sabele, que no sea por un hombre, no merece la pena. Tú eres más lista que eso...

—¿Cómo sabes que hay hombres implicados? —Sabele dirigió una mirada acusadora al gato rubio, que se aseaba a sí mismo sobre el sofá.

—No me lo ha contado Bartolomé, Sabele, pero a tu edad y con la sangre que corre por tus venas... siempre es por culpa de un chico. —Se encogió de hombros—. Supongo que es una lección que tienes que aprender por ti misma, y si va a ayudarte alguien, que sean tus amigas. Aunque sabes que podéis contar conmigo en el peor de los casos.

Cogió su bolso del sofá y se lo echó al hombro.

—Os he dejado unos cafés para llevar y unos cuantos bollos deliciosos en la cocina. Invita la casa. —Le guiñó un ojo a Rosita y a Ame—. Buenos días, chicas, estáis guapas hasta recién levantadas. Dejadme que os vea. Ay, Rosita, cada día te pareces más a tu madre cuando tenía tu edad, siempre ha sido un pibón, pero entonces… ¿Qué tal está? Hace siglos que no la veo.

—Bien, sigue viviendo en Santo Domingo con mi abuela. Me pregunta a menudo por Sabele y por ti.

—Esa mujer es un amor, te lo digo yo. Cuídamela mucho. Cualquier día de estos me subo a un avión y me planto en la isla aunque solo sea por llevarme un par de sus pócimas. Su suero de la verdad es el mejor de todo el Caribe, no hay otra cosa igual…

Sabele siempre se había preguntado cómo era posible que su tía hablase tanto sin la necesidad de pararse a tomar aire. Tal vez se hubiese hechizado a sí misma las cuerdas vocales, había hecho cosas peores y más arriesgadas que esa.

—Tengo que marcharme a que esas brujas retorcidas me pongan la cabeza como un bombo —dijo mirando su reloj de muñeca blanco—. Cómo me gustaría poder quedarme a desayunar con vosotras. —Lanzó un beso al aire—. Cuidaos y sed listas.

Se marchó y se llevó con ella esa energía casi sísmica que desprendía, sumiéndolas en un silencio confuso.

—Por lo menos ha traído café —refunfuñó Sabele mientras rebuscaba entre las bolsas.

—Pensé que iba a matarnos cuando la vi —confesó Rosita—. Menos mal que tu tía es de mente abierta.

—Demasiado bien he salido con ese modelo de autoridad en casa.

Se sentó en el sofá y frunció el ceño al mirar a Bartolomé, acurrucado junto a ella, que maulló como si la cosa no fuera con él.

—Traidor...

Aún no le había dado tiempo a ponerse cómoda cuando el timbre de la entrada comenzó a sonar ininterrumpidamente. Le hubiese gustado pensar que le traían un paquete sorpresa de alguna marca que le animase un poco la mañana, pero solo había una persona en el mundo capaz de llamar a la puerta de forma tan psicótica e irritante. ¿Qué se le habría ocurrido ahora a su tía?

—Dejadlo, ya voy yo —dijo al ver que Ame se disponía a contestar—. ¿Qué pasa ahora?

—¿A qué viene ese tono? Te llamo porque pensaba que te interesaría saber que hay un chico muy mono apoyado en la fachada frente a tu casa y no sé por qué me da a mí en el instinto femenino que tiene algo que ver contigo.

—¿Mono? —Su tía había visto mil fotos de Cal y se habían conocido en persona, no podía ser él, además, «mono» no era el adjetivo con el que la gente solía describir a Cal...

—Sí, aunque un poco escualidillo comparado con tu historial, pero bueno, en la familia siempre nos han gustado andróginos y delicados —suspiró—. Aún me acuerdo de aquel verano en Santa Fe, de Brian y su sombra de ojos... Ah, y lleva una funda de guitarra. Cariño, un músico... Qué cliché, ¿todavía caéis en esas? Pareces nueva, cielo. ¿Quieres que le diga algo de tu parte o vas a dejar que siga ahí esperando como un cachorrillo desamparado mucho rato?

Su tía era perfectamente capaz de acabar tomándose unas cervezas sin alcohol con él si dejaba que hablasen más de treinta segundos.

—No. Ya me encargo yo. Ya hablaremos, tía Jimena.

—Adiós, bebé. Sé lista.

Colgó el telefonillo y, después de darle un último trago al café, se apresuró a su habitación para adecentarse un poco. Una cosa era que no sintiese nada por él y otra muy distinta dejarse ver en pijama (otra vez) y con la cara sin lavar. Resopló mientras rebuscaba en su armario intentando dar con su peto vaquero, su conjunto menos favorecedor. Así quedaba claro lo poco que le importaba su opinión, por mucho que se empeñasen Ame, su tía y el maldito universo. «Vaya pintas», se dijo mirando el moño destartalado en el espejo y se acicaló lo justo. Con ese aspecto nadie en su sano juicio se enamoraría de ella, desde luego. Bajo el peto se puso una camiseta básica un par de tallas grandes, se calzó sus Converse negras, cogió las llaves y se marchó sin dar una explicación a sus amigas.

32

Luc

Sospechaba que Sabele le estaba ignorando premeditadamente. ¿Podía culparla acaso? Le había escrito por WhatsApp y la había llamado sin recibir respuesta alguna, así que hizo lo único que se le ocurrió para poder decir «Al menos lo intenté»: hacer guardia delante de su portal durante un rato y rendirse justo a tiempo. No quería tener nada que ver con espectros malignos y brujas cincuentonas cabreadas. Muchas gracias. Pasó un rato ojeando sus redes sociales con desgana hasta que vio una melena dorada asomándose tras la puerta del edificio. Se apresuró a recuperar su pose de tipo interesante, apoyándose contra la pared, con un pie en el suelo y el otro contra los ladrillos.

Falsa alarma. No era Sabele, sino una mujer que le doblaba la edad y que se detuvo en seco al verle. Lo estudió de los pies a la cabeza, sonrió y se dio media vuelta hacia el telefonillo. No tenía ni idea de qué estaba diciendo, pero estaba claro que hablaba de él porque no dejaba de mirarle. Al cabo de un rato se separó del interfono y caminó calle abajo con pasos seguros a pesar de los elevados tacones sobre los que se alzaba.

—Hasta luego, guapo.

Le guiñó un ojo al pasar junto a él y Luc estuvo a punto de ahogarse con su propia lengua de la impresión. Ella se rio y él se quedó mirando con cara de estúpido cómo se marchaba. Tuvo la intuición de que también era una bruja, eso o empezaba a estar emparanoiado.

Apenas un minuto después, la misma puerta volvió a abrirse y Sabele apareció al otro lado, vestida con una camiseta demasiado grande para ella, un horrible peto vaquero con agujeros, un moño mal hecho y un par de gafas metálicas que la hacían parecer la prima perdida de Harry Potter. Era ridículo, ¿quién estaba así de espectacular recién levantada? Su vista se desvió hacia sus labios recién pintados con cacao. Ridículo. Se repitió. Había creído que Sabele necesitaría al menos dos horas arreglándose cada mañana para salir favorecida en todas las fotos, porque era la única explicación posible. Pero no, no se trataba de un caso agudo de postureo, resultaba que ella era así de... radiante, sin más. Tragó saliva y se preparó para interpretar su papel.

—Y yo que pensaba que las *influencers* estabais siempre listas para una sesión de fotos.

La bruja puso los ojos en blanco.

—Por lo menos no llevo la misma ropa que ayer —contraatacó.

—Así que te has fijado. —Se llevó las manos al cuello de la camisa—. Cien por cien algodón, este conjunto podría resistir a la peor cita que se te ocurra con una bruja.

Se descubrió a sí mismo lanzándole una indirecta que la bruja esquivó con una puntuación de diez puntos por parte del jurado por su técnica depurada. En lugar de seguir sus juegos, fue directa al grano.

—Luc, ¿qué haces aquí? —preguntó Sabele, cruzándose de brazos.

—¿No te cansas de preguntar siempre lo mismo? Solo quería saber si necesitáis algo de mí, aunque supongo que lo tenéis todo controlado, así que... —dijo dispuesto a quitarse el marrón de en medio cuanto antes.

—Por desgracia sí te necesitamos. Para deshacer una invocación es preciso que estén presentes todos sus testigos. Qué ilusión, ¿eh?

—Me muero de ganas...

—Primero tenemos que encontrarla y atraparla. Ahí no puedes hacer nada.

—Ah... ¿Vais a tardar mucho? Tengo cosas que hacer.

Sabele se mordió el labio y cerró los ojos, exasperada. Luc estaba seguro de que si supiese lo sexy que le quedaba aquel gesto lo dejaría de hacer delante de él, así que no dijo nada al respecto.

—Pues no lo sé.

—Entonces mejor me vuelvo a mi casa —dijo sin ningún tipo de remordimiento.

—Vale.

—Bien... Tienes mi número, llámame cuando vayáis a hacerlo, o lo que sea. Te he estado llamando y ya he notado que pasas de mí. Que me parece fetén, pero preferiría que no me mandases una lechuza a casa cuando queráis contactarme.

—Oh, eso. Mierda.

Había algo cómico en la forma en la que decía palabrotas, con esa voz y ese rostro tan dulce. Era tan perfecta que el lenguaje soez resultaba antinatural viniendo de ella, tanto que estuvo a punto de sonreír. Sabele no intimidaba tanto cuando estaba medio dormida. Recordó el mal rato que había pasado en su primera cita, cuando ella no había dejado de preguntarle cosas y él sintió que, respondiese lo que respondiese, no estaría a la altura de las expectativas de una chica que podría salir con quien le diese la gana. Si ni sus amigos le habían escogido a él, ¿cómo iba a hacerlo Sabele?

—No tenemos móviles, ayer... Es una larga historia —explicó Sabele—. Puedes escribirme un DM a Instagram si pasa algo.

—¿No tenéis fijo?

—Sí, pero mejor te llamo yo.

Sacó un boli de uno de los bolsillos del peto y extendió el brazo hasta él, tendiéndole el bolígrafo. Luc llevaba toda la vida queriendo hacer eso. Escribió el número de su móvil en la suave y pálida piel de Sabele con el corazón martilleándole en el pecho y su cerebro suplicando a sus mejillas que no se sonrojasen.

—Ahí lo tienes.

—Pues... eso. Te avisaremos. Valeria es una bruja poderosa y todo eso, así que no te rayes si tardamos en llamar. Nos llevará un tiempo.

—Entiendo...

—Si se acerca a ti avísanos, no intentes enfrentarte a ella.

—No estaba entre mis planes, descuida.

—De acuerdo... Adiós.

—Adiós.

Por un instante creyó que Sabele iba a despedirse con dos besos, pero en el último momento rectificó el acto reflejo, dio media vuelta y entró de nuevo en el portal. Tras un par de segundos de patético estado de shock emocional, Luc echó a andar calle abajo preguntándose qué acababa de pasar. Todas las conversaciones que había tenido con Sabele fueron tan tensas y agresivas que aquel breve y cordial intercambio había sido demasiado... normal. Tanto que resultaba incómodo, por no hablar de que la taquicardia en su pecho le estresaba más que la idea de volver a participar en uno de esos conjuros de magia negra.

«Necesito una cerveza».

Tampoco era tan temprano. En nada la gente empezaría a salir a por su vermú de mediodía. No le daría tiempo a ensayar, pero no podía ir a la comida familiar con aquel nudo en el estómago. Conocía un bar en esa misma calle en el que solían poner buena música rock, así que bajó hasta la esquina y entró en el local, que le recibió con un denso olor etílico. Sus únicos compañeros eran una parejita acaramelada sentada junto a la ventana, un grupo de amigos tomando el aperitivo y un par de fantasmas errantes. Luc se sentó a solas en la barra y pidió un tercio. Le sirvieron una tapa de ensaladilla rusa, pero él se enfocó en su cerveza.

Dada la situación, no podía quejarse. Solo tenía que cruzarse de brazos a esperar hasta que hubiesen atrapado al dichoso espectro, le llamarían, haría acto de presencia y ¡hasta nunca! Si te he visto, no me acuerdo. Bueno, siempre les quedaría Instagram. No era como si fuese a desaparecer de la faz de la Tierra, por qué no, iban a seguir comentándose fotos y esas cosas, y, quizá, quién sabe, podían tomarse un café o una cerveza un día, sin más, sin compromisos...

Desechó la imagen de su cabeza. Lo único verdaderamente importante en su vida era su carrera musical, e iba a asegurarse de que podría seguir dedicándose a ella cuando la tormenta pasase. Ahora que tenía aquella arpa mágica (porque la única explicación que encontraba para su sonido era la magia), la idea de tener que enfrentarse a su carrera en solitario no le parecía tan desalentadora.

Se echó la funda de la guitarra a la espalda, pagó la cerveza y se dispuso a ponerse manos a la obra. «Fama mundial, allá voy». Aunque el arpa tendría que esperar hasta después de otra estresante comida familiar en casa de los Fonseca. Luc caminó hacia la salida, abrió la puerta y... se detuvo en seco.

«No...».

Dio media vuelta para asegurarse de que sus ojos habían visto mal, solo había sido un vistazo de pasada, tenía que haberse equivocado. Pero no, ahí estaban, los rostros de los que habían sido sus amigos y sus compañeros de banda en un póster pegado en la entrada del garito junto a otros tres tipos que le sonaban de vista. El cartel anunciaba un concierto esa misma noche en una sala de la zona.

¡Un concierto!

¡Esa misma noche!

Ni siquiera habían esperado más de una semana a que se enfriase su cadáver, musicalmente hablando, para empezar a lucirse por ahí de los brazos de otra banda, con otro nombre: The Telepats. ¿Qué mierda era eso de The Telepats? Estaba claro que se le había ocurrido a alguien con serias carencias en la lengua inglesa o con un pésimo sentido del humor, una de dos. Estudió la foto con más profundidad. Los otros tres integrantes eran algo más mayores (uno de ellos tenía una frondosa barba por la que Luc habría matado, a él apenas le crecía una triste pelusa) y tenían cara de saber lo que hacían. Solo esperaba que no tuviesen muchos más fans que The Finnegans.

No se lo podía creer. Está bien, podía, pero no soportaba la idea de verse ultrajado de esa manera. ¿Pensaban que era tan fácil librarse de él como si nada, despacharle y esperar a que se pudriese? Él solito valía cien veces más que esos seis patanes juntos, e iba a demostrarles que estaba por encima de su música barata, sin creatividad, sin carisma. Con o sin banda propia.

Arrancó el cartel y salió del bar rumbo al metro.

Sabele y sus problemas paranormales tendrían que esperar.

33

Cal

No tener nada que hacer estaba a punto de volverle loco.

Eran casi las ocho de la tarde y seguía sin noticias de las tres brujas. Le habían llamado a través del teléfono fijo para avisarle de que no tenían sus móviles y que le contactarían a través de él o alguna vía mágica si daban con la falsa Valeria.

—Avisadme antes de capturarla, podría ser peligroso. No quiero que te hagas daño.

—Sí. Lo sé, pero será peligroso con o sin ti.

—Sabes a qué me refiero.

—Pues no, no lo sé. ¿Acaso estaré más segura si me proteges?

Cal no supo cómo reaccionar. Sabele nunca había sido sarcástica ni desagradable de forma gratuita, al menos no la versión de ella que conocía.

—Si puedo salvarte de algún peligro, lo haré.

—¿Salvarme? Ni siquiera se te ocurre que pudiese ser al revés, ¿verdad? O mutuo, tal vez.

—¿A qué viene esto? —preguntó, aún más confuso que enfadado.

En cuatro años de relación no habían discutido de esa forma tan agresiva ni una sola vez. Incluso cuando sus emociones la desbordaban, Sabele siempre fue dulce y comprensiva, abierta de mente, no bélica ni irracional como quienquiera que fuese esa desconocida con la que hablaba ahora por teléfono.

—A que te necesitamos para que abras el portal, no para capturarla. Para eso nos bastamos solitas. Somos tres brujas talentosas. Mis amigas me ayudarán.

—No estás siendo razonable...

—¿Razonable? Todo esto ha empezado porque te dedicaste a seguir a un chico con el que he quedado una vez en lugar de ocuparte de tus asuntos. Perdóname si estoy algo molesta con tu actitud controladora y condescendiente —dijo, de nuevo sarcástica—. Ayer no tuvimos tiempo de hablarlo, pero eso no significa que no esté enfadada.

—Solo me preocupo por ti, porque, aunque tú no lo hagas, yo te sigo quer...

—Cal, no vayas por ahí, por favor. Sabes que eso no es cierto, yo... —El tono de su voz se suavizó considerablemente—. Ya sabes que me importas mucho, pero eso no quita que te hayas extralimitado. Que aprecies a alguien no significa que puedas hacer lo que te dé la gana. Te llamaremos cuando te necesitemos. Que tengas un buen día.

Sin darle tiempo a responder, colgó.

«¿Qué bicho le ha picado? Ella no era así». Al final, la soltería, decidió, le estaba sentando peor a Sabele que a él mismo. O puede que ese tipo estuviese influyendo sobre ella.

Dejó el móvil sobre la cama y fue al gimnasio de la primera planta, rumiando su conversación con Sabele. «Tendría que agradecérmelo en lugar de enfadarse», pensó mientras calentaba los músculos. No era como si le hubiese mirado el móvil, solo había... seguido a su ligue... durante una semana. «Suena peor de lo que es», se intentó justificar. «No he sido condescendiente, pero si toma tan malas decisiones, ¿qué quiere que haga?». De acuerdo que sus actos fuesen asunto de Sabele, y que ella fuese mayorcita para tener su propio criterio, pero... Pero ¿qué? Comprendió con amargura, entre flexión y flexión, que no había «peros» que valiesen. Sabele tenía razón. No podía fingir que solo le motivó su «preocupación por ella» cuando le habían devorado los celos durante días. Al final le iba a tocar pedirle perdón. «Si de verdad la quieres, no le impidas que se vaya», se dijo, aumentando el ritmo de sus ejercicios para dejar que el dolor físico aplacase el de su corazón.

Cuando acabó su sesión de entrenamiento volvió a llamar al piso de la Corredera Alta de San Pablo, pero le saltó el buzón. Seguro que estaban escuchando desde el sofá lo que se disponía a decir.

—Oye, no quiero ser pesado ni ya sabes, paternalista. Solo quería decirte que me he expresado mal. Quiero ayudar, nada más. Confío de sobra en vosotras... —se le atragantaron las palabras. «¿Desde cuándo eres tan orgulloso, Cal?»—. Lo siento.

Aun así, no estaba dispuesto a quedarse al margen. La cuestión del espectro afectaba también a los nigromantes. Intentó localizar a la falsa Valeria con todos los hechizos que pudo recordar o encontrar, pero ninguno dio resultado.

Mientras tanto, el ir y venir de nigromantes y el ajetreo en la mansión eran incesantes.

Nigromantes y brujas se hallaban en uno de los momentos más tensos y delicados de su prolongada guerra fría, y lo único que podía hacer al respecto era esperar. Había tratado de hablar con su padre en varias ocasiones para contarle la verdad, pero siempre le encontraba reunido o demasiado estresado para atenderle («Estoy ocupado, luego hablamos» era una de sus frases preferidas desde que él era un niño).

Su intención era explicarle la parte que se podía contar de lo sucedido, aclararle que en ningún caso habían sido las brujas y que así lo parecía por su culpa. Aceptaría la deshonra, otra más. Cal no era el tipo de persona que huía de las consecuencias de sus actos.

Cuando reunió el valor para bajar a su despacho encontró la puerta entreabierta y vio que estaba reunido con Fausto. No resistió la tentación de escuchar a hurtadillas, menos aún al percatarse de que Gabriel estaba dándole un sermón a su ahijado. Al parecer las Juventudes habían gastado una broma pesada a las brujas de la casa de los trece pisos.

—Lo siento —se disculpó Fausto, de rodillas en el suelo.

—Sentirlo no sirve de nada, lo que has de hacer es controlar mejor a tus seguidores. Más te vale que lo tengas en mente, no son tus amigos, son tus súbditos, los hombres que algún día te seguirán como líder. Si no te respetan ahora, tampoco lo harán cuando tengas el mando.

—No volverá a ocurrir.

—Más te vale, o lo pagaremos todos. Sabes que no saldremos bien parados si nos acusan de ser los primeros en romper el tratado.

—¿Los primeros? ¡Es mentira, han sido ellas! ¡Esas malditas brujas! —exclamó en un arrebato de furia que le llevó a golpearse la pierna con el puño. Gabriel lo estudió en silencio, estupefacto, y Cal, a pesar de no estar en la misma habitación, retrocedió instintivamente. Ni siquiera sabía que su tímido y discreto amigo de la infancia era capaz de albergar, y mucho menos exhibir, tales emociones.

—Lo sé, lo sé, hijo mío, pero aún no podemos demostrarlo. La muerte la causó el cuchillo, no la magia. Si de verdad te preocupa poner en su lugar a esas mujerzuelas, encuentra a la culpable y las pruebas que la incriminan y déjate de chiquilladas.

Cal llamó a la puerta y la abrió. Había escuchado suficiente, tenía que detener aquel malentendido antes de que se escapase a su control si no lo había hecho ya.

—Ahora no es un buen momento, Caleb —dijo su padre al verle—. ¿Por qué no vuelves dentro de un rato?

—Es importante... No sé cómo decirlo, pero...

—Ah, ya, cómo no. Dinero, ¿no es eso? Pensé que ganabas suficiente con tus cuadros, pero supongo que al final del día solo es un pasatiempo... ¿Cuánto necesitas? —preguntó mientras sacaba el talonario de uno de los cajones. Ni siquiera había acritud en sus palabras.

Cal enmudeció. Su padre nunca le había tratado mal, siempre le dio cuanto pidió, pero en aquel momento, hubiese preferido que le gritase, que le insultase, que le dijese que era un inútil que no servía para nada en lugar de su perpetua y completa indiferencia. Jamás se había tomado las molestias de regañarle o castigarle como hacía con Fausto porque, simplemente, no merecía la pena.

—Cien —contestó con la primera cifra que le vino a la cabeza para poder marcharse de ahí cuanto antes.

—¿Tanto alboroto para tan poca cosa? —garabateó en el papel y se lo tendió—. Y ahora, si nos disculpas…

—Claro —dijo, y dio media vuelta, rindiéndose antes de intentarlo, convencido de que, dijese lo que dijese, jamás iba a lograr que Gabriel Saavedra le prestase la menor atención; después de todo, era un hombre muerto, un cadáver andante, un vástago con los días contados.

Si ni su padre esperaba nada de él, tendría que solucionar sus propios problemas sin contar con nadie.

34

Sabele

Un gigantesco mapa de papel cubría gran parte del salón. Habían apartado la mesita del té para poder sentarse en el suelo, rodeando el mapa desplegado que mostraba cada rincón de la capital. Las tres amigas brujas llevaban horas volcando sus poderes mágicos en el mapa y habían probado prácticamente todos los métodos que existían para localizar a una persona: cristales, huesos, humo de incienso, bolas de adivinación, e incluso habían recurrido a las cartas. Nada. Ninguno de sus conjuros les había proporcionado siquiera una localización aproximada. La falsa Valeria había aprendido a usar la magia y a protegerse con ella, se estaba ocultando, y su poder debía de ser mayor que el de las tres amigas juntas o habrían conseguido traspasar su barrera.

—¡Agh! Si tuviésemos un pelo suyo o algo así, al menos podríamos hacerle vudú y traerla hasta aquí. Quién le manda llevar la cabeza rapada —protestó Rosita cuando el humo se disipó sin ir a ninguna parte, dejando tras de sí las cenizas del incienso.

—No bromees con esas cosas, sabes que cualquier tipo de magia negra está prohibida —dijo Ame.

Rosita resopló.

—Claro, porque invocar a un espectro malvado de un plano perdido entre la vida y la muerte es uno de los hechizos recomendados por el aquelarre para brujas principiantes, ¿no?

—Por favor, ¿os parece si nos centramos? —pidió Sabele,

que rebuscaba en un pesado y ajado libro algún conjuro que pudiese serles de utilidad.

—Llevamos toda la tarde centradas y no ha servido de nada —respondió Rosita.

—Tiene que servir. Si no encontramos a Valeria hoy... —tomó aire— creo que deberíamos contarle la verdad al consejo del aquelarre.

Hubo un momento de silencio. Todas sabían lo que ello implicaba. Habría consecuencias graves. Tendrían que cumplir un castigo y desde luego Sabele podía despedirse para siempre del puesto de aprendiz de la Dama.

—También podemos pasar de hacer nada, llenar nuestras maletas con lo imprescindible y emigrar. Siempre he querido conocer Bangkok —dijo Rosita—. ¿A alguien le apetece *pad thai*?

—Espero que no te importe no poder volver a Madrid en lo que te queda de vida —aunque a Rosita la idea no pareció disgustarle demasiado, Ame entró en pánico.

—Oh, por la Diosa. Es terrible, quiero decir, tiene que haber alguna forma de que no se enteren. ¿No puedes pedirle ayuda a tu tía?

—Ya la has oído, quiere que me saque solita de mis propios problemas.

—Dijo que podíamos contar con ella —replicó Ame con un mohín.

—«En el peor de los casos» —citó Sabele—. Además, seguro que está en plena reunión del consejo escuchando cómo unos clanes discuten con otros.

Mientras tanto, Rosita seguía conjurando el mapa para que les revelase el paradero del espectro sin ningún progreso.

—¡Agh! Me rindo —dijo Rosita antes de ponerse en pie—. Son casi las nueve, voy a ir pidiendo la cena. —Miró a su alrededor—. ¿Y mi portátil? Oh. Ahí está —Se acercó al sofá a coger un ordenador, pero Ame la detuvo.

—Fíjate en las pegatinas. Gatos y bolas de cristal, es el de Sabele, el tuyo estará en tu cuarto.

—Bueno, qué más da que use este…
　　—¡No! No tiene batería —exclamó Sabele.
　　—Vale, bueno. —Rosita se encogió de hombros—. Con la tontería ahora me apetece algo de comida tailandesa, ¿os pido algo?
　　Sabele negó con la cabeza.
　　—No me encuentro demasiado bien, no tengo ganas de comer.
　　—Con el par de nochecitas que llevas deberías estar hambrienta. ¡Hasta que confirme el pedido estás a tiempo! —gritó Rosita desde su habitación.
　　Sabele asintió y siguió mirando entre las páginas de su libro, aunque sus pensamientos estaban demasiado lejos de ahí como para fijarse en los hechizos que descartaba cada vez que pasaba una página. Se sintió observada. Ame la miraba con malicia mientras le dedicaba una sonrisa endiablada.
　　—¿Seguro que el espectro es lo único que te quita el hambre?
　　—¿A qué te refieres?
　　—Oh, por favor. Soy pequeñita, pero no nací ayer. Sabes de sobra a qué me refiero. Piensas mucho en él. En Lucas —dijo Ame, que estaba disfrutando demasiado de su papel de casamentera desinteresada.
　　—Claro que no dejo de pensar en él. Por su culpa nos metimos en este lío. Las cartas ya me lo avisaron, así que no es ninguna sorpresa.
　　Sabele se intentó convencer por enésima vez de que su pulso se había acelerado la noche anterior porque temía que Flora los descubriese y no por el roce de la espalda de Lucas contra ella, ni por el tacto de su clavícula bajo su mano, ni por el olor a lavanda que emanaba de su piel y su pelo.
　　—Ya… Seguro que es por eso. Porque el pobre chico solo estaba en el lugar equivocado y en el momento equivocado. Nada más.
　　—Y porque es el tipo de persona que no soporto —dijo

tajante y al fin convencida de compartir la verdad—. Es arrogante, cínico, pesimista, juzga a los demás sin conocerlos —tendía a acertar, pero eso era lo de menos—, es egoísta, es pasota...

—Y a pesar de todo te gusta. —Ame se encogió de hombros y sonrió.

—¡No es verdad! Qué manía...

—Puede que vuestras personalidades choquen, pero no te trata como si fueses una niña pequeña como hacía Cal, o como si fueses una muñeca perfecta como... Bueno, como hace todo el mundo.

Maldición. Por qué Ame tenía que conocerla tan bien.

—Estás hablando de cosas que no entiendes, no pretendas hacerme un truquito de psicoanalista. No me gusta. Ni siquiera me cae bien. Me pone mala verle, me pone mala hasta oírle.

—¿Entonces por qué has estado googleándole antes? —preguntó Ame.

Sabele balbuceó en busca de la explicación más lógica.

—Ayer descubrí que es un revelado, y Cal sospechaba de él. Solo intento averiguar cuál es exactamente su conexión con la Guardia, asegurarme de que no va a irse de la lengua. No pienso más que en nuestra misión. —Asintió, satisfecha consigo misma.

Quería averiguar hasta qué punto estaba implicado con el mundo mágico, así que no era del todo una mentira, como mucho un autoengaño.

—Ya... Y por el bien de «la misión» has acabado viendo vídeos de sus conciertos en YouTube, claro, tiene sentido.

—¡¿Cómo sabes eso?! —preguntó Sabele, sintiendo que sus mejillas se teñían de un intenso color carmesí imposible de disimular.

—No dejes tu ordenador por ahí si no quieres que cualquiera lo vea. —Se encogió de hombros—. O al menos cierra la pestaña del navegador.

—Es que no tengo que tomar esas precauciones porque no me importa que lo veas, porque no significa nada —trató de defenderse—. No siento nada por él. Llegué a esos vídeos por pura casualidad. —Decía la verdad, no los había buscado, simplemente puso su nombre en Google y los vídeos aparecieron. ¿Qué se supone que tenía que hacer, mirar a otro lado y fingir que no los había visto? No era interés, era tan solo curiosidad humana.

—Guárdate tus excusas para ti misma, a lo mejor consigues creértelas. —Ame se rio sin abrir la boca y Sabele la observó incrédula. No conocía aquella faceta pérfida de su amiga y compañera de piso.

—Sé que te encantaría que las almas gemelas existiesen, que el amor a primera vista no fuese un mito y que el hilo rojo se limitase a formar parte de una leyenda para niños, pero te juro por la Diosa que...

La interrumpió un temblor, al principio apenas perceptible, que provenía del mapa abierto y que acabó por extenderse por todo el suelo del apartamento con el ímpetu de un terremoto de grado seis. El cristal voló hacia un punto concreto del mapa, el mismo que los huesos rodearon y sobre el que se amontonaron las cenizas del incienso. El temblor se detuvo tan bruscamente como se había iniciado dejándolas sumidas en un silencio sepulcral que concluyó cuando Rosita entró en el salón a la carrera.

—¿Qué demonios ha sido eso? —preguntó deteniéndose junto a ellas.

Sabele se inclinó sobre el mapa para buscar el punto al que señalaban todos los talismanes. Su corazón dio un bote al reconocer el nombre del local, a tan solo unas cuantas calles de ahí.

—Parece que alguien quiere que la encontremos.

35

Luc

En su humilde opinión, la única que le interesaba, el Estrella Polar, más allá de su relevancia histórica, no era uno de los mejores garitos de la zona. Pero no estaba mal. A veces ponían buena música, servían cerveza a un precio aceptable y la decoración no era terrible. Tampoco se podía pedir mucho más a un local que llevaba sin cambiar un ápice desde que lo abrieron en 1982. La naturaleza cíclica de las modas había hecho que su estética anticuada volviese a estar en boga y, de pronto, pasó de ser un local trasnochado a un bar de culto frecuentado por nostálgicos y los viejos archienemigos de Luc: los modernos. Se abrió paso hacia la barra, estudiando el ambiente, y pidió una cerveza al camarero. Pagó su botellín y comenzó a beber, apoyado contra la barra. El escenario estaba al fondo del local, en el lugar que solía ocupar una gigantesca mesa de billar. Luc se preguntó dónde la habrían metido.

Quedaba cerca de media hora para que The Telepats saliesen al escenario y sonaba de fondo una versión cutre de *Sweet Dreams*. «Me voy a morir de aburrimiento», pensó mientras le devolvía la sonrisa con desgana a una chica que acababa de pasar por delante de él. Podría haber probado a entablar una conversación con ella, pero... qué pereza. Tenía ya demasiadas cosas en la cabeza. Ni siquiera sabía qué estaba haciendo ahí, aunque sus tripas no le hubiesen permitido estar en ninguna otra parte. En fin, qué se le iba a hacer, después de todo, había resultado ser uno de esos hombres viscerales que seguían sus instintos sin atender a razones. Al menos no le pegaba puñetazos a las paredes. Apenas había bebido medio botellín cuando vio a Jean acercándose por el rabillo del ojo. Vaya, parecía que la diversión iba a comenzar antes de lo previsto.

El que había sido su mejor amigo se detuvo frente a él con los labios y el ceño fruncido. Había sustituido su habitual estilo rockero clásico por un jersey de rayas, unas gafas de sol de pasta y unos zapatos con plataforma que, combinados con el resto del conjunto, no tenían el más mínimo sentido estético. «Qué payaso sin personalidad».

—¿Qué haces aquí? —preguntó Jean, con tal grado de seriedad que Luc estuvo a punto de echarse a reír.

—He venido a tomar una cerveza.

Se encogió de hombros y Jean resopló.

—¿A qué juegas?

—¿A qué juegas tú? ¿The Telepats? ¿En serio?

—Es un nombre con gancho.

—¿Así te lo han vendido? «Un nombre con gancho». Es una mierda, la verdad. Y ni siquiera lo digo por ofender.

—A nadie le importa lo que pienses, Luc. Vete a casa.

—No me voy a ir a ningún sitio. He venido a escuchar qué tal suena tu nueva banda —dijo, dejándose llevar por la rabia. No había bebido lo suficiente para mantener aquella conversación—, a comprobar si te ha merecido la pena dejar tirado a tu mejor amigo.

Luc fue perfectamente consciente de la pausa que hizo Jean antes de responder, una pausa para tomar aire y rogar al cielo paciencia. Su pecho se llenó de rabia. ¿Quién era Jean para hacer esa pausa, quién era él para necesitar paciencia?

—Tú mismo —dio media vuelta—, pero puede que no te guste lo que vas a oír.

—¡De eso estoy seguro! —exclamó para asegurarse de que le oía mientras se iba.

Se acabó el botellín de un trago y pidió un chupito del tequila que estaba de oferta. Vació el vaso y logró convencerse a sí mismo para no pedir otro. Fuera lo que fuera lo que iba a escuchar, quería hacerlo con la mente lúcida, o como mínimo, lo más despejada posible. Puede que su hermana tuviese razón con lo de que empezaba a tener un problema con la bebida.

Al cabo de un rato, los condenados The Telepats se subieron al escenario y la pequeña multitud se agolpó frente a ellos para ver y oír mejor. Mala señal. Había googleado a la banda y sabía que, antes de fichar a los nuevos componentes, habían llenado varias salas y que sus videoclips caseros tenían bastantes visitas. Se había negado a darles más, así que no sabía qué se iba a encontrar esa noche.

La música comenzó a sonar y Luc no necesitó más que unas cuantas notas para percatarse de que no iba a hallar el consuelo que había ido a buscar.

Eran buenos, eran condenadamente buenos.

Escuchó el primer tema en busca de un acorde fuera de su sitio, de una desafinación del cantante o los coros, un golpe de batería arrítmico le habría bastado. La canción era impecable y la interpretación también. Pero los estúpidos The Telepats no solo sonaban bien, además tenían algo que Luc llevaba toda su corta vida buscando sin cesar: un estilo propio.

Se acercó un poco más al escenario con la esperanza de que al menos fueran desagradables a la vista o se hubiesen presentado allí desaliñados o mal vestidos. Tampoco tuvo esa satisfacción. Llevaban todos ropa de marca, seguramente un obsequio, y eran tan fotogénicos que daban asco.

Iban a triunfar, maldita sea. Cualquier idiota podría verlo. The Telepats iban a alcanzar el éxito mientras él se pasaba las noches de aquí para allá resolviendo intrigas paranormales.

Aguantó dos canciones más, fingiendo una entereza con la que no contaba. No podía permitirse el lujo de que le vieran afectado, aunque sabía de sobra que nadie estaba pendiente de lo que él hiciese o dejase de hacer, pero aún conservaba algo de orgullo. Probablemente hubiese logrado soportar todo el concierto, parado ante los futuros *hits* que sonaban uno tras otro, si no hubiese reconocido a Scott West entre la multitud.

Scott West era uno de los mánager de más renombre del panorama musical del rock alternativo y un ojeador de primera. Cualquier banda mataría porque Scott West se tomase la molestia de asistir a uno de sus conciertos (sobre todo teniendo en cuenta que sus oficinas estaban en el East End de Londres). Si le gustabas, estabas dentro de la industria. Todo lo que Scott West tocaba se convertía en un ídolo de masas, en estrella internacional, cabeza de cartel de festivales y en pósteres colgados en la pared de miles de adolescentes incomprendidos. A juzgar por la leve sonrisa en sus labios y por su cabeza asintiendo al ritmo de la música, a Scott le gustaba lo que oía. Los sueños de Luc se desvanecieron de un plumazo, y en el lugar que él siempre había ocupado en esa especie de nítidas visiones a las que se aferraba con todas sus fuerzas, estaba Jean.

Luc sintió cómo se le revolvía el estómago. Tenía que salir de ahí. Dio media vuelta y avanzó torpemente hacia la puerta, ganándose algún que otro reproche por su forma «poco delicada» de abrirse paso. Ya casi había llegado a su destino cuando la vio entrar, vestida con un top blanco que dejaba sus preciosos hombros a la vista y unos pantalones de rayas. Estaba tan guapa como siempre.

«¿Es una broma?», le preguntó a su mala suerte. De todos los locales de Malasaña tenía que ir precisamente a ese, justo esa noche. La idea de ocultarse hasta que la huida fuese segura se le pasó por la mente, pero el contacto visual fue instantáneo y, a juzgar por su expresión, Sabele estaba pensando lo mismo que él.

36

Sabele

Nunca había odiado tanto un hechizo. Ella lo había dado todo por la magia y la magia se mofaba de ella, traicionándola cuando más la necesitaba. ¿Por qué, de todos los lugares y momentos en los que podía encontrarse con Luc, tenía que suceder esa noche? O puede que la magia no tuviese nada que ver y esta vez, en lugar del hechizo de Ame, el culpable fuese Luc. Sí. Eso debía de ser. Se había enterado de algún modo de que sabían dónde encontrar a la falsa Valeria y se había presentado allí sin más, porque le daba la gana, el único motivo por el que hacía las cosas. Tan egoísta y caprichoso como siempre. Igual que Cal.

Se olvidó por completo de que sus amigas aún no habían entrado en el bar, ocupadas intentando convencer al portero de que Ame tenía de veras la edad que mostraba su DNI, y caminó hacia Lucas con paso decidido.

—Ey —saludó él.

—Te dije que no te necesitábamos hasta que la capturásemos.

—Eh… ¿de qué hablas? —dijo Lucas, con su habitual desgana.

—Sabes de qué hablo.

—La verdad es que no. Mira, yo solo he venido al concierto.

—¿Concierto? Has venido a un… —Se asomó para ver mejor al grupo que tocaba sobre el escenario y reconoció a uno de los chicos de su exbanda de Instagram. Recordaba haber cotilleado su cuenta para averiguar con qué tipo de gente se movía—. Oh.

—Si quieres pasar el rato conmigo no hace falta que te inventes una excusa.

—¿En serio? ¿Piensas que estoy tirándote fichas?

No. Luc no le interesaba en absoluto. Al menos no lo hacía el chico que tenía delante, engreído y pasota, que tan poco se parecía al que había visto cantando en esos vídeos con el corazón abierto de par en par.

—Vienes tú sola al bar y me abordas, ¿qué quieres que piense?

Sabele miró a su espalda, percatándose de que había perdido a sus amigas por el camino. «Mierda».

—Créeme —dijo volviéndose hacia él—. No me interesas tanto como para...

—Vaya, así que algo te interesa. —Sonrió. Una vaga y fugaz sonrisa. Era la primera vez que veía aquel gesto en su rostro. No le sentaba nada mal.

—Yo no he dicho eso. —Desvió la mirada, suplicando a la Diosa que el rubor de sus mejillas se confundiese con el ambiente caldeado del local.

—A mí me parece que sí.

—Sigue soñando.

—Lo mismo te digo —dijo recuperando su habitual mueca de amargura.

Sacudió la cabeza.

—No tengo tiempo para esto. Valeria podría estar por aquí, así que me voy a buscarla. Será peligroso, intenta mantenerte al margen —Le rodeó para adentrarse en la pista, pero él la siguió a través del gentío.

—De verdad que no tengo ningún interés en meterme en medio de una lucha mágica. ¿Cómo lo hacéis? ¿Os lanzáis relámpagos de colorines?

—Entonces deja de seguirme.

—Es que me parece que te estás rayando para nada. Es una tía de metro ochenta con la cabeza rapada, ¿no crees que ya la habrías visto si estuviese aquí? —preguntó tras ella.

—Gracias por el consejo —respondió, avanzando sin mirarle. No se trataba de una táctica para hacerse la dura ni la interesante, de verdad estaba buscando el rostro de Valeria (o su cráneo) entre la multitud.

—No es un consejo, es una obviedad. Llevo aquí un buen rato y Valeria no ha aparecido por ningún lado. Pierdes el tiempo.

—¿Se te ocurre una forma mejor de emplearlo?

—Puedes olvidar el tema media hora y tomarte unas cervezas conmigo, ya que estás aquí.

Sabele siguió andando, como si no le hubiese oído, pero el gentío acabó por cerrarse a su alrededor, dejándola atrapada entre Luc y el resto del mundo. Se dio media vuelta al ver que no podía seguir avanzando y se encontró cara a cara con el músico. Muy a su pesar, algo se revolvió en su estómago cuando se miraron a los ojos.

—¿Unas cervezas? —La bruja se llevó las manos a la cintura con un gesto acusativo—. Vaya, ¿quién es el que está ligando ahora?

Luc puso los ojos en blanco.

—Trataba de ser amable, pero acabas de recordarme por qué paso de intentarlo normalmente. Si te cansas de buscar a una persona que no está aquí, me encontrarás en la barra. —Lucas comenzó a retroceder y Sabele aprovechó para darse la vuelta.

Toqueteó los anillos que decoraban sus dedos, dubitativa. Recordó aquella sonrisa fugaz y se preguntó si Ame no tendría algo de razón y había sido demasiado dura con él.

—Espera, Lu...

Su voz se entrecortó al distinguir a Cal, que destacaba entre los parroquianos del Estrella Polar en todos los sentidos. A su lado caminaban Rosita y Ame que se apresuraron a reunirse con ella tan pronto como la vieron. El nigromante se adelantó a sus reproches.

—Antes de que me regañes, te recuerdo que yo también tengo derecho a atraparla.

Sabele prefirió no contestar. ¿Qué había sido de su «confío en vosotras» de esa misma tarde? No solo le molestaba que no se las tomase en serio, sino también su incapacidad de delegar. A su cuerpo no le sentaba bien que abusase de su don, lo sabía de sobra.

—¿La has visto? —preguntó Rosita, que oteaba el bar con expresión severa.

Sabele negó con la cabeza.

—¿Has mirado en los baños? ¿En la despensa?

—Eh… estaba en ello.

—No se está escondiendo —sentenció Cal—. Es una exhibicionista, nos quiere presentes para su próximo número. Yo también la he estado rastreando y no ha sido precisamente discreta a la hora de mostrarse.

—¿Cómo estás tan seguro de eso? —preguntó Sabele, por si sabía algo que se les escapaba.

—Si hubieses presenciado lo que yo vi anoche, tú también lo estarías. —Hizo una pausa para tragar saliva—. Apuñaló a tres nigromantes hasta la muerte y después dejó un mensaje para nosotros con su sangre. Y estoy convencido de que pretende seguir matando. Este local es popular entre algunos nigromantes, seguro que no le pasó desapercibido cuando leyó mi mente.

Esta vez fue Sabele la que necesitó una pausa para digerir la información. Costaba creer que hacía solo unos minutos hubiese estado angustiándose por un estúpido drama amoroso que no llevaba a ninguna parte. No solo le preocupaban las vidas perdidas, sino también todas las posibles consecuencias de aquel terrible acto. Una bruja había matado a un nigromante; poseída, sí, pero una bruja al fin y al cabo. Un incidente de ese calibre podía llegar a desencadenar una crisis diplomática con consecuencias irreparables. ¿Por qué el espectro estaba atacando a nigromantes? ¿Es que quería perjudicar al aquelarre con sus actos? Los espectros se movían motivados por emociones primarias, atacaban sin filtro, pero compartir cuerpo con Valeria parecía haber atenuado la ira lo suficiente para que pudiese ser calculadora. ¿Qué tramaba?

Sabele miró a su alrededor y vio cómo Luc se marchaba, no sin antes dirigir una mirada alicaída hacia el escenario. Reprimió el impulso de seguirle. Había vidas en juego, sus sentimientos tendrían que esperar a otro momento.

—Vamos, hay que encontrarla antes de que haga daño a alguien más.

37

Luc

Por mucho que se recordase una y otra vez lo lejos que iba a llegar en la vida en cuanto a fama y fortuna gracias a sus dones, la autoestima de Luc estaba muy lejos de ser inquebrantable. Salió del Estrella Polar tan pronto como comprendió que nadie le quería allí esa noche, ni siquiera él mismo.

Una vez en la calle se apoyó contra la pared de granito gris, en uno de los pocos huecos que habían dejado libres los fumadores que inundaban la calle con la peste de sus cigarros. La supuesta bocanada de aire fresco llenó sus pulmones de humo y le hizo toser. La tos le revolvió el estómago aún más. Por una parte se alegró de no haber pedido el segundo chupito, por otra se preguntaba por qué no lo había hecho.

La calle era estrecha, pero los edificios solo tenían tres plantas, lo que la hacía un poco menos claustrofóbica. Sus fachadas de aire castizo rosas, amarillas, marrones y beis estaban cubiertas por varias capas de grafitis que le daban un aire de abandono a la zona, aunque muchos vecinos se esforzaban por compensar las pintadas decorando sus balcones con plantas y macetas. A pesar de las normativas, el griterío en la calle era casi tan ruidoso como el interior del local. Tenía que ser agotador vivir sobre los bajos de una calle de fiesta.

Suspiró. Qué idiota. Había estado seguro de que Sabele iba a ir tras él.

Se había hecho el interesante porque pensó que la había

convencido, que iría hacia la barra y que al darse la vuelta Sabele estaría a su lado. Sin embargo, la encontró hablando con el musculitos. Suponía que el pardillo de su ex estaba allí por el mismo motivo que Sabele: buscar al dichoso espectro. Pero que se hubiese quedado con él le había chafado del todo su noche.

«Estúpido, idiota, ingenuo», se dijo a sí mismo. Mientras él tosía por el olor a humo ahí fuera, el que fue su mejor amigo y su banda estaban a punto de conseguir un contrato discográfico con el productor de sus sueños y la chica que le gustaba se paseaba por ahí con su impresionante ex... Mierda. ¿Acababa de admitir que Sabele le gustaba? «Gustar no significa nada, gustar es insignificante», se dijo a sí mismo. Miró a su alrededor y vio a una chica alta con el pelo corto y moreno. Era guapa, le gustaba. Siguió mirando y vio a otra muy pálida que vestía de negro de los pies a la cabeza y tenía los ojos azules y grandes. No tenía una belleza convencional, pero sí un halo fascinante. ¡También le gustaba!

Ahí fuera había muchas chicas que le gustaban y no quería decir absolutamente nada. Nada de nada. Nada.

Siguió examinando la calle hasta que vio por el rabillo del ojo que alguien se aproximaba por su derecha. ¡Fíjate! Si incluso había ligado. Y le seguiría la corriente, si ella quería, puede que hasta se enrollase con ella, aunque los encuentros de una noche le daban algo de pereza, pero seguro que pasarían un buen rato, porque su corazón era libre cual ave en el cielo, como el sol cuando amanece, libre como un taxi en pleno partido de fútbol del mundial. Su corazón no conocía atadura ninguna y desde luego no estaba pillándose por Sabele.

No reconoció a la chica en cuestión hasta que se giró con fingida naturalidad hacia ella y se percató de que no se acercaba a él para presentarse, sino para atravesarle con el cuchillo que sostenía en alto.

La falsa Valeria se abalanzó sobre él y Luc la esquivó por solo unos cuantos centímetros. La multitud a su alrededor comenzó a gritar y a dispersarse entre gritos. El espectro dio media vuelta hacia él al comprobar que había errado.

—No es nada personal. Si acabo contigo, no tendré que volver a ese horrible lugar. No regresaré, no hasta que los culpables hayan pagado.

Luc se ahorró decirle que las explicaciones sobraban. No le importaban demasiado los motivos por los que estaba intentando matarle, simplemente quería que se abstuviese y punto.

—Si no sueltas eso —exclamó un hombre de mediana edad con un móvil en lo alto—, llamo a la policía ahora mismo.

Con un simple gesto el espectro hizo que el teléfono se estampase contra la pared más cercana, rompiéndose en mil pedazos. El impulso del desconocido por convertirse en el héroe de la noche se desvaneció en el acto mientras intentaba comprender qué acababa de suceder.

Luc tragó saliva. Aún tenía muchas cosas pendientes que hacer antes de morir. Y ahora que la amenaza era real, ni siquiera se refería al tema de sus sueños y la música (aunque sí, le molestaría bastante palmarla sin saber lo que era llenar un estadio). Quería viajar, independizarse como había hecho su hermana, sacarse el carnet de conducir, aprender a cocinar. Por no hablar del disgusto que iba a llevarse su madre. Su pobre madre no se merecía eso. A lo mejor él sí, pero su madre no.

En un intento desesperado por sobrevivir, intentó marcarse una de las suyas.

—Oye, estoy seguro de que podemos llegar a un acuerdo —dijo, pero su labia y su oportunismo no le sirvieron de nada. El espectro no parecía dispuesto a negociar.

—Sé que no es culpa tuya, pero eres el más fácil de matar.

Esas no eran precisamente las últimas palabras que había esperado oír. La falsa Valeria se preparó para atacar mientras Luc barajaba sus escasas opciones.

—¡Eh, tú, bruja! ¿Se puede saber qué haces?

Un grupo de hombres trajeados acababa de salir del interior del bar y uno de ellos, vestido de negro de los pies a la cabeza, se encaró con el espectro para sorpresa de sus amigos, que debían de ser corrientes. Al verle, la mujer se olvidó por completo de la existencia de Luc.

—Nigromante... —masculló, andando hacia él.

Su salvador invocó una sombra valiéndose del mismo lenguaje de la muerte que Luc había oído emplear a Cal. La sombra adoptó la forma de un león de proporciones descomunales, preparado para defender a su amo. A sus órdenes, la sombra se arrojó sobre la falsa bruja, que la descompuso con un rayo de luz surgido de la nada. El nigromante intentó defenderse, pero el espectro era demasiado rápido para él. Un grito de dolor sacudió su cuerpo cuando el cuchillo se clavó en su pecho por primera vez.

Lucas quería apartar la vista, dejar de mirar, pero sus extremidades no respondían a las órdenes de su cabeza, completamente paralizadas. Por un momento creyó que se trataba del efecto de un shock, pero se percató de que no era el único que permanecía inmóvil y del cosquilleo en su piel. Los había embrujado.

—¡Mentiroso! —bramó el espectro, que arrancó el cuchillo para volver a clavarlo en su vientre—. ¡¡¡Mentiroso!!! Sois todos unos mentirosos. Roberto Galeano, a ti también te encontraré.

Liberó su cuerpo y el nigromante no fue capaz de sostener su propio peso. El espectro no le miró dos veces antes de echar a andar calle arriba sin que nadie lo detuviese, con la daga aún en la mano. Su filo ensangrentando goteaba sobre el suelo a su paso, como un macabro rastro de culpa.

El hechizo se rompió y el mundo volvió a su ritmo habitual, sacudiéndolos como un puñetazo en el estómago. El hombre se había desplomado en el suelo y el pánico cundió entre sus amigos. Dos de ellos intentaban en vano tapar las heridas mientras otro llamaba por teléfono a emergencias y un cuarto se limitaba a llorar. La sangre brotaba a borbotones, empapando su ropa y tiñéndola de color escarlata. De su boca entreabierta se escapó un gemido mudo.

Luc observaba impotente la escena. El olor de la sangre, la violencia en el semblante de la falsa bruja, el llanto de los testigos. Era espantoso. Sabele y sus amigas salieron del Estrella Polar a la carrera. Demasiado tarde. Sus ojos se encontraron en la distancia y Luc tragó saliva al ver su terror reflejado en el rostro de la bruja.

¿Qué clase de monstruo habían liberado?

38

Sabele

Los gritos en la calle confirmaron sus peores temores. Cal había reconocido a un nigromante entre la multitud cuando salió del local. Corrieron tras él, avanzando tan rápido como pudieron a través del atestado local, pero no lo suficiente. Cuando lograron salir, el nigromante estaba en el suelo rodeado por un corro de personas y no había ningún rastro de la falsa Valeria. «¿Cómo hemos podido ser tan torpes?», se dijo. Habían buscado en todos los rincones del bar, pero en ningún momento se les ocurrió pensar en el exterior.

Cal apartó a todo el mundo hasta agacharse junto al hombre.

—Dejadle espacio para respirar —dijo, y nadie le cuestionó, privados de toda fuerza de voluntad o capacidad crítica a causa del estado de estupefacción en el que estaban sumidos.

Sabele miró al hombre, que no cesaba de escupir sangre con una tos ronca que no pronosticaba nada bueno. Su problema a la hora de respirar no lo solucionaría tener más espacio.

—Diego… ¿Diego, me oyes? —le llamó Cal, pero Diego no daba señales de oír a nadie. Todas sus energías estaban puestas en sobrevivir, una ardua tarea teniendo en cuenta sus circunstancias—. Diego, necesito que luches. Lucha conmigo…

Cal apoyó su mano sobre la herida en su pecho, la más grande y profunda de las dos (o al menos la que más sangre le estaba haciendo perder) y comenzó a recitar las palabras de aquella lengua que provocaba un instintivo malestar a cualquier bruja o corriente que la escuchase.

—*Onha ka eiem sunai. Onha ka eiem sunai...* —repitió una y otra vez hasta que una sombra negra comenzó a trepar por sus brazos, a apoderarse de cada centímetro de su piel—. *Onha ka eiem sunai...*

La oscuridad se tornó más honda y entre sus dedos crepitaron las chispas azules de la magia de muerte, que en este caso se veía obligada a obrar en contra de sus propios intereses.

La herida comenzó a cerrarse y la sangre cesó de manar cuando los rastros de la puñalada desaparecieron dejando como único testigo una cicatriz brillante.

—*Onha ka eiem sunai* —repitió Cal, moviendo sus manos sanadoras hacia la segunda herida—. *Onha ka eiem sunai.*

El tal Diego tomó una gran bocanada de aire mientras Cal apretaba las mandíbulas del esfuerzo. Las chispas se descontrolaron de golpe, subiendo y bajando en torno a su piel morena. La sombra negra tiñó la base de su ancho cuello. Sabele sintió un nudo en la garganta al verlo. Nunca habían llegado tan lejos, al menos no ante ella.

Cal contuvo un grito que se convirtió en gemido, pero no retiró sus manos ni interrumpió el hechizo. Sabele desvió la mirada. Mil veces le había suplicado que lo dejase, y otras mil veces más le intentó convencer de que no merecía la pena. «Mi don es lo único que tengo, lo único que hace mi presencia relevante en este mundo. Las consecuencias no importan», respondía él, y Sabele se callaba sus críticas, las encerraba en un rincón de su corazón donde no pudiese verlas ni oírlas. «¿Y yo qué soy en tu vida? ¿Y qué será de mí cuando las tinieblas te engullan?». Pero Cal nunca se había planteado aquellas dudas.

Había visto demasiadas veces cómo las fuerzas del Más Allá le arrebataban un pequeño pedazo de su ser cada vez que invocaba a las sombras. El precio a pagar por sus dones era demasiado alto, y pedirle a la muerte que perdonara una vida era la demanda más cara de todas.

Cal gimió de nuevo y Sabele se dio la vuelta. ¿Por qué tenía que hacerse eso? Ame y Rosita observaban en silencio, cualquiera de las dos podría haber ayudado, la magia curativa pertenecía al mundo de los vivos, a la naturaleza a la que ellas acudían en busca de su poder y que tan generosamente se lo prestaba. ¿Por qué no las dejaba contribuir? ¿Por qué nunca pedía ayuda cuando todas esas desgracias estaban sucediendo precisamente porque se prestó a solucionar los problemas de Sabele? Cal estaba luchando contra la muerte que corría por sus venas porque ella no había sido capaz de resignarse a su destino.

—Sabele... —Alzó la vista y le vio detenido frente a ella. Luc no tenía buen aspecto, su rostro estaba completamente pálido y sus ojos parecían incapaces de concentrarse en ninguna parte—. La he visto, ha sido ella, ella ha... Por un momento pensé que iba a... —Tragó saliva—. Si lo sé, no salgo de casa esta noche.

—Luc..., ¿estás bien?

—Mejor que ese tío de ahí. Me ha salvado la vida. No me conocía de nada y... podría haber muerto, podría estar muerto...

Su voz se quebró como si acabase de ser del todo consciente de lo que implicaban sus palabras.

De pronto parecía lo que verdaderamente era, un chico de diecinueve años asustado y perdido. No un músico creído, ni un «tío del Tinder», solo un chico que necesitaba una amiga. Estiró la mano hacia él y, tras un momento de duda, rodeó su brazo con los dedos, meciendo su dedo pulgar sobre su chaqueta para hacerle saber que, a pesar del horror y de sus rifirrafes continuos, no estaba solo. Luc buscó su mirada y asintió agradecido y vulnerable. Ella se esforzó por sonreír.

—No te preocupes, Luc. No permitiré que te pase nada malo —dijo, medio en broma, medio en serio.

Luc debió de percibir su intento por restarle peso al sentimiento de alerta y tensión que enrarecía el ambiente y agachó la cabeza para disimular una sonrisa.

—Y yo que creía que estarías encantada de deshacerte del responsable de tu peor cita de la historia.

—Tampoco fue tan terrible, las he tenido peores... —dijo Sabele tratando de no ser tan borde con él como de costumbre.

—¿En serio? —Luc frunció el ceño, extrañado, y la verdad se escapó de los labios de Sabele antes de que pudiese contenerla.

—No. —Puede que en otras circunstancias se hubiesen reído de la anécdota, pero ninguno de los dos podía despegar la vista de cómo, a solo unos pasos de ellos, Cal continuaba luchando por mantener a su compañero en el mundo de los vivos.

—Si el espectro lo hubiese conseguido... Si hubiese muerto esta noche, creo que me habría arrepentido de muchas cosas.

Sabele reprimió el deseo de preguntar a qué se refería y devolvió su atención al nigromante herido.

La segunda puñalada desapareció por fin y Cal detuvo el cántico. El hechizo cesó y las sombras retrocedieron, volviendo al lugar de donde habían venido con un sonido que recordaba a un coro de aullidos. Diego cerró los ojos y cayó inconsciente. Cal se acercó al resto del grupo, sudando por el esfuerzo.

—Ha perdido mucha sangre, pero está fuera de peligro.

Se cubrió la mano con la manga de su camiseta para disimular la sombra que la teñía de negro azabache. Sabele notó un nudo en la garganta a la vez que la sangre le hervía lentamente en sus venas. ¿Por qué no había dejado que se ocupasen ellas? Sintió el enfado asentándose en su pecho. ¿Por qué insistía en hacerse daño? El enfado se entremezcló con la culpa mientras se preguntaba cuánto dolor podría seguir causando una decisión tan aparentemente inocente como instalar una *app* en su móvil.

Como si de una señal para ellos se tratara, oyó las sirenas de una ambulancia en la distancia. Tenían que marcharse de allí. Después de los sanitarios siempre llegaba la policía. Ninguno de los presentes sería capaz de dar una explicación lógica a lo que había ocurrido, y no deseaban pasar la noche en un calabozo, aunque tuviesen parte de culpa.

Habían subestimado la ira del espectro. «¿Qué te ocurrió? —se preguntó Sabele—. ¿Cuánto daño te hicieron para que solo quede de ti tanto odio?».

39

Jimena

Durante cerca de un minuto, el único sonido que pudo escucharse en el salón de reuniones de la casa de los trece pisos fue el tictac de un gigantesco y antiguo reloj de pared de madera. Sus respiraciones eran mudas, aunque sus pensamientos retumbaban alrededor de la alargada mesa que las reunía.

Carolina acababa de exponer todos los detalles de la delicada situación en la que se encontraban y por la que habían sido reunidas con urgencia. La mayoría de ellas asistieron al aquelarre y ya se encontraban allí cuando sucedió, pero otras, como Jimena, fueron convocadas a la reunión desde los rincones más remotos del mundo. Las circunstancias así lo requerían. Por primera vez en siglos, el arpa de Morgana no estaba en manos de las brujas, una de las jóvenes más prometedoras del aquelarre había desaparecido sin dejar rastro y habían sido atacadas por un grupo de nigromantes en su propia sede. Y tan improbable serie de desastres sucedió en la misma noche y en el mismo lugar.

Jimena comprendía de sobra que los motivos por los que se producía la reunión extraordinaria estaban justificados. Sin embargo, seguía fastidiándole tener que estar ahí perdiendo el valioso tiempo de su vida mortal.

La teoría era preciosa: un grupo de sabias brujas pertenecientes a distintos clanes familiares unidas por el aquelarre se reunían para buscar la mejor solución. En cuanto a la práctica..., había asistido a suficientes reuniones del mismo estilo como para sentirse escéptica al respecto.

No dejaba de pensar en todas las cosas que preferiría estar haciendo en lugar de calentar una silla mientras aguardaba a que la escabechina acabara.

—¿Nos han dado alguna explicación los nigromantes? —preguntó una joven de piel cetrina y cabellos y ropas negras. Hizo una mueca de desprecio al pronunciar la última palabra.

Helena Lozano, la bruja más joven del consejo y también la más incendiaria. En el sentido literal y en el figurado. La especialidad de su clan era la piromancia, como recordaban las llamas que envolvían al corcel negro que las representaba. Aunque las Lozano, humildes ellas, preferían llamarlo «el arte de someter y dominar el fuego». Jimena seguía pensando que sonaba más bien a patología. ¿Pirómanas? No sería ella quien lo dijese en voz alta.

—Hemos intentado contactar con los Saavedra, pero no hemos obtenido respuesta —respondió Carolina, sentada a la derecha de la Dama Flora, quien presidía la mesa en silencio, estudiando a las asistentes con ese aire de estirada que la había llevado tan lejos.

«Sé justa —se recordó a sí misma—. La magia la ha escogido, por tiesa que sea». A veces, su sobrina tenía razón al decir que la naturaleza juiciosa de Jimena la cegaba, aunque, en la mayoría de ocasiones, era perfectamente consciente de ello y aun así no le importaba en absoluto. En el caso de Flora, le costaba olvidar que su amistad juvenil había acabado en un desengaño que le había dolido más que cualquiera de sus fracasos amorosos.

—Comprendo. ¿Y vamos a permitir que nos traten así? —dijo Helena.

La ira que siempre permanecía oculta tras sus oscuros ojos crepitaba paciente, aguardando el momento para estallar. «Va a ser una noche interesante».

—¿Qué sugieres que hagamos, Helena? —preguntó Flora.

—Responder en sus mismos términos. Si ellos atacan, nosotras también.

Su propuesta fue recibida con un revuelo de voces que coincidían al afirmar que una escalada de violencia sería una auténtica locura. Si alguien más pensaba como la joven Lozano, no se atrevió a reconocerlo.

—¿Y desatar una guerra, eso es lo que pretendes? —dijo Daniela Hierro, imponiendo su voz sobre todas las demás, gracias al respeto que le profesaba aquella mesa a la matriarca de la rama local de uno de los clanes más antiguos de la sociedad mágica.

—La guerra no es un mal, solo una herramienta. Todas sabemos que el pacto no durará para siempre, ¿por qué seguir esperando a que el enemigo lo quebrante? ¿Por qué no asestar el primer golpe?

«Con lo a gusto que estaría en el pub tomando algo con mis colegas londinenses o en el hotel poniéndome al día con alguna serie en lugar de aquí escuchando estupideces», se dijo Jimena. No podía importarle menos la opinión de una Lozano. En realidad, no le importaba la opinión de prácticamente nadie que estuviese sentada en torno a esa mesa.

—Este es un aquelarre pacífico. No pasaré a la historia como la Dama que rompió el pacto que nos ha permitido prosperar en armonía durante décadas —dijo Flora.

Por no hablar de la maldición que se cerniría sobre ella. Por si le faltaban incentivos para querer evitar una guerra.

—Los nigromantes nunca han sido nuestros amigos. Estás ciega si no puedes verlo. —Sonrió con desprecio—. Aunque más bien diría que es una cuestión de cobardía y no de ceguera.

—Muestra más respeto, Helena —exigió Carolina, como siempre, fiel defensora de su amada Flora, dispuesta a hacer cualquier cosa por ella aunque nunca fuese a ser correspondida en sus esfuerzos. En parte, Jimena la admiraba por ello. Por otra, se alegraba de no haber sido nunca tan servicial y masoquista.

—¿Respeto? A nuestra líder le preocupa más tener que ensuciarse las manos que nuestra hermandad, ¿eso es para ti respeto, Flora? —dijo dirigiéndose a la bruja—. Has sido una gran Dama en tiempos de paz, pero se escuchan tambores de guerra en la distancia y dudo que tengas lo que hace falta para plantarles cara.

«Quiero irme a mi casa —pensó Jimena—. Qué ganas tengo de que Sabele se forme y me sustituya al frente del clan, seguro que le hace ilusión y todo».

—¿Tambores de guerra? —preguntó Daniela. Las joyas de oro en sus muñecas tintinearon cuando alzó las manos en el aire para enfatizar sus palabras—. Lo más probable es que solo se trate de una chiquillada, unos cuantos niños rebeldes desafiando las normas de sus padres. —La mayor parte del consejo asintió—. No es necesario hablar de «guerra». Por el amor de la Diosa…

—El amor de vuestra querida Diosa no nos servirá de nada cuando los nigromantes decidan exterminarnos. Adoráis a una deidad débil, exhausta… Mirad a vuestro alrededor. ¿Cuál fue la última vez que sentisteis el poder de la naturaleza entre el hormigón y el asfalto?

Jimena abrió los ojos de par en par. Había conocido a brujas de los cinco continentes y jamás oyó a ninguna renegar de la Diosa como Helena Lozano acababa de hacer. Llevaba mucho tiempo sin pasar por uno de los consejos ordinarios y, por lo visto, se había perdido unas cuantas cosas. El resto de las mujeres en la mesa estaban igual de horrorizadas que ella, pero no tan sorprendidas.

—Cuidado, Helena —advirtió Carolina—. Eso que insinúas podría confundirse con herejía.

—¿Y qué vais a hacer, Montes? ¿Quemarme en la hoguera? —Helena sonrió con una breve carcajada—. Podéis intentarlo si queréis.

—No estamos aquí para discutir la fe o falta de ella de las Lozano. —Flora miró a su asesora y la mujer asintió en silencio.

—Y mientras tanto —volvió a intervenir Daniela—, nos desviamos de lo que verdaderamente importa, del asunto que requiere nuestra máxima atención. ¿Qué ha sido del arpa de Morgana?

De nuevo, se instaló un profundo silencio en el salón.

—No hemos logrado recabar ninguna información al respecto. El arpa se protege a sí misma de cualquier hechizo, incluyendo los de rastreo —explicó Carolina—. Como sabéis, todas las brujas presentes están siendo interrogadas una a una, sin resultado, pero estamos trabajando para restaurar los recuerdos de una posible testigo y tenemos esperanzas...

—¿Una posible testigo? Permíteme que sea clara. —La tensión en la mesa se propagó como un terremoto y Daniela Hierro era su epicentro. Cada vez que empleaba aquellas palabras se preparaba para atacar, siempre presumiendo de su buena educación. Jimena observó su manicura refinada y los anillos en sus dedos, hipnotizándose con sus movimientos, lo prefería a la nueva bronca que sabía que se avecinaba—. Nuestras hijas, nietas y hermanas permanecen recluidas, las habéis tratado como a delincuentes y no sabemos cuándo las dejaréis marchar. Creo que tenemos derecho a conocer la verdad.

—¿Insinúas que ocultamos información, Daniela? —dijo Flora, con un semblante indescifrable.

—No insinúo nada, simplemente, me cuesta creer que no dispongáis de ninguna prueba que inculpe a Valeria Santos.

«Por la Diosa..., lo que ha dicho», pensó Jimena. Se permitió el lujo de suspirar exasperada, sabiendo que nadie le iba a prestar atención después de la bomba que Daniela había dejado caer. No iban a levantarse de la dichosa mesa nunca.

—¡Mi hija no tiene nada que ver con el robo! —Juana Santos alzó la voz.

—Tu hija, la fugitiva.

—Te estás propasando, Daniela. Valeria es una hechicera ejemplar. —Golpeó la mesa con las manos—. Por lo que sabemos, podría haber sido raptada, podría estar herida, podría estar en peligro, podría... —Tomó aire para tranquilizarse a sí misma—. No juegues con el nombre de mi familia, Hierro.

Las dos mujeres se sostuvieron la mirada. Una de orígenes ancestrales y venerada por derecho de sangre, pasional y defensora perpetua de la tradición y de los viejos métodos de la magia. La otra, la racional fundadora de una joven estirpe que se había ganado su puesto en la mesa gracias a su visión de futuro, a su éxito en los negocios y a su habilidad a la hora de unir la tecnología de los corrientes al don mágico de las brujas. Dos mujeres así de diferentes solo podían convertirse en íntimas amigas o en dignas adversarias.

—No necesitáis ninguna ayuda para ensuciar vuestro nombre desde el día en el que decidisteis profanar la naturaleza de la magia con los artilugios de los corrientes.

—¡Hermanas! —Flora alzó la voz, imperturbable, pero rotunda—. Comportaos. Coincido con Juana, no hay ningún indicio que señale a Valeria Santos como culpable.

—Por supuesto que no, mi hija es inocente. Es más, ante vosotras como testigo, exijo saber, ¿por qué no se la está buscando?

—Hemos intentado rastrearla —respondió Carolina, de nuevo la encargada de lavar los trapos sucios—. Sin resultado. Por eso hemos preferido destinar otros recursos a identificar al culpable. Asumimos que, cuando lo encontremos, nos llevará a Valeria.

—¿Y qué se supone que he de hacer? ¿Sentarme a esperar, aquí recluida, mientras mi hija corre peligro? —La voz de Juana no se alteró ni un solo instante, no se quebró ni mostró debilidad alguna.

Como tantas otras veces, Jimena se preguntó si era una maestra del arte de ocultar las emociones o si simplemente estaba hueca por dentro. Si Sabele estuviese en paradero desconocido... No, no quería ni pensarlo. Ella siempre había sido una cuidadora flexible, sabía que lo inevitable no podía prevenirse y que poco podía hacer por mantener a su sobrina alejada de los riesgos de estar viva. Sin embargo, no hubiese logrado mantener la calma en la situación en la que Juana se encontraba. Que una bruja no pudiese ser rastreada era una mala señal. Significaba que se hallaba en un lugar fuera de los dominios de la magia de las brujas (lo que incluía el Más Allá) o que se estaba escondiendo. Cualquiera de las dos posibilidades resultaba, como mínimo, inquietante.

—Valeria podría estar en peligro —insistió.

—O suponerlo para todas nosotras —añadió Daniela.

—Suficiente. Has cruzado la línea de lo inaceptable.

Juana se puso en pie y Daniela la imitó, haciendo tintinear las joyas sobre su pecho. ¿Cómo era posible que alguien llevase tantos kilos de metal en el cuerpo y pudiese levantarse con semejante agilidad? Jimena pensó que ella se hubiese quedado pegada al asiento.

—Estoy planteando todas las posibilidades, ¿o es que pretendes que tu hija reciba un trato prioritario por ser una «niña prodigio»?

«Por la Diosa, mataría por unas palomitas ahora mismo». La cosa se estaba poniendo interesante. Por primera vez en toda la reunión, Jimena se alegró de estar ahí (quizá no tanto como alegrarse, pero ya no le resultaba tan insoportable). Si pasaban a las manos, podría contar que ella lo vio todo y en primera fila. Llevó la mano al bolsillo de su chaqueta donde guardaba el móvil por si tenía que empezar a grabar.

Helena hizo estallar la tensión, levantándose también como si no quisiese quedar en un segundo plano.

—Traidora o no, ¿a quién le importa? ¿No es obvio acaso quiénes son los verdaderos culpables, los confabuladores? El arpa de Morgana está en manos de los nigromantes, y cada segundo que perdemos nos acerca a la derrota. ¡Plántales cara si te queda algo de orgullo! —increpó señalando a Flora.

El caos se desató. Los pocos clanes que apoyaban a Helena en sus declaraciones enajenadas hicieron más ruido que todas las demás juntas mientras las aliadas de Juana y Daniela se enfrentaban entre sí. Al cabo de unos segundos, todas estaban en pie y se encaraban las unas con las otras. «Y lo llaman hermandad», pensó Jimena desde su asiento. Hacía tiempo que había perdido la fe en aquel consejo, como lo había hecho con la amistad más allá de los treinta. De no haber sido por Sabele y sus amigas se habría convertido en una auténtica cínica y habría renegado de las relaciones sociales duraderas en general, pero verlas tan unidas, tan llenas de fuerza, le hacía mantener una pizca de esperanza a pesar de ser una loba solitaria. En cuanto a sus compañeras de quinta..., ya la habían decepcionado lo suficiente. Se levantó en silencio y caminó hacia la salida, suponiendo que nadie la echaría de menos si se marchaba en mitad de la reyerta.

Antes de que pudiese llegar al fondo de la sala, las puertas se abrieron de par en par y Paula Silvera, que compaginaba con gran habilidad su carrera médica con la brujería, entró en la sala acompañada de una chica menuda con el pelo muy negro y unos grandes ojos verdes que apenas podía sostenerse sin ayuda. La joven bostezó sin pudor.

—¡Roberta! —Daniela Santos avanzó hacia la muchacha apartando a Jimena en su camino, y sostuvo el rostro de su hija entre las manos—. Berta, mi amor, ¿qué te ha ocurrido?

—Perdonad que os interrumpa, pero la hemos encontrado dando cabezadas en la sala de meditación y... —Se inclinó hacia ella—. Cuéntales lo que me has dicho, cariño.

—Me... me dieron de beber... un su... suero relajante —abrió la boca para bostezar.

—¡Por la Diosa y la Virgen María! —exclamó Daniela, dado que su clan adoraba a ambas deidades por igual—. ¡La han envenenado! ¿Quién ha sido? Dinos, mi amor.

Paula alzó la vista y la dirigió directamente hacia Jimena, a solo unos cuantos pasos de ella y de la puerta. Jimena tuvo un mal presentimiento.

Tras una pausa y un palpable esfuerzo para concentrarse, Roberta Hierro fue capaz al fin de pronunciar un nombre.

—Sabele... Sabele Yeats y sus amigas.

Jimena tragó saliva, mientras pensaba cómo excusar a su sobrina sin autoincriminarse.

—Carolina... encárgate de que traigan hasta aquí a esas jóvenes brujas. Seguro que hay alguna explicación razonable para todo esto —pidió Flora.

Jimena le agradeció el intento, pero sabía que la ira del consejo, en busca de culpables, no tardaría en verterse sobre su sobrina.

—Ya lo hemos intentado, señora —admitió Paula Silvera, con algo de pudor ante la idea de contradecir a su Dama—. Me temo que no hay ningún rastro de ellas.

—Imposible, tres brujas novatas como ellas no podrían romper la barrera — replicó Daniela.

—No sin un cómplice —añadió Juana Santos, suspicaz.

Jimena hizo lo que mejor sabía hacer al verse convertida en el blanco de todas las miradas: sonreír. Aunque sospechaba que esta vez su carisma no le iba a servir de mucho.

40

Luc

Luc solía sentirse traicionado por su cuerpo. Contaba con tantas virtudes que no le importaba reconocer tan insignificante defecto: tenía las piernas y los brazos demasiado largos para su propio bien. Allá donde fuese era habitual que sus extremidades sobresaliesen por doquier, dándole un aire indigno y haciendo que maldijese su inexplicable estirón. Nadie en su familia era tan alto como él, así que se había tenido que hacer a la idea de que iba a destacar allá donde fuera desde los catorce.

A pesar de sus años de práctica en «no saber dónde meterse», nada le había preparado para aquel momento. Jamás había sido tan consciente de sí mismo como lo era sentado en el taburete azul del salón multicolor que parecía sacado de un catálogo esotérico de Ikea. En el fondo se sentía algo decepcionado. Cuando supo que iba a ser un invitado en una «casa de brujas» esperaba encontrar otra cosa. No había ojos de salamandra en salmuera ni mandrágoras, tampoco un gran caldero en la cocina, ni tres escobas junto a la ventana listas para salir volando… En lugar de eso tenían un estante con tés bio y hierbas secas, un microondas, un mortero, plantas de interior por doquier y uno de esos aspiradores con sensores que se pasean solos por el suelo. No había ni un solo objeto a la vista que delatase que las habitantes de la casa eran algo más que tres veinteañeras con un gusto especial por los amuletos exóticos. Lo sabía bien porque estudiar el mobiliario era lo único que había hecho desde que entraron por la puerta.

El dichoso Cal se había puesto a hablar por teléfono nada más llegar a la casa y las brujas habían ocupado el sofá y el sillón sin prestarle ninguna atención a sus invitados. Luc se sentó en el primer rincón disponible, preguntándose qué demonios estaba haciendo ahí. Al cabo de un rato, Sabele le había puesto una taza de té caliente entre las manos sin preguntarle siquiera si le apetecía o no una infusión. Suponía que era su forma de decir «Ey, oye, siento que una bruja poseída por el espectro que invocamos casi te haya apuñalado frenéticamente hasta la muerte. ¡Ups!».

—No le he puesto azúcar porque no sabía si te gustaba o no, pero te dejo un bote de miel por aquí —le dijo con cautela, como si temiese que estuviese a punto de romperse en cualquier momento.

—Estoy bien.

No le apetecía que pasase de despreciarle a tratarle como a un bebé desvalido. Prefería mil veces lo primero, de hecho, estaba convencido de que se lo merecía más, y se sentía cómodo con la rutina del desdén. Aunque, por otra parte... el cambio no era del todo desagradable. Hacía mucho que nadie se interesaba por cómo se sentía sin un reproche guardado en la manga.

—Ya. Bueno. Tú bebe. La infusión de manzanilla lo cura todo. Y esta, más.

Le lanzó una sonrisa pícara antes de marcharse y Luc se quedó mirando el té en silencio mientras se preguntaba si lo habría hechizado o si le habría echado unas cuantas gotas de una pócima mágica. Fuera lo que fuese, seguro que había bebido cosas peores. Se encogió de hombros y le dio un sorbo intrigado.

Al cabo de un rato, Cal colgó el teléfono y se lo hizo saber con un sonoro suspiro.

—Tengo buenas y malas noticias... —hizo una pausa dramática.

«Dilo de una vez y punto», pensó Luc, que puso los ojos en

blanco, exasperado. Si era cierto que el té estaba adulterado, por ahora no notaba el más mínimo efecto.

—Diego está en el hospital, van a tener que mover unos cuantos hilos para explicar su «milagrosa curación». Ha necesitado una transfusión, pero por lo demás se recupera sin problemas. Le trasladarán a la unidad de enfermos mágicos en un par de horas para no llamar más la atención.

¿Unidad de enfermos mágicos? Lo que le faltaba por oír. Aunque por otra parte era un alivio saber que la sanidad pública sabría qué hacer si se presentaba en urgencias víctima de una maldición. Claro que, esperaba que la lista de espera fuese más corta que para operarte el menisco.

—Qué alivio —susurró la bruja menuda de rasgos asiáticos.

—¿Y la mala? —preguntó Sabele, aliviada pero en tensión.

—Siguen convencidos de que ha sido cosa de brujas. Diego estaba protegido por un conjuro defensivo, cualquier corriente que hubiese intentado causarle daños habría sido atacado por las tinieblas. Solo podría haberlo hecho alguien con la capacidad para contrarrestar la magia de muerte.

—Vale que nosotros sabemos que no es así —dijo Rosita (Luc había logrado retener su nombre porque le gustaba la banda de su camiseta)—, pero ¿cómo pueden estar tan seguros de que no ha sido otro nigromante?

—Un hermano no puede hacer daño a otro. La traición se paga con la muerte. Los nigromantes hacemos un juramento de lealtad al cumplir los catorce años.

—Las brujas también hemos hecho un juramento. ¿Les suena el Tratado de Paz? —protestó Rosita.

—Lo sé, pero para la mayoría de los nigromantes, las brujas solo sois enemigos ancestrales de los que desconfiar. No es nada personal.

—Precioso... —masculló Rosita para sí misma—. A lo mejor si se molestasen en conocernos en vez de ser unos estúpidos misóginos cambiarían de opinión.

Cal se cruzó de brazos a la defensiva.

—No todos los nigromantes somos iguales. Además, ¿hace falta que te recuerde cómo reaccionaste el día en el que Sabele nos presentó?

El nigromante arqueó una ceja y Luc deseó tener a mano un cubo donde echar la pota. ¿De veras se iban a poner a rememorar anécdotas? La bruja menuda se rio por lo bajo y Rosita le dirigió una mirada de reproche.

—Eso... eso es totalmente distinto... Sabele es mi amiga, desconfiaría de cualquier tío que se le acercase y de sus intenciones. Además, aún tienes que demostrar que eres de fiar. ¿No te dedicaste a seguir al corriente durante días por celos?

—Porque yo también soy amigo de Sabele y desconfío de las intenciones de otros. Igual que harías tú.

Como si fuese la aguja de una brújula y él el norte magnético, la vista de Rosita se dirigió directamente hacia él.

—Este es cosa de Ame, que se preocupe ella.

¡Ame! Claro ese era su nombre. Iba a necesitar un glosario con tanta cara nueva y esos nombres extraños. La bruja se encogió de hombros.

—Yo estoy muy tranquila, salvo por el espectro furioso.

—Exacto, así que ¿podéis dejar mi vida amorosa en paz? —protestó Sabele.

—Ah, querida, tu vida amorosa es la razón de que estemos aquí —suspiró Rosita—. Pero de acuerdo, ¿ahora qué? ¿Salimos a buscarla por la ciudad en grupos de dos?

—Si vamos a hacer eso lo primero es conseguir unos teléfonos móviles temporales —dijo Ame—. Por la Diosa, cómo echo de menos el mío.

—Supongo que entonces ha sido una buena idea que haya traído estos —dijo sacando un par de viejos Nokia y un Motorola del bolsillo de su chaqueta—. Aunque me temo que no tienen internet, pero podremos comunicarnos sin tener que recurrir a la magia. Mis móviles viejos los dono, pero estos estaban por la casa. De todas formas, son más seguros ante los rastreos mágicos.

—¡Oh! ¡Me pido este! —exclamó Rosita al ver el Motorola plegable de color fucsia. Se lo arrebató de las manos.

Luc miró hacia la puerta y se preguntó si alguien se percataría si se levantaba y se iba. Estaba casi seguro de que no le iban a echar en falta.

Cal se sentó junto a Sabele y le tendió uno de los teléfonos.

—También tengo uno para ti.

—Tan considerado como siempre, Caleb... —Si las voces pudiesen cortar, la de Sabele habría reducido a su ex a jirones. Luc abrió los ojos de par en par. «No sabía que Sabele pudiese tener tan mala leche». Es decir, sí, le había puesto en su sitio cada vez que se había puesto en plan cretino, pero nunca sintió que estuviese enfadada de verdad.

—¿Qué ocurre?

—No tienes que solucionarlo todo siempre, ¿sabes?

—¿Otra vez con esas? Solo intento ayudar.

—Ayudas a todo el mundo, pero ¿quién te ayuda a ti? ¿Quién va a recoger los pedazos cuando no puedas más y las sombras te engullan?

Un silencio, expectante por un lado y temeroso por otro, se apoderó del salón durante unos segundos en los que la tensión fue casi insoportable. Las brujas apartaron la vista y él se sentía obsceno, como si estuviese observando a una pareja en un momento de complicidad. ¿Había acaso algo más íntimo que una discusión entre amantes? Y ahí estaba Luc, sin saber cómo sentirse al respecto, o siquiera si tenía derecho a sentir algo. «¿Así es como se pone el ambiente cuando me enfado y monto un circo? Normal que la gente me evite».

—No es momento de ponerse así —le reprendió Cal.

—¿Ah, no? ¿Cuántas personas tienen que estar a punto de morir, incluyéndote a ti, para que pueda cabrearme y decir «hasta aquí»?

Se puso en pie e hizo aspavientos con los brazos. Luc había pensado que era demasiado expresiva al verla por primera vez, casi agotadora, ¿es que le sobraba la energía? Pero lo cierto era que ya no le disgustaba que no dejara de mover las manos cuando hablaba, ni que su rostro fuese como un libro abierto. Es más, tenía la sensación de que le daba… fuerza.

—Está bien, cabréate si quieres. ¿Podemos tratar de resolver la situación entonces?

—Ya basta con el autoengaño y con las tonterías. Nosotros solos no podemos solucionar este lío y lo sabéis de sobra. Ese espectro ha matado a hombres inocentes y ha estado a punto de acabar con la vida de otro en nuestras narices. Está ahí fuera, sabemos que va a volver a atacar, no tenemos la menor idea de cuándo ni dónde y no hay nada que podamos hacer para evitarlo. Creo que va siendo hora de que confesemos nuestro error, asumamos las consecuencias y dejemos que se ocupe alguien que sepa lo que hace. Chicas —dijo mirando a sus amigas—, no tenéis por qué cargar con esto. Marchaos antes de que sea tarde y negadlo todo.

Dio media vuelta, caminó por el corto pasillo, pasando de largo junto a Luc, quien, por supuesto, no existía a sus ojos, y se encerró en su cuarto con un sonoro portazo que hizo retumbar todas las paredes de la casa. Luc se sintió aliviado de no ser el causante de la bronca por una vez.

Tras unos cuantos segundos de shock, cada uno retomó su papel.

—¿Os hace si pedimos una pizza? Con la tontería no he cenado y me muero de hambre. ¿A qué hora cierra Telepizza? —dijo Rosita.

—Como quieras y… ni idea —dijo Cal, que salió del salón siguiendo los pasos de Sabele hacia su cuarto.

—Déjalo, creo que tenemos una de microondas en la nevera. —Rosita siguió hablando consigo misma de camino al frigorífico.

—Así que… —dijo Ame, girándose hacia Luc—. Eres músico, ¿eh?

41

Sabele

Nigromantes y corrientes, todos ellos le complicaban la vida. Cal, que se negaba a dejar de actuar como si fuese un dios todopoderoso en lugar de un mortal de carne y hueso. Luc, que actuaba como si todo le diese siempre igual, pero que estaba aterrado.

Alguien llamó a la puerta y se cubrió el rostro con la almohada. No le apetecía hablar con nadie, aunque le sorprendió comprobar que era Cal quien la había seguido a pesar de sus crudas palabras. Cal, su Cal, al que tanto había querido. Sabía de sobra que el hechicero no era culpable de su «enfermedad», ni del carácter generoso que le llevaba a empeorar su salud. No tenía ningún derecho a echárselo en cara, y menos aún cuando aquel rasgo fue el que hizo que se enamorase de él siendo una cría. Cal se sentó junto a ella en la cama y aguardó en silencio a que estuviese lista para hablar. La conocía demasiado bien.

—Bel, ¿qué ocurre? —preguntó.

—Has estado en los mismos sitios que yo estos dos días, así que no sé, mejor dime tú qué es lo que ocurre. Porque al parecer yo soy tan tonta que no me doy cuenta.

—Lo siento… Sé que estás cansada y preocupada.

—¡Deja de hacer eso! No estoy enfadada por el cansancio, sino porque tengo razones. Deberías haber dejado que nos encargásemos de Diego. Nuestra magia es sanadora por naturaleza, ya lo sabes, y la especialidad del clan de Ame es la curación física y espiritual. No le habría costado nada.

«Al contrario que a ti».

Como siempre, Cal hizo una breve pausa para mirar al techo antes de contestar y supo que en lugar de ponerse a la defensiva y cerrarse en banda, esta vez iba a responder con el corazón. Ella también le conocía demasiado bien.

—Fue un impulso. Vi a un compañero herido y acudí en su ayuda, no me paré a pensarlo. No es que creyese que no habríais sido capaces ni nada por el estilo, sé que lo sois.

—No... no lo digo por eso. O al menos, no únicamente.

—¿Entonces por qué?

No estaba segura de que fuera buena idea decirlo en voz alta, sacar el tema a relucir en el peor momento posible. Siempre había sido un asunto espinoso en su relación, una realidad que estaba ahí, pero que procuraban ignorar siempre que podían. Nunca fue un tabú, aunque se le parecía demasiado. Sin embargo, sus ojos, ajenos a la corrección política, la delataron al desviarse hacia sus manos.

—Oh..., eso. —Sonrió con un deje amargo—. Así que ¿te diste cuenta?

Por mucho que se empeñasen en fingir que la enfermedad de Cal no existía, siempre estaba presente como una sombra que oscurecía y condicionaba cada decisión que tomaba, dueña de su día a día.

El carácter atrevido de Cal, su afición por los deportes extremos, su empeño en no dejar de probar nuevas experiencias, de viajar a todos los países (y hacer tantos voluntariados en ellos como le era posible) sin importarle si eran seguros o cómodos para él y, sobre todo, su insistencia en defender al débil incluso si ello le ponía en peligro. Todo era fruto del impacto de aquella maldición en un chico con un gran corazón. No tenía nada que perder y ni un solo segundo que derrochar. Quería conocerlo todo, sentirlo todo y dejar el mundo mejor de lo que lo encontró. Así era el Cal del que ella se había enamorado y desenamorado.

Lo que ella llamaba enfermedad le había llevado a exprimir cada segundo haciendo que sus redes sociales pareciesen un sueño en vida, cuando la triste verdad era que solo estaba huyendo de una muerte que le pisaba los talones. El acecho de las sombras se escondía tras cada foto en la playa, tras cada sonrisa, cada beso y, en los últimos meses de su relación, también tras cada «te quiero» que Sabele había pronunciado, mientras intentaba convencerse a sí misma de que aún le amaba de esa manera, porque ¿qué clase de persona abandona a un moribundo? Pero los dos se merecían algo más que un engaño. Comprendió que Cal jamás le hubiese perdonado que lo viese así, como un enfermo al borde de la muerte y no como lo que verdaderamente era, un joven artista que quería devorar y exprimir la vida. En cierto modo, ya había vivido más que muchas personas que llegaban a los noventa.

Sintió un nudo en la garganta y se obligó a no sollozar. ¿Qué derecho tenía ella a llorarle antes de tiempo?

—No tienes por qué preocuparte por mí, Bel —dijo Cal, colocando uno de sus largos mechones dorados tras su oreja repleta de pendientes—. Ya sabes que tiene mucho peor aspecto de lo que realmente es.

Sonrió de nuevo y Sabele sintió ganas de echarse a llorar. No estaba siendo honesto.

—¿Puedo verlo? —preguntó.

—¿Qué?

—Quiero verlo. Quiero ver cómo de malo es ese aspecto para que te impulse a mentirme a mí.

¿Por qué se hacía eso? No iba a ser agradable para ninguno de los dos, pero tenía que saberlo. Lo que jamás se atrevió a preguntar como pareja era una verdad que necesitaba como amiga. Cal suspiró, pero asintió con la cabeza. A él le costaba tanto mostrarse al descubierto como a ella mirar. Él, que siempre brindaba su ayuda a los demás sin necesidad de que la pidiesen, rara vez se dejaba socorrer.

Cal se quitó la chaqueta de cuero debajo de la que solo llevaba una fina camiseta blanca, teñida de un feo color entre marrón y granate por culpa de la sangre seca.

—*Okh saia* —susurró, apoyando su mano derecha sobre su antebrazo. En sus años de relación, Sabele había prestado suficiente atención para poder reconocer unas pocas palabras de aquella lengua de la muerte, las bastantes como para identificar un contrahechizo.

Obedeciendo a su mandato, el precioso tono olivíceo de su piel desapareció y el espejismo dio paso a una cobertura negra, grisácea y violeta en algunas zonas, de aspecto rugoso que se propagaba desde la punta de los dedos y sus uñas hasta la base de su cuello, donde comenzaba a expandirse en la forma de pequeños hilos que rozaban su barbilla y se perdían tras su pelo. Sabele recordó que, cuando comenzaron a salir, la sombra apenas llegaba a su muñeca y se estremeció. Aquel era el precio que los nigromantes pagaban por su magia.

—Levántate la camiseta —ordenó.

—¿De verdad es necesario? —A pesar de su protesta, obedeció, mostrándole cómo la mancha se había propagado por debajo de su axila, hacia el pecho y el vientre en dos frentes distintos hasta cubrir su torso casi por completo—. ¿Suficiente?

Sabele asintió con la cabeza, el nudo en su garganta se había tornado casi insoportable.

—Vas a dejar que acabe contigo, ¿verdad? —preguntó, incapaz de mirarle a los ojos.

—Sabele... —Ella esperaba lo que le iba a decir: «Ya hemos tenido esta conversación», y no le faltaba razón, ninguno de los dos lograría convencer al otro, y la decisión solo le pertenecía a él, pero ver como su cuerpo se malograba lentamente y saber que seguiría haciéndolo hasta que no quedara un centímetro libre de tinieblas era muy distinto a conocer la teoría.

—¿Tan terrible sería? Miles de millones de personas viven en este mundo sin un ápice de magia en sus venas, ignorando realidades que ni siquiera son capaces de imaginar, ¿y sabes qué? No pasa nada, la mayoría de ellas llegan a ser felices. ¿Tan insoportable sería dejar de hacerte daño?

—Soy un nigromante. —Se encogió de hombros mientras

doblaba la chaqueta sobre su regazo, como si no quisiese dar demasiada importancia a las palabras de Sabele.

—¿Y qué? Muchos otros pasan por lo mismo y deciden ser sensatos. ¿Por qué no puedes guardar tu magia para las ocasiones imprescindibles en lugar de derrocharla? En lugar de... —Su voz se quebró, pero si quería que dejase de ser un tema espinoso entre ambos, tendría que ser la primera en resquebrajar las barreras— de matarte.

—Porque, al contrario que ellos, nací siendo un nigromante y estoy dispuesto a morir como uno en lugar de convertido en un cobarde.

—Lo conseguirás dentro de poco, si sigues así —dijo Sabele, incapaz de refrenar su rabia.

—Si es lo que tiene que ser, así será. La muerte es una posibilidad para todos, Sabele, podría dejar de emplear la magia para protegerme de las sombras y morir atropellado por un coche al día siguiente.

—No es lo mismo y lo sabes.

—¿Crees que es una decisión que he tomado a la ligera? Me aterra tanto como a ti pensar en el mañana, por eso no lo hago, porque he decidido vivir sin miedo y me gustaría contar con tu apoyo. Puede que ya no... que tú y yo ya no... —Entrelazó sus manos y apoyó la frente sobre sus puños, como si así fuese más fácil cargar con el peso de sus palabras—. Para mí eres una persona muy importante.

—Y tú para mí —dijo, y le dolió en cada milímetro de su alma saber que era cierto.

Ojalá hubiese podido olvidarle sin más, pasar página, borrarle de su pasado. Ojalá. Pero era imposible. Cal nunca desaparecería, iba a ser parte de ella, de lo que fue, de lo que era y de lo que quiera que llegase a ser, para siempre.

—No es nada, Bel. De verdad. Me queda mucha gasolina para seguir...

Pero ella no le dejó terminar. No quería seguir escuchándole; no quería oír sus mentiras. Se echó a sus brazos y le estrechó, buscando un contacto, un olor, un aura familiar... pero nada más. Antes de que Cal le devolviese el abrazo, se alejó.

—Estoy contigo, pero no me mientas más, por favor. Y si necesitas ayuda, pídemela, si las sombras se descontrolan o si estás en peligro acude a tus amigas. ¿Me lo prometes?

Notó como Cal tragaba saliva.

—No puedo prometerte algo que no sé si voy a cumplir. Prefiero la muerte antes que poneros en peligro.

Sabele suspiró resignada, porque sabía que lo decía en serio.

—En ese caso, esperemos que no tengas que elegir...

42

Luc

Puede que Luc no fuera el rey de la autocrítica, pero empezaba a detectar ciertos patrones en su vida, clichés que se esperaban de él que le hacían reconsiderar la imagen que ofrecía a los demás. Llevaba años intentando transmitir el halo de una estrella inalcanzable, pero las dos brujas que tenía delante le habían adoptado enseguida como la nueva mascota exótica del grupo. El corriente sin poderes. Se sentaron cada una a un lado y comenzaron a acribillarle con preguntas indiscretas.

¿Qué le había llevado a dar *match* a Sabele?

¿Usaba mucho esas *apps*?

¿Desde cuándo se dedicaba a la música?

¿Qué había pensado de Sabele cuando la conoció?

Él trataba de responder vagamente: no sé, lo normal, desde los trece, no estoy seguro. Pero la intuición de Ame solo era comparable con su insistencia.

—A mí me parece que haríais una pareja muy mona. —Luc enarcó las cejas y abrió del todo los ojos por la incredulidad. Vaya. No se esperaba tener a alguien en su equipo. Es decir, en el caso de que tuviese algún interés en salir con una bruja en general, y con Sabele en particular.

Rosita resopló.

—Y con Cal hacía una pareja cañón y mira de qué ha servido. La cuestión no es si pegan. ¿Puedes mantenerte por ti mismo? No queremos que nuestra mejor amiga salga con un parásito.

—¿Quieres que demuestre que no soy un muerto de hambre sin talento?

—Me preocupa que solo sepas tocar *Wonderwall* de Oasis. ¿No es la que os aprendéis todos?

Luc resopló. ¿Le tomaban por un aficionado?

Rosita le tendió una guitarra abandonada en una esquina del salón y tocó una de sus canciones a regañadientes mientras las dos brujas bebían zumo de melocotón de bote. Estupendo. Ahora aceptaba tocar a cambio de bebidas no alcohólicas y de un par de trozos de pizza precocinada. Jean y sus amigos de The Telepats se morirían de envidia si pudiesen verle…

Intentó concentrarse en el alivio que la música le producía. El fluir de las notas entre las yemas de sus dedos siempre fue su terapia más efectiva. Solo tenía que cerrar los ojos y desaparecer. La melodía llegaba a su fin y sintió en el pecho la melancolía fugaz que siempre le invadía al saber que una canción estaba a punto de acabarse y que el mundo real volvería a aparecer a su alrededor en cualquier momento.

El último acorde murió lentamente y la vibración de las cuerdas cesó dando paso al silencio, quebrantado por los aplausos de Ame. Luc abrió los ojos para reencontrarse con el público más numeroso que iba a tener en mucho tiempo.

—Gracias —masculló ante los aplausos. Nunca se le había dado bien recibir halagos por parte de audiencias pequeñas (algo irónico cuando le encantaba profesárselos a sí mismo en privado y en público), pero sabía que era parte del papel.

—¿De verdad lo has compuesto tú? —preguntó Ame.

Bueno. Era una de las peores noches de su vida, pero al menos tenía una fan. Sumando a su madre, ya contaba con un total de dos.

—Sí —intentó sonreír, por eso de ser encantador con sus seguidoras, pero le salió una mueca extraña.

Había otra razón para ser sociable que no iba a reconocer. Quería causar una buena impresión a las amigas de Sabele. Él, a quien siempre le había importado muy poco lo que la gente pensase o dijese sobre su persona. Estaba perdiendo facultades.

Y todo porque una chica le había agarrado del brazo cinco segundos por pena. De verdad que tenía que centrarse.

—Pues suena muy bien.

—Ya…, lo sé —dijo, resultando más prepotente de lo que le hubiese gustado, pero a Ame no pareció importarle su exceso de confianza, porque se giró hacia Rosita, entusiasmada. La bruja le escrutaba, taza en mano, con la misma expresión que Vito Corleone empleaba para recibirte si ibas a pedirle un favor el día en que se casaba su hija—. ¿A que suena bien?

Rosita se encogió de hombros.

—No sé… Suena normal, supongo. Al menos podrás trabajar en bodas y comuniones.

—Si tú lo dices… Tocaré en la tuya si encuentras a alguien que te soporte.

«Una forma muy madura de demostrar que sus críticas te dan igual —se recriminó a sí mismo—. Bah, que piense lo que le dé la gana».

Rosita sonrió, divertida. Así fue como supo que había caído en su juego y que estaba perdiendo.

—Vaya… Ahora veo a qué se refería Sabele.

—¿A qué se refería? —preguntó, y se odió por sonar tan desesperado.

—No le hagas ni caso —respondió Ame, agitando la mano para restarle importancia—. Se pone así porque piensa que no es bueno para Sabele enamorarse tan pronto y tiene miedo de que sufra por tu culpa. —Rosita le asestó un codazo—. ¡Au! ¡Pero si es verdad!

—Descuidad, eso no va a ocurrir. —La idea de que alguien como él pudiese romperle el corazón a Sabele le habría dado risa si no saliese tan mal parado por la comparación—. Puedes admitir que te gusta mi música, tranquila.

—Sé que no va a ocurrir, porque Sabele es una chica lista y va a disfrutar de su soltería con chicos a su altura —dijo, mirándole fijamente para que quedase constancia de que él no se incluía dentro de esa categoría.

¿Creía que necesitaba que se lo recordasen? Como si no tuviese ojos en la cara para ver al tal Cal y percatarse de sobra de que no era precisamente el tipo de Sabele.

—¿Es que no puede disfrutar de su soltería si la pasa sola? No todo el mundo es como tú, Rosita —dijo Ame, repentinamente malhumorada.

—¿Como yo? —preguntó con una sonrisa juguetona y perversa—. ¿Cómo soy yo?

Luc devolvió la atención a las cuerdas de la guitarra y volvió a tocar, anhelando retornar a su mundo plácido y feliz, un lugar en el que nadie más podía entrar, nadie, salvo las voces de las brujas chillándose la una a la otra.

—Pues... ya sabes. Así. Como eres.

—No tengo ni idea de qué me hablas.

—Claro que sí.

—Qué va.

—¿Cómo soy?

—Pues... eso, muy... sexual —susurró provocando las carcajadas ensordecedoras de su amiga.

Luc desistió en su intento de evadirse cuando sintió en su mejilla las gotas de zumo que Rosita había escupido por todas partes al reírse. Se limpió con el dorso de la mano y una mueca de asco.

—Perdona, ¿cómo has dicho? No te he oído.

—Me has oído perfectamente —dijo Ame, cruzándose de brazos. Su rostro al completo se había teñido de un tono rojizo que la hacía parecer incandescente, algo así como una especie de gusiluz inquietantemente realista.

—Creo... creo que lo mejor es que me vaya —dijo Luc, provocando un silencio instantáneo.

—Cómo sois los tíos. Se supone que os pasáis el día hablando de estas cosas y cuando lo hacemos nosotras os horrorizáis —dijo Rosita.

Luc le devolvió la guitarra y se puso en pie.

—No... no es por eso. —Se encogió de hombros, procurando dar la impresión de que le daba igual—. No pinto nada aquí, no tengo poderes como vosotras, es una pérdida de tiempo.

—Sabele nos dijo que tienes una hermana en la Guardia —dijo Rosita—. En fin, no es que me caigas demasiado bien ni que me entusiasme tu compañía, pero tengo que admitir que nos podrías ser útil.

—Te sorprenderá oírlo —dijo Luc—, pero seros útil no es mi propósito en la vida.

—Entonces quédate por Sabele —dijo Ame.

Rosita y Luc respondieron al unísono con resoplidos de incredulidad. Parecía que, además de compartir grupos favoritos, tenían algo más en común: ninguno de los dos creía que a Sabele pudiese importarle o beneficiarle su presencia ahí.

—Deduzco que tú eres la que hizo el hechizo aquel, ¿no?

—Yo solo precipité las cosas, vosotros dos estabais predestinados a encontraros tarde o temprano, y eso no tiene nada que ver conmigo ni con mi hechizo.

—Ya, seguro.

—Es la verdad.

Luc se dispuso a argumentar todos los motivos por los que eso era imposible, pero el timbre del telefonillo interrumpió su hilo de pensamiento.

—No lo creo... —se limitó a decir mientras Rosita se levantaba para responder—. ¿Pero quién llama a estas horas? Ojalá se hayan equivocado y nos traigan otra pizza.

—¿Por qué dices eso? —preguntó Ame a Luc, en un alarde de ingenuidad.

¿Acaso no era obvio? Sabele y él... No tenía el menor sentido.

—¿Quién es? —oyó decir a Rosita tras él.

—Escucha..., a ella ni siquiera le caigo bien. Y tampoco es que me quite el sueño, la verdad —dijo. Aunque sí que acaparaba un poco sus pensamientos cuando estaba despierto. Solo un poco.

—Antes la pillé viendo vídeos de tu banda en YouTube —confesó Ame con seriedad y autosuficiencia, como si fuera uno de esos abogados de las series de televisión que acaba de sorprender al jurado con una prueba definitiva que se ha sacado de la manga justo cuando todos daban el caso por perdido.

«Mi exbanda», pensó.

—¿Y?

Ame sonrió.

—No tienes ni idea de chicas, ¿verdad?

Antes de que pudiese sentirse ultrajado como procedía (aunque Ame acertase al deducir que no era ningún seductor), Rosita se detuvo a su lado rescatándole de un momento bochornoso.

—Siento interrumpir una conversación tan fascinante, pero tenemos que irnos.

—¿Qué ocurre? —preguntó Ame, poniéndose también en pie.

—Era Jimena, ha llamado al telefonillo con un conjuro porque… Vaya… A ver cómo lo dejo caer. El consejo del aquelarre sabe que estamos implicadas en… Bueno, en realidad no tienen ni idea de en qué estamos implicadas, pero el caso es que piensan que hemos robado el arpa de Morgana. O eso he deducido por sus gritos mientras le arrancaban el teléfono de las manos.

—¿Nosotras, robado el arpa? —preguntó Ame con una expresiva mueca compungida—. ¿Cómo pueden pensar algo tan horrible?

—Tampoco es que seamos unas santas.

Luc estuvo a punto de escupir su propio corazón de la impresión cuando oyó la palabra «arpa» justo después de «robado». Así que él había cometido el crimen del que culpaban a Sabele y sus amigas. Maravilloso. Después de todo parecía que el instrumento no era un objeto más tirado en una especie de trastero mágico de esos que se pasan años sin ser usados. Genial. Su suerte no cesaba de mejorar. Seguro que Sabele era de lo más comprensiva y le perdonaba por, básicamente, haber arruinado su vida. Si se enteraban de que la culpa era suya ya podía despedirse de cualquier remota posibilidad que tuviera de que le viese como algo más que el piojo de una rata de alcantarilla. Es más, le preocupaba que pudiera convertirle en uno si llegaba a saberlo. «Disimula, Luc. Tú como que no va contigo la cosa».

—Así que coge una bolsa de deporte, llénala con lo imprescindible y arreando. Tenemos que largarnos de aquí antes de que lleguen.

Ame asintió con la cabeza y corrió hacia su habitación.

—¡Sabele! —gritó Rosita, avanzando en la dirección opuesta—. ¡Sabele!

La puerta de su cuarto se abrió y aparecieron ella y su ex, que se había quitado la chaqueta y lucía sus enormes bíceps como si nada. O en el cuarto de Sabele hacía mucho calor o... a Luc no le entusiasmó imaginar la otra opción.

—¿Qué pasa? —preguntó Sabele, alarmada, pero no tanto como cuando Rosita le dio la noticia.

—El aquelarre viene para acá y creen que somos unas ladronas. Tenemos que largarnos.

—¿Ladronas?¿Te refieres al arpa? —Rosita asintió—. A lo mejor es una señal. Me entregaré y les explicaré que no se nada del arpa, pero que he sido yo quien...

—Ah, eso está muy bien —le interrumpió Rosita—. Pero ¿por qué te iban a creer? Además, ahora vienen a por las tres.

—No quiero seguir huyendo, pero tampoco quiero que paguéis por mí.

—Sabele —Rosita la tomó por los hombros—. Este es el momento de decidir si vas a arreglar el entuerto que has causado o si te vas a rendir y vas a dejar que los mayores arreglen el estropicio por ti y te castiguen como una niña pequeña. ¿Qué va a ser?

—¿Me estás intentando manipular para que no te castiguen a ti también?

—Sí —Rosita asintió con la cabeza—. Danos veinticuatro horas más. Si no hemos avanzado con el espectro yo misma les llamaré y le diremos dónde estamos.

Mientras las brujas hablaban, Luc se había acercado directamente a la puerta. No quería seguir allí cuando llegasen al piso un grupo de brujas experimentadas y muy cabreadas en busca del objeto mágico que él había robado y que escondía debajo de su colchón.

—No podemos quedarnos aquí.

—Tampoco podemos huir rumbo a ninguna parte, tenemos que acondicionar un espacio, hacer hechizos de protección. No vamos a vagar sin más hasta que nos encuentren —le recordó Sabele.

—¿Y si vamos al casoplón de Cal? Seguro que es imposible de rastrear para cualquier bruja —sugirió Rosita.

—Lo es. De hecho, el problema es que está demasiado bien protegido —respondió el aludido—. El resto de los nigromantes piensan que estáis a punto de declararnos la guerra, se darán cuenta si hay tres brujas en la mansión Saavedra.

—Pero es una casa grande —insistió Rosita con una última brizna de esperanza.

—No llegaríais ni hasta la puerta sin que os detecten.

Sabele se llevó las manos a la cabeza.

—Tiene que haber alguien a quien podamos llamar que no siga en la Gran Vía.

—Todas las personas que conocemos están en esa casa o en esta —dijo Rosita.

Sería tan fácil irse sin más mientras buscaban una solución y dejar que ellas cargasen con la culpa... No tendría que volver a saber nada de ese estúpido asunto y podría seguir con su mediocre vida en paz.

—¿Y alguna de tus... amistades? —preguntó Sabele.

—No suelo apuntarme las direcciones de mis ligues por si alguna vez necesito huir de un aquelarre justiciero de brujas furiosas, si eso es lo que te preguntas.

Empezaban a parecer desesperadas de verdad.

—No puede ser..., tiene que haber algún sitio al que podamos ir.

«Luc, no.»

—¿Qué vamos a hacer?

«Luc, ni se te ocurra».

—¿Cal, tú tienes algún amigo en el que confíes?

Negó con la cabeza.

—No probaría suerte con nadie relacionado con nigromantes si fuese vosotras. Y mis amigos..., bueno, más bien conocidos, no tienen ni idea de lo que soy en realidad, así que no creo que nos abriesen la puerta de par en par si les explicamos la situación.

«Luc, por favor, no seas estúpido».

—Podéis venir a mi casa —dijo, y todos los presentes se giraron hacia él, estupefactos. «Idiota»—. Quiero decir, vivo en un sótano, así que nadie suele bajar ahí. Además, mis padres casi nunca están en casa y..., en fin, hay espacio de sobra para tres personas más y supongo que nadie os va a buscar en la casa familiar de una agente de la Guardia, ¿no?

«Buen trabajo, Luc. Esperemos que no les dé por cotillear y encuentren la maldita arpa guardada en una caja debajo de tu maldita cama. Será interesante explicarlo. Perdonadme, chicas, es que creí que nadie se daría cuenta y sentí una irrefrenable tentación a la que no me pude resistir. Errar es humano, ¿amigos?».

Las dos brujas intercambiaron miradas y, por una vez, Cal titubeó al convertirse en el que sobra en una conversación.

—No parece mala idea —admitió Rosita. Sabele suspiró.

—Supongo que es lo mejor que tenemos.

—De nada —dijo Luc, sonando más dolido de lo que pretendía.

—Disculpa —dijo Sabele, llevándose las manos a las sienes—. Sé que no va a ser agradable para ti tener que acogernos y... te lo agradezco.

—Yo... Eso no es...

—¡Ya he guardado todo lo que necesitamos! —exclamó Ame, irrumpiendo en el salón cargada con dos bolsas de deporte a punto de reventar—. ¿Qué me he perdido?

—Que nos vamos de fiesta de pijamas a casa del corriente —dijo Rosita.

Ame sonrió de oreja a oreja.

—Y el destino vuelve a hacer de las suyas.

43

Jimena

—Estoy tratando de hablar por teléfono, ¿es que nadie te ha enseñado modales?

Parecía que el tiempo de margen que le podía dar una excusa tan pobre como «necesito ir al baño» se había agotado. La atlética bruja de cerca de metro noventa de altura optó por responder arrancándole el teléfono de la mano y lanzándolo contra la pared.

—¡Eh! ¡Tenía ese móvil desde hace cuatro años y no le había hecho un solo arañazo! ¿Sabes lo difícil que es eso hoy en día? ¡Eh! ¡Soltadme! —exclamó Jimena, pero la bruja, junto a su igual de fornida compañera, la alzó en volandas por el aire sin el más mínimo esfuerzo. La transportaron por el pasillo hasta llegar al despacho del fondo.

Ya que no podía evitarlo, Jimena se propuso hacerles el trayecto lo más insoportable posible. Se resistió a través de todos sus medios: chilló, pataleó, invocó hechizos para que los marcos colgados de las paredes cayesen sobre ellas, insultó sus estilismos, las amenazó de las maneras más creativas que se le ocurrieron, levitó y se dejó caer una vez tras otra para intentar despistarlas… Le extrañó que no la petrificasen solo para que se callase.

La guardaespaldas de Flora abrió la puerta del despacho y la lanzó a su interior. Jimena apenas consiguió mantener el equilibrio sobre sus tacones. Por suerte no había nadie para presenciar su involuntario número cómico.

—¿Estas son formas de tratar a una hermana? —gritó mientras cerraba la puerta, dejándola a solas—. ¿Y os hacéis llamar una hermandad? ¡Hermandad y una mierda!

Se acicaló el pelo y miró a su alrededor. Aunque no hubiese estado allí antes, habría sabido sin duda alguna a quién pertenecía aquel despacho. Nadie más en su sano juicio podía haber acumulado semejante cantidad de libros de geología, cuadros con ilustraciones de distintos tipos de minerales y urnas de cristal con piedras en las estanterías.

«Ay, Flora. No cambiarás nunca, ¿eh?». Aunque suponía que su vieja amiga, o lo que quiera que fuese ahora, podría echarle en cara lo mismo. La diferencia entre ellas era que Flora había madurado antes de tiempo y que Jimena no había llegado a hacerlo nunca.

Se quitó su chaqueta vaquera y la depositó sobre el respaldo de la silla frente al escritorio de la Dama. El gran gato dorado que había bordado en ella hacía casi tres décadas la miró a los ojos desde el asiento. Se preguntó si Flora aún conservaría su chaqueta.

Tomó asiento y se miró en el reflejo de una de las urnas de cristal para comprobar que estaba presentable. Se avecinaba una discusión, y siempre le había sido más fácil sacar las garras cuando se sentía perfecta. Se apretó el nudo del pañuelo negro con el que sostenía sus rizos rubios y sacó el pintalabios de su bolso para retocarse el maquillaje.

Cuando la puerta volvió a abrirse adoptó una fingida pose natural y extendió los brazos para rodear la silla y así ocupar el máximo espacio posible. El lenguaje corporal era un asunto importante. Flora la miró de los pies a la cabeza, con su expresión condescendiente de siempre. No le extrañaba que la magia la hubiese elegido Dama. Su altivez resultaba perfecta para el puesto.

—Vaya, la Dama Flora me honra con su presencia. —Se puso en pie y la recibió con una reverencia.

—Vuelve a sentarte.

—¿Es una orden?

—Solo quiero hablar contigo, Jimena. Y me gustaría que cooperases.

—¿Qué vas a hacer, Florinda, interrogarme? ¿Me vas a golpear hasta que te diga la verdad? ¿Me ahogarás en una bañera de agua gélida? No lo creo, el estilo corriente es demasiado vulgar, ¿qué tal si pruebas con un conjuro crujehuesos?

Flora agitó su dedo índice, en el que llevaba un anillo de oro engarzado con una descomunal piedra de malaquita. La silla se movió tras Jimena hasta golpearla en los tobillos y hacerla caer sobre el asiento con un indigno gritito.

—Vaya, has mejorado... —admitió con cierta maldad.

No iba a dejar pasar la oportunidad de recordarle que, de las cuatro, ella siempre fue la más débil en lo que a magia rápida se refería (en cambio, con hechizos ancestrales y fuerzas de la naturaleza..., eso ya era otra cuestión). Tal vez ciertas cosas sí que hubiesen cambiado.

—Han pasado muchos años desde la última vez en la que te dignaste a venir a una reunión del consejo. Supongo que enterarte de que tu sobrina estaba implicada en un crimen tan bochornoso ha sido suficiente motivación.

—¿Qué crimen es ese exactamente?

—No finjas ignorarlo... Sabía que no era buena idea que se criase contigo, todas lo sabíamos. Solo tú podrías convertir a la hija de Diana en una ladrona.

—Para el carro, Flora. Sabele no es una ladrona ni una delincuente de ningún tipo. La chica lleva toda su vida tomando decisiones como si tuviese el peso del mundo encima. ¿La vas a castigar por escaparse un día y hacer novillos? Debería avergonzarte deshonrar el legado de mi hermana de esa manera tan gratuita...

—Tu sobrina ha llevado a cabo una invocación ilegal con la ayuda de un nigromante, ha secuestrado a Valeria Santos y ha dejado hechizadas a dos jóvenes brujas que se interpusieron en su camino.

—¿A dos? ¿De dónde ha salido la otra?

—A dos. Además de suministrar una pócima somnífera a Berta Hierro, también tuvo la gran idea de manipular la memoria de Andrea Harper. Hemos tardado un día en recomponer una pequeña parte de los hechos de anoche. La pobre chica solo recuerda haber visto un espectro flotando en el aire, que alguien la paralizó y que, después, Sabele trató de borrarle la memoria, pero solo la desordenó. Supongo que Andrea presenciaría la invocación por accidente y optó por librarse de ella. Estarás orgullosa de que tu sobrina haya logrado insultar y enfadar a las Santos, las Hierro y las Harper en una misma noche. Espero no recibir ningún mensaje amenazante del aquelarre de Washington por haber hechizado a una de las suyas, es lo que me faltaba... Si utilizaseis vuestro talento en algo útil en lugar de en crearos enemistades...

—Lo sé. Es un rasgo típico de la familia. Lo lleva en la sangre. La verdad es que es un alivio porque eso de ser una perfecta chica buena no puede ser sano. —Flora se aclaró la garganta, harta de sus divagaciones—. El caso es que seguís sin tener ninguna prueba de que haya robado el arpa, o de que haya secuestrado a nadie. Por lo que sabemos, Valeria podría ser la ladrona.

—Valeria es el futuro del aquelarre, la bruja más popular entre las de su edad, muy probablemente, quien me sustituya cuando mi mandato llegue a su fin. ¿Por qué iba a tirarlo todo por la borda haciendo algo tan estúpido?

—Bueno, no es la primera vez que una bruja con un porvenir prometedor comete una estupidez y ninguna nos lo vemos venir, ¿no? —El golpe fue tan bajo que incluso ella sintió el impacto—. Tu exceso de confianza en esa chiquilla es... Estoy entre «ridículo» y «vomitivo». No subestimes la ambición de una joven inteligente que aspira a tenerlo todo, ¿es que no has visto nunca *Eva al desnudo*? A lo mejor se ha hartado de esperar su turno.

—Los actos de Valeria han sido impecables durante años. Podría haber empleado sus dones en mil ocasiones para beneficiarse a título personal, pero siempre los ha utilizado para contribuir a mejorar la comunidad mágica. No necesita robar el arpa de Morgana para aspirar a tenerlo todo. Ya lo ha conseguido.

—Un poquito de imaginación no te vendría mal, Flora. Es imposible tenerlo todo. Seguro que si nos paramos a pensar un poquito se nos ocurre un buen móvil.

—No estoy de humor para juegos —dijo Flora, y la expresión en su rostro la avalaba.

—¿Quién está jugando?

—Esta conversación no nos va a llevar a ningún sitio.

Flora suspiró y avanzó hacia un viejo armario de roble, abrió una de sus puertas y, para la estupefacción de Jimena, un completo minibar apareció al otro lado. Vaya, ¿qué había sido de la Flora que solo bebía tés e infusiones y que vaciaba los botellines de cerveza con sorbitos asqueados cuando salían todas juntas por ahí? «Seguramente la perdimos el día en que todas nosotras dejamos de ser quienes éramos», se recordó.

—¿Quieres algo? —ofreció la Dama mientras se servía un trago de ginebra con hielo en un vaso ancho.

—No, gracias, lo dejé hace tiempo. Solo bebo cerveza sin alcohol.

Esta vez fue la Dama la que pareció sorprendida. La bruja se sentó frente a ella, con el vaso en la mano.

—Nunca te imaginé como una abstemia.

—Ni yo a ti como una alcohólica.

La situación era tan absurda que ambas se echaron a reír, quizá por los viejos tiempos.

—¿Por qué lo dejaste?

—Supongo que por el mismo motivo por el que tú empezaste.

—Ya... —Flora dio un largo trago a la bebida que hizo que Jimena sintiese el ardor en su propia garganta.

Al principio lo había echado de menos, no todos los días, pero sí cada vez que creía que no iba a ser capaz de seguir adelante o cuando llegaban los fines de semana y tenía que quedarse en casa cuidando de una mocosa que ni siquiera era suya. Al principio. Cuando una copa era la única compañía a la vista, antes de que Sabele se convirtiese en su mayor consuelo y en la razón por la que se levantaba cada día. Era imposible no ver a su adorada hermana en aquellos grandes ojos azules.

—Es enternecedor que quieras proteger a tu sobrina —continuó Flora—. Créeme, no me agrada tener que perseguir a la hija de Diana, pero deberías saber que, si coopera, seremos clementes con ella. Después de todo, seguimos unidas por la hermandad.

—Sabele.

—¿Cómo?

—Su nombre es Sabele. No solo es la hija de su madre, ni mi sobrina, si te hubieses molestado en conocerla lo sabrías. Lleva tres años viviendo en Madrid.

Flora desvió la mirada y jugueteó en silencio con el vaso entre sus dedos. Todas ellas tenían algo que podían echarse en cara, así que jugar a ese juego podía resultar peligroso.

—Dime una cosa... —Jimena apoyó el codo sobre el escritorio y echó el cuerpo hacia delante, para acercarse un poco más a Flora, que iba por su segundo trago de ginebra—. ¿Por qué, de todas las brujas de Madrid, iba a ser precisamente ella quien robase el arpa de Morgana?

—¿Se lo contaste? —Parecía sorprendida.

—Claro que sí. Tiene veintiún años, es mayorcita. Además, se merecía saberlo, y mejor que se lo contase yo a que oyese los chismorreos por ahí. No, mi sobrina no iba a averiguar qué le ocurrió a su madre de la boca de una bruja entrometida cualquiera.

Flora se encogió de hombros y los collares rebosantes de piedras de colores en su cuello tintinearon.

—Quizá pretenda destruirla, asegurarse de que no causa más daño.

—Anda, así que ahora sí tienes imaginación, ¿eh? Os estáis equivocando de lleno. Sabele puede ser tozuda y cometer muchos errores por su empeño en conseguir algo, en estar a la altura, no te lo niego, también le viene de familia, pero no es una traidora.

Y el mero hecho de que alguien insinuase lo contrario hacía que le hirviese la sangre en las venas. Una cosa era hacer el tonto porque eras joven y te gustaba un chico y otra muy distinta tramar un complot contra tus hermanas.

—Comprendes que no me fie de tu palabra, supongo. —Vació el vaso con un último trago.

—Lo juro por la Diosa. Sabele no tiene esa arpa.

—No sería la primera vez que juras por la Diosa en vano —dijo sin mirarla a los ojos.

«Era vuestra amiga, pero también era mi hermana. Algún día tendréis que perdonarme, tendremos que perdonarnos todas», pensó, pero no se atrevió a decirlo, porque, ¿a quién iba a engañar? Ni siquiera ella estaba segura de haberse absuelto a sí misma a pesar de haber pagado de sobra por sus pecados.

Flora depositó el cristal vacío sobre la mesa y se puso en pie.

—Me gustaría poder decir que ha sido un reencuentro agradable, pero creo que las dos sabríamos que miento. Sería buena idea que permanecieses en este despacho hasta que estés dispuesta a colaborar o hasta que se aclaren las circunstancias. Siéntete como en casa —dijo, y sin más, avanzó hacia la salida, dejando a Jimena atrás, a solas con todos aquellos malos recuerdos atascados en la garganta y un armario repleto de botellas a medio vaciar. Una idea tentadora se cruzó por su mente, pero se esforzó por desecharla antes de que se arraigase en sus pensamientos—. Y..., Jimena. Te advertimos que no estabas preparada para criar a una niña. Como siempre, te negaste a escucharnos. Mira lo que has conseguido con tu orgullo y cabezonería... Espero que estés satisfecha.

—Es muy fácil juzgar a los demás, ¿verdad? ¡Al menos yo estaba ahí! Siempre estuve. —Flora cerró la puerta sin dignarse a responder—. ¡Y Sabele es una niña estupenda, que lo sepas!

Tan pronto como se encontró sola en el despacho, Jimena tomó la decisión de canalizar su ira cogiendo todas esas botellas tan caras y tirándolas por la ventana una a una, solo para fastidiar.

44

Sabele

Sabele soñó con el consejo del aquelarre y con el espectro. Se hallaba en una especie de juicio, en mitad del bosque, y la falsa Valeria la señalaba y la acusaba de haber robado el arpa. Ella intentaba defenderse, pero nadie la creía. Las brujas le dieron la espalda una a una hasta que la abandonaron entre los árboles sin hojas. Empezó a sonar música. Era el arpa. Buscó su origen sin éxito hasta que comprendió que el sonido provenía del interior de la tierra. Comenzó a escarbar con las uñas, sin detenerse, aunque las piedras y astillas la hiciesen sangrar. Cavó hasta que dio con el arpa, la desenterró y descubrió que estaba hecha de huesos. «¿Por qué no la tocas? Escuchemos cómo suena», le desafió la voz de Luc al oído.

Se despertó de golpe y tan cansada como si no hubiese pegado ojo. «No ha sido una premonición», se prometió. «Solo un sueño tonto causado por tu subconsciente». Miró a su alrededor en cuanto se tranquilizó un poco y se dio cuenta de que no estaba en su habitación.

Las paredes cubiertas por viejos y descoloridos pósteres de bandas de rock, los estantes repletos de vinilos y los altavoces e instrumentos desperdigados por la sombría habitación no podían parecerse menos a su dormitorio. Y desde luego el olor tampoco era el mismo. Olía al cartón de las cajas de los vinilos, al polvo de unos cuantos días acumulado en las estanterías, al plástico de los cables y a... ¿lavanda?

¿Dónde estaba?

Poco a poco el mal trago del sueño dio paso a los recuerdos de la noche anterior. Llegaron hasta el adosado donde Luc vivía en uno de esos autobuses nocturnos llenos de curritos que trabajan de noche y que les lanzaban miradas de reproche de vez en cuando, como si pensasen que eran unos veinteañeros desfasados volviendo de fiesta en la madrugada de un lunes.

Entraron a hurtadillas a través de una estrecha ventana que los condujo hasta un sótano oscuro. Obligaron a Luc a cambiarse en el baño mientras ellas se quitaban la ropa y se ponían el pijama. Con las prisas, Sabele había olvidado coger el suyo y Luc había tenido que prestarle a regañadientes una vieja camiseta de Oasis. Él se había puesto una de The Beatles. «¿Por qué esa obsesión con la música británica?», se preguntó.

Tras un fugaz espejismo de entendimiento, la situación entre Lucas y ella había vuelto a la normalidad, y con normalidad se refería a criticarse mutuamente sin cesar. Él no había perdido la ocasión de llamarla «desastre» por olvidarse el pijama al igual que ella tampoco dejó pasar la oportunidad de acusarle de ser un «egoísta engreído» cuando se negó a cederle la cama a ninguna de sus invitadas con el argumento de que era *su* cama y *su* casa.

No tendría que estar ahí. Las cartas le habían advertido que se alejase de él y, ¿qué había hecho Sabele? Meterse en su sótano. Sus ancestras hechiceras tenían que estar chillando por la frustración.

Sabele se frotó los ojos al percatarse de que ninguna de sus amigas se encontraba allí, como si estuviese alucinando por culpa de sus legañas. No tardó en encontrar una nota junto al cojín que le había servido de almohada. «Hemos ido a por el desayuno», decía sin más. Seguro que había sido idea de Ame dejarla ahí, a solas con el revelado, como si fuese a servir de algo.

Se giró hacia la derecha y se encontró a Luc, aún dormido, a unos cuantos centímetros de ella. Parecía que no hubiese hecho mal a nadie en su vida, abrazado a su almohada con los mechones de pelo castaño claro, casi rubio, tapándole la cara.

Aquel brillo dorado en su pelo junto a sus pestañitas cortas y su piel suave le daban el aspecto de un niño pequeño, tan inocente que casi parecía un buen chico. «En realidad es bastante mono cuando duerme». Fingió no haber escuchado aquel pensamiento. «Por desgracia, cuando está despierto es engreído, insoportable y lo peor de todo: impuntual». Si le zarandease un poco, la expresión dulce de su rostro desaparecería y volvería esa mueca de desprecio por todo cuanto existe en el mundo que tenía durante el día. Aunque era justo admitir que acogerlas en su casa había sido un inesperado gesto de amabilidad.

Tanteó entre sus cosas en la semioscuridad del sótano hasta dar con sus gafas. Como miope que era y con una graduación moderada podía sobrevivir sin ellas, de cerca veía perfectamente, así que no se iba a ir chocando con las cosas ni confundiría objetos peligrosos con otros inocuos, pero no soportaba los mareos y las jaquecas que siempre acababa teniendo cuando prescindía de sus gafas y lentillas. Caminó descalza y con cautela hasta el pequeño cuarto de baño. Cerró la puerta tras ella, avanzó hacia la pila y se miró en el espejo.

Tenía un aspecto horrible. Sus marcadas ojeras hacían que pareciese que llevaba un mes sin dormir, el rímel corrido, los labios pelados de tanto mordérselos, la piel llena de granitos provocados por el estrés y una mueca de tristeza en los labios que le echaba cinco años encima. Pensó que por fin podría relajarse y desconectar después de la prueba de aprendiz, pero su malestar solo había ido a peor.

Se recogió la larga melena rubia en un moño despeinado con una goma de pelo que llevaba en la muñeca. Se lavó la cara con vehemencia y volvió a mirarse al espejo con el rostro mojado. Seguía teniendo unas pintas espantosas.

Normal.

Qué esperaba, después de haber tenido que huir de su casa perseguida por las suyas, de saber que una de las personas más importantes de su vida estaba aún más enferma de lo que creía, de haber liberado a una asesina peligrosa que campaba a sus anchas por la ciudad y de haber arruinado su única oportunidad para formarse como bruja, echando a perder su futuro y destruyendo sus sueños. ¿Qué aspecto se suponía que debía tener?

Menos mal que podía arreglarlo con un conjuro antes de que la sorprendiesen así. La posibilidad de que alguno de sus *followers* la viese con tan mal aspecto le provocaba ardor de estómago. ¿Quién iba a seguir interesado en lo que hacía si supiesen lo patética que era en realidad? Nadie. O eso le habían contado, que en internet todo tenía que ser siempre perfecto, feliz, bonito y, sobre todo, tenía que parecer natural aunque hubiesen hecho falta tres horas de trabajo para preparar y editar la dichosa foto. Seguía a numerosas *instagramers* espontáneas y naturales que habían hecho de sus ojeras y estrías su marca personal, pero ella nunca se hubiese sentido capaz, seguramente porque estaba acostumbrada a que la alabasen por su físico y su imperturbable buen humor. ¿Quién le iba a dar *like* si descubrían que su vida ya no era perfecta, que ella no era perfecta?

Aunque le preocupaba mucho más su futuro en la comunidad mágica.

Y el hecho de que al menos tres hombres inocentes hubiesen muerto por culpa de su imprudencia. Habían muerto por su culpa. Por su culpa.

¿Qué había hecho mal?

Después de haber trabajado duro durante años por fin las cosas comenzaban a marchar, se preocupaba por los demás y siempre hacía lo que estaba en su mano por ayudarlos, aunque solo pudiese darles consejos o poner sus buenas energías en el universo para ellos, y de pronto... la muerte impregnaba sus manos. ¿Cuál fue su error? ¿Había pedido demasiado, era eso? Quizá había abusado de su suerte y ahora estaba pagando el precio de su codicia. Quizá... Quizá se estaba convirtiendo en su madre. La imagen de la mirada de unos ojos azules, iguales que los suyos, perdidos en el infinito, acaparó sus cinco sentidos.

Era la hija de Diana Yeats, la bruja que malgastó su suerte,

¿estaba siguiendo sus pasos? ¿Iba a destruir todas las cosas buenas a su alrededor?

Y todo sería culpa suya.

Los pulmones comenzaron a arderle con cada respiración y sintió una intensa punzada en el pecho, junto a la axila izquierda.

A lo mejor ya lo había perdido todo. Su hogar, su presente, su futuro. Iba a perder a Cal. Y la situación aún podía empeorar. ¿Y si sus amigas también lo perdían todo por su culpa? ¿Y si las encerraban por lo que habían hecho? ¿Y si su castigo era tan grande que acababa por volverse loca? Nunca sería aceptada entre las suyas, ni se podría perdonar por arrastrar a Ame y Rosita, a Jimena también, a la deshonra. La repudiarían por ello, como todas las demás, y ella estaría sola para siempre.

Se agarró a la pila cuando un súbito mareo logró que perdiese el equilibrio. Su cabeza estaba a punto de estallar.

Sola y fracasada. Sola. Fracasada. Eran el tipo de circunstancias que hacían que la gente se volviese loca. Era lo que había arrebatado la cordura a su madre.

«No. Fue la culpa», se recordó. Y no había nadie más a quien señalar salvo ella misma.

Cuando quiso darse cuenta estaba de rodillas y el mundo iba y venía a su alrededor. Se estaba muriendo. Estaba convencida de que iba a morir. A pesar de que sabía que los síntomas de los infartos en las mujeres no eran como los que aparecían en las películas, le pareció obvio que era el fin. Le dolía demasiado el corazón, su estómago palpitaba como si tuviese vida propia, le quemaba el aire, el mundo se volvía gris.

Tres golpes secos en la puerta del baño estuvieron a punto de devolverla a la realidad, hasta que se percató de que no podía respirar. Se ahogaba.

—¿Sabele? Tu Nokia del año dos mil está sonando —dijo Luc, con voz adormilada y tono acusatorio al otro lado de la puerta. Sabele no pudo responder. Le fallaron las fuerzas y tuvo que dejarse caer en el suelo y apoyarse contra la bañera para no caer de bruces—. ¿Sabele? ¿Sabele, estás bien? —preguntó, esta vez preocupado.

«No... No, por favor... No entres. No quiero que me veas así», pensó, rogó en sus adentros, pero no pudo pronunciar una sola palabra. Le faltaba el aire. Le faltaba el aire a pesar de que había comenzado a respirar a bocanadas.

Lucas abrió la puerta y se quedó estupefacto durante unos segundos, tiempo en el que el teléfono continuó sonando en su mano.

«No... No me mires».

Ahora no iba a volver a verla con los mismos ojos. Se daría cuenta de que era débil y estúpida. Era débil. Pero él no tenía que saberlo. «Vete», rogó en su mente. Luc no se marchó a ninguna parte. Se agachó junto a ella y la miró a los ojos, tomó sus manos entre las suyas y el mero contacto de su piel hizo que su respiración se pausara.

—No pasa nada. Todo se va a solucionar. Créeme, no hay nada que pueda hacerte tanto daño como piensas ahora. —Ella negó con la cabeza. Era muy fácil decirlo, pero él no tenía ni idea de por lo que estaba pasando. No era tan sencillo.

—Creo... creo que me estoy muriendo.

—Sabele..., sé que tienes un gusto musical pésimo, pero ¿hay algún grupo..., voy a decir decente, que te guste?

«¿De verdad le parecía el momento adecuado para meterse con su criterio musical?».

—Vamos, piensa alguno. ¿Qué grupos te gustan? —dijo mientras apretaba sus manos con sus finos dedos. Sonrió. Lucas sonrió. Lucas casi nunca sonreía. Entonces comprendió qué era lo que pretendía hacer. Le apretó las manos de vuelta con aún más fuerza.

—Me gusta Aurora. —Él asintió a modo de aprobación y ella siguió intentando rebuscar en su cerebro nombres de cantantes y bandas—. Lorde, Lana Del Rey. —Cada vez le costaba menos pensar—. HAIM, Tegan and Sara, Florence and the Machine, Taylor Swift.

—Ya... Cómo no —dijo él con un resoplido.
—¿Qué pasa?
—Nada, que es muy... típico.
—¿Típico de qué?
—Nada, tú sigue diciéndome grupos; si me dices uno bueno, a lo mejor te toco una canción suya.
—Lucas, sabes de sobra que no quiero que me toques nada.
—Me llamo Luc, y... espero que no sea un chiste verde. Porque es malísimo. —Si no hubiese estado convencida de que eran sus últimos minutos en la Tierra, quizá se hubiese reído—. Venga va, ¿cuál es tu canción favorita de Florence Welch?
—*Spec... Spectrum*.
—¿Y la que menos te gusta?
Siguió respondiendo a sus preguntas hasta que poco a poco su respiración volvió a la normalidad y el dolor en su pecho se mitigó hasta casi desaparecer, aunque la sensación de estar sumida en mitad de un sueño permaneció. Había sobrevivido.
—¿Estás mejor? —preguntó Lucas al cabo de unos segundos de silencio.
Sabele asintió con la cabeza.
—No... no sé qué me ha pasado. Yo... normalmente no soy así...
—No se trata de ser o de dejar de ser. Eso que te ha dado es un ataque de ansiedad. —Él se encogió de hombros ante el gesto de sorpresa de Sabele—. Antes solía tenerlos continuamente.
—Oh... —Se sintió como una estúpida. «Normalmente no soy así», había dicho, como si fuese algo de lo que avergonzarse—. Lo siento.
—No te preocupes. —Se sentó junto a ella y estiró sus largas piernas cubiertas por un pijama de cuadros escoceses—. Eso ya pasó.
No sabía qué decir, pero de pronto era demasiado consciente de la escasa distancia que los separaba y buscó refugio en las palabras.
—¿Te... te ocurría por algún motivo en especial?

—Sí. Por ser un chico raro y femenino en un instituto lleno de estúpidos y por tener un padre que está convencido de que no sirvo para nada. Mi padre tiene razón, pero los de mi insti… Nah. No tenían criterio ni buen gusto, así que da igual. —Sabele tuvo la sensación de que pretendía aparentar que le afectaba menos de lo que en realidad lo hacía.

Ella nunca había ido a un instituto como los adolescentes normales, creció mudándose de aquí para allá, pero había leído suficientes libros, visto bastantes películas y oído numerosos testimonios que le habían hecho comprender que lo que para unos eran los mejores años de su vida, para otros se convertirían en las pesadillas que les perseguirían durante el resto de las suyas.

—Entiendo… Yo… siento que me hayas tenido que ver así.

—No te rayes. —Se encogió de hombros, sin más, su postura preferida ante cualquier situación que surgiese. Por una vez se lo agradeció.

—Y… me parece que tu padre también se equivoca.

—¿Ah, sí? —Lucas parecía sorprendido de verdad—. ¿Piensas que se me da algo bien?

—¿Además de sacar a los demás de sus casillas?

El chico sonrió, con algo de orgullo.

—Es un talento natural.

Sabele rio. Empezaba a encontrarse un poco mejor, aunque su pecho siguiese oprimido.

—Gracias —suspiró.

—¿Por sacarte de tus casillas?

—Por hacer que me olvide cinco minutos de que estoy aterrada.

¿De veras iba a contarle sus miserias como si fuese su terapeuta? No soportaba mostrarse así de vulnerable, pero sentía que si no lo decía en voz alta iba a estallar. Por fortuna, Luc era de pocas, pero eficientes, palabras.

—Eres una chica fuerte. Y además una bruja. Sobrevivirás. Ya te lo dije. No hace falta que te esfuerces tanto por ser perfecta, ¿sabes? O vas a acabar amargadísima.

Puede que Lucas resultase tan irritante por eso, porque se daba cuenta de verdades que otros preferían ignorar y no veía el punto de callárselas.

—Sé que sobreviviré, pero... siento que todo por lo que he luchado durante toda mi vida ya no vale para nada.

Sus piernas rozaron por accidente las de Luc. No las apartó. Luc tampoco. Así permanecieron, sin mirarse mientras hablaban de lo que tanto miedo les daba.

—Sé a qué te refieres.

Sabele se mordió el labio. Tenía el presentimiento de que era mejor no meterse donde no la llamaban, pero, al ver como la siempre tenue luz en sus ojos avellana se desvanecía y como sus puños se cerraban, supo que estaba a punto de volverle a perder, que tras unos cuantos segundos de complicidad y de dejarse ver, se replegaría y escondería detrás de su apariencia inalterable, en un lugar donde ella no podía alcanzarle.

—Qué va. —Agitó la mano para restarle importancia—. Tú puedes seguir luchando por tus sueños, aunque esos chicos de la banda de ayer hayan pasado de ti.

—¿Pasado de mí? Nadie ha pasado de mí. No se lo tomaban en serio, así que, en realidad, podría decirse que yo los rechacé, de forma indirecta.

Sabele suspiró.

—Lo que tú digas, pero sé reconocer a un hombre despechado cuando lo veo. —Le guiñó un ojo.

—Ya, por la ristra de hombres con el corazón roto que vas dejando a tu paso, ¿no? —dijo con el sarcasmo desbordándose de cada sílaba—. ¡Cuidado con Sabele Casanova, encierren a sus pobres hijos en casa antes de que los embruje!

—¡Oye! —Sabele le empujó apoyando sus manos sobre su hombro y apenas logró disimular una sonrisa. Por un momento habría jurado que él también sonrió, o al menos sus labios se ladearon sutilmente hacia arriba durante una milésima de segundo—. Que te lo estoy diciendo en serio. Ellos se lo pierden, vas a triunfar. Y no lo digo porque lo haya visto en las cartas, ni en mi bola de cristal ni nada de eso, sino porque te he escuchado tocar.

Cualquier amago de sonrisa se esfumó del rostro de Lucas, quien de pronto pareció sumirse en una tristeza surgida de la nada.

—Sabele... —dijo, y ella sintió un escalofrío al oír su nombre salir de sus labios—. ¿Puedo... puedo preguntarte una cosa?

Su imaginación se desbocó al mismo ritmo que los latidos de su corazón. En apenas unos segundos imaginó mil preguntas posibles, algunas hicieron que sintiese pánico y otras una expectación que casi no alcanzaba a contener.

—Esa arpa que todo el mundo busca... ¿Para qué sirve? Quiero decir, ¿por qué es tan importante? Solo es un instrumento musical, ¿no?

Vaya. De todas las cuestiones posibles, esa no se le había pasado por la cabeza. Se sintió, en cierto modo, decepcionada. «A ver cómo te convences ahora de que no te gusta ni un poco», dijo una voz despiadada en su cabeza. «Mierda. Me gusta Lucas. Por la Diosa, me gusta Lucas», se repitió en su mente, sin dar crédito.

—Pues... Hay numerosas reliquias mágicas repartidas por el mundo. Algunas te sonarán porque en algún momento de la historia se han convertido en mitos de, digamos que de la cultura pop: el Santo Grial, la Piedra Filosofal, Excalibur, el Anillo Único... Todas ellas acabaron siendo utilizadas por hombres, cómo no. —Una mueca involuntaria apareció en sus labios—. ¿Por qué nadie se acuerda nunca de la espada mágica que Juana encontró en la capilla de Santa Catalina de Fierbois? —protestó indignada.

—Espera... ¿Acabas de decir el Anillo Único? —dijo el chico, quedándose solo con la parte que parecía interesarle más.

Sabele resopló antes de continuar con su relato. «Qué típico».

—El arpa de Morgana es una reliquia de gran importancia para las brujas. Cuando el cristianismo llegó a Gran Bretaña, poco a poco fue sustituyendo las costumbres paganas... Bueno, es un rollo que seguro que no te interesa.

—He preguntado yo, ¿no? Venga, cuéntamelo. Quiero oír el rollo. Perdona por interrumpirte.

Sabele sonrió. Lo que más rabia le daba del músico es que después de cagarla siempre encontraba la forma de compensarlo, aunque fuese un poquito.

—Pues el caso es que persiguieron el paganismo hasta que cada vez quedaron menos templos y cultos dedicados a la naturaleza y a la Diosa. Morgana era la Dama encargada de velar por el resto de las brujas, y al ver cómo sus hermanas comenzaron a ser perseguidas por la nueva religión y los reyes que la defendían, obligadas a vivir en reclusión, a ocultar sus dones o incluso siendo asesinadas por ellos… no pudo soportarlo.

»Sabía que, como bruja, jamás sería escuchada en la corte de su hermano Arturo, bautizado como cristiano, así que creó el arpa y la hechizó para que absorbiera los poderes de cualquier bruja que la utilizara. Morgana tocó el arpa y se convirtió en una corriente. Se dice que lloró a la luna durante ciclos enteros antes de ser capaz de reunir las fuerzas suficientes para enfrentarse a su nueva condición. Acudió a la corte como princesa, hija de Uther, y como mujer libre, pero no como bruja.

»Aun así, le negaron el acceso a cualquier reunión de la corte y del rey Arturo. Todos los hombres que se sentaban en torno a la mesa redonda eran tratados como iguales, pero Arturo jamás permitió a una mujer ocupar un asiento en ella. Su sacrificio fue inútil…

Sintió de nuevo aquel ardor que oprimía su pecho. El arpa no era algo de lo que le resultase sencillo hablar.

—Suena como una especie de cuento de hadas retorcido, igual que las versiones originales de las pelis de Disney —reflexionó Luc.

¿Disney? Sabele negó con la cabeza. «Cielos, los corrientes no tienen ni idea de nada», se dijo, percatándose de hasta qué punto pertenecían a mundos distintos. Lo que ella había sabido como una verdad universal desde tan niña hasta el punto de que ni siquiera recordaba haberlo aprendido, para él era todo un descubrimiento.

—No es ningún cuento, sucedió de verdad. Tu dios derrotó a la nuestra. O al menos lo hicieron sus súbditos. Supongo que para comprender la importancia del arpa deberías saber que, a excepción de Isthar, Morgana fue la bruja más poderosa que jamás ha existido. Podría haber vivido cientos de años si no hubiese renunciado a su poder y, pese a ser la hermana mayor, aún era una mujer joven cuando Arturo alcanzó la madurez. Todas las fuerzas de la naturaleza se postraban ante ella. No había nada que no pudiese hacer...

—Salvo expulsar a los cristianos de sus tierras. —Sabele le reprendió por su impertinencia con una mirada de desdén y él se encogió de hombros—. ¿No es verdad? Quiero decir, no sé cómo se la monta esa diosa vuestra, pero, por si no lo habéis notado, los milagros escasean últimamente. Si tan fuerte era, podría haberlos, yo qué sé, convertido a todos en sapos.

«Qué manía con los dichosos sapos». No sabía a qué gracioso se le había ocurrido aquella estupidez, pero fuera quien fuese, a Sabele le hubiese gustado saber qué clase de solución era convertir a alguien en sapo.

—Morgana era una mujer pacífica y su magia también, a pesar de lo que digan vuestras series y películas. El caso es que... nadie más ha sido capaz de romper el vínculo que existe entre una bruja y su magia, ¿entiendes? Esa arpa es la única forma conocida de privar a una bruja de sus poderes. Hay maldiciones que impiden su uso, como la incluida en el Tratado de Paz entre brujas y nigromantes, pero solo el arpa puede arrebatarnos la magia para siempre. Imagina cuántas manos equivocadas querrían hacerse con ella... Por eso la custodian en una sala protegida del aquelarre. Solo una persona con magia en la sangre, magia de vida, puede cruzar sus puertas, y solo aquellas a quienes llame pueden llegar a cogerla de su pedestal o tocarla.

Luc tragó saliva y Sabele se percató de cómo se mojaba los labios secos con la lengua. Se preguntó, de nuevo, qué le pasaba por la cabeza.

—¿Y uno de los objetos mágicos más poderosos que hay está en España? Eso sí que no me lo esperaba.

—Un espía corriente de Felipe II la robó de la corte de Isabel de Inglaterra sin tener la menor idea de para qué servía... Ahora que lo pienso, creo que el espía era uno de los músicos personales de la reina.

—Vaya..., qué casualidad, ¿eh? —dijo Luc con una risita nerviosa.

—El rey se la entregó a la Inquisición y la emplearon contra las brujas durante años. Por suerte, Juana de Austria reconoció el objeto y lo recuperó de las manos corrientes de su hermano, aunque nunca tuvo el detalle de devolvérselo al aquelarre de Londres.

—Espera, ¿quieres decir que había brujas en la realeza?

Sabele sonrió con malicia.

—Se nos da bien escondernos a plena vista, donde nadie lo espera.

Oyeron unos golpes secos e intercambiaron miradas. Los golpes se repitieron y ambos se incorporaron, alerta, dejando las lecciones de historia de la magia para otro momento.

—Será mejor que vaya yo primero —dijo Sabele, preparada para atacar si era preciso.

—Me parece bien —dijo Lucas.

Sabele se asomó con cautela al otro lado de la puerta del baño. Miró hacia la entrada del sótano. No había nadie en lo alto de las escaleras. Buscó en la dirección contraria y no supo si reírse o llorar.

Rosita y Ame estaban agachadas, casi tumbadas sobre el césped del patio delantero de la casa de Lucas, y llamaban a una de las ventanas mientras señalaban una bolsa de papel marrón, repleta de manchas de grasa, donde se podía leer «Churrería Doña Ana» en una de esas típicas tipografías castizas de Madrid.

45

Luc

Sabele no había probado un solo bocado. En lugar de eso daba sorbitos ocasionales a la tila que se había preparado. Luc tampoco tenía un gran apetito, pero debía admitir que el contenido de la grasienta bolsa olía bien.

—¿Estás segura de que no quieres ninguno? —preguntó Ame, preocupada—. Normalmente te encantan los churros con chocolate por sorpresa.

Rosita, que hasta hacía un segundo estaba sumergida en el feliz trance de mojar los churros en el chocolate espeso y beber el denso líquido a cucharadas, se detuvo para oír la respuesta de su amiga.

—Supongo que he tenido suficientes sorpresas para una temporada —intentó bromear sin mucho entusiasmo.

El microondas de la cocina comenzó a pitar con frenesí y Luc se levantó para coger su taza de café. Aunque quizá hubiese sido mejor haber imitado a Sabele con sus infusiones. Tal y como estaban las cosas, lo último que necesitaba era consumir sustancias excitantes.

Había tres brujas en su cocina y una reliquia mágica robada en el sótano.

Una forma estupenda de empezar la semana.

Al menos podían permitirse el lujo de desayunar tranquilamente en la cocina en lugar de esconderse como delincuentes. A esas horas nunca había nadie de su familia en la casa. Su madre se marchaba temprano a trabajar al estudio de decoración de interiores que dirigía desde hacía unos años, y aunque su padre estuviese jubilado, solía encontrar el modo de mantenerse ocupado gracias a su ajetreada vida social y a su agenda repleta de números de teléfono de exsocios, exclientes, fiscales y jueces. No le faltaba con quien jugar al golf. Eso sí, Luc había tenido que llamar a Paqui, la mujer que trabajaba en casa limpiando y cocinando desde hacía quince años, e inventarse que se habían averiado las cañerías y que estarían arreglándolas todo el día para asegurarse de que no aparecía por sorpresa.

Se echó un par de cucharadas de azúcar en su taza y volvió a sentarse en la mesa de la cocina. Intentó mantener la vista al frente, fingiéndose ajeno al incómodo silencio. No le resultó complicado. Su cuerpo estaba presente, pero su mente no dejaba de darle vueltas a aquella historia sobre Morgana y el rey Arturo. ¿Por qué tenía que haber preguntado? Su vida era mucho más cómoda y sencilla cuando ignoraba que el arpa servía para algo que no fuese crear música.

Él, que creía que había descubierto un instrumento único en realidad se había dejado embaucar por un objeto mágico peligroso y codiciado, tal y como hizo en su día un músico cortesano que ya llevaba cuatrocientos años muerto. A la lista de gente que le había tomado el pelo ahora podía añadir también una puñetera arpa. Qué vergüenza.

Miró a Sabele de reojo, que se mordía el labio, nerviosa. Luc no podía dejar de mirarla cuando hacía aquello. Se sintió culpable. Una emoción poco habitual en él.

—Deberíamos pensar en algo para encontrar al espectro —dijo Sabele, cuando los churros se acabaron—. Sabemos que odia a los nigromantes, pero ¿por qué? Tiene que haber alguna razón de peso.

—¿No te parece suficiente lo engreídos que son? —masculló Luc.

—Le dijo la sartén al cazo —replicó Sabele.

Al menos había recuperado fuerzas suficientes para meterse con él.

—Puede que fuese una bruja en vida —apuntó Ame.

Rosita negó con la cabeza. Resultaba complicado tomarse en serio sus palabras cuando la mitad de su cara estaba manchada de chocolate.

—¿Y por qué matar con un cuchillo? No sé si os habéis fijado, pero su forma de usar la magia es errática, como si todo lo que supiese sobre ella lo hubiese tomado prestado de los recuerdos y conocimientos de Valeria y estuviese improvisando.

—Pero no parecía sorprendida por nuestra existencia —señaló Sabele, dando un sorbo a su tila—. Es decir, nos enfrentamos a alguien que no fue una bruja, pero que conocía la existencia de la comunidad mágica y que tenía motivos para odiar a los nigromantes. ¿Podría haber sido agente de la Guardia?

Rosita resopló, sarcástica.

—¿Siendo mujer? ¿Y qué más?

—Es cierto, solo les dejaron entrar a partir del ochenta y ocho —dijo Luc, ganándose tres miradas incrédulas. ¿Tan raro les resultaba que aportase algo útil?—. ¿Qué? A mi hermana le encanta quejarse de la Guardia y soy el único que sabe que trabaja ahí. Pero da igual. No creo que fuese una bruja ni una agente. Os estáis complicando demasiado la vida. Esto no es un misterio de Agatha Christie, es una peli de Tarantino. Es obvio que quiere vengarse de alguien en concreto. Parece que atacase al azar, pero ¿y si tiene una lista y la está siguiendo?

—Como en *Kill Bill* —dijo Ame, para sorpresa de todos los presentes, incluyendo a Luc, quien se la habría imaginado antes viendo *Sailor Moon* que películas sangrientas.

—Exacto —dijo—. A lo mejor está buscando a su Bill.

—¿Y cómo estás tan seguro de eso? —Rosita le desafió arqueando una ceja.

—Vosotras no la visteis. Se abalanzó sobre ese tipo en cuanto le vio. Quiero decir, no puede ser casualidad que estuviese en la puerta de un bar en el que había un nigromante, ¿no?

Y no paraba de repetir un nombre mientras le... —Sintió un nudo en el estómago y su voz se entrecortó. Siempre había considerado que tenía un humor bastante oscuro, pero era más fácil bromear con asuntos tétricos cuando no habías presenciado ninguno—. Juró que lo encontraría.

—¿Qué nombre? —preguntó Sabele.

Luc apretó los dientes e inspiró provocando un silbido. No les iba a gustar lo que iba a decir.

—No me acuerdo. ¿Galindo, Genaro, Germán? Estoy convencido de que empezaba por G.

Rosita se llevó las manos a la cabeza como si acabase de estallarle el cerebro.

—Lo peor de todo es que creo que el corriente tiene razón. Está buscando a alguien —dijo Rosita—. ¿Cómo no nos hemos dado cuenta antes? Se quiere vengar de un tipo en concreto. Va a lugares donde sabe que encontrará nigromantes para buscarlo.

—Pero, por lo que nos contó Sabele, el espectro tuvo que morir hace cientos de años, no quedará nadie vivo a quien pudiese conocer —dijo Ame.

—Como no puede vengarse de quienquiera que le hiciese daño, ¿se venga de sus herederos? —sugirió Sabele.

—Me pregunto qué le hicieron. Tuvo que ser terrible para que solo quedase un rastro tan oscuro de su alma. Cuánto habrá sufrido para convertirse en un espectro vengativo... —meditó Ame.

—Tenemos que averiguar quiénes son sus descendientes y alertar a los nigromantes cuanto antes. —Sabele se puso en pie derrochando alegría y esperanza—. Podemos impedir que cause más daños.

—Sí... Solo hay un pequeño problema. —Rosita miró a Luc de reojo con un aire de desprecio condescendiente.

—Perdóname por no quedarme con los apellidos de un señor que no conozco de nada, estaba ocupado temiendo por mi vida.

—Chicas, tranquilas, que no cunda el pánico. Por fin tenemos un hilo del que tirar. Sabemos que es una corriente que tuvo un desencuentro con un nigromante lo bastante importante como para que más allá de la muerte aún se la tenga guardada. Es el tipo de situación que la Guardia está obligada a investigar —dijo Sabele.

—Y adivina quién tiene contactos en la Guardia… —dijo Rosita con una sonrisa maliciosa.

—Ni loco —sentenció Luc, quien se puso en pie para dejar su taza en el fregadero—. Ni hablar.

—¿Por qué no? —preguntó Rosita.

—Lucas… —dijo Sabele.

—Mi hermana ya me odia bastante por todo este lío del espectro, no puedo pedirle que se complique la vida aún más. Me matará.

—¿Tu hermana lo sabe? —preguntó Sabele con el ceño fruncido.

Mierda. Si les confesaba que su hermana había intentado hacer de Mata Hari en la reunión del aquelarre podía darse por finiquitado.

—Eh… Estamos muy unidos.

—Entonces podrá ayudarte a acabar con el problema, seguro que eso es lo que ella quiere, ¿no? —dijo Ame, con aquella inocente vocecilla suya. ¿Por qué, a pesar de parecer la más ingenua de todas, siempre acababa sepultándole bajo el peso de su lógica aplastante? Aunque sonase razonable, seguía sin estar del todo convencido. Su hermana podía ser encantadora o terrorífica en función de su estado de ánimo, y la última vez que habían hablado no estaba precisamente pletórica de felicidad.

—Lucas…, por favor… —Un nosequé le recorrió la espalda, algo más intenso que un escalofrío, pero más suave que una descarga, cuando Sabele le atravesó con sus ojos claros y posó la mano sobre su brazo, de nuevo. Se estaba volviendo un blando—. Piensa que, cuanto antes acabemos con esto, antes te dejaremos en paz y desapareceremos de tu vida.

No se sintió capaz de negarse, aunque lo que le ofrecía a cambio fuese justo lo contrario de lo que deseaba.

—Claro... supongo que... supongo que sí. Agh, está bien. Pero espero que me hagas una buena promoción en Instagram a cambio de esto. Sigo esperando, ¿sabes? —dijo con la única intención de hacerse el duro.

Estiró la mano hacia el móvil, frente a él sobre la mesa, junto a un mapa de Madrid. Marcó el número de teléfono de su hermana y se lo llevó a la oreja.

—Pon el altavoz —pidió Sabele, y sin pararse a pensar, obedeció y lo volvió a dejar sobre la mesa. Pero ¿qué le estaba ocurriendo?

Se oyó el primer tono, el segundo, después el tercero.

«No lo cojas», suplicó Luc al universo. Tenía el presentimiento de que su hermana le iba a poner en evidencia. «Por favor, no lo cojas».

—Espero que me llames para decirme que está todo solucionado —dijo la voz de Leticia al otro lado.

—Bueno, no exactamente, pero...

—Estoy trabajando. ¿Qué quieres ahora? Dime que no la has vuelto a liar.

—Te llamo porque mis amigas brujas, aquí presentes oyéndolo todo, y yo —recalcó con la esperanza de evitar que su hermana metiese la pata, aunque tendría que haber sabido que no serviría de nada— tenemos una duda y nos preguntábamos si podrías resolverla.

—¿Desde cuándo eres tan formal, hermanito? A mí no me hables así, que desconfío. Ve al grano. ¿Qué quieres? Oh, espera, ¿está ahí Sabele? Oh, eh... ¡hola! Me encanta tu canal.

«Tierra trágame y conviérteme en polvo», continuó maldiciendo Luc en sus adentros mientras sus mejillas le ardían y las brujas se reían.

—Eh... hola, gracias —dijo Sabele—. ¿Tu hermana ha visto mi canal? —susurró en su oído.

—Qué bien, qué ilusión. Ya os conocéis. ¿Podemos cen-

trarnos un poquito? —«Antes de que me muera de la vergüenza, a ser posible».
—Sí, buena idea. Ya te he dicho que me pillas trabajando.
—Oyeron cómo se aclaraba la garganta—. ¿En qué os puedo ayudar, chicas?
—Los de la Guardia os enteráis de todo, se supone, ¿no? Pues bueno, nos preguntábamos dónde consultar la sección de cotilleos —dijo Luc, quien se sentía ridículo solo con tener que plantear la duda.
—Buscamos incidentes que se hayan producido entre corrientes y nigromantes en el siglo XIX, aproximadamente —intervino Sabele, y por una vez, Luc agradeció su actitud de sabelotodo.
—¿Corrientes? ¿Quieres decir la gente normal? —dijo Leticia al otro lado del teléfono, aunque Luc se imaginó su expresión de indignación como si la estuviese viendo.
—Bueno, eso resulta bastante ofensivo —dijo Sabele—. También somos gente normal.
—Salvo por el detalle de la magia y los superpoderes y todo eso, vamos, normalísimos. —Luc recibió un manotazo de Sabele en el pecho por su intervención.
—Pues… sí, supongo que habrá información en los registros, pero los guardias de mi rango necesitamos una autorización previa y, suponiendo que encuentro una buena excusa, podrían tardar semanas en dar el visto bueno.
—Una institución de lo más eficiente —susurró Rosita mientras se llevaba dos dedos a la boca y fingía provocarse arcadas. Por lo visto, los guardias le despertaban la misma simpatía que los nigromantes y los chicos que salían con Sabele en general.
—¿Qué tipo de incidentes os interesan? Tal vez pueda preguntar por ahí.
—Pues… tiene pinta de ser algún tipo de crimen pasional. Cuando la invocamos dijo algo así como que nadie iba a volver a jugar con ella.

—Puede ser cualquier cosa. Para seros sincera, no controlo demasiado la sociedad de los nigromantes. Me especializo en fantasmas, por lo que mis conocimientos son muy básicos, pero sé que por aquella época no eran demasiado diplomáticos, así que estoy segura de que hay muchos casos. Si sabéis algo más concreto puedo indagar y preguntarle a algún compañero; fechas, direcciones, nombres.

—Quizá tengamos algo. —Ame se puso en pie y rodeó la mesa hasta llegar a la altura de Luc—. Necesito que me des permiso. En realidad no lo necesito, pero me gustaría que me lo dieses.

—¿Para qué? —preguntó echándose hacia atrás inconscientemente.

—Para mirar en tus recuerdos.

—Eh... creo que no. Gracias.

—No te haré ningún daño, lo prometo.

Se mordió la lengua antes de decir que había sido víctima de suficientes hechizos fracasados en los últimos días como para seguir jugándosela.

—Por favooor. —La bruja juntó sus manos en señal de súplica.

—¡Lucas Fonseca Zambrano! No seas patán y dile que sí —le reprochó la voz de su hermana.

Luc asintió con desgana. «Maldita presión de grupo».

—Es una pena no tener tiempo para preparar la ceremonia —suspiró—. Tendré cuidado de no mirar nada más —prometió Ame justo antes de apoyar las palmas de sus manos sobre su cabeza.

¿No mirar nada más? Iba a arrepentirse por miedo a lo que se pudiese encontrar ahí dentro, pero era tarde. Sintió la presencia de la bruja en su mente y la realidad a su alrededor desapareció. Sus sentidos viajaban en el tiempo, borrosos y con extraños colores y matices surrealistas que se sucedían marcha atrás a una velocidad de vértigo hasta que al fin la bruja encontró lo que quería.

Luc sintió una punzada de terror al volver a presenciar la escena, aunque solo fuese fugazmente. En sus recuerdos, Valeria era mucho más sanguinaria y poderosa.

—¡Galeano! ¡Roberto Galeano! —informó Ame, liberándole del hechizo. Los ojos de Luc ardieron como hacían cuando encendía la pantalla de su móvil en mitad de la noche para ver la hora.

—¡Roberto Galeano! —repitieron al unísono las otras dos brujas, a las que se sumó Leticia.

—¿Quién? —preguntó Luc.

—¿Es famoso o algo así? —quiso saber Ame.

—Venga ya —protestó Rosita—. No podéis no saber quién es Roberto Galeano.

—Fue un famoso «seductor». —Sabele entrecomilló la palabra con los dedos con un deje de desprecio—. Lo que significa que probablemente tendrá decenas de descendientes por ahí.

—¿Alguien me lo podría explicar? Estoy un poco perdida —pidió Ame.

Luc sintió el impulso de abrazarla como muestra de solidaridad. Por una vez no era el único que no entendía nada.

—Vaya... Pues... A ver... —comenzó a explicar Leticia—. En esa época se dieron muchas situaciones parecidas, pero esta fue todo un escándalo por el trágico desenlace. Supongo que sí sabéis que los nigromantes tenían la mala costumbre de, ¿cómo decirlo?, ¿cautivar a incautas mujeres de alta cuna? Se mezclaban con la gente normal, o con los corrientes, o como queráis llamarlos. Intimaban con ellas...

—Pillamos la idea, Leti. Pero no creo que se haya montado todo este circo porque un idiota dejase en visto las cartas de una pobre ilusa hace doscientos años —intervino Luc.

—¿Me dejas acabar? No iban por ahí seduciendo a esas chicas para hacerse los campeones con sus amigotes, sino para dejarlas embarazadas. Si el bebé era una niña que no había heredado sus poderes abandonaban a la madre y a la recién nacida, se esfumaban sin más. Si, en cambio, era un niño con sus dones, lo secuestraban para criarlo como nigromante. En ambos casos solían borrar la memoria de la madre para evitar problemas.

—Como alguien se vuelva a quejar de que no respondo a los mensajes del WhatsApp voy a contarles esa historia. Menudos asquerosos. —Luc miró a las brujas y las señaló con el dedo—. ¿Vosotras sabíais esto?

—Hace décadas que está prohibido. Fue uno de los puntos que se comprometieron a cumplir en el Tratado de Paz que firmaron con el aquelarre. Se trata de una práctica atroz, primitiva y denigrante para las mujeres —dijo Sabele.

—Roberto Galeano era el peor de todos. No se limitaba a seducirlas, él además dejaba a un número considerable de mujeres muy enfadadas y dolidas —continuó Leticia—, con motivos de sobra, la verdad. Se negaba a borrarles los recuerdos, como si su corazón roto fuese una especie de trofeo y jugaba con ellas de forma retorcida. La Viuda de las Letras fue una de ellas, una estudiante que se mudó a la ciudad para estudiar en la universidad. No había muchas mujeres que lo lograsen por aquella época, no lo tenían fácil —resopló—. En fin, creo que estudiaba Literatura o algo así, pero el nombre le vino porque vivía con la familia de su tío en el Barrio de las Letras... ¿o era su hermano mayor? Bah, da igual. El caso es que Galeano se fijó en ella y decidió que una mujer hermosa, sana e inteligente como ella le daría buenos vástagos nigromantes. Un partidazo, vaya.

—Como si fuese una yegua —protestó Rosita.

—Más o menos. La cortejó hasta ganarse su corazón y... —Se aclaró la garganta de nuevo— sus favores. Pero pasaban los meses y ella no se quedaba embarazada. Al cabo de un par de años, el nigromante comprendió que sus esfuerzos no iban a dar frutos y decidió que ya había malgastado suficiente tiempo con ella.

—¿Y no se le ocurrió que a lo mejor ya no le funcionaban los soldaditos? Siempre asumen que es la mujer la infértil. En serio. Voy a vomitar —dijo Rosita.

—Eso pensó su esposa, lo de asumir que era infértil, no lo de vomitar. —Leticia rio nerviosa y Luc arqueó una ceja.

—¿Y sabéis lo que hizo él? —continuó Rosita—. La pobre chica estaba tan pillada que Galeano temía que no le fuese a dejar marchar sin más, así que para quitársela de en medio sin tener que alterar sus recuerdos… ¡fingió su propia muerte! Así se pasaría el resto de su vida llorando por el muy cretino.

—Así es. Además la jugada le vino muy bien para deshacerse de su larga lista de acreedores.

—Y de la responsabilidad de atender a todos los churumbeles que tenía repartidos por el mundo. Ugh.

—Una duda existencial —preguntó Leticia—. ¿Con quién estoy hablando?

—Rosa Costello, de las Costello de La Española. Un placer conocerte y disculpa que haya reventado la historia.

Leticia se rio con una voz melodiosa y dulce. «Por favor, no». Esa no era su risa habitual, la que tenía cuando estaba con su familia y amigos, o cuando algo le hacía gracia.

—No te preocupes y… el placer es mío.

En efecto. Su hermana estaba utilizando su voz de ligar. Lo que le faltaba. Más complicaciones.

—Ahora que lo dices —continuó Rosita—. Tu voz me resulta familiar…

«¿Estudias o trabajas?». «¿Vienes mucho por aquí?». ¿Y qué más? Si iban a coquetear al menos que tuviesen la decencia de esforzarse un poco.

—Vale —intervino Luc con la esperanza de romper «la chispa». O al menos, de apaciguarla hasta otro momento (a ser posible, el momento de Nunca)—. El fulano finge su muerte, es un psicópata desalmado y nos cae fatal a todos. ¿Y luego qué?

—Ella no pudo soportar el dolor y se quitó la vida con la mala suerte de que su alma continuó vagando por el barrio, incapaz de cruzar al otro lado por el dolor de no haber engendrado un hijo antes de perder a su amado. Al cabo de unos años, supongo que el nigromante supo de su muerte y creyó que sería seguro volver por la zona. El fantasma lo reconoció y, al verle acompañado de su dulce esposa, de la que se había enamorado fervientemente, y de su recién nacido bebé..., entró en cólera. No recuerdo exactamente qué hizo, pero sí que murieron varias personas. El niño sobrevivió, pero su madre no. Me imagino que fue dado en adopción.

—Suena a que puede ser nuestra chica —sentenció Rosita, y nadie se atrevió a llevarle la contraria.

«Mentiroso». Luc recordó la voz de Valeria resonando en su mente con una rabia tan visceral que se irradiaba por cada poro de su piel, presente en cada gesto, cada movimiento, cada respiración.

«Mentiroso».

—¿Creéis de verdad que podría ser ella? —preguntó Leticia.

—Es la única pista que tenemos —respondió Sabele con un suspiro agotado—. Seguro que alguno de los fantasmas de la zona puede contarnos algo... Al menos eso espero. Después advertiremos a los herederos oficiales, los tataranietos. Pero primero tenemos que averiguar qué ocurrió con ese bebé. Si era un varón y sobrevivió y tuvo descendencia... Todos ellos podrían estar en peligro.

Sabele suspiró de nuevo y, por un momento, Luc estuvo tentado de sostenerle la mano que tenía apoyada sobre la mesa; le detuvieron el miedo a que la bruja la apartase asqueada y la voz de su hermana al otro lado del teléfono.

—Olvidaos de los fantasmas —dijo Leticia—. Si alguien sabe detalles sobre los cotilleos mágicos de la ciudad es Zorro.

—¿El Zorro? ¿Como Antonio Banderas? —preguntó Luc, cruzando los dedos para haber entendido mal.

—Zorro, no el Zorro —le corrigió su hermana.

—¿Cuál es la maldita diferencia?

—Uno es un apellido y el otro un apodo.

—No importa cómo lo llamemos —intervino Sabele—. Zorro odia a las brujas, jamás nos recibiría, así que no veo probable que nos ayude de buen grado.

Luc seguía sin tener la menor idea de quién estaban hablando, pero que sintiese aversión hacia brujas, nigromantes o cualquier otro tipo de individuo mágico hizo que el tipo le cayese mejor que muchas de las personas a las que conocía.

—Lo hará si vais con Luc. Me debe unos cuantos favores, no le dirá que no a mi hermanito querido.

¿Favores? ¿En qué clase de ambientes se movía Leticia para conocer a un tipo llamado «Zorro» con el que tenía la confianza suficiente para deberse favores? Y lo más importante de todo, ¿hermanito querido? ¿A qué venía eso?

—Siento no poder ayudaros a dar con él. Suele moverse por la zona más céntrica de Madrid, los edificios modernos le ponen de muy mal humor, en realidad, creo que todo le pone de mal humor —explicó Leticia.

—Uf, lo sé —dijo Rosita—. Un día me lo encontré mientras hacía cola para entrar en el Museo del Prado y me empezó a gritar diciendo que era una «hija de Belcebú». Lo peor es que todo el mundo se rio creyendo que era un numerito para los turistas.

—¿Que te llamó qué? Si quieres, la próxima vez que le vea le diré un par de cosillas. Que una bruja le maldijese no es excusa para hablar así a nadie —dijo Leticia. Rosita sonrió y Luc puso los ojos en blanco.

—Tranquila, no hace...

—Gracias, Leticia, ha sido un placer hablar contigo —interrumpió Luc con un aire sarcástico que su hermana devolvió con un certero revés.

—El placer es mío. No te olvides de llamar siempre que necesites algo, sería terrible que resolvieses algo tú solito por una vez.

—Acuérdate de eso la próxima vez que te quedes atrapada en una despensa —dijo, y estiró el brazo para colgar el teléfono, dejando a Leticia con la protesta en la boca.

—Me cae bien tu hermana —comentó Rosita tras unos segundos de silencio—. Y eso de la despensa me intriga, suena a chica mala.

Luc se abstuvo de hacer ningún comentario al respecto, ni tan siquiera uno irónico. Estaba casi seguro de que Leticia iba a preguntarle en algún momento por Rosita y por su número de teléfono. Porque no había mujeres suficientes en el mundo; no, ella tenía que mostrar interés por una bruja. Y una a la que no le gustaba su música. Por supuesto.

— La conversación nos ha sido muy útil —concluyó Sabele, que recuperó su energía de golpe. Se puso en pie de un salto—. Vamos. No será fácil dar con Zorro, así que es mejor que empecemos cuanto antes.

Rosita hizo un ademán de ir a levantarse, pero Ame agarró su muñeca para retenerla.

—No podemos ir todas. Alguien tiene que quedarse para vigilar si la falsa Valeria vuelve a aparecer en el mapa y para mantener nuestras defensas, incluyendo la de Sabele si quiere salir de la casa.

—Vale, pues quédate tú —dijo Sabele encogiéndose de hombros, pero su amiga negó con la cabeza.

—¿Y si tengo que ir al baño? ¿Y si me da hambre? ¿Y si…?

—Creo que podrás solucionarlo tú solita. Ya eres una niña grande —dijo Rosita volviendo a ponerse en pie, pero su amiga la retuvo de nuevo.

—Es que dejaré el mapa desatendido, y puede que me canse y se deshagan las defensas y que nos encuentre el aquelarre…

—No vas a parar hasta que me quede, ¿verdad?

Ame sonrió inocentemente.

—Lo siento, chicos, pero lo cierto es que no tengo muchas ganas de volver a ver a Zorro. —Rosita se encogió de hombros.

—Pues… parece que quedamos tú y yo —dijo Sabele, girándose hacia Luc.

46

Leticia

No había mentido a su hermano y a las brujas. Estaba trabajando. Otra cosa muy distinta era que estuviese ocupada. Tras su estrepitoso fracaso como infiltrada en la reunión del aquelarre, había sido relegada a cumplir «funciones de vigilancia», lo que significaba que llevaba horas de pie mirando a la nada con la esperanza de que algo entretenido ocurriese para rescatarla de su aburrimiento. Mientras tanto, el resto de la Guardia estaba patas arriba. Todo parecía apuntar a que un conflicto entre brujas y nigromantes, tras décadas de frágil paz, estaba a punto de estallar.

Todo gracias a su hermano pequeño y su torpeza con las chicas.

«Si mi jefe se entera de que un Fonseca tiene algo que ver con esto, puedo darme por despedida». Menos mal que a ninguno de sus colegas se le había pasado por la cabeza que un grupo de chavales que apenas pasaban de los veinte fuesen los responsables del embrollo que les traía de cabeza.

De quienes sí sospechaban era de las integrantes del aquelarre. Por eso le encargaron vigilar la casa de los trece pisos desde la acera de enfrente e informar a sus superiores en el caso de que alguien entrase o saliese y de dar detalles sobre cualquier actividad sospechosa que pudiese presenciar. Informar. Solo informar. No tenía permitido actuar «bajo ningún concepto», una idea en la que su jefe había insistido con vehemencia.

Aunque no es que hubiese demasiado que hacer de todas formas. Las brujas habían recubierto el edificio con una capa adicional de hechizos protectores y se hallaban bajo una especie de confinamiento. Nadie entraba, nadie salía.

En el fondo, cuando el teléfono sonó, sintió un gran alivio por poder hacer otra cosa que no fuera esperar. Estaba tan aburrida que ni siquiera le importó comprobar que era su hermano quien llamaba. Seguía enfadada con él, pero una distracción era una distracción. Lo más emocionante que le había sucedido hasta entonces era la presencia de una fantasma que llevaba toda la mañana rondándola como si de un gato callejero en busca de comida se tratase; se acercaba, se alejaba, volvía a acercarse… La pobre debía de estar tan aburrida como ella. Descolgó el teléfono y la sorpresa de encontrarse hablando con varias brujas como si nada resultó ser grata. Al menos podía ser útil de alguna manera.

Se le escapó una sonrisa al pensar que el universo había reunido de nuevo a su hermano y a esa tal Sabele, aunque otra parte de ella siguiese mosqueada. Luc podía decir lo que quisiese, pero ahí, entre esos dos, había algo. No sabía muy bien por qué estaba tan segura de ello, ni siquiera podía decirse que conociese a la tal Sabele. Tal vez era su subconsciente el que deseaba con ahínco que esos dos acabasen juntos, solo porque así conocería a Rosita tarde o temprano.

Rosita… El recuerdo de su voz llamándola «Cenicienta» había sido suficiente para reconocerla y que se le erizasen los vellos del brazo. Con un poco de suerte se habría olvidado de su cara y no tendría que explicarle que aquella noche había estado en el aquelarre como infiltrada. Pero quién sabe. Quizá eso de espía le sumase puntos a la hora de invitarla a tomar un café. Sonaba mucho más interesante que su trabajo real. La posibilidad de tener una cita con una bruja le dio ganas de reír. ¿Se trataría de una nueva moda familiar? Si Luis Fonseca se enteraba de las preferencias de sus hijos, le daría un infarto. Aun así se permitió fantasear con la idea. Iban ya por la tercera cena romántica en su imaginación cuando una llamarada surcó la barrera de magia, deshaciéndola el tiempo justo para que la puerta principal del edificio se abriese unos cuantos centímetros, y después otros tantos más hasta que una mujer pálida y con un semblante de aspecto casi cadavérico la cruzó y la cerró tras ella. Leticia se sobresaltó por la sorpresa, pero se dispuso a observar con atención. La bruja, vestida de negro de los pies a la cabeza, miró a ambos lados para asegurarse de que nadie la había visto y echó a andar Gran Vía arriba.

«Limítate a observar», había advertido su jefe, pero era demasiado tarde. Ya la estaba siguiendo desde el otro lado de la calle. Unos cuantos metros no harían daño a nadie. Era obvio que tramaba algo, ¿quién mira a ambos lados de la calle si no planea algo terrible? La bruja aceleró el paso y Leticia estuvo a punto de echar a correr para alcanzarla. No era fácil asegurarlo desde esa distancia, pero estaba casi segura de que era una de las Lozano. Un motivo más para no perderla de vista. Las Lozano se habían ganado su mala fama allá por el siglo XV. Ni siquiera la era más oscura de la Inquisición española había logrado aplacar su célebre peligrosidad. Más bien consiguió todo lo contrario. Intenta llevar a una Lozano a la hoguera y conseguirás que el pueblo entero arda.

La bruja bajó las escaleras del metro frente al edificio de Telefónica y Leticia se apresuró a imitarla con cautela. Ya que estaba allí, la seguiría para ver qué línea tomaba. O al menos, ese era su improvisado plan.

Cuando llegó a la entrada del metro, se encontró sola junto a un saxofonista que tocaba una melodía famosa en bucle a cambio de unas cuantas monedas. Esta vez la que miró a ambos lados fue Leticia, en su caso para asegurarse de que no se había vuelto loca. Si ella había bajado por una entrada y la bruja por la otra... tendrían que haberse encontrado de frente. No era posible que se hubiese evaporado en el aire sin más, al menos no tan deprisa.

Leticia llevó su mano izquierda al arma en su cinturón, una

modesta pistola cargada con munición conjurada para contrarrestar y anular la magia. Apretó la empuñadura con fuerza, aguardando a que la hechicera reapareciese en cualquier momento.

—Yo que tú me alejaría de ella —dijo una voz aniñada a su lado que estuvo a punto de provocarle un paro cardíaco. Veintiséis años viendo fantasmas por todas las esquinas y seguía sin llevar bien aquellas apariciones súbitas.

Leticia observó al fantasma durante unos cuantos segundos. Quizá no fuese tan súbita después de todo. No le cabía duda de que era el ánima que llevaba observándola toda la mañana. Vaya incordio, no había nada más molesto que un fantasma que toma la decisión de no despegarse de ti; pero quizá en esta ocasión, al menos, pudiese sacarle partido.

—¿La... has visto marcharse? ¿Sabes adónde ha ido? —preguntó al fantasma, con una mano aún en el pecho por el susto.

La pobre no parecía haber cumplido los veinte. Llevaba un vestidito recto y un recatado abrigo, que por su estilo debía de ser de los años sesenta, a juego con su desfasado peinado. Sabía que no era de buena educación preguntarlo, pero siempre que conocía a un fantasma, se preguntaba cómo habría ido a parar ahí, o expresado con menos tacto, cómo había muerto.

—¿Es que no me has oído? Aléjate de ella. Es una de esas personas con auras oscuras que van dejando atrás un rastro apestoso.

—¿Un rastro que se podría seguir? —preguntó esperanzada, aunque lo más probable era que la fantasma tuviese razón y estuviese cometiendo un error anteponiendo su instinto detectivesco a su seguridad. No le pagaban lo suficiente como para poner su vida en riesgo, eso desde luego.

—Ni «Buenos días» ni «¿Qué tal, cómo te llamas?», no, solo «sigue a esa bruja con cara de mala uva». Como si yo no tuviese sentimientos.

A Leticia siempre le había desconcertado que casi todos los fantasmas se negasen a referirse a ellos mismos en pasado, a pesar de que hubiesen dejado de ser. La pobre chica no era ninguna excepción. No pretendía ser una tiquismiquis, pero lo cierto era que no, técnicamente no tenía sentimientos, solo un vago recuerdo de lo que significaba estar vivo.

—Mi nombre es Leticia, ¿el tuyo?
—Blanca.

La chiquilla sonrió de oreja a oreja. Parecía infinitamente feliz por el simple hecho de haber encontrado a alguien con quien hablar, aunque la otra persona solo pretendiese sacar provecho de la conversación de la manera más egoísta posible. «La soledad es terrible», se dijo Leticia.

—Verás, Blanca. Es muy importante para mí saber adónde ha ido esa bruja mala. Me harías un gran favor si siguieses el rastro de su aura y me dijeses adónde ha ido.

—¿Un favor? Si te hiciese un favor, sería tu amiga, ¿verdad?

Si no hubiese sabido de sobra que tras sus ojos no había nada más que un espacio vacío hubiese creído ver un brillo de esperanza en ellos.

—Su... supongo. Sí, seríamos amigas.

El fantasma de la joven llamada Blanca volvió a sonreír de oreja a oreja.

—Ahora vuelvo.

Blanca desapareció tras una de las paredes del metro y Leticia reparó en las miradas extrañadas de una avalancha de gente que acababa de salir del andén, la mayoría no le dedicó más de medio segundo antes de volver a sus atareadas vidas, pero otros la escrutaban de arriba abajo, seguramente preguntándose si estaba loca o si hablaba por el manos libres. Se llevó el dedo a la oreja y fingió apretar un auricular inexistente.

—¿Qué dices? No te oigo, aquí abajo casi no hay cobertura —dijo lo bastante alto para mitigar sospechas.

«¿Dónde se ha metido?», se preguntó mientras daba vueltas de un lado a otro del pasillo. No tardó demasiado en emparanoiarse. ¿Y si, en realidad, lo que había hecho era delatarla? ¿Y si la bruja estaba de vuelta con una maldición preparada para convertirla en una estatua de sal? ¿Y si era una espía de la Guardía y había ido a avisar a su jefe de que había abandonado su puesto a la primera ocasión posible? La lista de preocupaciones repentinas no cesó de crecer en su imaginación, cada cual más absurda. Además de una gran detective, también hubiese sido una excelente escritora de novela negra.

Al cabo de unos minutos, el fantasma reapareció despejando sus dudas y preocupaciones, aunque solo hasta que reparó en su expresión aturdida a la vez que consternada.

—¿Y bien?

—Pues... verás, amiga Leticia. Creo que no te va a gustar lo que he averiguado.

—¿Por qué? ¿Dónde está?

—No tengo ni idea, pero sé dónde no está. No está en este plano del universo.

Cal

La noche anterior había sido demasiado larga. Le dolía tanto el brazo que prescindió de las sombras y paró a un taxi para que le llevase a casa. Cuando llegó a la mansión de los Saavedra lo único que quería era quitarse la ropa ensangrentada, darse una ducha rápida y meterse en la cama a dormir, pero al cruzar la puerta del que debía haber sido su dulce hogar, se encontró con al menos una docena de miradas de reproche. Su padre caminó hacia él con el ceño fruncido y los puños apretados. Cal se apresuró a abrocharse la chaqueta antes de que pudiese ver que su camiseta estaba manchada de sangre. Tragó saliva. Hacía mucho que no le veía tan enfadado y nunca había sido con él.

—¿Dónde te habías metido?

Qué extraña le resultaba aquella pregunta cuando normalmente no le importaba en absoluto dónde o con quién estaba, o lo que quiera que hiciese. Por fortuna, no tuvo que molestarse en buscar una mentira creíble, su padre respondió por él.

—¿Has ido con esas condenadas brujas? Diego acaba de despertar y jura que no estabas solo, ¿era ella? ¿Ella otra vez?

Ignoró el amago de interrogatorio.

—¿Cómo se encuentra Diego?

—Como si a ti te importase —masculló ese cachorro rabioso de las Juventudes que jugaba a ser su líder, Abel, un tipo con la cabeza rapada y un gesto feroz. Fausto, en pie junto a él, le pidió silencio con la mano—. No, Fausto. Alguien tiene que decirlo. Es un amigo de las brujas. Un amigo de las brujas no es amigo nuestro.

—Bien dicho, Abel —jaleó otro de sus compañeros.

El resto de los presentes, fieles seguidores de su padre, no añadieron nada al comentario, pero tampoco se mostraron en desacuerdo.

—Caleb..., hijo mío —susurró su padre. «Curioso que justo ahora te acuerdes de que soy tu hijo», se dijo Cal para sus adentros—, quiero creer que te están engañando, que ignoras con quién colaboras y para qué. Esas brujas saben de sobra qué es lo que ha ocurrido. Ellas y sus hermanas lo han provocado. Te están utilizando. —Alzó la mano con intención de apoyarla sobre el hombro de Cal, pero el joven retrocedió.

—No es cierto. Ni ellas ni ninguna otra bruja tienen nada que ver con todo esto. Si alguien tiene la culpa soy yo. Yo lo empecé todo.

El rostro de Gabriel Saavedra se torció engullido por la rabia hasta convertir el amor paternal que le movía segundos antes en desprecio visceral.

—Ahora desvarías... Nunca debí haber permitido ese... ese amago de relación. Te han envenenado, te han turbado la mente y te han convertido en una marioneta. Llevan años advirtiéndomelo, pero nunca lo quise creer...

—Sabele no...

—¡Estamos al borde de la guerra! —Ni un alma se atrevió a respirar ante la súbita ira de su líder—. Te prohíbo que vuelvas a ver a esa... esa condenada bruja adoradora de árboles y alimañas. Si estalla el conflicto, confraternizar con el enemigo será considerado alta traición.

—¡Bien dicho! —exclamó Abel y, a excepción de Fausto, que observaba atento pero mantenía las distancias, todos los miembros de las Juventudes aplaudieron.

—¿Te estás oyendo?

Las palabras y alardes de estupidez de las Juventudes le importaban muy poco. No eran más que un grupo de payasos con demasiadas frustraciones para arreglar sus propias vidas, por eso preferían llenar de escoria la de los demás. Sin embargo, reconocer en el discurso de su padre algunas de sus ideas más características le inquietaba. Puede que Gabriel no hubiese sido un padre ejemplar, pero había sido un buen líder para los nigromantes, o al menos, uno decente.

—¿El enemigo? ¿Guerra? ¿Qué guerra? —preguntó Cal.

—La que nos han declarado.

—¿Eso ha dicho el aquelarre?

—No, claro que no. —Por un momento creyó que su padre admitiría que existían dudas razonables, pero el mensaje de las Juventudes parecía haber calado también en él—. No creerás que van a asumir las consecuencias de romper el Tratado de Paz sin más, ¿verdad? No, nos seguirán provocando hasta que seamos nosotros quienes lo hagamos. ¿Es eso lo que quieres? ¿Desatar una maldición sobre esta familia?

Cal miró a su alrededor, buscó una mirada de apoyo entre los subordinados de su padre, o al menos un ápice de comprensión, un mínimo gesto que le ayudase a estar seguro de que no era él quien estaba perdiendo el juicio. Fue en vano. En mayor o menor medida, todos parecían coincidir con la opinión de su padre. Hasta José, siempre razonable, apartó la vista sin saber qué decir.

Tenía que contar la verdad, tenía que decirles que todo había sido culpa suya, sin importar las consecuencias, antes de que fuese demasiado tarde.

—Te equivocas, déjame que te explique que…

—¡Son brujas, Caleb! ¿Qué esperabas, que nos invitasen a tomar té todos los domingos para charlar?

—Escúchame. Yo sé lo que ha ocurrido, no tiene nada que ver con…

—Siempre he lamentado que mi propio hijo prefiriese malgastar su don en lugar de sucederme, pero, por una vez, me alegro de que nuestra hermandad no vaya a caer en las manos de un necio.

El golpe impactó en sus entrañas como un derechazo asestado con un puño de hierro. El labio de Gabriel tembló cuando terminó de hablar, como si incluso él se hubiese percatado de que había cruzado un límite. Sin embargo, no rectificó, no pidió disculpas, no dio un paso atrás. Cal sabía que eso significaba que, arrepentido o no, había verdad en sus palabras.

Sí. Tenía razón. Era un necio. Era un necio por creer que lo que él pudiese decir cambiaría algo. Ya era demasiado tarde. Habían despertado a un monstruo, uno peor que la rabia de unos cuantos fanáticos, más peligroso: el odio que aguardaba dormido, tan sosegado que casi parecía inofensivo, abrazado al miedo que habitaba dentro de todos y cada uno de ellos.

Cruzó el recibidor a grandes zancadas y subió las escaleras tan rápido como pudo sin correr. Tenía que salir de ahí. Tenía que avisar a Sabele. Cogería sus cosas y se marcharía antes de que alguien tratase de detenerle.

—¡Caleb! —Oyó la voz de Fausto y pasos aproximándose a él por los pasillos de la segunda planta—. ¡Cal! ¡Espera!

Sintió una mano sobre su hombro y la apartó bruscamente.

—¿Qué quieres?

Se detuvo y dio media vuelta para mirarle. Fausto balbuceó antes de reunir las fuerzas para decir:

—No se lo tengas en cuenta. Está cansado, han sido un par de días duros y son muchas las familias que están presionándole para que actúe, apenas ha parado para dormir o comer y… en definitiva, lo que quiero decir es que… tu padre te quiere.

—Ya. Acabo de verlo ahí abajo. Llevo toda la vida viéndolo.

Años y años de celos infantiles y envidias enterradas durante la adolescencia afloraron en cuestión de segundos, emponzoñando cada gota de su sangre. Para su padre él no había sido nunca un hijo, solo una fecha de caducidad.

—Caleb…

—No me llames así. Solo mi familia usa mi nombre completo.

—¿Ahora no somos familia?

Sabía que no estaba siendo justo con él, que Fausto no tenía la culpa de haber ido a parar adonde estaba, igual que él tampoco era responsable de los caprichos que le tenía preparados la vida; que su viejo amigo era el único que había corrido detrás de él, el único que lo estaba intentando, y aun así, los celos fueron más fuertes que todo cuanto sabía e ignoraba, que todo cuanto era justo o injusto.

—No. Nunca lo hemos sido. Tú eres el hijo de mi padre, y yo... yo soy un huérfano. Nada más. Esta hermandad siempre me ha rechazado y va siendo hora de que actúe en consecuencia.

Intentó marcharse a su habitación y Fausto lo retuvo de nuevo, esta vez corriendo para interponerse en su camino.

—Caleb...

—¡Déjame en paz!

—¡No! ¡Tienes razón! No en lo que piensas de tu padre, sino en todo lo demás. No podemos permitir que este malentendido acabe en una guerra.

—Anoche no pensabas lo mismo. —La sorpresa resquebrajó el gesto sereno de su amigo—. Te oí hablando con Gabriel.

—Sí. Es cierto. Me dejé llevar por el miedo. Pero un buen líder no permite que sus emociones y su ignorancia nublen su juicio. Puede que nunca lo llegue a ser, pero estoy intentando convertirme en la persona que se espera de mí.

Cal inspiró profundamente e intentó tranquilizarse. A veces se le olvidaba que él no era el único con problemas y dudas.

—Lo lograrás. Y cuando llegues al poder y seas un gran líder, hazme un favor. Deshazte de las Juventudes.

Fausto sonrió, y su fino, apenas perceptible, bigote se agitó sobre su labio.

—Te lo prometo, pero mientras llega ese día, necesitaré tu ayuda.

Cal negó con la cabeza.

—Lo siento, la política no es para mí.

—Al menos, ven a las próximas reuniones. Si hay una votación necesitaremos unir fuerzas contra las Juventudes.

Lo que su viejo amigo le pedía se materializó sobre sus hombros como si fuese el peso del mundo entero. Cada segundo que pasaba ahí, mientras Sabele y sus amigas buscaban al espectro, el verdadero causante de aquella crisis diplomática, aumentaba su sentimiento de culpa. Pero Fausto tenía razón, puede que nadie fuese a creer su palabra al defender a las brujas, pero su voto valía tanto como el de cualquier nigromante.

48

Sabele

Hasta que no se sentó, Sabele no se dio cuenta de lo mucho que le dolían los pies de tanto andar. Llevaban toda la mañana recorriendo las calles de Madrid en busca de Zorro. Lucas y ella. A solas.

Al principio se había sentido incómoda. Era gracioso, porque cuanta menos importancia intentaba darle al hecho de que caminaban a unos cuantos centímetros de distancia o de que le era inevitable no perder detalle de todos los movimientos y palabras de su acompañante, más le costaba quitárselo de la cabeza. Tan gracioso como un puntapié en la espinilla. Si hubiese podido tirarse de las orejas lo habría hecho, por ser tan boba. Avanzaba en silencio junto a él porque le atemorizaba hablar por si decía una tontería, a ella, que jamás había sido tímida. Se estaba comportando como una niñita asustada. ¡Por el amor de la Diosa! Miles de personas veían sus vídeos en internet y daban *likes* a sus fotos, era una *it-girl* de la comunidad mágica (por detrás de Valeria, claro) y había tenido como novio al chico perfecto de Instagram al que muchas y muchos deseaban.

El problema era que todas esas personas se creían la imagen de perfección que había construido. Sabía lo que esperaban de ella. Pero con Luc... Con Luc era distinto. A él le daban igual esas cosas: los seguidores, los postureos, los textos idílicos describiendo una vida de ensueño... Luc veía a través de su puesta en escena, y descubrir qué era lo que había encontrado tras ella la intrigaba y abrumaba a partes iguales.

Por otro lado, las cartas le habían advertido que fuese cautelosa, la magia lo señalaba como un peligro. La lógica y la razón no cesaban de repetirle que lo más sabio era mantenerse tan alejada como le fuese posible. Era sencillo. No había que darle tantas vueltas. Cooperaban por un objetivo compartido y, una vez que lo consiguiesen, se acabaría la lista de cosas que tenían en común.

Se pasaron el trayecto de ida en el metro en absoluto silencio, y tal vez hubiesen andado todo el día bajo aquella tensión densa e incómoda si Sabele no se hubiese tropezado al agacharse para darle la vuelta a una moneda en el metro de Ópera. Luc la sujetó para evitar que se cayese y, quizá por haberla salvado de un buen golpe o porque era así de idiota, se permitió la libertad de burlarse de ella.

—Ahora entiendo por qué no vas en escoba; si no puedes ni andar...

—Qué típico, como soy una bruja, escobas, ¿no? Muy ingenioso —dijo ella, herida en su orgullo, pero aliviada por haber roto su improvisado voto de silencio.

—Supongo que las necesitaréis para jugar al Quidditch. Además, ¿qué pretendías hacer? ¿Coger cinco céntimos, tan mal te pagan por anunciar champú *biosuperhealthyecoplus*? —se burló.

Sabele le lanzó una mirada de desprecio. Si había algo que odiase más que las típicas bromas sobre clichés como los sombreros de pico, las escobas o convertir a la gente en sapo, eran las referencias al mundo de Harry Potter. Ni había ido nunca al callejón Diagón, ni usaba varita, ni existía la poción multijugos.

—No, listillo. Está en cruz, para dar suerte a quien la encuentre tiene que estar en cara, por eso iba a darle la vuelta.

—¿Y para eso tienes que abrirte una brecha en la frente? Muy generoso por tu parte.

—Cállate.

Sabele le propinó un pequeño empujón que estuvo a punto de desestabilizarle y hacerle caer. No era su intención: estaba acostumbrada a bromear y a jugar con Cal y no había tenido en cuenta la diferencia de tamaño. A su exnovio no le habría hecho caer ni el ojo de un tifón girando sobre su cabeza. Sin embargo, en lugar de molestarse, a Lucas se le escapó una sonrisa traviesa.

—¡Oye! Que yo no tengo la culpa de que te tropieces por ahí, torpe.

—Y yo no tengo la culpa de que tengas la boca tan grande, bocazas.

—Creo que la palabra que buscas es «mordaz», aunque también me vale «ingenioso».

—Un gran nivel de vocabulario para alguien que tiene la habitación decorada con pósteres. ¿Cuántos cumples este año, doce?

—Son pósteres para adultos.

—Sí, para adultos que viven en el sótano de sus padres.

Lucas miró hacia otra parte y Sabele fingió que no estaba sonriendo.

—Ya te acordarás de esto cuando me pidas que te invite a las fiestas de mi *penthouse* y te diga que no.

—Seguro que estaré desolada. Pero ahora mismo tenemos un corriente embrujado al que encontrar.

Invocó una diminuta bola de luz que brilló sobre sus cabezas.

—Muy mona… ¿Para qué sirve? —preguntó Lucas. A veces se le olvidaba que, al contrario que todas las personas que le rodeaban, él sí percibía la magia.

—Se irá volviendo de color cálido a medida que nos acerquemos a Zorro.

Caminaron hasta la Puerta del Sol, subieron hasta Gran Vía a través de la calle Montera y la volvieron a bajar hasta llegar a la Calle de Alcalá. Pasearon por Serrano y por Goya, comentando la ropa de los escaparates de tiendas en los que jamás se habrían podido permitir comprar, cruzaron el parque del Retiro de lado a lado, incluyendo una parada para admirar su estatua preferida, el Ángel Caído, que por algún motivo siempre le hacía pensar en Cal. Bajaron a Atocha, pasearon por Lavapiés, respirando el especiado olor de los restaurantes indios y los kebabs, se detuvieron ante el Congreso de los Diputados, preguntándose sobre qué hablarían ese día los reporteros que conectaban en directo frente a sus puertas, y atravesaron el paseo del Prado confundiéndose entre los turistas. La caminata fue más larga de lo que tenían planeado, pero ninguno de los dos se percató del paso de las horas, demasiado ocupados en la tarea de llevarse la contraria el uno al otro por el mero placer de discutir hasta que, casi por accidente, acabaron teniendo una conversación de verdad.

Mientras tanto Sabele mantenía parte de su atención en la bola de luz y tan solo habían conseguido que se tiñese de un vago naranja. Ese hombre era más escurridizo que el animal que llevaba su nombre.

—Tengo una duda existencial… —preguntó Luc al cabo de un rato.

—No me lo puedo creer. ¿Vas a interesarte por otro ser humano que no seas tú?

—Oye, ¿me vas a dejar acabar o no? Que va en serio.

Había una leve gravedad en la voz de Luc que le hacía sospechar que estaba siendo sincero de verdad. Y no sabía si estaba preparada para volver a convertirse en esa chica sin filtros.

—Vale. Dispara.

—¿Por qué YouTube? No sé, si yo fuese una bruja todopoderosa emplearía mis talentos para hacerme rico en Las Vegas sin que nadie lo supiese, no para enseñar a la gente a fabricar sus propias velas mágicas. Que no lo critico, quiero decir, está muy bien y todo eso, para quien le interesen las velas, pero…, en fin, ¿por qué?

Sabele se tomó un segundo para interpretar sus palabras. Le pareció entender que sugería que no era demasiado ambiciosa. Comprobar que la percepción honesta que tenía de ella era la de una «conformista fabricante de velas» no le resultó demasiado halagadora. Pero al menos ya no parecía pensar que fuese una superficial. Iban mejorando. Ella también había dejado de ver en él a un cretino de los pies a la cabeza.

—A ver..., en primer lugar, no soy todopoderosa. Ninguna de nosotras lo es, y yo menos. Aún tengo mucho que aprender. En segundo lugar, no es tan fácil como chasquear los dedos y desear lo que quieres, la magia tiene reglas y, sobre todo, consecuencias. Y, además..., ¿tú compones para hacerte rico?

—En parte.

Sabele se mordió el labio y puso los ojos en blanco.

—Vale. Está bien, supongo que no. No es el objetivo principal.

—Pues yo tampoco uso mi magia pensando en conseguir dinero y lujos. No me va mal, no me quejo, pero nunca es lo que he buscado. —Luc esperó a que siguiese hablando, como si su respuesta no le bastase—. Supongo que todo empezó cuando era niña.

—Madre mía..., tampoco hace falta que te pongas en plan David Copperfield.

—No lo hago, es la verdad. Me pasé toda mi infancia vagando por el mundo junto a mi tía. —«Huyendo del pasado»—. Lo habitual era que Jimena no tuviese ni un céntimo en el banco porque, cuando conseguía algo de dinero, se lo gastaba en pagarnos una gran cena, o en un par de noches para las dos en una suite de lujo de algún hotel pomposo, eso cuando no se lo regalaba a alguien que lo necesitase más. La mayoría de las veces nos alojábamos en casas de brujas locales, de todas formas. Así fue como conocí a Rosita.

»Mi tía conseguía el dinero que necesitábamos para el día a día con sus pequeños trucos de magia: leía la mano, echaba las cartas, vendía amuletos para la buena suerte, contra el mal de ojo... Cualquier cosa que pudiesen necesitar en el lugar al que acabásemos de llegar. Ella siempre sabía cuánto era justo pedir a cambio. A las ricachonas que venían a suplicar consejo y auxilio para que su cena de gala fuese mejor que las de sus amigas solía cobrarles una buena cifra en el talonario, a las mujeres humildes que buscaban suerte para encontrar un trabajo, lo que pudiesen dar para contribuir. Si no tenían nada más que ofrecer que un techo, algo de comida o ropa vieja... Nos conformábamos.

—No me puedo creer que nadie llamase a los servicios sociales.

Sabele no pudo evitar sonreír. Quizá para alguien que había pasado toda su vida bajo el mismo techo, marcando sus cambios de altura en los márgenes de la puerta, decorando una y otra vez la misma habitación con distintos pósteres, era difícil comprender por qué nadie cambiaría su seguridad por una vida nómada.

—La verdad es que fue bonito. Agotador, pero bonito. El caso es que cuando fui haciéndome más mayor, mi tía a veces me encargaba a mí las clientas más fáciles. Como sabía que nos marcharíamos en cuestión de semanas o meses pensé que sería buena idea enseñarles algunos trucos para que pudiesen utilizarlos ellas mismas, y después... conocí a Cal. —Miró a Luc para ver cómo reaccionaba ante la mención de su ex, pero no percibió ningún cambio en su expresión—. Me habló del canal de dibujo que tenía por aquel entonces y se me encendió la bombilla. Si contaba esos consejos en internet podrían serles útiles a muchas más personas que si iba una a una. Aunque nunca pensé que a tantas.

Luc asintió lentamente.

—¿Seguro que no fue por la ropa gratis?

—Me rindo. Eres imposible. ¿Cómo se puede ser tan cínico?

—«Me hice un canal para ayudar a los demás, blablablá». Entiéndeme. Suena *fake*.

—Pues no te lo creas si no quieres, es la verdad. Disfruto haciéndolo, obviamente. Pero la misión del canal es ser útil. A veces resulta agotador compaginarlo todo, pero cuando me llega algún mensaje de una chica en Perú diciéndome que mis hechizos le han ayudado a aprobar un examen o de otra en Chile que ha dejado de tener pesadillas, no sé. Es como que todo el esfuerzo merece la pena.

—¿Hechizos? ¿Sin ser brujas? ¿No será sugestión? —preguntó Lucas, cómo no, derrochando escepticismo.

—Puede, pero ¿importa? La verdad es que yo creo que todos tenemos un poco de magia en las venas.

—Muy bonito. Ponlo en una taza y véndelo.

Sabele comprobó que la bola había pasado de naranja a un frío color amarillo. Zorro se estaba alejando. Cambiaron de rumbo hasta que tuvo la impresión de que la esfera se tornaba ligeramente ámbar. Aceleró el paso para no perderlo de nuevo.

—¿Y tú qué, señor «yo-no-creo-en-absolutamente-nada»? ¿Por qué la música?

Se encogió de hombros y estiró los músculos de los brazos. Quizá para ganar un poco de tiempo mientras se quitaba la coraza.

—No por altruismo, te lo garantizo.

—Ya. Con eso contaba.

Lucas parecía incómodo. A pesar de su aparente egolatría, no era la primera vez que se percataba de que eludía hablar sobre sí mismo.

—¿De verdad lo quieres saber? —Sabele asintió y Lucas suspiró—. Quería tener amigos. Me daba igual ser del grupo de los populares, del de los deportistas, del de los *skaters* o del de los frikis, solo quería encajar en algún sitio. Por desgracia, los populares me parecían unos idiotas insoportables, se me daban fatal los deportes, era incapaz de mantener el equilibrio sobre un monopatín y jugar a dragones y mazmorras no es tan divertido cuando sabes que los monstruos existen de verdad. Entonces, un chico de mi clase empezó a tocar el bajo y colgó carteles por todo el pasillo diciendo que quería montar una banda... —Se humedeció los labios— y hasta hoy.

Sabele lo estudió en silencio. Se imaginó a ese chico demasiado alto para su edad que no tenía miedo de demostrar que el *statu quo* le daba igual, pasando horas y horas metido en su habitación para aprender a tocar la guitarra por su cuenta, su única arma para lidiar con el peso del mundo.

—¿Qué? —preguntó Luc, incómodo al comprobar que no iba a responder ni añadir ninguna observación.

—Nada. Es que… me sorprende que seas humano.

—Bah. No te hagas ilusiones. Eso fue hace mucho tiempo, he cambiado. Ahora me importan muy poco esas cosas.

Sabele no quiso llevarle la contraria. ¿Para qué? Los dos sabían que estaba mintiendo.

Muy pasada la hora del mediodía, sus necesidades mundanas vencieron a su pérdida de la noción del tiempo y decidieron hacer un descanso para comer y recuperar fuerzas. Sobre todo porque la estrategia de permanecer en movimiento no había servido de nada. Compraron yakisoba para llevar y se sentaron en un banco de piedra en el paseo de Recoletos, casi frente a la Cibeles.

Escribió un SMS a Rosita a través del viejo teléfono para asegurarse de que no había novedades y se dispuso a comer.

—Y ahora que estamos sentados… —dijo Lucas mientras jugueteaba con sus tallarines integrales—. ¿Me vas a decir por qué planeas matarme de agotamiento?

—No sería del todo mala idea, pero solo estamos buscando a Zorro —dijo ella entre bocado y bocado de sus noodles vegetarianos, ¿cómo podía no haberse percatado de lo hambrienta que estaba?

—Ya, hasta ahí lo he pillado, pero ¿estamos siguiendo algún criterio o…?

—Zorro podría estar en cualquier parte de la ciudad, no es como si pudiésemos llamar al timbre de su casa o mandarle un mensaje al WhatsApp.

—Acláramelo, estamos dando vueltas por una ciudad de más de tres millones de habitantes con la esperanza de dar por casualidad con un tipo con el nombre de un justiciero enmascarado. ¿Lo he entendido bien?

—No por casualidad, la bola nos indica el camino, pero como no se queda quieto… Solo tenemos que ir un poco más rápido que él para ganarle terreno. Así que en cuanto reemprendamos la marcha hay que acelerar, o estaremos así hasta por la noche.

—Fantástico, ¿y qué otras aficiones tenéis las brujas para pasar el rato? ¿Cazar gamusinos? ¿Contar granos de arena en la playa?

—Zorro... Zorro tiene sus sitios favoritos. —Se esforzó por permanecer concentrada en su propio almuerzo—. Con un poco de suerte le encontraremos en alguno de ellos.

—¿Y si ha decidido quedarse en casa?

Sabele negó con la cabeza.

—No puede dejar de caminar, así que lo dudo mucho.

—¿Es hiperactivo o algo así?

—No, es víctima de una maldición. Si deja de andar se le parará el corazón, pero si no se detiene... es inmortal. Por eso no siente demasiada simpatía hacia las brujas.

El músico debió de sentirse tan impresionado por la respuesta que los palillos se escurrieron de entre sus dedos con los tallarines incluidos.

—Así que yo que tú empezaría ser a más amable con las brujas.

Solo pretendía bromear, por insufrible que pudiese llegar a ser Luc no estaba entre sus planes maldecirle. De hecho, eran contadas las brujas que contradecían a la propia naturaleza de su magia para causar el mal por placer, pero el músico bajó la mirada y... tragó saliva.

—Yo que creía que erais más de pinchar a la gente con ruecas embrujadas y de envenenar manzanas.

—Sí, eso también lo hacemos.

Luc alzó la vista y sus ojos se encontraron. Sabele fue la primera en sonreír, y una risa clara y amistosa la siguió. El chico frunció el ceño, aunque sus labios disimulaban una sonrisa.

—Me estás tomando el pelo, ¿verdad?

—A pesar de lo que digan los cuentos, es raro encontrarse con una bruja malvada. La Bruja del Oeste, la madrastra de Blancanieves, Maléfica, la Bruja Blanca, las hermanas Sanderson... Seguramente no eran más que mujeres independientes con unos cuantos dones mágicos, dones de vida, de luz. —Se encogió de hombros—. Pero los corrientes tenéis demasiada imaginación.

—Ya, además, eso de devorar a los niños para ser eternamente joven está tan pasado de moda... Es muy mil seiscientos.

—Estoy casi segura de que no ha habido ninguna bruja devoradora de niños, ni siquiera en el mil seiscientos.

—Os va más lo de obligar a tipos a andar hasta el fin de los tiempos.

—Sí, eso es. —Sabele le señaló con los palillos—. Lo vas pillando.

—¿Y nunca os habéis planteado ayudar al pobre tipo?

—Normalmente ese tipo de maldiciones solo pueden deshacerse cuando se cumple alguna condición.

—¿Del rollo de «encender una vela negra en la noche de Halloween»?

—Más bien del estilo de «sentirse arrepentido por ser un embustero». Aunque en realidad solo Zorro sabe cuál es la condición, y lleva así cerca de cuatrocientos años, así que no ha debido poder o querer cumplirla. —Lucas arqueó las cejas en lo que Sabele interpretó como un gesto de curiosidad—. Le fue infiel a su esposa. Parece ser que se ausentaba con la excusa de que necesitaba dar largos paseos para encontrar la inspiración que le ayudase a escribir su próxima obra de teatro cuando en realidad iba a... Bueno, a ver a «la otra». Ella lo descubrió y supongo que le pareció un castigo irónico.

—O sea, que está así porque a su novia bruja no le sentaron bien los cuernos. —Chasqueó la lengua—. A veces las mujeres me dais miedo...

Sabele se encogió de hombros.

—No todas las mujeres somos santas, ya sabes, cosas de la complejidad humana.

—Lo que está claro es que si sales con una bruja o un nigromante acabas mal... —dijo Luc, sin más, y siguió comiendo en silencio.

Sabele supo que no había maldad tras sus palabras, ni siquiera era una de esas críticas que se echaban en cara continuamente y que, en realidad, no significaban nada. Precisamente por eso le dolió tanto. No había rebuscado las palabras, no pretendía molestar, se había limitado a decir lo que pensaba sin darle más importancia. Era lo que había, un hecho, sin más. Nada personal.

—También hay historias con finales felices. Lo que pasa es que, por algún motivo, acabamos contando siempre las que acaban mal.

—Yo... lo que quería decir es que...

Fuese lo que fuese, Sabele ya no le escuchaba. La esfera de luz se había tornado de un cegador color burdeos. Después de tanto buscar a Zorro, Zorro había acabado por encontrarlos a ellos. La figura de un hombre vestido con unas mallas negras y una gorguera blanca en torno al cuello en la acera de enfrente había acaparado toda su atención.

Se puso en pie de un salto y salió corriendo hacia el paso de cebra, a punto de ponerse en rojo. Aceleró hacia el hombre ignorando el sonido de un frenazo tras ella y a Luc pidiéndole a gritos que esperase.

—¡Don Zorro! ¡Don Zorro, deténgase!

Siguió corriendo hasta llegar a su altura.

—¿Don Zorro?

—Ah. Pardiez. Otra bruja no —dijo al verla.

Luc

La faceta impulsiva e inconsciente de Sabele le pilló desprevenido y por poco le costó la vida. Le interrumpió en mitad de una frase para echar a correr sin previo aviso y un coche había estado a punto de atropellarle cuando intentó alcanzarla. «¿En qué estaba pensando?». Aunque tampoco él se había lucido. «¿Si sales con una bruja acabas mal?». «Pero ¿qué había sido aquello?». «¿Cómo se puede ser tan estúpido?».

Cruzó la calle y se la encontró caminando junto a un tipo vestido de negro que llevaba puesto uno de esos estúpidos collarines como los que lucían en la época de Shakespeare y Cervantes. El tal Zorro al que Sabele había llamado a gritos, se acarició el negro bigote y dijo:

—Otra bruja no, ni hablar. Déjame pasear en paz, pérfida criatura, no quiero oír hablar más de vuestros viles trucos. Paso de movidas.

—Espere, escúcheme, por favor —suplicó Sabele, que aceleró para alcanzarle, pero el tipo bajó la cabeza hacia su periódico y siguió andando como si la cosa no fuese con él.

«Ni hablar», pensó Luc. Tal vez Sabele fuese demasiado educada y amable como para decirle un par de cositas bien claras a ese dramaturgo de tres al cuarto, pero él había perdido hacía mucho la costumbre de ser cortés.

Corrió hasta adelantar al tal Zorro y se plantó ante él, obligándole a detenerse.

—Mira, tío, llevo toda la mañana dando vueltas por ahí buscándote, los pies me duelen horrores y a mi amiga también. Solo quiere hacerte una estúpida pregunta, así que haz el favor de cortar el rollo y dedicarle dos míseros minutos.

«¿"Mi amiga", en serio?». Miró hacia Sabele para comprobar, aliviado, que estaba demasiado ocupada como para percatarse de su curiosa elección de palabras.

El tipo abrió los ojos de par en par e inhaló una gran bocanada de aire que hinchó su pecho, al que llevó su mano derecha. Se aferró con fuerza a la tela de su blusa.

—¡Luc! ¡Deja que siga andando!

Se echó a un lado y Zorro caminó a grandes zancadas, recobrando poco a poco el aliento.

—¡Malditos seáis! —gritó con el rostro encogido por la ira. Aunque fuera cruel resultaba cómico ver cómo intentaba mostrar su enfado sin dejar de caminar para plantarles cara—. ¡Malhechores, malandrines, *losers*! ¿Qué queréis de mí? ¡Mal rayo os parta! ¡Id a freír espárragos! —La mezcla tan absurda de expresiones antiguas y modernas hacía que fuese difícil tomarse en serio sus protestas. Luc supuso que se debía a tantos años de caminata a lo largo y ancho de todas las épocas que había vivido.

Sabele y él le siguieron a un par de pasos de distancia, solo por precaución. Al menos habían captado su atención.

—Solo queremos información —dijo Sabele.

—Ya, eso queréis todas vosotras, hijas de satán.

Estaba claro que al tal Zorro tampoco le importaba demasiado lo que opinasen los demás de su actitud. Toqueteó su bigote de nuevo.

—Por favor…, si deja que se lo explique… —comenzó a decir Sabele, pero Luc no estaba por la labor de permitir que sus modales les hiciesen perder un solo segundo más de sus vidas.

—Nos envía Leticia Fonseca.

Al oír el nombre de su hermana, el hombre se dignó a mirar hacia atrás y ladeó la cabeza para verle mejor.

—Oh, sí. Veo el parecido. —El hombre rumió para sí mismo unos instantes antes de decir—: Si me dejáis en paz, os diré lo que queráis, pero, pardiez, no volváis a detenerme. Y decidle a vuestra... loquesea que estamos en paz.

No era especialmente cotilla, ni siquiera se consideraba a sí mismo curioso (hay cosas que es mejor no saber y si uno es listo conseguirá no enterarse de cuáles son, esa era su filosofía), pero se preguntó qué podía haber hecho una agente de la Guardia novata como su hermana por un dramaturgo embrujado.

—Prometido.

—Necesitamos todos los datos disponibles sobre la Viuda de las Letras —dijo Sabele.

—Qué curioso. Es la segunda vez esta mañana que me preguntan por ese caso. Al menos vuestras amiguitas y vos podríais llegar a un acuerdo para no venir a molestarme todo el rato con las mismas paparruchas.

—¿No se trataría por casualidad de una chica de mi edad con la cabeza rapada? —preguntó Sabele, compungida. Si hubiese visto al espectro en acción como hizo él habría sentido algo ligeramente más intenso, como la sensación de ahogamiento que recorría sus entrañas cada vez que alguien la mencionaba.

—La misma. Un horrible peinado, si pedís mi opinión, capaz de afear el rostro más hermoso. Son una ignominia los atuendos que visten estos jóvenes de hoy en día. Ni varón ni hembra deberían lucir un aspecto semejante. ¡Vaya pintas!

—Necesito saber qué le dijiste... quiero decir, que le dijo usted, don Zorro.

—Exactamente lo mismo que os diré a vos: soy dramaturgo y documentalista, no un paquidermo de memoria inabarcable. Si hay información concerniente a esa cuestión que tanto os preocupa la encontraréis entre mi colección de recortes. Guardo registro de todas las fechorías que cometéis los engendros mágicos para que quede constancia de vuestra inquina. Algún día tendréis que pagar por todas ellas. Ojalá llegue el momento en que la Guardia vuelva a ser la Inquisición y hagan lo que deben —suspiró con nostalgia, como si desear un genocidio a la hora de comer fuese lo más normal.

—¿Y eso dónde está? —preguntó Luc, intentando ser lo más correcto posible. A juzgar por la expresión de infinito desprecio con que le miró el escritor no debía de haber hecho un gran trabajo.

—Estoy hablando con la joven, no con vos, insolente —dijo, y se giró hacia ella como si Luc no existiese.

«Hay que ver cómo se pone la gente por un infartillo de nada».

—Conservo mi colección en la calle Alfonso XI. —Les dijo el número del edificio y cómo llegar hasta allí—. Las llaves están debajo del felpudo. No toquéis nada más que los archivadores, no me gusta encontrarme marcas de dedos por ahí. Si rompéis algo valioso, recordad que tengo toda la eternidad para dar con vosotros y torturaros —amenazó mirando a Luc. «Vaya, ahora sí me puede hablar, ¿no?»—. Y por favor, no me molestéis más con este tema.

Sabele se detuvo en seco y Luc la imitó.

—¿Cómo le convenció? —preguntó Sabele.

—¿Disculpa? —dijo Zorro, cada vez más lejos.

—La otra... bruja. ¿Por qué le dijo cómo conseguir la información?

—Digamos que su estilo era mucho más persuasivo que el vuestro, jovencita y, además, el metal de su daga estaba muy bien afilado.

Zorro continuó andando hasta que le perdieron de vista y ellos pusieron rumbo hacia su archivo. Sabele paró un taxi y le dio la dirección al conductor, que tras unos pocos minutos les dejó frente a un edificio regio, de fachada blanca, puertas descomunales y ventanales decorados con relieves esculpidos que les hacía sentir como si estuviesen en una glamurosa calle parisina en lugar de en pleno centro de Madrid.

—¿Estás... estás seguro de que es aquí? —preguntó Sabele, escéptica. Buscó el cartel azul que confirmó el nombre de la calle.

—Eso parece. ¿Cómo un tío que se pasa el día andando gana suficiente dinero para vivir aquí? —preguntó Luc, que pasaba de detestarle a admirarle un poco.

—No vive aquí, esto solo es... su almacén. La Guardia le ayuda económicamente a cambio de su cooperación, pero supongo que además sus propiedades se han ido revalorizando con los siglos.

Tomó nota mentalmente de que se compraría una casa por la zona cuando fuese rico, solo por tenerla, para guardar sus guitarras o alguna chorrada así. Invertiría en propiedades, como Paul McCartney y Madonna. Así la gente podría ir por la calle en cualquier ciudad del mundo y decir con asombro y admiración: «Mira, ¿ves esa casa de ahí? Pertenece a Luc Fonseca».

Entraron en el edificio cruzando las enormes puertas de madera y un portero uniformado los estudió con desconfianza.

—¿Puedo ayudarlos en algo? —preguntó sin dejar de mirarlos de arriba abajo como si acabasen de aterrizar de otro planeta.

—Eh... sí —se apresuró a responder Sabele—. Venimos al piso de don Zorro.

El portero puso una de esas expresiones de «Ah, ahora lo entiendo». Por supuesto, Luc se sintió herido en su orgullo, ¿qué le hacía pensar que no tenían bastante clase como para vivir ahí? Ni que él fuese el presidente del Banco de España.

—El segundo a la izquierda.

Subieron por las escaleras y buscaron bajo el felpudo, siguiendo las indicaciones del dramaturgo maldito. No había nada más que un par de pelusas. La falsa Valeria debía de haber pasado por el piso antes que ellos y no tuvo el detalle de volver a dejar la llave donde estaba. Qué asesina múltiple tan desconsiderada. Claro, que esa era la versión optimista de los hechos, la otra opción era... que siguiese ahí.

Luc y Sabele intercambiaron miradas de inquietud y la bruja le hizo retroceder. La hechicera giró el pomo de la puerta, que se abrió sin ofrecer resistencia. Entró poco a poco hasta desaparecer por completo al otro lado. Luc dio un paso adelante, aunque sin llegar a asomarse. Aquel asunto le daba mala espina, y perderla de vista no le estaba haciendo ninguna gracia. Era un revelado, y además no tenía ni idea de defensa personal, así que no le habría sido de ninguna utilidad en el caso de que les acechase el peligro, pero la incertidumbre le estaba matando. Al cabo de un minuto sin señales de la bruja se decidió a entrar y que fuese lo que tuviese que ser. «Por favor, Dios, o Diosa, o lo que quiera que seas, no me dejes morir en un piso de lujo que no es mío».

Nada más entrar se encontró con un gran salón vacío a excepción de las estanterías que cubrían las cuatro paredes desde el suelo al techo. Sabele salió de una de las habitaciones y Luc respiró aliviado.

—No hay nadie —dijo la bruja—. Tampoco parece que se haya llevado nada.

—¿Y ahora qué? —preguntó Luc, examinando los estantes desbordados de archivadores de distintos tamaños, colores y materiales.

—Ahora buscamos pruebas de que nuestro espectro es la Viuda de las Letras. Tal vez así el consejo del aquelarre nos escuche en lugar de enviarnos directamente a las mazmorras.

«Mazmorras», repitió un eco en su mente.

—¿Tal vez...? —masculló malhumorado.

—Es nuestra mejor baza ahora mismo. ¿Qué te parece si tú empiezas por aquel extremo y yo por este? —Señaló una de las paredes—. Son las noticias del mil ochocientos.

—No era el tipo de plan que tenía en mente cuando me instalé Tinder, pero de acuerdo.

A pesar de sus quejas se resignó a cumplir con su tarea y cogió el primer archivador a la vista, eso sí, con desgana.

—Si ves cualquier cosa que tenga que ver con el Barrio de las Letras o crímenes pasionales, avísame.

Luc asintió con desgana y comenzó a leer los titulares que, en apariencia, no tenían nada de paranormal. La mayor parte de las noticias recortadas y pegadas sobre láminas de papel amarillento tenían que ver con situaciones poco corrientes, pero al parecer completamente mundanas: desapariciones, catástrofes naturales, accidentes... nada que dijese «Eh, mírame, soy una sociópata vengativa de un plano extraterrenal». Si Zorro las había guardado debía de haber magia tras ellas, pero Luc nunca se habría percatado. «Sí que está obsesionado con las hechiceras. Y luego dicen que yo soy rencoroso». Pasó las páginas durante un largo rato hasta que los minutos acabaron convirtiéndose en un par de horas. Sabele y él acabaron sentados en el suelo, acercándose a medida que avanzaban con los archivadores.

—Si llego a saber que íbamos a pasar la tarde aquí habría comprado un par de cervezas y unas patatas fritas —protestó Luc, que ya casi había llegado a la década de 1840—. Aún estoy a tiempo de ir a por algo para picar.

Sabele se agarró a su pierna sin previo aviso y su corazón estuvo a punto de huir de su cuerpo del sobresalto. Enseguida apartó la mano, pero los restos de su roce permanecieron adheridos a su piel.

—Quizá no haga falta. —Le mostró una de las páginas del archivador y señaló un gigantesco titular.

«Explosión de mortales consecuencias en el Barrio de las Letras». El papel estaba amarillento y la tinta de las letras a punto de desvanecerse, pero lo más llamativo de todo era que alguien había apuñalado el archivador varias veces, y con bastantes ganas, a juzgar por el daño que había causado. La imagen de un edificio derruido ocupaba la mayor parte de la noticia, pero era la foto de un joven repeinado y con un bigote negro la que se había llevado la peor parte en lo que a cuchilladas se refería.

—El trágico accidente se cobra varias vidas y deja a un huérfano de apenas unos meses —leyó la bruja.

—No lo entiendo. ¿Ha venido hasta aquí para apuñalar un archivador?

—No... Pretendía averiguar el nuevo nombre de Galeano tras fingir su muerte, su nombre de corriente, el que le dio a su hijo cuando rehízo su vida junto a otra mujer. —Señaló con el dedo el nombre seguido de un apellido ilegible tras el arrebato de ira del espectro. Solo se distinguía la inicial, una letra C—. Es justo lo que nos temíamos... No los está matando por ser nigromantes, está buscando a sus herederos, y no puede quedarle mucho tiempo antes de perder el control sobre el cuerpo de Valeria. Está desesperada y furiosa.

—Qué bien...

Sabele parecía alterada, incluso desorientada. Daba vueltas de un lado a otro de la sala con el archivador a medio abrir entre las manos y murmurando para sí misma.

—Tengo que avisar a las chicas antes de que el espectro vuelva a actuar. No, será mejor que avise a Cal. —Sacó su teléfono del bolsillo de su chaqueta vaquera—. Por primera vez sabemos qué pretende, podemos anticiparnos a ella.

—¿Ah, sí? —preguntó Luc, quien había vuelto a perderse.

—¿Dónde buscarías si quisieses saber quién es el descendiente de una persona? —preguntó Sabele mientras él se llevaba el móvil a la oreja.

—¿En el Registro Civil? —dijo Luc. Solo esperaba que no fuesen a pasarse lo que quedaba de tarde haciendo cola y papeleos en un edificio institucional.

—No. Los nigromantes tienen sus propios archivos. Intentará llegar hasta ellos. ¿Cal? Sí, sí. Todo bien —dijo cuando el musculitos contestó a su llamada—. Oye, sé que te he dicho que no necesitaríamos tu ayuda, pero tenemos motivos para creer que el espectro se dirige a... —La expresión decidida se esfumó de la mirada de Sabele, sustituida por un gesto de completa decepción—. Me da miedo preguntarte cómo lo sabes. —Sabele se mordió el labio y no dejaba de tamborilear el suelo con los pies mientras escuchaba—. Ya veo… Creemos que está buscando a los descendientes de Roberto Galeano, aunque murió con otro nombre. Es una larga historia… Estoy completamente segu… De acuerdo… Vale. Sí, lo sé… Te llamaremos, sí, lo mismo digo. —Sabele frunció el ceño—. Chao.

Sabele colgó el teléfono y tomó aire antes de decir:

—Por lo visto ya ha robado los censos y… ha herido de gravedad a tres nigromantes por el camino. Así que volvemos adonde estábamos. —Suspiró alicaída.

Luc recordó al espectro por enésima vez, empuñando aquel afilado cuchillo en la mano, manejándolo sin reparo alguno, la satisfacción en sus ojos al observar el daño que había causado. Sintió nauseas.

—Al menos hemos confirmado que es ella. Podrás defenderte.

—Vaya consuelo para los heridos. Con todo lo que ha pasado… estoy distraída. —Se frotó la frente—. Tendría que haber sido más valiente, tendría que haber invocado mi suerte para encontrar a Zorro antes…

—Sabele… —Estiró el brazo hacia ella, movido por el impulso de consolarla como ella había hecho con él la noche anterior, pero la joven ya había dado media vuelta hacia la salida—. Eh, no te rayes, ¿vale?

—Lo sé, lo sé. «No es culpa mía». Eso es lo que dice todo el mundo. —Sonrió apenada—. Pero sí que lo es. Vamos, aquí ya no hacemos nada.

Luc asintió con la cabeza. Volvió a sentirse un completo y auténtico inútil que ni siquiera era capaz de consolar a la chica que le gustaba. Había oído tantas críticas sobre su aparente falta de empatía que ya ni siquiera le molestaba, pero, por primera vez en mucho tiempo, sintió con toda su alma no ser capaz de inventar mentiras piadosas, no saber cómo asegurarle que todo iba a salir bien, porque no tenía ni idea de si era cierto o no. Se habría convertido en un tipo optimista y un necio si así hubiese podido arrancar la pena que veía en sus ojos.

«Mierda». Se suponía que el enamoramiento tenía que devastarle, provocarle impulsos autodestructivos y lamentos continuos que le transformaran en una gran estrella del rock, no en una buena persona.

50

Cal

Las reuniones de los nigromantes solían ser un cruce de indirectas maliciosas en las que los golpes de poder se daban a través de alianzas, pactos secretos y traiciones veladas, aunque la irrupción de las Juventudes lideradas por Abel había trastocado esa dinámica. Ahora se imponían opiniones dando puñetazos en la mesa y se hablaba por encima del otro para acallar su voz. La decisión entre la paz y la guerra debería tomarse, al menos, de una forma meditada, y no en mitad de una enajenación colectiva, pero mientras Cal estaba atrapado en aquella reunión, el espectro, aún en el cuerpo de Valeria, había decidido hacer otra de sus apariciones relámpago.

En esa ocasión había amenazado a un joven e incauto hechicero para que le condujese hasta el edificio donde guardaban los registros de actividad de la hermandad: denuncias, sentencias, testamentos, libros de familia, los libros de la contabilidad interna, actas de reuniones y un sinfín de papeles sin demasiado valor más allá de su utilidad para el día a día. A no ser que necesitases recabar información sobre tu enemigo. Así fue como lo entendieron los nigromantes. De entre todos esos escritos sin importancia, el espectro había optado por robar el censo de nacimientos y defunciones de nigromantes, dejando a tres heridos tras de sí como prueba del delito. A ojos de las Juventudes solo era otra prueba de que se preparaban para atacar.

La sala de reuniones era un espacio alargado ocupado por una interminable y fría mesa de mármol negro veteado por hilos grises. Todos los hechiceros de la hermandad estaban invitados a acudir a los concilios, aunque solo los miembros más longevos o destacados tenían derecho a un asiento en la mesa. El resto escuchaba e intervenía en pie en torno a ella. Cal, como hijo de su líder, gozaba del privilegio de una silla que muchos de sus compañeros no pensaban que se mereciese.

—Si no queréis verlo es que estáis ciegos —exclamó Abel. Él y sus hombres permanecían agrupados junto a la puerta—. Su plan es ejecutarnos uno a uno hasta que no quede rastro de nuestra hermandad, y lo harán si no actuamos cuanto antes. Tienen miedo, sus poderes ya no son lo que eran. Su Diosa ya no es adorada ni respetada, la naturaleza... —rio con desprecio—. La naturaleza ya no le preocupa a nadie. Su magia se debilita con el progreso, saben que es cuestión de tiempo que nos alcemos e intentan evitarlo mientras estén a tiempo.

Ninguno de los presentes se atrevió a rebatir sus argumentos esa vez. La posibilidad de que el enemigo hubiese obtenido información estratégica intranquilizaba hasta a los miembros más cautos de la hermandad. Acerca de sus teorías sobre el poder de las brujas, era cierto que las legendarias druidas que moraban los bosques o las brujas-sacerdotisas del Creciente Fértil habían sido mucho más poderosas que sus herederas actuales, pero Abel había olvidado mencionar que sus magias convivían en equilibrio y que, si se debilitaba la vida, tarde o temprano también lo haría su hermana, la diosa de la muerte, aunque entonces pareciese estar ganando la batalla.

Cal desistió en sus intentos por convencer a sus hermanos de lo contrario. Nadie iba a tomar en serio la opinión de un amigo de las brujas, aunque fuese el único que supiese la verdad. Si hablaba, solo lograría que le acusasen con el dedo y le llamasen mentiroso, confirmando la sospecha de que se trataba de un traidor. Nadie quería oír que la bruja que los estaba atacando era en realidad un espectro del Valle de Lágrimas. Para empezar, ninguno creería que Cal era tan torpe como para acudir a aquel mundo por error. Ni lo bastante necio y poderoso para hacerlo a propósito.

Miró a Fausto en busca de apoyo. El joven asintió con la cabeza y se puso en pie tímidamente.

—No podemos atacar, aún no. No tenemos evidencias suficientes y... técnicamente, las brujas no han quebrantado el Tratado de Paz —dijo, y cohibidos murmullos de aprobación se propagaron por la mesa—. No se ha empleado la magia para herir a ningún nigromante.

«Aún no». Las palabras permanecieron en el aire y a Cal no le agradó su sonido. ¿Cómo iban a proteger la paz si ni siquiera sus defensores estaban convencidos de que fuera posible?

Abel respondió con una risotada seca. Miró directamente a Cal. Le estaba desafiando. Su mandíbula se encogió a causa de la rabia reprimida.

—Cierto. Todos sabemos qué le ocurriría a nuestro querido líder y a su familia si quebrantásemos el pacto. Por supuesto, no queremos eso, ¿verdad? —«Quién lo diría»—. Ellas tampoco lo desean para su Dama, no van a sacrificar su don. Por eso han empleado cuchillos para matar y herir a varios de nosotros, así que no pasa nada, miremos a otro lado hasta que sea demasiado tarde. ¿Verdad? ¡Pues me niego a aceptarlo! —Dio un paso hasta el asiento de Cal y se apoyó sobre el respaldo de la silla. Cal tensó los músculos, preparado para defenderse si era preciso—. «Técnicamente» no han quebrado la paz, pero si ellas no necesitan usar la magia para proclamarnos la guerra, nosotros tampoco para responder.

Abel hizo una señal a sus hombres y dos de ellos abandonaron la sala ante las miradas atónitas de los presentes.

—¿Qué juego es este, Abel? —preguntó Gabriel, quien descansaba la cabeza sobre sus manos cruzadas. Estaba agotado y saltaba a la vista. «Nunca dejes que se percaten de que eres humano», le había oído repetir a Fausto una y otra vez. «Para ellos eres su mentor, su guía. No pueden verte sufrir, temer, anhelar, amar, no deben percibir la más mínima debilidad en ti». ¿Qué había sido de sus viejas lecciones?

Los jóvenes, vestidos con sudaderas negras y botas militares, volvieron a entrar en la sala cargando entre los dos una pesada caja que depositaron sobre la mesa, obligando a algunos de los miembros más veteranos de la hermandad a apartarse de su camino en el proceso.

—Yo no he venido a jugar, señor Saavedra. He venido a ganar la guerra.

Levantaron la tapa de la caja para dejar a la vista de todos los presentes su contenido. Un centenar de alientos se entrecortaron al comprender cuáles eran sus intenciones.

«Están locos —pensó Cal—. Completamente locos».

Docenas de armas de fuego apiladas las unas sobre las otras llenaban la caja hasta casi desbordarla. Los juegos bélicos y las pistolas nunca habían despertado el interés de Cal, por eso desconocía el modelo no estaba del todo seguro del tipo de arma que eran, algún tipo de fusil, tal vez. También ignoraba el daño que podía hacer, pero Abel tuvo la amabilidad de aclarárselo a todos los presentes. Alzó una de las armas y la mostró orgulloso.

—Esta preciosidad tiene un alcance de casi cuatrocientos cincuenta metros y seiscientos disparos por minuto a una velocidad de dos mil quinientos kilómetros por hora. Con cuarenta como estas solo necesitaremos usar la magia de las sombras para destruir sus hechizos protectores y para limpiar los destrozos.

Sus colegas de las Juventudes rieron y los nigromantes más veteranos, que habían vivido toda su vida en paz y no deseaban acabar sus días de otro modo, permanecieron en absoluto silencio. No serían capaces. No podían estar proponiendo un ataque armado contra las brujas en pleno corazón de Madrid. Habían perdido el juicio. Eso quería creer. Que no era más que un pasajero ataque de demencia, una chiquillada que los adultos se dispondrían a detener, pero que hubiesen logrado reunir las armas significaba que iban en serio. «¿Desde cuándo han estado planificando esto?».

—No somos asesinos —dijo Gabriel.

—¿Entonces miramos a otro lado? Debemos defendernos.

—¿Debemos? —repitió su padre con una carcajada burlona, la misma que solía emplear con él cuando de niño le decía que de mayor iba a ser un artista como su madre o cuando se presentó ante él con una mochila y unos cuantos euros al cumplir los dieciocho para explicarle que se iba a recorrer el mundo—. Debemos... Decidir lo que debemos o no hacer no te corresponde a ti.

—Ni tampoco a ti. —Arma en mano, Abel se subió sobre la mesa de un salto—. Como nigromante de la hermandad, hijo, nieto y bisnieto de nigromantes de la hermandad... reclamo mi derecho a llamar al voto al resto de mis hermanos. Exijo que sometamos a votación nuestro destino: ir a la guerra, o sentarnos a esperar nuestro fin. Decidid, hermanos.

Cal tragó saliva. Que un grupo que normalmente contaba con tan contados apoyos como las Juventudes convocasen una votación no era una buena señal. O estaban muy seguros de que iban a ganarla o, en el caso de perderla, no pensaban acatar el resultado sin más.

—¿Por qué... por qué no nos tomamos un descanso? —dijo Fausto, aún más nervioso de lo habitual—. Estamos todos muy cansados, será mejor que nos refresquemos; así pensaremos con más claridad.

—Sí, hermanos. Descansad, aclarad vuestras ideas y después votaremos. —Abel dio una vuelta sobre sí mismo señalándolos a todos—. Decidiremos si vencen los más fuertes... o los más cobardes.

En cuanto se dio por finalizada la sesión, los hechiceros comenzaron a dispersarse, consultando con sus aliados cuál sería su postura y moviendo sus fichas. Cal aprovechó para salir del edificio tan rápido como pudo y caminó directamente hacia el amplio jardín, en busca de su rincón preferido, el invernadero de su madre. Era el lugar perfecto para esconderse y fingir que no formaba parte de aquel loco mundo a punto de volverse insoportable. Pensó en llamar a Sabele para contarle la situación de la hermandad nigromante, pero no quería preocuparla antes de tiempo. Además, lo que estaba pasando no estaba del todo conectado con el espectro. Tarde o temprano Abel y los suyos habrían encontrado otro pretexto para poner en marcha su plan. Solo estaban siendo oportunistas. El problema era que el resto empezaba a escuchar sus mensajes incendiarios. Qué locura. ¿Cómo habían llegado a ese punto? Las Juventudes eran un grupo de inconscientes a los que siempre habían visto como un mal inevitable, la demostración de que «tiene que haber de todo en esta vida», desde luego, nadie a quien tomarse demasiado en serio. ¿En qué momento habían logrado suficiente aceptación en la hermandad como para contradecir a su padre, traer armas a su casa y desafiarle con una votación que seguramente ganarían?

Era absurdo.

¿Y si ganaban, qué harían? ¿Entrarían armados hasta los dientes en la casa del aquelarre y después qué? Si eso llegaba a ocurrir, sí que tendría que convertirse en un traidor, y lo haría con orgullo. No planeaba quedarse sentado para ver cómo sus hermanos se convertían en genocidas.

Oyó pasos acercándose y se asomó tras un rosal para ver de quién se trataba. Reconoció a Fausto. Por un momento creyó que, como él, huía de la mansión en busca de paz, pero después se percató de que estaba hablando por teléfono. ¿Qué escondía su amigo?

—Tiene que ser ya —decía con un tono de voz autoritario que jamás habría esperado de Fausto, siempre tan cauto y comprensivo—. He dicho ya. No «ya si eso cuando a ti te venga bien». Ya, ahora. No. —Fausto se movía de un lado a otro, con los hombros encogidos y los puños apretados, como un tigre enjaulado que fantasea con arrancar el brazo de su domador cada vez que este se acerca a los barrotes—. Quieren empezar una guerra, sí, ¿sabes cómo? Pretenden usar armas de fuego. Lo sé, es absurdo. No podemos permitirlo. Vale. De acuerdo. Allí nos vemos.

El nigromante colgó el teléfono, lo guardó en el bolsillo de su pantalón y miró a su alrededor para asegurarse de que nadie le había visto antes de desandar sus pasos. Cal se mordió el labio. Tenía el presentimiento de que Fausto estaba a punto de meterse en un gran lío. Ignoraba con quién hablaba, pero no le gustó eso de «no podemos permitirlo», sonaba a imprudencia, y su amigo no era el tipo de persona acostumbrada a lidiar con las consecuencias de las malas decisiones que jamás se había atrevido a tomar.

No podía cometer un error tonto en un momento tan delicado. Como heredero de Gabriel, Fausto era el único capaz de pararle los pies a Abel en su ascenso al poder. Se puso en pie y le siguió en silencio fuera del invernadero.

51

Ame

Ame se alegraba de haber echado sus cuadernos de bocetos y unos cuantos bolígrafos en la bolsa deportiva que llevaron a casa de Luc. En el aspecto mágico, la tarde no había sido nada productiva, pero al menos había podido avanzar en un trabajo final para una de las asignaturas del grado de Moda del que era estudiante. El espectro no se había vuelto a mostrar, aunque tanto Rosita como ella sentían cómo sus barreras eran cada vez más débiles. No lograría resistir en la tierra mucho más tiempo, ni siquiera en el cuerpo de una hechicera talentosa como Valeria.

—Espero que Sabele y Luc estén bien ahí fuera —suspiró, mirando por la ventana de la cocina.

—Eres tú la que los ha mandado ahí fuera en una misión imposible —le recordó Rosita.

—Alguien tenía que darles un empujoncito.

Esperaba que, al menos, el tiempo que habían pasado a solas les hubiese servido para conocerse y acercarse un poco el uno al otro. Pese a las quejas de Sabele, nada más verlos juntos comprendió por qué el universo los había unido. Una chica perfeccionista y demasiado exigente y un chaval que fingía que le daba todo igual. O se neutralizaban mutuamente o provocarían una explosión. Ellos no se daban cuenta, claro, pero Ame se sentía como la espectadora de una serie de televisión en la que los guionistas no dejaban de inventar impedimentos para que los dos protagonistas no estén juntos porque si lo hiciesen se quedarían sin trama. Le hubiese gustado gritarles: «¡Besaos ya, par de tontos!».

—¿Y qué tal dejarlos en paz? Ya han dicho veinte veces que no se gustan —dijo Rosita, cruzada de brazos—. No entiendo tu empeño. No sabemos nada de ese tío, ¿y si acaba haciéndole daño?

—¿Un corriente, hacerle daño... a Sabele? —preguntó Ame torciendo el labio.

—Ya. Tienes razón. Pobre del incauto que lo intente. Pero eso no quita para que seas una horrible casamentera.

Ame la señaló con un bolígrafo rosa coronado con un pompón.

—Espera y verás.

Lo más probable era que Rosita fuese a restregarle de nuevo que no creía en las almas gemelas, pero el sonido de la puerta de la entrada abriéndose zanjó el debate.

—¿Mamá? —llamó Luc.

—Solo estamos nosotras, hijo mío —anunció Rosita.

Tan pronto como vio sus caras, Ame supo que tendría que ser aún más paciente.

—¿Qué tal ha ido? —preguntó, y Luc se encogió de hombros—. ¿Habéis encontrado algo?

Sabele se dispuso a ponerlas al corriente de todo:

—El espectro es la Viuda de las Letras. Iba tras las mismas pistas que nosotros, pero se nos ha adelantado. Roberto Galeano cambió su nombre al morir y ella lo sabía, pero no hemos podido descubrir cuál.

—Al menos ahora que conocemos sus verdaderas motivaciones será más fácil lidiar con ella, ¿no? —sugirió Rosita.

—Solo si encontramos a los herederos de Galeano —suspiró Sabele—. Necesito darme una ducha. Cuando acabe... llamaremos al aquelarre y les diremos lo que sabemos. —Dejó un viejo y polvoriento archivador sobre la mesa con un golpetazo—. Aquí están las pruebas, esperemos que nos quieran escuchar.

—Sabele... —empezó Rosita para intentar convencerla.

—Acordamos veinticuatro horas y ya casi han pasado. No tiene sentido alargarlo más. —Antes de que lograran hacerle cambiar de opinión, desapareció escaleras abajo hacia el sótano.

Mientras tanto Luc sacó varias cervezas de la nevera. Le tendió una a Rosita, que la aceptó con un «gracias» algo reticente, y Ame negó con la cabeza.

—¿Cómo ha ido? —preguntó Ame. Luc se dejó caer en la silla frente a ellas.

—Ya has oído. Sin pena ni gloria. Nos hemos esforzado para nada.

—No me refería a eso, sino a vosotros —dijo haciendo un especial hincapié en la última palabra.

—Ya empezamos. —Rosita resopló.

—No hay ningún «nosotros». —Luc hizo unas comillas con los dedos de su mano libre.

—De acuerdo. —Ame se encogió de hombros y volvió a sus dibujos.

La técnica de la indiferencia no le había fallado nunca y no iba a hacerlo entonces. La clave estaba en encontrar el momento en que la otra persona estaba deseando hablar, pero no sabía cómo. El pobre Luc era un blanco fácil.

—¿Cómo va a haberlo si ni siquiera he sido capaz de animarla? Quiero decir..., me gustaría, pero... No sé, pensaba que con esa cuenta de Instagram que tiene sería una tía mucho más alegre. Quiero decir, lo es, pero..., bueno... Supongo que imaginé que su vida era mucho más sencilla. Las apariencias engañan y todo eso.

—Dijo el que vive en un adosado de dos plantas y tiene servicio, pero se pasa el día de morros —resopló Rosita.

El chico arqueó una ceja.

—Luc, escucha —intervino antes de que se pusieran a discutir—. No hay mucho que puedas hacer ahora mismo, quiero decir, no te ofendas, pero solo eres un revelado. —La ceja rebelde de Luc permaneció arqueada—. Ya nos estás dando cobijo cuando no teníamos adónde ir, ¿qué más quieres hacer?

—Si pudiese conseguir el arpa y entregarla os dejarían en paz y podríais volver a casa. No necesitaríais que os acogiese nadie.

—No te ofendas, corriente, pero las brujas más talentosas y competentes del país están empleando todos sus recursos en encontrar esa arpa y no lo han conseguido, ¿cómo piensas hacerlo tú en ese hipotético mundo de la piruleta tuyo? —dijo Rosita con una de sus sonrisas pasivo-agresivas—. Si el arpa no te llama, no hay nada que hacer.

—Creo que lo que Rosita quiere decir es que, aunque consiguiésemos el arpa, aún tendríamos que explicar cómo Valeria acabó siendo poseída por un espectro maligno.

Rosita suspiró.

—Sí, claro…, supongo. Con todos los problemas que tenemos ahora mismo, lo del arpa tampoco es para tanto. Además, Sabele siempre ha sido algo susceptible con ese tema, así que, relájate…

—¿Susceptible? —preguntó Luc—. Quiero decir…, no es que me importe demasiado el arpa, ni Sabele, o sea…, me da igual. Por supuesto.

Ame y Rosita intercambiaron miradas y una incógnita compartida. ¿Hasta dónde podían y debían hablar? Sin pretenderlo habían ido a dar con un tema peliagudo. Rosita volvió a su partida de la serpiente en el viejo móvil, dispuesta a dejarlo estar. Ame, en cambio, se sentía dividida. Como amiga, sabía que Sabele era quien debía decidir qué aspectos de su pasado compartía con los demás. Como casamentera, era consciente de que, tal vez, si Luc supiese por qué Sabele actuaba como lo hacía, podrían entenderse mejor y las cosas fluirían más fácilmente. Se estaba convirtiendo en toda una entrometida, pero lo hacía en nombre del amor. O de eso se convenció.

—Su madre tocó el arpa —dijo. Sin miramientos ni paliativos, sin introducciones, sin tiempo para arrepentirse, como quien se quita las tiritas de un tirón.

Rosita le dio un codazo, pero Ame estaba concentrada en

la expresión de Luc, que de pronto se había quedado completamente pálido. Ni siquiera ella esperaba que fuese a afectarle tanto.

—¿Y renunciar a sus poderes? ¿Por qué iba a hacer eso? —preguntó el chico.

—*Breaking news:* ser una bruja en un mundo que desprecia la magia no siempre es fácil —respondió Rosita.

—¿Qué pasó?

—¿De verdad te importa? —protestó la bruja, haciendo un gesto a su amiga que imitaba una cremallera cerrándose sobre sus labios para que se callase.

Pero ya que había empezado, estaba dispuesta a llegar hasta el final.

—El equilibrio. —La confusión en el rostro de Luc le indicó que, a pesar de ser un revelado, no tenía ni la menor idea de lo que le hablaba—. Todo en este mundo está sometido a un orden y un equilibrio, desde el más insignificante detalle hasta los grandes acontecimientos. La gente corriente suele pensar que la magia, o lo hacían cuando creían en ella, desafía el orden natural de las cosas, pero no es verdad, forma parte del equilibrio y se rige por sus normas. La madre de Sabele…, Diana, y sus amigas abusaron de sus poderes, pero ella sufrió más que ninguna otra sus consecuencias. La magia no es un juego.

—¿Ah, sí? —protestó Rosita—. Pues estamos metidas en este lío porque se te olvidó ese detalle.

Ame la ignoró.

—El mayor talento del clan Yeats, la familia de Sabele, es la fortuna, la buena y la mala suerte. Sabele es mucho más poderosa de lo que aparenta, pero se reprime mucho. No solo pueden predecir la dicha con mayor precisión que otras hechiceras, también pueden alterarla. Sin embargo, toda la buena suerte que invoque acabará equilibrándose mediante la desgracia tarde o temprano, por eso es muy cuidadosa y se limita a hacer y enseñar pequeños trucos. Nada grandioso, porque las consecuencias serían terribles. Su madre y su tía no fueron tan cautelosas y creyeron que podrían seguir manteniendo su buena suerte para siempre mediante la magia, pero no fue así. Acabaron por agotarse y, la mala suerte que habían eludido durante años vino de golpe. No conozco los detalles, pero sí que la desesperación hizo que Diana no lograse soportarlo. Creyó que tocando el arpa, que renunciando a su magia y a su buena suerte, conseguiría que se fuesen las desgracias, y así fue, pero nunca se recuperó de una pérdida tan grande.

Luc escuchó la historia en silencio y cabizbajo, sin interrumpir con sus habituales comentarios ácidos, sin un solo gesto que pudiera translucir sus impresiones. Permaneció en silencio, procesando lo que acababa de oír como si le costase creerlo, pero, a la vez, lo explicase todo.

—¿Qué, te ha gustado la historia? —preguntó Rosita, sarcástica como de costumbre.

—A mí me ha encantado. —El sonido de la voz de Sabele les dejó helados de los pies a la cabeza a los tres.

La piel de Sabele aún estaba húmeda, su pelo mojado, pegado sobre su rostro ojeroso, y la vieja y larga camiseta de Luc la hacía parecer pequeña y vulnerable. Mantenía la vista clavada en ninguna parte en particular y había rodeado su cuerpo con uno de sus brazos.

—Una historia preciosa.

Ame pudo oír el nudo en su garganta. Sabele dio media vuelta y se marchó. Sin un «¿Cómo has podido?» o un «¿Quién te crees que eres?». Habría sido más fácil para todos si se hubiera enfadado, pero solo estaba dolida.

—Mierda. Maldita sea. —Rosita sí la volatilizó con la mirada, furiosa—. ¿Ya estás contenta?

Se dispuso a responder, pero Luc se puso de pie sin previo aviso y salió del salón para seguir a Sabele.

—Lo cierto es que sí.

Ame sonrió de oreja a oreja con tanta euforia que tuvo que esconder sus dientes tras su mano mientras reía, un viejo hábito de la infancia del que no se había desprendido del todo.

—¿Sabes? A pesar de esa apariencia de niña mona e inocente que das con tu ropa de color pastel, tu voz dulce y los estampados de animalitos... eres maquiavélica. Y temo el día en el que pretendas buscarme pareja.

—A ti te cobraré por mis servicios, por tener tan poca fe —dijo, y volvió a sus bocetos.

Había visto suficientes películas románticas para saber que, si no se besaban esa noche, no lo harían nunca. Qué lástima. Si hubiese sido tan buena con las pócimas como Rosita se habría asegurado de echar unas cuantas gotas de filtro amoroso en todas las cervezas que había en la nevera.

52

Sabele

Salió al jardín tan rápido como pudo. Necesitaba aire fresco. Necesitaba salir de la cocina y de la casa. Las brujas de la antigüedad creían que la luz de la luna las ayudaba a recargarse, pero ella seguía sintiéndose igual de vacía.

«¿Por qué, Ame? ¿Por qué tenía que habérselo contado? A Luc, precisamente a él».

No es que se sintiese avergonzada por las historias de su pasado, ni tampoco era un gran secreto. Todo el mundo en la comunidad mágica conocía la historia de Diana Yeats. Precisamente por eso prefería que el músico siguiese en su ignorancia. En el aquelarre la trataban con pies de plomo y una compasión que la sacaba de quicio, a «la hija de la pobre Diana, quien perdió la cordura tras tocar el arpa y renunciar a sus poderes». En su mundo era algo parecido a una «trágica huérfana», a pesar de que su madre continuase con vida. La mayoría de las brujas se aseguraban de recordarle su triste situación continuamente, pero, en el mundo de Luc, solo era Sabele. Cuando estaba con Luc, nadie la trataba como si estuviese a punto de romperse, y no quería que eso cambiase. Detestaría que sintiese pena por ella. Lástima era lo último que deseaba ver en sus ojos.

Se rodeó a sí misma con los brazos. Solo llevaba una camiseta de manga corta, su pelo seguía húmedo y en el albor de la primavera las noches aún eran frescas. Quizá fuese mejor que se tragase su orgullo y entrase en la casa antes de pillar una pulmonía. No. No quería ni verle. Susurró un hechizo que calentase su cuerpo y cuando apenas lo había concluido, mientras una cálida sensación la recorría, Luc se detuvo junto a ella.

—¿Qué quieres? —preguntó con brusquedad, rozando lo desagradable. Prefería que la odiase a que le tuviese lástima.

Luc se encogió de hombros.

—He visto la puerta abierta y he pensado que hacía mucho que no salía al jardín.

Sabele resopló malhumorada. Ni siquiera se estaba esforzando por dar una excusa creíble.

—No hace falta que vengas a darle una palmadita en la espalda a «la pobre Sabele».

—Tranquila, no estaba entre mis planes… Aunque sí que hay algo que quería decirte que a lo mejor te ayuda.

Sabele lo miró expectante. Luc extendió la mano hacia su cuello y sintió su roce mientras tocaba un mechón de su melena dorada.

—Tienes un pegote de champú en el pelo —dijo, y le dedicó algo parecido a una pequeña carcajada. De acuerdo, quizá no se había preparado para eso. Sabele le apartó la mano y comprobó que, en efecto, tenía restos de mascarilla en un mechón—. Vale que te vayas tropezando por ahí, pero, ¿ni siquiera sabes ducharte?

—Déjame tranquila —protestó ella con su mejor gesto de enfado, aunque la verdad era que se alegraba de comprobar que entre ellos las cosas seguían como antes—. Tu ducha tiene muy poca presión. No es culpa mía.

—Ya. Tú échale la culpa a la ducha.

—Lo elegante sería callártelo para no incomodar a la otra persona, bocazas.

Se miraron y los dos sonrieron antes de sumirse, sin verlo venir, en un silencio sosegado. Tuvo la sensación de que podrían haberse pasado horas así, mirando a la luna casi llena, pero Sabele decidió que prefería sacar el tema entonces y aclararlo antes de que se convirtiese en un tabú entre ellos.

—¿Sabes? En realidad, yo ni siquiera conozco a mi madre, nunca he podido...

—Sabele, eh. No tienes por qué explicármelo. Todo el mundo tiene movidas familiares. En la mía, por ejemplo, no me dejan mencionar a mi tío cuando vamos a casa de mi abuela y ni siquiera sé por qué. En fin, quiero decir que yo... siento haber sido, ya sabes, un maldito cotilla.

Sabele se cruzó de brazos y desvió la mirada.

—No pasa nada... Mucha gente tiene *mommy issues*, supongo. No es gran cosa.

—Sé que no es lo mismo, pero para compensar te diré que en mi caso lo que tengo son *daddy issues*. Mi terapeuta lo llamaba «problemas de comunicación paterno-filiales», pero en realidad el problema es que mi padre es un poco idiota, un idiota que no acepta que su hijo esté «desperdiciando su vida y su talento si es que tiene alguno» —dijo tornando su voz grave—, y que yo me parezco a él más de lo que me gustaría admitir. Se nos da bien ser inflexibles cuando nos empeñamos.

Sabele se atrevió a mirarle y se tropezó de bruces con sus ojos avellana.

—¿Quieres decir que cuando tu padre habla es tan irritante como tú?

Trataba de hacer una broma, pero Lucas se metió las manos en los bolsillos y Sabele intuyó que estaba a punto de contarle algo de lo que precisamente no iba presumiendo por ahí. Por ridículo que resultase, le hizo sentir especial.

—Ojalá. Es peor aún cuando no habla. Para que te hagas una idea, cuando le dije a mi padre que no iba a ir a la facultad de Derecho pasó tres meses sin dirigirme la palabra. Ni hola, ni adiós, nada.

—¿Facultad de Derecho? Vaya..., no te acabo de imaginar como un universitario, tomando notas en clase, estudiando para los exámenes... No te pega.

—¿Verdad? Eso le dije yo a mi padre, pero no le hizo mucha gracia que su niñito no fuese a ser abogado como papá.

—Abogado... —repitió Sabele. La idea era tan surrealista que necesitó pronunciar la palabra para encontrarle algún sentido.

—Lo sé, es una lástima. El traje me habría quedado de lujo. Los juzgados de Madrid se están perdiendo este tipazo. —Lucas se recorrió el torso con las manos y Sabele no pudo evitar echarse a reír—. Ahora en serio, mi padre es difícil, pero no es mala persona. Algún día te lo presentaré y, mientras destruye tu autoestima, yo me tomaré un descanso. ¿Qué te parece? Cuando acabe contigo serás tú la que quiera darme palmaditas en la espalda por aguantar eso durante casi veinte años.

Sabele sonrió y se mordió el labio, pensativa.

—Luc, gracias.

Él negó con la cabeza y Sabele creyó que iba a decirle «no hay de qué», pero, de pronto, sus cejas se alzaron y él la miró con una medio sonrisa que no supo cómo interpretar.

—Ey... me has llamado Luc.

—¿No es tu nombre?

Se miraron a los ojos, buscándose, y no por accidente. Se miraron a los ojos y no apartaron la vista a los pocos segundos, ni se vieron obligados a hablar para justificar aquel contacto sin roce que sentían en cada milímetro de sus cuerpos.

Sabele era de pronto excesivamente consciente de lo cerca que estaban el uno del otro. Solo tenía que estirar la mano unos pocos centímetros y podría coger la suya, si quisiese. Si quisiese podría dar un paso y rodearle con los brazos. Si quisiese no le llevaría más de un segundo encontrar su boca entreabierta con los labios y conducirla lentamente hasta su cuello. Un escalofrío cálido que no sentía desde hacía siglos hizo temblar su vientre, sonrojó sus mejillas e hizo que le sudaran las palmas de las manos.

—Tengo... Yo... Ahora vuelvo. Perdona —dijo Luc, interrumpiendo aquel torrente de pensamientos y sensaciones. Sabele se sonrojó aún más. ¿Se habría dado cuenta de en qué estaba pensando? ¿Tan obvia era? Ya bastante le costaba entender su propio cerebro y sus entrañas, habría sido horrible tener que explicárselo a otro. A él. Estaba claro que había malinterpretado la energía que fluía entre ambos. No eran chispas, solo espacio vacío.

—Sí..., claro. Tranquilo. —Puso su mejor cara de póker, como si no le importase darse cuenta de que solo había venido a consolarla como amigo. Y nada más. Amigos estaba bien. Lo que había sentido hacía unos segundos era una mera cuestión de feromonas, así que amigos era perfecto. O al menos era mejor que nada. Lo era, ¿verdad?

—Ahora vuelvo. —Luc se alejó de ella para volver a entrar en la casa y ella hizo su mayor esfuerzo para no seguirle—. ¿Sabele? —la llamó de pronto, y la bruja se giró sobresaltada.

—¿Sí?

Se miraron durante unos breves instantes antes de que Luc negase con la cabeza y dijese:

—Nada. Da igual.

… 53 …

Luc

Se había repetido a sí mismo un millón de veces que solo quienes estaban dispuestos a hacer lo necesario lograban cumplir sus metas. Ese era su consuelo en las noches difíciles, en las que le abandonaban el sueño y la confianza en sí mismo para dejarle a solas con sus dudas. De viernes a domingo las acallaba por los garitos de Madrid con sus amigos y unas cuantas cervezas. Entre semana les plantaba cara a base de ensayos maratonianos y la promesa de que él era de los que podían con todo. La música era su vida, y cuando tienes tu única prioridad muy clara nada ni nadie puede interponerse en tu camino. Y él casi podía ver su futuro ante sus ojos, sin necesidad de cartas ni bolas de cristal.

Lo creía con todas sus fuerzas.

Por eso se había decepcionado profundamente al comprobar que no era más que un cobarde con sentimientos que prefería hacer lo correcto a conseguir lo que se proponía desde hacía tanto tiempo.

No podía quedarse con esa arpa y seguir mintiendo a Sabele solo para hacerse famoso. Por mucho que la desease, con todas las fuerzas de su corazón, no iba a llegar a lo más alto con una historia que le avergonzase contar.

Para Sabele, la magia era su más importante consuelo, su pasión, su motivo para levantarse cada día, su forma de vida y su método de expresión. Comprendía demasiado bien ese sentimiento. Y el objeto que guardaba en su cuarto era capaz de arrebatarle todo eso.

De todas formas, las brujas del aquelarre jamás hubiesen permitido que se la quedase. Rosita había dicho que era preciso oír su llamada para encontrarla, pero dudaba mucho que no la reconocieran si aparecía con ella en internet o en cualquier otra pantalla. No le apetecía nada ser atacado por brujas enfurecidas en mitad de un concierto. Aunque seguro que eso le daba aún más notoriedad.

Entró en la casa y bajó las escaleras a la carrera hasta el sótano. Se agachó junto al borde de su cama, sacó una caja de zapatos guardada bajo el somier, la abrió y tomó el arpa de su interior. La sostuvo entre las manos, apreciando su peso y sintiendo en las yemas de los dedos el extraño crepitar que surgía de su interior. El arpa seguía llamándole, pidiéndole que la acariciase con los dedos, reclamando su atención, su creatividad, puede que su alma.

Tragó saliva al reconocer el roce de la magia, aunque no estaba seguro de si se trataba del hechizo que la convertía en lo que era o la que había robado a las brujas que la tocaron. Puede que fuesen ambas. Se le erizó la piel. Aquella sensación turbulenta que pretendía convertirle en su esclavo no se parecía en nada al halo cálido que siempre parecía rodear a Sabele.

Si la destruía, sería como si nunca la hubiese robado. Se acabarían sus problemas, dejarían de perseguirlos y él podría volver a mirar a los ojos a Sabele sin sentirse sucio. Un sucio mentiroso. Sin pensárselo dos veces, arrojó el arpa contra la pared con todas sus fuerzas. El instrumento rebotó y cayó sobre la cama.

Luc se acercó a él y vio que no tenía un solo rasguño, ni una cuerda fuera de su sitio.

La tiró contra el suelo. Nada. La pisoteó, le pegó patadas, la cogió una y otra vez y la lanzó todas las veces que pudo hasta que se quedó sin aliento y tuvo la camiseta completamente sudada por el esfuerzo. Volvió a aproximarse al objeto embrujado y una avalancha de rabia e impotencia le desbordó al comprobar que permanecía intacta, tan brillante e impoluta como la primera vez que la vio, tan perfecta que casi parecía que se estuviese burlando de él.

Abrió sus cajones y rebuscó hasta dar con su mechero. No fumaba, pero le encantaba su forma y juguetear con el prendedor cuando estaba a solas y nervioso, que era bastante a menudo. Prendió la llama y la acercó a la cuerda. La sostuvo durante todo el tiempo que pudo hasta que le dolió el dedo. Era inútil. Sospechaba que se podría haber pasado la noche entera poniendo el arpa sobre una llama sin que sufriese daño alguno.

Se sentó sobre la cama, alicaído, y meditó sus opciones. Si el arpa caía en las manos equivocadas podía causar mucho mal («Cielos, ¿de verdad acababa de pensar eso? ¿Se creía un personaje del *Señor de los Anillos* o algo así? Su vida era un chiste»). Así que tal vez la mejor opción fuese decir la verdad. Sabele lo odiaría para siempre por no habérselo contado desde el principio. Tenía la vana esperanza de que le perdonase por «ser honesto», aunque sabía que Sabele era una bruja, no un hada madrina. Cuanto más esperase, peor sería para todos. Valoró las posibilidades de que le creyesen si decía que se la acababa de encontrar por casualidad.

Por suerte o por desgracia para Luc, el universo continuó abusando de su nueva y mala costumbre de tomar decisiones por él.

Oyó un portazo y el corazón, el estómago y el resto de sus órganos internos estuvieron a punto de desbordarse por su boca al pensar que podían ser sus padres y que no tenía la menor idea de cómo explicarles que había dos brujas en la cocina y otra esperándole en el jardín. Pero unos padres enfadados no eran nada en comparación con las recién llegadas. Un tropel de pasos retumbó sobre su cabeza.

—¡Hay dos aquí! —exclamó una voz.

—¿Y Sabele? ¿Dónde está Sabele Yeats?

—¡Suéltame! —chilló Ame.

—¡Eh, no la toques! —gritó Rosita.

Luc tragó saliva. Las brujas los habían encontrado. A pesar de los muchos hechizos protectores con que habían blindado la casa y de que no le habían dicho a nadie dónde se ocultaban. Sabían que iban a acabar dando con ellos si permanecían demasiado tiempo ahí, pero no pensaron que fuese a resultarles tan insultantemente sencillo. Si solo hubiesen tardado un poco más Sabele podría haberles entregado el arpa y haberles contado la verdad: que todo lo ocurrido era culpa del cretino de su ex y de su hermana por quedarse atrapada en la despensa. Y bueno, puede que suya un poquito también.

—¡Aquí está, Carolina! Esta ya no se escapa.

—Ya tenemos a las tres fugitivas, y ahora, decidnos, ¿qué habéis hecho con el arpa? —preguntó la tal Carolina.

—No sabemos dónde está —trató de explicarse Sabele, pero no la escucharon.

El arpa. Luc apretó el metal entre sus dedos con fuerza y maldijo en sus adentros. Si encontraban el arpa en su casa asumirían que Sabele y las chicas eran culpables. Su palabra poco serviría frente a una evidencia tan abrumadora. ¿Quién iba a creer que un revelado como él la había tomado prestada porque «sonaba bien»?

—Registrad la casa. Tiene que estar escondida en alguna parte.

Mierda. Mierdamierdamierda. Tenía que hacer algo. Rápido. Ya. Pero ¿el qué? Miró a su alrededor en busca de una solución, pero solo dio con una posibilidad, una que no le hacía demasiada gracia, una que no le dejaba en muy buen lugar.

«Sabele, espero que me perdones algún día por esto», pensó. Sacó la guitarra de su funda, la sustituyó por el arpa, se la echó al hombro y comenzó a trepar por la ventana.

Sabele

¿Qué estaba haciendo ese chico que tardaba tanto en volver? Sabele jugueteaba con su pelo nerviosa. ¿Se habría olvidado de ella? Lo veía perfectamente capaz de encerrarse en el sótano para tocar la guitarra como si estuviese solo en el mundo.

Casi podía distinguir la voz de su tía dándole uno de los consejos que tanto le repetía: «Nunca te fíes de nadie, menos de un hombre, y menos aún de un hombre que te hace creer que no necesita ni quiere nada de ti». Su tía era una cínica, así que nunca había prestado demasiada atención a sus consejos fatalistas, pero su cerebro caprichoso había elegido precisamente su momento de duda para recordárselo.

Se dispuso a entrar de vuelta en la casa cuando el sonido de un grito la alertó. «Ame». Corrió hacia el interior y al hacerlo chocó de bruces contra la fornida guardaespaldas de Flora, Emma, que la agarró del brazo y la condujo a tirones hacia el salón.

—Pan comido —dijo antes de alertar a Carolina.

El aquelarre las había encontrado antes de que pudiesen entregarse. Creyeron que les costaría más descubrir su paradero. Estaban ocultas en un lugar que nunca habían visitado, con el que no las ataban lazos rastreables. Los conjuros protectores que habían empleado eran poderosos. Deberían haberles garantizado esas veinticuatro horas para alzar la bandera blanca.

—Ya tenemos a las tres fugitivas, y ahora, decidnos. ¿Qué habéis hecho con el arpa?

—¿Por qué íbamos a querer esa estúpida arpa? Es un instrumento que ni siquiera suena bien, dan ganas de dormir del aburrimiento cuando lo escuchas —dijo Rosita, y una de las brujas murmuró un hechizo que selló sus labios.

—¡Dejadlas en paz! —gritó Sabele. Con ella podían hacer lo que quisiesen, pero que no tocasen a sus amigas—. No tienen la culpa de nada.

—Sabele... —Carolina caminó hacia ella y la miró a los ojos. Aunque pretendía darle a entender que la trataba de igual a igual, como a una adulta, no pudo evitar sentir que la seguía viendo como una niña rebelde a la que hay que explicar las cosas muy despacio para que las entienda—. Te conozco desde antes de que pudieras hablar o caminar. No he venido a hacerte daño, ni a ti ni a tus amigas. Por eso necesito que colabores conmigo. Estáis a tiempo de mejorar vuestra situación. ¿Dónde está?

—No lo sé. No lo he sabido nunca.

No la creía. Por supuesto que no la creía.

—Si no tenéis nada que esconder, ¿por qué huir?

—Porque nos perseguíais por algo que no hemos hecho. Pero si dejas que os lo explique...

—No hay nada que explicar. Registraremos la casa y después veremos qué hacemos con vosotras.

—Pero el espectro... Si no la detenemos seguirá —la hicieron callar con un conjuro que la hizo sentir como si se ahogase.

Carolina dio una señal a sus subordinadas y las dos jóvenes brujas, no mucho más mayores que ellas, que custodiaban a Rosita y a Ame abandonaron el salón. Las tres amigas intercambiaron miradas de alarma. Luc. ¿Dónde estaba Luc? Si descubrían que la casa que habían ocupado pertenecía a una familia de revelados que tenía conexiones con la Guardia tardarían menos de cinco segundos en acusarlas de traición. Creerían que habían robado el arpa para entregársela a la Guardia, que llevaba siglos codiciando cualquier arma o amuleto útil en su lucha contra la magia («mantener el orden natural», lo llamaban ahora), o la Diosa sabe qué otro disparate.

Su mirada se desvió hacia la puerta que daba al sótano. Tragó saliva al percatarse de que Carolina no había dejado pasar el gesto.

—Esperad. —Las dos brujas, de camino a la planta de arriba, se detuvieron—. Empezad por ahí.

Carolina señaló la puerta del sótano y su corazón se disparó. Las brujas abrieron la puerta, bajaron las escaleras y Sabele oyó un hechizo de invocación. Al cabo de unos segundos, volvieron a subir.

—No hay nada.

Carolina frunció el ceño, extrañada, pero asintió con la cabeza.

¿Nada? Nada ni nadie. Debería sentirse aliviada, pero su mente estaba demasiado atareada preguntándose dónde estaba Luc. Al cabo de unos minutos, sus captoras habían recorrido la casa entera sin dar ni con el arpa ni con el joven músico. Se había ido. Se había marchado sin más ante el más mínimo peligro para salvarse a sí mismo. Sin mirar atrás. «De qué te extrañas», susurró una voz malévola en su cabeza que se parecía mucho a la suya. «¿Qué creías? ¿Que vendría con su guitarra a tocarte canciones, que bailaríais bajo la luz de la luna, que sostendría tu rostro entre sus manos y te besaría mientras te prometía que todo iría bien? No seas estúpida. Esto no es un cuento de hadas». Quiso decirle a esa maldita voz en su cabeza que se callara, rogárselo si era preciso, pero los reproches y las burlas no cesaban. Solo la voz de Carolina la alejó del asedio de su cabeza.

—Dejad que se vistan y después llevadlas a Gran Vía —dijo Carolina a las dos brujas más jóvenes—. Nosotras seguiremos buscando.

Carolina

Carolina no quería creer que Sabele fuera la culpable de robar el arpa, pero presentía el cosquilleo de una fuerza poderosa. Estaba segura de que el arpa había estado en esa casa y hacía no mucho.

—Examinad a fondo todas las habitaciones, no dejéis un rincón sin revisar —indicó mientras ella misma pasaba uno de los cristales rastreadores de Flora sobre los muebles del salón.

Esperaba que al menos la hija de Diana tuviera una buena razón para sus actos. Su madre también había robado el arpa en una ocasión y las consecuencias perseguirían al grupo de las Gatas Doradas durante el resto de su vida. «Tal vez trataba de destruirla, o de recuperar la magia de Diana». Ninguna de las dos eran excusas para su comportamiento, aunque tal vez el aquelarre se apiadase de ella si el objeto no había sufrido daños.

Dejó que el cristal la guiase y siguió la esencia de la magia de vuelta al sótano. Su punta señalaba en esa dirección sin lugar a dudas. Bajó las escaleras y recorrió el lugar con la mirada. El lugar parecía la habitación de un adolescente con unos gustos musicales un tanto anticuados. ¿De quién era aquella casa? Desde que había cruzado el umbral notaba una energía familiar, pero no acababa de ubicarla, como cuando ves a alguien que ha salido en un anuncio de televisión por la calle y por un momento crees que lo conoces.

«Este lugar está impregnado de magia».

—¡Chicas, bajad aquí! Creo que he encontrado algo.

No obtuvo respuesta. Un mal presentimiento la invadió.

—¿Chicas? —subió las escaleras de nuevo y recorrió la casa sin encontrarlas—. ¿Dónde os habéis metido?

—¡Carolina! —exclamó una de ellas, su voz empapada de terror. Provenía del exterior.

La bruja se apresuró a abrir la puerta de entrada y en lugar de encontrar a las jóvenes hechiceras la recibió una llamarada cegadora.

56

Cal

—¿Fausto? —Le llamó justo antes de que se subiera a su coche de alta gama, aparcado junto a la entrada de la mansión—. ¿Dónde vas?

Su viejo amigo se giró hacia él, con un gesto apurado. Estaba claro que no quería que nadie supiera lo que pretendía hacer. Se frotó las manos, nervioso.

—Yo, eh...

—No te molestes en inventarte una excusa. Te he oído hablando por teléfono. Sé que vas a intentar evitar la guerra.

Su rostro se relajó y los músculos de sus hombros, encogidos por el sobresalto, recobraron la normalidad. Vaya, sí que le había quitado un peso de encima. A Fausto nunca se le había dado bien mentir.

—No vayas —dijo Cal—. Sé que crees que puedes hacer algo, pero no es así. Solo te buscarás enemigos y problemas. Sé de lo que hablo, así que mejor hazme caso.

—Cal..., ojalá pudiese, pero esta persona... Tienes que confiar en mí. He conocido a alguien que puede acabar con todo esto. De hecho, creo que deberías venir conmigo. —Señaló el coche y Cal le miró con desconfianza.

¿Quién sería capaz de evitar semejante desastre por sí mismo? ¿Es que Fausto no se daba cuenta de lo sospechoso que sonaba? Uno jamás podía fiarse de quien le prometía lo imposible, ¿acaso nunca escuchaba a su padre?

—He pensado mucho en lo que dijiste anoche, Cal, y tenías razón. Siempre nos hemos creído superiores a los corrientes y ahora no estamos actuando mejor que ellos en sus peores momentos. Si voy a pasar a la historia por algo, que sea como el idiota que intentó evitar el desastre y no como el cobarde que se cruzó de brazos sin hacer nada.

Cal se llevó las manos a la cabeza, miró al cielo e inspiró hondo. Si las Juventudes se salían con la suya, Sabele y todas las brujas a las que había conocido y a quienes quería y apreciaba sufrirían. La preciosa, bondadosa y creativa Sabele ya no regalaría al mundo su suerte. Ame nunca llegaría a ser diseñadora de moda profesional y Rosita, el maravilloso terremoto de Rosita, no volvería a salir de fiesta y a cambiar de trabajo y de aficiones una y otra vez mientras se buscaba a sí misma. Suspiró.

—Está bien.

¿Qué tenían que perder? Era imposible que empeorasen su situación.

Se subió al asiento del copiloto a pesar de que su intuición le gritaba que no era una buena idea. Fausto arrancó el silencioso motor y aguardó a que la puerta de la entrada se abriese a su paso. Condujo hasta llegar a la A1 y el trayecto transcurrió en completo silencio. Cal se sintió tentado de encender la radio solo para aliviar el ambiente sobrecargado por el nerviosismo de Fausto, que conducía tenso, aferrándose al volante como si al hacerlo se protegiese de todos los males, y por su propia suspicacia. Cuando Cal creyó que su amigo iba a entrar en la Castellana como de costumbre tomó un desvío hacia la M-40.

—¿Dónde vamos? —preguntó una vez que se incorporaron a la autopista.

—No te preocupes, es un sitio alejado, pero seguro. Ninguno de nuestros enemigos nos buscará allí.

La respuesta de Fausto dejó un regusto amargo en su conciencia. ¿Enemigos? ¿Desde cuándo tenían enemigos? ¿Cuándo habían dejado de ser chavales despreocupados viviendo sus vidas e intentando cumplir sus sueños para convertirse en el tipo de persona que se preocupaba por dónde le buscarían sus contrincantes? Al cabo de unos veinte minutos al volante, Fausto salió de la carretera y los llevó, tras un rato callejeando, hasta lo que parecía ser el centro de un polígono industrial. Detuvo el coche justo enfrente de una nave con muros de ladrillo rojizo y diminutas ventanas. Fausto se bajó del coche sin dar ninguna explicación y Cal le siguió.

Alguien había dejado las puertas metálicas ligeramente abiertas. Buscó la mirada de su amigo y Fausto asintió. Cal cruzó el umbral el primero, seguido de cerca por el otro nigromante.

La nave estaba repleta de estantes móviles. En las baldas se repartían montones de ropa doblada que parecía de segunda mano, pero recién lavada a juzgar por el intenso olor a jabón. Al cabo de unos cuantos pasos se encontraron con una cadena de lavado formada por una hilera de descomunales lavadoras, secadoras y una especie de plancha gigante. Del techo pendían hileras de perchas con ropa, de un blanco inmaculado, colgando.

—Un lugar peculiar para encontrarse con alguien —dijo Cal, examinando de cerca una de las lavadoras vacías, aunque en realidad, sus sentidos estaban puestos en el entorno en busca de cualquier amenaza al acecho. Todo aquel asunto pintaba terriblemente mal. «Fausto, ¿en qué lío te has metido?».

—Te lo he advertido, es mejor que pasemos… ¡desapercibidos! —El peligro llegó del único lugar que no esperaba.

Se apartó un solo segundo antes de que la barra de hierro que Fausto había dirigido directamente hacia su nuca impactase de lleno contra el hueso de su cráneo. A pesar de las promesas que había hecho a Sabele sobre ser más moderado con el uso de sus dones, la oscuridad que le protegía crepitó sobre su piel dispuesta a protegerle de un nuevo ataque que quizá él, en estado de shock, no habría sabido esquivar.

Era imposible.

Fausto, ¿atacándole a él? Debía de estar poseído como Valeria, o ser víctima de un hechizo o maldición que se había apoderado de su voluntad, convirtiéndole en una marioneta. No era un hechicero poderoso, así que cualquiera podría haber vencido sus barreras sin dificultad en un descuido de los nigromantes que se ocupaban de su seguridad y de la de su padre. Era la única explicación lógica.

El agua brotaba sin cesar de la tubería que Fausto había mutilado, valiéndose de las sombras para suplir su falta de fuerza física. Las frías baldosas del suelo se encharcaban bajo sus pies. Al ver que Cal no hacía nada por defenderse, Fausto volvió a intentar golpearle, y en esta ocasión, unas fauces surgieron de entre las sombras y cerraron sus colmillos sobre la barra para lanzarla lejos de ellos, zarandeándole en el aire en el proceso.

Cal vio el pánico en sus ojos al encontrarse desarmado frente a él y al lobo formado de sombras que no dejaba de gruñir. Fausto creía que le iba a hacer daño, estaba convencido de ello, pero ¿por qué iba a herir a un viejo amigo que había crecido a su lado?

—Fausto, ¿qué está pa...? —Su pregunta concluyó en la forma de un grito cuando sintió un impacto en la espalda que le hizo encogerse de dolor.

Un reguero de llamas se extendió sobre su piel, un fuego que en lugar de quemarle devoró las sombras que le protegían, dejándole indefenso. Un anillo ardiente le rodeó el pecho y los brazos impidiendo que hiciese el más leve movimiento. Cayó de rodillas y oyó el sonido de unos tacones acercándose.

El lobo de sombras se abalanzó sobre su agresora, que lo convirtió en un rastro de humo cuando chocó con las llamas que brotaron a sus pies.

—Muévete... —Un segundo anillo de fuego se materializó en torno a su cuello— y te rebano en tres pedazos antes de que tengas tiempo de retorcerte de dolor. —Sintió el roce de una uña en su nuca y cómo unas manos hábiles extraían el cuchillo que ocultaba entre su ropa.

Estaba indefenso y solo.

La mujer lo rodeó para mostrarse, por fin, ante él. Era joven, apenas unos años mayor que él. Llevaba puesto un largo vestido negro y su melena oscura se enredaba hasta caer sobre su cintura. No se parecía en nada a ninguna de las brujas que conocía y, sin embargo, le recordaba demasiado a aquellas sobre las que le habían advertido en los cuentos desde niño. Encima de sus ropajes negros se había vestido con una especie de armadura metálica, del mismo color, que parecía sacada de uno de aquellos lúgubres siglos. Su palidez y su vestimenta despertaron el temor a las brujas que le inculcaron en su infancia

«No», se corrigió, no era todo el artificio con el que se adornaba lo que le hizo temblar, sino la violencia reclamando salir de su interior, la misma que se asomaba desde el fondo de sus ojos, esa mirada que gritaba «temed, porque es lo único que podéis hacer».

—Helena, Helena Lozano —dijo al reconocerla, y sintió un escalofrío solo con pronunciar su nombre.

Los nigromantes llevaban siglos vigilando de cerca a la familia de brujas más sanguinaria.

Frente a él, Fausto no hizo nada. No huyó, no dio un paso atrás, no intentó defenderle, ni atacar. Se limitó a observar a la bruja antes de preguntarle:

—¿La tienes?

—Cuánta impaciencia —replicó la bruja malhumorada—. Menos exigencias, nigromante. Eres tú el que ha traído un invitado de más. —Escrutó a Cal como quien contempla a una cucaracha indeseable a la que acaba de pisotear en su cuarto de baño y que habría preferido no tocar ni para deshacerse de ella.

—Empezaba a sospechar —se justificó su amigo. Su amigo. Quiso reírse, lo habría hecho, quizá, si su cuerpo no se siguiese negando a aceptar lo que su mente iba comprendiendo poco a poco.

—Lo que tú digas, pero te recuerdo que acabo de salvarte.

¿Podrás quedarte con él a solas treinta segundos? Y relájate un poco. En cuestión de minutos, los dos estaremos de vuelta con nuestras hermandades sin que nadie se haya enterado de que nos hemos ido.

Fausto no le respondió. Se limitó a seguirla con una mirada de desprecio, mientras la bruja se perdía entre los estantes. Ni siquiera se soportaban, ¿por qué estaban colaborando? ¿Qué causa podía haber hecho que su futuro líder los traicionase?

—¿Qué estás haciendo?

—Lo que alguien debería haber hecho hace mucho tiempo. Tu querías que fuese un buen líder. —Se encogió de hombros—. Estoy procurando serlo. Nuestros hermanos se merecen algo más que esta paz impostada que debería llamarse humillación —dijo, y de pronto, sonaba como Abel y los otros cachorros de las Juventudes. A Cal siempre le había resultado extraño que un tipo tan básico como Abel hubiese sido capaz de cosechar tantos seguidores, ahora comprendía de dónde nacían sus ideas y su elocuencia—. Si hubiese podido ceñirme al plan original, Cal... Hasta tú me habrías aplaudido, pero esos ataques lo han echado todo a perder. Ni siquiera yo puedo controlar a los perros hambrientos, por eso voy a darles lo que piden, carroña que devorar.

En ese instante Helena reapareció cargando un cuerpo inerte sobre su espalda.

—Mira a quién se han encontrado mis primas en las afueras de la ciudad. Flora tendría que rodearse de brujas más fuertes si de verdad pretende conservar su cargo.

Dejó caer el cuerpo en el suelo cerca de Fausto como si no fuese más que un viejo fardo. Ya en el suelo pudo ver su rostro y reconocer a Carolina, la fiel consejera de la Dama Flora. Tenía los ojos abiertos de par en par, perdidos en el infinito. La habían petrificado. Al verla, comprendió por fin qué pretendían hacer.

No. Tenía que haber algo que pudiese hacer para impedirlo, lo que fuese, causar una distracción, pedir ayuda o, simplemente, detenerlos a cualquier precio. Helena pareció leer su mente:

—Ni se te ocurra.

El aro de fuego en torno a su cuello se ciñó aún más y abrasó su piel durante unos breves instantes. Era imposible que concluyese ningún hechizo antes de que lo matara. No temía a la muerte, y hubiese entregado su vida gustoso por una buena causa, pero resistirse habría sido un suicidio sin más.

—¿Haces los honores? —preguntó la bruja, dirigiéndose al que fue su amigo.

—Fausto... No sé qué te han dicho, qué ha podido hacer que pienses así, pero no lo hagas —intentó desesperado—. Nada bueno puede salir de esto.

Fausto negó con la cabeza.

—No te lo tomes como algo personal. Créeme, he pensado muchas veces en cómo te afectará ese injusto Tratado de Paz que firmaron nuestros antepasados, pero me temo que es la única forma. Gabriel está cegado por los tiempos fáciles, demasiado cómodo en ellos como para escucharme. Te diría que lo siento, pero, algún día, si llegas a vivir para ver nuestro resplandeciente futuro, te darás cuenta de que hago lo correcto.

Fausto le dio la espalda, se inclinó junto a la mujer, tomó su rostro entre las manos y comenzó a recitar en la lengua de la muerte un dulce cántico con un eco envenenado.

—*Ohm Seiak Shana ushma-ei... Ohm Seiak Shana ushma-ei... Ohm Seiak Shana ushma-ei...*

Extendió una de sus manos y la empuñadura de una daga de sombras se materializó entre sus dedos, seguida de un filo que, pese a no cortar, podía causar terribles heridas más allá de la piel y la carne.

—No lo hagas —suplicó Cal, pero Fausto no dudó un solo instante mientras dirigía la hoja del cuchillo directamente hacia el corazón de la bruja justo en el momento en el que Helena la liberó de su hechizo.

Carolina gimió y tomó una bocanada de aire desesperada. Su último aliento. La masa de oscuridad que formaba el cuchillo se desvaneció en el aire una vez cumplido su cometido, dejando atrás una honda herida que penetraba allí donde ninguna medicina podía alcanzar a sanar. La luz se desvaneció lentamente de los ojos de Carolina a medida que una sombra grisácea nublaba su vista y, con un nombre a medio pronunciar entre sus labios abiertos, la bruja se desplomó sin vida sobre el frío suelo de la nave industrial.

Cal sintió el peso de una vida más hundiéndose en el mundo de las tinieblas.

«¿Qué hemos hecho?», se preguntó, a pesar de que conocía la respuesta a la perfección. Arrebatar una vida era un acto atroz e imperdonable, pero las consecuencias de aquella muerte podían causar daños incalculables.

Habían comenzado una guerra. Un conflicto que sacaría lo peor de ambos bandos hasta dejarlos sin nada, una lucha sin sentido que no concluiría hasta que solo quedasen cenizas. Y Fausto... Fausto había desatado sin piedad una maldición sobre la familia Saavedra al romper el Tratado de Paz.

La magia en su cuerpo ya no le obedecía, y sin las sombras a su servicio, no podía impedir que se apoderasen de lo que quedaba de su cuerpo, de su alma. Llevaban años esperando pacientes el momento de reclamarle por completo.

Una insoportable punzada en su cuello relegó sus preocupaciones por el futuro a un segundo plano. No quedaba espacio en su mente, cuerpo ni alma para otra cosa que no fuese aquel terrible y punzante dolor. Reclamó auxilio a la magia de la muerte, pero la diosa voraz a la que había adorado le ignoró.

Las sombras conquistaban, hambrientas, cada milímetro de su cuerpo, que de pronto le parecía mucho más liviano, pero también más endeble, como si la más leve corriente de aire fuera a desplomarle. ¿Era así como se sentían los corrientes? Frágiles, indefensos, perdidos. Seguía habiendo magia en sus venas, pero ya no le pertenecía.

Fausto apartó la vista. Prefería dar la espalda a las consecuencias de su obra. Sin embargo, la joven Lozano estaba disfrutando del espectáculo. Frente a él, Helena sonrió y le liberó con un chasquido de dedos que hizo desaparecer los anillos de fuego. Ya no era una amenaza de la que tuviese que preocuparse.

La bruja se acercó a él para estudiarle mejor y Cal apretó los dientes, conteniendo un quejido de dolor. No iba a darle aquella satisfacción.

—Oh, fíjate. Pobrecito nigromante… —Se burló.

—Déjale en paz —replicó Fausto—. Ya tiene bastante con el destino que le espera. Ahora que la magia no le protege está a merced de las sombras, y ha llamado a muchas a lo largo de los años. —Negó con la cabeza, lamentándose por lo insensato que había sido su amigo.

—No olvides que yo también puedo acabar con su sufrimiento. —La bruja sonrió—. Si quieres acelerar el proceso, solo tienes que pedirlo, amigo.

Fausto le lanzó una mirada desbordada de odio.

—Tú y yo no somos amigos —sentenció—. Procura recordarlo.

Cal se desplomó en el suelo y su cuerpo se agitó con una convulsión incontrolable. Las sombras le traspasaron la piel hasta calar en lo más hondo de sus tejidos. Los músculos, las venas, los huesos…, cada fibra, por ínfima que fuese, se debilitaba mientras el parásito ganaba terreno.

Helena suspiró.

—Como prefieras… Supongo que no merece la pena malgastar magia en este despojo. Vuestra Diosa es cruel. —Dirigió a Cal un gesto de piedad condescendiente, como un cazador que estudia a un pobre animalillo que ha caído en su cepo—. Una lástima que no acepte a brujas entre su culto. Creo que nos entenderíamos bien.

El dolor se mitigó lentamente, dejándole exhausto. Cal jadeó en busca del aire que le faltaba.

La hechicera dio media vuelta y Cal vio desde el suelo cómo sus botas de tacón se alejaban en la distancia. Fausto se agachó a su lado y le acicaló los cabellos que le caían sobre la frente entre los dedos. El sentimiento se parecía demasiado a la ternura, pero no lo era.

—Lo siento, Caleb, de veras. De niño te quise como a un hermano, cuando crecí te envidié por los talentos que yo nunca tendría, pero ahora... Has sido un necio. Y no creas que no me duele saber que en tus últimos momentos te llevarás una mala opinión de mí, pero me consuela la certeza de que estás equivocado. Siempre lo has estado. Nunca comprenderás lo necesario que es todo esto. Las brujas no son nuestras iguales, no pueden serlo, y pretender que actuemos como si lo fueran es un insulto a nuestra estirpe. La muerte siempre vence a la vida. El triunfo supremo nos pertenece y la única forma de tomarlo es por la fuerza. —Acarició su rostro una última vez—. Que la muerte te acoja en su seno, hermano.

Cal solo lograba discernir las suficientes palabras para comprender que su viejo amigo había perdido el rumbo hasta niveles insospechados, y no se explicaba cómo nadie se había dado cuenta de ello. Fausto era el hombre más peligroso para la estabilidad de su mundo, y solo él y una bruja igual de dañina que su viejo amigo lo sabían. «Habéis hecho todo esto para poder luchar, pero, nunca llegaréis a ser buenos enemigos pareciéndoos tanto». Fausto, ¿cómo había podido?

Apretó los dientes al notar una nueva oleada de dolor aproximándose y cerró los ojos antes de que llegara. «Que se acabe ya —pensó—, que termine de una vez». Todo estaba perdido. Helena tenía razón, sin su magia a modo de cortafuegos era cuestión de tiempo que la oscuridad que recorría sus venas lo engullera. Al menos dejaría de doler.

No fue consciente de la marcha de Fausto, ni de su soledad en aquella gélida nave industrial, ni siquiera se percató del paso del tiempo. Todos sus pensamientos estaban concentrados en sus ruegos para que la tortura cesara de una vez por todas y en Sabele.

¿Lloraría por él? ¿Por su amante muerto? ¿Qué sería en su recuerdo, un amigo o su primer y trágico amor? ¿Le echaría de menos? Ya no importaba. Nunca lo había hecho. Si hubiese podido pedir un último deseo no habría sido recuperar el amor de Sabele, sino que la guerra no la salpicase, que pudiese vivir una larga y pacífica vida para volver a amar a quien quisiese, aunque tuviera que tratarse de alguien como ese estúpido guitarrista.

—Eh, eh, grandullón. —Oyó una voz amable y se preguntó si acaso ya estaba muerto. Sintió una sacudida. Sí, sin duda la muerte le llamaba—. Eh. Eh, vamos. Quédate conmigo. —Abrió los ojos y, por un momento, creyó que había invocado a Luc con sus pensamientos, pero entonces vio los mechones de una melena de un castaño tan claro que casi parecía trigo y una bonita nariz recta. Aunque la boca... Definitivamente la boca le era familiar—. ¡Espabila! No puedes morirte, ¿eh? Piensa en Sabele.

—Además, estar muerto es muy aburrido. Yo no te lo recomendaría si lo puedes evitar.

Un fantasma de rostro amigable se asomó justo sobre él y le saludó con la mano.

Puede que fuese la mención de la persona que más le importaba en el mundo o el pánico que le infundió ver a un fantasma cuando se creía al borde de la muerte, pero se percató de que, pese a lo que el dolor le hiciese creer, no quería morir. No quería que se acabase tan pronto. Tenía que quedarle algo de tiempo, y si así era, lucharía por cada segundo en la tierra de los vivos que le pudiera arrebatar al destino.

Se incorporó con ayuda de la corriente y reunió las fuerzas suficientes para decir:

—Sa... Sabele. Llévame junto a ella.

—Mis jefes me van a matar. De acuerdo, ¿dónde está?

Cerró los ojos intentando recordar la dirección que le habían dado y, cuando al fin le vino a la mente, la pronunció casi en un susurro.

La corriente chasqueó la lengua y oyó como decía:

—Mi hermanito va a tener que dar muchas explicaciones.

Luc

Luc encontró la puerta de su casa abierta de par en par y nadie en su interior. Eran más de las nueve de la noche y ni su madre ni su padre habían vuelto a casa, por fortuna. El césped del modesto jardín delantero había sido completamente calcinado por algún hechizo, así que le iban a matar cuando lo viesen. En cuanto a las brujas, no había rastro alguno de ellas aparte del mapa extendido sobre la mesa de la cocina y los inciensos y cristales que abandonaron. Las habían detenido y, aunque desconocía el funcionamiento de la justicia de las brujas, dudaba que las hubiesen dejado en la puerta de su piso en Malasaña tras un sermón.

Escondido entre los coches había visto cómo se las llevaban y cómo varias de las brujas se habían quedado atrás, lideradas por la única que llevaba el pelo corto, la que no se quitaba una expresión suspicaz del rostro. Luc estaba convencido de que aquella mujer presentía la energía del arpa en las cercanías, aunque no estuviese muy segura de dónde, así que optó por largarse antes de que lo encontrasen. Había vagado por el barrio durante cerca de una hora para hacer tiempo hasta que se rindiesen y se marchasen.

Colocó la funda de la guitarra en el suelo a su lado, con el arpa en su interior, y se dejó caer sobre el sofá beis. Maldijo una vez más el momento en el que robó el instrumento. «Nota para mi yo del futuro: la próxima vez que un objeto embrujado te hable, NO ESCUCHES».

Agarró un cojín que había junto a él, hundió el rostro en el mullido relleno y gritó con todas sus fuerzas.

¿Cómo podía haberle salido todo tan mal?

No le molestaba haber renunciado a su sueño, ni tampoco incumplir su parte del trato que había hecho con Leticia y perder valiosos meses de tranquilidad económica. Eso habría sido lo normal, parte del esquema establecido y de su *modus operandi* habitual. Fracasar siempre le había irritado, por muy acostumbrado que estuviese a meter la pata. Pero no era eso, en realidad, no. Lo que hacía que quisiese arrancarse la piel a tiras era imaginar qué pensaría de él Sabele en esos momentos.

Por lo que ella sabía, Luc había huido cual cobarde dejándolas tiradas. Y lo peor de todo era que explicar sus verdaderos motivos no le iba a ayudar demasiado. «Lo cierto es que no me he marchado por cobarde, sino porque he tenido todo este tiempo el objeto que las brujas buscan y que ha hecho que os acusen de ladronas, y que, por cierto, he conservado para mi propio beneficio» no sonaba como una buena defensa.

Lanzó el cojín de vuelta a su sitio en el sofá y gruñó al comprobar que gritar no había servido de mucho para aliviar su conciencia. ¿Conciencia? ¿Él? Sentirse culpable por ponerse a sí mismo primero no estaba en su catálogo de emociones. «¿Qué más te da lo que piense? Has actuado como habría hecho cualquiera», intentó convencerle una voz en su mente, que desde luego no era su conciencia, pero no sirvió de nada. «Cal no lo habría hecho. El muy lameculos se habría sacrificado para salvar a todo el mundo entre vítores y aplausos», dijo otra voz. «Es un postureta. ¿De verdad vas a empezar a sentir envidia a estas alturas? ¿De qué?», se preguntó, aunque lo sabía demasiado bien.

Sacó el móvil del bolsillo de su pantalón y probó a llamar al nuevo teléfono temporal de Sabele. Colgó en cuanto oyó el sonido del politono pasado de moda proveniente del baño. Cómo no. Típico. Aunque claro, por otra parte, era mejor que no pudiesen contactar, porque seguía sin tener la menor idea de qué decirle.

¿Lo siento?
¿Cómo va la reclusión y posible encarcelamiento?
No podía encontrar al espectro, ni enviarlo de vuelta a su mundo. No podía destruir el arpa. No podía ayudar a sus nuevas amigas o lo que quiera que fuesen.

Por triste que pareciese, todo indicaba que su papel en esa historia había concluido. Gracias por venir. Fue un placer conoceros. Espero que os haya gustado. La salida está al fondo a la derecha. No os olvidéis de llevaros vuestros efectos personales. Fin.

Se acababa de levantar rumbo al sótano para seguir lamentándose en privado cuando la puerta se abrió de golpe y Leticia entró con la respiración agitada y aspecto de estar teniendo una noche terrible, incluso peor que la suya.

—¿Andan papá y mamá por casa?

—Eh... no. Papá está cenando con no sé quién y mamá está liada con ese proyecto hotelero. —Cuando uno no es precisamente el hijo más responsable del mundo, conviene conocer a fondo cada movimiento de sus progenitores—. ¿Estás...? ¿Va todo bien?

—Pues la verdad es que me vendría de perlas una ayudita.

Sin más explicaciones caminó de vuelta hacia la entrada y Luc la siguió.

Tendido en el suelo, apoyado contra la pared de su entrada, Cal permanecía en un estado de seminconsciencia, a medio camino entre la vida y la muerte.

—¿Qué me he perdido? —preguntó Luc.

—Mejor avisa a tus coleguitas brujas y después te lo explico. Un poco de magia sería muy útil —dijo su hermana mientras rodeaba la espalda de Cal con el brazo. Le impulsó hasta levantarle del suelo y profirió un quejido por el esfuerzo, digno de una tenista en la final de un Grand Slam.

—No están aquí.

Leticia le fulminó con una mirada de ira e incredulidad.

—Dime que es broma.

—Vinieron otras brujas y... supongo que se las llevaron, no lo sé.

—¿Que no lo sabes? —Su hermana resopló—. Estupendo... Al menos podrías ayudarme a cargarle, ¿no?

En otras circunstancias le habría explicado que si lo que necesitaba era fuerza física no iba a servirle de mucho, pero ante su expresión de fastidio optó por callar y obedecer. Sostuvo a Cal por su costado libre y entre los dos le introdujeron en la casa.

«Maldito *influencer* de pacotilla. ¿Por qué tiene que hacer tanto deporte? ¿No se supone que pinta cuadros, para qué necesita tanto bíceps?» Le dejaron caer en el sofá y Luc sintió como le ardían los músculos del brazo. ¿Cuánto pesaba? ¿Doscientos kilos?

El nigromante contuvo un gemido de dolor.

—¿Qué narices le ha pasado?

—Deberíamos bajarle al sótano. Si papá ve a un nigromante en nuestro salón le va a dar un infarto —dijo, ignorándole por completo.

—¿Y por qué no le llevas con los nigromantes? No es por nada, pero no creo que lo que tenemos en el botiquín del baño vaya a servir de mucho.

—Porque un nigromante tarado es quien le ha hecho esto. No podemos fiarnos de ellos.

Demasiada información para procesarla de golpe. ¿Un nigromante le había dejado con esa mala pinta? Su piel morena se había quedado pálida y recubierta por el sudor, no dejaba de temblar, y de vez en cuando, dejaba escapar un quejido de dolor. ¿En qué clase de pelea se había metido para acabar así?

—Qué triste... Otra guerra más... Los humanos nunca aprenderán.

Luc estuvo a punto de gritar al sentir una presencia a su lado. El fantasma de una joven no mucho más mayor que él, aunque de aspecto aniñado, revoloteaba sobre sus cabezas y observaba a Cal con los labios fruncidos.

—Una lástima...

—¿Guerra? ¿Qué guerra? Leti, ¿qué está pasando?

—Lo de siempre, convence a alguien de que su hermano es su enemigo, deja que otro convenza al hermano de lo mismo y, antes de que te des cuenta, toda la familia sufre sin saber muy bien por qué —dijo el fantasma, aunque sus explicaciones distaban mucho de ser aclaratorias.

—Perdona, pero... ¿quién eres?

—¡Oh! Disculpa, qué modales. Mi nombre es Blanca y morí en 1962. Encantada.

—Eh... Ya... ¿Y de qué os conocéis exactamente? —preguntó a su hermana, que estaba demasiado ocupada comprobando el estado de salud del nigromante como para prestarle atención.

—No va a aguantar mucho más si no hacemos nada... —masculló para sí misma.

Se puso en pie y clavó su mirada directamente en Luc. Mierda. Quería algo de él. Encargarle asuntos de importancia era un grave error, debería saberlo a estas alturas, incluso cuando no había ninguna opción mejor.

—Luc. Necesito que te quedes con él.

—No —zanjó.

—¿Cómo?

—¿Apenas puedo cuidarme a mí mismo y esperas que sea el enfermero de un hombre adulto? ¿Qué quieres que haga, que le cante una nana?

—Este chico está al borde de la muerte y cientos de vidas están en peligro. ¿Crees que a alguien le importan tus quejas?

Luc guardó silencio. Aunque una cosa no quitaba la otra, pero, de acuerdo, veía por dónde quería ir. Prioridades y todo eso.

—Haz algo útil por una vez, ¿quieres? —dijo mientras daba media vuelta hacia la salida. Ouch. Tampoco hacía falta echar más sal en la herida—. Confío en ti.

Vaya, en cambio, esa era una de las cosas más bonitas que le había dicho su hermana en años.

Asintió con la cabeza, mostrando más determinación de la que verdaderamente sentía.

Leticia partió, seguida del fantasma y lo dejó a solas en mitad del salón con el nigromante moribundo. Iba a ser interesante explicárselo a sus padres. Tenía que encontrar la forma de bajarle al sótano antes de que llegaran. ¿Cómo iba a levantar él solito a un musculitos de su misma estatura? De verdad que en momentos como ese le habría gustado tener algún tipo de don mágico.

Se acercó al hechicero para examinar sus opciones y Cal abrió los ojos de par en par, le agarró del cuello de la camisa y le atrajo hacia él entre jadeos. No era el mejor momento para remarcarlo, pero apestaba a sudor y... a enfermedad, un hedor agrio y a la vez dulzón que emanaba de su piel, como si se estuviese pudriendo lentamente.

—¿Eh... sí? ¿Puedo ayudarte en algo? ¿Quieres que te traiga... eh... un vasito de agua, un paracetamol?

—Lu... Luc... tienes... —Cada sílaba se atragantaba en sus labios como si le estuviese costando la vida; de hecho, Luc se habría atrevido a decir que lo hacía— tienes que sacarla de allí. Sa... Sabele... —Un nudo revoloteó en su estómago al oír ese nombre—. Va... va a haber una batalla. No está segura...

Luc tomó aire y lentamente hizo que la mano de Cal le soltara dedo a dedo para devolverla junto a su cuerpo.

—Tío, no sé si te has fijado, pero yo soy solo un corriente y, vamos, mírame. Puedo pegar un par de puñetazos si estoy muy desesperado, pero no soy precisamente Van Damme. ¿Qué quieres que haga?

—Sal... Salvarla.

Luc suspiró. ¿Se creía que estaban en el siglo XVIII y que Sabele era una damisela indefensa? Todo apuntaba a que era él quien necesitaba que le echaran un cable.

—Me temo que va a tener que salvarse ella solita.

58

Leticia

Leticia echó a andar sin rumbo, toqueteando con la mano el discreto crucifijo de oro en su cuello en busca de un apoyo. «Si hay alguien escuchando, por favor, dame fuerza». Blanca flotó a toda velocidad tras ella y la siguió calle arriba.

—¿Adónde vamos?

Le hubiese gustado responderle, pero aún no lo tenía del todo claro. Quería ayudar al chico, de veras, pero dudaba que pudiese confiar en ninguno de sus contactos de la comunidad mágica. Tarde o temprano todos elegirían un bando, ¿pero cuál? Y, sobre todo, ¿con quién podía contar Cal? Para las brujas sería un enemigo, para los nigromantes un renegado. Incluso si sobrevivía le esperaban tiempos difíciles.

Ojalá supiese qué hacer para ayudarle, pero había asuntos mucho más urgentes que atender.

Aquella noche, todas sus sospechas se habían confirmado. Durante los últimos meses, la actividad paranormal de entes menores había sido inusualmente alta, pequeños espectros que aparecían y desaparecían en el plano humano; algunos provocaban incidentes de poca gravedad y otros se limitaban a pasearse por su mundo y volvían a irse por donde habían venido como si nada. Asuntos sin importancia como ese eran encargados a los novatos y nadie le había prestado atención a las observaciones de Leticia, así que había optado por investigar a solas y en sus ratos libres. Desde el principio había estado convencida de que aquellos eventos no eran naturales, de que alguien los había provocado intencionadamente, o por accidente, al jugar con los límites entre la más oscura de las dimensiones espectrales y el plano humano. Las brujas lo llamaban, muy poéticamente, el Valle de Lágrimas, los corrientes le habían puesto el nombre de Infierno.

Fuera como fuera, semejante imprudencia había provocado una fina, pero peligrosa, brecha entre ambos mundos.

Le habían dicho que eso era prácticamente imposible, el equivalente de inventar y fabricar la bomba atómica en la sociedad mágica. ¿Por qué nadie iba a intentar algo así? En numerosas ocasiones había estado a punto de dudar de su propia intuición, pero la casualidad hizo que su misión fuese vigilar a las brujas aquella tarde. Helena Lozano era la persona que había estado buscando todos esos meses. Parecía probable que no trabajase sola y no tenía suficientes pruebas para hacer una acusación formal. Decidió seguirla. Aunque había perdido su rastro intermitentemente, Blanca volvió a dar con ella en las afueras de la ciudad, en mitad de un polígono industrial. Se subió a su destartalado coche de segunda mano y se dirigió hasta allí sin pensárselo dos veces.

Creyó que, si Helena la conducía hasta su guarida, podría encontrar pruebas suficientes para convencer a sus jefes. Sin embargo, lo ocurrido allí había sobrepasado con creces sus sospechas.

Ambición, traición y odio irracional.

Sin saberlo, Leticia acababa de destapar una conspiración que pasaría a los libros de historia. Aunque si Helena Lozano estaba tramando lo que Leticia sospechaba, que hubiesen provocado una guerra era el menor de sus problemas ahora mismo. No podía quedarse cruzada de brazos esperando a que el mundo ardiese. Era una agente de la Guardia, y su misión evitarlo. Pero, por desgracia se trataba de una agente a la que nadie tomaba en consideración. Seguramente, la noticia de que el Tratado de Paz se había quebrantado hubiese llegado ya a oídos de la Guardia y su sede estaría a rebosar de altos mandos pululando de aquí para allá en busca de soluciones. Las posibilidades de que alguno de ellos se detuviese a escucharla eran mínimas, pero, aun así, tenía que intentarlo.

Por otra parte, Cal necesitaba ayuda médica urgente, y no del tipo que le podían proporcionar en las Urgencias de un hospital corriente; tampoco se atrevía a llevarle a la unidad especial creada en secreto en el corazón de Madrid por temor a que los nigromantes lo estuviesen buscando. Tenía que ayudarle, o al menos, encontrar a alguien que pudiera hacerlo. Si no... Resopló en mitad de la calle tan fuerte como pudo. Llevaba meses exigiéndoles a sus superiores más responsabilidad y el destino se había encargado de poner la más grande de todas sobre sus hombros. «Me refería a algo así como coordinar investigaciones, no el poder para decidir sobre una vida humana o el destino del mundo».

Tomase la decisión que tomase, sería un terrible error con consecuencias fatales. Ojalá pudiese dividirse en dos.

—¿Leticia? ¿Todo bien, puedo ayudarte en algo?

Dio media vuelta hacia el fantasma y, al ver su sonrisa complaciente y sus ganas de formar parte de algo, comprendió que era un regalo del cielo.

—Tal vez sí. Dime, ¿un fantasma podría atravesar las barreras protectoras mágicas de un edificio?

—Depende. Los nigromantes —hizo una mueca de desagrado— tienen poder sobre la muerte, pero si hablamos de brujas... no hay nada que puedan hacer contra o por nosotros los..., bueno, los que hemos cambiado de estado. ¿Por qué? ¿Adónde quieres que vaya?

Leticia dudó. Después de todo, conocía a Blanca desde hacía solo unas horas y, aunque le había ayudado, no podía estar segura de que no cooperase con el enemigo. Incluso suponiendo que sus intenciones fuesen buenas, nada le garantizaba que no se aburriese de pronto y decidiese volver por donde había venido. Los muertos eran caprichosos y solían ofrecer resistencia a cualquier forma de compromiso. Suponía que porque con el fin de la vida se acababa también la necesidad de rendir cuentas.

No obstante, si decidía no confiar en ella, su otra opción era seguir perdiendo un valiosísimo tiempo mientras intentaba tomar una decisión imposible.

—Podría ser peligroso —advirtió. El fantasma se echó a reír.

—Mírame. ¿Qué es lo peor que podría pasarme?

Leticia tenía que admitir que en eso tenía su parte de razón. De acuerdo, confiaría en Blanca y en que había aparecido en su vida por una buena razón.

La suerte estaba echada.

59

Sabele

Cuando era pequeña había oído cómo amenazaban a las niñas brujas con «mandarlas a la mazmorra» si se comportaban mal (no a ella, su tía tenía otro estilo educativo en el que las amenazas no tenían cabida). Así que había asumido que las susodichas mazmorras eran reales y tan terroríficas como les habían prometido. Resultaba algo triste que hubiese tenido que llegar a los veintiuno para comprender que, en realidad, eran un cuento para asustar a los niños y que, si habían existido alguna vez, fue mucho mucho tiempo atrás.

En lugar de en una fría celda las habían encerrado en el sótano de la casa de los trece pisos junto a un montón de cajas repletas de archivos y de elementos decorativos y utensilios necesarios para las festividades mágicas como Beltane, Yule, Litha o Samhain. También guardaban en el improvisado almacén un montón de libros viejos que no cabían en la biblioteca. No sentía ningún deseo de estar cautiva en una lúgubre y húmeda mazmorra, pero lo cierto era que se sentía decepcionada.

En mitad de aquel espacio anodino, cada una de ellas mataba el aburrimiento como buenamente podía. Sabele permanecía sentada sobre un montón de viejos toneles cuyo contenido ignoraba y miraba al infinito, preguntándose cómo había pasado de ser una bruja *youtuber* de éxito a una prisionera en su propio hogar y repasando cada segundo de los últimos días en busca de su error (o mejor dicho, su larga lista de errores); Rosita recorría los estantes repletos de libros ajados que desprendían hedor a viejo y a humedad en busca de obras curiosas; y Ame se dedicaba a preguntar a Sabele cómo se encontraba cada cinco minutos.

Ella se limitaba a encogerse de hombros.

¿Cómo se suponía que iba a sentirse?

Por si no tenía bastante con todo lo que había ocurrido, el pensamiento de que Luc se había largado sin más no desaparecía de su mente. A decir verdad, quedándose no les habría hecho ningún favor, pero estaba convencida de que no se había parado a pensar si su actuación les beneficiaba o les perjudicaba, y en el fondo no tendría por qué haberles prestado su casa, pero se sentía decepcionada consigo misma por haber esperado algo más de un revelado. Siempre se había dicho que su carrera mágica tenía que ser lo primero, ¿cómo una broma entre amigas había llegado tan lejos?

—¡Increíble! —exclamó Rosita alzando un libro que acababa de coger de la estantería—. Tienen el Tratado de las Flores Amazónicas de Teresinha Ameida aquí tirado como si no fuese más que una guía telefónica cualquiera. ¿Sabéis los pocos ejemplares que quedan de este libro? Agh, maldito etnocentrismo. Si tu brujería no es inclusiva, no es buena brujería, nena. —Acarició los lomos grisáceos del tomo—. ¿Creéis que alguien se dará cuenta si me lo llevo? La última vez que bajé aquí a por un tronco para Yule vi que había un libro de Ishtar y ya no está, así que seguro que a nadie le importa… ¿Qué pensáis?

Al ver que ninguna de las brujas respondía insistió, y Sabele estalló, dejando salir todo el miedo y la rabia que llevaba conteniendo desde hacía días.

—¿Sinceramente? Me importa bastante poco si robas ese libro o no —respondió Sabele de mala gana.

Sus amigas la miraron boquiabierta y se arrepintió de sus palabras en el mismo momento en el que terminó de decirlas. No había ninguna necesidad de ser desagradable, su situación no iba a mejorar, sino todo lo contrario.

—Yo... Lo siento... Es que...

Rosita cerró el libro de golpe y dio un paso hacia ella, inclinándose para acercarse a la altura de su rostro.

—Mira, bonita, Ame y yo llevamos un buen rato matando el rato esperando a que te decidas a dejar de autocompadecerte y hagas algo. Así que ¿qué va a ser? ¿Nos tiramos de los pelos o salimos de aquí?

—No me estoy autocompadeciendo —masculló, pero ni siquiera se convenció a sí misma.

—Oh, por favor. Es casi como si pudiésemos oír tus pensamientos. «¿Cómo he podido ser tan tonta? Es todo culpa mía, y encima mi *crush* ha pasado de mí, merezco morir sepultada por mi vergüenza». Corta el rollo, ¿no iremos a quedarnos aquí quietecitas mientras el espectro campa a sus anchas, no?

Si se hubiese tratado de cualquier otra persona, la habría acusado del falta de empatía y, en parte, de crueldad, pero sabía que Rosita estaría dispuesta a hacer cualquier cosa en su mano por ahorrarle el dolor que estaba sintiendo, igual que Ame. Mientras una apostaba por la compasión, la otra optó por la terapia de choque.

—Ojalá solo se tratase de eso...

—Sabele. —Rosita tomó asiento sobre el tonel junto a ella—. ¿Puedo serte sincera?

Sabele estuvo a punto de echarse a reír, lo habría hecho si no le costase seguir respirando tras cada exhalación.

—¿Alguna vez no lo has sido? —Su amiga sonrió.

—Pues allá va: nunca he entendido esa necesidad que tienes de que te validen como bruja. —Sabele fue a protestar, a negar la acusación, pero Rosita alzó el dedo índice para pedirle que la dejase acabar—. Ser conocida en internet por tus conjuros o ser nombrada la nueva aprendiz de la Dama no te hacen mejor ni peor hechicera. Sabelita, tú ya eres bruja, una de las mejores que conozco, pero también una de las pocas que se niega a recurrir a su verdadero don.

Sabele inspiró hondo, procesando la parte de razón que tenía su amiga y que tanto le costaba admitir.

—¿Y qué sugieres que haga?

—Libera a la bestia. —Rosita se encogió de hombros—. Haz lo que mejor sabes. Usa tu magia.

Sabele negó con la cabeza.

—No. Míranos. Hemos acabado precisamente así por jugar con fuerzas incontrolables. Ya hemos tanteado al destino, no pienso desafiar a la suerte.

—Con más razón. Hemos tenido suficiente desdicha para una temporada. Solo estarías equilibrando un poco la balanza.

—O condenándonos del todo.

—Rosita..., déjala tranquila —dijo Ame desde el rincón que había escogido para sentarse en el suelo con las piernas estiradas.

—Sí, supongo que tienes razón. Después de todo es su decisión. Puede seguir lamentándose y malgastando sus preciosas energías en machacarse a sí misma. Pero yo no voy a quedarme quieta a mirar qué pasa sin intentarlo.

Sabele suspiró, ¿cómo podía hacérselo entender, la tensión que agarrotaba cada uno de sus músculos, la razón por la que era tan precavida?

—La suerte es una forma de magia traicionera, amarga; pide un deseo y quizá se te conceda. A veces esa es la peor de las desdichas. Así que no voy a acabar como mi madre, me niego, no desafiaré más al destino, ni a lo que tiene que ser. Si nuestro sino es acabar aquí atrapadas y...

—¿Y qué? ¿Esperar a que nos castiguen por algo que no hemos hecho? Tú no eres tu madre. Solo necesitamos salir de aquí. Diana le exigió al universo el amor de un hombre que no la quería, una hija que no podía tener... —Sabele bajó la cabeza, no quería oír más.

—Está bien. De acuerdo, no hace falta que sigas... Haré uno pequeñito —dijo resignada. Funcionase o no, ya no podría acusarla de quedarse cruzada de brazos lloriqueando.

—¡Esa es mi chica! —Rosita la estrechó tan fuerte que casi la levantó en el aire a pesar de ser la más baja de las dos—. Si sale mal, siempre puedes echarme la culpa a mí.

—Pensaba hacerlo con o sin tu permiso.

Nunca había sido partidaria de abusar de su principal talento mágico. Su historia familiar la había prevenido contra ello y la había convertido en una bruja mucho más cauta de lo que le convenía, a pesar de que su tía insistía en que un poco de picaresca mágica de vez en cuando no hacía daño a nadie. Pero Rosita estaba en lo cierto. Su madre había cruzado demasiadas líneas sin retorno, había infringido las leyes mágicas al alterar el equilibrio que existe en una vida entre la buena y la mala suerte, había reclamado más de lo que le tocaba por derecho propio y la Diosa se había encargado de arrebatárselo. Ella pediría todo lo contrario, que todo volviese al lugar donde debía estar.

Sabele se quitó uno de sus pendientes y lo empleó para causarse un leve pinchazo en la yema del dedo índice. Reprimió un quejido y dejó que saliesen unas cuantas gotas. Una ofrenda de vida. La sangre goteó hasta el suelo mientras pronunciaba uno de los hechizos de su repertorio, un conjuro corrector que equilibraría su buena y mala suerte.

—La suerte viene y va. El azar permanece. Un poco de cal. Y otro tanto de arena. Para el que espera y desespera. Después de la tormenta. Esta vez llega la calma.

Una corriente de energía la recorrió desde el pecho hasta los dedos de las manos y los pies y transformó la atmósfera de un modo casi imperceptible.

Tic. Tac.

Nada de nada.

Transcurrió más de un minuto y las tres aguardaron atentas, en busca de algún cambio, un indicio, cualquier posible detalle que delatara que el hechizo había surtido efecto.

—¿Contenta? —dijo Sabele a su amiga—. El universo no tiene nada que opinar al respecto. Todo está en su sitio. La Diosa está satisfecha.

Un súbito escalofrío, gélido y húmedo, recorrió su espalda. Sabele tragó saliva. Ese no era el tipo de sensación que causaba la magia de los vivos. La expresión confundida de Rosita y el gritito de Ame no contribuyeron a tranquilizarla. Dio media vuelta, girando la cabeza con cautela, y se encontró cara a cara con un fantasma que miraba de un lado a otro, tan aturdida como ellas.

—¿Por casualidad no seréis alguna de vosotras Sabele? —Se miraron entre ellas intentando buscar una explicación—. Entiendo que ese silencio significa que sí. —Flotó hasta el centro del sótano—. Me envía Leticia. Sospechaba que estaríais aquí. Es muy buena detective, ¿verdad?

Eso aclaraba una parte de sus dudas, pero seguía sin explicar la mayoría de ellas.

—¿Y qué quiere la hermana del patán? —preguntó Rosita.

El fantasma no pareció comprenderla, pero aun así les dio el mensaje.

—Leticia me ha pedido que os diga que Cal necesita vuestra ayuda y que los nigromantes han roto el Tratado de Paz.

Jimena

El gato Bartolomé debía de estar ocupado, porque no se había dignado a aparecer en toda la noche para sacarla del despacho de Flora, así que no le quedaba otra opción que escapar de la torre de la malvada bruja ella solita.

Había aprovechado las botellas vacías para formar un círculo de tierra, las velas en el cajón de su escritorio para el círculo de fuego y aire, y el agua en las macetas de las orquídeas de la Dama para trazar una tercera circunferencia. Jimena se había sentado en el centro de los tres círculos y se preparaba para alcanzar un estado de paz mental que le permitiese reunir la magia suficiente para resquebrajar la barrera de Flora (lo que podría llevarle horas, pero nadie era más cabezota que ella). El problema no era su tenacidad, sino que su mente se negaba a quedarse del todo quieta.

Intuía que algo grave sucedía. Oía ruidos incesantes en el pasillo, pasos acelerados, brujas hablándose a voces de un lado a otro y una sensación de malestar general enrareciendo el aire.

Se rindió y se acercó a la puerta de su improvisada celda. Dio tres golpes secos.

—¡Eh! ¿Qué está pasando ahí? —Sabía que Emma había dejado a una joven bruja a cargo de «vigilarla», pero la mujer no respondió—. Oye, sé que ahora mismo pensáis todas que soy una traidora y seguro que no te caigo bien, pero, como mínimo, podrías responder.

Silencio. Una de dos, o la chica era una auténtica grosera o... Extendió la mano hacia el viejo pomo de bronce y se inclinó hacia él para susurrar un conjuro.

—Ni llave, ni contraseña, solo tengo impertinencia para hacer que se abra esta puerta.

Oyo un sonoro clic, giró el picaporte con cuidado y abrió la puerta lentamente. No había nadie al otro lado. «No hay mal que por bien no venga». Se dispuso a escaparse a hurtadillas cuando una voz que la llamó a sus espaldas estuvo a punto de provocarle un infarto.

—¿Jimena?

Gritó del susto y se llevó la mano al pecho al creer por un segundo que había sido descubierta in fraganti. En lugar de con una bruja enfadada y dispuesta a usar la fuerza en su contra, con o sin recurrir a la magia, lo que vio fue al fantasma de una pobre chica que la miraba pensativa.

—Por el parecido físico tienes que ser tú, la tía de Sabele.

¿Su sobrina le había enviado a un fantasma? Sí que la había cambiado pasar tiempo con ese nigromante. Cuando era niña, apenas podía estar cerca de uno. E incluso cuando superó su fobia infantil seguía sintiéndose incómoda cerca de ellos.

—¿Dónde está esa niña tonta? Llevo un día aquí encerrada por su culpa, horas y horas que nadie va a poder devolverme cuando me llegue el momento, ¿sabes?

El fantasma asintió.

—Por desgracia sí. Sabele está en el sótano. —Jimena frunció el ceño. Qué decepción. En el fondo no le sorprendía, pero había tenido la vana esperanza de que su sobrina fuese un poquito más espabilada, lo suficiente para no dejarse atrapar—. Y me ha pedido que te recuerde que prometiste que las ayudarías si era necesario.

—¡Ja! —Lo que le faltaba por oír—. Jamás prometí tal cosa. Dije que me llamasen si eran tan inútiles de no poder salvar sus propios pellejos. —Resopló—. Cielos, las jóvenes de hoy en día son unas malcriadas. Cuando yo tenía su edad, mi madre me cortó el grifo y trabajaba doce horas diarias para poder pagar el alquiler de un tugurio compartido; trabajaba de verdad, no grababa vídeos y subía fotitos. Aunque de nada sirve que me queje, ¿verdad? Dime, ¿qué quieren que haga esas consentidas?

—Necesitan salir de allí.

Ya, cómo no. No sabía por qué se resistía tanto si iba a acabar haciendo lo que le pidiesen. Esa maldita niña era su debilidad. Habría cruzado el infierno andando sobre clavos si ella le hubiese asegurado que era la única forma de que fuese feliz, así que sacarlas del sótano no parecía un gran sacrificio.

—Vale... Dile que primero voy a intentarlo por las buenas. Si en treinta minutos no las he sacado de allí, generaré una distracción para que puedan escapar. El resto dependerá de ellas.

El fantasma asintió con la cabeza y desapareció atravesando el suelo hacia las plantas bajas.

Adiós a su plan de huida. En lugar de marcharse discretamente iba a tener que hacerse ver y oír lo bastante para que Flora estuviese dispuesta a escucharla y después usar su labia para convencerla de que liberase a la principal sospechosa por el robo de uno de los objetos mágicos más valiosos y peligrosos que existían. ¿Qué podía salir mal? Esta vez sí cruzó la puerta, y se encontró con un pasillo atestado de gente que iba y venía a la carrera. Una bruja le gritó que se apartase cuando estuvo a punto de chocar con ella. «Pero ¿de qué va todo esto?». Estaban demasiado ocupadas para darse cuenta de que ella debería estar dentro del despacho en lugar de ahí fuera. Tal vez ni siquiera le hiciese falta generar ninguna «distracción» para sacar a las chicas de allí. Aun así, no quería que fuesen fugitivas sin más. Si volvían a escaparse en secreto, convencer al resto de brujas del aquelarre de su inocencia iba a ser casi misión imposible.

El único lugar en el que podría encontrarse Flora en semejante situación era la sala de reuniones del consejo y, junto a ella, estarían todas las demás brujas que lo formaban, incluyendo a las que habían propuesto que la encerrasen. Fantástico.

Cruzó el edificio hasta llegar a la puerta de la sala, alzó la mano hacia el picaporte, preparada para hacer una entrada magistral, pero su instinto la detuvo en el último momento. Cerró los ojos y escuchó unos segundos. Las puertas eran lo suficientemente gruesas para que no pudiera seguir la conversación, pero susurró un conjuro fugaz que agudizó su oído lo bastante para deducir qué estaba sucediendo.

—No desea ver a nadie. —Era la voz de la guardaespaldas de Flora, Emma.

—Con el debido respeto. No es el momento más oportuno para que se encuentre indispuesta —oyó decir a Daniela— después de lo ocurrido.

—Por una vez estamos de acuerdo —dijo Juana—. Si los rumores son ciertos, nos veremos obligadas a tomar decisiones duras. Y rápido. Si ella no es capaz, tendremos que hacerlo nosotras.

«Míralas, cerniéndose sobre el poder como buitres», se dijo al atar cabos. Querían hacer una moción de censura. La política no le interesaba y lo que debatieran y conspiraran ahí dentro menos aún. Si Flora no estaba en la reunión del consejo, quizá se encontrase en su cuarto.

Subió las escaleras, dejando atrás a las atareadas brujas de la hermandad con sus debates sin fin, hasta llegar a la planta de arriba, donde se encontraba la vivienda privada de Flora.

Las puertas estaban abiertas de par en par, así que avanzó por el salón vacío hasta el umbral de su dormitorio. Allí la vio sentada sobre la cama con su larga melena rojiza cayéndole por la espalda bajo la luz de las farolas, que entraba a través de la ventana.

—Flora. —La llamó con cautela, temiendo que se enfadase porque había abandonado su «reclusión preventiva».

No respondió, así que dio un par de pasos hacia el interior del cuarto.

—Sé que seguramente no sea buen momento, pero he oído que tenéis a Sabele. —Silencio—. Flora, esa niña es inocente. Una digna hija de su madre, la rebelde y la mala influencia siempre fui yo, vamos, no podéis tenerla retenida para siempre.

En vez de una respuesta, lo que escuchó fue el sonido de un sollozo.

—¿Flora?

Avanzó hacia ella lo suficiente para ver su rostro de perfil y percatarse de que lloraba a lágrima viva. Su rostro y sus ojos estaban rojos e hinchados y sus manos repletas de los restos de los pañuelos de papel que había usado hasta casi descomponerlos.

—Flora. —Se sentó junto a ella—. ¿Qué ha pasado?

Ladeó la cabeza para mirarla a los ojos y se echó a llorar, tendiéndose sobre el hombro de Jimena. En aquel momento dejaron de ser dos brujas cansadas y derrotadas por la vida, dos mujeres que apenas confiaban la una en la otra después de todo lo que la vida había interpuesto entre ellas. En lugar de eso volvieron a ser dos amigas inseparables dispuestas a hacer lo que fuese por su compañera. Flora siguió llorando mientras Jimena acariciaba su larga melena.

La Dama señaló sobre la cama lo que había sido un pergamino manuscrito del que ahora solo quedaba un amasijo de papel requemado a punto de convertirse en cenizas con el más leve roce.

—Ha estallado en llamas hace una hora. Los nigromantes han... han roto el Tratado de Paz —masculló la Dama sin apartarse del hombro de su amiga.

Las palabras que tanto habían temido golpearon a Jimena con ferocidad.

Solo había una forma de romper el Tratado de Paz de forma definitiva y unilateral: matar a alguien del otro bando empleando la magia. Si hubiese sido una bruja quien lo había quebrantado habría sido terrible para ellas, la maldición que lo impregnaba impediría a Flora recurrir a sus dones, pero si lo había hecho un nigromante, significaba algo aún peor.

«Que la Diosa nos guíe».

—No... no consigo contactar con Carolina. No responde a mis llamadas ni tampoco aparece en el mapa. Otras brujas estaban con ella cuando... las hechizaron y al despertar, Carolina había desaparecido. Creo... creo que algo horrible le ha ocurrido...

Volvió a llorar, no como una niña pequeña, sino como una mujer sin consuelo, como la bruja con el corazón hecho pedazos que era.

Jimena vaciló. No quería creer que la dirección a la que apuntaban los hechos pudiera ser la verdad, pero la asesora personal de la Dama era un blanco de interés para cualquiera que quisiese hacer daño al aquelarre.

—Shhh, tranquila, Flora, tranquila. Eso no lo sabes, no tiene por qué haber sido ella a quien han... Hay cientos de brujas en esta ciudad.

¿Hasta qué punto era ético desear la muerte de otra persona, alguna desconocida de la que no supiese prácticamente nada, si eso significaba que Carolina se encontraba bien? Entre ellas, la relación se había tornado un tanto tensa, pero... seguía siendo la vieja Carolina, la Carolina a quien había convencido para probar el tequila por primera vez (que escupió en el acto porque le asqueaba el sabor del alcohol), a quien le había presentado a cada uno de sus nuevos novios sabiendo que los desaprobaría, con quien había visto llegar tantos amaneceres después de una noche de fiesta y aventura. Carolina, una de las brujas de la pandilla de las Gatas Doradas. No podía estar... No tan pronto, no así, sin más.

A pesar del pobre intento de Jimena por consolarla, Flora siguió llorando, incapaz de contener su miedo y su dolor. Si era cierto lo que decía, si el Tratado de Paz se había quebrantado, se avecinaba una guerra, temible y sin piedad. Como en los viejos tiempos. Los días más oscuros de la hermandad, en los que cualquier persona, nigromante o corriente, que no fuera una bruja podría ser uno de sus perseguidores, días en los que fiarse de alguien resultaba imposible. Helena Lozano tenía razón en algo, por mucho que le doliese admitirlo, Flora era poderosa, pero también demasiado cándida para sobrellevar el sufrimiento de tantas personas cuando apenas podía tolerar el suyo. Su deber era estar presente en la sala de reuniones, pidiendo la calma, pero preparándose para lo peor, y no llorando en los brazos de la que había sido su prisionera hasta hacía unos minutos.

Jimena tragó saliva.

Una moción de censura era ineludible. Una cuestión de horas, de minutos, incluso cabía la posibilidad de que ya estuviesen proponiéndola mientras ella sollozaba. La magia tendría que escoger una nueva Dama, y ninguna de las opciones que se le ocurrían era demasiado alentadora. La paz y la bonanza las había convertido en personas egoístas, alienadas del grupo. Habían comenzado a vivir como corrientes, divididas, siempre arañando una pizca de «yo más», de «lo mío para mí». Si la magia era tan sabia como debía ser, escogería a alguien capaz de unirlas, pero Jimena dudaba que existiera esa bruja.

«Después de todo, somos humanas», le recordó su cinismo. ¿Cómo iba a pensar de otro modo cuando incluso ella misma había acudido junto a su amiga por una razón completamente egoísta?

—Flora... Mi sobrina... Ella no es una guerrera. Déjame que la saque de aquí. Si tuviesen el arpa ya la habríais encontrado.

Flora se incorporó y se secó las lágrimas. El momento íntimo se desvaneció y volvieron a convertirse en las mujeres adultas y maduras que eran. La sombra del pasado se desvaneció, y con ella, lo poco que quedaba de sus sueños de juventud.

—Haz lo que tengas que hacer.

Jimena asintió y se puso en pie. Poco a poco se alejó, con un intenso dolor en el pecho y una sensación de malestar general. Ojalá pudiese hacer algo por ella. Supo que tan pronto como abandonara la habitación, Flora volvería a sumirse en su llanto infinito a la espera de una noticia que confirmase sus peores temores.

Fausto

La maldición del tratado se había vertido sobre toda la familia Saavedra y, al igual que había sucedido con su hijo, las sombras que habitaban en el cuerpo de Gabriel se habían apoderado de gran parte de él. No obstante, el líder de los nigromantes era más afortunado que su único vástago. Nunca utilizó su don más de lo imprescindible. Gabriel Saavedra sobreviviría, debilitado e inservible, pero saldría adelante. No podía decirse lo mismo de Cal, a quien Fausto había abandonado en la gélida nave industrial. Una diminuta parte de sí mismo aún aguardaba a que los remordimientos le golpeasen sin previo aviso, pero seguía sin sentir absolutamente nada. Ni siquiera cuando veía a Gabriel tendido en la cama con la frente sudorosa y las manos heladas le abandonaba su convicción de que hacía lo correcto.

Él no era una mala persona, de verdad que no. Todo lo que había hecho, incluyendo los daños colaterales, era por el bien de su gente. Hasta los mejores hombres se veían obligados a provocar algún mal en su lucha para alcanzar el triunfo final.

No tenía reparos en admitirlo, él no era un hipócrita como las brujas, con su halo de superioridad moral, como si la vida en su sangre las convirtiese en santas. Al menos en ese aspecto podía respetar a Helena Lozano. Como él, era honesta en sus intenciones y con aquello que debían sacrificar. Incluso si significaba que se convirtiesen en monstruos. Por eso estaba ahí, en aquella habitación que comenzaba a apestar a enfermedad, consolando al pobre viejo mientras las fuerzas le abandonaban lentamente. Era parte de su penitencia.

Qué triste destino para un nigromante que las sombras tuviesen el control sobre ti y no al revés. Fausto, en cambio, nunca empleaba su don. No soportaba la idea de pertenecerle a otro que no fuese a sí mismo; para eso ya tenía a Abel y las Juventudes, que se encargaban de hacerle el trabajo sucio.

Una sonrisilla orgullosa se asomó a sus labios.

Cómo los había engañado a todos con su actitud siempre neutral, siempre un paso por detrás de Gabriel, el sumiso, humilde y agradecido heredero. Nadie había sospechado que era él quien había alentado a las Juventudes, quien eligió a Abel como el rostro visible de la organización a sabiendas de que su gusto natural por el conflicto le sería útil. Abel se había encargado de precipitar la guerra mientras él le ofrecía a la hermandad la imagen del líder perfecto, un hombre moderado y razonable con ideas que no les asustaban.

La hermandad nigromante se había vuelto temerosa, débil. Fausto estaba dispuesto a recuperar la gloria que merecían, pero era lo bastante inteligente para saber que aspiraciones tan grandiosas intimidarían a muchos.

El plan inicial era avivar las llamas del odio entre los jóvenes durante años mientras Helena hacía lo mismo con las suyas hasta que la chispa estallase, pero los misteriosos ataques lo habían precipitado todo, y la ira y sed de sangre de Abel habían escapado a su control. Al principio, salirse de su plan inicial le había llenado de angustia, pero cuando se percató de que incluso los más pacifistas dudaban de que el Tratado de Paz fuese la mejor opción supo que no se trataba de una amenaza, sino de una oportunidad.

No contaba con que Abel hubiese encontrado una forma de hacer la guerra sin romper el tratado.

Fausto no tenía nada que ver con aquellas repugnantes armas corrientes. Por la Diosa Muerte, libre de toda misericordia, un nigromante no necesitaba herramientas tan vulgares para ocupar el lugar que le correspondía en el orden natural. Nigromantes, brujas, seres mágicos, corrientes, animales. Esa era la legítima jerarquía. Aunque hombres como Gabriel se negasen a defenderla. Fausto lo sabía bien, aquel hombre le había criado, le había enseñado diplomacia y astucia, pero no a reclamar lo que le pertenecía. Eso lo había aprendido él solito. Gabriel no los guiaría a la victoria, él sí. Por eso había tenido que traicionar a Cal, por eso había clavado un cuchillo de sombras en el corazón de la asesora de la Dama. No era un asesino, sino un salvador.

Gabriel gruñó de dolor y Fausto se apresuró a adoptar su papel de ahijado desconsolado. Él sabía que había hecho lo correcto, pero sus hermanos lo considerarían una traición si descubrían que había sido él quien había desatado la maldición del Tratado de Paz sobre los nigromantes al romperlo.

—Te prometo que encontraré al responsable, aunque tenga que interrogar a todos los nigromantes de este país.

Se convenció de sus propias palabras hasta tal punto que sus ojos se humedecieron.

Gabriel negó con la cabeza, lentamente y sin apenas fuerzas.

—No, no... Debemos... permanecer unidos.

—Pero alguien ha cometido una estupidez.

—Se habrá visto obligado. No podemos... No sería lo correcto castigarlos por defenderse.

Fausto sonrió en sus adentros. «Gabriel Saavedra, quién te ha visto y quién te ve. Cuando los hombres hablan de ti recuerdan a un líder implacable que jamás habría perdonado una traición semejante. Cómo me habría gustado conocer a ese Gabriel en lugar de la persona en la que te has convertido», se dijo, como había hecho tantas otras veces. Casarse con aquella mujer corriente le había ablandado, su muerte le hizo débil, y un hombre que dependía de una mujer no era digno del respeto de sus semejantes. Sin embargo, sus necias palabras no hicieron más que confirmar lo que ya sabía: Gabriel no era el líder que necesitaba la hermandad.

—Un buen nigromante hubiese preferido la muerte —dijo, siguiendo a rajatabla su guion.

—No... La culpa... es de las brujas. Y mía..., solo mía. —Le apretó la mano con fuerza—. Debería haberte escuchado. Tenías razón... He perdido la visión, me he... vuelto lento.

—No te culpes —dijo con fingido afecto—. Hiciste lo que creías lo correcto.

«Y te equivocabas».

—¿Y Caleb... y mi hijo? ¿Se sabe algo de él?

Fausto se limitó a negar con la cabeza y a dejar que el viejo sacase sus propias conclusiones. ¿Habría sido el problemático hijo de Gabriel Saavedra, amigo de brujas, capaz de traicionar a sus hermanos?

—No te preocupes, seguro que está bien —contestó Fausto.

—Sin magia, todas esas sombras... ya le habrán engullido.

—No tiene por qué, seguro que esas amigas brujas suyas le han ayu... —Se llevó la mano a la boca con urgencia, como si no hubiese pretendido decir eso y acabase de darse cuenta, demasiado tarde, de su error.

—Mi hijo... elige mal sus amistades, pero nunca... nos traicionaría.

«Sí, eso. Intenta convencerte a ti mismo, y cuanto más te esfuerces por demostrarte la inocencia de tu cachorro, más sospecharás que es culpable».

—Cierto. No pretendía sugerir eso.

—Lo sé... Lo sé. —La mirada de Gabriel se perdió en la distancia, cerró los ojos y los apretó con fuerza antes de volver a mirar a su ahijado—. ¿Tenemos noticias de las brujas?

Fausto negó con la cabeza.

—Supongo entonces que... deberíamos asumir que estamos en guerra.

Fausto se mordió el labio y asintió. Sí. Estaban en guerra, todos los nigromantes aguardaban una orden y él estaba convaleciente, aguardando a que las sombras tomasen cuanto quisiesen con la esperanza de que le dejasen lo suficiente para poder seguir viviendo unos pocos años más. «Dilo. Dilo de una maldita vez».

—Siento que tengas que tomar el relevo... en semejantes circunstancias.

«Por fin».

—No mientras vivas —se apresuró a decir Fausto—. Y eso va a ser mucho tiempo.

Sonrió como si pretendiese darle ánimos.

—Yo... ya no soy un verdadero nigromante, solo un viejo necio bajo el control de una maldición. No me seguirán... pero a ti, sí. Tú aún eres joven. La guerra es inevitable. —Volvió a apretar su mano y Fausto deseó que le soltase de una vez para poder marcharse a cumplir con su deber—. Condúcelos a la victoria.

Fausto asintió con la cabeza y tuvo la rara oportunidad de decir algo que pensaba y sentía de verdad.

—Lo haré.

62

Sabele

Media hora, había dicho su tía. O generaría una distracción para que pudiesen huir. Habría sido una gran idea si alguna de ellas hubiese tenido un reloj donde mirar la maldita hora. Tanta tecnología y tanta magia para acabar mordiéndose las uñas de los nervios por no saber cuánto tiempo había transcurrido, aunque Sabele estaba casi convencida de que había pasado bastante más.

—¿Qué hacemos? —preguntó Ame cuando comenzaban a estar al límite de su paciencia.

Había muchos conjuros que servirían para ayudarlas: de invisibilidad, de aturdimiento, para provocar una explosión que sirviese de distracción... Por desgracia, ninguno de esos hechizos sería rival para las defensas y contraataques de una bruja más experimentada en la magia. El éxito de su plan dependería de que quien se cruzase en su camino fuera más débil o inexperta que ellas.

Continuaba valorando sus opciones cuando sintió un fogonazo de energía en su mente, un latigazo de tal fuerza que la dejó sin aire.

—¿Chicas? —oyó decir a Blanca—. ¿Qué os pasa, estáis bien?

Una segunda voz habló, pero esta lo hizo desde el interior de su cabeza. «Hermanas, se dirige a vosotras Daniela Hierro, en nombre del consejo del aquelarre. Lamento anunciaros que estamos en guerra. Repito, estamos en guerra. Los nigromantes han quebrantado el Tratado de Paz. Todas las brujas, activas o no, han sido convocadas en nuestra sede para plantar cara al enemigo. Repito. Estamos en guerra».

La voz se apagó de golpe y desapareció de sus mentes dejando en su lugar un leve cosquilleo. Las tres jóvenes brujas abrieron los ojos y se tomaron unos segundos para reubicarse.

Rosita se frotó las sienes con un gruñido.

—Agh, ¿no podían llamar por teléfono? ¿De verdad han usado el Orbe de Circe para esto? —La conexión mental podía ser una cuestión delicada si no se manejaba con cautela, por eso el Orbe se empleaba en contadas ocasiones—. Luego las Hierro se preguntan de dónde les viene la fama de dramáticas.

Sabele se mordió el labio y miró al fantasma. Ya se lo había advertido, pero una parte de ella había querido creer que tenía que estar equivocada. Tensión, conflicto, malentendido, tal vez, pero «guerra» era una palabra demasiado grande. Por no hablar de que, si los nigromantes habían roto el Tratado de Paz tal y como Blanca les había asegurado, la vida de Cal estaba en peligro. Tenía que llegar hasta él, si es que aún estaba a tiempo.

La puerta del sótano se abrió y todas se pusieron en pie, alerta. Jimena apareció al otro lado, con una expresión severa que contrastaba con su carácter habitual, siempre jovial y despreocupado.

—Seguidme —dijo sin una sonrisa, un «¿qué tal estáis, chicas?» o una de sus bromas inoportunas. Sabele tragó saliva y se apresuró a caminar tras ella cuando dio media vuelta.

—¿Es tan malo como parece? —preguntó a su tía.

—Peor. Como ha dicho esa chirriante voz en todas nuestras cabezas, estamos en guerra, pero no la hemos empezado nosotras.

—¿Quién... quién ha...? —preguntó Rosita.

—Aún no estamos seguras.

—Jimena —dijo Sabele, agarrando la mano de su tía—. Tengo que salir de aquí, Cal necesitará mi ayuda.

Su tía suspiró y acarició su mejilla.

—Cariño mío, puedes irte cuando quieras. Pero me temo que tendrás que decidir si tu lealtad está con tus hermanas o con ese chico que, por desgracia, es ahora nuestro enemigo.

Reanudaron la marcha y Sabele comenzó a sentir como el aire se volvía pesado en sus pulmones. «No. No. Otra vez no». Su corazón se desbocó sin control y una presión insoportable comenzó a oprimirle la cabeza. Ante el miedo a sufrir otro ataque de ansiedad intentó seguir los consejos de Luc y pensar en cualquier otra cosa, pero su cabeza volvía a los temores que la dominaban. Además, resultó que recordar a Luc no fue de ayuda.

—Sabele, ¿estás bien? —preguntó Rosita a su lado. Si hasta ella empezaba a preocuparse debía de tener muy mal aspecto.

—Es... es todo por mi culpa —dijo con dificultad.

—No seas ridícula —le reprochó Jimena, que continuó andando, ajena a que su sobrina estaba caminando sobre la cuerda floja y con una pierna atada—. Hay sectores de la nigromancia que llevaban buscando una excusa para romper el Tratado de Paz desde hace décadas, y la hubiesen encontrado contigo o sin ti. Siento decírtelo, pero no eres tan importante.

La rotunda certeza de su insignificancia hizo que se sintiese aliviada; aunque el malestar no desapareciese del todo, la culpa se alejó lo suficiente para permitirle seguir adelante. Sin embargo, su imaginación luchaba en su contra: se veía a sí misma con perfecta nitidez subiendo a la planta de arriba y encontrándose con decenas de ojos escrutándola, como si estuviese justo debajo de un luminoso foco, con miradas de desprecio que decían «¿Qué hace esta aquí?» y «¿Cómo se atreve?» a gritos. Se intentó convencer de que eso no iba a ocurrir justo antes de toparse de bruces con la mitad del aquelarre en el rellano de la casa. La escena no fue tan dramática como en su mente, pero se aproximaba lo suficiente para hacerle sufrir un *déjà vu*.

—Maldita sea —oyó maldecir a su tía por lo bajo.

—¿A qué juegas, Jimena? —Juana Santos se abrió paso entre la multitud—. Estas traidoras deberían estar encerradas donde no puedan causar más daño.

—¿Quién te ha nombrado juez y verdugo? —dijo Jimena, interponiéndose entre ellas y Juana—. Habéis hecho llamar a todas las brujas. Bien, pues aquí estamos. Con el beneplácito de Flora, por cierto.

—Flora. —Resopló con tono de burla—. ¿Pretendes que crea que no tiene nada mejor que hacer que liberar a prisioneras cuando no es capaz de bajar aquí con el resto de nosotras?

—Tendrás que creértelo. —Jimena se encogió de hombros con esa actitud desafiante que brotaba con fuerza de su interior cuando olvidaba que ya no tenía veinte años.

—Nosotras nunca la hemos tenido, el arpa —dijo Sabele, por acto reflejo. Sintió como su voz temblaba al percatarse de que todas las miradas estaban puestas en ella. Una cosa era hablar con una cámara en su habitación y otra estar siendo observada y juzgada a tiempo real por personas de carne y hueso—. ¿Por qué iba a quererla, precisamente yo?

—Exacto —dijo Juana, dispuesta a lo que hiciese falta por exculpar a su propia hija de las sospechas que también apuntaban a ella—, precisamente tú.

Antes de que el último comentario hiciese estallar una revuelta entre las brujas afines a la familia Santos y Jimena y las tres amigas brujas, Daniela Hierro se interpuso entre ellas.

—Ya aclararemos todo esto. No dudéis de que estas tres irresponsables pagarán por su comportamiento. No es la primera vez que el aquelarre tiene que enfrentarse a… malos hábitos. —No se molestó en disimular que se refería a Jimena—. Sin embargo, ahora el enemigo no está entre nosotras, es otro y está a punto de llegar a nuestras puertas. Debemos permanecer unidas, como hermanas.

Pero no fue el deber lo que hizo que los clanes del aquelarre se uniesen, sino una amenaza en común entre las paredes de su propio hogar lo que zanjó la discusión por completo.

Helena hizo su entrada triunfal seguida por un séquito de brujas vestidas de negro de los pies a la cabeza, al igual que su líder, que iba ataviada con una armadura ligera que incrementaba su halo belicoso. Traían con ellas la turbia sensación de una excitación reprimida durante demasiado tiempo. Rabia, odio, impaciencia. Sabele recordó lo que siempre había oído decir de las Lozano: sádicas, crueles, inhumanas, problemáticas. Por la forma en la que se detuvieron ante ellas, parecían haber tomado todos aquellos adjetivos despectivos y haberlos transformado en su bandera.

—¿Dónde está la Gran Dama? —Dio una vuelta sobre sí misma, atravesando a cada bruja, una a una, con sus ojos azabaches. Nadie respondió—. Así que la elegida por la Diosa se esconde cuando más la necesitan sus hermanas. Supongo que va siendo hora de que el poder cambie de manos.

Luc

¿Es que se había vuelto loco todo el mundo? Ni siquiera estaba capacitado para cuidarse a sí mismo, un chaval de diecinueve años de clase acomodada y sin ningún problema de salud, ¿cómo iba a ocuparse de mantener con vida al ex de la chica que le gustaba cuando una terrible maldición de magia negra le estaba envenenando? ¿Es que nadie se daba cuenta de lo absurdo que sonaba?

Cal gimió y Luc dio un paso atrás.

Se asomó desde una distancia prudencial para ver de nuevo las marcas negras. «No voy a tocar eso ni de coña, pero vamos, ni de coña. Qué asco. Y además huele mal. Aunque por lo menos no desprende ningún tipo de pus. Ya hubiese sido el colmo».

Pero, por otra parte, no podía dejarlo ahí tirado en el salón, y moverlo sin tocarlo iba a ser complicado. Se acercó con cuidado, estudiando cómo iba a levantarle él solo y llevarle hasta el sótano sin morir en el intento, cuando Cal gritó de dolor.

—Eh... esto... ¿quieres un vasito de agua?

El nigromante continuó sollozando, aullando. No parecía que le sobrasen las fuerzas, y con cada quejido, su aspecto empeoraba, pero no debía de ser fácil reprimirse en sus circunstancias, así que gritaba, gritaba sin parar hasta perder la consciencia de nuevo durante unos pocos segundos antes de volver a la carga.

—¿Hielo? ¿Un whisky? ¿Qué quieres, por Dios?

—Sa... Sabele —masculló.

«Estupendo. Bueno, si le dejo morir, tampoco sería para tanto. En fin, no es como si hubiese algo que pudiese hacer por ayudarle, ¿verdad? Pues eso. Agh». A quién quería engañar. El tipo estaba muy lejos de caerle bien, de hecho le caía bastante peor que mal, pero no disfrutaba con su sufrimiento.

—Voy a por un paño de agua... —¿Fría, caliente? ¿Qué se solía hacer en estas situaciones? ¿Cuál era el protocolo de primeros auxilios en caso de colapso interno por magia oscura?—. Ahora vuelvo.

—Sa... Sabele. —Cal estiró el brazo y le agarró de la manga, tirando de él hacia abajo. Le miró con el ceño fruncido y un abismo fugaz de lucidez en su agonía que dejaba muy claro que estaba hablando en serio—. Ti... tienes que... avisarla... que... sacarla de allí. Fausto... Sácala de allí.

—Ya... ya has dicho eso antes. Y te lo repito. No puedo hacer nada y no conozco a ningún Fausto. Ahora, estate callado un rato y déjame que... —El sonido de una llave introduciéndose en la cerradura de la puerta hizo que se helase cada gota de su sangre.

No, no, no.

Se liberó del puño de Cal y lo dejó caer junto al resto de su cuerpo. Avanzó hacia la puerta para cerrarla, pero eso no serviría de nada mientras el nigromante estuviese ahí dentro. Caminó hacia Cal para sacarle de allí, pero, sorpresa, seguía pesando demasiado para que pudiese alzarle como si nada. Tendría que intentarlo. ¿Qué sería mejor, que lo arrastrase por las axilas o por los pies? «Dios. Qué asco».

—¿Lucas?

Oyó la voz de su madre y estuvo a punto de gritar de pánico. Mierda. Aunque tenía que ver el lado positivo de la situación: no era su padre quien le había descubierto in fraganti.

—Hola, mamá.

Su madre le miró a él y miró al desconocido. Volvió a mirar a su hijo, al desconocido, a su hijo, al desconocido.

—¿Es... un nigromante? —preguntó señalándole. Luc asintió y Cal gritó.

—Aparta —Mercedes lanzó el bolso sobre el sillón y se agachó junto al joven sin siquiera quitarse la chaqueta. Retiró parte de la camiseta de Cal para ver mejor y frunció el ceño—. Justo lo que me temía. Lucas, cariño, necesito que vayas a la cocina y me traigas una caja en la que pone «moldes para hornear».

Luc no sabía ni por dónde empezar a preguntarse qué estaba ocurriendo. ¿Por qué no le gritaba enfadada? ¿Por qué su madre, Mercedes Zambrano, decoradora de interiores, se creía doctora de urgencias de pronto? ¿Y de qué moldes le hablaba? Nadie en su casa había horneado jamás. Ni siquiera había bollos en la cocina desde que su madre le declaró la guerra al azúcar refinado.

—¿Mamá... qué...?

—Shhh, luego. Ahora la caja.

Empezaba a estar un poco harto de que todo el mundo le diese órdenes, pero, en fin, si alguien estaba legitimado para hacerlo era su madre. Fue a la cocina y abrió los armarios uno a uno hasta que dio con una caja de latón azul en la que, efectivamente, alguien había escrito «moldes para hornear». Muy bien, tenían moldes, pero ¿qué pretendía su madre hacer con ellos? ¿Iba a cocinarle una tarta al enfermo para ver si se ponía de mejor humor?

«Esto no puede estar ocurriendo de verdad».

A lo mejor se había golpeado en la cabeza y todo lo sucedido era el producto de un trauma craneoencefálico. Puede que hasta estuviese en coma y que se fuese a despertar unos cuantos días más viejo para descubrir que en realidad no existía la magia ni nada que se le pareciese y que además era hijo único. Lo cual sería bastante patético, porque querría decir que ni en sus alucinaciones conseguía ligar con la chica que le gustaba. Qué triste.

Volvió al salón y le tendió la caja a su madre, quien la agarró con ambas manos, la abrió y rebuscó apresurada en su interior.

«Eso no son moldes», pensó Luc al ver los tarros y frascos que su madre examinaba y descartaba. Abrió una alargada caja de madera que contenía cinco viejas velas usadas con sus correspondientes soportes y comenzó a distribuirlas a su alrededor. Sacó un paquete de cerillas de la susodicha caja y se las lanzó a su hijo, que las atrapó en el aire en un acto reflejo.

—Vamos, no te quedes ahí parado. Ten. Ve encendiéndolas.

Luc no se movió un milímetro.

—Mamá... ¿Qué estás haciendo?

—¿A ti qué te parece?

—No me gusta lo que parece...

Mercedes sacó unas cuantas piedras de color rojizo y aspecto arenoso de un frasco, las echó en el interior de un mortero y comenzó a machacarlas.

—Si no vas a encender las velas, al menos tráeme un vaso de agua.

Tragó saliva y asintió. Fue a la cocina, llenó un vaso de agua del grifo y volvió sin siquiera procesar sus actos. Se movía como un autómata mientras su mente intentaba comprender lo que ocurría.

Mercedes vertió el líquido en el mortero y mezcló el polvo con el agua. Murmuró palabras en una lengua extranjera, tal vez portugués. Su madre, la decoradora de interiores, ni horneaba ni hablaba portugués. Cuando terminó, el líquido cobrizo se tornó de un verde intenso. Su madre, la decoradora de interiores, tampoco cambiaba el color de los brebajes por arte de magia.

Su madre, o quienquiera que fuese, se inclinó sobre el hechicero malherido y levantó su cabeza con una mano mientras inclinaba el recipiente sobre sus labios con la otra. Cal gruñó y apartó la cara en señal de negación.

—Vamos, sé que cuesta, pero tienes que beberlo. Ralentizará a las sombras.

Tenía que estar de coña. A su madre también la había poseído un espíritu malvado, ¿verdad? Le habría valido cualquier explicación posible, por absurda que fuese. Cualquiera hubiese sido mejor que «¡Sorpresa!, tu madre es una...». «Dios, no quiero ni pensarlo».

Cal terminó de beber y su madre volvió al asunto de las velas, fuese cual fuese.

—¿No vas a ayudarme? —preguntó Mercedes. Luc no fue capaz de responder.

Mercedes extendió la mano derecha sobre el pecho de Cal, cerró los ojos y una luz blanca brotó de su interior. Los músculos del nigromante se liberaron de la tensión con la que se encogían.

—Así, mejor. Estar relajado siempre ayuda. —Volvió a girarse hacia su hijo con un suspiro ante su expresión horrorizada por lo que acababa de ver—. Ya. Sé lo que estás pensando. «Qué faena, mi madre es una bruja». Deberías saber que dejé el mundillo hace muchos años, así que tampoco es un secreto tan grande.

«Dios. Qué fuerte». Su madre, la mujer que le había dado la vida, que le había acompañado en sus primeros pasos, atenta por si se caía, la misma que le secó las lágrimas su primer día de clase, la que le regalaba libros en cada cumpleaños a pesar de que él prefería los vinilos y le seguía llamando Lucas haciendo oídos sordos a sus protestas, la única persona en su familia que no le había dicho abiertamente que su sueño se trataba de una locura, era bruja. Su madre era una bruja. Mercedes Zambrano, decoradora de interiores, madre, esposa, jugadora ocasional de pádel y bruja. Bruja. Como Sabele. ¿Qué decía eso de él? ¿Debería ir a un psicólogo para tratar el tema?

—¿Papá... papá y Leticia lo saben?

—Oh, no, por favor. —Agitó una mano en el aire—. Se morirían de horror si supiesen que hay sangre mágica en la familia, sobre todo, tu padre. Nunca llevó bien ser un revelado, si se llega a enterar alguna vez de que se ha casado con una bruja... —Ató un ramillete de hierbas con un hilo blanco y le prendió fuego con una de las velas, recogiendo la ceniza dentro del cuenco sucio.

—Espera, ¿eso quiere decir que Leticia…?

Un *crush* y una madre bruja podía soportarlo, pero un *crush*, una madre y una hermana bruja era demasiado hasta para él.

—Qué va. Bueno, técnicamente sí, pero tu hermana nació con tan poco don mágico que dudo que se la pueda considerar una hechicera. No es tan raro como parece, en los tiempos que corren. El único talento paranormal que tiene es esa intuición suya y poca cosa más. De pequeña tuvo una racha en que le dio por levitar dormida, pero se le pasó en cuanto se le cayeron los dientes de leche. De mí solo heredó mi pelo y mis ojos, en lo demás es igualita a su padre. Y menos mal. No querría que tuviese nada que ver con esta absurda guerra…

—¿Guerra? Espera, ¿quieres decir que, cuando todo el mundo habla de todo ese rollo de una guerra, va en serio?

Su madre le miró extrañada.

—Teniendo en cuenta que hay un nigromante herido en nuestro sofá supuse que sabrías algo. Han roto el Tratado de Paz y todas las brujas hemos sido «convocadas a la lucha». —Mercedes se estremeció—. Es terrible, no me quito de encima esa sensación de que se acercan tiempos oscuros, pero no pienso ir después de tantos años, desde luego. Además, no sería de mucha ayuda. —Mientras hablaba, continuaba preparando su hechizo, pero Luc ya no prestaba atención a lo que hacía—. Solo espero que no haya demasiadas muertes antes de que entren en razón.

«Muertes».

Tenía la sensación de que su mundo se descomponía pieza a pieza. Una sensación que había permanecido latente en su cuerpo sin que él se percatara, pero ¿desde cuándo? ¿Cuándo comenzó a sentirse así? ¿Fue cuando le echaron del grupo? ¿Cuando conoció a Sabele por un capricho del azar? ¿Cuando creyó que era buena idea robar aquella estúpida arpa? Seguía en su poder, un objeto inútil que había intentado destruir en vano. La dichosa y estúpida arpa a la que nunca debió haber escuchado.

«Muertes». Cal no había cesado de pedirle que ayudara a Sabele y sabía de sobra que, aunque ella quisiese aceptar su hipotética ayuda, se trataba de un privilegio que estaba muy lejos de su alcance, sin embargo, era posible que aún estuviese a tiempo de hacer lo correcto.

Caminó hacia la salida, se puso su chaqueta y se echó la funda de la guitarra, usurpada por el arpa, a la espalda.

—¿Dónde vas? —preguntó su madre, con ese tono de voz típico en cualquier progenitor cuando lo que quieren decir es «tú no vas a ningún sitio, jovencito».

—He metido la pata y tengo que arreglarlo antes de que sea tarde. —Su propia honestidad le abrumó. Debía de hacer años desde la última vez que respondió con una verdad a esa pregunta.

Su madre se detuvo para mirarle unos instantes antes de volver a la tarea que la mantenía ocupada.

—Vale. —Asintió con la cabeza—. Pero quiero una explicación cuando vuelvas. Si me mientes, lo sabré. —Luc prefirió no admitir cuántas veces su madre no lo había sabido, pero, eh, Mercedes llevaba dos décadas ocultando que era una bruja, quizá lo de mentir bien le viniese de familia—. Intenta no meterte en demasiados líos.

«Ojalá», pensó Luc. Estaría bien, por cambiar un poco de vez en cuando. Por supuesto, no dijo eso en voz alta. Se limitó a asentir y dirigió una última mirada consternada hacia Cal. Si su ex moría estando al cuidado de cualquier miembro de su familia estaba bastante convencido de que las pocas posibilidades que le quedaban con Sabele se echarían a perder.

—Vete —insistió su madre—. Está todo bajo control.

Luc asintió e inició su marcha rumbo al metro, practicando mentalmente su confesión. Más le valía que funcionase y liberasen a Sabele para que pudiera ponerse a salvo, porque no se le ocurría ningún plan B. Por desgracia no tenía demasiada práctica en eso de pensar en los demás, ni siquiera cuando sus actos no eran del todo altruistas.

Se detuvo frente a las escaleras del metro, dándose cuenta de que se había venido demasiado arriba con eso de «hacer lo correcto». ¿Dónde estaba Sabele? Por lo que él sabía, se la podían haber llevado a una cárcel mágica secreta.

Un maullido hizo que mirase hacia abajo y vio cómo un gato con el pelaje dorado se colaba entre sus piernas antes de saltar sobre la barandilla del metro. A esas alturas, Luc esperaba que se pusiese a hablar o algo así, pero el gato se limitó a maullar exasperado. Bajó de nuevo al suelo y descendió los escalones en dirección a la estación subterránea sin dejar de mirarle.

—De acuerdo —suspiró, resignándose a que lo absurdo formase parte de su vida—. Lo pillo, «sigue al gato».

64

Sabele

—Va siendo hora de que el poder cambie de manos, lleva demasiado tiempo sin ser utilizado como merece —dijo Helena, tajante, y su séquito asintió.

Para sorpresa de Sabele, su tía, quien siempre había destacado por su falta de interés en los tejemanejes políticos fue la primera en hablar contra las intenciones de las Lozano.

—La magia ya eligió a su Dama. No nos corresponde a nosotras quitar ni otorgar ese cargo. Ni siquiera a ti, Helena.

Jimena dio un paso al frente y Sabele supo que la fuerza que la movía no era la ambición, tampoco la justicia o el deber, sino la amistad.

—La magia no, vuestra Diosa, la moribunda —dijo Helena con desprecio, provocando un murmullo de desaprobación generalizada.

Así que los rumores sobre las Lozano eran ciertos. La Diosa, la Madre Naturaleza, lo era todo para cualquier aquelarre de brujas: la fuente de su poder, el ciclo en torno al que organizaban sus festividades y ritos, la encargada de guiarlas hacia la luz en los momentos oscuros. No importaban el dolor, el miedo y la muerte, porque la vida siempre encontraba la forma de resurgir y abrirse paso. Renegar de la Diosa era como renegar de la misma magia.

—Supongo que preferirías que te siguiésemos a ti en lugar de escuchar a la Diosa —se burló Jimena.

Helena invocó una diminuta llama entre sus dedos a modo de amenaza, pero Daniela y Juana avanzaron hasta detenerse junto a Jimena. Poco importaba que las dos brujas estuviesen disputando la misma cuestión hacía unos segundos, ninguna de ellas quería ver a una Lozano dirigiendo a nadie que no fuese de su propio clan. A Helena no le cohibió en absoluto el frío recibimiento.

—Vuestras plegarias no serán escuchadas, y cuando llegue el momento de la batalla, las tres acudiréis a mí —señaló a las brujas.

—Eso lo dudo... —masculló Jimena.

—No tiene por qué haber ninguna batalla —dijo Juana—. Por lo que sabemos, los nigromantes podrían estar tan confusos como nosotras.

Como si quisiesen contradecir sus palabras una sombra opaca se alzó más allá de la barrera protectora que recubría el edificio, dejándolas a oscuras.

—Arde, fuego —exclamó Helena. Todas las velas se encendieron iluminando la sala—. La batalla de la que tanto dudas —dijo a Juana— acaba de comenzar.

Un instante después, una ráfaga de esferas negras comenzó a impactar contra la barrera. Esta resistió la primera salva con poco más que un temblor como consecuencia. Las brujas estaban preparadas para presenciar un segundo intento, pero los nigromantes no perdieron el tiempo con tácticas poco efectivas; necesitaban algo más rápido.

La silueta de un dragón de sombras se alzó en el aire, abrió sus fauces de par en par y se precipitó contra la barrera. Desapareció al chocar contra ella, pero dejó abierta una grieta lo bastante grande como para provocar el caos entre las hechiceras.

—¡Las que estéis preparadas para luchar por vuestra raza, seguidme! —exclamó Helena, escaleras abajo junto a sus simpatizantes.

—No pueden cruzar la puerta principal, no sin nuestro permiso —dijo Juana, intentando preservar la calma entre las suyas.

Jimena se asomó a la ventana para ver mejor a sus adversarios.

—No tienen pinta de ir a dejar que eso los detenga... Supongo que la norma solo se aplica mientras la puerta exista, ¿verdad?

—La barrera aún no ha caído. Nosotras podemos encargarnos de ganar tiempo —dijo Daniela. Los conjuros defensivos eran la especialidad de su familia—. Vosotras... preparaos para responder al ataque.

Jimena asintió con la cabeza y buscó el apoyo de Juana con la mirada.

—Yo me encargaré de esta ala. ¿Qué te parece si te ocupas de la otra?

—De... de acuerdo. Que la Diosa os guíe —dijo, y un grupo de brujas se puso en marcha tras ella.

—Que la Diosa os guíe —se despidieron Jimena y Daniela al unísono. Iban a necesitar mucho más que palabras de ánimo si querían sobrevivir a esa noche.

Ninguna de ellas era una experimentada guerrera ni deseaba pelear, pero tampoco estaban dispuestas a quedarse cruzadas de brazos mientras hostigaban lo más parecido que tenían muchas de ellas a un hogar y una familia.

Un amplio grupo de brujas que no pertenecían a ningún clan importante se quedó atrás y Jimena las estudió, Sabele suponía que intentando decidir qué hacer con ellas. Jimena nunca había sido precisamente lo que se podía considerar como «una figura autoritaria», pero, en cambio, sí era una de esas mujeres que presumían de «su par de ovarios» con motivos de sobra para ello. Las Yeats se crecían ante la adversidad, o eso solía decir ella.

—¿Cuánto tiempo crees que podrá resistir? —preguntó a Daniela, que estudiaba la barrera mientras las demás formaban un círculo con sus cuerpos y trazaban líneas en el suelo, concentradas y alerta.

—Es difícil decirlo. Haremos todo lo que podamos. Considerando cuántas somos y la intensidad de sus envites... una media hora, tal vez cuarenta y cinco minutos.

Jimena asintió y se dirigió a todas las demás.

—Muy bien, chicas. Tenéis un cuarto de hora para encontrar la forma de convertir vuestros talentos mágicos en armas y volver aquí con ellas para patear unos cuantos traseros.

Luc

Una parte de sí mismo seguía convencida de que «guerra» era un término un tanto exagerado, pero pronto comprobó hasta qué punto dos grupos de personas con más cosas en común que diferencias podían llegar a odiarse. Se hallaba detenido ante un auténtico caos. Había usado los ratos muertos en el transporte público para trazar un amago de plan, mientras el gato se echaba una siesta sobre sus piernas, pero no había previsto encontrarse más de un centenar de nigromantes enajenados (casi todos con pinta de hacer crossfit entre dos veces a la semana y absolutamente todos los días) y otras tantas brujas preparadas para contraatacar.

Los nigromantes lanzaban todo tipo de hechizos contra la puerta principal, en plena Gran Vía, protegidos de miradas ajenas por los hechizos que ocultaban el edificio. Ninguno de los viandantes corrientes, que pasaban por allí cargados con sus compras, ni los turistas que se sacaban fotos en Callao se percataron de lo que estaba ocurriendo ante sus narices. En cuanto a los revelados, cualquiera con el mínimo sentido de la percepción paranormal sería lo bastante listo para alejarse de allí.

Como en tantas otras ocasiones, Luc deseó ser un corriente cualquiera en lugar de tener el cuestionable don de la visión, una personita normal que vivía feliz en su ignorancia, ajeno a todo un mundo de complicaciones y dolores de cabeza. No podía hacer nada al respecto de sus sentidos, pero sí tenía la opción de ignorar su conciencia y volver por donde había venido. Si lo pensaba detenidamente, todo ese rollo de hacer lo correcto resultaba bastante pueril, es decir, ¿qué era el bien y qué era el mal? Solo conceptos relativos. ¿Y qué si él tenía su propio código moral? Uno que le decía que diese media vuelta y se fuese a por una hamburguesa con patatas al Five Guys de la esquina.

Como si pretendiesen darle un argumento más para defender su tesis, tres nigromantes unieron sus fuerzas para generar una llamarada negra, gris y azul que impactó como un proyectil contra la puerta y se propagó en la forma de un incendio que habría engullido la casa de los trece pisos por completo de no haber sido por la magia que la protegía. A modo de respuesta, un grupo de brujas se asomó a los balcones del edificio para lanzar sus propios ataques sobre los nigromantes, que se protegieron tras escudos de sombras similares al que Cal había empleado.

Hizo una mueca al acordarse del hechicero. Seguro que el bueno de Cal habría invocado sus sombras para volar por los aires y rescatar a Sabele de su encierro en plan Iron Man. Pero él apenas tenía coordinación suficiente para atarse los cordones. ¿Cómo se suponía que iba a entrar ahí y a convencer a las brujas para que liberasen a las tres amigas?

Todos los argumentos lógicos que se le ocurrían eran perfectamente razonables, pero el mismo impulso que le había hecho acudir ahí le retenía en mitad de la calle, casi como si la propia arpa le estuviese gritando que se dejase de excusas y se moviese de una vez. Estúpida conciencia.

El gato tomó la iniciativa por él y se dirigió hasta la parte de atrás del edificio. La barrera se abrió para dejarle paso y en un alarde de gracilidad felina, su guía saltó entre las cajas y los cubos de basura para llegar a uno de los balcones del primer piso. El animal se incorporó para empujar el cristal con ambas patas y la ventana se abrió como si nada. Después, se quedó allí sentado a esperar con aire aburrido, como si no entendiese por qué aquel torpe humano era tan lento. Luc cruzó la barrera, que se cerró tras él, y miró hacia arriba.

—Creo que me sobrestimas. Además, empiezo a estar un poco harto de tener que usar las ventanas en lugar de las puertas.

Subió a un contenedor de basura y se empujó hasta el balcón del primer piso, donde se quedó colgado durante unos cuantos segundos. Mierda. En las películas parecía más fácil. Se impulsó usando piernas y brazos pataleando como una cucaracha hasta que, después de unos cuantos y lamentables intentos, consiguió subir a la barandilla. Estaba hecho todo un Romeo en potencia, pensó sarcástico. Desde luego, tenía que haber mejores formas de «ganarse el afecto» de una chica que escalar hasta su balcón. Se coló por la ventana y fue a dar al interior de un diminuto cuarto de baño.

Le había costado, pero ya estaba dentro.

—¿Y ahora qué?

Supuso que lo primero era averiguar dónde encontrar a Sabele. Se giró en busca del gato para descubrir que seguía solo. Se asomó a la ventana, pero no había ni rastro del felino. «Desertor», le insultó para sus adentros, aunque una parte de él empezaba a dudar si no lo habría imaginado todo.

Oyó voces aproximándose por el pasillo. Genial. Cómo no, su misión tenía que empezar con todos los imprevistos posibles. Miró a su alrededor y el único escondite a la vista en el que cabían sus largas piernas era la bañera, así que se metió en ella y echó la cortina de la ducha con la esperanza de que las brujas fuesen a lavarse los dientes o a retocarse el maquillaje. Se iba a morir del *cringe* si tenía que escuchar a alguien hacer pis.

—Yo solo digo que tal vez deberíamos irnos cuando derriben la barrera —sugirió una de ellas al otro lado de la puerta, que se abrió con un leve chirrido.

—Pues mejor no lo digas —dijo una segunda voz.

Luc escuchó el sonido del grifo abriéndose y el del agua corriendo libremente durante unos segundos antes de que el eco del chorro se entrecortase al golpear contra una superficie sólida. Como experto en sonidos que se consideraba, Luc estaba casi convencido de que se trataba de un objeto de plástico.

—¿Por qué no? Estoy segura de que no soy la única que lo piensa. Tenemos todas las de perder.

—¿Tú crees?

La bruja pesimista resopló.

—Hasta han dejado que luche esa chica, Yeats. Si tenemos que recurrir a las traidoras es que la cosa no pinta bien.

¡Sabele! Por lo menos sabía que estaba allí, sana, salva y, por el momento, libre. Aunque no le gustó nada la forma en que hablaban de ella y tuvo que contenerse para no abrir la cortina de la ducha y gritar «¡Eh!, ¿de qué vais?».

—Presunta traidora —añadió la segunda bruja—. Por lo visto no están del todo seguras de que sea culpable.

—¿Que no? ¿Y quién iba a haber robado el arpa si no fue ella?

Luc tragó saliva en su escondite. «¿Quién, aparte de un estúpido revelado sin la más mínima pizca de sentido común como él?». Sería un desafortunado momento para estornudar, ¿verdad?

—Yo la creo hasta que se demuestre lo contrario. Este cubo ya está lleno. Vamos a por otro.

El grifo se cerró y las brujas se marcharon de allí con su debate sobre si ser leales y permanecer o ser listas y marcharse mientras estuviesen a tiempo. Tenía que salir de allí antes de que volviesen con el otro cubo. Tras abandonar su escondite en la bañera se asomó al pasillo con cautela.

Si hasta las brujas dudaban de si seguir en la casa o no, le costaba entender por qué no daba media vuelta y volvía a salir por la ventana por la que había entrado. No era tan mala idea. Podía dejar el arpa sobre las baldosas del baño y marcharse. Las brujas dirían: «¡Anda, mira! Si ha estado aquí todo el tiempo, qué torpes. Típico, justo cuando dejas de buscar algo aparece». De hecho, sonaba bastante bien. Sabele nunca tendría forma de averiguar que fue él quien había tenido el arpa todo ese tiempo. Era un secreto con el que podía convivir. La honestidad estaba sobrevalorada.

Quizá lo habría hecho si no hubiese distinguido el brillo dorado de la larga melena de Sabele a tan solo unos cuantos metros de distancia.

66

Sabele

Habían convertido los pasillos, habitaciones y rellanos de la sede del aquelarre en una especie de fortaleza que debían proteger a toda costa y empleando todos sus recursos. Podrían haber usado sus fuerzas para huir y ponerse a salvo, pero no estaban dispuestas esconderse de nuevo y permitir que les diesen caza una a una como ocurrió en el pasado. No iban a dar un solo paso atrás, no después de llegar tan lejos. Lucharían juntas, por su hogar, sí, pero también por su libertad. Sabele solo esperaba que aquel fantasma, Blanca, hubiese encontrado alguien que pudiera ayudar a Cal en su lugar ahora que ella estaba sitiada junto a las demás brujas. A cambio, haría lo que fuese para ayudar al aquelarre, bajo las órdenes de su improvisada líder.

Al contrario que Helena y las suyas, Jimena estaba promoviendo cualquier método que evitase pérdidas humanas, por eso se puso eufórica de alegría cuando Sabele sugirió que empleasen la potente pócima somnífera de Rosita. Mandó a las brujas a la cocina a por cubos y garrafas y al almacén a por los ingredientes que necesitaban. En cuestión de minutos, manufacturaban la pócima de Rosita, que no se sentía demasiado entusiasmada por tener que compartir su receta, en cantidades industriales. Por suerte, la fórmula y el hechizo eran lo bastante simples para que todas pudiesen replicarlo con éxito bajo la supervisión de Rosita, incluso Sabele, quien siempre había sido una negada con el caldero. Una vez elaborada, aprovecharon cualquier recipiente, pequeño o grande, que pudiese contenerlo, incluyendo varios botes de espray. Aunque la mayor parte de la pócima había ido a parar a las garrafas que colgaron del pasamanos de la escalera. Solo tenían que tirar de una cuerda y varios litros de poción somnífera se verterían sobre los invasores, sumiéndolos en un sopor que podía durar horas o incluso días.

Un par de brujas trajeron un cubo cargado de agua del grifo para la siguiente tanda de pociones (según Rosita, el agua mineral era más efectiva, pero no podían permitirse el lujo de elegir) y lo depositaron en el suelo.

—¡Muy bien, chicas! —gritó Jimena, quien iba de aquí para allá con la seriedad de una coronel en plena batalla—. ¿Qué tal vais? —preguntó a Rosita.

—Bien. Aunque nos estamos quedando sin raíz de bufera.

Jimena se mordió el labio, pensativa.

—Sacad provecho de lo que queda. Cuando acabéis, buscadme y pensaremos en otros hechizos para usar. —Rosita asintió y continuó machacando flores de lavanda, el contenido de varios sobres de infusión de valeriana y pastillas antihistamínicas en su mortero—. Sabele, ¿vienes un momento?

Sabele asintió. ¿Qué querría ahora? Dejó a un lado la cuchara con la que llevaba removiendo el brebaje durante unos cuantos minutos, se levantó del suelo y se reunió con su tía junto a la ventana.

—¿Qué ocurre?

—Quiero pedirte un favor. Sé que estás teniendo un día duro, pero necesito que hagas un esfuerzo por mí. Sé que el hechizo que estabas preparando para la prueba de aprendiz era un conjuro de ilusionismo —dijo con plena tranquilidad.

—¿Cómo sa...?

—Bartolomé me lo contó. ¿Tratabas de hacer un homenaje a Diana? Si hubieses elegido la especialidad del clan yo podría haberte ayudado. —Ante la mirada de reproche de su sobrina se interrumpió—. Eres adulta y puedes hacer lo que quieras, claro. Lo que importa es, ¿lo utilizarías esta noche para mantener a Flora escondida y a salvo?

Sabele frunció el ceño.

—¿Escondida? ¿Qué quieres decir?

—Carolina ha desaparecido.

Sabele sumó dos más dos y se quedó sin palabras. Si ella perdiese a Ame o a Rosita tampoco sería capaz de salir a combatir. Tragó saliva.

—¿Creéis que ha sido ella quien…?

—Ojalá me equivoque, pero parece lo más probable —dijo sin dudar.

—Vaya…

—La mayor virtud de Flora siempre ha sido la capacidad de su corazón para sentir. Por desgracia, también es su mayor debilidad. Me temo que no se encuentra en condiciones de salvar a nadie, apenas puede ayudarse a sí misma. Pero sigue siendo la elegida de la Diosa. No podemos permitir que la hieran. Si la encuentran irán a por ella sin dudarlo. Entonces… ¿Lo harás?

Sabele quería luchar igual que todas las demás, sobre todo, porque se sentía responsable, sin embargo, había verdad en las palabras de su tía.

—Está bien. Tened mucho cuidado y si necesitáis una bruja más, llamadme.

Se despidieron con un abrazo, pero ella sentía que las estaba abandonando ante el peligro. Sabele avanzó hacia la escalera y comenzó a subirla. Sola. Sin mirar atrás, porque si lo hacía, tal vez se diese media vuelta.

«La Dama Flora te necesita», intentó recordarse.

Subió los escalones hasta detenerse en la penúltima planta, la previa a los aposentos personales de Flora, que ocupaban casi un piso entero. Hubiese sido más sencillo ocultar una sola habitación, pero había estudiado lo suficiente para encargarse del ilusionismo sin ayuda. Extendió la mano en el aire y lo acarició con la punta de los dedos, de un extremo a otro de la escalera, mientras susurraba las palabras precisas y visualizaba en su mente lo que todos los demás debían ver, una pared sólida.

—Ojos que no ven. No es lo que parece. Ojos que creen saber. Sin más se desvanece. Parpadea. Abracadabra. Las apariencias engañan.

La pared tomó forma en el aire, fundiéndose con el resto de la planta. El mismo papel pintado, el mismo rodapié, el mismo tipo de marco y de cuadros. Nadie que no supiese que ahí había una última planta podría notar la diferencia, e incluso ellos dudarían. Solo Sabele era capaz de ver la verdad tras el espejismo. Las dos visiones se superponían en sus sentidos, la pared sólida y las escaleras resultaban igual de reales para ella.

Una vez hecho el trabajo, su único papel era asegurarse de que nadie descubría la trampa y de mantenerse sana y salva para que la ilusión no se rompiese. Solo podía esperar. Esperar a que sus hermanas vencieran para poder reunirse con ellas o a que perdieran para defender a la Dama de los invasores si lograban llegar hasta allí. Atravesó la ilusión y se sentó en uno de los escalones.

Cruzarse de brazos no era su estilo.

Su tía no se lo había pedido y, de hecho, a pesar de lo que dijese sobre «la especialidad de la familia», seguramente se enfadaría si se enteraba de que había invocado a la suerte dos veces el mismo día, pero no iba a sentarse a contar los minutos mientras su familia y sus amigas se jugaban la vida, por mucho que aquello fuese una insensatez. Si tenía que pagar las consecuencias de sus actos más adelante, lo haría encantada. Rosita tenía razón, ya se había empequeñecido a sí misma durante demasiado tiempo.

Se quitó su pendiente y se pinchó el dedo hasta que salió una pequeña gota de sangre.

—No puedes pedir, solo rogar. Suplico al universo un poco de piedad. A la sangre de mi sangre, protégela. A mi familia de vida, protégela. A mi alma gemela… —Sintió una punzada en el estómago. «Sea quien sea»— protégela. No puedes pedir, solo rogar. Suplico al universo, suerte para dar. A la sangre de mi sangre, dale suerte. A mi familia de vida, dale suerte...

Continuó recitando durante varios minutos hasta que oyó una explosión que sacudió el edificio entero. Se puso en pie y vio como la barrera protectora se deshacía en mil pedazos través de la ventana.

La batalla había comenzado.

Sabele no pudo ser testigo de lo que sucedía unas cuantas plantas bajo sus pies, ni saber lo que pasaba por la mente de brujas y nigromantes, pero su corazón estaba junto al de sus hermanas. Los hechizos que protegían al aquelarre resistieron todo el tiempo que fue posible y tal vez un poco más, alimentados por los esfuerzos de las brujas que concentraban su poder en mantenerlas a salvo. A pesar de sus férreas voluntades y de sus fuerzas unidas, el ímpetu del odio con el que los nigromantes atacaban acabó por resquebrajar la barrera hasta que se desvaneció.

Abel dirigía a los nigromantes (en su mayoría veinte y treintañeros que se habían unido a las Juventudes en las últimas horas, sedientos de venganza y ultrajados por el agravio de las brujas) desde el frente, mientras que Fausto vigilaba cada uno de sus movimientos a unos cuantos pasos de distancia del último de los guerreros, atento al desarrollo de la batalla y a que su estrategia tuviese éxito.

Tan pronto como acabó de caer la barrera, Abel ordenó a sus seguidores que golpeasen las puertas al unísono con todo cuanto tenían. No podía quedar ni una sola ceniza de aquellas puertas para romper el ancestral hechizo que la protegía.

La magia negra impactó contra la puerta de madera y los ladrillos que la rodeaban en un sinfín de formas: rayos, fauces abiertas, llamaradas, chorros, dagas afiladas, bestias feroces y balas de cañón. El poder de más de un centenar de nigromantes provocó un estallido que sacudió el suelo bajo sus pies. Una humareda de color grisáceo se levantó en el aire y tras ella quedaron los escombros de lo que había sido la entrada al aquelarre.

Tras un instante de duda, los nigromantes se precipitaron a su interior con un grito de guerra.

En el rellano del edificio, Helena, Macarena, Rocío, el resto de las Lozano y todas sus aliadas los aguardaban con los hechizos preparados entre las puntas de sus dedos.

Una llamarada recibió a los primeros nigromantes que cruzaron el umbral, devorándolos sin piedad. Algunos lograron resistir el ataque, protegidos por sus propios hechizos defensores, pero los más débiles sucumbieron entre gritos de dolor. Helena Lozano sonrió al ver como su sueño se cumplía por fin. Había llegado el momento en el que las brujas demostrarían que la suya era la única magia legítima, el único poder que debía perdurar sobre la faz de la Tierra.

La batalla comenzó siendo favorable para las brujas, que luchaban a ras del suelo o elevándose sobre ellos en el aire para atacar como furias. Un acceso tan limitado apenas daba tiempo a los invasores a defenderse, y el margen para atacar era aún menor.

Al percatarse de su desventaja, Abel decidió intervenir abriéndose paso entre las Juventudes.

—¡*Ohk hiam!* —exclamó, y un escudo de sombras se formó en su brazo. Abel cubrió su cuerpo tras él y varias bolas de fuego lo golpearon sin causarle ni un rasguño.

Apartó el escudo y lanzó una bola de humo que cayó a los pies de un grupo de brujas que comenzaron a toser hasta caer de rodillas. Intentaron alejarse del veneno a gatas, y después a rastras. Todas las brujas que se acercaban para intentar ayudar a sus amigas acabaron corriendo el mismo destino.

Los nigromantes celebraron el golpe entre vítores y aprovecharon el momento de confusión para avanzar, atacando a las brujas restantes sin piedad.

Desde lo alto de las escaleras, Helena clavó su mirada fervorosa en Abel, que se la sostuvo con una sonrisa como si fuese un desafío. Ella odiaba a los nigromantes, él a las brujas, pero ambos iban a disfrutar de aquella batalla como iguales.

—¡No retrocedáis! —exclamó Helena para alentar a sus seguidoras—. ¡Invocad al fuego, que ardan hasta los cimientos de esta casa si es preciso!

Media docena de brujas se tomaron de las manos y comenzaron a recitar. En cuestión de segundos una única llama se alzó a sus pies y creció como una bola que rodó hacia abajo arrastrando a todos los nigromantes que no pudieron refugiarse. Los más rápidos lograron retroceder hacia la calle, los más poderosos se transportaron más allá de la línea de defensa de las Lozano y subieron las escaleras a la carrera hacia la segunda planta.

—¡Ahora! —ordenó Jimena desde lo alto, y la poción somnífera de varias de las garrafas se vertió sobre ellos, haciéndoles caer dormidos de bruces contra el suelo en cuanto la respiraron—. ¡Buen trabajo, chicas!

Mientras un grupo continuaba preparando la pócima y otro se aplicaba en animar cualquier objeto a la vista para que defendiera la casa, Daniela Hierro y su familia cubrían con hechizos protectores al resto de brujas.

—Ojalá hubiésemos podido aguantar más tiempo —dijo Daniela mientras aplicaba un conjuro sobre Jimena.

—Eso no importa. Lo que cuenta es que, por una vez en nuestras miserables vidas, estamos todas juntas y de acuerdo en algo.

Daniela sonrió, pero el gesto se desvaneció en poco tiempo. Un grito de alerta subió desde la planta baja.

—¡Verted toda la pócima! —exclamó Jimena mientras se unía a sus compañeras a la hora de derramar el contenido restante en todas las garrafas.

67

Fausto

Fausto no era un guerrero. No tenía ni el poder mágico ni la fuerza física que se necesitan para serlo, tampoco la voluntad de aprender a luchar. La violencia le desagradaba profundamente y no disfrutaba ante ella, solo se trataba de un medio efectivo con el que alcanzar sus objetivos, por no hablar del elevado precio que exigían las sombras a cambio de sus servicios. Por eso se había esforzado para encontrar una mano derecha que sí lo hiciese, y la Diosa Muerte le había conducido hasta Abel, su perro de presa. En el fragor de la batalla, él se limitaba a observar y a dirigir la estrategia.

No era el conflicto lo que le interesaba, sino qué hacer con las cenizas.

Las brujas Lozano habían luchado con ferocidad desde el comienzo y habían aprovechado bien la ventaja de jugar en casa. Para un observador ajeno podría parecer que el bando de las brujas estaba a la cabeza, pero Fausto confiaba en el general de sus tropas y en que nada podría detenerle, mientras le quedase una sola gota de sangre en el cuerpo.

Tres brujas habían acorralado a Abel junto a la pared y, lejos de amedrentarse, el nigromante sonrió y se agachó para conjurar su poder. Las sombras brotaron desde lo más hondo de la tierra, allá donde la luz no había llegado jamás, y engulleron a las brujas como si nunca hubiesen existido. A pesar de la distancia que les separaba, Fausto pudo oír a la perfección sus gritos mientras sus huesos se resquebrajaban. Un escalofrío recorrió su espalda.

«Qué desagradable».

—¡Matad o morid! —exclamó a Abel mientras los chillidos se extinguían y las sombras se desvanecían dejando a la vista un espacio vacío—. ¡Matad o morid, hermanos! La muerte es nuestra aliada, nuestra amante, nuestra vida. —Concluyó su breve arenga con un alarido que el resto de nigromantes imitó.

Por enésima vez, Fausto se preguntó si habría creado un monstruo que ni él mismo podría controlar. Con un poco de suerte, Abel y Helena Lozano se destruirían el uno al otro y él podría buscar un aliado más estable, uno que le ayudase a reconstruir el nuevo mundo mágico.

Hablando de Lozano, ¿dónde se encontraba? Barrió el terreno de combate con la mirada hasta que dio con ella, protegida al otro lado de la barrera que habían construido. Al principio le sorprendió que Lozano se escondiese, ella amaba la lucha tanto como Abel, sin embargo, pronto se percató de lo que pretendía. Estaba llevando a cabo una invocación.

Habían trazado unas cuantas líneas y runas en el suelo y permanecía sentada en su centro, dirigiendo el ritual, mientras otras seis brujas rodeaban el círculo unidas por las manos para aportar su energía al conjuro. Desde allí no podía distinguir el trazo, pero, fuese lo que fuese lo que estaban intentando invocar, no eran buenas noticias para los nigromantes si era precisa la magia de siete personas. ¿A qué plano acudían y qué tipo de ser pretendían atraer que requiriese aquel derroche mágico?

Los rumores de que la joven Lozano había renunciado a la Diosa habían llegado hasta los nigromantes, si no era a ella a quien acudía... Fausto, tan calculador y racional, sintió un escalofrío.

—¡Abel! —gritó, y el joven más que oírle debió de intuir su llamada, porque miró en todas direcciones hasta dar con él.

Fausto señaló a Helena y Abel asintió, obediente como

siempre. Su recompensa era la libertad para causar el mayor daño posible.

—¡Date prisa!

Tenían que impedir que Helena acudiese a quienquiera que fuese su nuevo dios.

68

Sabele

No hacer nada estaba llevándola hasta el límite de su capacidad para serenarse y ser racional. Podía oír los sonidos de la batalla a sus pies: los gritos, los golpes, las explosiones, los cristales rotos. Cada vez que llegaba hasta ella un gemido de dolor o un llanto por una hermana perdida se preguntaba, con el corazón en un puño, si la caída sería alguna de sus amigas. «Por la Diosa, que Ame y Rosita estén bien». Continuó con sus plegarias, aunque se sentía tentada de subir a la planta de arriba y pedirle permiso a Flora, que seguramente ni siquiera sabía que ella estaba ahí, para marcharse y colaborar. Después de todo, si el aquelarre caía, de poco serviría su espejismo.

Todos aquellos que le importaban en este mundo se encontraban en peligro, mientras ella se mantenía oculta tras una pared imaginaria. Bueno, todos salvo la única persona que se negaba a reconocer que estaba en esa lista. Al menos Luc estaba a salvo.

Intuyó un movimiento y vio una figura por el rabillo de su ojo. Se incorporó a modo de acto reflejo y lo vio apareciendo por las escaleras.

No podía ser.

¿Es que se estaba volviendo loca, había perdido el control de su hechizo e invocaba ilusiones directamente desde su subconsciente? Algo así como soñar con un chico que te ignora, pero mucho más doloroso y humillante.

Luc echó a andar hacia uno de los pasillos del penúltimo piso y lo perdió de vista. Volvió a aparecer en el rellano de la escalera para cruzar hacia la otra ala de la casa, con una expresión confusa, como si hubiese algo que se le escapase. Entonces, su vista se dirigió directamente hacia la pared con tal intensidad que, por un instante, Sabele creyó que la veía, aunque fuera imposible. Notó un cosquilleo recorriendo sus brazos y en su nuca.

Luc se acercó hacia la pared y se detuvo justo frente a ella, rostro frente a rostro, separados tan solo por unos cuantos centímetros de distancia. El músico observó el papel pintado con atención, mientras Sabele lo estudiaba a él.

Nunca había tenido la ocasión de mirarle con plena libertad, ni de contemplar su rostro durante tanto tiempo. Al menos no despierto. Sus pómulos altos, su nariz laberíntica, la sombra apenas perceptible de pelusilla castaña que comenzaba a asomar sobre sus finos labios. Se preguntó en qué momento había empezado a resultarle tan… agradable a la vista. Podía sentir su aliento, la tensión de sus músculos, el calor de su piel y toda la energía de vida que emanaba de su cuerpo, el olor a lavanda que parecía seguirle a todas partes. Definitivamente tenía que estar volviéndose loca y teniendo visiones, porque fue extremadamente consciente de los pocos centímetros que separaban sus labios. ¿Sería cosa de la adrenalina?

Oyeron las voces de un par de brujas acercándose. Sabele no podía discernir qué decían, pero sí distinguir que se estaban acercando. Luc comenzó a mirar a su alrededor en busca de un escondite y, al ver que comenzaba a alejarse, Sabele estiró su brazo en un impulso, agarró el cuello de su chaqueta y tiró de él, haciéndole cruzar el espejismo.

Luc mantuvo los ojos cerrados durante unos cuantos segundos, seguramente esperando a que llegase el impacto contra la pared. Cuando por fin se atrevió a abrirlos, pareció aún más asustado que cuando creía que iba a sufrir un doloroso e inevitable golpe. Permanecieron en silencio y muy quietos durante lo que pareció una eternidad hasta que oyeron cómo las voces se alejaban.

Todos los motivos que tenía para odiarle volvieron a su mente y le soltó, asqueada y furiosa a la vez:

—¿Se puede saber qué haces aquí? —preguntó sin darle la ocasión de responder—. ¡Nos dejaste tiradas!

«Me dejaste tirada a mí justo cuando creía que empezaba a importarte un poco».

—¿Qué? No... Quiero decir, sí, pero no. Yo...

—¿Se puede saber qué quieres? No sé, tal vez no lo hayas notado, pero la verdad es que este no es un buen momento. En absoluto.

Luc cambió el peso de una pierna a otra, agitado, y cambió las manos de posición al menos cuatro veces antes de atreverse a hablar.

—Verás... Es posible que haya hecho una estupidez.

—Qué revelación tan sorprendente —dijo Sabele, tan sarcástica que, por un momento, le pareció oír la voz de Jimena en lugar de la suya propia—. ¿Qué tiene eso que ver conmigo?

Luc suspiró.

—Bastante. Es el motivo por el que me marché y... agh, por favor, no me odies. O no sé, ódiame si quieres, lo entenderé, pero, por favor, perdóname. Te juro que no tenía ni idea de lo que era...

Ante su expresión de absoluta confusión, Luc se quitó la funda de la guitarra de la espalda, comenzó a abrirla y Sabele estuvo a punto de decirle que dudaba que un concierto acústico fuese a servir de mucho, pero un brillo dorado apareció entre sus manos.

El arpa de Morgana.

—Por favor, dime que hay alguna explicación razonable de por qué la tienes tú antes de que te convierta en un sapo.

Por fin entendía el atractivo de aquella amenaza. Ojalá hubiese conocido algún conjuro que le permitiese transformarle, porque era lo que más deseó hacer al comprender que Luc la había tenido todo el tiempo. «Por el amor de la Diosa, es músico. ¿Cómo he podido ser tan estúpida para no darme cuenta?».

—La... la tomé prestada. —Sabele frunció el ceño—. Está bien, la robé. Sonará como una locura, pero sentí que me llamaba y creí, yo qué sé... Da igual lo que creyese, lo que está claro es que me equivocaba. No la necesito, no la quiero y no me pertenece —se encogió de hombros de nuevo—, así que he venido a devolvértela.

—Apártala de mi vista. Déjala donde la encontraste y vete.

Dio media vuelta y comenzó a subir las escaleras a la carrera. Luc se apresuró a seguirla. ¿Por qué siempre tenía que hacer lo contrario de lo que le pedía?

—Pero, Sabele... ¡Sabele!

Avanzó por la última planta, le ignoró por completo y no se detuvo hasta que ambos estuvieron en mitad de un oscuro salón repleto de muebles tan antiguos como el resto de la casa y plantas de interior con las que Luc estuvo a punto de tropezarse.

—Sabele —dijo extendiendo el brazo hacia ella, que se había detenido en mitad de la estancia.

—¡No! —exclamó alejándose de él—. No. Tú no lo entiendes. Las cartas me advirtieron sobre ti, sobre eso. —Hizo un aspaviento con la mano señalando hacia el instrumento—. Predijeron que serías un peligro para la magia y yo no quise hacer caso.

—Tienes razón, no lo entiendo. Te he traído la dichosa arpa, les diré que he sido yo. No podrán culparte, ¿cuál es el problema?

—¡El arpa! ¡La maldita arpa! No solo absorbe la magia de quien la toca, también se apodera de ella. Es un amplificador, si la utilizas para hacer un hechizo, su efecto se magnificará —explicó.

—Deduzco que ahora viene el pero...

—Para poder utilizarla... —la vista de Sabele descendió de nuevo hacia el objeto entre sus manos— tienes que tocarla.

—Pues no hace falta ser muy listo para darse cuenta de que no renta demasiado hacerlo.

—Tal vez no pueda permitirme el lujo de elegir.

Luc frunció el ceño. Retrocedió guiado por el instinto de alejar aquella arpa lo máximo posible de Sabele al comprender a qué se refería.

—¿Estás de la olla?

Sabele se mordió el labio y se frotó las manos, nerviosa.

—Va a morir gente, Luc. Ya están muriendo.

—¿Y? Estoy seguro de que la mayoría ni siquiera te cae bien. —Se encogió de hombros.

Por muy exagerados que fuesen los intentos de Luc por persuadirla de que era una locura, cuanto más lo pensaba, más sentido tenía. La carta negra, el hechizo de Ame, su llamada a la suerte, el pasado de su madre. Todo la había conducido hacia ese momento, hacia el arpa de Morgana. Tenía que ser una señal.

—Luc...

—Mira, normalmente paso de decirle a la peña lo que tiene que hacer con su vida, pero tiene que haber otro modo de acabar con esto que no sea tan melodramático.

—Estoy de acuerdo con el corriente.

Los dos se giraron hacia una de las puertas del piso. Estaba abierta casi del todo y en su umbral se hallaba detenida una mujer alta con una larga melena rojiza revuelta y los ojos hinchados, vestida con una fina bata de seda. Flora estaba irreconocible, privada de su elegancia regia y de sus vestidos a medida. Saltaba a la vista que había estado llorando, y no hacía ningún esfuerzo por disimularlo. Al menos su seguridad y coraje no la habían abandonado. Como siempre, Sabele se sintió diminuta ante su presencia.

—Mi niña, Sabele, ¿me harías un favor? Ponme al día, ¿qué está ocurriendo en nuestra casa?

Sabele había dado por hecho que iba a cerrar los ojos y despertarse en un calabozo, esta vez en uno de verdad. Flora la había sorprendido en compañía de un corriente y con el arpa prácticamente en su poder.

Estaba tan mentalizada para ser sentenciada sin juicio que la pregunta la pilló por sorpresa.

—Eh... pues... estamos siendo atacadas por los nigromantes —dijo sin más.

A pesar de su brevedad, la respuesta sembró la pena en la expresión de Flora, que buscó un apoyo con la mano izquierda sobre el sofá tapizado.

—Ya... Comprendo.

—Pero Jimena, Daniela y Juana se están encargando de todo —trató de explicar para tranquilizarla, sin embargo, lo que provocó fue una carcajada sarcástica de la Dama, que se cubrió el rostro con su mano libre.

—Y Helena, supongo. Las Lozano no habrán dejado pasar la ocasión de convertir su don en destrucción, y menos aún cuando pueden contrariarme a la vez. —Flora suspiró y agito la cabeza como si quisiese sacar de ella todos los pensamientos que no le eran necesarios—. Sobre esa arpa...

—Sabele no tiene nada que ver, se lo juro, yo... —se apresuró a decir Luc, dando dos pasos al frente y después uno atrás ante la mirada penetrante de los ojos verdes de Flora. Aun así, Sabele se sintió conmovida por el gesto. No iba a engañarse creyendo que de pronto Luc había cambiado y había dejado de ser ese chico impertinente que la había sacado de sus casillas en tantas ocasiones, pero sí tenía la sensación de estar viendo lo mejor de él, y... no le disgustaba del todo.

—Lo sé, tranquilo —dijo Flora, quitándoles un gran peso de encima a ambos aunque siguiesen sin comprender—. Os oí gritar en las escaleras.

Sabele se sonrojó, y la vergüenza de saber que su azoramiento saltaba a la vista hizo que sus mejillas se tornasen aún más rojas.

Flora se acercó a ella y la tomo de las manos.

—Sabele... Puede que tú no lo sepas, pero cuando naciste y te presentamos ante la Diosa... —Su voz tembló— tu madre me pidió que fuese tu madrina, y así se hizo. Yo juré ante la magia y la Diosa que te protegería de cualquier mal. En lugar de cumplir mi promesa, he permitido que pagases las consecuencias de nuestras malas decisiones. —Sabele sintió un nudo en la garganta—. Tus intenciones son nobles y ello te honra, pero juro por mi alma que no permitiré que pongas un solo dedo sobre esa arpa. Ya os he fallado durante demasiados años, a ti y a Diana. No volveré a defraudar a una amiga. ¿Me he explicado con claridad?

Sabele asintió y decidió confiar en sus mayores, porque no se atrevía a desafiar la autoridad con la que Flora le hablaba y porque estaba agotada de sentirse responsable por absolutamente todo. Flora sonrió con un aire apenado y alzó una de sus manos para acariciar la mejilla de Sabele.

—Tu madre estaría orgullosa de ti, pero aún te quedan muchas cosas por hacer en tu vida antes de tener que sacrificarte por los demás.

Sabele se mordió el labio y asintió de nuevo, esforzándose para que la lágrima que amenazaba con escapar de uno de sus ojos no lo lograse porque, si lo hacía, las demás la seguirían en un torrente irrefrenable.

—¿Cuál es tu nombre, corriente? —preguntó Flora.

El chico tragó saliva.

—Luc.

—Muy bien, Luc, también tengo un favor que pedirte a ti, ¿podrías asegurarte de que nadie toca esa arpa?

—Si supiese cómo, la haría pedazos ahora mismo, pero me parece...

—Deduzco que eso es un sí —le interrumpió Flora—. Y ahora, vamos. Tenemos que acabar con esta guerra absurda.

Jimena

La intensidad de la batalla comenzaba a causar mella en ambos bandos. Jimena coordinaba la defensa desde la planta de arriba, pero cada vez resultaba más difícil vislumbrar una estrategia a seguir en medio de todo el caos. Rosita fabricaba pócimas abrasivas junto a un reducido grupo de brujas bajo su propia iniciativa. Procurar no causar bajas o heridos graves en el bando rival había dejado de ser una opción; por mucho que no quisiesen parecerse a Helena y las suyas, la fiereza de los nigromantes y la fuerza de su odio había hecho que sus principios fueran un asunto secundario. Mientras ellas se preparaban para el ataque, Ame ayudaba a curar a las heridas con la misma destreza con la que otras brujas más experimentadas lanzaban hechizos crujehuesos.

El ánimo comenzaba a decaer y un pedacito de sus corazones se rompía cada vez que oían a una de sus hermanas gritando de dolor.

En la planta baja, Abel concentraba los esfuerzos de sus mejores nigromantes en resquebrajar el conjuro protector que mantenía a salvo a Helena. Pese a su ímpetu, en cuanto lograban echarlo abajo alguna de las Lozano volvía a alzarlo en cuestión de segundos para frustración de Fausto, quien los presionaba para que impidiesen la invocación como fuese.

Ninguno de ellos sabía que ya era demasiado tarde.

Jimena era consciente de que Helena podría llegar a ser casi tan peligrosa como sus enemigos para el aquelarre, pero lo que no se podía imaginar era que la joven bruja hubiese logrado llegar hasta el Valle de Lágrimas.

El trance de Helena estaba llegando a su fin. En su momento de máximo apogeo, el suelo comenzó a temblar bajo sus pies, al principio de una forma tan sutil que apenas era perceptible, pero poco a poco creció hasta que tanto nigromantes como brujas se sintieron aturdidos. El temblor siguió intensificándose a la vez que una grieta se abrió en el aire, justo sobre la cabeza de Helena, que sudaba a mares por el esfuerzo. La grieta, fina y frágil al principio, se expandió hasta que el temblor se convirtió en un verdadero terremoto que sacudió Gran Vía. Los cuadros y estanterías de la casa cayeron y cualquiera que se encontrase en la casa de los trece pisos era incapaz de mantener el equilibrio.

La fuerza que emanaba del interior de la grieta captó la atención de los hechiceros uno a uno hasta que fue tan grande que todos la contemplaron, preguntándose qué habitaba en su interior y temiendo el vasto y desconocido cosmos que se asomaba desde el otro lado. De ella no surgía ni luz ni oscuridad, sino una energía vibrante, magnética e inexplicable. Helena abrió los ojos de par en par para contemplar su obra con una mezcla de placer y orgullo.

Jimena sintió una oleada de terror en el cuerpo cuando vio aquella brecha convirtiéndose en un portal a una dimensión donde solo había sufrimiento. Tragó saliva. Nunca había visto el Valle de Lágrimas, pero de alguna forma supo que ese era el lugar al que se estaban asomando; un terrible mundo de pesadilla. Era imposible que esa brecha se hubiese creado en un solo día. ¿Desde cuándo tramaban aquello las Lozano?

Helena sonrió, pletórica. Lo había conseguido. Por fin iban a reunirse con su verdadero Dios y ella sería recordada como la Mesías que hizo su voluntad en la Tierra.

70

Sabele

Los nigromantes trataban de impedir que Helena se saliese con la suya mientras las brujas observaban atónitas, sin saber si se hallaban frente a su salvador o a la peor de las amenazas. Sabele sintió un escalofrío gélido al reconocer la sensación pesada y asfixiante, la gelidez y el miedo irrefrenable que le producía en el cuerpo y en el alma el mundo que se asomaba al otro lado de la grieta, el mismo plano del que había surgido el espectro. El Valle de Lágrimas. Así que, después de todo, el error no fue culpa suya ni de Cal. Helena ya había probado ese hechizo antes, había jugado con aquel plano incierto y había abierto las puertas de la tierra a los seres que lo habitaban. Cal solo había tropezado con él por casualidad, porque la grieta ya estaba ahí.

Flora, Luc y ella bajaron las escaleras, uniéndose a las impotentes espectadoras. Tan pronto como las vio aparecer, Jimena corrió junto a ellas.

—¿Qué hacéis aquí? Sabele, te dije que mantuvieses a la Dama a salvo.

Flora la interrumpió con un gesto de la mano.

—Yo le he pedido que me traiga hasta aquí, que es donde debo estar —dijo con la voz serena a la que las tenía acostumbradas.

Jimena asintió y la tensión desapareció de su rostro. Volvía a ser responsable tan solo de sus propias decisiones. Que Flora asumiese el mando fue un alivio enorme y un soplo de aire fresco para las brujas.

Sabele buscó con la mirada a sus amigas y respiró aliviada al percatarse de que las dos estaban sanas y salvas.

Flora avanzó hacia el borde de las escaleras, con todas las miradas clavadas en ella.

—¡Helena, detente! —exigió, pero como era de esperar, la bruja hizo caso omiso de sus órdenes. A su juicio, ya no le debía ninguna obediencia.

Helena abrió los brazos de par en par, aulló con todas sus fuerzas y sonrió al ver a la aún distante figura que apareció tras la grieta, acercándose lentamente a su mundo. Flora lanzó un conjuro para petrificarla y Helena quedó congelada en la tétrica postura durante unos instantes antes de que la energía que brotaba del Valle de Lágrimas la liberase.

—¡Tu Diosa no es rival para el nuevo mundo! —bramó en una especie de éxtasis.

—¡Acabad con ella! ¡Helena es el puente! —exclamó un joven nigromante de baja estatura abriéndose paso entre los demás—. ¡Si la destruís, el hechizo morirá con ella!

Sabele pudo ver su rostro. Era Fausto, una especie de hermanastro junto al que Cal se había criado y que heredaría la posición de su padre. Como cada vez que pensaba en Cal, su estómago se revolvió ante la incertidumbre de si volvería a verle o no.

—¡Hacedla pedazos! —continuó gritando, pero ninguno de los hechizos y maldiciones lograban alcanzar a la bruja.

En el interior de la grieta, la figura se tornaba cada vez más grande a medida que sus pasos la acercaban a su destino.

—¡Tú! ¡Así que ahí te escondías, rata mentirosa! —dijo una voz hecha de ira y desdén. Todos los presentes se giraron hacia la entrada completamente destruida del edificio y allí hallaron a la dueña de esa voz. Valeria, o el espectro que se había apoderado de su cuerpo, avanzaba firme sobre los escombros y entre los cuerpos de los caídos, sin detenerse un segundo a contemplar el desastre a su alrededor. Sabele se había preguntado muchas veces esa noche dónde estaría el espectro, sin duda, habría disfrutado viendo a tantos nigromantes sufriendo, heridos, o incluso perdiendo la vida.

—¡Valeria! —la llamó Juana, sorprendida de ver a su hija allí, sana y salva, sin que nadie la retuviese. Debía ser confuso, el alivio porque nada malo le hubiese sucedido y a la vez la incomprensión. ¿Cuánto tardaría en darse cuenta de que aquella mujer furiosa no era realmente su hija?

—Mentiroso... Hablabas como si fueses muy digno, sí, como si lo supieras todo, como si fueses más inteligente que yo, pero solo eres un maldito mentiroso. ¡Mentiroso, mentiroso! —Comenzó a subir las escaleras, con la mirada clavada en Fausto.

«No tenemos tiempo para esto», pensó Sabele. Helena y las Lozano continuaban con su invocación, ajenas al bullicio.

La falsa Valeria lanzó un conjuro que hizo que el líder de los nigromantes volase hasta sus pies; Fausto la contempló desde el suelo, anonadado.

Así que él era el descendiente de Roberto Galeano.

—¿Qué hacéis, idiotas? —gritó a los nigromantes—. ¡Acabad con ella!

Abel murmuró unas cuantas palabras en la lengua de muerte, pero antes de que pudiese concluir con su hechizo, se llevó las manos al cuello y su rostro comenzó a tornarse violáceo por la falta de oxígeno. Una vez se hubo librado del nigromante, la falsa Valeria volcó toda su atención en su presa.

Mientras tanto, Flora y Helena se habían enzarzado en un duelo en el que se batían la fuerza de la vida y la oscura energía turbulenta que brotaba de la grieta sin que hubiese una clara ganadora.

—Creí que tendría que matarte para estar segura, creí que lo sabría cuando viese tu repugnante alma abandonando tu cuerpo... —dijo el espectro, a la vez que le agarraba de la camisa y le alzaba en el aire— pero tu presencia es la misma de siempre, y esos ojos..., reconocería esos ojos en cualquier parte, Roberto.

—Te... te equivocas —dijo Fausto, negando con la cabeza.

Su seguridad y su rabia se habían esfumado, sustituidas por el terror de verse en las manos de un enemigo que le odiaba con todas sus fuerzas por algo que él no lograba comprender. No era solo una mera cuestión de brujas contra nigromantes. Se trataba de un asunto personal. Sacó la daga que había robado a Cal aquella fatídica noche de entre sus ropas y la alzó en el aire.

Sabele corrió y no se detuvo a pesar de los reproches de su tía. Tenía que impedírselo. No podía quedarse cruzada de brazos y dejar que matase a alguien que era como familia para Cal. Esquivó los hechizos que las Lozano y el resto de brujas intercambiaban y levitó para llegar hasta el espectro.

—¡Por favor! —gritó Sabele, empujándola en el último momento para que errase el blanco.

La daga se quedó clavada en la madera de las escaleras y la falsa Valeria no logró recuperarla a pesar de tirar con todas sus fuerzas.

El espectro se giró hacia ella, en busca de quien había osado interrumpir su venganza. Sabele sabía que no podía detenerla mediante la magia. Valeria era más fuerte que ella. Quizá hubiese podido conseguirlo con ayuda, pero ninguna de las brujas comprendía qué sucedía, y estaban demasiado ocupadas intentando evitar que la grieta continuase creciendo.

Su única opción era apelar a lo poco que quedase entre tanta ira de aquella chica que se había enamorado de la persona equivocada.

—Por favor, no lo hagas. No le hagas más daño a nadie. No tienen la culpa.

—Sí que la tienen, oh, claro que la tienen. Son mezquinos, mentirosos rastreros, todos los son —dijo sin apartar la vista de a quien ella llamaba Roberto.

—No es verdad. La gente no siempre es mala, ni quiere engañarte. La mayoría de las personas tienen buenas intenciones. Tú... tú no eres malvada, ¿verdad? No pretendías matar a

Roberto y a su esposa, solo estabas furiosa porque te hizo daño —dijo, esperando que la oyese el eco distante de la mujer inocente que fue.

—No me queda mucho tiempo...

Sabele se percató de que las manos del espectro temblaban mientras la verdadera Valeria reclamaba su cuerpo y las energías del espectro se diluían. Después de tantas horas en la tierra, la fuerza de su odio no era lo bastante sólida para resistir el poder de una bruja que luchaba por recuperar el control, menos aún con el Valle de Lágrimas a unos pasos de distancia reclamando lo que era suyo.

—Si intentas impedírmelo, te mataré a ti también, bruja.

Sabele tragó saliva. Aunque la matase y no pudiesen devolverla a su mundo en una invocación, la grieta la absorbería de todas formas. Podría haber apelado a un millar de razones más para que no la atacase, a que las brujas o los nigromantes le darían caza tarde o temprano y que la atraparían en el interior de una lámpara por toda la eternidad, a que desaparecería poco a poco hasta que no quedase ni una gota de su esencia, a que, si lo hacía, sus amigas se vengarían... pero una corazonada le hizo apostar por una fórmula mucho más simple que cualquier amenaza: la empatía.

—Podrías hacerlo, pero tú no eras una asesina, ¿verdad? Eras una estudiante de Literatura a la que engañaron. La ira se ha apoderado de ti, pero esta... no eres tú, Claudia.

Al oír su nombre, el espectro estudió a Sabele unos instantes, tal vez preguntándose si pensaba de verdad lo que decía, si a pesar de todo lo que había visto, aún creía que, en el fondo de su corazón, no era una mala persona. Tardó unos instantes en responder, como si tuviese que buscar entre los vagos recuerdos de su vida pasada para asegurarse de que estaba en lo cierto. Negó con la cabeza en un momento de lucidez.

—Claudia... Claudia Vázquez era mi nombre, su nombre. Ella no lo era. Claudia Vázquez era una buena persona, una buena amiga, una buena hija... Habría sido una buena madre, si hubiese tenido la oportunidad. —Sonrió con amargura y una lágrima rodó por su mejilla—. Pero ella se ha ido, y nosotros... —dijo mirando a Fausto— tenemos que marcharnos también. Quizá ese lugar no sea tan terrible si estamos juntos —Sonrió de oreja a oreja.

—¡No!

Intentó detenerla una vez más, interponiéndose en su camino, pero el espectro abandonó el cuerpo de Valeria, levitando en el aire y elevando el cuerpo de Fausto con ella, a quien aún mantenía bien sujeto a pesar de sus pataletas y forcejeos. Valeria se desplomó y Sabele se apresuró a sujetarla para que no chocase con el suelo.

—Por favor... —susurró—. Él no es Roberto, no tiene la culpa de nada. —Intentó detenerla con un hechizo de petrificación, pero el espectro solo era un rastro de emoción, inmune a las leyes materiales, incluidas las de la magia.

—¡Suéltame! ¡Suéltame, bruja! ¡Suéltame, maldita, bruja asquerosa, repugnante criatura! —gritaba Fausto cada vez más desesperado.

—Shhh, tranquilo, Roberto —dijo el espectro, que seguía hablando al nigromante como si se tratase de su viejo amante—. Yo voy a cuidarte, no te preocupes. Ya verás, deja que te enseñe el precioso lugar en el que he morado todo este tiempo gracias a ti, a ti y al odio que te he profesado. Vamos a pasar juntos toda la eternidad. Tal y como me prometiste.

El espectro cruzó la grieta llevándose a Fausto consigo, quien se despidió de este mundo con un grito agonizante de pánico visceral.

—¿Qué... Sabele...? ¿Dónde estoy...? ¿Qué está pasando? —preguntó Valeria, recuperando la consciencia entre sus brazos.

Sabele tragó saliva. ¿Por dónde empezar? Rodeó a Valeria con el brazo y la sujetó para ayudarla a subir las escaleras. Juana corrió junto a ellas y alejó a Sabele de su hija. Sin soltar a Valeria, le echó a Sabele una de esas miradas capaces de envolver a alguien en llamas. En parte se lo habría merecido.

Las Lozano continuaban luchando a dos bandas, y Juana creó una barrera protectora lo bastante sólida para evitar que volasen por los aires al cruzar la línea de fuego.

—Tienes muchas cosas que explicar, Yeats —dijo una vez estuvieron en un lugar seguro, antes de llevarse a su hija a un rincón más apartado.

Sabele se dejó caer contra la barandilla y permaneció apoyada en ella. Mientras tanto se formaba un nuevo círculo de brujas, incluyendo a Rosita, que intentó impedir que Helena continuase abriendo el portal.

Alzó la vista hacia la oscuridad. La brecha no dejaba de ensancharse y, si no lograban detener a Helena, pronto estarían a merced de los horrores que moraban el Valle de Lágrimas, igual que Fausto.

En la planta de abajo, la confusión reinaba entre los nigromantes; perder a Fausto y que Abel permaneciese inconsciente parecía haberlos dejado sin un rumbo que seguir, como si no supiesen si era el momento de atacar a las brujas, de unirse a ellas para detener a Helena o si, simplemente, debían huir. En mitad del desorden, la líder de las Lozano se echó a reír, eufórica, y alzó los brazos al cielo.

—¡La llamada ha llegado a su destinatario! ¡Y la ha oído! Ningún mortal puede detenerle. Renunciad a los falsos ídolos, hermanas. Ha llegado la hora de reunirnos con el verdadero Dios.

La silueta que antes solo se intuía en la distancia era ahora perfectamente nítida. Fuera lo que fuese, tenía el aspecto de un ser humanoide compuesto de una materia indescriptible, que provocaba que el cuerpo se echase a temblar y el pánico inundara la mente si se miraba durante demasiado tiempo. Su rostro era impreciso, como el de los desconocidos que aparecen en los sueños, y sus extremidades demasiado largas para tratarse de una persona normal y corriente.

—Ni vida, ni muerte —proclamó Helena a los cuatro vientos—. Ni luz, ni oscuridad. Ni ella, ni él. No tiene principio, no tiene fin. Todo y nada, nada y todo.

Sabele reconoció los versos del libro de Ishtar, del mismo modo que cualquier niña corriente hubiese sabido qué venía después de las palabras «Abuelita, abuelita, qué boca tan grande tienes». Ishtar era la bruja más antigua de la que se tenía constancia, una mujer temida y adorada, confundida con una diosa que vivió durante casi dos milenios en la vieja Mesopotamia y que había coqueteado con fuerzas a las que ninguna bruja sin sus dones podría haber sobrevivido. Ni vida, ni muerte. Ni luz, ni oscuridad. Ni ella, ni él. No tiene principio, no tiene fin. Todo y nada, nada y todo. El caos de lo que existe, de lo que fue, de lo que será y de lo que nunca ha sido.

El Caos. El Caos no era real, tan solo se trataba de un concepto, al igual que el equilibrio. Las brujas carecían de dogmas estrictos, pero sí se transmitían ciertas pautas de una generación a otra. El Caos no debía ser adorado ni temido, solo aceptado y respetado. Era una guía vital, un consejo para el porvenir, una metáfora. Igual que el lobo que devoró a Caperucita por confiar en los desconocidos. Eso le habían enseñado.

Se giró hacia su tía y vio en sus ojos la misma confusión y el mismo temor que ella misma sentía. La posibilidad de que el Caos del que les habían advertido fuese real suponía una amenaza mil veces mayor que la de una guerra mágica. Un dios solo podía ser derrotado por otro, y en mitad de una gran ciudad, la voz de la Diosa se percibía demasiado distante como para contar con su auxilio.

Flora dio un paso hacia Luc y le susurró algo en su oído. El joven la miró dubitativo durante unos segundos. Ella posó la mano sobre su hombro y sonrió, una sonrisa cargada de una paz interior tan pesada que parecía darle alas. Luc acabó por asentir, abrió la funda de la guitarra y le tendió el objeto que contenía.

—¡No! —exclamó Sabele al comprender lo que pretendía la Dama—. ¡No puedes hacerlo, la magia te escogió!

Su grito llamó la atención de todas las brujas, primero hacia ella, y después hacia Flora, que sostenía el arpa entre sus manos.

—El arpa, ¿cómo...? —Jimena fulminó a su sobrina con una mirada suspicaz—. ¿Qué está ocurriendo?

—Mi deber por encima de todo es el de proteger la magia de este mundo y a todas las brujas que le dan cobijo. Ella sabía que este día llegaría, quizá por eso me escogió —dijo Flora sin que su sonrisa vacilara un solo instante—. Siempre tuve dudas de por qué de entre todas mis hermanas se decantó por mí, por qué me condujo hasta Madrid, pero ahora, por fin, lo entiendo.

Cuando la oyó decir aquello, comprendió la tirada de cartas de Luc. La carta negra nunca había hablado de Sabele, no era su magia la que se perdería. Tampoco se trataba de una condena, sino de un rescate con un alto precio.

—Flora, no. Yo lo haré —dijo Jimena, y Sabele se agarró al brazo de su tía por puro instinto. Ser bruja era la única forma en la que Jimena daba sentido a su vida, la única manera de existir que concebía—. Después de todo, soy un desastre, ¿verdad? Deja que lo haga.

—No. —Esta vez fue Juana quien dio un paso adelante—. Lo haré yo. Mi don mágico no es grande, ni especial, nuestra sociedad puede prescindir de él.

—No. Lo haré yo —dijo Daniela—. Tengo muchas hijas que podrán sucederme y honrar mi magia.

Sabele sintió un brazo en torno a su cintura y una cabeza apoyándose en su hombro. Estuvo a punto de echarse a llorar al darse cuenta de que sus amigas estaban junto a ella.

A pesar de todas las diferencias que las hacían chocar una y otra vez, las líderes de las grandes familias del aquelarre de Madrid acababan de recordarles a todas por qué se hacían llamar «hermanas».

Flora negó con vehemencia.

—Vuestra oferta os honra, pero he de ser yo quien toque estas cuerdas.

—Será inútil —advirtió Helena, que forcejeaba contra varias brujas que habían logrado reducir a las aliadas de las Lozano—. Ninguna de vosotras tiene poder para detenerle, pero adelante, estoy deseando ocupar tu puesto, Flora.

La Dama ignoró por completo a la bruja enajenada y caminó solemne hasta detenerse frente a la grieta, lista para plantar cara al ser que comenzaba a asomarse lentamente tras ella. Una de sus garras se asomó poco a poco hasta aferrarse a la pared de su mundo, una segunda mano, pálida, oscura, de una sustancia cuyo aspecto no podía explicarse con las palabras de ninguna lengua humana, apareció al otro lado.

El ser tomó impulso hacia el mundo de los vivos a la vez que Flora tocaba la primera nota.

71

Cal

El tacto fue el primero de los sentidos en abandonarle. Se encontraba suspendido, en mitad de una infinita nada, a pesar de que su cuerpo aún descansaba sobre el sofá del salón de los Fonseca. Su vista se nublaba y el gotelé del techo se confundía con el sopor que le recibía con los brazos abiertos. El gusto y el olfato solo le servían para paladear el hedor de su propia podredumbre. El oído confundía la voz de la bruja llamándole, suplicándole que aguantase un poco más, con el eco de sus propios pensamientos, cada vez más débiles. El dolor, en cambio, permanecía intacto, aferrándose a sus últimas fuerzas.

—Quédate conmigo —le pidió una voz de mujer en la distancia—. Quédate conmigo.

Se suponía que tenía que ver una luz blanca y cegadora a lo lejos, o que se elevaría por encima de su cuerpo, testigo de cómo se dejaba atrás lentamente, otros decían que, antes de partir, tu vida pasaba por delante de tus ojos a modo de despedida, o que acudían a buscarte tus antepasados.

Cal no sintió nada. Nada.

Iba a morir. Lo supo.

Puede que ya lo hubiese hecho.

Pero el mundo seguía girando.

En dos rincones alejados de la ciudad se produjeron tres cambios en el estado natural de las cosas de forma casi simultánea.

En la casa de los trece pisos, una bruja perdía sus poderes. Su magia la abandonó lentamente para fundirse con el objeto que se la estaba arrebatando, magia que se perdería para siempre en lugar de ser heredada por las generaciones venideras o de volver a la Madre Naturaleza.

En un barrio de las afueras, un joven nigromante exhalaba su último aliento.

Y, en algún lugar entre nuestro mundo y el Valle de Lágrimas, un ser capaz de apoderarse y destruir planos a su antojo estaba a punto de abandonar su largo exilio. Casi podía paladear el caos que sembraría entre los humanos.

Flora concluyó su hechizo y cayó desmayada.

Cal perdió su batalla.

Y el Caos cruzó al otro lado.

Las brujas se apresuraron a socorrer a su hermana caída. Flora recuperó la consciencia poco a poco y contempló sus manos corrientes, con sus ojos corrientes. Se sentía vacía, como si se hubiese liberado de una gran y pesada carga. Estaba orgullosa de sí misma, de poder haber hecho algo por sus hermanas, aunque hubiese requerido un sacrificio tan grande. Creía que lo había conseguido. No sospechaba que el poder de la Diosa, el de su magia y el de todas sus hermanas contenido en aquella arpa no había sido suficiente.

La grieta se cerró, engullendo el cuerpo vacío del ser que se asomaba a través de ella hacia el lugar que le correspondía, pero el ánima que contenía se apresuró al otro lado en busca un nuevo hogar en el que refugiarse. El Caos buscó, desesperado. Enfermos, ancianos, débiles y desdichados. Ninguno le bastaba, ninguno era lo que ansiaba. Y, entonces, dio con él. Sano, joven, fuerte y maldito. La herramienta perfecta para apoderarse de un nuevo mundo. Se adentró entre sus carnes y sacudió cada rincón de su cuerpo hasta que su voluntad se rindió ante él.

Cal abrió los ojos.

72

Sabele

El fragor de la batalla y la confusión que produjo la invocación de Helena fueron reemplazados por una angustiosa calma, que se tornaba cada vez más densa a medida que se agotaban las tareas urgentes y las brujas quedaban ociosas.

—¿Quién creéis que la sustituirá? —preguntó Rosita, apoyada contra la barandilla de las escaleras.

—Por la Diosa, ¿ha pasado solo una hora y ya estás pensando en eso? —le reprochó Ame.

—Seamos realistas, es en lo que estamos pensando todas. —Rosita no estaba equivocada del todo.

Habían recluido a Helena para poder juzgarla más adelante por su desobediencia y la utilización de magia prohibida, las heridas fueron atendidas una a una y las brujas más experimentadas y con un buen estómago se encargaban de los cadáveres de ambos bandos en la planta de abajo. Cadáveres. Sabele sintió una arcada, como cada vez que recordaba el sonido del llanto de las brujas que habían perdido a un ser querido.

Qué absurda era la guerra. ¿Todo para qué?

El consejo se había reunido para decidir qué hacer al respecto del tratado, de los nigromantes, de Helena y del aquelarre, temporalmente a la deriva. Por su parte, Sabele había recorrido la casa en busca de una baraja de cartas a la que consultar el estado de Cal y solo había vuelto a respirar tranquila cuando le revelaron que el joven nigromante continuaba con vida y en buen estado. Las cartas le auguraban grandes cambios y sombras al acecho, pero supuso que eso no tenía nada de especial después de lo ocurrido. A todos les esperaban tiempos complicados.

Detenidas las culpables, atendidos los heridos y reconstruidos los muros caídos, a tres brujas jóvenes como ellas no les quedaba nada por hacer ahí.

—¿Creéis que nos dirán algo si nos vamos a casa? —preguntó Rosita.

Resultaba tentador. Sabele estaba a punto de asentir y ponerse en marcha cuando una voz pronunció su nombre con pudor.

—Sabele.

Las tres amigas brujas se giraron al unísono para mirar al músico, que se echó hacia atrás al recibir mucha más atención de la que esperaba.

—Eh... Tienes una llamada, quiero decir, que quiere hablar contigo —dijo Luc, señalando su móvil—. Cal. Es una larga historia... —Le tendió el teléfono y dio media vuelta, marchándose por donde había venido.

¿Cal? Se llevó el teléfono al oído, escéptica. Sus amigas permanecían atentas, tan sorprendidas como ella.

—¿Hola?

—Hola, me han dicho... que estabas preocupada por mí.

Casi se echó a llorar al reconocer su voz, quizá lo hubiese hecho si no se hubiesen vertido demasiadas lágrimas esa noche. Las cartas habían dicho la verdad. Cal estaba bien. Estaba vivo, consciente.

—¿Qué ha pasado? ¿Dónde estás? ¿Y las sombras? Yo creí... Por la Diosa, Cal...

—Sé lo que creíste. Es lo que creíamos todos. Tendría que estar muerto a estas alturas.

—¿Cómo? —En realidad no le importaba. Cal estaba bien. Se sentía tan agradecida que podría haberle dicho que había hecho un pacto con el diablo y lo habría celebrado.

—Un milagro y los cuidados de una gran mujer.
—¿Una gran mujer? —preguntó confusa. Que ella supiese, Cal no se relacionaba con ninguna hechicera que no fuese una de sus amigas brujas, y todas estaban en aquel edificio.
—Será mejor que hables con Luc.
Esas eran las últimas palabras que habría esperado oír de su boca.

73

Luc

Por un momento se sintió tentado de colgar a Cal y fingir que había interferencias. «Ay, vaya, ¿qué? No te oigo. Túnel». Pero si un enfermo moribundo, curado milagrosamente, porque los hay con suerte en esta vida, te pide que le dejes hablar con Sabele no te da mucho margen de acción si no quieres pasar a la historia como un desalmado. Asumió su papel y se sentó en las escaleras como el pardillo que era. Siempre supo que no era el héroe que conseguía enamorar a la chica, pero había esperado llegar a ser el guitarrista de moral gris que la seducía con su halo de misterio. «Sorpresa, sigues siendo el pringado de siempre».

Casi se le saltó el corazón del pecho al sentir cómo alguien se sentaba a su lado, y le dio un segundo vuelco cuando se percató de que era Sabele.

—Hola —dijo.

—Ey —respondió.

«Ey, muy romántico», le reprochó una despiadada vocecilla sarcástica en su cabeza. Al incómodo saludo le siguió un silencio que rozaba lo perturbador.

—Oye... —comenzó a decir sin saber muy bien qué iba después de ese «oye»; por fortuna, Sabele le interrumpió.

—Ya puedes dejar de fingir. Cal me lo ha contado todo —dijo Sabele.

Lo último que le apetecía era explicarle a Sabele que su madre era una bruja.

—¿Qué te ha contado exactamente? —preguntó con un nudo en el estómago.

— Lo que has hecho..., habéis hecho, tú y tu familia. Que Leticia le salvó y que tú cuidaste de él. Así que puedes dejar de fingir que eres un cretino que llega tarde a las citas y odia a todo el mundo.

—Es verdad, odio a *casi* todo el mundo. Tu tía Jimena me parece la caña.

—Cómo no —negó con la cabeza y estuvo a punto de sonreír—. Ahora en serio, aunque Cal y yo ya no... Él es una persona muy importante para mí. Gracias.

Luc se giró un poco para disimular que sus mejillas se estaban tornando de un tono escarlata muy parecido al de los labios de Sabele. ¿Por qué tenía que favorecerle tanto aquella chispa de color que hacía que no pudiese apartar la mirada de su boca?

—No hace falta que me las des. Si he hecho algo bueno ha sido por casualidad.

—Te he dicho que no cuela.

—No puedes pasar de detestarme a adorarme tan rápido. ¿Tan ingenua eres?

Sabele puso los ojos en blanco.

—Qué más quisieras. Estoy lejos de adorarte, pero ahora pienso que a lo mejor no eres tan mal tipo, solo una de esas personitas atormentadas que en el fondo tienen carencias afectivas a pesar de su comportamiento conflictivo.

—¿Comportamiento conflictivo? Si no llego a venir esta noche, ese monstruo infernal os patea el culo a todas. ¿A eso llamas tú comportamiento conflictivo? Yo lo llamo salvar el día.

—Sí que te ha durado mucho la modestia.

—Lo mismo que a ti la gratitud.

Por un momento temió que su incontinencia verbal hubiese echado a perder sus esfuerzos por no ser una persona especialmente insufrible (hasta se había metido en mitad de una batalla mágica, por el amor de Dios), pero en lugar de enfadarse y marcharse, Sabele se mordió el labio, pensativa. Ante un gesto tan común, su corazón se desbocó.

—Esta noche, cuando no sabía qué más hacer ni a quién acudir, invoqué a mi suerte. Y ella te trajo a ti. Al principio pensé que se estaba burlando de mí...

—Vaya, gracias.

—¿Me puedes dejar acabar? El caso es que me equivoqué. Puede que todo lo que ha ocurrido estos días haya sido por alguna razón, para llegar a este momento. Parece que la Diosa quiere que estemos cerca el uno del otro, aunque no sé muy bien la razón. A lo mejor porque, en realidad, tú y yo no nos conocemos demasiado.

—Bueno, yo sé que eres una torpe. —«Y tú, un inútil», se dijo a sí mismo. ¿Es que no podía estarse calladito?

Sabele entornó los ojos.

—Y yo que eres un bocazas. Nos hemos enfocado mucho en nuestros defectos, por eso pensaba que, no sé, estaría bien... ¿conocer lo bueno?

Luc se quedó en blanco. Era obvio que le estaba tirando fichas, cualquier tío inteligente lo vería y aprovecharía la ocasión para dejar caer alguna frase seductora como... Dios, ni siquiera se le ocurría un ejemplo.

—Quiero decir —continuó Sabele, algo tensa ante su silencio—, que después de todo lo que ha pasado, creo que sería buena idea si..., ya sabes, tuviésemos una... ¿cita normal?

Tragó saliva. Le acababa de pedir una cita una chica fuera de su alcance: mayor que él, más popular, inteligente, preciosa, con talento, que sabía vestir, que tenía dones mágicos y... ¿qué hizo él?

—Guay —asintió con la cabeza.

—¿Guay?

—Sí. Estaría bien.

Sabele inspiró profundamente y sonrió incrédula, entre divertida y exasperada.

—Genial.

—¿Supongo que eso significa que… me has perdonado por tomar prestada esa arpa?

Sabele elevó las cejas y arrugó el labio, pensativa.

—Digamos que voy a darte la oportunidad de hacerme cambiar de opinión.

—¿Qué opinión? —Luc frunció el ceño y la bruja se encogió de hombros.

—Si te lo dijese no tendría ninguna gracia, ¿no crees? —Sabele sonrió y se descubrió devolviéndole la sonrisa como un bobo.

Bueno. Seguía teniendo una cita con Sabele. A pesar de ser un metepatas, no había ido tan mal. Ya iba siendo hora de que él también tuviese algo de suerte. Parecía que, a pesar de sus recelos, hacer lo correcto tenía sus ventajas.

Sabele se puso en pie para volver junto a sus amigas, pero antes de marcharse se detuvo frente a él.

—Luc, siento que la primera vez que nos vimos, en el fondo ninguno de los dos quería estar ahí, no de verdad. Si soy honesta conmigo misma, en realidad me descargué esa *app* de citas porque sentía que así todos verían que lo de romper con Cal iba en serio, pero ¿por qué te la bajaste tú?

La pregunta le pilló por sorpresa, no podía decirle la verdad, que más allá de su cinismo había un romántico que pensaba que en algún lugar de Madrid había una chica capaz de mantenerle en vela después de años sin que nada fuese capaz de sorprenderle.

—Supongo que solo quería algo sobre lo que escribir. —Algo de verdad, algo que no le hiciese pensar que necesitaba pasarse el día con un botellín de cerveza en la mano para tener una historia que contar, para ser un artista.

Sabele asintió levemente con la cabeza y vaciló unos instantes, como si quisiese preguntar algo más, pero no estuviese segura de si debía. De nuevo el ritmo del destino decidió por ella.

—¡Es la Guardia! —exclamó de pronto una bruja en la planta baja.

74

Leticia

Después de recorrer medio Madrid, despertar a su jefe y sacar de la cama a la mitad de la Guardia, Leticia había logrado que diesen crédito a su historia. O al menos lo hicieron cuando comenzaron a llegarles llamadas y testimonios de revelados que juraban haber presenciado lo que parecía una batalla mágica en plena Gran Vía. Incluso su escéptico jefe tuvo que admitir que quizás, tal vez, era bastante posible que tuviese razón. Al cabo de media hora, los altos cargos de la Guardia le llamaban para exigirle explicaciones sobre por qué no estaban haciendo nada y, en cuestión de otros treinta minutos y una larga conversación con la comisaria Morales sobre su investigación, Leticia estaba frente a la casa de los trece pisos junto a un equipo de ocho agentes.

Comprobó con amargura que habían llegado tarde. Tarde para impedir la tragedia y tarde para ponerle término.

Tras los restos de lo que había sido una puerta pudieron ver los cuerpos cubiertos con mantas y la destrucción que las supervivientes intentaban ordenar.

A pesar de lo bien que le había sentado lograr por fin el reconocimiento por su trabajo, hubiese preferido equivocarse.

Una bruja de larga melena negra y ojos verdes se detuvo ante ellos.

—¿Podemos pasar? —preguntó mostrando la placa que guardaba en su bolsillo.

La mujer asintió sin mucho entusiasmo y el hechizo protector, recién levantado, les abrió paso. Leticia sintió la caricia de la magia fresca en su rostro.

—Me gustaría hablar con vuestra líder.

—Eso va a ser complicado...

Leticia frunció el ceño.

—¿Le ha ocurrido algo a la Dama?

La bruja suspiró.

—Será mejor que busquéis a alguien que pueda atenderos. Si me disculpáis, tengo que seguir al frente de la barrera, por si alguno de esos carniceros decide volver.

—Es una lástima... —se lamentó Blanca, levitando junto a ella—. Con lo bonita que es la vida, arrebatarla de este modo, sin motivo alguno... Qué pena.

Los agentes esperaron pacientes a que alguna representante, portavoz o quienquiera que llevase ahora las riendas del aquelarre bajase a hablar con ellos en una incómoda quietud. Las brujas continuaban reuniendo cuerpos de nigromantes y brujas, recogiendo cenizas y limpiando la sangre que había salpicado por doquier, manchando hasta los estandartes con el símbolo del aquelarre. De vez en cuando les lanzaban alguna mirada de desprecio, acusaciones silenciosas que decían «¿Dónde estabais cuando hacíais falta?».

Leticia levantó la vista al oír pasos en las escaleras, pero en lugar de hallar a una mística bruja cuarentona como esperaba, se encontró cara a cara con su hermano menor.

—¿Luc? ¿Se puede saber...? —comenzó a gritar, pero miró hacia sus compañeros, temporalmente subordinados, y bajó el tono. Por una vez en su vida tenía la oportunidad de demostrar que lo tenía todo bajo control—. ¿Qué estás haciendo aquí?

Una joven bruja con una larga melena rubia, vestida con una camiseta negra y unos vaqueros apareció tras él.

—¿Yo? ¿Qué estás haciendo *tú* aquí? —preguntó Luc, y Leticia reprimió el deseo de asfixiarle.

—Trabajar. Hola, Sabele —dijo, dándose cuenta de que

quizá fuese mejor guardar su interrogatorio para luego—. Hemos hablado por teléfono. Soy Leticia Fonseca. —Le tendió la mano y la bruja la estrechó con una sonrisa azorada.

La chica era tan guapa que mirarla fijamente le provocaba la misma sensación que levantar las persianas por la mañana un domingo y encontrarse cara a cara con el sol. Además, había algo chispeante en su belleza, igual que en todas las demás brujas. No le extrañaba nada que Luc acabase siempre en la misma sala que ella.

Una versión adulta, algo más baja y con el pelo rizado de Sabele les hizo a un lado para llegar hasta ella.

—Mi nombre es Jimena Yeats —se presentó—. Me temo que Flora se encuentra indispuesta en este momento, así que, ¿en qué puedo ayudarte?

Leticia se aclaró la garganta e intentó sonar tan distinguida y autoritaria como pudo al decir:

—La Guardia reclama a la bruja Helena Lozano y al nigromante Fausto Carrasco por quebrar el Tratado de Paz y por el uso de magia prohibida.

—Ya nos estamos encargando nosotras de ella, pero fueron los nigromantes quienes quebrantaron el tratado.

—Los crímenes de Helena Lozano se encuentran dentro de nuestra jurisdicción. Debemos llevarla con nosotros. Los pormenores se aclararán más tarde —repuso Leticia, dispuesta a acallar el recodo de su conciencia que se empeñaba en repetirle que el papel que jugaba le venía grande.

—Ya… Creo que eso lo dice todo. ¿Helena, eh? —La tal Jimena resopló indignada—. Lo hicieron juntos, ¿verdad? Helena quería guerra y al final la consiguió. —Se inclinó hacia ella para susurrar—. De mujer a mujer, y no de bruja a guardia… Dime, ¿quién ha sido?

Leticia tragó saliva. Un equipo de guardias había acudido a la nave industrial donde encontraron el cuerpo sin vida de la ayudante de Flora. No estaba segura de que fuese una información que se pudiese compartir a la ligera, pero si se hubiese tratado de alguien querido para ella, habría querido saberlo cuanto antes.

—Carolina Montes.

Jimena asintió y desvió la mirada, Leticia sospechó que para ocultar sus ojos húmedos. Ella nunca había tenido demasiadas amigas, así que no se podía imaginar cómo se sentía una bruja al perder a una de sus hermanas de aquelarre, unidas por un vínculo mucho más intenso que el de una amistad corriente.

—Un equipo de guardias se está encargando ahora mismo de la escena del crimen. El… —tragó saliva. ¿Había sido una ingenua por creer que no sería tan difícil?—. El cuerpo os será entregado lo antes posible para que podáis hacer los ritos pertinentes.

Jimena asintió de nuevo.

—Helena está recluida en el sótano. Seguidme y os llevaré hasta ella. —Dio media vuelta y comenzó a andar, pero se detuvo para añadir—. No hace falta que seáis piadosos con esa traidora.

Cal

Sabele ajustó su corbata, de un tono dorado que a él le resultaba obsceno lucir en un funeral, pero las brujas tenían sus propias costumbres. Con la muerte, ellas celebraban la vida. El negro no era un color permitido en un funeral del aquelarre, ni siquiera para el representante de los nigromantes.

Si quería instaurar un nuevo orden de paz, tendría que resignarse y vestir el traje azul marino con la corbata dorada y el pañuelo verde que Sabele le había traído.

Representante de los nigromantes. Aún le costaba asimilar que Fausto ya no estuviese entre ellos y que su padre, aún postrado en su cama, le hubiese escogido a él para sucederle. Y le había sorprendido aún más comprobar que la gran mayoría de los nigromantes habían estado de acuerdo, a pesar de que él también hubiese perdido su magia por culpa de la maldición del tratado.

«Tenías razón desde el principio con las brujas. Deberíamos haberte escuchado. Si lo hubiésemos hecho, podríamos haber evitado todo esto», le dijo Gabriel desde su lecho, apesadumbrado y terriblemente arrepentido.

—Estoy convaleciente, no manco —le reprochó a Sabele ante su empeño por hacer el nudo perfecto.

—Es tu primer acto oficial y el ambiente va a ser tenso. Si quieres causar una buena impresión, al menos tienes que ir guapo.

Tenso era un eufemismo generoso. La Guardia había dado

una versión oficial según la cual Helena y Fausto habían confabulado para provocar una guerra y romper el pacto mientras que Helena debilitaba deliberadamente las fronteras entre su mundo y un plano de caos y tormento, lo que había provocado, indirectamente, que un espectro vengativo cruzase al otro lado y asesinase a nigromantes usurpando el cuerpo de una bruja inocente. Aun así, eran muchas las brujas que seguían culpando de todo a los nigromantes, y viceversa.

—Será mejor que salgamos ya si no queremos llegar tarde —dijo Sabele, consultando la hora.

—Tenemos tiempo de sobra, siempre puedo transpor... —enmudeció. Sabele apoyó una mano sobre su hombro.

En otro tiempo habría pedido a las sombras que los llevasen a ambos hasta el rincón de la sierra de Madrid donde tendría lugar el funeral. Aunque usar el poder de la muerte no habría sido un acierto dada la ocasión, pero echaba de menos que no fuese una opción.

Se subieron en el asiento trasero del coche de su padre y dejaron que un chófer, y no la magia, los condujese hasta allí.

Cal tragó saliva y se movió incómodo en su asiento. Tan pronto como Sabele cerró la puerta del vehículo, sintió la fricción que había entre los dos. Les esperaba un trayecto de cuarenta minutos en el que la cobertura de sus móviles acabaría por desvanecerse. No habían pasado tanto tiempo a solas desde su ruptura, y menos aún desde la que ya se conocía como la batalla de los Traidores.

—Me alegra que estés bien —dijo Sabele, después de un rato mirando por la ventanilla.

Cal asintió. Su recuperación milagrosa fue un alivio para muchos, pero también despertaba la desconfianza de otros. No los culpaba. Debería estar muerto. No solo no lo estaba, sino que, además, el avance de las sombras se había detenido por completo.

Las marcas permanecían a modo de amargo recuerdo, pero el poder maligno que las habitaba y las hacía crecer se había desvanecido, así que con un simple hechizo de uno de sus hermanos las mantenía ocultas e inocuas. Ningún nigromante antes que él había logrado vencer a las sombras, solo los que morían por cualquier otra causa. Y eran muchos los que habían intentado huir de ellas durante toda su vida.

Cal no sabía explicar qué había ocurrido, pero sí que se sentía agradecido por su segunda oportunidad, y no pensaba desperdiciarla preguntándose por qué el destino se la había dado.

—Soy muy afortunado. ¿Tú qué tal, cómo te va? ¿Qué tal las chicas?

Sabele pareció aliviada por que sacase un tema de conversación lo bastante amplio como para entretenerlos durante un buen rato.

—Genial. Hemos tenido un par de semanas intensas. Ame sigue con sus diseños, está preparando una colección para una de sus asignaturas y nos está usando a Rosita y a mí como modelos, así que la casa es un caos. Que por cierto, tal y como predijo la han despedido, así que se está preparando para volver a República Dominicana este verano, aunque no sé si cuando llegue el momento querrá irse, porque ha tenido un par de citas últimamente que prometen bastante. Pero ya sabes cómo es con todo eso de que el amor es un cuento —Sabele se mordió el labio para silenciarse, como si estuviese hablando de más—. En fin, entre todo eso y echar una mano para devolver la casa de los trece pisos a su estado estamos un poco liadillas.

—¿Y tu tía? —preguntó Cal.

—Pues el aquelarre aún no ha decidido qué hacer con el tema de Flora. No se sabe si habrá o no una nueva Dama y con tanto jaleo toda ayuda es poca. Ella también está en la ciudad contribuyendo a la causa, así que si la nómada Jimena Yeats se está dejando la piel, ¿cómo no lo vamos a hacer nosotras? Sobre todo teniendo en cuenta que lo más probable es que nos caigan unas cuantas horas de ayuda comunitaria como castigo por usar la sala de invocaciones y por huir cuando estábamos bajo estado de alerta... Supongo que es mejor que nos vayamos acostumbrando.

—Me imagino. ¿Y tú qué tal? —insistió Cal. Había hablado de prácticamente todos aquellos a quienes conocía menos de ella misma. No hacía falta ser demasiado avispado para deducir que evitaba el tema a propósito, y Cal creía saber qué era lo que no quería contarle.

—Oh, bien. Bien, como siempre. Haciendo vídeos, fotos, estudiando magia. Lo de siempre.

—Ya... y, ¿has vuelto a ver al corriente?

Sabele le miró desafiante.

—Te lo pregunto como amigo, Bel. —Era verdad, en parte.

Había tenido tiempo de hacerse a la idea de que a partir de entonces, entre ellos solo iba a haber una cordial y antierótica amistad. Lo cual no significaba que le entusiasmase la idea. Pero tendría que aprender a vivir con ello y, si empezaba a salir con otro... hablarlo sería como arrancarse una tirita de un tirón. Desagradable, pero necesario.

—Aún no. Pero hemos acordado volver a quedar.

Estuvo a punto de echarse a reír. Se lo imaginaba. Aunque qué veía en ese flacucho quejica seguía escapando a su comprensión. Tenía que ser una etapa, una fase de su periodo de transición hacia la Sabele en la que fuese que se estaba convirtiendo, así que decidió no darle demasiada importancia. Lo que quiera que hubiese entre ellos no tenía futuro, con o sin los hechizos de Ame. Con un poco de suerte, el enclenque se caería por las escaleras de su sótano y se daría en la nuca antes de que volviesen a verse. Un corriente menos, no sería una gran pérdida. «No seas un cretino», se dijo a sí mismo.

Si iban a ser amigos, tendrían que serlo dejando de lado recelos, y resentimientos como ese; había reflexionado mucho al respecto. Pero en los últimos días, ese tipo de pensamientos nocivos aparecían en su mente sin que los pudiese controlar. Lo atribuía al cansancio, pero lo cierto era que empezaba a preocuparse.

—Entonces, ¿te gusta de verdad?

Sabele desvió la mirada de nuevo hacia la ventana.

—¿En serio quieres que hablemos de esto?

—El día en el que yo me enamore querrás que te lo cuente, ¿no?

La bruja alzó las cejas, sorprendida. Era evidente que no se le había ocurrido esa posibilidad.

—Supongo que... sería mejor eso a que me enterase por otros. Sí, querría que me lo contases.

Sintió una extraña satisfacción al comprobar que una parte de la bruja no se sentiría del todo feliz si él empezase a rehacer su vida amorosa antes que ella. En cuanto pudiese, buscaría a una chica más guapa que Sabele y la engatusaría solo para fastidiarla, así quizá se diese cuenta del error que había cometido. Aunque tal vez se mereciese una mujer que no fuese tan estúpida como para dejarle ir. «No seas cretino», se repitió.

—¿Y bien?

—¿Y bien qué?

—¿Estás enamorada?

Las mejillas de Sabele se tiñeron de un tono rojizo que se confundía con su colorete y comenzó a juguetear con las largas mangas de su vestido de rayas multicolores.

—Es un poco pronto para saberlo, ¿no crees?

Cal negó con la cabeza.

—Contigo yo lo supe desde el primer momento en el que te vi.

Sabele sonrió y, por un momento, retornaron al pasado, a esos tiempos felices cuando con quererse les bastaba y no importaba nada más en el mundo.

—Eso es porque tenías diecinueve años y las hormonas revolucionadas.

—¿Ahora me vas a decir que no crees en el amor a primera vista?

—No parece un concepto muy realista, ¿no crees? Enamorarte de alguien a quien nunca has oído hablar o a quien no conoces de nada. Si lo piensas, es una idea muy superficial.

—Al contrario. No tiene nada que ver con las apariencias. Solo es lo que ocurre cuando se encuentran dos almas gemelas.

La miró con sus ojos verdes y Sabele se quedó sin palabras. Apartó la vista y no volvió a decir nada hasta que llegaron a su destino. Tal vez aún no se hubiese resignado del todo a perderla. Dijese lo que dijese, en el fondo le pertenecía, desde el día en el que se conocieron y ella le sonrió por primera vez supo que sería suya. Suya y de nadie más. Suya, o de nadie.

«No seas un cretino».

—Entonces supongo que Luc no es mi alma gemela, pero bueno... —Se le escapó una sonrisa y él apretó el puño, conteniendo la rabia—. Es imposible aburrirse cuando anda cerca. Hay comienzos peores.

Cal se mordió la lengua para no preguntar si eso era lo que le había pasado con él, si tenerle a su lado había dejado de hacer su vida emocionante. «Caprichosa». ¿Se creía que podía descartarlo sin más, a él? «Déjalo ya», se suplicó a sí mismo. «¿Por qué dejas que te trate así, como si fueses un don nadie?».

Por un momento le pareció distinguir una voz en su mente que no era la suya, no del todo. Definitivamente tenía que ser cosa del estrés. Se prometió a sí mismo unas vacaciones tan pronto como hubiese firmado un nuevo Tratado de Paz con las brujas.

Salieron de la autopista y, tras unos cuantos minutos circulando por carreteras comarcales, el chofer detuvo el vehículo al principio de un sendero que serpenteaba a través de la ladera de una tímida montaña. Se bajaron del coche y avanzaron en silencio hasta llegar al final del camino, donde los árboles daban paso a las rocas de la pedriza.

A lo largo del barranco se reunían decenas y decenas de brujas ataviadas con prendas de todos los colores del arcoíris. Caminaron hasta reunirse con Rosita y Ame, que los saludaron con dos formales besos en las mejillas. Rosita vestía un top de estampado de leopardo y una larga falda roja, mientras que Ame lucía la que parecía ser una de sus creaciones, una especie de kimono y americana a la vez repleta de cristales que reflejaban la luz del sol para devolverla en mil direcciones distintas.

Tras saludarlas, Cal se acercó tímidamente hacia las brujas más veteranas para darles su pésame.

—Cal —le recibió Jimena con una media sonrisa al verle—. Me alegra que hayas venido.

Apoyó su mano sobre el hombro del joven y Cal continuó andando hasta detenerse frente a la Dama Flora, si es que aún conservaba el título. La mujer parecía un fantasma, parada frente a la tumba abierta. Las brujas no enterraban a sus seres queridos en ataúdes, sino que las envolvían en un manto y las devolvían directamente a la tierra. Después de dos semanas, solo un hechizo conservador podía explicar que no estuviese siendo una experiencia repulsiva para todos los presentes. «Qué repugnante. ¿Por qué no pueden incinerarla como hace todo el mundo hoy en día? Solo es un pedazo de carne muerta, una condenada bruja», dijo esa voz en su interior. «No seas un cretino».

Flora no se percató de su presencia hasta casi un minuto más tarde. La bruja llevaba puesto un vestido dorado y tenía un pañuelo en la mano, preparada para secarse las lágrimas que aún le pudiesen quedar. Sus ojos estaban tan irritados que parecía que fuesen a deshacerse en cualquier momento.

—Mi más sentido pésame. Le pido disculpas en nombre de todos mis hermanos por lo que hizo Fausto y por la semilla de odio que logró sembrar en nuestros actos.

Flora negó con la cabeza.

—Puede que tu hermano blandiese el cuchillo, pero esto...
—Señaló la tumba—. Esto es obra de brujas y nigromantes por igual. Espero que estemos tan unidos en el futuro, esta vez, por causas mejores.

Cal asintió con la cabeza y se retiró de nuevo hasta reunirse con Sabele. Al detenerse a su lado, se dio cuenta de que la joven no estaba en absoluto pendiente de él. Siguió la trayectoria de su mirada y ahí estaba, ese patético corriente. Luc Fonseca. Había acudido acompañando a su hermana, la inquisidora y, supuestamente, para mostrar sus respetos. «Respeto y un cuerno. Lo que tendría que hacer es arrojarse a un pozo y desaparecer de nuestras vidas». Debían pensar que era imbécil. Sabía distinguir la forma en que Sabele lo miraba. No era exactamente como lo miraba a él, llena de una admiración casi devota durante sus primeros años, a Luc le miraba con un interés curioso y divertido. Le dolió aún más que si hubiera corrido hacia el músico para besarle en los labios. A él jamás lo vio con esos ojos y de alguna forma parecía mucho más real que la idolatría. Luc saludó nervioso con una mano cuando se dio cuenta de que la bruja estaba allí. «Sería tan fácil acabar con él incluso sin poderes...». Se dijo. «Ya, y Sabele jamás te lo perdonaría».

En cuestión de minutos, el ritual comenzó. Sin despedidas, sin discursos, sin últimos recuerdos. Flora y otras cuantas brujas tomaron las palas que descansaban junto a la tumba entre sus manos y comenzaron a cubrir la zanja. A Cal le sorprendió que no empleasen la magia, pero asumió que el gesto debía tener algún tipo de significado. Cuando el trabajo estaba casi acabado, entregaron a Flora un diminuto árbol, de un tallo que apenas llegaba a los treinta centímetros, y lo plantó justo sobre la tumba. Las brujas recitaron una plegaria al unísono hasta que poco a poco cada una lo hizo en su propio ritmo, creando una hipnótica melodía.

—Es un canto de reencarnación. Aunque nosotras muramos, nuestra magia siempre vuelve —explicó Sabele en un susurro—. Le desean felicidad y suerte en su próxima vida. ¿Quieres probar?

Cal asintió.

—Son solo cuatro versos. Es muy sencillo: la muerte amarga será breve y distante el sufrimiento. Mi vientre acogerá tu magia para cumplir todos tus deseos. Tu nueva vida te acogerá pronto con los brazos abiertos. Y nunca más lloraré, porque al fin volveremos a vernos.

—¿Mi vientre acogerá tu magia? —preguntó Cal, algo escéptico.

—No significa nada, solo que la echaremos de menos. —Sabele se encogió de hombros y se dispuso a recitar.

Cal miró a su alrededor. Todas las brujas repetían aquel salmo, y aunque Cal no conocía de nada a la desdichada bruja, sintió que sería muy grosero por su parte si no se uniese a sus buenos deseos.

—La muerte amarga será breve y distante el sufrimiento, mi vientre acogerá tu magia para cumplir todos tus deseos. Tu nueva vida te acogerá pronto con los brazos abiertos. Y nunca más lloraré, porque al fin volveremos a vernos.

Cal continuó repitiendo las palabras una y otra vez hasta que un cosquilleo, que subió desde la punta de sus dedos hasta su nuca, recorriéndole cada fibra y descendiendo más allá de las plantas de sus pies, le hizo enmudecer.

Era imposible.

Reconocía aquella sensación, tan familiar para él como respirar, un calambre, un torrente de fuerza que creyó que no volvería a sentir jamás.

El poder de la magia recorriendo su cuerpo.

La maldición se había roto.

Capítulo extra

Las Gatas Doradas
* * *

Las brujas que vivieron en Madrid la plenitud de su juventud durante los 80 la recordarán sin duda como una época de magia desenfrenada, diversión y libertad como ninguna otra. Aunque el súbito despertar de las brujas también trajo consecuencias nefastas y peligros que las más nostálgicas parecen haber olvidado.

No había un solo metro cuadrado libre en la pista del pequeño local aquel sábado noche. A pesar de estar rodeada por desconocidos que apenas le dejaban espacio para moverse, Jimena Yeats se sentía como una niña en mitad de una pradera mientas bailaba al ritmo de uno de los éxitos de Depeche Mode. Agitaba su melena dorada de un lado a otro sintiendo la música en cada recoveco de su cuerpo y cantando melodías que se sabía de memoria. Junto a ella un joven más o menos de su edad con un tupé extravagante se esforzaba por seguirle el ritmo.

—Ese debe de ser el nuevo amor de su vida —dijo Carolina, o más bien gritó para que su compañera pudiese oírla, en cuanto consiguieron localizar a su amiga desde la entrada del local.

—Eso ha dicho esta tarde —confirmó Diana.

Jimena la había hecho sentarse en la cama junto a ella, como cuando eran unas adolescentes y le contó lo enamorada que estaba del nuevo chico al que acababa de conocer, cómo estaba convencida de que esta vez había encontrado al adecuado y cuántas ganas tenía de presentárselo.

—Lo mismo dijo de Stefano hace dos semanas —dijo Carolina con una sonrisa maliciosa. Cómo olvidarse de Stefano, el actor italiano de piel morena y ojos claros.

—Una lástima que el chico tuviese más novias por toda Italia que ofertas de trabajo —suspiró Diana.

Tras descubrir que Stefano compartía aficiones con su compatriota Casanova después de echarle las cartas, Jimena le había maldecido con un conjuro temporal que le cubrió el rostro con unas horribles verrugas que desprendían un hedor que mantendría alejadas a todas sus posibles conquistas durante al menos un mes.

Teniendo en cuenta que Stefano no era el más sinvergüenza en la lista de novios fugaces de Jimena no era de extrañar que su amiga y su hermana se mostrasen escépticas ante su nueva «relación».

No es que Jimena fuese una ingenua, ni que dependiese de la atención de los chicos, simplemente, es que vivía todo de forma muy intensa, y a veces las personas que se dejan guiar por torrentes de emociones semejantes se estrellan más veces de lo normal. A cambio, también aprenden mucho más que la mayoría de la gente. Jimena no era de las que iban por la vida con un parachoques que la protegiese de sí misma, con lo bueno y lo malo que eso conllevaba.

—¡Chicas!

Tan pronto como las vio, Jimena corrió hacia ellas abriéndose paso por la pista de baile ayudada de pequeños chispazos que brotaban de sus dedos. Jimena las cubrió de besos y abrazos, pese a las protestas de Carolina.

—¡Qué guapas estáis! Me estoy pensando lo de presentaros a Álvaro, no quiero que me lo robéis.

—Puedes estar tranquila —dijo Carolina, con un gesto aburrido. La camarera de grandes ojos negros que trabajaba detrás de la barra le parecía mucho más atractiva.

En cuanto a Diana, llevaba profundamente enamorada del mismo hombre desde hacía años y no creía que pudiese prestar atención a ningún otro. Jimena lo sabía de sobra, pero era su forma de hacerles un cumplido.

—Ah, mirad, ahí está. ¡Álvaro! —Le hizo un gesto al chico para que se diese más prisa, aún atrapado entre la multitud. El joven fue pidiendo permiso amablemente hasta que por fin logró reunirse con las tres amigas. Carolina arrugó los labios con un gesto de desaprobación y Diana suspiró. Era justo lo que se esperaban. Otro rompecorazones con muy buen pelo y una sonrisa peligrosa. La enamoradiza bruja rodeó a su nuevo novio del brazo y lo mostró orgullosa como si se tratase de un trofeo de pesca.

—Álvaro, te presento a mi amiga Carolina y a mi hermana Diana.

—Hola —saludó Diana, con una sonrisa sincera.

Quería creer que esta vez Jimena estaba en lo cierto y que Álvaro, de mirada amable y gesto relajado era el chico que no iba a partirle el corazón durante una o dos semanas hasta que se encaprichase del siguiente.

—Encantada —dijo Carolina, le miró de los pies a la cabeza. Iba vestido como John Bender de *El club de los cinco*, con una camisa a cuadros y una cazadora vaquera, aunque saltaba a la vista que sus botas eran recién compradas—. Déjame adivinar, eres pintor, escultor, músico, trapecista, domador de elefantes tal vez.

Jimena le lanzó una mirada de odio de esas que solo pueden intercambiar las mejores amigas.

—Pues no, marisabidilla. Álvaro es escritor y acaba de firmar su primer contrato editorial.

—Vaya, escritor, eso lo cambia todo… —Diana le dio un golpecito con la rodilla a su amiga para que disimulase. De acuerdo. Siendo honesta consigo misma estaba casi tan segura como ella de que el nuevo romance de Jimena saldría igual de mal que los anteriores, pero había una ligera posibilidad, un cero coma uno por ciento tal vez, de que por fin hubiese encontrado al amor de su vida que tanto se le resistía. Además a esas alturas sabía que intentar cambiarla era inútil, así que, si no puedes vencerlos...

—Eso es genial —dijo Diana, esforzándose por apoyar a su hermana—. ¿Y de qué trata el libro?

—Es una especie de versión moderna de Caperucita Roja. En lugar de en un bosque transcurre en las calles de una pestilente ciudad y en lugar de una niña que va a ver a su abuela Caperucita es una joven y atractiva mujer a la que le encanta salir de fiesta. Los detalles son un poco gore, pero la moraleja es que la noche está llena de monstruos —explicó el chico con absoluta seriedad. Una parte de Diana aguardó a que añadiese que solo bromeaba después una pausa cómica, pero no lo hizo. En realidad, la pausa cómica solo se trataba de un silencio incómodo.

—Seguro que es un éxito de ventas —dijo Carolina, asintiendo con la cabeza. Cualquiera que la conociese lo suficiente sabía que su sarcasmo era un arma arrojadiza.

—Suena... —«¿Mórbido?» Diana quería decir algo amable. Desde luego Jimena tenía un talento especial para encontrarlos—. Interesante.

—Puedo mandaros un ejemplar si queréis.

—Sería genial —se apresuró a decir Diana antes de que Carolina lanzase otro comentario agrio.

—Cari —dijo Jimena, haciéndole pucheritos a su nuevo novio—, ¿por qué no te acercas a la barra y nos traes unas cervezas?

Álvaro asintió con la cabeza y se perdió entre el gentío de camino a la bulliciosa barra del bar.

—Tía... —dijo Carolina—. ¿«La noche está llena de monstruos»?, ¿Caperucita Roja? ¿En serio?

—Es muy creativo. —Jimena se encogió de hombros—. Y sensible. Caperucita es una chica incomprendida que se enamora del lobo sin saberlo.

—Por su puesto que lo hace... —su amiga suspiró por enésima vez.

—A mí me parece una revisión de los cuentos clásicos muy visionaria.

—No es una revisión, es exactamente lo mismo pero con fetiches raros —protestó Carolina.

Jimena miró a su hermana en busca de imparcialidad, pero no encontró lo que le hubiese gustado.

—Bueeeno..., un poco raro sí es —dijo Diana y su hermana arrugó la nariz malhumorada—. Pero seguro que a la gente le gusta.

—A la gente le encantará —corrigió Jimena—. Porque es un gran libro. Es cierto que no lo he leído, pero Álvaro me lo ha resumido y estoy segura de que será un éxito. Le han pagado un superanticipo y mirad lo que me ha regalado.

Jimena se llevó las manos al cuello con orgullo y las tres chicas se fijaron en un ostentoso collar dorado con la forma de una cola de serpiente. En su centro brillaba una piedra preciosa de un morado opaco.

Diana y Carolina se quedaron boquiabiertas ante el ostentoso obsequio.

—¿Es... es de verdad? —preguntó Diana.

Jimena sonrió orgullosa.

Las dos hermanas procedían de una antigua y prestigiosa estirpe de brujas y crecieron con todas las comodidades. Habían visto a su madre lucir joyas aún más llamativas desde que eran niñas, pero siempre habían tenido algún tipo de función mágica como talismanes, reservas de energía, portadores de hechizos... Gastar una pequeña fortuna en un objeto que solo servía como adorno le resultaba un tanto obsceno.

—Vaya, y yo que creía que para ser artista tenías que ser pobre —dijo Carolina, tan abrumada como Diana.

Al contrario que las hermanas Yeats, Carolina no creció en la abundancia y había podido estudiar y formarse en los mejores colegios y academias gracias a becas y a sus excelentes notas.

—Ya os lo he dicho, Álvaro es un diamante en bruto —Jimena se cruzó de brazos, orgullosa de sí misma.

—¿Y tiene algo más aparte de dinero de sobra? —preguntó Carolina, quien no se iba a dejar impresionar por unos cuantos gramos de oro y una piedra.

—Pues sí, es todo un caballero.

—¿Te sujeta la puerta porque tú solita no puedes? —preguntó Carolina, sarcástica.

—Ya sabes a lo que me refiero… No es un crío como los otros, él es maduro, sensato, sabe lo que quiere y no tiene miedo de mostrar sus sentimientos —sentenció Jimena, quien parecía tener una firme opinión de un hombre al que acababa de conocer.

—Tan maduro y sensato no será si te ha regalado una joya que vale una fortuna en la segunda cita.

—Tercera —corrigió Jimena, con un mohín. A estas alturas sabían que no iba a permitir que Carolina y su maldita lógica le estropeasen la fantasía.

La conversación concluyó cuando Álvaro reapareció con un par de botellines en la mano. Carolina rechazó el suyo con un educado gesto.

—Tendría que haberte advertido que Carolina es abstemia, aun así es el alma de la fiesta —le sacó la lengua, sarcástica, cuando el chico no miraba.

—Vaya, ¿quieres que vaya a por una Coca-Cola? No querría que te quedes sin nada que tomar por mi culpa —se ofreció Álvaro, apurado.

—No, gracias. No te preocupes.

—Qué gesto tan caballeroso y atento. —Alzó las cejas hacia su escéptica amiga como si quisiese decir «¿LO VES?».

Durante cerca de una hora Álvaro les demostró que, a pesar de sus excéntricos gustos literarios, todo lo que les había asegurado Jimena era cierto. No bebía de más, no consumía ningún tipo de droga, no se pasó la noche mirando el escote de otras chicas, estaba siempre pendiente de las necesidades de las personas a su alrededor e incluso había hablado bien de su exnovia. Dejar atónita a una bruja es un logro complicado, pero Álvaro, de haber sabido que trataba con tales, podría haber presumido de conseguirlo. Que Jimena se hubiese fijado en alguien respetable era algo que no creyeron posible ni por arte de magia.

Al cabo de un rato Diana empezó a sentirse fatigada. El hechizo que evitaba que el aire enturbiado por el tabaco le provocase un nuevo ataque de asma comenzaba a perder fuerza y necesitaba unos retoques.

—Chicas, ¿os importa si salimos un rato a tomar el aire?

Jimena asintió apresurada.

—Sí, vamos. Cariño —dijo girándose hacia Álvaro—, ¿nos esperas aquí? Querremos hablar de ti.

Álvaro recibió lo que otro podría haber considerado como una impertinencia con una sonrisa. Así era Jimena, o la tomas o la dejas, y Álvaro parecía haberse dejado conquistar por su carácter sin censuras.

—De acuerdo, si os parece espero quince minutos y os sigo. El ambiente empieza a decaer.

La pareja se despidió con un pico fugaz y las amigas caminaron hacia la salida.

Diana inspiró aliviada el aire fresco de aquella noche de otoño y llenó sus pulmones hasta que estuvieron a punto de rebosar.

—¿Estás bien? —preguntó Jimena junto a ella. Diana asintió—. ¿Sabes algo maravilloso de Álvaro? No fuma. Así que nunca tendrás que usar ese hechizo para el asma cerca de él.

—Todo ventajas —se burló Carolina.

—¿Algún problema con que hable durante un cuarto de hora sobre lo enamorada que estoy de Álvaro y lo perfecto que es? —preguntó Jimena, desafiante.

—Oh, no, que la Diosa me libre. Adelante, para una vez que sales con uno que no es un mentiroso compulsivo o que no cree que vivir en una comuna de okupas es de lo más romántico... —suspiró Carolina.

Diana hizo un mohín con la boca. Era cierto que sobre el papel y comparado con sus exnovios, Álvaro no estaba tan mal, pero...

—No sé... —admitió Diana, aun sabiendo que se iba a ganar la ira de su hermana—. Hay algo en ese chico que no me gusta. Es... No sé.

—¿Qué, demasiado perfecto? —protestó Jimena.

Carolina la señaló con el dedo en signo de aprobación.

—Diana tiene razón. Es demasiado idílico, como si fuese justo el chico que buscas.

—¿Y cuál es el problema? —preguntó Jimena.

—Que eso no existe.

Jimena se cruzó de brazos, lo que las alertó de que se avecinaba el contraataque.

—¿No será envidia eso que oigo?

Carolina imitó el gesto.

—¿Envidia? ¿De qué?

—De que yo haya encontrado el amor y tú no —dijo, con una sonrisa de autosatisfacción que se acercaba a la arrogancia.

—No me hagas reír...

—Oh, ya, lo olvidaba. Cualquier día de estos te unirás a las célibes sacerdotisas de la diosa en Avalon.

—No, gracias —dijo Carolina con una mueca—. Aunque no te lo creas no soy tan espiritual, prefiero los asuntos más mundanos.

Carolina estaba estudiando Ciencias Políticas en una universidad corriente, y si Jimena era la encargada de encontrar las mejores fiestas y garitos de la ciudad, Carolina las llevaba (a veces a rastras) a todas las manifestaciones a favor de la igualdad de género, el ecologismo y la educación pública de las que se enteraba o que organizaba ella misma.

—Entonces todas contentas, tú te quedas con tus pancartas y yo con mi... —Jimena se llevó las manos al cuello para acariciar su colgante una vez más cuando una centella dorada se abalanzó sobre ella a una velocidad que hizo que apenas se percatasen de qué había ocurrido hasta que fue demasiado tarde.

Una bola de pelo había surgido de la nada y le había arrancado a Jimena el colgante del cuello de un zarpazo. Las cuatro brujas siguieron la trayectoria del felino hasta el suelo, donde aterrizó con su trofeo entre los dientes.

Jimena solo tuvo tiempo para palpar su cuello desnudo y señalar al minino con el dedo a modo de acusación, antes de que el animal echase a correr calle abajo como una centella.

—¡Oh, no, ni hablar! —gritó y salió tras él a toda velocidad.

Las dos amigas se miraron entre sí, resignadas. No se molestaron en hacer la pregunta en voz alta, todas sabían qué les tocaba hacer. Impedir que Jimena se metiese en un lío. Se pusieron en marcha intentando dar alcance al gato y a la bruja que le perseguía de cerca, pero apenas eran capaces de mantenerlos dentro de su campo de visión.

—¿Cómo puede ir tan deprisa con esos tacones? —protestó Carolina, sin aliento.

Diana se alegró de haber reforzado el hechizo que mantenía su asma a raya.

—¡Alto al ladrón! —gritaba Jimena a pleno pulmón, dejando anonadados a todos los jóvenes de marcha con los que se encontraba por el camino—. ¡Que alguien detenga a ese gato!

Le lanzó media docena de hechizos para intentar petrificarle, confundirle y hacer que la fuerza de la gravedad abandonase su cuerpo, pero el gato los esquivó todos. Se metieron en una callejuela llena de bares oscuros y el felino saltó sobre varias cajas de botellas apiladas para después ir moviéndose de balcón en balcón hasta llegar a la azotea de un edificio de tres plantas.

—¡Buen intento, cobarde, pero te has metido con la bruja equivocada! —Jimena cerró los ojos para concentrarse en las fuerzas de la naturaleza y levitó en el aire hasta llegar a lo alto del edificio—. ¡Ahí estás, gato pulgoso! —dijo al ver como el minino se colaba en el interior del edificio por la salida de emergencia.

Jimena corrió tras él escaleras abajo varias plantas esquivando obstáculos hasta que chocó de bruces contra una colosal mole de carne.

—¡Au! —exclamó, llevándose la mano a la nariz y esperando que no se la hubiese roto—. Mira por dónde vas... —Enmudeció al percatarse de que la masa contra la que había chocado tenía la piel de un pútrido color violáceo, colmillos que sobresalían sobre sus labios y un par de cuernos sobre la cabeza—. Oh, esto... mis disculpas, señor demonio.

Vio por el rabillo del ojo cómo el gato se escapaba por una ventana cercana, pero sobrevivir a un demonio malhumorado era una preocupación más urgente que recuperar su colgante. Hasta ella sabía establecer prioridades.

—Deberías ponerle una correa a tu hermana —protestó Carolina cuando las dos amigas se detuvieron frente a la entrada del local.

Diana suspiró. De todos los bares de Madrid, Jimena tenía que haberse colado precisamente en ese. El rótulo luminoso del D-mons parpadeó como si se tratase de un mal augurio, una invitación para que se fuesen a casa.

—Empiezo a pensar que alguien ha enviado a ese gato para vengarse por algo —dijo Carolina—. Aunque no sé si de ella o de nosotras.

Quien le había puesto su nombre al D-mons no se había exprimido el cerebro demasiado. Se trataba de un bar frecuentado por demonios y sus siervos humanos. Lo cierto era que los verdaderos demonios no tenían nada que ver con la lucha entre el bien y el mal, ni poseían a las personas. Y no, las brujas nunca habían reunido sus aquelarres en plena noche para invocarlos, adorarlos, y mucho menos para «obtener conocimiento carnal de ellos» como solían decir los eruditos del medievo. La realidad era mucho más aburrida: los demonios solo eran seres paranormales que habitaban bajo tierra y tenían muy muy mal humor y un gran talento para la negociación, además de algunos poderes psíquicos y un aliento terrible. No eran tan temibles como les pintaban en las películas cutres de terror, pero tampoco eran una compañía agradable.

Era cuestión de tiempo que la Guardia hiciese una redada en condiciones y los devolviese a su territorio natural y hasta ellos lo sabían. Aprovechaban el periodo de confusión política y social de la Transición para instalarse una temporadita y parecían dispuestos a disfrutar del frenesí de la recién adquirida libertad y a conseguir unos cuantos siervos mientras tuviesen la ocasión.

—No podemos dejarla ahí dentro —dijo Diana, consternada. Conociendo a su hermana acabarían propinándole una paliza por bocazas o la convencerían para vender su voluntad en eterna esclavitud a cambio de unos pendientes extravagantes.

—Y tampoco podemos entrar con esta pinta de brujas —añadió Carolina.

Diana se mordió el labio y una idea le vino a la mente como un flashazo de luz.

—Es cierto. Por eso tendremos que hacernos pasar por uno de ellos.

Carolina alzó una ceja, incrédula.

—¿No soy capaz de contar ni una mentirijilla y quieres que haga de actriz?

—¡No! Me refiero a una ilusión. Nos daré la apariencia de un demonio.

Carolina la miró con preocupación.

—¿Estás segura? No parece magia de andar por casa.

Era cierto que el hechizo requeriría una gran inversión de energía, pero Diana había practicado mucho sus ilusiones durante los últimos meses. Asintió con la cabeza.

—Serán cinco minutos. Entraremos y fingiremos que buscamos a Jimena para un ajuste de cuentas. Cualquier demonio respetaría el derecho de otro a castigar a un humano por incumplir un acuerdo. Nos la llevamos de ahí y ¡listo!

—Tengo el presentimiento de que no va a salir bien —dijo Carolina, con aire resignado—, pero no se me ocurre nada mejor.

Diana alzó sus manos hacia el rostro de su amiga y se concentró en el suyo propio, imaginando el nuevo semblante que quería darles. No había visto a demasiados demonios, pero su aspecto era difícil de olvidar. Comenzó a recitar.

—Ojos que no ven. No es lo que parece. Ojos que creen saber. El mundo se estremece. Parpadea. Abracadabra. Las apariencias engañan.

Sintió el poder de la magia cosquilleando sus dedos y la caricia de un manto de luz vertiéndose sobre su piel, que engañaría los sentidos de quien quiera que las mirase. Diana abrió los ojos y por un instante estuvo a punto de gritar de horror ante su propia creación.

—Bendita sea Morgana —dijo Carolina, mirándose las garras con asombro—. Estoy horrorosa, ¿verdad? Espero que a Jimena no se le ocurra ningún chiste sobre como sí que voy a ser célibe con esta cara...

—Debería de hacer algo con esas voces agudas —Envolvió su propia garganta con las manos y dejó que la magia fluyera—. ¿Mejor? —pronunció con una voz de ultratumba.

—Eso es relativo —dijo Carolina.

Respiraron hondo, armándose de valor, y abrieron la puerta del D-mons para cruzar al otro lado. Y menos mal que lo hicieron antes de entrar, porque una bocanada demasiado profunda en aquel lugar podría haber hecho que se desmayasen por el tufo. Diana tuvo que esforzarse para contener una arcada. Al parecer el sudor de demonio olía a azufre puro. A pesar de las numerosas distracciones que parecían sacadas de un cuadro de El Bosco, no les llevó más de tres segundos localizar a Jimena.

—Por el amor de la Diosa —masculló Diana.

Un par de minutos sola le habían bastado para que la amordazasen, le atasen de pies y manos y la colgasen por el borde de su blusa a la pared. Media docena de demonios se divertían jugando a tirar dardos en torno a su cabeza para ver quién era capaz de acercarse más sin atravesar su cráneo. Cabe mencionar que los dardos que utilizaban los demonios eran bastante más largos y afilados que los que se podían encontrar en cualquier bar corriente y que la fuerza de los bíceps de un demonio es quince veces más grande que la de un culturista profesional.

Jimena pataleaba y gritaba insultos e improperios cada vez que se disponían a hacer un lanzamiento, lo que solo lograba aumentar las risas. Un demonio con la piel de un tono verdoso similar al del musgo se preparó para su turno y las brujas no tuvieron tiempo de detenerle. El dardo voló por el aire impactando a solo unos milímetros del cogote de Jimena. Los demonios celebraron la puntería de su compañero del inframundo entre vítores.

Diana sintió cómo le flaqueaban las piernas, pero de ella dependía seguir teniendo una irresponsable hermana mayor.

—¡Quietos! —gritó con su nueva voz gutural. Los demonios se detuvieron en seco para atravesar a los intrusos con la mirada—. Eh... Esa humana nos pertenece.

Uno de los demonios se puso en pie en mitad del silencio revelando una estatura de más de dos metros. Diana había procurado aumentar su estatura con el hechizo, pero no tanto, y después de todo solo se trataba de una ilusión. Sus ojos seguían contemplando al ser desde una estatura de metro setenta.

—¿Lo dice quién? —Si la nueva voz de Diana les había parecido grave, la del demonio hizo que quisiesen llorar de terror con solo tres palabras.

—Eh... Yo. Esa humana me ha ofendido al incumplir un trato —dijo Diana, señalando a su hermana, que no debía de ver a través del hechizo porque parecía ultrajada por la acusación infundada.

—A mí también me ha ofendido. —«Oh, Jimena...». Diana se llevó las manos a la cabeza mentalmente—. Cuando acabemos con ella podrás resarcirte, pero tendrás que esperar tu turno.

El demonio ya estaba dándose media vuelta para zanjar el asunto cuando Carolina le detuvo, con una voz clara y cristalina de mujer.

—¡No puedes!

Todos los demonios del bar se detuvieron alerta por la finura de aquella voz y comenzaron a olfatear el aire.

—Qué asquerosidad. No huelen a nada... —dijo uno de ellos.

Diana sintió como su magia se debilitaba, resintiéndose por la energía que requería la ilusión, y en el peor momento posible un mechón de pelo castaño se asomó en la cabeza de Carolina, entre sus dos cuernos.

—¡Brujas!

—¡Brujas!

Exclamaron los demonios, empuñando sus hachas, forjadas en el centro de la tierra, y golpeando el suelo con sus pezuñas como toros enfurecidos.

—¿Soy la única que no esperaba morir así? —preguntó Carolina.

Diana las liberó del hechizo, que no hacía otra cosa que drenar sus fuerzas. Y las iba a necesitar. Las dos amigas se pusieron espalda contra espalda, preparadas para defenderse y atacar al medio centenar de demonios cabreados que se acercaban con intenciones cuestionables. Tan solo una persona permanecía sentada en todo el bar, una figura oculta bajo una gorra que lo observaba todo desde la esquina. La mujer hizo que la muchedumbre se detuviese en seco y soltase sus armas valiéndose tan solo de su nombre:

—Yolanda Morales, agente de la Guardia, ¡presente!

Diana juraría que pudo oír a Jimena diciendo «Tú otra vez no» a pesar de la mordaza que llevaba en la boca. La mujer se quitó la gorra revelando un rostro joven de pómulos altos, facciones duras y mirada severa. Llevaba puesto un traje pantalón gris con anchas hombreras y unos zapatos masculinos. Yolanda mostró su placa, como si hiciese falta alguna prueba más de su autoridad.

—Dejad marchar a esas brujas antes de que me cabree —dijo, y se llevó la mano a la cintura para mostrar su pistola cargada con balas hechizadas capaces de atravesar a cualquier ser mágico.

Los demonios se resignaron y descolgaron a Jimena, dejándola sobre el suelo con muy poca delicadeza. Sabían lo que les convenía si querían seguir su noche de juerga en paz.

—Desatadla.

Jimena se quitó a sí misma la mordaza y no tardó ni tres segundos en dejarse oír.

—Larguémonos de aquí, tengo un gato que encontrar.

Sus amigas no daban crédito. ¿Habían estado a punto de convertirse en caldo de brujas por culpa de ese gato y de la impertinencia de Jimena y ella aún quería más?

Yolanda las escoltó hasta la puerta y las acompañó a la calle. Aunque no pensaba dejarlas marchar sin una buena regañina.

—Nunca aprendéis, ¿verdad? —protestó—. Al menos esta vez no he tenido que deteneros por alboroto público ni por abusar del equilibrio mágico.

—Una preguntita, Yolanda —dijo Jimena, caminando hacia la agente con pasos lentos. La relación entre las dos jóvenes nunca había destacado por ser precisamente jovial—. ¡¿Cuánto tiempo pensabas dejarles que siguiesen lanzándome dardos a la puta cabeza?! —exclamó señalándose la frente para mayor énfasis.

La agente sonrió con malicia.

—Supuse que como a mí no me haces caso, tal vez aprenderías la lección de mano de los demonios. —Yolanda suspiró—. Supongo que me equivocaba.

Diana se fijó en cómo la agente toqueteaba un colgante con la forma de lágrima en su cuello. Reconoció la energía que brotaba de su interior. Se trataba de un antiguo hechizo capaz de disminuir la presencia de su portador a placer, podías pasar de ser el centro de atención a prácticamente invisible solo con desearlo. Eran extremadamente raros. Diana sintió una punzada de rabia porque fuese una revelada de la Guardia quien lo tuviese en su poder. Al contrario que muchas de sus hermanas, no pensaba que fuese un acto de hipocresía que empleasen la magia para «controlar a las brujas», ni creía que las odiasen. Tenía la impopular opinión de que su trabajo era necesario. Sin embargo, la envidia vino a hacerle una visita. Siempre había querido ser capaz de llevar a cabo ese hechizo y jamás lo logró, era magia demasiado avanzada, incluso para ella.

—Idos a casa —dijo Yolanda, esta vez se trataba de un consejo sincero—. Se acerca la luna llena y las calles están repletas de monstruos.

La agente volvió a entrar en el D-mons, dejándolas a solas en un silencio gélido que les puso la carne de gallina.

—¿Sabéis? —dijo Carolina—. Creo que Morales tiene razón, deberíamos irnos a casa.

—¡Ni hablar! —exclamó Jimena—. Hasta que no encuentre a ese estúpido gato nadie se mueve de aquí.

—Solo es un colgante —reprochó Carolina, aburrida.

—No se trata de eso —dijo Jimena—. Ese maldito animal se cree que puede venir aquí y robarme lo único bonito que me ha regalado un chico jamás, aparte de la canción que me compuso Brian el año pasado —por un momento su mirada se iluminó—. Así que no, no voy a empezar la primera relación que tengo con un chico decente con un mal fario como este.

—Jimena… No es ningún mal fario, solo es un gato al que le atraen las cosas brillantes —Diana intentó hacerla entrar en razón, pero Jimena no estaba por la labor, y cuando Jimena no quería escuchar no había nada que hacer.

—Yo voy a buscar a ese gato. Podéis acompañarme o marcharos a dormir, haced lo que queráis.

Jimena echó a andar por la calle.

—Si la dejamos sola acabará consiguiendo que alguien la disque o desvelará la existencia de las brujas a toda la humanidad —dijo Carolina, resignada.

Diana asintió. Aunque quisiese a su hermana, su habilidad para atraer problemas era innegable. La siguieron mientras iba de aquí para allá probando todos los hechizos de rastreo que se le ocurrieron, pero ninguno funcionó, así que la teoría de que trataban con un gato normal y corriente empezaba a flaquear.

—Os digo yo que ese gato lo ha enviado alguien para vengarse —dijo Jimena.

—Justo lo que pensé yo —Carolina asintió con la cabeza.

Callejearon por toda la zona, levitando sobre los tejados, mirando bajo los cubos de basura y en su interior, siguiendo a todos los gatos que se encontraban por la calle hasta que se percataban de que en realidad no eran gatos rubios, sino blancos o anaranjados.

—Esto es ridículo —protestó Carolina al cabo de una hora de búsqueda infructuosa. Las tres brujas se sentaron en un banco de una plaza cercana—. Nunca vamos a encontrar a ese ga…

La joven abrió los ojos de par en par, sin creer lo que veían sus ojos. Aquel felino que llevaba toda la noche sacándolas de sus casillas corría hacia ellas calle abajo con el colgante aún en la boca y le perseguía el mismísimo Álvaro.

Jimena se puso en pie sobre el banco para jalear al escritor con vítores.

—¡Ese es mi chico!

El gato corrió en dirección a un árbol cercano, pero Álvaro fue más rápido que él y lo agarró primero por la cola y después por el pescuezo. El gato chilló e intentó defenderse arañando, pero Álvaro lo sostenía de tal forma que el animal no podía girarse hacia su captor.

Todas se pusieron en pie y avanzaron hacia él para ver qué ocurría.

—¡Sí! ¡Toma ya! ¡Eso es! —Jimena aplaudía con frenesí.

Álvaro se apresuró a arrancarle el colgante de la boca y una vez que lo hubo recuperado, a pesar de la resistencia que opuso el felino, arrojó al gato contra el árbol donde pretendía huir con una violencia desmedida. Jimena enmudeció. Llevaban toda la noche buscando al gato para recuperar el colgante, pero jamás le habrían hecho daño.

—¡¿Qué haces?! —exclamó furiosa.

Se dispuso a correr hacia el gato, que gimoteaba dolorido, pero Álvaro sacó una pistola, idéntica a la que llevaba Yolanda Morales, y les apuntó con ella.

—Las manos quietecitas donde yo pueda verlas. Y como a alguna se le ocurra murmurar un hechizo le vuelo la cabeza, ¿entendido?

Diana y Carolina obedecieron, pero Jimena permaneció inmóvil, mirando a su nuevo novio como si se tratase de un fenómeno inexplicable.

—No... no entiendo. ¿Eres de la Guardia?

Álvaro resopló con una sonrisilla pretenciosa.

—¿La Guardia? ¿Esos payasos? —Negó con la cabeza—. Hay que ser muy estúpido para saber que existe el mundo mágico y no querer sacarle partido —Se guardó la joya en el bolsillo sin desviar la vista de ellas—. Una lástima que este condenado gato familiar se haya entrometido, nos podríamos haber ahorrado esta conversación.

—Álvaro, no entiendo nada, ¿de qué hablas? —dijo Jimena, incapaz de aceptar una nueva derrota en el amor, una nueva equivocación, mucho más grave que cualquiera de las que había cometido.

—Es un cazador de brujas, Jimena —dijo Carolina, desafiante.

El corazón se encogió en el pecho de Diana solo de imaginar cómo tenía que sentirse su hermana. Los cazadores de brujas eran escasos, pero temibles. Solo los revelados que no tenían ningún tipo de escrúpulos ni de miedo se atrevían a desafiar a brujas, nigromantes y a la Guardia de forma simultánea, pero los que lo hacían sabían que no podían mostrar el más mínimo atisbo de duda o bondad. Una selección natural que hacía que solo monstruos, mucho más peligrosos que cualquier demonio o espectro se convirtiesen en cazadores con éxito. Álvaro era el tipo de persona contra las que advierten los cuentos infantiles, el lobo feroz en el bosque que devoraba a la abuelita y a caperucita por igual.

—No, Álvaro no… —Jimena se dio cuenta de que se había quedado sin argumentos, ¿qué iba a decir, que Álvaro la quería, que se había portado bien con ella la semana durante la que la había conocido, que le sujetaba la puerta y le dejaba su chaqueta si tenía frío? Álvaro no era un caballero, era un depredador —. Iré contigo, pero deja que mis amigas se vayan.

—¿Qué?

—¿Estás loca?

Sus amigas comenzaron a protestar, no estaban dispuestas en absoluto a dejar que aquel tipejo se llevase a Jimena sin más, cuando el cazador se echó a reír.

—¿Sabes cuánto pagan por una cabellera de bruja en Siberia, a cuánto se vende cada falange de los dedos de vuestras preciosas manos en Sudán? Y las brujas vivas… Por bellezas como vosotras pagarán millones. Podré retirarme con un solo golpe, así que no, gracias. —Llevó el dedo al gatillo y apuntó—. Unas cuantas horas más con este colgante en torno a tu lindo cuello y te habrías debilitado lo suficiente para no tener que provocar una carnicería. Odio la sangre. No hay manera de quitarla de la ropa.

Apretó el gatillo en el mismo instante en el que el gato rubio se abalanzó sobre su cara. El felino arañó sus ojos provocando los gritos desesperados del cazador. Después le mordió la mano hasta que soltó la pistola, pero sacó una daga de su chaqueta con la otra y comenzó a apuñalar al animal con frenesí hasta que cayó al suelo.

—¡No! —Jimena quiso correr hacia el animal herido, pero Diana se lo impidió.

—¡Bichejo apestoso! —se quitó la sangre de las heridas que le cubrían el rostro.

—Vaya, mi primer día en la gran ciudad y me encuentro con un abusón —dijo una voz femenina, desde el centro de la plaza.

Todos se giraron para ver quién hablaba. Una joven con una larga melena pelirroja que sobrepasaba su cintura los observaba. Tenía una apariencia etérea, vestida con una falda verde y vaporosa, una blusa holgada con un estampado de flores y una ristra de collares de piedras multicolores. Llevaba puestas unas botas altas marrones y de su mano colgaba una maleta rectangular que parecía pesar más que ella.

—¿Otra bruja? —rio él—. Estupendo, más lingotes de oro para mí.

La amenazó con la daga, pero ella alzó el dedo índice, donde resplandecía un anillo con una piedra de malaquita, y señaló hacia él. Por un momento pareció que la daga iba a salir volando lejos del cazador, pero de pronto rectificó su trayectoria y le golpeó con el mango en la nariz. Álvaro soltó la daga para llevarse las manos al hueso dolorido de su tabique.

—¡Uy, perdona! No controlo muy bien la magia rápida. Qué alegría que somos cuatro —dijo la desconocida, mientras dejaba su maleta en suelo—. Podemos hacer un conjuro de los elementos sin problema.

—¿Un qué? —preguntó Jimena, que era bastante pasota en las clases de Historia Mágica que les impartía una tutora privada.

—¿No conoces la magia ancestral? En fin, da lo mismo. Démonos las manos deprisa —indicó la misteriosa pelirroja, con un tono de voz firme y seguro que hizo que obedeciesen sin dudarlo pese a no saber ni su nombre. Formaron un corro en cuestión de segundos y la desconocida comenzó a recitar una plegaria.

—Diosa, madre eterna. Aire, fuego, agua, tierra. Cada elemento de la naturaleza. Luces, sombras, noche y día. Protégenos bajo las estrellas que más brillan. Guíanos cuando no hay camino. Derrota a nuestros enemigos. ¡Decidlo conmigo! —indicó, y las brujas repitieron el mantra al unísono.

El cazador se dispuso a correr hacia ellas, cuchillo en mano, pero descubrió que no podía mover los pies. Sus botines se habían convertido en piedra, igual que su carne y sus huesos. La roca siguió subiendo hasta alcanzar sus rodillas, sus muslos, su cintura. El joven gritó enfurecido, agitó el cuchillo en el aire, les llamó por el tipo de nombres que usan los malos hombres contra las mujeres que no hacen lo que ellos quieren y suplicó.

Las brujas observaron, impasibles, cómo Álvaro, si es que ese era su nombre, se convertía en una estatua de piedra.

—Creo que podemos afirmar con total seguridad —dijo Carolina— que este ha sido el peor de tus ligues. Y deja el listón muy alto.

Jimena, quien normalmente se echaba a llorar cada vez que algún cretino le partía el corazón, solo dirigió a Álvaro una mirada de odio. Rompió el círculo, caminó hacia él y escupió al rostro de la estatua de piedra.

—Nadie se mete con mis amigas, cabrón.

Se agachó junto al gato, que maullaba dolorido por la herida. La sangre había empapado su pelaje dorado. Jimena lo levantó del suelo y lo acunó con mimo y lágrimas en sus ojos.

—Solo intentabas ayudarme, ¿eh, amigo?

—Jimena... —Carolina caminó hacia ella y estudió las heridas del gato—. Ninguna de nosotras puede ayudarle, no tenemos ni idea de magia curativa. Es mejor llevarlo a la casa de los trece pisos.

—No llegaréis a tiempo —advirtió la bruja pelirroja.

Les había salvado la vida, pero eso no significaba que confiasen del todo en ella.

—¿Y tú quién narices eres? —preguntó Jimena, sin esforzarse en disimular sus recelos—. Nunca te he visto en las reuniones del aquelarre. ¿A qué clan perteneces?

Recuperó su enorme maleta y dijo, con total calma:

—No tengo clan. Me llamo Flora, y he venido para convertirme en la aprendiz de la Dama.

Las tres amigas se miraron entre sí sin dar crédito. ¿Una bruja sin clan? ¿Dónde se había visto eso? Diana se preguntó si esa seguridad suya era merecida o si solo se trataba de bravuconería. Era cierto que se celebraría la elección de la nueva aprendiz en un par de días, pero eran muchas las aspirantes a aprender magia de la Dama. Aunque por otro lado, el conjuro con el que habían detenido a Álvaro había sido muy poderoso incluso para ser la obra de cuatro hechiceras. Diana jamás había sentido tanta magia recorriendo su cuerpo a la vez.

—Estupendo, hemos ido a dar con la trepa de turno —resopló Jimena.

Ante su respuesta cortante, Flora sonrió.

—Pues yo estoy segura de que llegaremos a ser grandes amigas, ¿me permites? —dijo señalando al gato herido.

Después de cómo le paró los pies al cazador de brujas, ninguna dijo que no. Extendió las manos sobre el felino y comenzó su cántico.

—Tiempo, eterno, finito. Tiempo que escapa entre los dedos. Tiempo que crea y consume. Tiempo, a ti te imploro un deseo. Para este día, esta hora, este minuto. Detente, tiempo.

Las cuatro brujas experimentaron un tirón que les hizo tambalearse como la inercia de un frenazo en el autobús. Sus cuerpos querían seguir hacia delante, aunque ellas no pudiesen. Diana alzó la vista para mirar a su alrededor y se percató de que el viento parecía mecer las hojas de los árboles a cámara lenta.

—In... increíble —logró mascullar Carolina.

—¿Has... has parado el tiempo? —preguntó Jimena boquiabierta.

—No seas ridícula, eso es prácticamente imposible —Flora se cruzó de brazos, orgullosa por su proeza—. Solo lo he ralentizado un poco.

A pesar de sus aclaraciones, todas las presentes allí esparcirían el rumor de que Flora era capaz de detener el tiempo más rápido de lo que las ratas propagaron la peste por Europa. Como brujas, el hechizo las había pasado de largo, pero las respiraciones del gato en brazos de Jimena se habían tornado mucho más lentas y la sangre brotaba gota a gota.

—Tenemos que darnos prisa. La Dama Candela me va a hacer fregar de rodillas el suelo de la casa de los trece pisos hasta que se jubile cuando se entere de la que he liado, pero no puedo dejar que este gato la palme por mi culpa.

—También deberíamos llevarle a ese de ahí —dijo Carolina, señalando a Álvaro, o quien quiera que fuese—. Puede que sea más clemente si se entera de que hemos parado los pies de un cazador de brujas.

—Parece mentira que no conozcas a la Dama Candela —resopló Jimena.

Pese a sus temores, cuando cuatro brujas novatas aparecieron ante las puertas de la casa de los trece pisos con un cazador convertido en granito levitando junto a ellas y un animal familiar herido, les abrieron el paso como si se tratase de heroínas de guerra. La asesora de la Dama las condujo directamente hacia los aposentos de Candela. Ya podían añadir «levantar a la líder de la hermandad de madrugada» a su lista de hazañas.

Les hicieron esperar en un coqueto salón en el que podrían haber disfrutado de un agradable té si no estuviesen demasiado preocupadas por el destino de su nuevo amigo. El hechizo de Flora comenzaba a desvanecerse y las respiraciones del felino eran cada vez más lentas y débiles.

Tan pronto como la Dama Candela apareció en la sala, ataviada con un largo vestido que acababa de ponerse y su larga melena blanca recogida en un moño improvisado, las cuatro jóvenes se pusieron en pie y comenzaron a explicar lo sucedido en un caos de voces.

—¡Shhhhh! ¡Por el amor de la Diosa y todos los seres de la naturaleza! De una en una, chiquillas. Diana Yeats, tú eres la más sensata de este trío, ¿qué ha ocurrido?

Diana se sonrojó mientras Carolina, quien se consideraba con diferencia más racional de lo habitual, se cruzó de brazos algo indignada.

—Un cazador intentó engañarnos para robarnos la magia. Este gato pretendía alertarnos y después nos salvó. Sin él probablemente estaríamos muertas. Pero ha sido gravemente herido.

Los ojos de Candela, rodeados por un millar de finas arrugas de sabiduría, se abrieron de par en par al reconocer al felino.

—Bartolomé, oh, querido. —Se apresuró hacia él y acarició sus orejas con cariño.

Las jóvenes brujas se miraron entre sí sin comprender nada.

—¿Os conocéis? —preguntó Jimena, incrédula.

La Dama Candela alzó la vista hacia ellas con recelo, dolida por su ignorancia.

—Este gato familiar lleva siglos protegiendo a las brujas de Madrid —dijo, como si fuese un ultraje ignorar ese hecho—. Aunque solo a las que le caen bien, deberíais consideraros afortunadas. Ah, Flora, y además a ti te ha traído hasta aquí como le pedí —añadió—, qué gato tan listo y fiel.

Las tres amigas se quedaron mirando a la hechicera pelirroja mientras se preguntaban de dónde demonios había salido Flora y a qué se debía tanto favoritismo.

Sin darles ninguna explicación, Candela, se apresuró hacia su cuarto y volvió con lo que parecía ser un cofre de primeros auxilios mágicos. Le arrebató a Bartolomé de las manos a Jimena, a quien le costó dejar ir a su salvador, y mojó su dedo índice en un espeso líquido morado. Lo llevó hasta la diminuta boca del gato, pero el felino apartó la cabeza, asqueado.

—Vamos, amigo mío, tienes que hacer el esfuerzo.

Bartolomé se resignó y dejó que Candela introdujese las gotas en su boca una a una mientras él se esforzaba por lamer su dedo para poder ingerir la pócima mágica.

—La Guardia debería estar avergonzada de permitir que sus armas llegasen a manos indeseables, tendré una larga charla con ellos sobre este asunto. El filo con el que le han herido estaba hechizado…

—También tenía una pistola repelente de magia —informó Flora.

Diana, que la había guardado con cautela para evitar que cayese en manos equivocadas, se la mostró y la Dama le indicó con un gesto de su cabeza que la dejase sobre la mesita.

Depositó su mano sobre las heridas que habían provocado las múltiples puñaladas, una a una, susurrando unas cuantas palabras que no lograron distinguir. Bartolomé protestó con maullidos indignados hasta que la bruja hubo concluido. La pócima surtió efecto haciendo que se cerrasen en cuestión de segundos.

—Tardará unos días en reponerse del todo, pero ya no hay nada que temer.

Oyeron unos sollozos y todas se giraron para comprobar con sorpresa como Jimena se había echado a llorar, quizás por la tensión de la que acababa de liberarse o porque le conmoviese que un animal al que no conocía de nada y al que había odiado hacía solo unas horas se hubiese jugado el tipo por ella.

—¿Quieres cogerlo? —preguntó la Dama, a quien Jimena solía sacar de quicio con sus aventuras, pero esta vez parecía que le había tocado la fibra sensible.

Jimena asintió entre lágrimas y Bartolomé se acomodó en los brazos de la joven bruja cuando la Dama le acercó a ella. Jimena le acarició entre las orejas y el gato ronroneó satisfecho.

—Quién iba a decir que se te dan mejor los gatos que los hombres —dijo Carolina, provocando una carcajada colectiva. Incluso Candela parecía divertida por la ironía de que el único ser que parecía corresponder su amor no fuese uno de sus novios, sino su nuevo amigo felino.

Jimena estaba tan absorta en el vínculo que acababa de formarse que ni siquiera reparó en los comentarios de sus amigas.

—Y ahora, si me disculpáis me vuelvo a mi cama a dormir y espero que no volváis a molestarme en una temporada, así que, os agradecería que os marchaseis cuanto antes. Ale, ale, ale.

—Gracias, Candela —dijo Jimena, provocando un tierno mohín en el rostro de la Dama, que no era ni de lejos tan seria y gruñona como pretendía hacerles creer.

Las jóvenes retornaron a la noche de las calles de Madrid, aunque la pálida luz del amanecer comenzaba a intuirse entre los edificios.

—¿Todos los días son así de caóticos y emocionantes con vosotras? —preguntó Flora—. Parece que me voy a divertir mucho en Madrid.

—Bueno, no te vengas arriba. Aún no hemos decidido si te aceptamos en el grupo. Nos conocemos de toda la vida, ¿sabes? —refunfuñó Jimena.

—Supongo que es tu forma de decir «de nada» —Flora sonrió, impasible ante las bravuconadas de la joven.

—No le hagas ni caso. Otro par de ojos más para vigilar a Jimena nos vendrá de perlas —dijo Carolina.

—¡Oye! —protestó la aludida.

—¿Qué creéis que harán con el cazador? —preguntó Diana cambiando de tema. La familia Lozano solía encargarse de los asuntos más peliagudos, a pesar de que a muchos clanes no les hiciese especial ilusión parecía la mejor forma de mantenerlas ocupadas, y no tenían precisamente fama de ser piadosas.

Jimena resopló indignada.

—Por mí como si lo tiran al río Manzanares, ¿verdad? —El felino maulló a modo de asentimiento—. A partir de ahora, nada de chicos. Estoy harta. No pienso volver a tener una cita en la vida.

Su promesa fue recibida con un escepticismo generalizado.

—A lo mejor deberías echarle las cartas al próximo antes de la segunda cita, por precaución —sugirió Flora.

—He dicho que no va a haber próximo.

—Por supuesto, nada de novios. Te creemos —se burló Carolina.

—Lo digo en serio. —Jimena frunció el ceño—. Tú me crees, ¿no? —dijo buscando el apoyo de su hermana.

Diana no supo dónde meterse. De verdad que creía que las intenciones de su hermana eran sinceras, pero, a ella no le gustaba mentir y sus antecedentes no la avalaban. Ningún juez le daría la condicional.

—Bueno...

—¡Bah! Idos todas a freír mandrágoras. Mi único y verdadero amigo y yo nos vamos. Bartolomé se ha ganado un cuenco de leche, vosotras, ni agua.

—Acabamos de salvarte la vida —protestó Flora.

—Además, sabes que los gatos adultos no beben leche, ¿verdad? —añadió Carolina.

—¡Blablablá!

Las brujas siguieron hablando a voces por la Gran Vía mientras avanzaban hacia el metro más cercano, que no tardaría más que unos cuantos minutos en abrir sus puertas. Ya era hora de volver a casa y dormir después de una noche que no olvidarían. Otra más en la vida de cuatro jóvenes brujas que un día decidirían denominarse a sí mismas las Gatas Doradas en honor a ese día en que su amigo de cuatro patas las salvó de una joya demasiado hermosa para ser inofensiva.

Este libro se acabó de imprimir
en abril de 2024